ADAM JOHNSON

Das geraubte Leben des Waisen Jun Do

Roman
Aus dem amerikanischen Englisch von
Anke Caroline Burger

Suhrkamp

Die Originalausgabe erschien unter dem Titel
The Orphan Master's Son
bei Random House, New York.

Umschlagabbildungen:
Stephen Mulcahey/TW; Ryger/Shutterstock

3. Auflage 2014

Erste Auflage 2014
suhrkamp taschenbuch 4522
© Suhrkamp Verlag Berlin 2013
© Adam Johnson, 2012
Suhrkamp Taschenbuch Verlag
Alle Rechte vorbehalten, insbesondere das der Übersetzung,
des öffentlichen Vortrags sowie der Übertragung
durch Rundfunk und Fernsehen, auch einzelner Teile.
Kein Teil des Werkes darf in irgendeiner Form
(durch Fotografie, Mikrofilm oder andere Verfahren)
ohne schriftliche Genehmigung des Verlages
reproduziert oder unter Verwendung elektronischer Systeme
verarbeitet, vervielfältigt oder verbreitet werden.
Druck und Bindung: CPI – Ebner & Spiegel, Ulm
Umschlag: glanegger.com, Büro für Grafik, München
in Anlehnung an den Umschlag der amerikanischen Originalausgabe
von Transworld Publishers, © Stephen Mulcahey/TW
Printed in Germany
ISBN 978-3-518-46522-6

*Das geraubte Leben des
Waisen Jun Do*

FÜR STEPHANIE –
meine Sonne,
mein Mond,
mein Stern und Satellit

BÜRGER, versammelt euch um die Lautsprecher, denn wir haben wichtige Meldungen für euch! In euren Küchen, euren Büros, euren Fabriken – wo ihr auch sein mögt, dreht die Lautstärke auf!

Zu den Nachrichten: Unser Geliebter Führer Kim Jong Il war gestern vor Ort, um die Ingenieure anzuleiten, die den Schiffahrtskanal des Taedong tiefer ausbaggern. Während der Geliebte Führer eine Ansprache vor den Schwimmbaggerfahrern hielt, flatterten Friedenstauben in der Luft, um unserem verehrten General an diesem heißen Tag ein wenig dringend benötigten Schatten zu spenden. Weiterhin teilt das Ministerium für Öffentliche Sicherheit in Pjöngjang mit, dass jetzt in der Taubenjagdsaison die Drähte und Fangschlingen so auszulegen sind, dass sie unsere jüngsten Genossen nicht gefährden. Und vergesst nicht, Bürger: Das Sternegucken ist nach wie vor untersagt.

Nachher werden wir den Sieger des monatlichen Rezeptwettbewerbs bekanntgeben. Hunderte von Vorschlägen wurden eingereicht, doch nur ein Rezept kann das beste sein zur Zubereitung von – Kürbisschalensuppe! Doch vorher zu besorgniserregenden Neuigkeiten vom Koreanischen Ostmeer, wo amerikanische Aggressoren Kriegshandlungen provozieren wollen: Die Yankees überfielen und plünderten ein nordkoreanisches Fischerboot. Damit haben sie zum wiederholten Male das koreanische Hoheitsgebiet verletzt, um sich die wertvolle Fracht eines unserer Schiffe widerrechtlich anzueignen. Derweil erheben sie die unglaublichsten Vorwürfe gegen uns, wie Seeräuberei, Entführung und Grausamkeit gegenüber Haifischen. *Erstens* sind die Amerikaner und ihre Marionetten die Piraten, die das Meer unsicher machen. Und *zweitens*: Ist nicht erst vor kurzem eine Amerikanerin um die halbe Welt gerudert, um zu unserer großen Nation überzulaufen, dem Arbeiterparadies, dessen Einwohner es an nichts mangelt? Das allein ist wohl Beweis genug, dass die wiederholten Entführungs-Anschuldigungen völlig aus der Luft gegriffen sind.

Grausamkeit gegenüber Haien? Diesen Vorwurf können wir nicht hinnehmen. Der Hai, bekannt als der Freund der Fischer, pflegt eine uralte Kameradschaft mit dem koreanischen Volk. Boten nicht Haie im Jahr 1952 den Matrosen von Admiral Yi Fische aus ihrem Maul dar, um sie bei der Belagerung des Hafens von Okp'o zu unterstützen? Haben Haie nicht eigens krebsbekämpfende Kräfte entwickelt, um ihren menschlichen Freunden zu einem längeren, gesünderen Leben zu verhelfen? Nimmt nicht unser Held Kommandant Ga, Träger des Goldgurts, vor jedem siegreichen Taekwondo-Kampf eine Schale stärkender Haifischflossensuppe zu sich? Und habt ihr nicht mit eigenen Augen den Film *Eine wahre Tochter des Vaterlands* gesehen, Bürger, hier im Moranbong-Lichtspieltheater in Pjöngjang? Dann erinnert ihr euch gewiss an die Szene, in der das Boot unserer großen Volksschauspielerin Sun Moon in der Bucht von Inch'ŏn kentert, während sie versucht, den amerikanischen Überraschungsangriff zu verhindern. Wir alle hielten den Atem an, als die Haifische begannen, die hilflos in den Wellen Treibende zu umkreisen. Doch erkannten die Haie nicht Sun Moons koreanische Sittsamkeit? Und witterten sie nicht ihren glühenden Patriotismus? Sie trugen sie auf ihren Flossen sicher an Land, wo sie sich sofort in den rasenden Kampf gegen die imperialistischen Eindringlinge warf.

Allein schon daran könnt ihr, Bürger, doch sehen, dass die Gerüchte, die in Pjöngjang die Runde machen – dass Kommandant Ga und Sun Moon sich nicht von Herzen lieben – haltlose Lügen sind! Sie sind ebenso haltlos wie die absurden Entführungsvorwürfe der Japaner. Glauben die Japaner etwa, wir hätten vergessen, dass sie unsere Männer versklavt und unsere Frauen als *Trostfrauen* entehrt haben? *Haltlos*, auch nur anzunehmen, dass irgendeine Frau ihren Gatten mehr lieben könnte als Sun Moon den ihren. Waren die Bürger nicht selbst Zeugen, wie Sun Moon ihrem neuen Ehemann den Goldgurt überreichte, ihre Wangen gerötet vor Sittsamkeit und Liebe? Waren wir nicht alle auf dem Kim Il Sung-Platz versammelt, um dieses Schauspiel mit eigenen Augen zu verfolgen?

Wem wollt ihr Glauben schenken, Bürger? Gerüchten und Lügen oder euren eigenen Augen?

Aber kommen wir zu unserem heutigen Programm zurück, in dem wir eine Wiederausstrahlung von Kim Il Sungs glorreicher Ansprache vom fünfzehnten April Juche 71 senden sowie Hinweise des Genossen Buc, Minister für das Beschaffungswesen, wie sich die Lebensdauer einer Kompaktleuchtstoffbirne verlängern lässt. Doch zuerst eine wunderschöne Überraschung, Bürger: Voller Freude geben wir bekannt, dass Pjöngjang eine neue Opernsängerin hat. Der Geliebte Führer nennt sie die *Liebliche Besucherin*. Gleich wird sie zu eurer patriotischen Erbauung die Arien aus *Meer aus Blut* singen. Und so kehrt an eure Drehmaschinen und Vinalon-Webmaschinen zurück, Bürger, und verdoppelt eure Produktionsleistung, während ihr der Lieblichen Besucherin lauscht, die für uns die Geschichte der glorreichsten Nation der Welt besingt, der Demokratischen Volksrepublik Korea!

ERSTER TEIL

Die Geschichte von Jun Do

JUN DOS MUTTER war Sängerin. Das war das Einzige, was Jun Dos Vater, der Aufseher des Waisenhauses, jemals über sie verriet. In seinem kleinen Zimmer in *Frohe Zukunft* hatte der Waisenhausaufseher das Foto einer Frau hängen. Sie sah hübsch aus – die großen Augen blickten in die Ferne, die Lippen waren zu einem unausgesprochenen Wort geschürzt. Schöne Frauen aus der Provinz wurden nach Pjöngjang verschleppt, und das war sicher auch mit Jun Dos Mutter geschehen. Der beste Beweis war der Waisenhausaufseher selbst. Abends trank er, und die Waisen in ihren Baracken hörten ihn weinen und schreien und verzweifelte Abmachungen mit der Frau auf dem Foto treffen. Jun Do durfte ihn als einziger trösten und ihm schließlich die Flasche aus der Hand nehmen.

Als ältester Junge in *Frohe Zukunft* trug Jun Do viel Verantwortung – die Portionierung des Essens, die Zuteilung der Schlafplätze, die Vergabe von Namen anhand der Liste der 114 Großen Märtyrer der Revolution an die Neuzugänge. Trotzdem war der Waisenhausaufseher sehr darauf bedacht, seinen Sohn, den einzigen Jungen in *Frohe Zukunft*, der kein Waisenkind war, nicht zu bevorzugen. War der Kaninchenstall verdreckt, dann war es Jun Do, der über Nacht darin eingeschlossen wurde. Machte jemand ins Bett, dann kratzte Jun Do die gefrorene Pisse vom Boden. Jun Do hütete sich, vor den anderen damit zu prahlen, dass er der Sohn des Waisenhausaufsehers war und nicht ein Kind, das von seinen Eltern auf dem Weg ins Lager ausgesetzt worden war. Wenn es jemand unbedingt wissen wollte, war es ja nicht schwer herauszufinden – Jun Do war schon länger da als alle anderen und nur deshalb nicht adoptiert worden, weil sein Vater um nichts in der Welt seinen einzigen Sohn hergegeben hätte. Und es leuchtete ein, dass sein Vater sich einen Posten gesucht hatte, wo er seinen Lebensunterhalt verdienen und sich zugleich um seinen Sohn kümmern konnte, nachdem dessen Mutter nach Pjöngjang entführt worden war.

Dass die Frau auf dem Foto Jun Dos Mutter sein musste, ließ sich schon daran erkennen, wie unerbittlich immer gerade *er* bestraft wurde. Das konnte nur bedeuten, dass Jun Dos Gesicht den Waisenhausaufseher Tag für Tag aufs Neue an die Frau auf dem Foto und den Schmerz über ihren Verlust erinnerte. Nur ein solcher Schmerz konnte einen Vater dazu bringen, seinem Kind mitten im Winter die Schuhe wegzunehmen. Nur ein wahrer Blutsverwandter würde seinem Sohn eins mit dem rauchenden Blatt der Kohlenschaufel überziehen.

Hin und wieder wurde eine Gruppe Zöglinge von einer Fabrik adoptiert, und im Frühjahr kamen Männer mit chinesischem Akzent und suchten sich Jungen aus. Ansonsten durfte jeder die Kinder für einen Tag ausleihen, der den Waisen zu essen gab und dem Aufseher etwas zu trinken. Im Sommer füllten sie Sandsäcke, und im Winter brachen sie mit Metallstangen die Eisplatten von den Docks am Hafen. Für eine Schale kalten *Chap Chai* schaufelten sie in Fabriken die öligen Eisenspäne auf, die von den Drehmaschinen flogen. Das beste Essen gab es auf dem Güterbahnhof, scharfes *Yukejang*. Einmal schaufelten die Kinder Güterwaggons leer und wirbelten dabei ein salzartiges Pulver auf. Als sie zu schwitzen begannen, wurden sie rot – erst ihre Hände und Gesichter, dann die Zähne. Der Güterzug hatte Chemikalien für die Farbenfabrik transportiert. Wochenlang blieben sie rot.

Und dann kamen die Überschwemmungen, im Jahr Juche

85. Drei Wochen Regen, doch von weggeschwemmten Reisterrassen, von einstürzenden Erdwällen, von ineinanderfließenden Dörfern war aus den Lautsprechern nichts zu hören. Die Armee war damit beschäftigt, die Sungli-58-Fabrik vor dem Hochwasser zu retten, weshalb den Jungen aus *Frohe Zukunft* Seile und lange Fischhaken in die Hände gedrückt wurden, mit denen sie die Menschen aus dem Ch'ŏngjin-Fluss ziehen sollten, bevor sie in den Hafen gespült wurden. Der Fluss war eine dicke Suppe aus Baumstämmen, Öltanks und Latrinenfässern. Ein Traktorreifen drehte sich im Wasser, ein sowjetischer Kühlschrank. Das dumpfe Donnern von Güterwagen war zu hören, die auf dem Flussgrund entlanggerissen wurden. Eine ganze schreiende Familie klammerte sich an die vorbeiwirbelnde Dachplane eines Truppentransporters. Dann reckte eine junge Frau mit tonlos aufgerissenem Mund den Arm aus dem Wasser, und der Waisenjunge Bo Song bekam ihn mit dem Haken zu fassen – sofort wurde er ebenfalls von der Strömung mitgerissen. Bo Song war als schwächliches Kind ins Waisenhaus gekommen, und als sich herausstellte, dass er taub war, gab Jun Do ihm den Namen Un Bo Song. Dieser, der 37. Märtyrer der Revolution, war dafür berühmt, dass er sich die Ohren mit feuchtem Lehm verstopft hatte, damit er beim Angriff auf die Japaner nicht die Kugeln pfeifen hörte.

Trotzdem schrien die Waisenkinder »Bo Song! Bo Song!« und liefen dort am Ufer entlang, wo sie ihn in den Fluten vermuteten. Sie rannten an den Ausleitungsrohren des Vereinigten Maschinenwerks Ryongsong vorbei, an den schlammigen Erdwällen seiner Laugenbecken, aber Bo Song blieb für immer verschwunden. Am Hafen machten die Jungen Halt. Leichen trieben wie Geronnenes im dunklen Wasser, zu Tausenden wurden sie von den Wellen herumgeworfen wie klebrige Hirseklumpen, die in der heißen Pfanne zu hüpfen anfangen.

Auch wenn sie es zu dem Zeitpunkt nicht wussten: Das war der Beginn der Hungersnot. Erst gab es keinen Strom mehr, dann keine Züge. Als auch die Fabriksirenen nicht mehr zur Arbeit riefen, wusste Jun Do, dass schwere Zeiten angebrochen waren. Im Winter froren ihnen Finger und Zehen ab, und die Alten erwachten nicht mehr aus dem Schlaf. Und das waren nur die ersten Monate, lange vor den Baumrindenessern. Die Lautsprecher nannten die Hungersnot einen *Beschwerlichen Marsch*, aber die Stimme kam ja auch aus Pjöngjang. Jun Do hatte das in Ch'ŏngjin noch niemanden sagen hören. Was mit ihnen geschah, brauchte keinen Namen – es war allgegenwärtig, in jedem Fingernagel, den sie abkauten und schluckten, jedem müden Lidschlag, jedem Gang auf die Latrine, wo sie sich mühten, Sägemehlklumpen auszuscheißen. Als auch die letzte Hoffnung verloren war, verfeuerte der Waisenhausaufseher die Betten, und so schliefen die Jungen in der letzten Nacht um einen heiß glühenden Bollerofen auf dem Boden. Am Morgen hielt auf der Straße ein Militärfahrzeug an, eine »Krähe«, wie der Transporter wegen seiner schwarzen Segeltuchabdeckung genannt wurde. Nur noch ein Dutzend Jungen war übrig, sie passten perfekt auf die Ladefläche. Irgendwann endete sowieso jeder Waisenjunge beim Militär. Und so wurde Jun Do mit vierzehn Jahren als Tunnelsoldat in der Kunst des lichtlosen Kampfes ausgebildet.

Und dort holte Offizier So ihn acht Jahre später ab. Der ältere Offizier kam sogar persönlich unter die Erde, um sich Jun Do anzusehen, der gerade mit seiner Mannschaft von einem Nachteinsatz im Tunnel zurückkehrte. Zehn Kilometer weit verlief der unter der DMZ, bis fast in die Vororte von Seoul. Die Soldaten verließen den Tunnel immer rückwärts, damit ihre Augen sich wieder ans Licht gewöhnen konnten, und so wäre Jun Do fast gegen den Offizier gestoßen. Seine breiten Schultern und sein massiver Brustkorb bezeugten, dass er in der guten alten Zeit großgeworden war, vor der Chollima-Kampagne.

»Bist du Pak Jun Do?«, fragte er.

Als Jun Do sich umdrehte, umleuchtete ein Lichtkranz die kurzgeschorenen weißen Haare des Mannes. Sein Gesicht war dunkler als Kopfhaut und Kinn, als habe er gerade erst seinen Bart und eine dichte, wilde Mähne abgeschoren. »Der bin ich«, antwortete Jun Do.

»Das ist der Name eines Märtyrers«, sagte Offizier So. »Ist das hier ein Waisentrupp?«

Jun Do nickte. »Ja. Aber ich bin kein Waise.«

Der Blick des Offiziers fiel auf das rote Taekwondo-Abzeichen auf Jun Dos Brust.

»Na schön«, sagte Offizier So und warf ihm einen Sack zu.

Darin waren Jeans, ein gelbes T-Shirt mit einem aufgestickten Polo-Pony und Turnschuhe. Die wurden *Nikes* genannt – Jun Do erkannte sie von ganz früher, als das Waisenhaus noch als Begrüßungskomitee für ganze Bootsladungen von Koreanern angetreten war, die man mit Versprechungen von Parteiposten und Wohnungen in Pjöngjang aus Japan in die alte Heimat zurückgelockt hatte. Die Waisen schwenkten Willkommensfähnchen und sangen Parteilieder, damit die japanischen Koreaner die Gangway überhaupt herunterkamen, trotz des fürchterlichen Zustands der Stadt und trotz der Krähen, die schon darauf warteten, sie alle in *Kwan-li-sos*, in Internierungslager, abzutransportieren. Er sah die Heimkehrer, die kräftigen jungen Männer mit ihren schicken neuen Turnschuhen vor sich, als sei es gestern gewesen.

Jun Do hielt das gelbe Hemd hoch. »Was soll ich damit?«

»Das ist deine neue Uniform«, antwortete Offizier So. »Seekrank wirst du doch nicht, oder?«

*

Wurde er nicht. Sie fuhren mit dem Zug an die Ostküste in die Hafenstadt Chongwang, wo Offizier So ein Fischerboot beschlagnahmte. Die Besatzung hatte solche Angst vor ihren Gästen vom Militär, dass sie ihre Kim Il Sung-Nadeln auf der gesamten Überfahrt nach Japan angesteckt ließen. Auf dem Meer sah Jun Do kleine Fische mit Flügeln, und er sah Spätmorgennebel, der so dicht war, dass er einem die Worte aus dem Mund stahl. Es gab keine Lautsprecher, die den ganzen Tag lang plärrten, und jeder Fischer trug das Bild seiner Frau auf der Brust eintätowiert. Die See war unvorhersehbar – nie wusste man, in welche Richtung man als Nächstes schwanken sollte, und trotzdem fühlte Jun Do sich mit der Zeit wohl. Der Wind in den Masten und Galgen schien sich leise mit den Wellen, die gegen den Bootsrumpf drängten, zu unterhalten, und wenn Jun Do nachts auf dem Dach des Ruderhauses unter den Sternen lag, kam es ihm vor, als sei das Fischerboot ein Ort, an dem man die Augen schließen und durchatmen konnte.

Offizier So hatte auch einen Dolmetscher mit an Bord gebracht, einen Mann namens Gil. Gil las japanische Romane an Deck und hatte Kopfhörer auf, die mit einem kleinen Kassettenspieler verbunden waren. Jun Do versuchte nur einmal, ihn anzusprechen; er wollte fragen, was er hörte, doch bevor er den Mund aufbekam, hatte Gil schon den Spieler angehalten und sagte: »Opern«.

Sie würden jemanden abholen, und zwar am Strand, und diesen Jemand würden sie mit nach Hause bringen. Mehr verriet Offizier So nicht über ihre Mission.

Als es am zweiten Tag dunkel wurde, sahen sie in der Ferne die Lichter einer Stadt, aber der Kapitän wollte nicht näher heranfahren.

»Das ist Japan«, sagte er. »Für diese Gewässer habe ich keine Karte.«

»Ich bestimme, wie dicht wir heranfahren«, befahl Offizier So. Einer der Fischer lotete die Wassertiefe aus, und sie hielten aufs Ufer zu.

Jun Do zog sich um und schnürte den Gürtel fest zu, damit die steife Jeans nicht herunterrutschte.

»Sind das die Klamotten von dem letzten Kerl, den ihr entführt habt?«, fragte Jun Do.

Offizier So sagte: »Ich habe seit Jahren niemanden mehr entführt.«

Ein ungutes Gefühl beschlich Jun Do.

»Entspann dich«, sagte der Offizier. »Ich hab so was schon hundert Mal gemacht.«

»Wirklich?«

»Na ja, siebenundzwanzig Mal.«

Offizier So hatte ein kleines Skiff mit an Bord gebracht, und als sie der Küste nahe genug waren, ließen die Fischer es zu Wasser. Im Westen ging über Nordkorea die Sonne unter, der Wind wechselte die Richtung, und es kühlte deutlich ab. Das Skiff war winzig, fand Jun Do, eigentlich kaum groß genug für eine Person, und erst recht nicht für drei und ein sich wehrendes Entführungsopfer. Offizier So stieg mit einem Fernglas und einer Thermoskanne hinunter, Gil folgte ihm. Als Jun Do neben Gil Platz nahm, schwappte schwarzes Wasser über die Seite herein, und seine Schuhe waren sofort durchweicht. Er überlegte, ob er preisgeben sollte, dass er nicht schwimmen konnte.

Gil wollte, dass Jun Do ihm Sätze auf Japanisch nachsprach. Guten Abend – *Konban wa*. Entschuldigung, ich habe mich verlaufen – *Chotto sumimasen, michi ni mayoimashita*. Meine Katze ist weg – *Watashi no neko ga maigo ni narimashita*.

Der Alte drehte den Bug in Richtung Strand, wobei er den Außenbordmotor, einen müden, russischen Vpresna, viel zu sehr hochjagte. Dann schwenkte er nach Norden, parallel zur Küste, und mit jeder anrollenden Woge neigte sich die Nussschale landwärts, nur um wieder Richtung See zu kippen, sobald der Wellenberg unter ihnen hindurchgeglitten war.

Gil schnappte sich das Fernglas, doch anstatt den Strand damit abzusuchen, richtete er es auf die hohen Gebäude der Innenstadt, deren Neonlichter gerade zum Leben erwachten.

»Schaut euch das an«, sagte Gil. »Hier hat kein Beschwerlicher Marsch stattgefunden.«

Jun Do und Offizier So sahen sich an.

Offizier So befahl Gil: »Sag ihm noch einmal, was ›Wie geht es Ihnen?‹ heißt.«

»*Ogenki desu ka*«, sagte Gil.

»*Ogenki desu ka*«, wiederholte Jun Do. »*Ogenki desu ka.*«

»Sag's so, als würdest du ›Wie geht es Ihnen, verehrter Mitbürger?‹ sagen. *Ogenki desu ka*«, instruierte ihn Offizier So. »Nicht wie ›Wie geht's, ich pflück dich gleich von diesem beschissenen Strand.‹«

Jun Do fragte: »So nennen Sie das, *pflücken*?«

»Ganz früher haben wir es mal so genannt.« Er setzte ein falsches Lächeln auf. »Sag's freundlich, Schluss.«

Jun Do erwiderte: »Warum schicken Sie nicht Gil? Schließlich kann er Japanisch.«

Offizier So blickte wieder hinaus aufs Wasser. »Du weißt, warum du hier bist.«

Gil fragte: »Warum ist er hier?«

Offizier So antwortete: »Weil er im Dunkeln kämpfen kann.«

Gil sah Jun Do an. »Das machst du? Ich meine, ist das dein Beruf?«, fragte er.

»Ich bin Leiter eines Einfallkommandos«, antwortete Jun Do. »Meistens laufen wir nur im Dunkeln herum, aber es wird auch gekämpft, ja.«

Gil sagte: »Und ich dachte, mein Job wäre beschissen gewesen.«

»Was hast du gemacht?«, fragte Jun Do.

»Bevor ich auf die Sprachschule gekommen bin?«, sagte Gil. »Landminen.«

»Was, entschärfen?«

»Schön wär's gewesen«, sagte Gil.

Sie näherten sich dem Ufer bis auf zwei-, dreihundert Meter und tuckerten dann an den Stränden der Präfektur Kagoshima entlang. Je mehr das Licht schwand, desto verschlungener spiegelte es sich in der Architektur jeder anrollenden Welle.

Gil streckte den Arm aus. »Da«, sagte er. »Da ist jemand am Strand. Eine Frau.«

Offizier So drosselte den Motor und nahm den Feldstecher, hielt ihn mit ruhiger Hand vor die Augen und drehte an der Feinjustierung, während seine buschigen, weißen Augenbrauen sich hoben und senkten. »Nein«, sagte er und reichte das Glas an Gil zurück. »Guck genauer hin, es sind zwei Frauen. Sie gehen nebeneinander.«

Jun Do sagte: »Ich dachte, wir suchen nach einem Mann.«

»Spielt keine Rolle«, antwortete der Alte. »Hauptsache, die Person ist allein.«

»Was, wir sollen einfach irgendjemanden vom Strand pflücken?«

Offizier So antwortete nicht. Eine Weile war außer dem Tuckern des Außenborders nichts zu hören. Dann sagte Offizier So: »Früher, zu meiner Zeit, da hatten wir eine ganze Division, Gelder, ein Schnellboot, eine Betäubungspistole. Wir haben beobachtet, infiltriert, minutiös ausgewählt. Familienväter haben wir nicht genommen, Kinder sowieso nicht. Ich bin mit lupenreinem Leumund pensioniert worden. Und guckt mich jetzt an. Wahrscheinlich bin ich der Letzte, der von damals noch übrig ist. Ich wette, ich bin der Einzige, den sie finden konnten, der sich mit diesem Geschäft auskennt.«

Gil stellte auf etwas am Strand scharf. Er polierte das Glas, aber es war im Grunde viel zu dunkel, um irgendetwas zu erkennen. Er gab den Fernstecher an Jun Do weiter. »Kannst du was sehen?«, fragte er.

Als Jun Do das Fernglas ansetzte, machte er mit Mühe eine männliche Gestalt aus, die sich direkt am Wasser entlangbewegte – es war eigentlich nur ein schemenhafter Schatten vor noch dunklerem Hintergrund. Dann sah er eine Bewegung aus dem Augenwinkel. Etwas raste am Strand entlang auf den Mann zu – es musste ein Hund sein, aber groß, so groß wie ein Wolf. Der Mann machte eine Geste, und der Hund rannte weg.

Jun Do meldete Offizier So: »Da ist ein Mann. Er hat einen Hund.«

Offizier So richtete sich auf und griff nach der Motorpinne. »Ist er allein?«

Jun Do nickte.

»Ist der Hund ein Akita?«

Mit Hunderassen kannte Jun Do sich nicht aus. Einmal in der Woche hatten die Waisen eine Hundefarm in der Gegend saubergemacht. Hunde waren schmutzige Tiere, die einen bei jeder Gelegenheit anfielen – sogar über die Pfosten ihrer

Zwinger hatten sie sich hergemacht und sich mit ihren Reißzähnen durch das Holz gearbeitet. Mehr wollte Jun Do gar nicht über sie wissen.

Offizier So sagte: »Hauptsache, das Viech wackelt mit dem Schwanz. Das ist das Einzige, was dich kümmern muss.«

Gil sagte: »Die Japaner bringen ihren Hunden Kunststückchen bei. Du brauchst bloß ›Guter Hund, mach Sitz‹ zu sagen. *Yoshi yoshi. Osuwari kawaii desu ne.*«

Jun Do sagte: »Hör auf mit dem Scheißjapanisch.«

Er hätte gern gefragt, ob sie einen Plan hatten, aber Offizier So hielt einfach aufs Ufer zu. Zu Hause in Panmunjom war Jun Do der Anführer seiner Tunneleinheit, dafür bekam er Alkoholbezugsscheine und hatte einmal wöchentlich Anrecht auf eine der Frauen. In drei Tagen nahm er am Viertelfinale der KVA-Taekwondo-Ausscheidung teil.

Einmal im Monat wurde jeder Tunnel unter der DMZ gründlich von Jun Dos Einheit überprüft. Dabei arbeiteten sie ohne Licht, was hieß, dass sie kilometerweit durch komplette Finsternis liefen. Ihr Rotlicht setzten sie nur am Tunnelende ein, wo sie die Siegel und Stolperdrähte überprüften. Sie verhielten sich, als könnten sie jeden Augenblick auf Südkoreaner treffen, und abgesehen von der Regenzeit, wenn die Tunnel schlammig und unbenutzbar waren, trainierten sie ihre Handtechniken täglich in völliger Finsternis. Angeblich verfügten die südkoreanischen Soldaten über Infrarotbeleuchtung und amerikanische Nachtsichtbrillen. Die einzige Waffe, über die Jun Dos Jungs verfügten, war die Dunkelheit.

Als der Wellengang unruhiger wurde und bei Jun Do leichte Panik aufkam, fing er ein Gespräch mit Gil an. »Und was ist das für ein Job, der schlimmer ist als das Entschärfen von Landminen?«

»Sie zu kartieren«, sagte Gil.

»Wie, mit einem Räumer?«

»Metalldetektoren funktionieren nicht«, sagte Gil. »Die Amerikaner haben jetzt Plastikminen. Wir haben Karten erstellt, auf denen wir eingezeichnet haben, wo welche liegen müssten. Dabei orientieren wir uns am Gelände und an der Psychologie. Wo der Wegverlauf oder eine Baumwurzel den Fuß auf eine bestimmte Stelle zwingt, vermuten wir eine Mine und tragen sie ein. Ganze Nächte haben wir im Minenfeld verbracht, mit jedem Schritt unser Leben riskiert, und wofür? Am nächsten Morgen waren die Minen immer noch da, und der Feind auch.«

Jun Do wusste, wer die schlimmsten Jobs bekam – Tunnelaufklärung, Zwölf-Mann-U-Boote, Minen, Biochemie – und sah Gil auf einmal in einem anderen Licht. »Du bist also Waise«, sagte er.

Gil wirkte schockiert. »Ganz und gar nicht. Du?«

»Nein«, erwiderte Jun Do, »ich doch nicht.«

Jun Dos Einheit bestand aus lauter Waisen, aber in Jun Dos Fall war es ein Versehen. Als Adresse stand auf seiner KVA-Karte *Frohe Zukunft*, das hatte ihn zu dem Job verdammt. Es war ein bürokratischer Fehler, den scheinbar niemand in ganz Nordkorea beheben konnte, und jetzt war es sein Schicksal. Er hatte sein ganzes Leben unter Waisen verbracht, er kannte ihre Notlage und hasste sie daher nicht wie die meisten anderen Koreaner. Trotzdem war er keiner von ihnen.

»Und jetzt bist du Dolmetscher?«, fragte Jun Do ihn.

»Wenn man lange genug in den Minenfeldern gearbeitet hat«, antwortete Gil, »wird man belohnt. Man wird auf einen gemütlichen Posten geschickt, zum Beispiel eine Sprachschule.«

Offizier So stieß ein kurzes, bitteres Lachen aus.

Der weiße Schaum der Brecher wehte jetzt ins Boot.

»Das Beschissene ist«, sagte Gil, »dass ich jedes Mal, wenn ich die Straße langgehe, denke: Da würde ich eine Landmine hinlegen. Oder ich merke, dass ich bestimmte Stellen meide, ich setze meinen Fuß nicht auf eine Türschwelle oder vor ein Pissoir. Ich kann nicht mal mehr in den Park gehen.«

»Den Park?«, fragte Jun Do. Er hatte noch nie einen Park gesehen.

»Das reicht«, unterbrach Offizier So. »Es wird Zeit, dass die Sprachschule einen neuen Japanischlehrer bekommt.« Er würgte den Motor ab, die Brandung wurde laut, und das Skiff schaukelte führerlos in den Wellen.

Der schemenhafte Mann am Strand beobachtete sie, aber jetzt, zwanzig Meter vom Ufer, konnten sie nichts mehr dagegen tun. Als das Boot beinahe kenterte, sprang Jun Do heraus, um es von außen zu stützen. Das Wasser war zwar nur hüfttief, aber er wurde sofort hart von den Brechern erfasst. Die Brandung schleifte ihn über den Sand, bevor er hustend wieder hochkam.

Der Mann am Strand sagte nichts. Als Jun Do an Land watete, war es fast dunkel.

Jun Do atmete tief durch und strich sich das Wasser aus den Haaren.

»*Konban wa*«, sagte er zu dem Unbekannten. »*Odenki kesu da.*«

»*Ogenki desu ka*«, rief Gil vom Boot herüber.

»*Desu ka*«, wiederholte Jun Do.

Der Hund kam mit einem gelben Ball im Maul angerannt.

Einen Augenblick stand der Mann ganz still. Dann wich er einen Schritt zurück.

»Pack ihn«, brüllte Offizier So.

Der Mann raste los, und Jun Do verfolgte ihn in seinen

durchweichten Jeans und sandverklebten Turnschuhen. Der Hund war groß und weiß und sprang aufgeregt neben ihnen her. Der Japaner rannte schnurstracks den Strand entlang; ohne den Hund, der um ihn herumtollte, wäre er kaum zu sehen gewesen. Jun Do rannte aus Leibeskräften. Er konzentrierte sich ausschließlich auf die Schritte vor ihm im Sand, dumpf, wie Herzpochen. Dann schloss er die Augen. In den Tunneln hatte Jun Do gelernt, Menschen zu spüren, ohne sie zu sehen. Wenn jemand da war, dann fühlte er das, und wenn er in Reichweite gelangte, konnte er denjenigen zielgenau ansteuern. Sein Vater, der Waisenhausaufseher, hatte ihm immer das Gefühl vermittelt, seine Mutter sei tot, aber das stimmte nicht, sie war gesund und am Leben, nur außer Reichweite. Und auch wenn er nie gehört hatte, was aus dem Waisenhausaufseher geworden war, spürte Jun Do, dass sein Vater nicht mehr lebte. Das Kämpfen im Dunkeln funktionierte nicht anders: Man musste seinen Gegner spüren, durfte sich aber auf keinen Fall seiner Fantasie überlassen. Die Dunkelheit im eigenen Kopf füllte sich zu schnell mit Geschichten, die nichts mit der echten Dunkelheit um einen herum zu tun hatten.

Vor ihm war der dumpfe Aufprall eines Menschen auf dem Boden zu hören – etwas, was Jun Do schon tausend Mal gehört hatte. Er stoppte neben dem Mann, der sich aufzurichten versuchte. Sein mit Sand bedecktes Gesicht leuchtete gespenstisch. Beide keuchten und schnappten nach Luft, beider Atem eine einzige weiße Wolke.

Tatsächlich schnitt Jun Do bei Wettkämpfen nie besonders gut ab. Beim Kampf im Dunkeln verriet ein leichter Haken dem Gegner nur, wo man war. Im Dunkeln musste man zuschlagen, als wolle man mit der Faust durch seinen Gegner hindurchstoßen. Maximale Reichweite war wichtig – weite

Schwinger, wirbelnde Drehtritte, die eine Menge Raum abdeckten und den anderen sofort zu Fall brachten. Bei einem Wettkampf aber sah der Gegner solche Angriffe kilometerweit kommen und brauchte bloß auszuweichen. Aber ein Mann nachts am Strand, der unsicher dastand? Jun Do versetzte ihm einen rückwärtigen Schnapptritt an den Kopf, und der Fremde ging zu Boden.

Der Hund stand nicht einen Moment still – aus Aufregung vielleicht, oder aus Enttäuschung. Er scharrte neben dem Bewusstlosen im Sand und ließ den Ball fallen. Jun Do hätte den Ball gern geworfen, wagte sich aber nicht in die Nähe dieser Zähne. Der Schwanz wedelte nicht, merkte Jun Do plötzlich. Etwas schimmerte im Sand – die Brille des Mannes. Jun Do setzte sie auf, und der diffuse Schein über den Dünen verwandelte sich in scharf umrissene Lichtpunkte: Fenster. Die Japaner wohnten nicht in großen Häuserblocks, sondern in kleineren Einzelbaracken.

Jun Do steckte die Brille ein, packte den Mann bei den Füßen und zog ihn hinter sich her. Der Hund gab kurze, aggressive Kläffer von sich. Als Jun Do über die Schulter blickte, knurrte der Hund das Gesicht des Mannes an und kratzte ihm über Stirn und Wangen. Jun Do senkte den Kopf und zog weiter. Der erste Tag im Tunnel ist kein Problem, aber wenn man am zweiten Tag aus der Finsternis eines Traums in echter Finsternis erwacht, dann muss man die Augen öffnen. Wenn man sie geschlossen hält, dann laufen alle möglichen verrückten Filme im Kopf ab, ein Hund zum Beispiel, der einen hinterrücks anfällt. Mit offenen Augen braucht man sich nur dem Nichts zu stellen, dem man sich tatsächlich gegenübersieht.

Als Jun Do endlich in der Dunkelheit das Boot gefunden hatte, ließ er den Bewusstlosen wie einen Sack zwischen die

Aluminiumstreben plumpsen. Der Mann machte einmal die Augen auf und gleich wieder zu.

»Was hast du mit seinem Gesicht angestellt?«, wollte Gil wissen.

»Wo warst du?«, fragte Jun Do. »Der Kerl ist schwer.«

»Ich bin nur der Dolmetscher«, antwortete Gil.

Offizier So schlug Jun Do auf den Rücken. »Nicht schlecht für einen Waisenknaben«, sagte er.

Jun Do wirbelte zu ihm herum. »Ich bin kein Waisenknabe«, fuhr er ihn an. »Und wieso zum Teufel behaupten Sie, Sie hätten das schon hundert Mal gemacht? Wir fahren raus ohne jeden Plan, außer dass ich jemandem hinterherrenne? Sie sind noch nicht mal ausgestiegen.«

»Ich wollte sehen, aus was für einem Holz du geschnitzt bist«, erwiderte Offizier So. »Das nächste Mal stellen wir uns schlauer an.«

»Es gibt kein nächstes Mal«, schnappte Jun Do.

Gil und Jun Do drehten das Boot in die Wellen. Die Brecher schlugen über ihnen zusammen, während Offizier So am Anlasser zog. Als alle vier an Bord waren und sie aufs offene Meer zuhielten, sagte Offizier So: »Reg dich ab, von jetzt an wird's einfacher. Denk einfach nicht drüber nach. Als ich gesagt habe, ich hätte siebenundzwanzig Leute entführt, war das ein Witz. Ich habe nicht mitgezählt. Vergiss sie einfach sofort. Zähl nicht mit, auf keinen Fall.«

Obwohl der Außenborder sehr laut war, konnten sie den Hund am Ufer immer noch hören. Selbst als sie schon weit draußen auf dem Wasser waren, drang sein verzweifeltes Gebell noch zu ihnen herüber, und Jun Do wusste, dass ihm dieses Bellen für immer in den Ohren klingen würde.

*

Sie übernachteten auf einer Songun-Basis in der Nähe der Hafenstadt Kinjye. Ringsum lagen die Erdbunker der Boden-Luft-Raketen, und als die Sonne untergegangen war, leuchteten die weißen Werferbatterien im Mondlicht. Weil sie in Japan gewesen waren, mussten die drei sich von den übrigen Soldaten fernhalten. Sie wurden in der Krankenstube untergebracht, einem kleinen Raum mit sechs Pritschen. Dass es eine Krankenstube war, konnte man nur an dem einsamen Regal mit Gerätschaften zum Blutabnehmen und dem alten chinesischen Kühlschrank mit einem roten Kreuz auf der Tür erkennen.

Den Japaner hatten sie in einen der heißen Verschläge auf dem Exerzierplatz gesperrt, und Gil war jetzt da draußen und übte durch ein Loch in der Tür Japanisch. Jun Do und Offizier So lehnten im Fenster der Krankenstube und teilten sich eine Zigarette, während sie Gil beobachteten, der im Dreck saß und allen Ernstes mit Hilfe des Mannes, an dessen Entführung er selbst beteiligt gewesen war, idiomatische Ausdrücke übte. Offizier So schüttelte ungläubig den Kopf. Ein Patient befand sich ebenfalls auf der Krankenstube, ein kleiner Soldat, um die sechzehn, mit von der Hungersnot verkümmertem Knochenbau. Er lag mit klappernden Zähnen auf einer Pritsche. Von ihrem Zigarettenrauch bekam er Hustenanfälle. Sie rückten seine Pritsche so weit weg, wie das in dem kleinen Raum ging, aber er war immer noch nicht still.

Einen Arzt gab es nicht. Die Krankenstube war ein Raum, in dem kranke Soldaten so lange lagen, bis klar war, dass sie nicht wieder gesund würden. Wenn sich der junge Soldat bis zum Morgen nicht berappelt hatte, würde die Militärpolizei kommen, ihm eine Kanüle setzen und ihm vier Beutel Blut abzapfen. Jun Do hatte das früher schon mitangesehen und den Eindruck gewonnen, dass es kein schlechter Abgang war.

Es dauerte nur ein paar Minuten – erst wurden sie schläfrig, dann schauten sie verträumt, und wenn sie gegen Ende ein bisschen panisch wurden, machte das nichts, denn reden konnten sie nicht mehr. Bevor das Licht endgültig ausging, sahen sie wohlig verwirrt aus, wie eine Grille, der man die Fühler ausgerupft hat.

Der Lagergenerator wurde ausgeschaltet, die Lichter gingen allmählich aus, und der Kühlschrank hörte auf zu rattern.

Offizier So und Jun Do legten sich hin.

Es war einmal ein Japaner. Er führte seinen Hund aus. Und dann war er weg, war nirgendwo. Für die Menschen, die ihn kannten, würde er für immer im Nirgendwo sein. So war es Jun Do früher immer mit den Jungen gegangen, die von den Männern mit chinesischem Akzent ausgesucht wurden. Eben waren sie noch da, und dann waren sie weg und verschwunden, wie Bo Song, im Nirgendwo. So dachte er über die meisten Menschen – sie tauchten in seinem Leben auf wie Findelkinder an der Türschwelle, nur um dann später wie von einer großen Flut weggespült zu werden. Aber Bo Song war nicht einfach weg – ob er hinunter zu den Aalen gesunken oder aufgedunsen mit der Flut Richtung Norden nach Wladiwostok gespült worden war – irgendwo war er geblieben. Auch der Japaner war nicht weg – er war in dem stickigen Verschlag, draußen auf dem Exerzierplatz. Und seine Mutter, dachte Jun Do auf einmal – sie war auch irgendwo, in eben diesem Augenblick, in einer Wohnung in der Hauptstadt, sah vielleicht in den Spiegel und bürstete sich vor dem Schlafengehen die Haare.

Zum ersten Mal seit Jahren schloss Jun Do die Augen und stellte sich ihr Gesicht vor. Es war gefährlich, Menschen so herbeizuträumen. Denn plötzlich waren sie dann bei ihm im Tunnel. Das war früher oft passiert, wenn er an Kinder aus

Frohe Zukunft gedacht hatte. Einmal nicht aufgepasst, und schon folgt dir im Dunkeln ein Junge und stellt dir Fragen: Warum warst du nicht derjenige, der vor Kälte gestorben ist, warum bist nicht du in den Farbbottich gefallen? Und schon ist man überzeugt, dass einem jeden Augenblick ein Fußtritt durchs Gesicht wischen kann.

Aber da war sie, seine Mutter. Während er dort lag und dem schlotternden Soldaten lauschte, hörte er sie singen. »Arirang«, sang sie mit wehmütiger Stimme, fast ein Flüstern, das aus einem unbekannten Irgendwo kam. Sogar die scheiß Waisen wussten, wo ihre Eltern waren.

Spät in der Nacht kam Gil hereingestolpert. Er öffnete den Kühlschrank, was verboten war, und stellte etwas hinein. Dann ließ er sich auf seine Pritsche fallen. Beim Schlafen streckte Gil Arme und Beine von sich, woran Jun Do erkannte, dass er als Kind sein eigenes Bett gehabt haben musste. Er schlief augenblicklich ein.

Jun Do und Offizier So standen im Dunkeln auf und gingen an den Kühlschrank, der fast unhörbar kühl ausatmete, als Offizier So am Griff zog. Hinter den Stapeln viereckiger Blutkonserven fischte So eine halbvolle Flasche koreanischen Branntwein heraus. Sie machten die Tür schnell wieder zu, denn das Blut war für Pjöngjang bestimmt, und wenn es verdarb, war die Hölle los.

Sie stellten sich mit der Flasche ans Fenster. Weit weg bellten Hunde in ihren Zwingern. Am Horizont, über den Raketenbunkern, leuchtete ein schwacher Schein am Himmel: vom Meer reflektiertes Mondlicht. Hinter ihnen fing Gil an, im Schlaf zu furzen.

Offizier So trank. »Ich glaube, unser guter Gil ist nicht an Hirsebrot und Sorghumsuppe gewöhnt.«

»Wo zum Teufel habt ihr den her?«, fragte Jun Do.

»Vergiss ihn«, erwiderte Offizier So. »Ich habe keine Ahnung, warum Pjöngjang nach all den Jahren wieder mit diesen Geschichten angefangen hat, aber in einer Woche ist hoffentlich alles vorbei. Noch eine Mission, und wenn alles gut geht, sehen wir den Kerl nie wieder.«

Jun Do trank einen Schluck Soju – sein Magen wehrte sich gegen den fruchtigen Alkoholgeschmack.

»Was für eine Mission ist das?«, fragte er.

»Erst machen wir noch eine Übung«, antwortete Offizier So. »Dann kommt jemand Besonderes dran. Die Oper von Tokio gastiert den Sommer über in Niigata. Sie haben eine Sopranistin, Rumina heißt sie.«

Der nächste Schluck Soju floss schon viel besser die Kehle hinab. »Oper?«, fragte Jun Do.

Offizier So zuckte die Schultern. »Irgendein hohes Tier in Pjöngjang hat wahrscheinlich die Raubkopie von einer Kassette gehört und muss das Goldkehlchen jetzt unbedingt haben.«

»Gil sagt, er hat einen Landmineneinsatz überlebt«, sagte Jun Do. »Dafür ist er auf die Sprachschule geschickt worden. Stimmt das – funktioniert das so, dass man belohnt wird?«

»Momentan sind wir auf Gil angewiesen. Aber du hörst nicht auf ihn, verstanden? Du hörst auf mich.«

Jun Do schwieg.

»Warum, hast du was im Sinn?«, wollte Offizier So wissen. »Weißt du überhaupt, was du gern als Belohnung hättest?«

Jun Do schüttelte den Kopf.

»Na also. Vergiss es.«

Offizier So ging in die Ecke und lehnte sich über den Latrineneimer. Er stützte sich an der Wand ab und mühte sich sehr lange. Nichts passierte.

»Ich habe das ein oder andere Wunder vollbracht, damals«, sagte er. »Ich habe eine Belohnung bekommen. Und wo bin ich gelandet?« Er schüttelte den Kopf. »Wünsch dir am besten nur eins: Dass du nicht wirst wie ich.«

Jun Do starrte aus dem Fenster in Richtung des Verschlags. »Was wird aus ihm?«

»Dem Hundemann?«, fragte Offizier So zurück. »Wahrscheinlich sitzen schon ein paar *Pubyok* im Zug, um ihn nach Pjöngjang zu schaffen.«

»Schon, aber was passiert dann mit ihm?«

Offizier So versuchte mit einer letzten Anstrengung, etwas Urin herauszupressen.

»Stell keine blöden Fragen«, knurrte er mit zusammengebissenen Zähnen.

Jun Do dachte an seine Mutter im Zug nach Pjöngjang. »Kann man als Belohnung auch um eine Person bitten?«

»Was, eine Frau?« Offizier So schüttelte frustriert seinen *Umkyuong*. »Ja, darum kann man bitten.« Er kam zurück und trank die Flasche aus. Einen winzigen Rest ließ er übrig. Den tröpfelte er dem sterbenden Soldaten auf die Lippen. Offizier So klopfte dem Jungen zum Abschied auf die Brust und steckte ihm die leere Flasche in die schweißnasse Armbeuge.

*

Sie übernahmen das Kommando über ein neues Fischerboot und brachen zu einer weiteren Überfahrt auf. Im Tsushima-Becken hörten sie das laute Klicken von tief unter ihnen jagenden Pottwalen, wie Schläge in die Rippen, und als sie in die Nähe der Insel Dogo kamen, ragten mit einem Mal steile Gipfel aus der See, oben weiß von Guano, unten orangebraun von unzähligen Seesternen. Jun Do starrte in Richtung der obsidianschwarzen Nordspitze der Insel, die mit Krüppelfichten bewachsen war. Es war eine Welt, die nur für sich selbst existierte, ohne Ideologie, eine Landschaft, die sich zu keinem großen Führer irgendeiner Art bekennen würde.

Auf dieser Insel gab es eine berühmte Hotelanlage, und Offizier So glaubte, sie könnten einen einsamen Touristen am Strand ausfindig machen. Doch als sie die Leeseite der Insel erreichten, dümpelte dort ein schwarzes Sechs-Mann-Schlauchboot mit einem Fünfzig-PS-Honda-Außenborder. Sie tuckerten hin, um sich die Sache anzusehen. Das große Schlauchboot war verlassen, weit und breit kein Mensch. Sie kletterten hinein, und Offizier So ließ den Außenborder testweise kurz an. Er zog den Treibstoffkanister aus dem Skiff, und gemeinsam drehten sie es auf die Seite – im Nu lief es voll und sank, mit dem Achtersteven voran, gezogen vom Gewicht des Vpresna.

»Wer sagt's denn«, meinte Offizier So, während sie ihr neues Boot bewunderten. »Jetzt sind wir ein echtes Einsatzkommando.«

In dem Augenblick kam der Taucher hoch.

Er schob die Taucherbrille auf die Stirn und wirkte sehr verwundert, drei Männer in seinem Boot zu sehen. Aber er reichte einen Sack voll Abalones hinauf und ließ sich von Gil an Bord helfen. Der Taucher war größer als sie und muskulös; er trug einen Neoprenanzug.

Offizier So befahl Gil: »Sag ihm, dass unser Boot kaputt war und gesunken ist.«

Gil redete mit dem Taucher, der wild gestikulierte und lachte.

»Ich weiß, dass euer Boot gesunken ist«, übersetzte Gil. »Es ist fast auf meinem Kopf gelandet.«

Dann bemerkte der Taucher etwas weiter entfernt den Fischkutter. Er sah sie fragend an.

Gil schlug dem Taucher auf den Rücken und sagte etwas zu ihm. Der Mann starrte Gil in die Augen. Dann drehte er durch. Wie alle Abalonetaucher trug auch er ein Messer am Knöchel, und es dauerte lange, bis Jun Do ihn überwältigt hatte. Endlich bekam er ihn von hinten mit einem Würgegriff zu fassen, der das Wasser aus dem Neoprenanzug drückte.

Gil war über Bord gesprungen, als der Taucher um sich stach.

»Was zum Teufel hast du zu ihm gesagt?«, wollte Jun Do wissen.

»Die Wahrheit«, sagte Gil wassertretend.

Offizier So hatte eine ordentliche Schnittwunde am Unterarm abbekommen. Er schloss vor Schmerz die Augen. »Weiterüben«, war sein einziger Kommentar.

*

Sie steckten den Taucher in den Laderaum des Fischerboots und hielten Kurs aufs Festland. In der Nacht ließen sie das Schlauchboot vor der Ortschaft Fukura zu Wasser. Neben dem langen Angelpier war den Sommer über ein Rummelplatz aufgebaut, Laternen baumelten an Schnüren, und alte Leute sangen auf einer öffentlichen Bühne Karaoke. Jun Do, Gil und Offizier So ließen sich hinter der Brandung treiben und warteten ab, bis die Neonbeleuchtung an der Achterbahn erlosch und die Leierkastenmusik der Buden verstummte. Schließlich stand nur noch eine einsame Gestalt am Ende des Piers. Als sie eine Zigarette rot aufglühen sahen, wussten sie, dass es ein Mann war. Offizier So ließ den Außenborder an.

Sie tuckerten auf den Pier zu, der sich hoch vor ihnen erhob. Dort, wo die Sturzbrecher auf die Poller trafen, herrschte Aufruhr, manche Wellen sprangen senkrecht nach oben, andere kamen Richtung See zurückgerollt.

»Sag was auf Japanisch«, befahl Offizier So Gil. »Sag, du hast dein Hündchen verloren oder so was. Geh ganz nah ran. Dann – runter mit ihm. Man fällt tief, und das Wasser ist kalt. Wenn er wieder hochkommt, wird er ganz scharf drauf sein, zu uns ins Boot zu klettern.«

Als sie anlandeten, stieg Gil aus. »Ich mach's«, verkündete er. »Der hier gehört mir.«

»O nein«, sagte Offizier So. »Ihr geht beide.«

»Ehrlich«, erwiderte Gil. »Ich schaff das allein.«

»Raus«, sagte Offizier So zu Jun Do. »Und setz verdammt noch mal die Brille auf.«

Die beiden überquerten den Strand und kamen an einen kleinen Platz mit Bänken und Blumenbeeten und einem verschlossenen Teestand. Sie konnten keine Statue entdecken und daher auch nicht feststellen, wer auf diesem Platz verehrt wurde. Die Bäume hingen voller Pflaumen, so reif, dass den beiden der Saft an den Händen herunterlief. Das Ganze schien zu unmöglich, um wahr zu sein. Ein schmutziger Mann schlief auf einer Bank; sie staunten darüber, dass ein Mensch sich hinlegen konnte, wo er wollte.

Gil konnte den Blick nicht von den Häusern um den Platz abwenden. Mit ihren dunklen Balken und den Ziegeldächern waren sie zwar traditionell gebaut, aber man merkte, dass sie brandneu waren.

»Ich will all diese Türen aufmachen«, sagte Gil. »Auf japanischen Stühlen sitzen, ihre Musik hören.«

Jun Do starrte ihn an.

»Na ja«, sagte Gil. »Nur, um es mal zu sehen.«

Am Ende jedes Tunnels führte eine Leiter hinauf zur Ausstiegsluke. Jun Dos Männer rissen sich darum, wer hinaufklettern und ein bisschen in Südkorea spazieren gehen durfte. Bei ihrer Rückkehr erzählten sie dann von Maschinen, die

Geld auswarfen, und Leuten, die Hundekacke aufsammelten und in Plastiktüten steckten. Jun Do sah es sich nie an. Er wusste, dass es dort riesige Fernsehapparate gab und so viel Reis, wie man nur essen konnte. Doch er wollte nichts damit zu tun haben – er hatte Angst, dass sein gesamtes Leben bedeutungslos würde, wenn er all das mit eigenen Augen sah. Einem alten, vom Hunger erblindeten Mann Rüben stehlen? Sinnlos wäre es gewesen. Einen anderen Jungen zum Reinigen der Bottiche in die Farbenfabrik schicken, statt es selbst zu machen? Sinnlos.

Jun Do warf seine halb verzehrte Pflaume weg. »Ich habe schon Bessere gegessen.«

Auf dem Pier gingen sie über Holzbohlen, die vom jahrelangen Köderanstecken ganz fleckig waren. Am Ende sahen sie im blauen Schein eines Handys ein Gesicht.

»Du wirfst ihn über das Geländer«, sagte Jun Do.

Gil holte tief Luft. »Übers Geländer«, wiederholte er.

Auf dem Pier lagen leere Flaschen und Zigarettenkippen. Jun Do ging ruhig voran und merkte, dass Gil versuchte, es ihm gleichzutun. Von unten kam das kehlige Schnurren eines Außenborders im Leerlauf. Die Gestalt vor ihnen unterbrach ihr Telefongespräch.

»*Dare?*«, rief ihnen eine Stimme zu. »*Dare nano?*«

»Gib keine Antwort«, flüsterte Jun Do.

»Das ist eine Frauenstimme«, flüsterte Gil.

»Gib keine Antwort«, sagte Jun Do.

Die Kapuze eines Mantels wurde zurückgezogen, und das Gesicht einer jungen Frau kam zum Vorschein.

»Ich kann das nicht«, sagte Gil.

»Halt dich an den Plan.«

Ihre Schritte erschienen ihnen unglaublich laut. Auf einmal kam Jun Do der Gedanke, dass irgendwann Männer auf die gleiche Weise seine Mutter mitgenommen hatten und dass er jetzt einer von ihnen war.

Und dann hatten sie das Mädchen erreicht. Sie war klein unter ihrem Mantel. Sie riss den Mund auf, als wollte sie schreien, und Jun Do sah, dass sie auf allen Zähnen feine Metalldrähte hatte. Sie packten das Mädchen bei den Armen und hoben sie hinauf aufs Geländer.

»*Zenzen oyogenai'n desu*«, rief sie, und obwohl Jun Do kein Japanisch konnte, war ihm klar, dass es ein flehentliches Geständnis war, so etwas wie: »Ich bin noch Jungfrau!«

Sie stießen sie übers Geländer. Sie fiel lautlos, kein Wort, nicht einmal ein Luftschnappen. Aber Jun Do sah etwas in ihren Augen aufleuchten – es war weder Angst noch der Gedanke, wie sinnlos das Ganze war. Er war sich fast sicher, dass sie an ihre Eltern dachte: Dass sie nie erfahren würden, was aus ihr geworden war.

Unter ihnen waren ein Platschen und das Aufheulen eines Außenborders zu hören.

Jun Do wurde diesen Ausdruck in ihren Augen nicht los.

Auf dem Pier lag noch ihr Handy. Er hob es auf und hielt es ans Ohr. Gil wollte etwas sagen, aber Jun Do bedeutete ihm zu schweigen. »Mayumi?«, fragte eine Frauenstimme. »Mayumi?« Jun Do drückte auf mehrere Knöpfe, damit es aufhörte. Als er sich über das Geländer lehnte, schaukelte unter ihm das Boot auf den Wellen.

»Wo ist sie?«, fragte Jun Do.

Offizier So starrte ins Wasser. »Untergegangen«, antwortete er.

»Wie meinen Sie das, sie ist untergegangen?«

Der Alte hob die Hände. »Ins Wasser gefallen, dann war sie weg.«

Jun Do drehte sich zu Gil um. »Was hat sie gesagt?«

Gil antwortete: »Sie hat gesagt: *Ich kann nicht schwimmen.*«

»*Ich kann nicht schwimmen?*«, fragte Jun Do. »Sie hat gesagt, dass sie nicht schwimmen kann, und du hast nichts getan?«

»Der Plan war, sie übers Geländer zu werfen. Du hast gesagt, wir halten uns an den Plan.«

Jun Do blickte wieder in das schwarze Wasser, das hier am Ende des Piers ziemlich tief war. Da unten war sie, ihr weiter Mantel von der Strömung gebläht wie ein Segel, der ihren Körper über den Sandboden zog.

Das Handy klingelte. Es leuchtete blau auf und vibrierte in Jun Dos Hand. Gil und er starrten es an. Gil nahm das Handy, drückte auf den kleinen grünen Hörer und lauschte mit aufgerissenen Augen. Jun Do hörte genau, dass es eine Frauenstimme war, eine Mutter. »Wirf es weg«, befahl Jun Do ihm. »Ins Wasser damit.«

Gils Augen huschten hin und her, während er zuhörte. Seine Hand zitterte. Er nickte mehrmals mit dem Kopf. Als er »*Hai*« antwortete, griff Jun Do nach dem Ding. Er stach mit dem Finger auf die Knöpfe. Auf dem kleinen Display erschien das Bild eines Babys. Er warf das Handy ins Meer.

Jun Do trat ans Geländer. »Wie konnten Sie einfach nicht mitzählen?«, schrie er hinunter zu Offizier So. »Wie konnten Sie sie einfach vergessen?«

*

Das war das Ende der Testläufe. Es wurde Zeit, sich um die Operndiva zu kümmern. Offizier So würde das Japanische Meer an Bord eines Fischkutters überqueren, während Jun Do und Gil die Nachtfähre von Ch'ŏngjin nach Niigata nahmen. Um Mitternacht würden sie, mit der geraubten Sängerin, Offizier So am Strand treffen. Die Genialität ihres Plans lag in seiner Schlichtheit, erläuterte Offizier So.

Jun Do und Gil fuhren mit dem Nachmittagszug nach Ch'ŏngjin. Ganze Familien schliefen unter den Güterbahnsteigen und warteten auf den Einbruch der Dunkelheit. Dann würden sie sich auf die Reise nach Sinŭiju machen, wo man nur den Tumen-Fluss zu durchschwimmen brauchte, und man war in China.

Zu Fuß machten sie sich auf den Weg zum Hafen von Ch'ŏngjin, vorbei am Hüttenwerk »Wiedervereinigung«, dessen Riesenkräne festgerostet waren, die Kupferleitungen zum Hochofen längst von Altmetalldieben geklaut. Wohnblocks standen leer, die Lebensmittelausgabeschalter waren mit Papier zugekleistert. Keine Wäsche hing zum Trocknen draußen, kein Zwiebeldunst lag in der Luft. Sämtliche Bäume waren während der Hungersnot gefällt worden, und jetzt, Jahre später, stand überall gleich hohes Stangenholz mit knöcheldicken Stämmen. An den seltsamsten Stellen wurzelten die Bäumchen – in Regenfässern und Abflussrinnen; ein Baum platzte sogar aus einem Klohäuschen, wo ein menschliches Skelett die unverdauliche Baumsaat ausgeschissen hatte.

Als sie an *Frohe Zukunft* vorbeikamen, wirkte es auf Jun Do kaum größer als die KVA-Krankenstube.

Er hätte es Gil nicht zeigen sollen, denn der wollte natürlich unbedingt hineingehen.

Hier gab es nur noch die Schatten der Vergangenheit. Alles war verheizt worden – sogar die Türrahmen waren im Feuer gelandet. Das Einzige, was überdauert hatte, war die an die Wand gemalte Übersicht der 114 großen Märtyrer der Revolution.

Gil konnte nicht glauben, dass Jun Do allen Waisen Namen gegeben hatte.

»Du kannst wirklich alle Märtyrer auswendig? Wer ist zum Beispiel Nummer 11?«

»Ha Shin«, antwortete Jun Do. »Als er gefangen genommen wurde, hat er sich selbst die Zunge abgeschnitten, damit die Japaner nichts aus ihm herausholen konnten. Wir hatten einen Jungen, der nicht sprechen wollte – der hat den Namen gekriegt.«

Gil ließ den Finger über die Namen gleiten. »Märtyrer Nummer 76, Pak Jun Do. Was hat der für eine Geschichte?«

Jun Do berührte den dunklen Umriss auf dem Boden, wo früher der Ofen gestanden hatte. »Obwohl Jun Do viele japanische Soldaten getötet hatte«, sagte er, »vertrauten ihm die anderen Revolutionäre in seiner Einheit nicht, weil er verdorbener Abstammung war und treuloses Blut hatte. Um seine Loyalität zu beweisen, erhängte er sich.«

Gil starrte ihn an. »Und *den* Namen hast du dir gegeben? Warum?«

»Weil er den größten Loyalitätsbeweis erbracht hat.«

Wie sich herausstellte, war das Zimmer des Waisenhausaufsehers kaum größer als eine Pritsche. Und vom peinigenden Bild der Frau war nur noch ein Nagelloch geblieben.

»Hast du hier geschlafen?«, wollte Gil wissen. »Im Zimmer des Waisenhausaufsehers?«

Jun Do zeigte ihm das Nagelloch. »Da hat das Bild meiner Mutter gehangen.«

Gil sah es sich an. »Da war mal ein Nagel, stimmt«, sagte er. »Aber ich verstehe immer noch nicht, warum du einen Waisennamen hast, wenn du mit deinem Vater zusammengewohnt hast?«

»Seinen Namen konnte er mir nicht geben«, sagte Jun Do,

»sonst hätte jeder gemerkt, in welcher Schande er seinen Sohn aufziehen musste. Und er konnte es nicht ertragen, mir den Namen eines anderen zu geben, noch nicht mal den eines Märtyrers. Ich musste es selber tun.«

Gils Gesicht war ausdruckslos. »Und deine Mutter?«, fragte er. »Wie heißt sie?«

In der Ferne war das Tuten der Fähre Mangyongbong-92 zu hören.

Jun Do sagte: »Als ob meine Probleme sich in Luft auflösen würden, wenn sie einen Namen hätten.«

*

In dieser Nacht stand Jun Do am dunklen Heck des Fährschiffs und sah hinunter in das wirbelnde Kielwasser. *Rumina*, dachte er. Er lauschte nicht nach ihrer Stimme und beschwor auch nicht ihr Bild vor seinem inneren Auge herauf. Er fragte sich nur, wie sie diesen letzten Tag wohl verbringen würde, wenn sie wüsste, dass er zu ihr unterwegs war.

Als sie in den Hafen von Bandaijima einliefen, war es später Vormittag. An den Zollstationen wehten die Flaggen der verschiedenen Länder. Große, UNICEF-blaue Frachtschiffe wurden an den Docks mit Reis beladen. Jun Do und Gil hatten gefälschte Pässe und gingen in Polohemden, Jeans und Markenturnschuhen die Gangway hinab. Sonntag in Niigata.

Auf dem Weg zur Konzerthalle sah Jun Do einen Jumbojet, der einen langen Kondensstreifen hinter sich herzog. Mit verrenktem Hals starrte er in den Himmel – unglaublich. So unglaublich, dass er beschloss so zu tun, als sei alles normal: die bunten Lichter, die den Verkehr steuerten, oder die Omnibusse, die wie Ochsen in die Knie gingen, wenn alte Leute einsteigen wollten. Wie zu erwarten, konnten die Parkuhren sprechen, und die Türen der Geschäfte öffneten sich, wenn man an ihnen vorbeiging. Natürlich gab es auf den Toiletten kein Wasserfass und keinen Schöpflöffel.

In der Matinee wurde ein Potpourri aus verschiedenen Opern dargeboten, die das Ensemble für die kommende Saison einstudiert hatte; die Sänger wechselten sich mit kurzen Arien auf der Bühne ab. Gil schien die Stücke zu kennen und summte mit. Rumina – klein und breitschultrig – kam in einem anthrazitgrauen Kleid auf die Bühne. Dunkel lagen ihre Augen unter dem sehr gerade geschnittenen Pony. Sie wusste, was Traurigkeit war, das sah man, auch wenn sie nicht ahnen konnte, dass ihr die größten Prüfungen noch bevorstanden. An diesem Abend, direkt nach Einbruch der Dunkelheit, würde ihr eigenes Leben zur Oper werden; Jun Do war die finstere Gestalt am Ende des ersten Akts, der die Heldin in ein Land der Wehklagen verschleppen würde.

Sie sang erst auf Italienisch, dann auf Deutsch, dann auf Japanisch. Als sie schließlich auf Koreanisch sang, war klar, warum Pjöngjang sie auserwählt hatte. Mit heller, klarer Stimme erzählte sie von einem Liebespaar auf einem See, und das Lied handelte nicht vom Geliebten Führer oder dem Sieg über die Imperialisten oder der Quotenübererfüllung einer nordkoreanischen Fabrik. Es handelte von einem Mädchen und einem Jungen in einem Boot. Das Mädchen trug einen weißen Chosŏnot, und in den Augen des Jungen lag Schwermut.

Rumina sang auf Koreanisch, und ihr Kleid war anthrazitgrau, und sie hätte genauso gut das Lied einer Spinne singen können, die ihre Zuhörer mit ihren weißen Fäden umgarnt. Dieses Spinngewebe hielt Jun Do und Gil selbst dann noch gefangen, als sie ziellos durch die Straßen von Niigata liefen und sich arglos gaben, als hätten sie nicht die böse Absicht,

Rumina aus der nahe gelegenen Künstlersiedlung zu entführen. Einer der Liedverse wollte Jun Do nicht aus dem Kopf gehen: Wie das Liebespaar in der Mitte des Sees beschließt, nicht mehr weiterzurudern.

Wie in Trance liefen sie durch die Stadt und warteten auf den Einbruch der Dunkelheit. Besonders die Werbung interessierte Jun Do. In Nordkorea war Werbung unbekannt, und hier war sie überall, an den Bussen, auf Plakaten und an Videowänden. Sie sprang einem entgegen, flehentlich geradezu – ein Paar, das sich aneinanderklammerte, ein trauriges Kind –, und bei jedem Plakat fragte er Gil, was darauf stand, aber es ging immer nur um Autoversicherungen und Mobilfunkgebühren. Hinter einer Fensterscheibe sahen sie koreanische Frauen, die japanischen Frauen die Fußnägel schnitten. Zum Spaß probierten sie einen Automaten aus, der eine Tüte orangefarbene Snacks ausspuckte, die aber keiner von beiden probieren mochte.

Gil blieb vor einem Laden stehen, der Taucherausrüstungen verkaufte. Im Schaufenster lag ein großer Sack, in dem man sein gesamtes Equipment verstauen konnte. Er war aus schwarzem Nylon, und der Verkäufer führte ihnen vor, dass alles hineinpasste, was man für ein Unterwasserabenteuer zu zweit benötigte. Sie kauften den Sack.

Sie fragten einen Mann, ob sie seinen Einkaufswagen kurz borgen könnten, und er sagte ihnen, dass sie sich im Supermarkt selbst einen besorgen könnten. Im Laden war es fast unmöglich festzustellen, was sich in den Packungen und Kartons befand. Die wichtigsten Sachen – wie Körbe voller Rettich und Eimer voller Esskastanien – waren nirgends zu sehen. Gil kaufte eine Rolle kräftiges Klebeband und in der Spielzeugabteilung einen kleinen Malkasten aus Metall. Wenigstens hatte Gil jemanden, dem er ein Andenken mitbringen konnte.

Es wurde dunkel, rote und blaue Neonlichter glommen an den Ladenzeilen auf, und die Trauerweiden wurden gespenstisch von unten angestrahlt. Autoscheinwerfer blendeten Jun Do. Er fühlte sich ungeschützt und nackt. Wann kam die Sperrstunde? Warum respektierten die Japaner die Dunkelheit nicht, wie jeder normale Mensch?

Sie standen vor einer Bar und mussten immer noch Zeit totschlagen. Von drinnen klangen Stimmen und Gelächter.

Gil zog den Yen-Vorrat heraus. »Bringt ja nichts, die wieder mitzubringen«, sagte er.

An der Bar bestellte er Whiskey. Außer ihnen waren noch zwei Frauen an der Theke, und Gil zahlte auch ihre Getränke. Sie lächelten und wandten sich wieder ihrem Gespräch zu. »Hast du diese Zähne gesehen?«, fragte Gil. »So weiß und perfekt, wie Milchzähne.« Als Jun Do nicht reagierte, sagte Gil: »Entspann dich! Mach dich locker.«

»Du hast gut reden«, erwiderte Jun Do. »Du musst heute Abend niemanden mehr überwältigen. Und durch die ganze Stadt schaffen. Und wenn wir Offizier So nicht am Strand finden –«

»So schlimm wäre das ja nun auch wieder nicht«, erwiderte Gil. »Siehst du hier irgendjemanden, der versucht, nach Nordkorea zu fliehen? Hast du schon mal erlebt, dass jemand zu uns kommt, um bei uns Leute vom Strand zu pflücken?«

»Das bringt doch nichts, dein Gerede.«

»Na komm, trink«, forderte Gil ihn auf. »Ich schaffe die Sängerin heute Abend in den Sack. Du bist hier nicht der Einzige, der eine Frau zusammenschlagen kann, nur dass du's weißt. So schwer kann das ja wohl nicht sein.«

»Ich kümmere mich um die Sängerin«, sagte Jun Do. »Reiß du dich einfach zusammen.«

»Ich kann eine Sängerin in einen Sack stecken, ist das

klar?«, sagte Gil. »Ich kann einen Einkaufswagen schieben. Hoch das Glas, nach Japan kommst du so schnell nicht wieder.«

Gil versuchte, mit den Japanerinnen ein Gespräch anzufangen, aber sie lächelten nur, ohne ihn zu beachteten. Dann gab er der Barkellnerin einen aus. Sie kam herüber und unterhielt sich mit ihm, während sie eingoss. Sie hatte knochige Schultern, aber ihr Shirt war eng und ihr Haar tiefschwarz. Sie tranken miteinander, und er sagte etwas, was sie zum Lachen brachte. Als sie sich dem nächsten Gast zuwandte, drehte Gil sich zu Jun Do um. »Wenn du mit einem von diesen Mädchen schläfst«, sagte Gil, »dann weißt du, dass sie es macht, weil sie es will – nicht wie ein Trostmädchen beim Militär, das neun Stempel am Tag für sein Planvorgabebuch zusammenkriegen muss, oder ein Fabrikmädchen, das von seinem Blockwart verheiratet wird. Zu Hause gucken einen die hübschen Mädchen nicht mal mit dem Arsch an. Mit denen kannst du nicht mal eine Tasse Tee trinken, ohne dass ihr Vater gleich die Ehe in die Wege leitet.«

Hübsche Mädchen?, dachte Jun Do. »Mein Pech ist, dass alle Welt mich für einen Waisen hält«, sagte Jun Do. »Aber wie ist einer wie du, einer aus Pjöngjang bloß an so einen beschissenen Job geraten?«

Gil bestellte noch eine Runde Whiskey, auch wenn Jun Do seinen kaum angerührt hatte. »Wir hätten nicht beim Waisenhaus vorbeigehen sollen, das hat dir echt die Laune vermiest«, meinte Gil. »Nur weil ich mich nicht mit den Fingern schnäuze, heißt das noch lange nicht, dass ich nicht vom Land komme, aus Myohsun bin ich. Du solltest auch was aus dir machen. In Japan kannst du sein, wer du willst.«

Sie hörten ein Motorrad anhalten und beobachteten durchs Fenster, wie der Fahrer es rückwärts zwischen den anderen einparkte. Er zog den Zündschlüssel ab und versteckte ihn unter dem Tankdeckel. Gil und Jun Do sahen sich an.

Gil schwenkte das Glas, nippte an seinem Whiskey und gurgelte sacht mit zurückgelegtem Kopf.

»Du trinkst nicht wie ein Junge vom Land.«

»Und du trinkst nicht wie ein Waisenknabe.«

»Ich bin kein Waisenknabe.«

»Na, dann ist's ja gut«, sagte Gil. »Die Waisen in meiner Landmineneinheit haben nämlich alles geklaut, was nicht niet- und nagelfest war – Zigaretten, Socken, Soju. Lauter Diebe. Findest du das nicht auch zum Kotzen, wenn dir jemand deinen Soju wegsäuft? In meiner Einheit haben sie alles gefressen, was sie zu fassen kriegten, wie ein Hund seine Jungen, und womit haben sie es dir gedankt? Mit einem Haufen trockener Köttel.«

Jun Do setzte das Lächeln auf, mit dem er Leute in Sicherheit wiegte, bevor er zuschlug.

Gil redete weiter. »Aber du bist ein anständiger Kerl. Du bist so treu wie der Märtyrer. Du brauchst dir nicht ständig zu sagen, dass dein Vater dies und deine Mutter das war. Du kannst sein, wer du willst. Heute Abend bestimmst du dein Leben selbst. Vergiss den Säufer und das Nagelloch in der Wand.«

Jun Do rutschte vom Hocker und trat ein Stück zurück, um die richtige Distanz für einen Schnapptritt zu haben. Er schloss die Augen, spürte den Raum, sah sein rotierendes Hüftgelenk, das hochschnellende Bein, das Drehmoment der Fußinnenkante, wenn der Fuß herumpeitschte. Sein Leben lang ging es ihm schon so: Leute aus normalen Familien konnten sich einfach nicht vorstellen, dass ein Mann sich vor lauter Trauer nicht zu seinem Sohn bekennen konnte, dass es nichts Schlimmeres gab als eine Mutter, die ihre Kinder verließ, auch wenn so etwas ständig vorkam, und dass Menschen, die weniger als nichts besaßen, als unnütze Diebe verschrien wurden.

Als Jun Do die Augen wieder öffnete, kapierte Gil plötzlich, was ihm bevorstand.

Er tastete nach seinem Drink. »Holla, holla«, sagte er. »Tut mir leid. Ich stamme aus einer großen Familie, was weiß ich schon über Waisen? Lass uns gehen, wir haben noch zu tun.«

»Na gut«, sagte Jun Do. »Dann will ich mal sehen, wie du mit den hübschen Damen in Pjöngjang umspringst.«

*

Die Künstlersiedlung lag hinter der Konzerthalle – ein Halbkreis aus kleinen Bungalows, die um eine Thermalquelle angeordnet waren. Aus dem Badehaus floss ein heiß dampfendes Rinnsal mineralisch weiß über bleiche Felsen hinunter zum Meer.

Sie versteckten den Einkaufswagen, dann machte Jun Do eine Räuberleiter für Gil. Als der auf der anderen Seite des Zauns an das Metalltor trat, zögerte er einen Augenblick, bevor er Jun Do öffnete, und die beiden sahen einander durch die Gitterstäbe hindurch an. Schließlich hob Gil den Riegel und ließ Jun Do herein.

Kleine Lichtkegel erleuchteten den Pfad aus Steinplatten, der zu Ruminas Bungalow führte. Das Dunkelgrün und Weiß von Magnolien versperrte den Blick auf die Sterne. Die Luft roch nach Zypressen und Zedern und nach Meer. Jun Do riss zwei Streifen Klebeband ab und pappte sie Gil an den Ärmel.

»So hast du sie gleich zur Hand«, flüsterte Jun Do.

Gil sah ihn ungläubig begeistert an.

»Wir stürmen also einfach rein?«, fragte er.

»Ich übernehme die Tür«, sagte Jun Do. »Du kümmerst dich um das Klebeband auf ihrem Mund.«

Jun Do löste eine größere Steinplatte aus dem Weg und trug sie zur Tür. Er drückte sie gegen den Knauf, und als er sich mit der Hüfte dagegen warf, sprang die Tür auf. Gil rannte auf die Frau zu, die nur vom Fernseher beleuchtet im Bett saß. Jun Do sah von der Tür aus zu, wie Gil ihr das Band über den Mund klebte, aber dann schien sie in dem weichen Bett und dem Lakengewirr die Oberhand zu gewinnen. Gil ließ ein Büschel Haare. Dann hatte sie ihn am Kragen, was ihn aus dem Gleichgewicht brachte. Endlich griff er ihren Hals, und sie gingen zu Boden, wo er sich mit seinem vollen Gewicht auf sie warf, sodass sie vor Schmerz ihre Füße verdrehte. Jun Do starrte ihre Zehen lange an: Die Nägel waren leuchtend rot angemalt.

Anfangs dachte Jun Do noch: *Pack sie da, üb hier Druck aus*, aber dann bereitete ihm die ganze Sache doch Übelkeit. Als die beiden herumrollten, sah Jun Do, dass sie sich nassgemacht hatte, und die rohe Brutalität des Ganzen kam ihm zum ersten Mal zu Bewusstsein. Gil unterwarf sie, umwickelte ihre Hand- und Fußgelenke mit Klebeband, und dann kauerte sie auf den Knien, während er den Sack auf dem Boden ausbreitete und den Reißverschluss öffnete. Als er die Öffnung für sie aufhielt, verdrehten sich ihre weinenden, weit aufgerissenen Augen, und ihr Körper wurde schlaff. Jun Do setzte die Brille ab; unscharf war das Ganze besser zu ertragen.

Vor der Tür atmete er tief durch. Er hörte, wie Gil mühsam ihren Körper so hinbog, dass sie in den Sack passte. Die ohne Brille verschwommenen Sterne über dem Meer erinnerten ihn daran, wie frei er sich in der ersten Nacht bei der Überquerung des Ostmeers gefühlt hatte, wie heimisch an

Bord. Drinnen hatte Gil inzwischen den Sack zugezogen, sodass nur noch Ruminas Gesicht herausschaute. Ihre Nasenflügel blähten sich nach Sauerstoff. Erschöpft, aber lächelnd stand Gil über ihr. Er zog den Stoff seiner Hose über seinen Lenden straff, damit sie den Umriss seiner Erektion sehen konnte. Als sie die Augen aufriss, zog er den Reißverschluss ganz zu.

Schnell durchwühlten sie ihre Sachen. Gil steckte Yen und eine Kette aus roten und weißen Steinen ein. Jun Do wusste nicht, wonach er greifen sollte. Auf einem Tisch lagen Arzneifläschchen, Kosmetika, ein Stapel Familienfotos. Als sein Blick an dem anthrazitgrauen Kleid hängen blieb, zog er es vom Bügel.

»Was soll der Scheiß?«, fragte Gil.

»Ich weiß auch nicht«, erwiderte Jun Do.

Der überladene Einkaufswagen ratterte laut über die Ritzen im Bürgersteig. Die beiden sprachen nicht. Gil war zerkratzt, sein Hemd zerrissen. Sein Gesicht sah aus wie mit Make-up verschmiert. Aus der offenen Wunde, an der seine Haare fehlten, suppte eine durchsichtige, gelbe Flüssigkeit. Wo der Beton des Gehsteigs an den Straßeneinmündungen abgeschrägt war, verdrehten die Räder sich seltsam, und die Ladung kippte auf das Pflaster.

Am Straßenrand waren Altpapierbündel aufgereiht. Küchenhilfen spritzten über den Gullys Gummimatten ab. Ein grell erleuchteter, leerer Bus rauschte vorbei. In der Nähe des Parks führte ein Mann einen großen, weißen Hund aus, der stehenblieb und sie beäugte. Ab und zu wand der Sack sich, um dann wieder ruhig zu werden. An einer Ecke sagte Gil, hier müssten sie nach links abbiegen, und dort, einen steilen Hang hinunter und über einen Parkplatz hinweg, lag der Strand.

»Ich pass auf, dass uns niemand folgt«, sagte Gil.

Der Einkaufswagen kam ins Rollen – Jun Do hielt den Griff doppelt so stark fest. »Ist gut«, sagte er.

Hinter ihm erklärte Gil: »Vorhin, das, was ich über die Waisen gesagt habe. Das war nicht so gemeint. Ich habe keine Ahnung, wie es ist, wenn man keine Eltern mehr hat oder sie den Mut verloren haben. Das hätte ich nicht sagen sollen.«

»Macht nichts«, entgegnete Jun Do. »Ich bin kein Waise.«

Hinter ihm sagte Gil: »Erzähl mir, wie du deinen Vater zum letzten Mal gesehen hast.«

Der Wagen wollte immer wieder ausbrechen. Jedes Mal musste sich Jun Do mit seinem ganzen Gewicht zurücklehnen; trotzdem schlitterte er mit den Füßen übers Pflaster. »Na, eine Abschiedsparty gab's jedenfalls nicht.« Der Wagen machte einen Satz nach vorn und schleifte Jun Do mehrere Meter hinter sich her, bis er wieder Boden unter die Füße bekam. »Ich war länger da gewesen als alle anderen – ich bin nie adoptiert worden, mein Vater hat nicht zugelassen, dass ihm jemand seinen einzigen Sohn wegnimmt. Na, jedenfalls ist er in der Nacht zu mir gekommen, die Betten hatten wir verbrannt, ich lag auf dem Boden – Gil, du musst mir helfen!«

Auf einmal tobte der Einkaufswagen davon. Jun Do stolperte, ließ los, und der Wagen raste allein den Abhang hinunter. »Gil«, schrie er. Der Wagen schlingerte über den Parkplatz, und als er am anderen Ende gegen den Bordstein stieß, machte er einen Satz in die Luft und beförderte den schwarzen Sack hinaus in den dunklen Sand.

Jun Do wandte sich um, aber Gil war nirgendwo zu sehen.

Er rannte zum Strand, vorbei am Sack, der seltsam verdreht dalag, und bis zum Wasser. Er suchte die Wellen ab nach Offizier So, sah aber nichts. Er fühlte in seinen Taschen – er hatte keine Karte, keine Uhr, kein Licht. Mit den Händen auf den Knien mühte er sich verzweifelt, wieder zu Atem zu kommen. Das anthrazitgraue Kleid wehte an ihm vorbei, den Strand hinunter, blähte sich im Wind auf, wirbelte über den Sand, bis die Nacht es verschluckte.

Er ging zurück zum Sack und rollte ihn herum. Als er den Reißverschluss aufzog, schlug ihm Hitze entgegen. Er zog Rumina den Klebestreifen vom Gesicht. Es war von Abschürfungen verunstaltet. Sie sagte etwas auf Japanisch zu ihm.

»Ich verstehe nicht«, sagte er.

Auf Koreanisch sagte sie: »Gott sei Dank, dass Sie mich gerettet haben.«

Er betrachtete ihr Gesicht. Wie aufgeschürft und geschwollen es war.

»Irgendein Psychopath hat mich hier reingesteckt«, fuhr sie fort. »Gott sei Dank sind Sie vorbeigekommen. Ich dachte, ich müsste sterben, und jetzt sind Sie da, um mich zu befreien.«

Jun Do blickte sich noch einmal gründlich nach Gil um, obwohl er wusste, dass es zwecklos war.

»Danke, dass Sie mich hier rausholen«, sagte sie. »Ich bin so froh, dass Sie mich befreien.«

Jun Do testete den Klebestreifen mit den Fingern; er hatte schon viel von seiner Klebkraft eingebüßt. Eine Haarsträhne hing daran fest. Er ließ sie im Wind davonflattern.

»O nein«, flüsterte sie. »Sie sind einer von denen.«

Sand wehte in den Sack und ihr in die Augen.

»Glauben Sie mir«, antwortete er. »Ich weiß, was Sie durchmachen.«

»Sie *müssen* kein schlechter Mensch sein«, redete sie auf ihn ein. »Tief im Innern sind Sie gut, das sehe ich. Lassen Sie mich gehen, und ich singe für Sie. Ich kann ganz unglaublich singen.«

»Ihr Lied lässt mich nicht los«, antwortete Jun Do. »Das mit dem Jungen, der in der Mitte des Sees beschließt, nicht mehr weiterzurudern.«

»Das war nur eine Arie«, sagte sie. »Ein Lied aus einer ganzen Oper voller Verwicklungen, Verrat und Schicksalsschlägen.«

Jun Do beugte sich zu ihr herunter. »Hört der Junge auf zu rudern, weil er das Mädchen gerettet hat und weiß, dass er sie am anderen Ufer seinen Vorgesetzten übergeben muss? Oder hat der Junge das Mädchen gestohlen und weiß, dass er dafür bestraft wird?«

»Es ist eine Liebesgeschichte«, antwortete Rumina.

»Das ist mir klar«, sagte er. »Aber wie geht sie aus? Kann es sein, dass er weiß, dass er jetzt ins Arbeitslager muss?«

Sie blickte ihm suchend ins Gesicht, als wisse *er* die Antwort.

»Wie endet die Geschichte?«, fragte er. »Was wird aus den beiden?«

»Lassen Sie mich raus, dann sage ich es Ihnen«, flehte sie ihn an. »Machen Sie den Sack auf, dann singe ich das Ende für Sie.«

Jun Do zog den Reißverschluss zu. Er sprach zu dem schwarzen Nylon, wo eben noch ihr Gesicht sichtbar gewesen war. »Lassen Sie die Augen offen«, sagte er. »Ich weiß, dass es nichts zu sehen gibt, aber machen Sie sie nicht zu, egal, was passiert. Dunkelheit und Enge sind nicht Ihre Feinde.«

Er zerrte den Sack bis zum Wasser. Der schäumende Ozean lief ihm kalt in die Schuhe, als er die Wogen nach Offizier So absuchte. Als eine Welle den Strand hochlief und am Sack leckte, schrie die Sängerin los; so einen Schrei hatte Jun Do noch nie vernommen. In einiger Entfernung blitzte eine Taschenlampe auf. Offizier So hatte sie also auch gehört. Er steuerte das schwarze Schlauchboot auf sie zu, und Jun Do schleppte den Sack durch die Brecher. Gemeinsam rollten sie ihn an den Tragegriffen über die Bordkante.

»Wo ist Gil?«, fragte So.

»Gil ist weg«, sagte Jun Do. »Im einen Moment war er noch da, direkt neben mir, und im nächsten war er weg.«

Sie standen knietief im Waser und hielten das Boot aufrecht. In den Augen des Offiziers glänzten die Lichter der Stadt. »Weißt du, was aus den anderen Offizieren geworden ist?«, fragte er. »Vier Mann haben die Auslandskommandos geleitet. Jetzt bin ich als einziger übrig, die anderen stecken im Straflager 9. Hast du schon mal davon gehört, Tunnelmann? Das ganze Gefängnis ist unter der Erde. Es ist ein Bergwerk, und wer da einmal drin ist, der sieht die Sonne nie wieder.«

»Mir Angst zu machen hilft nichts. Ich weiß nicht, wo er ist.«

Offizier So fuhr fort: »Am Ausgang des Schachts ist ein Eisentor, und wenn sich das hinter dir schließt, ist es vorbei – drinnen gibt es keinen Aufseher, keinen Arzt, keine Kantine, keine Waschmöglichkeit. Du gräbst in der Dunkelheit, und wenn du auf Erz stößt, dann bringst du's nach oben, um es durch die Gitterstäbe gegen Essen und Kerzen und Spitzhacken einzutauschen. Nicht mal die Leichen kommen da raus.«

»Was weiß ich, wo er ist«, sagte Jun Do. »Er spricht Japanisch.«

Ruminas Stimme kam aus dem Sack. »Ich kann Ihnen helfen«, sagte sie. »Ich kenne Niigata wie die Linien auf meiner Handfläche. Lassen Sie mich raus und ich schwöre, dass ich ihn finde.«

Sie beachteten sie nicht.

»Was ist das bloß für ein Typ?«

»Das verwöhnte Söhnchen von irgendeinem Minister«, antwortete Offizier So. »Angeblich. Sein Papa hat ihn zu uns geschickt, damit wir einen Mann aus ihm machen. Du weißt schon – die Söhne von Helden sind die schlimmsten Weicheier.«

Jun Do wandte sich ab und betrachtete die Lichter von Niigata.

Offizier So legte Jun Do eine Hand auf die Schulter. »Du hast Soldatengeist«, sagte er. »Wenn ausgeteilt werden muss, teilst du aus.« Er löste den Schulterriemen der Nylontasche und machte einen Henkersknoten hinein. »Gil hat uns eine scheiß Schlinge um den Hals gelegt. Jetzt drehen wir den Spieß um.«

*

Jun Do lief seltsam gelassen zwischen den Lagerhäusern entlang. Jede Pfütze spiegelte dasselbe bisschen Mond, und als ein Bus für ihn anhielt, warf der Fahrer nur einen Blick auf ihn und verlangte kein Geld. Abgesehen von zwei alten Koreanern hinten war der Bus leer. Sie hatten immer noch ihre weißen Papiermützen auf – Köche in einem Schnellrestaurant. Jun Do sprach sie an, aber sie schüttelten nur den Kopf.

Ohne das Motorrad konnte Jun Do Gil unmöglich finden. Aber wenn der nicht völlig hirntot war, dann waren er und das Motorrad lange über alle Berge. Als Jun Do endlich an der Whiskeybar um die Ecke bog, glänzte die schwarze Maschine noch immer am Straßenrand. Er warf ein Bein über den Sitz und griff nach dem Lenker. Doch als er unter dem Tankdeckel nachfühlte, war der Schlüssel weg. Er wandte sich der Fensterfront der Bar zu, und da saß Gil und scherzte mit der Kellnerin.

Jun Do schob sich auf den Hocker neben Gil. Der malte gerade vollkommen konzentriert an einem Aquarellbild. Der Farbkasten war offen, und er tauchte den Pinsel in ein Schnapsglas mit lilagrünem Wasser. Es war eine Landschaft mit einem Bambusdickicht und mehreren Pfaden, die sich durch einen steinigen Acker schlängelten. Gil blickte auf, tauchte den Pinsel wieder ins Wasser und ließ ihn durch das Gelb kreisen, um die Bambusstämme mit hellen Akzenten zu versehen.

Jun Do sagte zu ihm: »Du bist dumm wie Scheiße.«

»Selber dumm«, gab Gil zurück. »Ihr habt die Sängerin – wer würde da jetzt noch was von mir wollen?«

»Ich«, antwortete Jun Do. »Her mit dem Schlüssel.«

Der Motorradschlüssel lag auf dem Tresen, und Gil schob ihn hinüber.

Gil bestellte mit einem Fingerkreisen eine neue Runde. Die Barkellnerin kam herüber. Sie trug Ruminas Kette. Gil sagte etwas zu ihr, holte dann die Hälfte seiner Yen aus der Tasche und gab sie Jun Do.

»Ich hab ihr gesagt, dass du diese Runde ausgibst«, sagte Gil.

Sie schenkte drei Gläser Whiskey ein und sagte dann etwas, was Gil zum Lachen brachte.

Jun Do fragte: »Was hat sie gesagt?«

»Dass du sehr stark aussiehst. Nur schade, dass du so eine Lusche bist.«

Jun Do sah Gil fragend an.

Gil zuckte die Achseln. »Na ja, ich hab ihr erzählt, dass wir uns gestritten haben, um ein Mädchen. Ich habe gesagt, ich hätte gewonnen, wenn du mir nicht die Haare ausgerissen hättest.«

Jun Do sagte: »Noch kannst du raus aus der Sache. Wir

sagen nichts, versprochen. Wir fahren einfach zurück, als ob du nie abgehauen wärst.«

»Sieht es aus, als ob ich abhauen wollte?«, fragte Gil. »Außerdem kann ich meine neue Freundin hier nicht einfach sitzen lassen.«

Gil reichte ihr das Aquarell, und sie pinnte es zum Trocknen an die Wand, neben ein anderes, auf dem sie mit der rotweißen Kette um den Hals lächelte. Aus dieser Entfernung erkannte Jun Do plötzlich, dass Gil keine Landschaft, sondern eine liebliche Landminenkarte gemalt hatte.

»Du warst also auf den Minenfeldern«, sagte er.

»Meine Mutter hat mich zum Kunststudium nach Mansudae geschickt«, erzählte Gil. »Aber Vater war der Meinung, dass die Minenfelder einen Mann aus mir machen würden, und deswegen hat er seinen Einfluss geltend gemacht.« Gil musste über die Vorstellung lachen, dass jemand seinen Einfluss geltend machte, damit sein Sohn in ein Selbstmordkommando versetzt wurde. »Aber ich habe es hingekriegt, dass ich nicht zum Kartieren, sondern für das Erstellen der Karten eingeteilt wurde.« Während er erzählte, fertigte er im Handumdrehen das nächste Bild, eine Frau mit aufgerissenem Mund, von unten beleuchtet, sodass ihre Augenhöhlen dunkel aussahen. Die Ähnlichkeit mit Rumina war sofort zu erkennen, auch wenn man nicht sagen konnte, ob sie inbrünstig sang oder um ihr Leben schrie.

»Sag ihr, dass du noch ein Glas willst, dein letztes«, sagte Jun Do und schob alle Yen zu der Bardame hinüber.

»Es tut mir wirklich leid«, sagte Gil. »Glaub mir. Aber ich komme nicht mit. Betrachte die Opernsängerin als mein Abschiedsgeschenk, mit schönem Gruß von mir.«

»Ist dein Vater hinter der Sängerin her? Sind wir seinetwegen hier?«

Gil gab keine Antwort. Er malte ein Doppelporträt von sich und Jun Do, auf dem beide den Daumen hochreckten. Ihre Gesichter waren zu einem grimassenhaften, gezwungenen Lächeln verzogen, und Jun Do wollte das fertige Bild nicht sehen.

»Gehen wir«, drängte er. »Du willst schließlich nicht zu spät zum Karaoke im Yanggakdo kommen, oder womit ihr Elitejungs euch sonst die Zeit vertreibt.«

Gil rührte sich nicht vom Fleck. Er betonte Jun Dos Muskeln, malte sie übergroß, wie bei einem Gorilla. »Klar, stimmt schon, ich habe schon mal Rindfleisch und auch schon Strauß gegessen. Ich habe *Titanic* gesehen und war zehn Mal im Internet. Ja, und Karaoke gibt es auch. Jede Woche ist wieder ein Tisch leer, an dem vorher eine Familie gesessen hat, aber dann sind sie weg, werden nie mehr erwähnt, und die Lieder, die sie gesungen haben, fehlen in der Maschine.«

»Ich versprech's dir«, sagte Jun Do. »Komm mit, und niemand wird es je erfahren.«

»Die Frage ist doch nicht, ob ich mit dir mitkomme oder nicht«, gab Gil zurück. »Die Frage ist doch, warum du nicht mit mir mitkommst.«

Hätte Jun Do flüchten wollen, hätte er es schon zig Mal tun können. Nichts einfacher als das: Am Ende jedes Tunnels waren eine Leiter und eine von innen gesicherte Klappe.

»Das Einzige, was mir in diesem bescheuerten Land bisher eingeleuchtet hat«, sagte Jun Do, »waren die Koreanerinnen, die vor den Japanerinnen auf den Knien lagen und ihnen die Füße saubermachten.«

»Ich kann dich morgen zur südkoreanischen Botschaft bringen. Es ist nur eine kurze Zugfahrt. In sechs Wochen wärst du in Seoul. Du wärst sehr nützlich für sie, richtig wertvoll.«

»Was ist mit deiner Mutter, deinem Vater?«, fragte Jun Do. »Sie werden ins Lager geschickt.«

»Irgendwann kommt jeder dran, ob er ein guter Karaokesänger ist oder nicht. Es ist nur eine Frage der Zeit.«

»Was ist mit Offizier So – reicht ein bisschen teurer Whiskey, und schon vergisst du, wie er sich im Bergwerk 9 durch die Dunkelheit wühlt?«

»Gerade wegen ihm solltest du abhauen«, erwiderte Gil. »Damit du nicht so wirst wie er.«

»Tja, er lässt dich jedenfalls grüßen«, sagte Jun Do, legte Gil die Nylonschlaufe um den Hals und zog sie zu.

Gil leerte seinen Whiskey. »Ich bin nur ein Mensch«, sagte er. »Ich bin ein Niemand, der raus will.«

Als die Barkellnerin die Leine sah, schlug sie die Hand vor den Mund und sagte: »*Homo janai.*«

»Das brauche ich wohl nicht zu übersetzen«, meinte Gil.

Jun Do zog an der Leine, und beide standen auf.

Gil klappte den Malkasten zu und verbeugte sich vor der Barfrau. »*Chousenjin ni turesarareru yo*«, sagte er zu ihr. Sie zog ihr Handy heraus, machte ein Foto von den beiden und schenkte sich ein Glas ein. Bevor sie trank, prostete sie Gil zu.

»Mann, diese Japaner«, sagte Gil. »Man muss sie einfach lieben. Ich hab ihr gesagt, ich werde gerade nach Nordkorea entführt, und guck sie dir an.«

»Ja, guck sie dir gut an«, sagte Jun Do und nahm den Motorradschlüssel von der Theke.

*

Hinter der Brandung fuhren sie mit voller Kraft voraus in die vom Wind hochgepeitschten Wogen – das schwarze Schlauchboot erhob sich steil und klatschte dann flach in die Wellentäler. Alle hielten sich an der Rettungsleine fest. Rumina saß im Bug, die Hände mit frischem Klebeband versehen. Offizier So hatte ihr seine Jacke übergehängt – abgesehen davon war sie nackt und blaugefroren.

Jun Do und Gil saßen sich im Schlauchboot gegenüber, aber Gil wollte ihn nicht ansehen. Als sie im offenen Wasser waren, drosselte Offizier So den Motor so weit, dass man Jun Do hören konnte.

»Ich hab es Gil versprochen«, sagte er zu Offizier So. »Ich hab ihm gesagt, wir würden einfach vergessen, dass er abhauen wollte.«

Rumina saß mit dem Rücken im Wind, die Haare flatterten ihr ins Gesicht. »Steckt ihn doch in den Sack.«

Offizier So lachte laut auf. »Die Operndame hat recht«, sagte er. »Du hast einen Republikflüchtling dingfest gemacht. Der hat uns die Pistole auf die Brust gesetzt. Aber wir waren schlauer. Denk schon mal über deine Belohnung nach. Genieß die Vorfreude.«

Bei dem Gedanken an eine Belohnung – wie er seine Mutter finden und sie aus ihrem Schicksal in Pjöngjang befreien würde – wurde Jun Do übel. Im Tunnel geriet man manchmal unversehens in eine Gaswolke. Man merkte es nur an den bohrenden Kopfschmerzen und daran, dass die Finsternis plötzlich rot pulsierte. So fühlte er sich jetzt, als Rumina ihn vorwurfsvoll ansah. Er fragte sich auf einmal, ob sie nicht ihn damit gemeint hatte: Dass er in den Sack sollte. Aber er hatte sie ja nicht verprügelt oder hineingestopft. Es war nicht sein Vater, der ihre Entführung angeordnet hatte. Was hatte er schon für eine Wahl? Was konnte er dafür, dass er aus einer Stadt stammte, in der es nicht genug Strom und Heizmaterial und Benzin gab, wo Rost die Fabriken stillgelegt hatte, wo jeder halbwegs taugliche Mann entweder im Arbeitslager saß oder apathisch vor Hunger war. Es war nicht seine Schuld gewesen, dass alle Waisenkinder in seiner Obhut taub vor Trauer waren und angesichts der Aussicht, dass sie entweder als Gefängniswärter oder im Selbstmordkommando enden würden, nur Hoffnungslosigkeit verspürten.

Die Schlinge lag noch immer um Gils Hals. Aus reiner Schadenfreude beugte Offizier So sich vor und riss daran, um zu spüren, wie sie sich zuzog. »Ich würde dich ja eigenhändig über Bord werfen«, höhnte er. »Aber dann würde ich verpassen, was sie mit dir anstellen.«

Gil zuckte vor Schmerz zusammen. »Jun Do weiß jetzt, wie der Hase läuft«, konterte er. »Er ersetzt Sie, und Sie werden ins Lager geschickt, damit Sie nie über diese ganzen Entführungen reden können.«

»Du hast doch keine Ahnung«, höhnte Offizier So weiter. »Du bist ein elender Schwächling. Ich habe das Spielchen erfunden. Ich höchstpersönlich habe Kim Jong Ils Sushi-Chef entführt. Ich habe den Leibarzt des Geliebten Führers eigenhändig aus einem Krankenhaus in Osaka gekidnappt, am helllichten Tag.«

»Sie wissen nicht, wie es in Pjöngjang läuft«, wehrte sich Gil. »Sobald die anderen Minister die Opernsängerin sehen, wollen sie auch alle eine haben.«

Eiskalte, weiße Gischt klatschte ihnen ins Gesicht. Rumina holte erschrocken Luft. Wieder funkelte sie Jun Do an. Er merkte, dass sie etwas sagen wollte – ein Wort begann sich auf ihren Lippen abzuzeichnen.

Er klappte die Brille auseinander und setzte sie auf – jetzt sah er die blauen Flecken an ihrem Hals und wie lila und angeschwollen ihre Hände von dem Klebeband um ihre Handgelenke waren. Er sah einen Ehering, eine Kaiserschnittnarbe. Unentwegt starrte sie ihn wütend an. Diese Augen wussten, welche Entscheidungen Jun Do getroffen hatte. Sie wussten, dass es Jun Do gewesen war, der entschieden hatte, welche Waisen zuerst zu essen bekamen und für wen nur ein paar wässrige Löffel voll übrig blieben. Sie wussten, wem er die Schlafstellen neben dem Ofen zugeteilt hatte und wem diejenigen ganz hinten im Schlafraum, wo Erfrierungen lauerten. Er hatte die Jungen ausgewählt, die am Lichtbogenofen erblindet waren. Er hatte die Jungen ausgesucht, die in der Chemiefabrik waren, als diese den ganzen Himmel gelb färbte. Er hatte Ha Shin, den Jungen, der nicht sprach, der nicht nein sagen würde, zum Säubern der Bottiche in die Farbenfabrik geschickt. Jun Do war es gewesen, der Bo Song den Fischhaken in die Hand gedrückt hatte.

»Was hätte ich denn tun sollen?«, fragte er sie flehend. Er musste es unbedingt wissen, genau wie er wissen musste, was am Ende der Arie aus dem Mädchen und dem Jungen wurde.

Sie hob den Fuß und hielt Jun Do ihre Zehennägel vor die Nase. Rot glänzte der Lack in der silbrigschwarzen Nacht. Ein einziges Wort sagte sie, dann stieß sie ihm den Fuß ins Gesicht.

Das Blut war dunkel. Es tröpfelte auf sein Hemd, das vorher der Mann getragen hatte, den sie vom Strand gepflückt hatten. Ihr großer Zehennagel hatte ihn ins Zahnfleisch geschnitten, aber es war in Ordnung, er fühlte sich besser, jetzt wusste er, was sie zu ihm gesagt hatte. Auch ohne Japanisch verstand er es: »Stirb!« Er war sich sicher, dass so auch die Oper zu Ende ging. Das war das Schicksal des Jungen und des Mädchens in dem Boot. Aber es war eigentlich keine traurige Geschichte. Es war eine Liebesgeschichte – die beiden wussten wenigstens, was aus dem anderen geworden war, und waren nie mehr allein.

ES SOLLTEN NOCH viele Entführungen folgen – jahrelang ging es so weiter. Da war die alte Frau, die sie in einem Gezeitentümpel auf der Insel Nishino trafen. Sie hatte die Hosenbeine hochgerollt und das Auge an einen Fotoapparat gedrückt, der auf drei Holzbeinen stand. Ihre Haare waren grau und wild, und sie kam ohne Widerstand mit, im Austausch gegen Jun Dos Porträt. Und dann der japanische Klimatologe, den sie auf einem Eisberg in der Tsugaru-Straße überraschten. Seine wissenschaftliche Ausrüstung und sein rotes Kajak schnappten sie sich auch. Sie entführten einen Reisbauern, einen Hafenarbeiter und eine Frau, die sagte, sie sei an den Strand gekommen, um sich zu ertränken.

Und dann war mit den Entführungen ebenso plötzlich Schluss, wie sie begonnen hatten. Jun Do wurde auf eine Sprachschule geschickt, wo er in einem Jahr Englisch lernen sollte. Er fragte seinen vorgesetzten Offizier in Kyŏngsŏng, ob der neue Posten eine Belohnung dafür sei, dass er die Republikflucht eines Ministersohns verhindert habe. Der Offizier nahm Jun Dos alte Uniform, sein Rationsheft für Alkohol und seinen Bezugsscheinblock für Prostituierte in Empfang. Er grinste, als er sah, dass der Block noch fast unbenutzt war. *Ja klar*, meinte er.

In Majon-ni, in den Onjin-Bergen, war es kälter, als es in Ch'ŏngjin je wurde. Jun Do war dankbar für die blauen Kopfhörer, die er tagein, tagaus trug, weil er damit die nie enden wollenden Panzerübungen der Neunten Mechanisierten nicht zu hören brauchte. Die Schulbürokraten hatten kein Interesse daran, Jun Do Englisch beizubringen. Er sollte einfach alles mitschreiben, was er hörte. Vokabular und Grammatik lernte er über die Kopfhörer und hackte das Ganze in eine klappernde Schreibmaschine. *I would like to purchase a puppy,* sagte die Frauenstimme in den Kopfhörern, und das tippte Jun Do in die Tasten. Gegen Ende bekam die Schule zum Glück einen richtigen Lehrer – einen zu Depressionen neigenden Mann, den Pjöngjang in Afrika besorgt hatte. Der traurige Afrikaner sprach kein Wort Koreanisch und verbrachte den Unterricht damit, den Schülern gewichtige, kaum zu beantwortende Fragen zu stellen, weshalb sie bald den Interrogativmodus nahezu perfekt beherrschten.

Ein ganzes Jahr lang schaffte Jun Do es, Giftschlangen, Selbstkritiksitzungen und dem Tetanus zu entgehen, der fast wöchentlich einen Soldaten traf. Es fing ganz harmlos an – ein Piekser am Stacheldraht, eine kleine Verletzung am Rand einer Konservendose –, aber nur allzu bald folgten Fieber, Schüttelfrost und schließlich Muskelkrämpfe, die den Körper derart verdrehten, dass der Leichnam nicht einmal mehr in einen Sarg passte. Die Belohnung, die Jun Do für diese Leistung zuteil wurde, war ein Lauschposten auf dem Koreanischen Ostmeer an Bord des Fischerbootes *Junma*. Sein Quartier war achtern tief unten im Frachtraum, eine Stahlkammer, die gerade groß genug für einen Tisch, einen Stuhl, eine Schreibmaschine und einen Stapel Empfänger war, die aus abgeschossenen amerikanischen Flugzeugen geklaut worden waren. Nichts als der grüne Schein der Abhörtechnik erleuchtete den Raum und spiegelte sich in dem Fischschleim, der unter den Querschotten durchsickerte und den Boden glitschig machte. Selbst nach drei Monaten an Bord musste Jun Do noch ständig daran denken, was sich hinter den Stahlwänden befand: unendlich viele Fische, die im gekühlten Dunkel randvoller Ladekammern zum letzten Mal nach Luft schnappten.

Sie waren schon seit mehreren Tagen in internationalen Gewässern unterwegs und hatten die nordkoreanische Flagge eingeholt, um keinen Ärger zu provozieren. Zuerst jagten sie tiefschwimmenden Makrelen hinterher, dann nervösen Thunfischen, die nur kurz an die Oberfläche kamen, wo sie in der Sonne glitzerten. Jetzt war die *Junma* auf Haifischjagd. Die ganze Nacht lang hatten die Männer am Rand des Ozeangrabens Langleinen ausgelegt, und bei Tagesanbruch hörte Jun Do über sich das Knarren der Winden und das dumpfe Knallen, wenn wieder ein Hai aus dem Wasser gezogen wurde und gegen den Rumpf klatschte.

Von Sonnenuntergang bis Sonnenaufgang überwachte Jun Do die üblichen UKW-Frequenzen: meist Kapitäne von Fischkuttern, die Fähre zwischen Uichi und Wladiwostok, sogar den allnächtlichen Lagebericht von zwei Amerikanerinnen, die um die Welt ruderten – die eine ruderte die ganze Nacht, die andere den ganzen Tag, was die Theorie der Mannschaft, die beiden hätten sich bis ins Ostmeer vorgearbeitet, um es dort miteinander zu treiben, untergrub.

Verborgen zwischen den Masten und Winden der *Junma* war eine starke Richtantenne, die sich um 360 Grad drehen ließ. Die USA, Japan und Südkorea verschlüsselten ihren militärischen Funkverkehr, er war ein einziges Pfeifen und Piepen. Aber wie viel Pfeifen wann und wo zu orten war, schien Pjöngjang schrecklich wichtig zu finden. Solange Jun Do das dokumentierte, konnte er sich ansonsten anhören, was er wollte.

Es war offensichtlich, dass die Mannschaft ihn nicht an Bord haben wollte. Er hatte einen Waisennamen und klapperte die ganze Nacht lang unten im Dunkeln auf seiner Schreibmaschine herum. Die Besatzung bestand aus jungen Männern aus der Hafenstadt Kinjye. Seit sie jemanden an Bord hatten, dessen Aufgabe das Orten und Dokumentieren potenzieller Bedrohungen war, hielten sie ebenfalls ständig nach Gefahren Ausschau. Der Kapitän hatte als Einziger wirklich Grund, sich Sorgen zu machen. Wenn Jun Do den Kurs ändern ließ, um einem ungewöhnlichen Signal hinterherzujagen, konnte der Kapitän seinen Ärger kaum verbergen: Warum hatte gerade er das Pech, einen Lauschposten auf seinem Schiff beherbergen zu müssen? Erst als Jun Do anfing, der Mannschaft von den beiden amerikanischen Mädchen zu erzählen, die um die Welt ruderten, erwärmten sie sich ein wenig für ihn.

Wenn er sein Tagessoll an militärischen Signalen erfüllt hatte, suchte er die Frequenzen ab. Die Leprakranken hatten ihre Sendungen, genau wie die Blinden. Die Angehörigen von Häftlingen sendeten Nachrichten in die Gefängnisse von Manila – den ganzen Tag lang standen die Familien Schlange, um von Schulzeugnissen, Milchzähnen und Aussichten auf einen neuen Job zu erzählen. Es gab einen Dr. Rendezvous, einen Briten, der jede Nacht seine erotischen »Träume« in den Äther schickte, dazu die Koordinaten, wo er als Nächstes mit seinem Segelboot vor Anker gehen würde. Ein Sender auf Okinawa stellte illegitime Kinder amerikanischer Soldaten vor, die vergebens nach ihren Vätern riefen. Einmal am Tag sendeten die Chinesen Geständnisse von Gefangenen. Diese waren falsch und erzwungen, und obwohl Jun Do die Sprache nicht verstand, konnte er sie kaum ertragen. Und dann kam das Mädchen, das im Dunkeln ruderte. Jede Nacht legte sie eine Pause ein, um ihre Koordinaten und die Wetterbedingungen durchzugeben und wie leistungsfähig ihr Körper momentan war. Oft berichtete sie auch von anderen Dingen – von nächtlichen Vogelschwärmen, von einem Walhai, der vor ihrem Bug Krill aus dem Wasser saugte. Sie könne immer besser beim Rudern träumen, sagte sie.

Wie schafften es diese Amerikaner, in ihre Funkgeräte zu sprechen, als sei der Äther ihr Tagebuch? Wenn Koreaner auch so sprächen, würde Jun Do sie vielleicht besser verstehen. Vielleicht würde er dann verstehen, warum manche Menschen ihr Schicksal hinnahmen und andere nicht. Vielleicht würde es ihm endlich einleuchten, warum manche Leute die Waisenhäuser abklapperten und nach einem ganz bestimmten Kind suchten, wenn es doch überall einwandfreie Kinder gab. Er würde wissen, warum alle Fischer auf der *Junma* das Bild ihrer Frau auf die Brust tätowiert hatten, während er mit Kopfhörern auf den Ohren im dunklen Frachtraum eines Fischkutters saß, der siebenundzwanzig Tage im Monat auf See war.

Nicht, dass er die beneidete, die bei Tag ruderten. Das Licht, der Himmel, das Wasser – durch all das sah man tagsüber hin*durch*. Nachts aber blickte man *hinein*. Man blickte in die Sterne, in die dunklen Wogen und in das überraschende Platinblitzen der Schaumkronen. Bei Tageslicht starrte niemand die glühende Spitze einer Zigarette an, und wer hielt schon »Wache«, wenn die Sonne am Himmel stand? Nachts beherrschten geschärfte Sinneswahrnehmung, Stille und Innehalten die *Junma*. Die Crewmitglieder schienen den Blick zugleich in weite Ferne und tief in ihr Inneres zu richten. Vermutlich gab es irgendwo dort draußen auf einem ähnlichen Fischkutter noch einen wie ihn, der Englisch konnte und von Sonnenauf- bis -untergang sinnlosen Signalen lauschte. Jun Do hatte gehört, die Sprachschule, auf der man Englisch *sprechen* lernte, sei in Pjöngjang und voll besetzt mit *Yangbans*, den Kindern der Elitekader, die als Vorbedingung für eine Parteikarriere im Militär dienten und dann Diplomaten wurden. Jun Do konnte sich ihre patriotischen Namen und schicken chinesischen Kleider lebhaft vorstellen – wie sie fett in der Hauptstadt hockten und Dialoge einübten: Wie man einen Kaffee bestellte, wie man ausländische Arzneimittel kaufte.

Über ihm schlug ein weiterer Hai aufs Deck, und Jun Do beschloss, Feierabend zu machen. Gerade als er seine Instrumente abdrehen wollte, hörte er die geisterhafte Übertragung: Etwa einmal pro Woche fing er eine englischsprachige Sendung auf, klar und deutlich, etwa zwei, drei Minuten lang, dann war sie wieder weg. Heute hatten die Sprecher amerikanische und russische Akzente, und wie immer setzte die Übertragung inmitten eines Gesprächs ein. Die Sprecher unterhielten sich über eine Flugbahn, ein Andockmanöver und Treibstoff. Letzte Woche war ein Japaner bei ihnen gewesen. Jun Do stellte sich an die Kurbel, mit der man die Richtantenne langsam drehen konnte. Gleichgültig, in welche Richtung er sie drehte, die Signalstärke war dieselbe, was unmöglich war. Wie konnte ein Signal von überallher kommen?

Von einer Sekunde auf die nächste schien die Übertragung einfach abzubrechen, aber Jun Do schnappte sich seinen UKW-Empfänger und eine tragbare Richtantenne und kletterte an Deck. Das Schiff war ein alter sowjetischer, für kalte Gewässer gebauter Stahlkutter, und bei dem starken Seegang tauchte der spitze, hohe Bug tief in die Wellen ein.

Jun Do klammerte sich an der Reling fest, hielt die Antenne in den Morgendunst und suchte den Horizont damit ab. Er empfing das Geplauder der Kapitäne von Containerschiffen, und von Japan her drangen Hinweise für die Seeschifffahrt vermischt mit einem christlichen UKW-Sender herüber. An Deck war Blut, und Jun Dos Militärstiefel hinterließen betrunken schwankende Abdrücke bis zum Heck, wo er nur noch das Zwitschern und Rauschen der verschlüsselten Sendungen der US-Marine hereinbekam. Er suchte kurz den Himmel ab, wo er einen Piloten der Taiwan Air empfing, der darüber lamentierte, dass er an den nordkoreanischen Luftraum heranrückte. Doch sonst war da nichts, das Signal war verschwunden.

»Gibt es was, worüber ich Bescheid wissen sollte?«, fragte der Kapitän.

»Es könnte nicht ruhiger sein«, antwortete Jun Do.

Der Kapitän nickte zur Peilantenne auf der Brücke, die als Lautsprecher getarnt war. »Die da fällt weniger auf«, sagte er. Sie hatten die Abmachung, dass Jun Do keine Dummheiten begehen und Spionageausrüstung an Deck bringen würde. Der Kapitän war nicht mehr jung. Früher einmal war er korpulent gewesen, hatte aber auf einem russischen Gefängnisschiff eingesessen, wo er dünn geworden war, sodass seine Haut jetzt faltig an ihm herabhing. Man spürte noch, dass er einst ein starker Kapitän gewesen war, der mit klarem Blick Kommandos erteilt hatte, selbst wenn sie in von Russland beanspruchten Gewässern fischen sollten. Und man spürte, dass er ein starker Häftling gewesen war, der ohne jedes Murren geschuftet und seine Arbeit unter ständiger Beobachtung sorgsam erledigt hatte. Und jetzt schien er beides zugleich zu sein.

Der Kapitän steckte sich eine Zigarette an, hielt Jun Do das Päckchen hin und zählte dann weiter Haie: Bei jedem, der vom Maschinisten mit der Winde an Bord gehievt wurde, klickte er einen Handzähler. Die Haie hatten im offenen Wasser an Langleinen gehangen; halb betäubt vom Sauerstoffmangel klatschten sie gegen den Schiffsrumpf, wenn sie hochgeleiert wurden. An Deck bewegten sie sich langsam, schnüffelten herum wie blinde Welpen, die Mäuler gingen auf und zu, als wollten sie etwas sagen. Aufgabe des Zweiten Maats war es, die Angelhaken herauszuholen, denn er war jung und neu auf dem Schiff, während der Erste Maat dem Hai mit sieben schnellen Schnitten die Flossen abhieb, von den Brustflossen bis zur Schwanzflosse, und ihn dann zurück ins Wasser rollte, wo der manövrierunfähige Fisch versank, in der Schwärze verschwand und nur einen dünnen Kondensstreifen aus Blut hinterließ.

Jun Do lehnte sich über die Reling und richtete die Antenne auf den sinkenden Hai, den das Wasser in seinen Kiemen kurzzeitig wiederbelebte. Sie befanden sich über einem fast vier Kilometer hinabreichenden Tiefseegraben: Vielleicht eine halbe Stunde freien Falls. Das weiße Rauschen der Tiefsee in seinen Kopfhörern klang eher wie das unheimliche Knistern eines Todes durch Wasserdruck. Da unten gab es nichts zu belauschen – die U-Boote verständigten sich mit kurzen, niederfrequenten Telegrammen. Trotzdem richtete Jun Do die Antenne auf die Wellen und schwenkte sie langsam vom Bug zum Heck. Die Geisterübertragung musste doch von irgendwoher kommen. Wie konnte es sein, dass sie von überallher zu kommen schien, wenn sie nicht von unten kam? Er spürte die Augen der Besatzung auf sich.

»Hast du da unten was gefunden?«, fragte der Maschinist.

»Nein«, antwortete Jun Do, »im Gegenteil.«

Als es hell wurde, legte sich Jun Do schlafen, während die Besatzung – Steuermann, Maschinist, Erster Maat, Zweiter Maat und Kapitän – den ganzen Tag lang Haifischflossen zwischen Salz- und Eisschichten in Kisten packte. Die Chinesen zahlten in harter Währung und nahmen es mit ihren Flossen sehr genau.

Vor dem Abendessen, für ihn das Frühstück, wachte Jun Do auf. Er musste noch vor Einbruch der Dunkelheit seine Berichte tippen. Auf der *Junma* war ein Feuer ausgebrochen, dem die Kombüse, das Scheißhaus und die Hälfte der Kojen zum Opfer gefallen waren. Nur das Blechgeschirr, ein geschwärzter Spiegel und eine in der Hitze geborstene Toilettenschüssel waren übrig geblieben. Aber der Herd funktionierte noch, und es war Sommer, weswegen alle zum Essen auf den Ladeluken saßen, sodass die Männer ausnahmsweise einmal den Sonnenuntergang sehen konnten. Am Horizont schwamm eine amerikanische Flugzeugträgerkampfgruppe; es war kaum zu glauben, dass derart riesige Schiffe nicht einfach untergingen. Sie wirkten wie eine uralte, stillstehende Inselgruppe, mit eigenen Eingeborenen und Göttern und eigener Sprache.

An der Langleine hingen ein Zackenbarsch, dessen Bäckchen sie sofort roh verspeisten, und eine Schildkröte, die man nur selten an den Haken bekam. Die Schildkröte musste einen ganzen Tag lang köcheln, aber den Fisch brieten sie gleich im Ganzen und zupften das Fleisch mit den Fingern von den Gräten. Auch ein Tintenfisch hing an der Leine, doch der Kapitän duldete ihn nicht an Bord. Er hatte ihnen schon zig Mal Vorträge über Tintenfische gehalten. Er hielt den Kraken für das intelligenteste Meerestier und den Riesenkalmar für das gefährlichste.

Als die Sonne unterging, zogen sie die Hemden aus und rauchten. Führerlos schaukelte die *Junma* auf den Wellen, Bojen rollten lose über Deck, und die Kabel und Galgen glühten orange im letzten, lodernden Abendlicht. Das Fischerleben war ein gutes Leben – kein unerreichbares Fabriksoll zu erfüllen, keine Lautsprecher, aus denen den ganzen Tag Regierungsdurchsagen tönten. Dem Militärspion an Bord misstrauten sie zwar, dafür bekamen sie jetzt aber wenigstens ausreichend Treibstoffcoupons für die *Junma*. Wenn Jun Do das Schiff in eine Richtung lenkte, in der sie kaum Fische fingen, gab es zusätzliche Lebensmittelmarken für alle.

»Na, Dritter Maat«, meinte der Steuermann. »Wie geht's unseren Mädchen?«

So nannten sie Jun Do manchmal im Spaß: Dritter Maat.

»Sie haben schon fast Hokkaidō erreicht«, erzählte Jun Do. »Jedenfalls letzte Nacht. Sie rudern täglich dreißig Kilometer.«

»Sind sie immer noch nackt?«, fragte der Maschinist.

»Nur das Mädchen, das im Dunkeln rudert«, antwortete Jun Do.

»Um die Welt rudern«, sinnierte der Zweite Maat. »Das machen nur sexy Frauen. Es ist so sinnlos, so anmaßend. Nur heiße Amerikanerinnen würden auf die Idee kommen, dass man gegen die Welt siegen kann.« Der Zweite Maat konnte allerhöchstens zwanzig sein. Die Tätowierung der Frau auf seiner Brust war frisch, und man sah deutlich, dass sie eine Schönheit war.

»Wer hat gesagt, dass sie sexy sind?«, fragte Jun Do, obwohl er sich die beiden auch so vorstellte.

»Ist doch klar«, sagte der Zweite Maat. »Ein heißes Mädchen glaubt, sie kann tun und lassen, was sie will. Glaub's mir, ich hab jeden Tag mit so was zu tun.«

»Wenn deine Frau so ein heißer Feger ist«, fragte der Maschinist, »warum ist sie dann nicht als Hostess nach Pjöngjang geschafft worden?«

»Ganz einfach«, antwortete der Zweite Maat. »Ihr Vater wollte nicht, dass sie als Bardame oder Hure in Pjöngjang endet. Deswegen hat er zugesehen, dass sie für die Arbeit in der Fischfabrik eingeteilt wird. So ein schönes Mädchen, und dann komm ich daher.«

»Wer's glaubt, wird selig«, sagte der Erste Maat. »Es wird schon seinen Grund haben, warum sie nicht an den Hafen gekommen ist, um sich von dir zu verabschieden.«

»Lass ihr ein bisschen Zeit«, sagte der Zweite Maat. »Sie hat sich noch nicht damit abgefunden. Das wird schon noch.«

»Hokkaidō«, sagte der Steuermann. »Im Sommer ist das Eis da oben noch schlimmer. Die Schollen brechen auf und werden von der Strömung herumgewirbelt. Das unsichtbare Eis unter Wasser, das bringt dich um.«

Dann fing der Kapitän an zu erzählen. Überall auf seinem bloßen Oberkörper waren russische Tätowierungen zu sehen. Schwer wirkten sie im schräg einfallenden Sonnenlicht, als würden sie seine Haut nach unten ziehen. »Der Winter da oben. Da gefriert einfach alles. Sogar die Pisse in deinem Schwanz und der Fischdreck in deinem Bart. Du willst ein Messer hinlegen und kannst es nicht loslassen. Einmal waren wir beim Fischeausnehmen, da ist das Schiff auf einen Eisberg aufgelaufen. Es hat das ganze Boot erschüttert, wir sind alle in die Innereien gefallen. Wir haben auf dem Boden in der glitschigen Scheiße gelegen, und das Eis ist am Schiff vorbeigeschrammt und hat Riesendellen in den Rumpf gedrückt.«

Jun Do betrachtete die Brust des Kapitäns. Die Tätowierung seiner Frau war zu einem verwaschenen Aquarell verblasst. Als das Schiff des Kapitäns eines Tages nicht in den Hafen zurückkehrte, hatte seine Frau einen Ersatzmann bekommen, und jetzt war der Kapitän allein. Außerdem waren die Jahre, die er im Gefängnis gesessen hatte, auf seine Lebensarbeitszeit draufgeschlagen worden; für ihn würde es keinen Ruhestand geben. »Die Kälte kann ein Schiff zusammendrücken«, erzählte der Kapitän. »Das ganze Ding zieht sich zusammen, die Türrahmen, die Schlösser, alles, was aus Metall ist, und du bist unten im Abfalltank gefangen, und keiner, absolut keiner kommt mit einem Eimer heißem Wasser, um dich da rauszuholen.«

Der Kapitän sah ihn zwar nicht direkt an, aber Jun Do fragte sich trotzdem, ob dieses ständige Gerede vom Gefängnis auf ihn abzielte, weil er die Lauschausrüstung an Deck gebracht hatte: Um ihm klarzumachen, dass so etwas wieder passieren könnte.

※

Als es dunkel wurde und die anderen nach unten gingen, bot Jun Do dem Zweiten Maat drei Päckchen Zigaretten, wenn er auf das Steuerhaus stieg und den Mast hochkletterte, an dem der Lautsprecher befestigt war.

»Ich mach's«, sagte der Zweite Maat. »Aber ich will keine Zigaretten, ich will die Rudermädchen hören.«

Ständig fragte ihn der junge Maat, wie es in Städten wie Seoul oder Tokio sei, und konnte einfach nicht glauben, dass Jun Do noch nie in Pjöngjang gewesen war. Schnell klettern konnte er nicht, aber er war neugierig, wie die Funkanlage funktionierte, und das war die halbe Miete. Jun Do ließ ihn ein paar Mal den Splint herausziehen, sodass sich die Richtantenne abnehmen und aufs Wasser ausrichten ließ.

Danach saßen sie auf dem immer noch warmen Dach des Windenhauses und rauchten. Der Wind brauste in ihren Ohren und ließ die Zigaretten aufglühen. Auf dem Wasser war nicht ein einziges Licht, und die Horizontlinie trennte das tiefe Schwarz des Meeres vom milchigen Dunkel des mit Sternen überladenen Himmels. Über ihnen flogen Satelliten, und im Norden zogen Sternschnuppen ihren Schweif hinter sich her.

»Die Mädchen im Boot«, sagte der Zweite Maat. »Glaubst du, die sind verheiratet?«

»Keine Ahnung«, sagte Jun Do. »Ist doch auch egal, oder?«

»Wie lange dauert das, um die Welt zu rudern? Ein paar Jahre? Selbst wenn sie keine Männer haben, was ist mit den anderen, den Leuten, die sie zurückgelassen haben? Ist diesen Mädchen alles scheißegal oder was?«

Jun Do pflückte einen Tabakkrümel von seiner Zunge und sah den Jungen an, der die Hände unter dem Kopf gefaltet hatte und hinauf in die Sterne blickte. Es war eine gute Frage – *Was ist mit den Leuten, die sie zurückgelassen haben?* Aber komisch, dass sie den Zweiten Maat beschäftigte. »Vorhin«, sagte Jun Do, »warst du doch noch total für die heißen Rudermädchen. Haben sie dich irgendwie geärgert?«

»Nein, ich frage mich nur, was die sich dabei denken. Dass sie sich einfach in ein Boot setzen und lospaddeln.«

»Würdest du das nicht auch machen, wenn du es könntest?«

»Das ist doch genau das, was ich meine. Das kann man nicht. Wer schafft so was schon – die ganzen Wellen, das viele Eis, in so einer Nussschale? Jemand hätte sie davon abhalten sollen. Jemand hätte ihnen diese beschissene Idee ausreden sollen.«

Der Junge klang, als kämen ihm derart tiefschürfende Gedanken zum ersten Mal. Jun Do beschloss, ihn ein wenig davon abzubringen. »Na, die Hälfte haben sie ja schon geschafft«, erinnerte er ihn. »Außerdem sind sie sicher ernstzunehmende Sportlerinnen. Wahrscheinlich lieben sie das, was sie da machen, und haben ewig dafür trainiert. Und wenn du ›Boot‹ sagst, dann darfst du dir nicht so was wie unseren Rostkahn vorstellen. Das sind Amerikanerinnen, die haben ein Hi-Tech-Boot, sag ich dir, mit allem Komfort und jeder Menge Elektronik – das sind keine Frauen von Parteibonzen, die in einer Konservendose im Kreis rumschippern.«

Der Zweite Maat hörte nicht richtig hin. »Und was ist, wenn man es tatsächlich einmal rund um die Welt geschafft hat? Wie kann man sich daheim im Block wieder in die

Schlange am Scheißhaus stellen, nachdem man mal in Amerika war? Vielleicht hat die Hirse ja in einem anderen Land besser geschmeckt, und die Lautsprecher haben nicht so gescheppert. Auf einmal riecht das Trinkwasser zu Hause komisch – was macht man dann?«

Jun Do gab keine Antwort.

Der Mond ging auf. Über sich sahen sie ein Flugzeug, das in Japan gestartet war und gerade einen großen Bogen schlug, um den nordkoreanischen Luftraum zu umgehen.

Nach einer Weile sagte der Zweite Maat: »Wahrscheinlich werden sie von Haien gefressen.« Er schnippte die Zigarettenkippe weg. »Und, was soll das alles? Warum richten wir die Antenne aufs Wasser? Was ist da unten?«

Jun Do wusste nicht genau, wie er darauf antworten sollte. »Eine Stimme.«

»Im Meer? Und was sagt die, die Stimme?«

»Manche Stimmen klingen amerikanisch, eine nach einem Russen, der Englisch spricht. Einmal hab ich einen Japaner gehört. Sie reden über Andocken und Manöver. Solches Zeug.«

»Nimm's mir nicht übel, aber das klingt irgendwie wie die Verschwörungstheorien, mit denen es die alten Klatschweiber bei uns im Block immer haben.«

Als der Zweite Maat das laut aussprach, kam es auch Jun Do etwas paranoid vor. Aber im Grunde gefiel ihm die Idee einer Verschwörung. Menschen, die miteinander kommunizierten, Dinge planten, daran musste er glauben – dass das Tun der Menschen Absicht, Bedeutung und Sinn hatte. Die meisten Leute, die normalen, die mit einem Platz in der Welt, brauchten solche Gedanken nicht. Das Mädchen, das am Tag ruderte, hatte den Horizont, von dem sie kam, vor Augen, und wenn sie sich umdrehte, den Horizont, auf den sie zufuhr. Aber das Mädchen, das im Dunkeln ruderte, hatte nur das Plätschern und den Widerstand bei jedem Ruderschlag und den Glauben, dass die Summe aller Schläge sie nach Hause bringen würde.

Jun Do sah auf die Uhr. »Jetzt sendet gleich die, die nachts rudert«, sagte er. »Oder willst du das Mädchen von tagsüber?«

Der Zweite Maat wurde plötzlich sauer. »Hey, was soll das? Ist doch egal, welche. Ich will keine von beiden. Meine Frau ist das schönste Mädchen im ganzen Viertel. Wenn ich in ihre Augen schaue, weiß ich immer genau, was sie denkt. Ich weiß, was sie sagen wird, bevor sie es ausspricht. Das ist Liebe, frag doch die Alten.«

Der Zweite Maat rauchte noch eine Zigarette und warf die Kippe dann ins Wasser. »Und wenn sich nun tatsächlich die Russen und die Amerikaner am Meeresboden herumtreiben – warum meinst du, dass die Übles im Schilde führen?«

Jun Do sinnierte über die allgemein verbreiteten Definitionen von Liebe nach: Liebe sei ein Paar nackte Hände, das sich um ein Stück glimmende Kohle schließt, damit sie nicht ausgeht. Eine Perle, die ewig glänzt, selbst noch im Magen des Aals, der die Auster verschluckt. Liebe sei ein Bär, der einem mit seinen Klauen Honig füttert. Jun Do stellte sich die beiden Mädchen vor: Wie sie sich in Arbeit und Einsamkeit abwechselten, der Augenblick, in dem die Riemen übergeben wurden.

Jun Do zeigte aufs Wasser. »Die Amerikaner und die Russen sind da unten, und die führen was im Schilde, das weiß ich einfach. Hast du jemals gehört, dass U-Boote im Auftrag von Frieden und Brüderlichkeit unterwegs sind?«

Der Zweite Maat legte sich wieder zurück aufs Windenhaus, über ihnen der riesige Himmel. »Nicht dass ich wüsste«, antwortete er.

Der Kapitän kam aus dem Steuerhaus und befahl dem Zweiten Maat, die Latrineneimer zu reinigen. Jun Do bot dem Kapitän eine Zigarette an, doch der lehnte ab. »Setz dem bloß keine Flöhe ins Ohr«, sagte er, als der Junge nach unten verschwunden war, und ging vorsichtig über die Gangway bis in den hoch aufragenden Bug der *Junma*. Ein riesiges Schiff glitt vorbei, sein Deck war mit Neuwagen gepflastert. Als es vorbeifuhr, wahrscheinlich von Südkorea nach Kalifornien, glitzerte das Mondlicht in schneller Folge auf tausend neuen Windschutzscheiben.

*

Ein paar Nächte später waren die Lagerräume der *Junma* voll, und sie nahmen Kurs nach Westen, gen Heimat. Jun Do rauchte gerade mit dem Kapitän und dem Steuermann, als sie das rote Lämpchen im Steuerhaus blinken sahen. Der Wind kam von hinten, sodass es an Deck ruhig war, fast als stünden sie still. Das Lämpchen blinkte wieder. »Und, gehst du dran?«, fragte der Steuermann den Kapitän.

Der Kapitän nahm die Zigarette aus dem Mund und sah ihn an. »Was bringt's?«

»Was bringt's?«, wiederholte der Steuermann.

»Genau, was soll das schon bringen? Für uns kommt sowieso nichts Gutes dabei raus.«

Schließlich stand der Kapitän aber doch auf und zog sein Jackett glatt. Die Gefangenschaft in Russland hatte ihn vom Trinken geheilt, aber er bewegte sich so langsam auf das Steuerhaus zu, als müsse er sich nur was Hochprozentiges besorgen und nicht einen Funkanruf aus dem Seefahrtsministerium in Ch'ŏngjin entgegennehmen. »Viel Kraft hat der Mann nicht mehr«, sagte der Steuermann, aber als das rote Lämpchen erlosch, wussten sie, dass der Kapitän drangegangen war. Allerdings hatte er auch keine andere Wahl. Die *Junma* war nie außer Reichweite. Das Schiff hatte früher den Russen gehört, und die hatten es mit einer U-Boot-Funkanlage ausgestattet - mit der langen Antenne konnte man sogar von unter Wasser senden, und betrieben wurde sie mit einem 200-Volt-Akku.

Jun Do betrachtete die Silhouette des Kapitäns im Steuerhaus und versuchte aus der Art, wie er die Mütze in den Nacken schob und sich die Augen rieb, zu erraten, was er in den Hörer sprach. Jun Do konnte unten im Schiffsbauch nur empfangen. An Land bastelte er heimlich an einem Sender, doch je näher er dessen Vollendung kam, desto nervöser machte ihn die Frage, was er hineinsagen sollte.

Als der Kapitän wiederkam, setzte er sich in den Einschnitt in der Reling, durch den die Winde ausgeschwenkt wurde, und ließ die Beine über die Seite hängen. Er nahm die Mütze ab, ein schmutziges Ding, das er nur selten trug, und legte sie beiseite. Jun Do betrachtete das Messingemblem: Hammer und Sichel, darunter ein Kompass und eine Harpune. Solche Mützen wurden nicht mal mehr hergestellt.

»Und«, sagte der Steuermann. »Was wollen sie?«

»Garnelen«, berichtete der Kapitän. »Lebende Garnelen.«

»Aus diesem Gewässer?«, fragte der Steuermann. »Um diese Jahreszeit?« Er schüttelte den Kopf. »Unmöglich. Geht nicht.«

Jun Do fragte: »Warum importieren sie nicht einfach welche?«

»Das habe ich auch gefragt«, antwortete der Kapitän. »Nein, es müssen nordkoreanische Garnelen sein, haben sie gesagt.«

Eine solche Anfrage konnte nur aus allerhöchsten Kreisen,

vielleicht sogar von ganz oben kommen. Die Fischer hatten schon davon gehört, dass man in Pjöngjang ganz versessen auf Kaltwassergarnelen war. Und die wurden neuerdings lebendig verspeist.

»Was sollen wir tun?«, fragte der Steuermann.

»Was machen wir bloß«, sagte der Kapitän. »Was machen wir bloß?«

»Was sollen wir schon machen?«, fragte Jun Do zurück. »Wir haben den Befehl erhalten, Garnelen zu besorgen, also besorgen wir Garnelen, oder etwa nicht?«

Der Kapitän sagte nichts, sondern legte sich aufs Deck zurück, ließ die Beine über Bord hängen und schloss die Augen. »Sie hat wirklich dran geglaubt, wisst ihr«, sagte er. »Meine Frau. Sie hat geglaubt, dass der Sozialismus das Einzige ist, was uns wieder stark machen kann. Eine Zeitlang würde es schwierig werden, hat sie immer gesagt, und alle müssten Opfer bringen. Aber dann würde sich die Lage bessern. Ich hätte nie gedacht, dass ich das mal vermissen würde. Mir war nicht klar, wie sehr ich jemanden brauche, der mir immer wieder klarmacht, warum ich weitermache.«

»Warum?«, fragte der Steuermann. »Weil andere Leute von dir abhängig sind, darum. Alle hier an Bord brauchen dich. Stell dir vor, der Zweite Maat könnte dir nicht den ganzen Tag lang Löcher in den Bauch fragen.«

Der Kapitän redete einfach weiter. »Vier Jahre haben mir die Russen aufgebrummt«, sagte er. »Vier Jahre auf einer schwimmenden Fischfabrik, immer auf See, nicht ein einziges Mal haben wir einen Hafen angefahren. Ich habe es geschafft, dass die Russen meine Mannschaft freigelassen haben. Alles junge Kerle vom Dorf. Aber ich bezweifle, dass es noch mal so ausgehen würde.«

»Wir fahren einfach raus und halten Ausschau nach Garnelen«, lenkte der Steuermann ein, »und wenn wir keine kriegen, dann kriegen wir eben keine.«

Der Kapitän äußerte sich nicht zu dem Plan. »Immer kamen die Trawler zu uns«, sagte er. »Wochenlang waren sie draußen, dann tauchten sie auf und leiteten ihren Fang auf das Gefängnisschiff um. Nie wussten wir, was kam. Wir standen unten auf dem Schlachtdeck, hörten die Maschine von dem Trawler, der achtern anlegte, dann gingen die hydraulischen Klappen auf. Manchmal mussten wir sogar auf die Sägetische springen, weil Tausende von Fischen wie ein Sturzbach die Rutsche runterkamen – Thunfisch, Barsch, Schnapper oder kleine Sardinen – und auf einmal stand man hüfttief in dem Zeug, und dann hieß es: Ran an die Druckluftsägen, weil keiner da rauskam, bis nicht sämtliche Fische ausgenommen waren und wir uns rausgearbeitet hatten. Manchmal war Reif auf den Fischen, weil sie schon sechs Wochen unter Deck gelegen hatten, manchmal waren sie erst am selben Morgen rausgeholt worden und hatten noch den Schleim des Lebens an sich.

Gegen Nachmittag wurden immer die Abflussrinnen durchgespült, und Tausende Liter Fischinnereien flossen raus ins Meer. Dann sind wir hoch an Deck gegangen, um uns das anzusehen. Aus dem Nichts tauchten ganze Wolken von Seevögeln auf, und dann die Haie und die Fische, die an der Oberfläche schwimmen – da war die Hölle los, das könnt ihr mir glauben. Und dann stiegen von ganz unten die Riesenkalmare auf, riesige Tintenfische aus der Arktis, Albinos, wie Milch sahen sie im Wasser aus. Wenn sich diese Monsterviecher aufregen, wird ihre Haut rot und wieder weiß, rot und wieder weiß. Wenn die zuschlagen wollen, dann laden sie sich auf und lassen Blitze los, so hell, das kann man sich nicht vorstellen. Ihr Angriff sah aus wie ein Gewitter unter Wasser.

Eines Tages kamen zwei Trawler auf die Idee, die Riesenkalmare zu fangen. Einer ließ ein Schleppnetz runter, das tief hinunter in die See hing. Das Ende war an dem zweiten Trawler befestigt, der an der Chose zog. Die Tintenfische kamen langsam an die Oberfläche, manche hundert Kilo schwer, und als sie anfingen zu blitzen, wurde das Netz unter ihnen eingeholt und zugemacht.

Wir haben alle von Deck aus zugeguckt. Wir haben applaudiert, stellt euch das vor. Und dann sind wir zurück an die Arbeit gegangen, als ob nicht gleich Hunderte wütend aufgeladene Riesenkalmare das Loch heruntergerutscht kämen und uns unter sich begraben würden. Schick mir tausend Haie, kein Problem – die haben wenigstens nicht zehn Arme und schwarze Schnäbel. Haie werden nicht sauer und haben keine Riesenaugen und erst recht keine Saugnäpfe mit Widerhaken dran. Mein Gott, dieses Geräusch, als die Riesenkraken die Rutsche runterkamen, wie sie ihre Tinte verspritzten, diese Schnäbel am Stahl, wie sie sich verfärbten und blitzten. Wir hatten einen jungen Kerl an Bord, einen kleinen Vietnamesen, den werde ich nie vergessen. Netter Kerl, ein ziemlicher Grünschnabel, so ähnlich wie unser junger Zweiter Maat hier. Ich hatte ihn ein bisschen unter meine Fittiche genommen. Er war ein Kind, er hatte von Tuten und Blasen keine Ahnung. Und seine Handgelenke, die hättet ihr mal sehen sollen. Die waren nicht stärker als so.«

Jun Do lauschte der Geschichte, als würde sie von ganz weit weg übertragen. Für wahre Geschichten wie diese, von Menschen erlebte, konnte man im Gefängnis landen, ganz egal, wovon sie handelten. Ob es in der Geschichte um eine alte Frau oder um einen Krakenangriff ging, spielte keine Rolle – Gefühle, die die Aufmerksamkeit vom Geliebten Führer ablenkten, waren immer gefährlich. Jun Do brauchte seine

Schreibmaschine, er musste das aufschreiben, das war doch der Grund, warum er im Dunkeln saß und lauschte.

»Und wie hieß er?«, fragte er den Kapitän.

Der Kapitän redete einfach weiter: »Aber es waren ja nicht die Russen, die mir meine Frau weggenommen haben. Die Russen wollten nur vier Jahre von mir. Nach vier Jahren haben sie mich gehen lassen. Aber hier hört es niemals auf. Hier hat nichts ein Ende.«

»Was meinst du damit?«, fragte der Steuermann.

»Damit meine ich: Kursänderung«, sagte der Kapitän. »Auf Nord.«

Der Steuermann wollte wissen: »Wir machen doch keine Dummheiten, oder?«

»Was wir machen, ist, die Garnelen besorgen, und damit basta.«

Jun Do fragte ihn: »Warst du auf Garnelenfang, als die Russen dich geschnappt haben?«

Aber der Kapitän hatte die Augen geschlossen.

»Vu«, sagte er. »Der Junge hieß Vu.«

*

In der nächsten Nacht schien der Mond hell, und sie schipperten hoch oben im Norden herum, in den Untiefen von Juljuksan, einer Inselkette aus vulkanischem Riffgestein, auf die Russland ebenso Anspruch erhob wie Nordkorea. Der Kapitän hatte Jun Do schon den ganzen Tag angehalten, die Ohren aufzusperren – »Horch auf alles in unserer Nähe, egal, was es ist« –, aber als sie sich dem südlichsten Atoll näherten, ließ der Kapitän alle Geräte abstellen, damit sämtliche Batterien für die Suchscheinwerfer benutzt werden konnten.

Bald schon waren vereinzelte Brecher zu hören; die Männer waren angespannt. Sie sahen den leuchtend weißen Schaum der Wellen, erahnten aber lediglich das schwarze Vulkangestein unter der Oberfläche, auf das sie jederzeit aufzulaufen drohten. Auch der Mond half nichts, wenn die Felsen unsichtbar waren. Der Kapitän stand neben dem Steuermann am Ruder, während der Erste Maat den großen Scheinwerfer im Bug lenkte. Mit Handscheinwerfern bewaffnet waren der Zweite Maat an Steuerbord und Jun Do an Backbord stationiert. Alle leuchteten ins Wasser und hofften, die Untiefen so zu sichten. Mit ihrem vollen Bauch lag die *Junma* tief und schwerfällig im Wasser; der Maschinist war im Maschinenraum, falls schnell Schub nötig war.

Es gab einen einzigen Kanal, der sich durch Felder erstarrter Lava wand, über die sogar die Flut nur mühsam kroch, und bald schon begann die Strömung, sie schnell und fast seitwärts durch die Rinne zu ziehen, während das dunkel glitzernde Gestein unter Jun Dos Scheinwerfer vorbeiwirbelte.

Der Kapitän wirkte aufgekratzt und hatte ein todesmutiges Grinsen im Gesicht. »Die Russen nennen diese Rinne den Foxtrott«, sagte er.

Weiter vorn erspähte Jun Do ein Wrack. Er rief dem Ersten Maat etwas zu, und gemeinsam leuchteten sie es an. Es war ein Patrouillenboot, das zerschlagen an einer Austernbank auf der Seite lag. Schiffsname oder Länderkennzeichnung waren nicht mehr auszumachen, es musste schon vor langer Zeit auf den Felsen aufgelaufen sein. Die Antenne war klein und spiralförmig, was dafür sprach, dass die Funkanlage die Bergung nicht lohnte.

»Ich wette, das ist woanders leckgeschlagen und wurde von der Strömung hierhergetragen«, meinte der Kapitän.

Jun Do war sich da nicht so sicher. Der Steuermann sagte nichts.

»Guckt nach, ob es ein Rettungsboot hat«, ordnete der Kapitän an.

Der Zweite Maat war sauer, weil er auf der falschen Seite stand und nichts mitbekam. »Suchen wir Überlebende?«, fragte er.

»Kümmer du dich um den Scheinwerfer«, sagte der Steuermann.

»Und?«, fragte der Kapitän.

Der Erste Maat schüttelte den Kopf.

Jun Do sah einen roten Feuerlöscher, der immer noch am Heck des Wracks festgezurrt war; so sehr er sich einen für die *Junma* wünschte, hielt er doch den Mund, und mit einem *Wusch* waren sie am Wrack vorbei.

»Na, wer will schon für ein Rettungsboot sein Schiff versenken«, meinte der Kapitän.

Das Feuer auf der *Junma* hatten sie mit Eimern löschen können. So war es zum Glück nicht dazu gekommen, dass sie ihr Schiff verlassen und dem Zweiten Maat verraten mussten, dass sie kein Rettungsboot besaßen.

Der Zweite Maat fragte: »Ja, und was ist nun mit dem Rettungsboot?«

»Du hältst schön deinen Scheinwerfer fest«, sagte der Steuermann.

Sobald sie die Riffbrecher hinter sich hatten, durchsegelte die *Junma* das ruhige Wasser, als habe man sie von der Leine gelassen. Über ihnen hing die schroffe Steilküste der Insel, in deren Lee endlich eine große Lagune auftauchte, die von den äußeren Strömungen in Bewegung gehalten wurde. Hier bestand Hoffnung auf Garnelen. Erst schalteten sie die Lichter aus, dann die Maschine, dann ließen sie sich in die Lagune hineintreiben. Bald wurden sie von der Strömung langsam im Kreis bewegt. Die Flut stieg konstant und ruhig, und selbst als der Kiel Sand berührte, schien das niemanden zu beunruhigen.

Unter schräg abfallenden Obsidianklippen lag ein steiler, scharf glitzernder Strand aus schwarzem, vulkanischem Glas, der blutende Füße versprach. Zwergwüchsiges Krummholz krallte sich in den Sand; im blauen Mondlicht sahen sie, dass der Wind sogar die Nadeln verbogen hatte. Auf dem Wasser schwamm zusammengetriebenes Treibgut, das aus der Meerenge hereingespült worden war.

Der Maschinist fuhr die Ausleger aus und ließ die Wadennetze so weit herunter, dass sie knapp unter der Wasseroberfläche schwammen. Die Maate sicherten die Leinen und Blöcke und leierten die Netze dann wieder hoch, um zu sehen, ob Garnelen darin waren. In dem grünen Nylongewebe zappelten ein paar vereinzelte Garnelen herum, aber es war noch etwas anderes ins Netz gegangen.

Als sie ihren Fang ausleerten, lagen zwischen den phosphoreszierend zappelnden Garnelen zwei Turnschuhe. Sie passten nicht zusammen.

»Das sind amerikanische Schuhe«, sagte der Maschinist.

Jun Do las, was auf den Schuhen stand. »Nike«, sagte er.

Der Zweite Maat griff sich einen.

Jun Do sah in seinen Augen, was er dachte. »Mach dir keine Sorgen«, sagte er. »Die Rudermädchen sind weit weg von hier.«

»Lies mir das Etikett vor«, verlangte der Zweite Maat. »Ist das ein Frauenschuh?«

Der Kapitän kam und untersuchte einen der Schuhe. Er schnupperte daran und bog die Sohle um, um zu sehen, wie viel Wasser herauskam. »Vergiss es, der ist nagelneu.« Er ließ das Flutlicht einschalten, und auf dem jadegrauen Wasser dümpelten Hunderte Schuhe, vielleicht sogar Tausende.

Der Steuermann suchte das Meer mit dem Scheinwerfer ab. »Ich hoffe bloß, dass kein Container in dieser Badewanne rumtreibt und uns gleich den Kiel abreißt«, sagte er.

Der Kapitän wandte sich an Jun Do. »Irgendwelche SOS-Rufe?«

Jun Do antwortete: »Du kennst doch die Vorgaben.«

Der Zweite Maat fragte: »Was sind denn die Vorgaben bei SOS?«

»Ich kenne die Vorgaben«, sagte der Kapitän. »Ich will nur wissen, ob vielleicht eine ganze Flottille auf uns zukommt, um ein in Not geratenes Schiff zu bergen.«

»Nein, ich hab nichts gehört«, erwiderte Jun Do. »Aber die Leute rufen nicht mehr per Funk um Hilfe. Die haben jetzt Satelliten-Notrufbaken, Dinger, mit denen die GPS-Koordinaten automatisch an die Satelliten gefunkt werden. Davon bekomme ich nichts mit. Der Steuermann hat recht – wahrscheinlich ist ein Container irgendwo von Bord gerutscht, und den Inhalt hat es hier angespült.«

»Und wir reagieren nicht auf SOS-Rufe?« Der Zweite Maat ließ nicht locker.

»Nicht, solange er an Bord ist«, sagte der Kapitän und drückte Jun Do den Schuh in die Hand. »Los geht's, meine Herrn. Rein ins Wasser mit den Netzen. Es wird eine lange Nacht.«

Jun Do fand einen Radiosender aus Wladiwostok und ließ das Programm über einen Decklautsprecher laufen. Sie spielten Strauss. Die Männer fingen an, das schwarze Wasser zu durchkämmen, und hatten kaum Zeit zum Bewundern der vielen amerikanischen Schuhe, die sich an Deck auftürmten.

Während die Besatzung oben Turnschuhe fischte, stülpte Jun Do sich die Kopfhörer über. Es war viel Quäken und Zwitschern zu hören, das mit Sicherheit jemanden glücklich machen würde. Die chinesischen Geständnisse direkt nach Sonnenuntergang hatte er verpasst, was auch besser war, weil die Stimmen immer hoffnungslos traurig und deswegen in seinen Ohren schuldbeladen klangen. Die Familien aus Okinawa bekam er noch mit, die an ihre Väter auf den amerikanischen Schiffen appellierten. Es fiel ihm jedoch schwer, allzu viel Mitleid mit Kindern zu haben, die Mütter und Geschwister hatten, und wenn er das zuckersüße Flehen »Nehmt uns mit!« hörte, wurde ihm geradezu schlecht. Wenn eine russische Familie ihren einsitzenden Vater mit ununterbrochen guter Laune aufmunterte, sollte das dem Mann Kraft geben. Aber einen abtrünnigen Vater anbetteln, zu seinem Kind zurückzukehren? Wer würde denn auf so etwas hereinfallen? Wer würde so ein jämmerliches Kind schon haben wollen?

Jun Do schlief vor seiner Anlage ein, was selten vorkam. Er erwachte zur Stimme des Mädchens, das im Dunkeln ruderte. Sie rudere jetzt nackt, sagte sie, unter einem Himmel, »der schwarz gerüscht ist, wie eine Nelke, die mit dem Stiel in Tinte steht.« Sie hatte eine Vision gehabt: Eines Tages würden die Menschen ins Meer zurückkehren, Flossen und Blaslöcher würden ihnen wachsen, im Ozean würde sich die Menschheit endlich vereinen, und Hass und Krieg hätten ein Ende. *Armes Mädchen, mach mal nen Tag Pause*, dachte er, und beschloss, dem Zweiten Maat diesmal nichts von ihren Worten zu erzählen.

*

Am Morgen hatte die *Junma* wieder Fahrt gen Süden aufgenommen, die Wadennetze waren voller Schuhe und schwangen unter der leichten Last wild hin und her. Auch auf Deck lagen Hunderte von Schuhen, die der Erste und Zweite Maat grob nach Design geordnet zusammenknoteten. Von Mast zu Mast zogen sich diese Girlanden und trockneten in der Sonne. Passende Paare hatten sie offenbar nur wenige gefunden. Trotzdem schienen alle bester Laune zu sein, obwohl sie nicht geschlafen hatten.

Der Erste Maat fand ein Paar, blau und weiß, und verstaute es unter seiner Koje. Der Steuermann staunte über eine Schuhgröße fünfzig – was für ein Riese wohl solche Schuhe tragen mochte? –, und der Maschinist hatte einen großen Stapel aufgehäuft, den seine Frau durchprobieren sollte. Das Silber und das Rot, die schicken Aufnäher und reflektierenden Streifen, das grelle Weiß, für sie war das alles das reinste Gold: Diese Schuhe waren gleichbedeutend mit Nahrungsmitteln, Bestechungsgeldern und Geschenken. Das Gefühl, wenn man sie anhatte – als ob man nichts an den Füßen trüge. Die Schuhe ließen die Socken der Männer schrecklich abgetragen wirken, und zwischen so viel leuchtender Farbe sahen ihre Beine fleckig und stumpf aus. Der Zweite Maat wühlte sich durch den gesamten Haufen, bis er das gefunden hatte, was er seine »Amerikaschuhe« nannte. Es waren Damenschuhe, der eine rot-weiß, der andere blau. Seine eigenen Schuhe warf er über Bord, dann stolzierte er mit zwei verschiedenen Nikes an den Füßen auf dem Deck herum.

Vor ihnen hatte sich eine große Wolkenbank gebildet, die von einem wirbelnden Schwarm Möwen angeführt wurde. Im Osten stieg eisiges Kaltwasser aus dem Tiefseegraben an die Oberfläche und ließ die Feuchtigkeit in der Luft kondensieren. Dort in der Tiefsee jagten die Pottwale, dort waren die Sechskiemenhaie zu Hause. Zusammen mit dem eiskalten Wasser stiegen schwarze Quallen, Kraken und weiße, blinde Tiefseegarnelen an die Oberfläche. Es hieß, dass diese Garnelen mit ihren großen, trüben Augen noch zappelnd und mit

Kaviar garniert dem Geliebten Führer höchstpersönlich gereicht wurden.

Der Kapitän griff nach dem Fernglas und sah sich die Stelle an. Dann läutete er die Glocke, und die Maate in ihren neuen Schuhen sprangen auf.

»Auf die Beine, Genossen!«, rief der Kapitän. »Jetzt werden wir Helden der Revolution.«

Der Kapitän bemannte die Netzausleger selbst, während Jun Do dem Maschinisten dabei half, einen Lebendtank aus zwei Regenfässern und einer Bilgenpumpe zu basteln. Doch in das Tiefenwasser hineinzufahren war schwieriger als gedacht. Was anfangs nur wie Dunst gewirkt hatte, erwies sich als kilometerbreite Nebelbank. Die kabbelige See schlug in unberechenbaren Winkeln ans Boot, man verlor schnell das Gleichgewicht, Nebelfetzen rasten über die Wellenkämme, Dunstfelder und undurchsichtige Wolkenwände wechselten sich blitzschnell ab.

Gleich ihr erster Versuch war erfolgreich. Im Wasser waren die Garnelen durchsichtig, dann weiß, wenn das Netz eingeholt wurde, dann wieder durchsichtig, wenn sie im schwappenden Lebendtank umherschnellten und ihre langen Fühler aufstellten und wieder einrollten. Als der Kapitän Befehl gab, die Netze erneut auszubringen, waren die Vögel verschwunden, und der Steuermann tuckerte suchend durch den Nebel.

Dem Wasser konnte man nicht ansehen, in welche Richtung die Garnelen verschwunden waren; die Maate gingen mit dem Seegang mit und warteten. Plötzlich brodelte es an der Oberfläche. »Die Thunfische haben sie gefunden«, rief der Kapitän, und der Erste Maat ließ die Netze erneut zu Wasser. Der Steuermann warf das Ruder herum und kreiste sie ein, wobei die *Junma* unter dem Zug beinahe gekentert wäre. Zwei Wogen liefen spitz ineinander, der Kutter geriet in ihr doppelt tiefes Wellental, und die losen Schuhe flogen nur so über Bord, doch der Fang hielt, und als der Maschinist die Netze in die Luft leierte, blinkte es wie verrückt, als ob sie Kronleuchter gefischt hätten. Da begannen die Garnelen im Becken ebenfalls zu leuchten, als hielten sie geheime Zwiesprache.

Alle wurden am Lebendbecken gebraucht, um den Fang zu dirigieren, der wer weiß wohin schwingen konnte, sobald er über Deck baumelte. Der Maschinist bediente die Winde, aber im letzten Augenblick brüllte der Kapitän *Stopp*, während das Netz wild hin- und herschwang. Der Kapitän starrte an der Reling in den Nebel. Alle anderen hielten ebenfalls inne und starrten ins weiße Nichts, erschrocken von der plötzlichen Stille auf dem krängenden Schiff unter dem kreiselnden Netz. Der Kapitän bedeutete dem Steuermann, er solle das Nebelhorn bedienen, und sie horchten auf eine Antwort aus der Trübnis.

»Geh nach unten«, sagte der Kapitän zu Jun Do, »und sag mir, was du hörst.«

Aber es war schon zu spät. Im nächsten Augenblick lichtete sich der Nebel: Der massive Bug einer amerikanischen Fregatte tauchte vor ihnen auf. Die *Junma* stampfte mit voller Kraft achteraus, gewann aber kaum Abstand von dem amerikanischen Kriegsschiff. Männer mit Feldstechern säumten die Reling. Dann kam schon ein Schlauchboot auf sie zu, und die Amerikaner warfen Leine. Da waren die Männer, die Schuhgröße fünfzig trugen.

In den ersten paar Minuten gaben die Amerikaner sich sehr geschäftsmäßig und folgten offensichtlich einem Ritual, bei dem es um schneidiges Heben und Anlegen ihrer schwarzen Gewehre ging. Sie durchkämmten erst die Brücke und Kombüse, dann die Quartiere unter Deck. Während sie sich durch den Kutter voranarbeiteten, hörte man sie »Hier ist nichts, hier ist nichts« rufen.

Auch ein südkoreanischer Marineoffizier war dabei. Er blieb an Deck, während die Amerikaner das Schiff sicherten. Der Südkoreaner trug eine frisch gebügelte weiße Uniform, und auf seinem Namensschildchen stand »Pak«. Sein Helm war schneeweiß mit schwarzen und hellblauen Streifen und silbern glänzendem Rand. Pak verlangte das Ladungsverzeichnis, die Registrierung im Heimathafen des Schiffes sowie das Kapitänspatent; nichts von alledem hatten sie. Wo war ihre Flagge, schnarrte Pak, und warum hatten sie auf den Funkruf nicht reagiert?

Die Garnelen schwankten im Netz hin und her. Der Kapitän wies den Ersten Maat an, sie in das Lebendbecken zu entleeren.

»Nein«, sagte Pak. Er zeigte auf Jun Do. »Der da soll es machen.«

Jun Do sah den Kapitän an. Der nickte. Jun Do ging zum Netz und versuchte, es auf dem stampfenden Schiff ruhigzuhalten. Auch wenn er oft beim Entleeren der Netze zugesehen hatte, hatte er es noch nie selbst gemacht. Er fand die Leine, mit der das Netz unten geöffnet wurde, und versuchte, den Moment abzupassen, da das Netz über die Fässer schwenkte. Er hatte erwartet, dass der Fang mit einem Mal herausplatzen würde, doch als er an der Strippe zog, ergossen sich die Garnelen erst ins Fass und mit dem nächsten Schwanken übers ganze Deck, über die Luken und schließlich über seine Stiefel.

»Wusste ich's doch, dass du kein Fischer bist«, sagte Pak. »Da braucht man nur deine Gesichtsfarbe und deine Hände anzugucken. Zieh das Hemd aus«, verlangte er.

»Hier gebe ich die Befehle«, entgegnete der Kapitän.

»Zieh das Hemd aus, du elender Spion, sonst lass ich dich von den Amerikanern ausziehen.«

Nur ein paar Knöpfe waren nötig, dann hatte Pak gesehen, dass Jun Do keine Tätowierung auf der Brust trug.

»Ich bin nicht verheiratet«, sagte Jun Do.

»Du bist nicht verheiratet«, wiederholte Pak.

»Sie hören es doch«, sagte der Kapitän.

»Die Nordkoreaner würden dich niemals raus aufs Wasser lassen, wenn du nicht verheiratet wärst. Wen sollten sie denn dann ins Gefängnis werfen, wenn du überläufst?«

»Was soll das?«, mischte sich der Steuermann ein. »Wir sind Fischer auf dem Weg zurück in den Hafen. Mehr gibt's nicht zu sagen.«

Pak wandte sich an den Zweiten Maat. »Wie heißt der?«, fragte er, wobei er auf Jun Do zeigte.

Der Zweite Maat sagte nichts, sondern sah den Kapitän fragend an.

»Guck nicht ihn an«, kommandierte Pak und trat einen Schritt näher. »Welchen Posten hat der hier?«

»Posten?«

»Auf dem Schiff«, sagte Pak. »Na schön. Welchen Posten hast *du*?«

»Zweiter Maat.«

»Na schön, Zweiter Maat«, sagte Pak. Er zeigte wieder auf Jun Do. »Der Namenlose da. Was für einen Posten hat der?«

Der Zweite Maat sagte: »Dritter Maat.«

Pak fing an zu lachen. »Ah ja, der dritte Maat. Das ist ja herrlich. Ich schreibe einen schönen Spionageroman und nenne ihn *Der dritte Maat*. Ihr elenden Spione, mir wird wirklich schlecht, wenn ich euch sehe. Das hier sind freie Staaten, gegen die ihr Spionage betreibt, Demokratien, die ihr zu unterhöhlen versucht!«

Mehrere der Amerikaner kamen zurück an Deck. Sie hatten Rußflecken im Gesicht und an den Schultern, weil sie sich durch die engen, angekohlten Gänge gezwängt hatten. Jetzt, wo das Schiff gesichert war, hatten sie die Gewehre wieder locker über die Schulter gehängt und witzelten miteinander. Es war verblüffend, wie jung sie waren: Das riesige Kriegsschiff in der Hand von Halbwüchsigen. Erst jetzt schienen sie die Schuhberge zu bemerken. Einer der Soldaten nahm einen Sneaker in die Hand. »Ich glaub's nicht«, sagte er. »Das sind die neuen Air Jordans – die kriegst du nicht mal in Okinawa.«

»Das genügt als Beweis«, sagte Pak. »Diese Typen hier sind allesamt Spione, Piraten und Banditen und werden jetzt auf der Stelle verhaftet.«

Der Soldat mit dem Turnschuh sah die Fischer bewundernd an. Er sagte: »*Smokey, smokey?*«, und bot ringsum Zigaretten an. Nur Jun Do ging darauf ein, eine Marlboro, stark und kräftig. Eine grinsende Cruise Missile mit einem muskelstrotzenden Bizeps als Flügel zierte das Feuerzeug. »Junge, Junge. Die Nordkoreaner werden echt immer krimineller.«

Die anderen beiden Soldaten schüttelten den Kopf über den Zustand des Schiffs, besonders über die weggerosteten Klampen für die Rettungsleinen. »Spione?«, meinte einer von ihnen ungläubig. »Die haben noch nicht mal Radar. Die navigieren mit einem Scheißkompass. Im Kartenraum gibt's keine Karten. Die steuern den Seelenverkäufer hier rein nach Gefühl.«

»Ihr ahnt nicht, wie raffiniert die Nordkoreaner sind«, hielt Pak dagegen. »Ihre gesamte Gesellschaft beruht auf Täuschung. Wartet's nur ab, wenn wir dieses Boot auseinandernehmen, dann seht ihr, dass ich recht habe.« Er bückte sich und öffnete die Luke zum vorderen Laderaum. Tausende kleiner Makrelen, die lebendig eingefroren worden waren, starrten ihm mit offenen Mäulern entgegen.

Auf einmal wusste Jun Do, dass sie über seine Geräte lachen würden, dass sie sie ans Tageslicht zerren und sich lauthals darüber amüsieren würden, wie notdürftig das alles zusammengebastelt war. Und dann würde er nie wieder eine erotische Geschichte von Dr. Rendezvous hören, nie herausfinden, ob die russischen Häftlinge begnadigt wurden, es würde ein ewiges Rätsel bleiben, ob die Ruderinnen es bis nach Hause geschafft hatten. Er hatte die Nase voll vom ewigen Rätseln.

Ein Marinesoldat kam aus dem Steuerhaus, die DVRK-Flagge als Cape umgehängt.

»Hey, hast du 'n Arsch offen, Alter?«, sagte ein Kamerad. »Wo hast du die denn her? Du bist doch krank, und das Ding gibst du jetzt mir.«

Ein weiterer Soldat kam zurück an Deck. Auf seinem Namensschildchen stand »Lieutenant Jervis«, und er hielt ein Klemmbrett in der Hand. »Haben Sie Rettungswesten an Bord?«, fragte er die Besatzung.

Jervis versuchte, eine Weste mimisch darzustellen, aber die *Junma*-Crew schüttelte nur den Kopf. Jervis machte ein Häkchen auf seiner Liste. »Eine Signalpistole?«, fragte er und tat so, als ob er in die Luft schießen würde.

»Auf keinen Fall«, antwortete der Kapitän. »Auf mein Schiff kommen keine Waffen.«

Jervis drehte sich zu Pak um. »Sind Sie jetzt Dolmetscher oder nicht?«, fragte er.

»Ich bin Offizier des Nachrichtendienstes«, antwortete der.

»Tun Sie mir verdammt noch mal den Gefallen und übersetzen Sie!«

»Haben Sie mich nicht gehört? Das sind Spione!«

»Spione?«, fragte Jervis zurück. »Das Schiff ist halb abgefackelt. Die haben nicht mal ein Scheißhaus auf diesem schwimmenden Schrotthaufen. Fragen Sie einfach, ob sie einen Feuerlöscher haben.«

Jun Dos Augen leuchteten auf.

»Da, sehen Sie«, sagte Pak, »der da hat jedes Wort verstanden. Die sprechen wahrscheinlich alle Englisch.«

Jervis tat so, als hielte er einen Feuerlöscher in der Hand, mit Klangeffekten.

Der Maschinist drückte die Hände flehend aneinander.

Er hatte zwar ein Funksprechgerät, aber Jervis brüllte trotzdem zum Schiff hoch: »Wir brauchen hier einen Feuerlöscher!«

Oben wurde diskutiert. Dann kam die Antwort: »Brennt's denn?«

»Leckt mich!«, schrie Jervis. »Gebt einfach einen her!«

Pak meinte: »Den verkaufen die eh nur auf dem Schwarzmarkt. Banditen sind das, ein ganzes Land voll!«

Als Jun Do sah, wie ein roter Feuerlöscher an einer Leine von dem Kriegsschiff heruntergelassen wurde, war auf einmal klar, dass die Amerikaner sie gehen lassen würden. Er hatte fast noch nie Englisch gesprochen, das war nicht Teil seiner Ausbildung gewesen, aber er probierte es einfach mal aus: »*Life boat!*«, kam ihm mühsam über die Lippen.

Jervis sah ihn an. »Ihr habt kein Rettungsboot?«

Jun Do schüttelte den Kopf.

»Und schickt noch 'n Schlauchboot hinterher«, schrie Jervis hoch zum Schiff.

Pak stand kurz vor dem Nervenzusammenbruch. Er nahm den Helm ab und fuhr sich mit der Hand über den flachen Bürstenschnitt. »Ist das etwa nicht offensichtlich, warum die kein Rettungsboot haben dürfen?«

»In einem muss man Ihnen allerdings recht geben«, sagte Jervis zu ihm. »Es stimmt, dass der da Englisch versteht.«

Im Steuerhaus spielten ein paar der Amerikaner mit der Funkanlage herum. Man hörte, wie sie Funkmeldungen absetzten. Einer nahm den Hörer in die Hand und sagte: »Dies ist eine private Nachricht an Kim Jong Il von Tom John-Son. Wir haben Ihren schwimmenden Schönheitssalon abgefangen, können aber Ihr Haarspray nicht finden, und den Strampelanzug und die Plateauschuhe auch nicht. Bitte kommen.«

Der Kapitän hatte ein Rettungsboot erwartet; als stattdessen ein gelbes Bündel abgeseilt wurde, das nicht größer als ein Zwanzig-Kilo-Sack Reis war, reagierte er verwirrt. Jervis zeigte ihm den roten Handauslöser und deutete mit ausgebreiteten Armen an, wie es sich automatisch aufblasen würde.

Die Amerikaner hatten kleine Fotoapparate dabei, und als der erste seinen zückte, taten es ihm die anderen gleich – sie fotografierten den Nike-Berg, das braune Waschbecken, an dem sich die Mannschaft rasierte, den in der Sonne trocknenden Schildkrötenpanzer, das Loch, das der Maschinist in die Reling gehauen hatte, damit er über Bord scheißen konnte. Ein Soldat bekam den Kalender des Kapitäns in die Hände, lauter Standbilder aus den letzten Filmen der Schauspielerin Sun Moon. Sie amüsierten sich darüber, dass nordkoreanische Pin-ups knöchellange Kleider trugen. Da hatten sie die Rechnung aber ohne den Kapitän gemacht. Er ging hin und schnappte sich seinen Kalender zurück. Und dann tauchte ein Amerikaner mit dem gerahmten Porträt von Kim Jong Il in der Hand aus dem Steuerhaus auf. Er hatte es von der Wand abgerissen und hielt es hoch.

»Hey, Leute, guckt euch das an!«, tönte er. »Der Chef höchstpersönlich.«

Die Männer der *Junma* standen wie versteinert da.

Pak geriet sofort in Aufregung. »Nein, nein, nein!«, schrie

er. »Das ist eine ernste Angelegenheit. Das müssen Sie augenblicklich zurückhängen!«

Der Soldat dachte gar nicht daran. »Sie haben selbst gesagt, das wären verdammte Spione. Gefunden ist gefunden, oder etwa nicht, Lieutenant Jervis?«

Lieutenant Jervis versuchte die Situation zu entschärfen. »Jetzt lassen Sie den Jungs doch ein paar Andenken«, sagte er.

»Das ist kein Witz«, sagte Pak. »Die Leute werden wegen so was ins Gefängnis geworfen oder schlimmeres.«

Ein weiterer Marinesoldat kam aus dem Steuerhaus; er hatte das Porträt von Kim Il Sung von der Wand montiert. »Ich hab seinen Bruder«, verkündete er.

Pak streckte ihnen die Handflächen entgegen. »Halt«, rief er. »Sie verstehen mich nicht. Mit so was schicken Sie diese Männer ins Grab. Sie gehören festgenommen und verhört, nicht zum Tode verurteilt.«

»Guckt mal, was ich gefunden hab!«, verkündete ein anderer. Er kam mit der Kapitänsmütze auf dem Kopf aus dem Steuerhaus, und mit zwei schnellen Schritten hatte der Zweite Maat sein Haimesser gezogen und dem Matrosen an die Kehle gesetzt.

Ein halbes Dutzend Sturmgewehre wurde von Schultern gerissen und entsichert. Oben, an Bord der Fregatte, erstarrten die Marinesoldaten mit ihren Kaffeetassen in der Hand. In der Totenstille war das vertraute Klirren der Takelage zu hören und das Wasser, das aus dem Lebendbecken schwappte. Jun Do spürte, wie die *Junma* in den vom Bug der Fregatte zurückgeworfenen Wellen zweifach schwankte.

Vollkommen ruhig sagte der Kapitän zum Zweiten Maat: »Es ist doch nur eine Mütze, Sohn.«

Der Zweite Maat antwortete dem Kapitän, ohne den Soldaten auch nur eine Sekunde aus den Augen zu lassen. »Man kann nicht einfach um die Welt schippern und machen, was einem gerade passt. Es gibt Regeln, und die sind einzuhalten. Man kann nicht einfach Leuten die Mütze klauen.«

Jun Do sagte zu ihm: »Jetzt lass den Kerl los.«

»Ich weiß, wo die Grenze ist«, entgegnete der Zweite Maat. »Ich hab sie nicht überschritten – die waren's. Jemand muss sie stoppen und ihnen diese Ideen austreiben.«

Jervis hatte seine Waffe ebenfalls gezogen. »Pak«, sagte er. »Bitte erklären Sie diesem Mann auf Koreanisch, dass er gleich erschossen wird.«

Jun Do trat vor. Der Blick des Zweiten Maats war kalt und flackerte unsicher, und der Soldat sah Jun Do hilfesuchend an. Vorsichtig nahm Jun Do dem Amerikaner die Mütze vom Kopf und legte dem Zweiten Maat die Hand auf die Schulter. Der Zweite Maat sagte: »Manche Leute muss man vor ihrer eigenen Dummheit schützen«, dann trat er zurück und warf sein Messer ins Meer.

Die Gewehre im Anschlag, blickten die Marinesoldaten aus dem Augenwinkel in Richtung Jervis. Der ging auf Jun Do zu. »Bin Ihnen sehr verbunden, dass Sie Ihren Mann zur Räson gerufen haben«, sagte er und steckte Jun Do beim Händeschütteln seine Visitenkarte zu: »Falls Sie mal in der freien Welt sind.« Er ließ einen letzten langen Blick über die *Junma* schweifen. »Hier ist nichts«, rief er. »Wenn ich zum geordneten Rückzug bitten dürfte, meine Herren.«

Es wirkte fast wie ein Ballett: Gewehr – ab, Gewehr – über, Kehrt – marsch, Rechts – um, Gewehr – anlegen – die acht schweigenden Amerikaner zogen sich so von der *Junma* zurück, dass zu keinem Zeitpunkt weniger als sieben Gewehre auf die Mannschaft gerichtet waren.

Kaum hatte die amerikanische Barkasse abgelegt, sprang der Steuermann ans Ruder und drehte bei, und schon verwischte Nebel die Kanten des grauen Fregattenrumpfs. Jun Do schloss die Augen halb und versuchte in das Schiff hineinzublicken, sich die Kommandobrücke und die technischen Geräte dort oben vorzustellen, die alles belauschten und alles, was irgendwo auf der Welt gesprochen wurde, hören konnten. Er blickte auf das Kärtchen in seiner Hand. Es war gar keine Fregatte, sondern ein Kreuzer, die *USS Fortitude*, und dann merkte er, dass es auf seinen Stiefeln nur so vor Garnelen zappelte.

*

Obwohl sie kaum noch Treibstoff hatten, ordnete der Kapitän Kurs nach Westen an, und die Mannschaft konnte nur hoffen, dass er die Sicherheit nordkoreanischer Gewässer ansteuerte und keine flache Bucht, in der er die entehrte *Junma* versenken wollte. Vor dem Wind nahmen sie ordentlich Fahrt auf; als Land in Sicht kam, fühlten sie sich seltsam, so ohne gehisste Flagge. Der Steuermann am Ruder starrte immer wieder auf die beiden weißen Flecken an der Wand, wo die Bildnisse ihrer Führer gehangen hatten.

Gegen Mittag war Jun Do todmüde. Er fegte die verstreuten Garnelen über Bord, zurück in die Welt, die sie hervorgebracht hatte. Aber er tat nur so, als würde er arbeiten, genau wie die Maate am Lebendbehälter, der ebenso Staffage war wie der Schraubenschlüssel, den der Maschinist hielt. Der Kapitän lief an Deck im Kreis und wurde, dem Ton seiner Selbstgespräche nach, zunehmend wütender; wenn er in diesem Zustand war, wollte keiner in seine Nähe kommen, aber ihn aus den Augen zu lassen wagte auch niemand.

Der Kapitän kam wieder an Jun Do vorbei. Die Haut des Alten war rot, das Schwarz seiner Tätowierungen schien zu brüllen. »Drei Monate«, schrie er. »Drei Monate bist du auf diesem verdammten Boot und kannst noch nicht mal so tun, als wärst du ein Fischer? Du hast hundert Mal dabei zugesehen, wie wir das Netz an Deck ausgekippt haben – isst du nicht von denselben Tellern wie wir und scheißt in denselben Eimer?«

Sie blickten dem Kapitän auf dem Weg zum Bug nach, und als er wieder zurückkam, taten die Maate nicht mehr so, als würden sie arbeiten, und der Steuermann trat vor das Ruderhaus.

»Du hockst da unten mit deinen Kopfhörern auf den Ohren, drehst an deinen Knöpfchen und klapperst die ganze Nacht auf deiner verdammten Schreibmaschine herum. Als du an Bord gekommen bist, hieß es, du kannst Taekwondo, du kannst dich zur Wehr setzen. Ich dachte, du würdest stark sein, wenn Not am Mann ist. Was bist du für ein lausiger Spion – du kannst noch nicht mal so tun, als wärst du ein dummer Fischer wie wir andern!«

»Ich bin kein Spion«, sagte Jun Do. »Ich bin jemand, den sie auf die Sprachschule geschickt haben, nichts weiter.«

Aber der Kapitän hörte nicht zu. »Was der Zweite Maat gemacht hat, war dumm, aber wenigstens hat er was getan, er hat uns verteidigt und uns nicht in Lebensgefahr gebracht wie du. Aber du hast dagestanden wie angewurzelt, und jetzt ist vielleicht alles aus für uns.«

Der Erste Maat versuchte etwas zu sagen, aber der Kapitän funkelte ihn an. »Du hättest ja sagen können, dass du ein Reporter bist und einen Artikel über die arbeitsamen Fischer schreibst. Du hättest sagen können, dass du von der Kim Il Sung-Universität kommst und das Verhalten von Garnelen studierst. Der Amerikaner wollte sich nicht mit dir anfreunden. Du bist ihm scheißegal.« Der Kapitän zeigte in Richtung

Land. »Und die da sind noch schlimmer«, sagte er. »Menschen bedeuten denen nichts, gar nichts.«

Jun Do starrte dem Kapitän ausdruckslos ins Gesicht.

»Hast du mich verstanden?«

Jun Do nickte.

»Sag es.«

»Menschen bedeuten ihnen gar nichts«, wiederholte Jun Do.

»Haargenau«, erwiderte der Kapitän. »Die interessieren sich nur für die Geschichte, die wir ihnen vorsetzen, und diese Geschichte können sie entweder für sich verwerten oder nicht. Wenn du gefragt wirst, was mit unserer Flagge und unseren Bildern passiert ist, was wirst du dann sagen?«

»Ich weiß es nicht«, antwortete Jun Do.

Der Kapitän wandte sich an den Maschinisten.

Der Maschinist sagte: »Es gab schon wieder ein Feuer, diesmal im Steuerhaus, bei dem die Bilder leider verbrannt sind. Wir könnten ein Feuer legen, und wenn es verbrannt genug aussieht, können wir es mit dem Feuerlöscher löschen. Am besten raucht es bei der Einfahrt in den Hafen noch.«

»Gar nicht schlecht«, sagte der Kapitän. Er fragte den Maschinisten, welchen Part er dabei übernehmen würde.

»Ich habe mir die Hände verbrannt, als ich versuchte, die Bilder zu retten.«

»Und warum ist das Feuer ausgebrochen?«, fragte der Kapitän.

»Billiger chinesischer Treibstoff«, sagte der Zweite Maat.

»Gut«, sagte der Kapitän.

»Verunreinigter südkoreanischer Treibstoff«, warf der Erste Maat ein.

»Noch besser«, antwortete der Kapitän.

Der Steuermann sagte: »Ich habe mir die Haare abgesengt, als ich die Fahne retten wollte.«

»Und du, Dritter Maat«, fragte der Kapitän. »Welche Rolle hast du bei dem Feuer gespielt?«

Jun Do dachte scharf nach. »Ähm – ich habe eimerweise Wasser draufgegossen?«

Der Kapitän sah ihn angewidert an. Er nahm einen Turnschuh in die Hand und betrachtete die Farben – grün und gelb mit der brasilianischen Raute darauf. »Die hier zu erklären wird zu schwierig«, sagte er und warf ihn über Bord. Er nahm einen anderen in die Hand, weiß mit silbernem Haken, den er ebenfalls über Bord schleuderte. »Einfache Fischersleute gingen in den fischreichen Gewässern Nordkoreas ihrer Arbeit nach, um den Reichtum des demokratischsten Landes der Welt zu mehren. Müde waren sie, und ihr Plansoll hatten sie weit übererfüllt, doch sie wussten, dass der Geburtstag des Großen Führers Kim Il Sung bevorstand und ihm Würdenträger aus aller Welt ihre Aufwartung machen würden.«

Der Erste Maat holte das Paar Schuhe heraus, das er beiseite gelegt hatte. Mit einem tiefen Seufzer warf er es ins Meer. Er sagte: »Und wie konnten diese einfachen Fischersleute ihrer Liebe zum Großen Führer Ausdruck verleihen? Sie beschlossen, die köstlichen nordkoreanischen Garnelen zu fangen, die besten der Welt.«

Der Steuermann kickte einen Schuh ins Wasser. »Um den Großen Führer zu preisen, sprangen die Garnelen freudig aus dem Meer in die Netze der Fischer.«

Der Maschinist fing an, ganze Schuhberge über Bord zu schieben. »Feige versteckten sich die Amerikaner im Nebel«, sagte er, »in einem Riesenschiff, das mit dem Blutgeld der Kapitalisten bezahlt wurde.«

Der Zweite Maat schloss kurz die Augen. Er zog seine neuen Schuhe aus und hatte nun gar keine mehr. Ihm war anzusehen, dass nichts auf der Welt verkehrter oder schlimmer sein konnte als das, was ihm in diesem Augenblick zugemutet wurde. Und dann ließ er die Schuhe ins Wasser plumpsen. Er tat so, als halte er Ausschau zum Horizont, damit niemand sein Gesicht sah.

Der Kapitän wandte sich an Jun Do. »Und wie hast du dich im Angesicht dieser brutalen imperialistischen Aggression verhalten, Bürger?«

»Ich kann alles bezeugen«, antwortete Jun Do. »Der junge Zweite Maat ist zu bescheiden, um von seinen Heldentaten zu sprechen, aber ich kann sie bezeugen. Ich habe alles mit eigenen Augen gesehen: Wie die Amerikaner unser Schiff in einem Überraschungsangriff enterten, wie ein südkoreanischer Offizier die Amerikaner herumkommandierte wie Hunde an der Leine. Ich sah, wie sie unser Land entehrten und mit unserer Flagge herumstolzierten, doch als sie Hand an die Bildnisse unserer geliebten Führer legten, zog der Zweite Maat blitzschnell sein Messer und stellte sich einem ganzen Zug amerikanischer Imperialistenschweine entgegen. Damit bewies er den wahren Geist der Selbstaufopferung. Innerhalb weniger Augenblicke wurden die feigen Amerikaner vom Heldenmut und Kampfesgeist unseres Maats in die Flucht geschlagen.«

Der Kapitän kam und klopfte Jun Do auf die Schulter. Und damit flogen auch die restlichen Nikes ins Meer, hinter dem Schiff bildete sich ein Schuhteppich auf dem Wasser. Was sie eine ganze Nacht lang aufgefischt hatten, war innerhalb weniger Minuten verschwunden. Dann rief der Kapitän nach dem Feuerlöscher.

Der Maschinist trat damit an die Reling, und alle sahen zu, wie er im Wasser versank, Nase voran, ein rotes Aufleuchten, dann raste er der Tiefe entgegen. Als das Rettungsboot an die Reihe kam, betrachteten sie ein letztes Mal, wie unglaublich gelb es im Nachmittagslicht leuchtete. Als der Erste Maat das Plastikbündel über die Reling schieben wollte, gebot der Kapitän ihm Einhalt. »Warte.« Er schien einen Beschluss zu fassen. »Lasst uns wenigstens sehen, wie das Ding funktioniert.« Er zog an dem roten Griff, und wie versprochen hatte das Boot sich explosionsartig aufgeblasen, noch bevor es aufs Wasser klatschte. Es war so neu und sauber, ein Rettungsfloß mit Schutzdach, groß genug für alle sechs. Zuoberst blinkte ein kleines, rotes Licht, und zusammen sahen sie zu, wie es ohne sie davonschwamm.

*

Jun Do schlief, bis sie nachmittags im Hafen von Kinjye anlegten. Die gesamte Besatzung hatte die roten Parteiabzeichen angesteckt. Am Kai wurden sie von einer größeren Menschenansammlung erwartet: Soldaten, der Seefahrtsminister aus Ch'ŏngjin, örtliche Parteikader und ein Lokaljournalist der *Rodong Sinmun*. Alle hatten bereits von den empörenden Funkdurchsagen der Amerikaner gehört, wären allerdings nie auf die Idee gekommen, der amerikanischen Flottille die Stirn zu bieten und die *Junma* zu retten.

Jun Do erzählte seine Geschichte, und als der Journalist nach seinem Namen fragte, bekam er zur Antwort, der spiele keine Rolle, er sei nur ein bescheidener Bürger der größten Nation der Welt. Das gefiel dem Journalisten. Auf dem Anleger stand auch ein älterer Mann, den Jun Do anfangs nicht bemerkt hatte, im grauen Anzug mit einem weißen Bürstenschnitt. Seine Hände waren allerdings unvergesslich: Sie waren mehrfach gebrochen worden und schief zusammengeheilt. Im Grunde sahen sie aus, als wären sie einmal durch die Winde der *Junma* gemangelt worden. Nach Jun Dos Befragung nahmen der ältere Herr und der Journalist den Zweiten Maat beiseite, um sich die Geschichte bestätigen zu lassen und weitere Aussagen aus erster Hand zu bekommen.

Bei Einbruch der Dunkelheit ging Jun Do über die Fischkarrenpfade, die zur neuen Konservenfabrik führten. Die alte Konservenfabrik hatte eine schlechte Partie Konservenbüchsen produziert, sodass viele Bürger an Lebensmittelvergiftung gestorben waren. Da sich die Ursache des Problems nicht ausmachen ließ, war neben der alten eine neue Konservenfabrik errichtet worden. Jun Do ging an den Fischkuttern und der vertäuten *Junma* vorbei, die von Männern in sauberen Oberhemden entladen wurde. Bürokraten in Ch'ŏngjin, die der weniger als hundertfünfzigprozentigen Gehorsamkeit überführt wurden, mussten ein paar Wochen lang Dienst an der Revolution leisten, mussten beispielsweise bei Tag und Nacht in Wŏnsan oder Kinjye Fisch entladen, von Hand natürlich.

Jun Do wohnte im Haus des Konservenfabrikdirektors, ein großes, schönes Haus, in dem wegen der Geschichte mit dem Fabrikdirektor und seiner Familie niemand wohnen wollte. Jun Do benutzte nur einen Raum, die Küche, denn darin hatte er alles, was er brauchte: Eine Lampe, ein Fenster, einen Tisch, den Herd und eine Pritsche, die er dort aufgeschlagen hatte. Er war nur ein paar Tage im Monat an Land, und sollte es hier Gespenster geben, so störten sie ihn jedenfalls nicht.

Auf dem Tisch war der Sender aufgebaut, an dem er bastelte. Wenn er nur Kurztelegramme sendete wie die Amerikaner am Grunde des Meeres, dann könnte er ihn vielleicht unentdeckt benutzen. Doch je näher die Fertigstellung rückte, desto langsamer arbeitete er: Was sollte er bloß senden? Sollte er von dem Marinesoldaten berichten, der »Smokey, smokey« gesagt hatte? Vielleicht erzählte er der Welt vom Gesichtsausdruck des Kapitäns, als sie an den breiten, menschenleeren Stränden von Wŏnsan entlang nach Süden getuckert waren – allen Bürokraten in Pjöngjang wurde versprochen, dass sie ihren Ruhestand an diesen paradiesischen Stränden verbringen würden.

Jun Do machte sich eine Tasse Tee und rasierte sich zum ersten Mal seit drei Wochen. Aus dem Fenster sah er, wie die Männer die *Junma* im Dunkeln entluden, Männer, die garantiert beteten, dass der Strom endlich abgeschaltet wurde und sie sich auf ihre Pritschen legen konnten. Als erstes schabte er den Schaum um seinen Mund weg. Dann ließ er seinen halb getrunkenen Tee stehen und nippte stattdessen an einem chinesischen Whiskey. Als er das Rasiermesser abzog, machte es ein Geräusch wie auf Haifischhaut. Es war aufregend gewesen, dem Journalisten den Bären aufzubinden, und verblüffend, wie recht der Kapitän gehabt hatte: Der Journalist wollte noch nicht einmal wissen, wie er hieß.

Später in der Nacht, als der Strom ausgeschaltet und der Mond untergegangen war, stieg Jun Do im Finstern aufs Dach und tastete sich zum Schornstein vor. Er wollte eine Antenne anbringen, die er vom Schornstein mit einem Seilzug aufrichten konnte. In dieser Nacht verlegte er lediglich ein Kabel, aber selbst das war nur im Schutz vollständiger Dunkelheit möglich. Er hörte das Meer dort draußen, spürte die Seeluft in seinem Gesicht. Und doch sah er von seinem luftigen Sitz auf der Dachschräge absolut nichts. Er hatte das offene Meer bei Tag unzählige Male gesehen, unter seinen Füßen gespürt. Was würde jemand, der das Meer nicht kannte, in der unfassbar großen Dunkelheit vor sich vermuten? Die flossenlosen Haie wussten wenigstens, was unter der Wasseroberfläche lag – sie wussten, wohin sie abstiegen.

Die Fabriksirenen im Morgengrauen waren für Jun Do gewöhnlich das Signal, ins Bett zu gehen. Der Lautsprecher räusperte sich und plärrte los.

»Guten Morgen, Bürger!«, fing er an.

Es klopfte an der Tür; als Jun Do hinging, stand der Zweite Maat vor ihm. Der Junge war ziemlich betrunken und übel zugerichtet.

»Hast du's schon gehört?«, fragte der Zweite Maat. »Ich bin zum Helden der Ewigen Revolution erklärt worden – Medaillen und später einmal Heldenrente.«

Das Ohr des Zweiten Maats war eingerissen, und sie mussten zum Kapitän, damit der ihn nähte. Das gesamte Gesicht des Jungen war zugeschwollen, mehrere Beulen ragten leuchtend hervor. An seine Brust war eine Medaille geheftet, der Purpurrote Stern. »Hast du Schlangenschnaps da?«, fragte er.

»Wie wär's, wenn wir auf Bier umsteigen?«, erwiderte Jun Do und ließ zwei Flaschen Ryoksong zischen.

»Das gefällt mir an dir – du hast kein Problem damit, morgens einen zu heben. Wie sagt man so schön? *Je länger die Nacht, desto kürzer der Morgen.*«

Als der Zweite Maat die Flasche ansetzte, sah Jun Do, dass seine Fingerknöchel unverletzt waren. Er sagte: »Sieht so aus, als hättest du heute Nacht ein paar neue Freunde gefunden.«

»Ich sag's dir, Mann«, antwortete der Zweite Maat. »Heldentaten begehen ist einfach – ein Held zu werden ist die Hölle.«

»Na, dann lass uns auf die Heldentaten trinken.«

»Und auf die Belohnung«, fügte der Zweite Maat hinzu. »Apropos Belohnung: Du musst dir unbedingt meine Frau angucken – das glaubst du nie, wie schön die ist.«

»Ich freue mich darauf, sie kennenzulernen«, erwiderte Jun Do.

»Nein, nein«, wehrte der Zweite Maat ab. Er trat ans Fenster und zeigte auf eine Frau, die allein in der Fischkarrengasse stand. »Da, guck sie dir an. Ist sie nicht Wahnsinn? Sag selbst, die ist Wahnsinn.«

Jun Do spähte zum Fenster hinaus. Die junge Frau hatte feuchte, weit auseinanderstehende Augen. Jun Do kannte den Ausdruck auf ihrem Gesicht: Als wolle sie unbedingt adoptiert werden, aber nicht von den Eltern, die an diesem Tag zu Besuch kamen.

»Gib's doch zu, sie ist der Wahnsinn«, wiederholte der Zweite Maat. »Zeig mir eine schönere Frau.«

»Ich geb's zu«, sagte Jun Do. »Sie darf übrigens ruhig reinkommen.«

»Geht nicht.« Der Zweite Maat ließ sich zurück auf den Stuhl fallen. »Sie weigert sich, den Schuppen hier zu betreten. Sie hat Angst vor Gespenstern. Nächstes Jahr mache ich ihr ein Kind – dann wird ihr Busen groß und prall mit Milch. Ich kann sie aber näher ranrufen, wenn du einen genaueren Blick auf sie werfen willst. Vielleicht lass ich sie singen. Du fällst aus dem Fenster, wenn du das hörst.«

Jun Do trank sein Bier. »Lass sie das Lied von den wahren Helden singen – denen, die keine Belohnung wollen.«

»Mann, du hast echt einen seltsamen Humor«, sagte der Zweite Maat und drückte die kalte Bierflasche gegen seine Rippen. »Wusstest du schon, dass die Kinder von Helden auf Eliteschulen gehen dürfen? Vielleicht lege ich mir eine Riesenbrut zu und wohne in einem Haus wie dem hier. Vielleicht ziehe ich ja hier ein.«

»Nur zu«, erwiderte Jun Do. »Sieht allerdings nicht so aus, als ob deine Frau da mitmacht.«

»Sie ist noch ein Kind«, sagte er. »Sie macht, was ich ihr sage. Ehrlich, ich ruf sie rein. Die macht, was ich ihr sage, glaub's mir.«

»Und du, hast du etwa keine Angst vor Gespenstern?«, fragte Jun Do.

Der Zweite Maat sah sich um. »Zu gründlich würde ich wohl nicht darüber nachdenken wollen, wie die Kinder vom Fabrikdirektor umgekommen sind«, sagte er. »Wo ist es passiert?«

»Oben.«

»Im Bad?«

»Im Kinderzimmer.«

Der Zweite Maat lehnte den Kopf in den Nacken und betrachtete die Decke. Einen Augenblick lang glaubte Jun Do, er sei eingeschlafen. Dann regte er sich wieder. »Kinder«, sinnierte er. »Das ist doch das Wichtigste im Leben, oder? Angeblich.«

»Angeblich«, erwiderte Jun Do. »Aber die Leute machen die unglaublichsten Dinge, um zu überleben, und wenn sie dann überlebt haben, können sie nicht mit dem leben, was sie getan haben.«

Der Zweite Maat musste in den Neunzigern ein Kleinkind gewesen sein, ihm mussten die Jahre nach der Hungersnot also glorreich und üppig erschienen sein. Er trank einen großen Schluck. »Wenn jeder, dem es scheiße geht und der ins Gras beißt, zu einem Furz würde, dann würde die Welt doch zum Gotterbarmen stinken, oder nicht?«

»Schon möglich.«

»Ich glaube nicht an Gespenster. Jemandem stirbt der Kanarienvogel, dann hört er ihn im Dunkeln piepsen und denkt: *Oh, das ist der Geist von meinem Vogel.* Aber wenn du mich fragst, dann ist ein Geist genau das Gegenteil. Etwas, was du spüren kannst, du weißt, dass es da ist, aber du kriegst es nie zu fassen. Wie beim Kapitän von der *Kwan Li*. Die Ärzte mussten bei ihm amputieren. Hast du die Geschichte gehört?«

»Nein«, antwortete Jun Do.

»Als er im Krankenhaus aufgewacht ist, da fragt er: *Wo ist mein Arm?*, und der Arzt sagt: *Tut uns leid, den mussten wir abnehmen*, und der Kapitän sagt: *Ich weiß, dass mein Arm weg ist, aber wo ist er?* Aber sie sagen es ihm nicht. Er kann spüren, sagt er, wie sein Arm ohne ihn eine Faust ballt. In der Wanne spürt er das heiße Wasser an seinem fehlenden Arm. Aber wo ist das Ding – im Müll? Verbrannt? Er weiß, dass er irgendwo ist, spürt ihn, hat aber keine Gewalt über ihn.«

»Meiner Meinung nach«, sagte Jun Do, »ist das große Missverständnis in Bezug auf Gespenster, dass jeder sie für tot hält. Für mich sind die Gespenster die Lebenden, die irgendwo sind, die man aber nie zu fassen bekommt.«

»So wie die Frau vom Kapitän?«

»So wie die Frau vom Kapitän.«

»Ich kenne sie nicht«, sagte der Zweite Maat. »Aber wenn man ihr Gesicht auf dem Kapitän sieht, dann fragt man sich doch jedes Mal, wo und bei wem sie ist und ob sie noch an unsern Kapitän denkt.«

Jun Do erhob sein Bier auf diese weise Einsicht.

»Oder wie deine Amerikaner auf dem Meeresboden«, sagte der Zweite Maat. »Du hörst, wie sie da unten zugange sind, du weißt, dass sie irgendwie wichtig sind, aber du kommst einfach nicht an sie ran. Das passt irgendwie zu dir, das passt genau zu deiner Geschichte.«

»Zu meiner Geschichte? Wie meinst du das?«

»Ach, nichts. Nur was, was der Kapitän mal gesagt hat.«

»Was denn?«

»Na ja, dass du ein Waisenkind bist und dass Waisen immer Dingen hinterherjagen, die sie niemals kriegen können.«

»Wirklich? Und er hat ganz sicher nicht etwa gesagt, dass Waisen immer versuchen, anderen ihr Leben zu stehlen?«

»Jetzt reg dich nicht auf. Der Kapitän hat nur gesagt, ich soll mich nicht zu sehr mit dir anfreunden.«

»Oder dass Waisen andere Leute mit in den Tod nehmen, wenn sie sterben? Oder dass es immer einen Grund gibt, warum jemand Waise wird? Die Leute sagen alles Mögliche über Waisenkinder, weißt du.«

Der Zweite Maat hielt eine Hand beschwichtigend hoch. »Der Kapitän hat nur gesagt, dass du nie gelernt hast, was Loyalität ist.«

»Was weißt du denn schon? Und falls es dich interessiert, ich bin noch nicht mal Waise.«

»Das hat er mir gesagt, dass du das behauptest. Er will ja nicht gemein sein oder so«, sagte der Zweite Maat. »Er hat nur gesagt, dass die Waisen beim Militär eine Spezialausbildung bekommen, damit sie nichts empfinden, wenn anderen etwas Schlimmes zustößt.«

Die ersten Sonnenstrahlen glühten auf den Fischerbooten. Die junge Frau draußen musste jedes Mal zur Seite treten, wenn ein zweirädriger Fischkarren vorbeikam.

Jun Do sagte: »Warum bist du eigentlich hier? Was willst du von mir?«

»Hab ich dir doch gesagt«, antwortete er. »Ich wollte dir meine Frau zeigen – sie ist wunderschön, findest du nicht?«

Jun Do starrte ihn nur an.

Der Zweite Maat redete unbeirrt weiter. »Natürlich ist sie schön. Sie ist wie ein Magnet, man kann ihrer Schönheit nicht widerstehen. Mein Tattoo zeigt sie nicht von ihrer besten Seite. Und wir haben schon praktisch eine Familie. Jetzt bin ich ein Held, klar, und irgendwann werde ich Kapitän. Ich sage nur, ich bin jemand, der viel zu verlieren hat.« Der Zweite Maat machte eine Pause und legte sich seine Worte zurecht: »Aber du, du hast niemanden. Du schläfst auf einer

Pritsche in der Küche im Haus eines Ungeheuers.« Die Frau draußen bedeutete ihm, dass er kommen sollte, aber er winkte ab. »Wenn du dem Amerikaner eins in die Fresse gehauen hättest«, sagte er, »dann wärst du jetzt in Seoul, in Freiheit. Das kapiere ich einfach nicht. Wenn jemand nichts hat, das ihn hält, was hindert ihn dann daran?«

Wie sollte er dem Zweiten Maat erklären, dass man seine Gespenster nur abschütteln konnte, wenn man sie gefunden hatte? Und das konnte Jun Do nur hier. Wie sollte er den wiederkehrenden Traum erklären, in dem er Radio hört und Schnipsel von wichtigen Nachrichten empfängt, von seiner Mutter, von anderen Jungen aus dem Waisenhaus? Es ist schwierig, den Sender richtig einzustellen, und er ist schon mit der Hand am Bettpfosten aufgewacht, als sei der das Rädchen am UKW-Empfänger. Manchmal sind es auch Botschaften von Leuten, die mit Menschen geredet haben, die seine Mutter gesehen haben. Seine Mutter will ihm unbedingt eine Nachricht übermitteln. Sie will ihm sagen, wo sie ist, will erklären, warum, sie wiederholt ihren Namen, immer wieder, aber er kann ihn nie richtig verstehen. Wie soll er ihm klarmachen, dass diese Botschaften in Seoul ganz sicher aufhören würden.

»Na komm«, sagte Jun Do. »Gehen wir zum Kapitän, der flickt dich wieder zusammen.«

»Du machst wohl Witze. Ich bin ein Held, ich darf ins Krankenhaus.«

*

Als die *Junma* wieder auslief, waren neue Bildnisse des Großen und des Geliebten Führers Kim Il Sung und Kim Jong Il an Bord. In der Kombüse gab es einen neuen Tisch, und eine neue Kloschüssel gab es auch, weil Helden nicht in Eimer kacken müssen, auch wenn die Helden Nordkoreas viel Schlimmeres klaglos ertragen haben. Auch ihre DVRK-Flagge hatten sie ersetzt bekommen. Elf Kilometer vom Ufer holten sie sie ein.

Der Kapitän war bester Laune. An Deck befand sich nun eine Truhe, und er rief, einen Fuß darauf gestellt, die Mannschaft zusammen. Als Erstes holte er eine Handgranate heraus. »Das habe ich für den Fall gekriegt, dass die Amerikaner zurückkommen«, sagte er. »Die soll ich am Achterdeck in den Laderaum fallen lassen und unsere liebe *Junma* versenken.«

Jun Do riss die Augen auf. »Und warum nicht in den Maschinenraum?«

Der Maschinist sah ihn an, als ob er ihn umbringen wollte.

Der Kapitän warf die Handgranate ins Meer, wo sie ohne das geringste Geräusch unterging. An Jun Do gewandt sagte er: »Keine Bange, ich hätte vorher angeklopft.« Damit trat der Kapitän die Truhe auf, und zum Vorschein kam eine aufblasbare Rettungsinsel, die ganz offensichtlich aus einem alten sowjetischen Passagierflugzeug stammte. Sie war mal orange gewesen, mittlerweile aber zu einem stumpfen Pfirsichgelb ausgebleicht, und neben dem roten Griff stand die bedrohlich klingende Warnung, beim Aufblasen dürfe nicht geraucht werden. »Mir wurde der Befehl erteilt, das hier zum Einsatz zu bringen, wenn die Granate explodiert ist und unser Schiff in den Wellen versinkt, damit wir auch ja nicht unseren höchsteigenen Helden verlieren. Ich brauche euch nicht zu sagen, von welch großem Vertrauen dieses Geschenk zeugt.«

Der Zweite Maat trat vor, um sich die kyrillischen Schriftzeichen anzusehen, fast, als habe er Angst vor dem Ding. »Sie ist größer als die andere«, staunte er.

»In diese Rettungsinsel passt eine ganze Flugzeugladung

Leute«, klärte der Maschinist ihn auf. »Oder ein einziger großer Held.«

»Genau«, fiel der Erste Maat ein. »Mir wäre es natürlich eine Ehre, neben dem Schlauchboot Wasser zu treten, in dem sich ein wahrer Held der Ewigen Revolution befindet.«

Aber der Kapitän war noch nicht fertig. »Außerdem wird es Zeit, den Dritten Maat zum offiziellen Mitglied der Besatzung zu machen.« Er zog ein zusammengefaltetes Stück Wachspapier aus der Tasche. Neun dünne, durch Ausbrennen sterilisierte Nähnadeln waren darin. Die Nadelspitzen waren schwarz von vielen Tätowierungen. »Ich bin kein Russe«, erläuterte er Jun Do, »aber wie du gleich sehen wirst, bin ich mittlerweile ziemlich gut. Hier brauchen wir uns noch nicht mal Sorgen zu machen, dass die Tinte einfriert.«

Jun Do musste sich auf den Küchentisch setzen und das Hemd ausziehen. Als der Steuermann Jun Dos nackte Brust sah, sagte er: »Ah, eine Jungfrau«, und alle lachten.

»Ich weiß ja nicht«, sagte Jun Do. »Ich bin nicht mal verheiratet.«

»Macht nichts«, sagte der Kapitän. »Du kriegst jetzt die schönste Frau der Welt.«

Steuermann und Erster Maat blätterten den Kalender der Filmdiva Sun Moon durch, während der Kapitän in einem Löffel die pulverförmige Tinte mit ein paar Tropfen Wasser anrührte, bis sie eine zähflüssige Paste war. Der Kalender hing zwar schon ewig im Steuerhaus, aber Jun Do hatte sich eigentlich nie dafür interessiert, weil er ihn an das erinnerte, was aus den Lautsprechern kam. In seinem ganzen Leben hatte er bisher nur ein paar chinesische Kriegsfilme gesehen, die seinem Regiment bei schlechtem Wetter vorgeführt worden waren. Irgendwo mussten auch Plakate für Filme mit Sun Moon gehangen haben, aber sie hatten nichts mit ihm zu tun gehabt. Als er dem Ersten Maat und dem Steuermann jetzt zusah, wie sie den Kalender durchblätterten und darüber diskutierten, welches Foto Sun Moons Gesichtsausdruck für eine Tätowierung am besten eingefangen hatte, beneidete er die beiden darum, wie gut sie sich an berühmte Szenen und Worte der nordkoreanischen Volksschauspielerin erinnerten. In Sun Moons Blick lagen Nachdenklichkeit und Traurigkeit, und die feinen Fältchen um ihre Augen ließen erkennen, dass sie auch herben Verlusten entschlossen getrotzt hatte. Nur mit größter Anstrengung konnte Jun Do den Gedanken an Rumina beiseite schieben. Plötzlich erschien ihm die Vorstellung eines Porträts, eines Menschen, den er für immer über dem Herzen tragen würde, unwiderstehlich. Warum ließen wir eigentlich nicht jeden, der uns wichtig war, für immer in unsere Haut tätowieren? Dann fiel Jun Do wieder ein, dass er ja niemanden hatte, der ihm wichtig war, und deswegen bekam er auch das Tattoo einer Schauspielerin, die er noch nie gesehen hatte, aus einem Kalender im Steuerhaus eines Fischkutters.

»Aber wenn sie doch so eine berühmte Schauspielerin ist«, wandte Jun Do ein, »wird sie jeder in Nordkorea erkennen und sofort wissen, dass sie gar nicht meine Frau ist.«

»Die Tätowierung«, erwiderte der Kapitän, »ist für die Amerikaner und die Südkoreaner. Für die ist es ein Frauengesicht wie jedes andere.«

»Jetzt mal ganz im Ernst«, sagte Jun Do. »Ich weiß nicht mal, warum ihr das überhaupt macht. Wozu tragt ihr das Gesicht von euren Frauen auf der Brust?«

Der Zweite Maat antwortete: »Na, weil wir Fischer sind.«

»So kann deine Leiche identifiziert werden«, sagte der Steuermann.

Der stille Maschinist sagte: »So hast du sie immer vor Augen, wenn du an sie denkst.«

»Das klingt ja schrecklich romantisch«, entgegnete der Erste Maat. »Die Tätowierungen sind nur dazu da, damit den Damen keine grauen Haare wachsen. Sie glauben, dass keine Frau mit jemandem schläft, der so eine Tätowierung hat, aber das heißt gar nichts, Mädchen finden sich immer.«

»Es gibt nur einen einzigen Grund«, beendete der Kapitän die Diskussion. »Weil sie dadurch für immer einen Platz in deinem Herz hat.«

Jun Do dachte darüber nach. Ihm drängte sich eine naive Frage auf, die den anderen verraten würde, dass er noch nie geliebt hatte. »Bekommt Sun Moon jetzt für immer einen Platz in meinem Herzen?«, wollte er wissen.

»Ach, unser unschuldiger Dritter Maat«, sagte der Kapitän und grinste die anderen an. »Sie ist eine Schauspielerin. Das ist nicht wirklich sie in ihren Filmen. Das sind nur Figuren, die sie spielt.«

Jun Do sagte: »Ich habe noch nie einen Film mit ihr gesehen.«

»Na dann«, meinte der Kapitän. »Dann brauchst du dir ja keine Gedanken zu machen.«

»Und was für ein komischer Name ist das, Sun Moon?«, fragte Jun Do.

»Wahrscheinlich, weil sie berühmt ist«, sagte der Kapitän. »Vielleicht haben ja alle *Yangbans* in Pjöngjang seltsame Namen.«

Sie wählten ein Bild aus *Nieder mit den Tyrannen*. Es war eine Porträtaufnahme, auf der Sun Moon nicht pflichtbewusst einer imperialistischen Armee entgegenstarrte oder den Blick ratsuchend zum heiligen Berg Paektu erhob, sondern den Betrachter voller Trauer um all das ansah, was sie beide verlieren würden, noch bevor schließlich der Abspann lief.

Der Steuermann hielt den Kalender, und der Kapitän begann mit den Augen. Er hatte eine gute Technik – er stach die Nadel schräg ein und zog sie mit einem leichten Seitenschlag zurück, wie beim Festziehen eines Trossensteks. So tat es weniger weh, und die Nadelspitze drang flach ein und verankerte die Tinte unter der Haut. Überschüssige Farbe und Blut wischte er mit einem nassen Lappen ab.

Während der Arbeit dachte der Kapitän laut nach. »Was sollte der Dritte Maat eigentlich über seine neue Frau wissen? Wie schön sie ist, sieht er ja selbst. Sie stammt aus Pjöngjang, einer Stadt, in die keiner von uns je kommen wird. Unser Geliebter Führer hat sie höchstpersönlich entdeckt und ihr die Hauptrolle in *Eine wahre Tochter des Vaterlands* gegeben, dem ersten nordkoreanischen Film überhaupt. Wie alt war sie damals?«

»Sechzehn«, antwortete der Erste Maat.

»Das könnte hinkommen«, sagte der Steuermann. »Wie alt bist du?«, fragte er den Zweiten Maat.

»Zwanzig.«

»Zwanzig«, wiederholte der Steuermann. »Der Film lief in dem Jahr, in dem du auf die Welt gekommen bist.«

Das Schlingern des Schiffes schien den Kapitän nicht im Geringsten zu stören. »Sie war der Liebling des Geliebten Führers, und sie war unsere einzige Schauspielerin. Niemand außer ihr durfte eine Hauptrolle spielen, jahrelang ging das so. Trotz ihrer großen Schönheit, oder gerade deswegen, erlaubte der Geliebte Führer ihr nicht, zu heiraten, und all ihre Rollen waren nur gespielt, denn sie selbst hatte die Liebe nie kennengelernt.«

»Doch dann kam Kommandant Ga«, fuhr der Maschinist fort.

»Dann kam Kommandant Ga«, wiederholte der Kapitän

geistesabwesend, ganz auf die Details konzentriert. »Genau, sie hat Kommandant Ga, da brauchst du dir keine Sorgen zu machen, dass Sun Moon zu tief in dein Herz eindringt.«

Jun Do hatte natürlich schon vom Kommandanten Ga gehört – unter den Soldaten wurde er quasi als Heiliger verehrt, denn er hatte sechs Mordkommandos nach Südkorea geführt, den Goldgurt im Taekwondo errungen und die Armee von Homosexuellen gesäubert.

Der Zweite Maat sagte: »Kommandant Ga hat sogar gegen einen Bären gekämpft.«

»Na, ob das stimmt«, brummte der Kapitän, während er die feinen Konturen von Sun Moons Hals stach. »Als Kommandant Ga zum Wettkampf nach Japan fuhr und Kimura schlug, wusste jeder, dass er nach der Rückkehr seine Belohnung verlangen würde. Der Geliebte Führer ernannte ihn zum Minister für Gefängnisbergwerke, eine begehrte Position, da man nichts zu tun braucht. Doch Kommandant Ga verlangte die Schauspielerin Sun Moon. Das gab Ärger in der Hauptstadt. Schließlich musste der Geliebte Führer sie aufgeben. Ga heiratete sie, sie bekamen zwei Kinder, und jetzt führt Sun Moon ein zurückgezogenes, einsames Leben voller Melancholie.«

Da verstummten alle, und Jun Do verspürte plötzlich Mitleid mit der Schauspielerin.

Der Zweite Maat warf dem Kapitän einen gequälten Blick zu. »Stimmt das?«, fragte er. »Ist das wirklich ihr Schicksal?«

»Das ist das Schicksal aller Ehefrauen«, sagte der Kapitän.

*

Spät in jener Nacht brannte Jun Do die Brust; zugleich sehnte er sich danach, von dem Mädchen zu hören, das im Dunkeln ruderte. Der Kapitän hatte gesagt, die Tätowierung würde sich nicht entzünden, wenn er Meerwasser darüber goss, aber Jun Do wollte nicht riskieren, das Mädchen zu verpassen, während er einen Eimer Wasser holte. Er hatte immer stärker das Gefühl, dass er sie als einziger Mensch auf der Welt verstand. Es war Jun Dos Fluch, eine Nachteule in diesem Land zu sein, in dem es nachts keinen Strom gab. Er war zur Nachtarbeit verpflichtet, so, wie andere bei Sonnenuntergang die Riemen in die Hand nahmen und wieder andere sich beim Einschlafen den Kopf von den Lautsprechern volldröhnen ließen. Sogar die Mannschaft sprach schon davon, dass die Amerikanerin in den Sonnenaufgang rudere, als sei der Sonnenaufgang ein herrliches, überirdisches Land. Jun Do wusste natürlich, dass sie *bis zum* Sonnenaufgang ruderte und sich dann erschöpft und befriedigt schlafen legte. In den frühen Morgenstunden fand er endlich ihr schwaches, hoch aus dem Norden kommendes Signal.

»Das Navigationssystem muss kaputt sein«, berichtete sie. »Es meldet uns ständig falsche Daten. Wir können unmöglich da sein, wo wir angeblich sind. Etwas ist da draußen auf dem Wasser, aber es ist nichts zu sehen.«

Jun Do verlor das Signal und justierte den Regler.

Dann war sie wieder da. »Kommen wir durch? Hört uns jemand? Vor uns ist ein Schiff, ohne Lichter. Wir haben die Signalpistole abgefeuert, und das rote Licht ist am Rumpf abgeprallt. Ist da draußen irgendjemand, kann uns jemand retten?«

Wer mochte sie bloß angreifen?, fragte er sich. Welcher Pirat würde eine Frau überfallen, die nichts weiter wollte, als einen Weg durch die Dunkelheit zu finden? Ein Knall kam über die Kopfhörer – ein Schuss? Blitzschnell gingen Jun Do sämtliche Gründe durch den Kopf, warum er sie nicht retten konnte: Sie waren zu weit im Norden, die Amerikaner würden sie sicher finden, die *Junma* hatte noch nicht mal Karten von den Gewässern dort. Was natürlich alles stimmte, aber der wahre Grund war er selbst. Weil Jun Do an Bord war, durften sie auf keinen Notruf reagieren. Er streckte den Arm aus und schaltete den Empfänger ab, hatte aber immer noch das grüne Nachbild der Pegelanzeigen vor Augen. Als er den Kopfhörer abnahm, spürte er plötzlich die kalte Luft. An Deck suchte er den Horizont nach dem einsamen roten Lichtbogen ihres Notsignals ab.

»Was verloren?«, fragte der Kapitän, nichts als eine Stimme am Steuerruder.

Jun Do drehte sich um und sah das Glimmen seiner Zigarette.

»Ja, ich glaube schon«, antwortete Jun Do.

Der Kapitän verließ die Brücke nicht. »Du hast den Zweiten Maat schon genug durcheinandergebracht«, sagte er. »Das Letzte, was er braucht, sind irgendwelche spinnerten Ideen von dir.«

Jun Do holte einen Eimer Seewasser hoch und schüttete es sich über die Brust. Das Brennen war wie eine lang zurückliegende Erinnerung. Er blickte weiter aufs Meer hinaus. Die schwarzen Wogen stiegen klatschend auf, und in den weiten Wellentälern konnte man sich alles und nichts vorstellen. *Jemand wird euch retten*, dachte er. *Haltet nur lange genug durch, dann wird schon jemand kommen.*

*

Die Besatzung hatte tagsüber Langleinen ausgelegt, und als Jun Do bei Sonnenuntergang erwachte, holten sie gerade die ersten Haie ein. Seit sie von den Amerikanern geentert worden waren, hatte der Kapitän keine Angst mehr vor enternden Amerikanern. Er befahl Jun Do, die Übertragungen auf einen Decklautsprecher zu legen, damit alle den Funkverkehr hören konnten. Jun Do warnte sie, dass sich die nackte Ruderin erst spät melden würde, falls es das war, worauf sie hofften.

Die Nacht war klar, mit stetigem Seegang bei Wind von Nordost, und die Lampen strahlten bis weit ins Wasser hinein, wo die roten Augen von Tiefseewesen leuchteten. Mithilfe der Richtantenne präsentierte Jun Do den Männern das gesamte Spektrum, vom ultratiefen Dröhnen der U-Boot-Kommunikation bis zum Gebell der Transponder, die die Flugzeug-Autopiloten durch die Nacht leiteten. Er führte die Störungen vor, die auftraten, wenn der Radar weit entfernter Schiffe über sie hinwegstrich. Hoch oben auf der Skala rangierte das schrille Rasseln eines Senders, der Hörbücher für Blinde über verschlüsselte Kanäle übertrug, und zualleroberst das tranceartige Zischen der kosmischen Strahlung im Van-Allen-Gürtel. Der Kapitän interessierte sich am meisten für die singenden, betrunkenen Russen, die auf einer Bohrinsel arbeiteten. Bei jeder vierten oder fünften Zeile brummte er mit, gleich, sagte er, gleich würde ihm auch der Titel des Liedes wieder einfallen.

Die ersten drei Haie, die ihnen an den Haken gegangen waren, hatte ein größerer Hai gefressen, außer Kopf und Kiemen war nichts von ihnen übrig. Auf Kurzwelle fand Jun Do eine Frau in Djakarta, die englische Sonette las; er übersetzte sinngemäß, während der Kapitän und die Maate die Größe der Bissränder begutachteten und durch die leeren Haiköpfe spähten. Er spielte ihnen zwei Männer irgendwo auf der Welt vor, die versuchten, über Amateurfunk eine mathematische Knobelaufgabe zu lösen, was sich aber als schwer übersetzbar erwies. Immer wieder ertappte Jun Do sich dabei, wie er zum nördlichen Horizont starrte, und er zwang sich wegzuschauen. Sie lauschten Flugzeugen und Schiffen und den seltsamen Echos, die durch die Krümmung der Erde zustande kommen. Jun Do versuchte, ihnen das Prinzip von FedEx zu erklären, und die Männer diskutierten darüber, ob ein Päckchen wirklich innerhalb von vierundzwanzig Stunden von einem Punkt auf der Erde an einen beliebigen anderen geschickt werden konnte.

Der Zweite Maat erkundigte sich immer wieder nach der nackten Ruderin.

»Ich wette, die hat Brustwarzen wie Eiszapfen«, sagte er. »Und ihre Schenkel sind garantiert ganz weiß vor lauter Gänsehaut.«

»Von der hören wir erst im Morgengrauen etwas«, erwiderte Jun Do. »Bis dahin brauchen wir uns nicht den Kopf über sie zu zerbrechen.«

Der Maschinist sagte: »Pass bloß auf, bei den starken amerikanischen Beinen.«

»Vom Rudern kriegt man einen kräftigen Rücken«, sagte der Erste Maat. »Ich wette, die kann eine Makrele zerreißen.«

»Zerreiß mich, bitte!«, sagte der Zweite Maat. »Wartet nur, bis sie rausfindet, dass ich ein Held bin. Ich könnte als Botschafter auftreten, und dann machen wir ein bisschen Frieden.«

Der Kapitän erwiderte: »Warte, bis sie rausfindet, dass du Frauenschuhe trägst.«

»Ich wette, sie trägt Männerschuhe«, warf der Steuermann ein.

»Außen kalt und innen heiß«, sagte der Zweite Maat. »So müssen Frauen sein.«

Jun Do fuhr herum. »Vielleicht haltet ihr jetzt endlich mal den Mund?«

Die Männer verloren das Interesse an der Funküberwachung. Die Übertragungen liefen weiter, aber die Mannschaft arbeitete schweigend, und außer den Winden, dem Klatschen von Bauchflossen und den Messern war nichts zu hören. Der Erste Maat rollte einen Hai herum, um ihm die Afterflossen abzuschneiden, da rutschte unter einem Hautlappen eine Blase voller schmieriger, glibberiger Haijungen heraus, von denen die meisten noch am Dottersack hingen. Der Kapitän kickte sie ins Wasser und sagte dann eine Pause an. Die winzigen Haie sanken nicht, sondern trieben neben dem Schiff an der Oberfläche, und ihre halb ausgebildeten Augen verdrehten sich in alle möglichen Richtungen.

Die Männer rauchten Konsols und hielten auf den Luken die Gesichter in den Wind. In Augenblicken wie diesem schauten sie nie in Richtung Nordkorea – immer nach Osten, Richtung Japan, oder noch weiter hinaus in den endlosen Pazifik.

Trotz der Anspannung überkam Jun Do ein Gefühl wie damals als Junge, wenn er auf dem Waisenhausacker oder in einer Fabrik geschuftet hatte. Zusammen mit anderen Jungen hatte er den ganzen Tag lang hart gearbeitet, und es stand zwar immer noch eine Menge Plackerei bevor, aber das Ende war in Sicht, und bald würden sie zusammen Hirse und Kohl und vielleicht Melonenschalensuppe essen. Dann die Schlafenszeit, hundert Kinder gemeinsam in einem Saal, in vier Etagen übereinander, alle gleichermaßen erschöpft, alle vereint. Es war ein Zusammengehörigkeitsgefühl, zwar nicht besonders tiefgehend oder intensiv, aber das beste, das er kannte. Seit seiner Kindheit versuchte er eigentlich ständig, alleine zu sein, aber es gab Augenblicke an Bord der *Junma*, da er sich als Teil der Gemeinschaft empfand. Und dann verspürte er ein tiefes Gefühl der Befriedigung.

Der Empfänger hatte eine Suchlauffunktion und hielt jede Frequenz nur ein paar Sekunden. Der Zweite Maat reagierte als Erster auf die Stimme, die ihm bekannt vorkam. »Da sind sie«, sagte er. »Die Geisteramerikaner.« Er zog die Schuhe aus und kletterte barfuß aufs Steuerhaus. »Sie sind wieder da unten. Aber dieses Mal kriegen wir sie.«

Der Kapitän schaltete die Motorwinde aus, damit sie besser hören konnten. »Was sagen sie?«, fragte er.

Jun Do rannte zum Gerät und stellte den Sender fest ein, feinjustierte, obwohl der Empfang gut war. »Dame auf B5«, dolmetschte Jun Do. »Das sind die Amerikaner. Einer spricht mit einem russischen Akzent, ein anderer klingt wie ein Japaner.« Glasklar drang das Gelächter der Amerikaner aus dem Lautsprecher. Jun Do übersetzte: »Passen Sie bloß auf, Kommandant. Dimitri hat's immer auf den Turm abgesehen.«

Der Kapitän trat an die Reling und starrte ins Wasser, kniff die Augen zusammen und schüttelte den Kopf. »Aber wir sind hier über dem Graben«, sagte er. »So tief kann keiner tauchen.«

Der Erste Maat trat neben ihn. »Aber du hörst sie doch. Die spielen da unten Schach.«

Jun Do verdrehte den Kopf nach dem Zweiten Maat, der hochgeklettert war und die Richtantenne losmachte. »Pass aufs Kabel auf«, rief er und sah auf die Uhr: Schon fast zwei Minuten waren um. Dann meinte er, einen koreanischen Störsender zu hören, der dazwischenfunkte, jemanden, der über Experimente oder so etwas redete. Jun Do hechtete zum Sender, um ihn noch exakter einzustellen, kriegte die andere Stimme aber einfach nicht raus. Doch wenn es kein Störsender war ... er versuchte, den Gedanken abzuschütteln, dass auch ein Koreaner dort unten dabeisaß.

»Was sagen die Amerikaner?«, fragte der Kapitän.

Jun Do übersetzte: »Die verdammten Schachfiguren schweben ständig davon.«

Der Kapitän blickte wieder ins Wasser. »Was machen die da unten bloß?«

Dann hatte der Zweite Maat endlich die Antenne vom Mast abmontiert und richtete sie auf die Tiefsee. Die Mannschaft wurde still. Schweigend warteten sie, während er die Antenne langsam übers Wasser schweifen ließ. Nichts war zu hören.

»Da stimmt was nicht«, sagte Jun Do zu ihm. »Der Stecker muss sich gelockert haben.«

Und dann war auf einmal die Hand des Kapitäns in Jun Dos Blickfeld – sie deutete zum Himmel auf einen Lichtpunkt, der zwischen den Sternen entlangraste. »Da oben, mein Junge«, sagte der Kapitän, und sobald der Zweite Maat die Antenne hob und auf den Lichtpunkt ausrichtete, ertönte kreischend Rückkopplung, und dann klang es, als wären die amerikanischen, russischen und japanischen Stimmen direkt auf ihrem Schiff.

Jun Do dolmetschte: »Der Russe hat gerade gesagt: *Schachmatt, mein Freund,* und der Amerikaner sagt: *Schwachsinn, die Steine sind davongeschwebt, das schreit doch nach Revanche,* und jetzt sagt der Russe zum Amerikaner: *Na komm, gib das Brett her. Vielleicht haben wir vor der nächsten Umkreisung noch Zeit für ein neues Spiel Moskau gegen Seoul.*«

Der Zweite Maat verfolgte den Lichtpunkt bis zum Horizont, und als das Licht hinter die Erde tauchte, war auch das Signal weg. Die Mannschaft starrte den Zweiten Maat an, und der starrte weiter in den Himmel. Schließlich blickte er zu den anderen hinunter. »Die sind da oben zusammen im Weltall«, sagte er. »Das sollen unsere Feinde sein, und die sitzen da oben und lachen und amüsieren sich.« Er ließ die Antenne sinken und sah Jun Do an. »Du hast dich geirrt«, sagte er. »Du hast dich geirrt. Die machen das *doch* für Frieden und scheiß Brüderlichkeit.«

*

Jun Do erwachte im Dunkeln. Er stützte sich auf den Ellbogen und setzte sich lautlos auf, um zu lauschen – wonach? Sein Atemhauch hing weiß vor ihm in der Luft. Es war hell genug, um den Wasserfilm auf dem Boden zu sehen, der mit den Bewegungen des Schiffs hin- und herglitt. Das Fischöl, das durch die Nähte in den Schotten sickerte, bildete normalerweise einen schwarzen Glanz auf den Nieten, war jetzt aber vor Kälte milchig geronnen. In den Schatten in seinem Verschlag meinte Jun Do, eine völlig reglos dastehende, kaum atmende Person zu sehen. Eine Weile hielt auch er die Luft an.

Im Morgengrauen erwachte er zum zweiten Mal. Er hörte ein schwaches Zischen. Im Schlaf drehte er sich zur Schiffswand, sodass er sich das offene Wasser hinter dem Stahl vorstellen konnte, das direkt vor Sonnenaufgang am schwärzesten war. Er lehnte die Stirn ans Metall und lauschte und nahm über die Haut eine Erschütterung wahr, etwas, das dumpf gegen die Schiffswand stieß.

An Deck blies ein eisiger Wind; Jun Do kniff die Augen zusammen. Das Steuerhaus war verwaist. Dann sah er etwas hinter dem Heck: Auf den Wellen trieb etwas Großes, Graugelbes. Er starrte es einen Augenblick verständnislos an, bis ihm klar wurde, dass es die Rettungsinsel aus dem Russenjet war. Wo sie ans Schiff angeleint war, standen mehrere Konservenbüchsen aufgestapelt. Ungläubig kniete Jun Do sich hin und griff nach der Leine.

Der Zweite Maat tauchte aus der Rettungsinsel auf, um die letzten Büchsen zu holen.

Er krächzte erschrocken. Dann atmete er tief durch und fasste sich. »Reich mir die Dosen an«, sagte er.

Jun Do händigte sie ihm aus. »Ich hab mal einen flüchten sehen«, beschwor er den Zweiten Maat. »Und ich hab gesehen, was mit ihm geschah, als sie ihn zurückgeholt haben.«

»Wenn du mitwillst, kannst du kommen«, sagte der Zweite Maat. »Uns findet niemand. Hier geht die Strömung nach Süden. Uns bringt keiner zurück.«

»Und was ist mit deiner Frau?«

»Sie hat sich entschieden, und da kann keiner was machen«, antwortete er. »Jetzt gib mir die Leine.«

»Und der Kapitän? Und wir?«

Der Zweite Maat langte hoch und machte die Leine selbst los. Er stieß sich ab. Während er davontrieb, sagte er: »Wir sind die auf dem Meeresboden. Durch dich habe ich das kapiert.«

*

Am Morgen war das Licht stumpf und hell, und als die Mannschaft an Deck kam, um ihre Wäsche zu waschen, war der Zweite Maat weg. Sie standen neben der leeren Truhe und spähten zum Horizont, doch das Licht reflektierte von den Wellenkämmen wie von tausend Spiegeln. Der Kapitän ließ den Inhalt der Kajüte inventarisieren, aber abgesehen vom Rettungsboot fehlte eigentlich nichts. Nach dem Kurs des Zweiten Maats befragt, zuckte der Steuermann die Achseln und zeigte nach Osten in Richtung Sonne. Sie konnten nicht fassen, was geschehen war.

»Die arme Frau«, sagte der Maschinist.

»Die schicken sie ins Lager, mit Sicherheit«, sagte der Erste Maat.

»Sie schicken uns alle ins Lager«, erwiderte der Maschinist. »Unsere Frauen, unsere Kinder.«

»Wir sagen einfach, er ist über Bord gegangen«, meinte Jun Do. »Eine Monsterwelle hat ihn vom Schiff gespült.«

Der Kapitän hatte bisher geschwiegen. »Bei unserer ersten Fahrt mit einem Rettungsboot?«

»Wir sagen einfach, die Welle hat auch das Schlauchboot über Bord gespült.« Jun Do zeigte auf die Netze und Bojen. »Das Zeug da schmeißen wir auch über Bord.«

Der Kapitän riss sich Hemd und Mütze vom Leib und warf sie von sich. Er setzte sich mitten aufs Deck und ließ den Kopf in die Hände sinken. Erst in diesem Augenblick überkam die Männer echte Angst. »Ich kann nicht noch mal so leben«, sagte er. »Ich kann nicht noch einmal vier Jahre geben.«

Der Steuermann sagte: »Es war keine Monsterwelle, sondern die Heckwelle von einem südkoreanischen Containerschiff. Wir wären beinahe abgesoffen.«

Der Erste Maat schlug vor: »Wir fahren bei Wŏnsan auf Grund und schwimmen an Land. Der Zweite Maat hat's dann einfach nicht geschafft. Wir schwimmen an einen Strand voller Rentner, da haben wir jede Menge Zeugen.«

»Da sind keine Rentner«, erwiderte der Kapitän. »Das sagen sie nur, damit wir weitermachen.«

Jun Do schlug vor: »Wir könnten ja nach ihm suchen.«

»Bitte, nur zu«, sagte der Kapitän.

Jun Do hielt eine Hand über die Augen und ließ den Blick über die Wellen gleiten. »Meint ihr, er überlebt da draußen? Meint ihr, er kann es schaffen?«

Der Erste Maat sagte: »Scheiße, seine arme Frau.«

»Solange wir nicht entweder den Mann oder das Schlauchboot haben, sind wir komplett aufgeschmissen«, sagte der Kapitän. »Das glauben die uns nie, wenn beide weg sind.« Auf dem Deck schimmerten trockene Fischschuppen. Der Kapitän rührte mit dem Finger darin herum. »Wenn die *Junma* mit uns zusammen untergeht«, sagte er, »kriegen die Frauen der Maate Witwenrente, die Frau vom Maschinisten kriegt Rente, und die Frau vom Steuermann auch. Und alle bleiben am Leben.«

»Aber sie kriegen Ersatzmänner zugeteilt«, wandte der Erste Maat ein. »Ich will nicht, dass meine Kinder von irgendeinem Fremden aufgezogen werden.«

»Sie überleben«, wiederholte der Kapitän. »Sie kommen nicht ins Lager.«

»Die Amerikaner waren stinksauer«, sagte Jun Do. »Sie sind zurückgekommen und haben ihn mitgenommen.«

»Sag das noch mal«, sagte der Kapitän. Er beschattete die Augen und blickte hoch.

»Sie wollten sich rächen«, sagte Jun Do. »Und sie sind zurückgekommen, um sich den Kerl zu schnappen, der sie bezwungen hat. Sie haben unser Schiff noch einmal geentert und den Zweiten Maat entführt.«

Der Kapitän ließ sich in einer seltsamen Haltung aufs Deck sinken, fast als wäre er gerade aus der Takelage gestürzt und versuche festzustellen, was alles gebrochen war, ohne sich dabei zu bewegen. Er sagte: »Wenn Pjöngjang uns wirklich abkauft, dass ein Bürger von den Amerikanern gekidnappt worden ist, werden sie das nie auf sich beruhen lassen. Sie werden ewig darauf herumreiten, und früher oder später wird die Wahrheit ans Licht kommen. Außerdem haben wir nichts, um zu beweisen, dass die Amerikaner zurückgekommen sind – das Einzige, was uns das letzte Mal gerettet hat, waren ihre idiotischen Funksprüche.«

Jun Do zog die mit dem Siegel der U.S. Navy geprägte Visitenkarte aus der Tasche, die Jervis ihm überreicht hatte, und gab sie dem Kapitän. »Vielleicht wollten die Amerikaner ja, dass Pjöngjang ganz genau weiß, wer da gekommen ist, um uns in den Arsch zu treten. Es waren haargenau dieselben Typen wie beim letzten Mal – wir haben sie alle genau gesehen. Wir könnten im Grunde fast dieselbe Geschichte noch einmal erzählen.«

Der Maschinist spann weiter: »Wir waren gerade dabei, Langleinen auszulegen, da haben die Amerikaner uns völlig überraschend geentert. Sie haben den Zweiten Maat gepackt und verhöhnt, und dann haben sie ihn den Haien zum Fraß vorgeworfen.«

»Genau«, pflichtete der Erste Maat bei. »Wir haben das Schlauchboot zu ihm runtergeworfen, aber die Haie haben es zerfetzt.«

»Genau«, pflichtete der Steuermann bei. »Die Amerikaner standen mit gezückten Gewehren da und haben lachend zugesehen, wie unser Genosse starb.«

Der Kapitän betrachtete die Visitenkarte. Er streckte eine Hand aus, und sie halfen ihm hoch. Das wilde Funkeln war in seine Augen zurückgekehrt. »Und dann sprang einer von unserer Mannschaft ohne Rücksicht auf sein Leben hinunter ins vor Haifischen kochende Wasser, um den Zweiten Maat zu retten«, sagte er. »Er wurde fürchterlich zerbissen, aber es machte ihm nichts aus, weil er nur an die Rettung des Zweiten Maats dachte, des Helden der Demokratischen Volksrepublik Korea. Doch es war zu spät. Schon halb von den Haien verschlungen, wurde der Zweite Maat von den Wellen geschluckt. Noch mit seinen letzten Worten pries er den Geliebten Führer, und wir konnten den anderen Mann in letzter Minute blutend und halb tot aus dem Wasser ziehen.«

Es wurde plötzlich sehr still.

Der Kapitän gab Befehl, die Winde anzuwerfen. »Wir brauchen einen neuen Hai«, sagte er.

Der Kapitän kam auf Jun Do zu, legte ihm die Hand um den Nacken und zog ihn zärtlich zu sich heran, bis sie fast Stirn an Stirn standen. Das hatte noch nie jemand getan, und es schien Jun Do, als gäbe es nur noch sie beide. Der Kapitän sagte: »Nicht, weil du derjenige bist, der dem Zweiten Maat die ganzen verdammten Flöhe ins Ohr gesetzt hat. Auch nicht, weil du eine Schauspielerin auf die Brust tätowiert hast und keine echte Frau, die zu Hause auf dich zählt. Auch nicht, weil du der mit dem militärischen Schmerztraining bist. Sondern weil dir noch nie jemand was über Familie beigebracht hat: Dass man vor keinem Opfer zurückschreckt, wenn es darum geht, seine Familie zu schützen.«

Der Kapitän blickte ihn offen und ruhig an und war Jun Do so nah, dass der das Gefühl hatte, zwischen ihnen bestünde ein tiefes, wortloses Einverständnis. Die Hand in seinem Nacken war fest, und Jun Do merkte, wie er nickte.

Der Kapitän sagte: »Du hast noch nie jemanden gehabt, der dich anleitet, aber jetzt bin ich da, und ich sage dir, dass das hier das Richtige ist. Diese Männer hier sind deine Familie, und ich weiß, dass du alles für sie tun würdest. Beweise es.«

Der Hai hatte die ganze Nacht an der Leine gehangen und war fast tot. Als er aus dem Wasser gezogen wurde, waren seine Augen weiß, und an Deck öffnete und schloss er das Maul weniger, als versuche er nach Luft zu schnappen, sondern vielmehr, als versuche er das auszukotzen, was ihn langsam umbrachte.

Der Kapitän wies den Steuermann an, Jun Dos Arm festzuhalten, aber Jun Do sagte Nein, er würde ihn selbst hinstrecken. Der Maat und der Maschinist wuchteten den Hai hoch, der von der Nasen- bis zur Schwanzspitze nicht ganz zwei Meter maß.

Jun Do atmete tief durch und sah den Kapitän an. »Haie – Gewehre – Rache«, sagte er. »Ich weiß, ich bin derjenige, der sich das gerade ausgedacht hat, aber glauben kann diese Geschichte doch eigentlich kein Mensch.«

»Stimmt«, erwiderte der Kapitän. »Aber es ist eine Geschichte, mit der sie etwas anfangen können.«

*

Nachdem sie einen Notruf abgesetzt hatten, geleitete ein Schiff der Küstenwache sie nach Kinjye, wo sich bereits eine Menschenmenge am Kai versammelt hatte. Mehrere Abgesandte vom Informationsministerium waren da, zwei Reporter von der *Rodong Sinmun* und ein paar Leute von der örtlichen Sicherheitsabteilung, die man nur kannte, wenn man ein Säufer war. Aus der neuen Konservenfabrik quoll Dampf, was hieß, dass gerade der Sterilisationsdurchgang lief. Die Arbeiter saßen auf umgedrehten Eimern und warteten darauf, einen Blick auf den Mann zu erhaschen, der gegen die Haie gekämpft hatte. Sogar die Straßenkinder und kleinen Krüppel beäugten die Sache misstrauisch durch die Aquarien mit den Sushi-Fischen hindurch; ihre Gesichter hinter den *Aji*-Becken wirkten groß und verzerrt.

Ein Arzt kam mit einer Blutkonserve auf Jun Do zu und suchte an dem zerfetzten Arm nach einer Vene, aber Jun Do wandte ein: »Fließt das Blut nicht gleich wieder raus, wenn Sie es in diesen Arm pumpen?«

»Ich behandle ausschließlich Helden«, sagte der Arzt. »Ich kenne mich mit Blut aus. Und das muss genau da hin, wo es rausfließt.« Er steckte die Kanüle in eine Vene auf dem Handrücken, klebte sie fest und ließ Jun Do den Infusionsbeutel mit dem guten Arm hochhalten. Dann wickelte er das blutige T-Shirt ab – die Wunde war unübersehbar. Wie schartiges Milchglas hatten die Haifischzähne ganze Arbeit geleistet, und als der Arzt die tiefen Schrunden im Fleisch ausspülte, blitzte blanker Knochen hervor.

Den Reportern und dem Minister gab Jun Do eine knappe Zusammenfassung seiner Begegnung mit dem amerikanischen Aggressor. Viele Fragen stellten sie nicht. Sie schienen sich eigentlich nur für Details zu interessieren, die die Glaubwürdigkeit der Geschichte weiter untermauerten. Plötzlich stand der ältere Mann mit dem Bürstenschnitt und den ramponierten Händen vor ihm, der das letzte Mal den Zweiten Maat mitgenommen hatte. Er hatte denselben grauen Anzug an. Aus der Nähe fielen Jun Do seine schweren Lider auf – es sah aus, als wolle er beim Sprechen seine Augen schonen.

»Ich muss Ihre Geschichte überprüfen«, sagte er und hielt eine silberne Plakette hoch, auf der kein Name stand. Sie zeigte lediglich eine dicke, über der Erde schwebende Steinmauer.

Jun Do wurde einen Pfad entlang geführt; der gute Arm hielt die Blutkonserve, der andere steckte in einer Schlinge. Neben einem Haufen Ziegelsteinen, stand der Kapitän und sprach mit der Frau des Zweiten Maats. Sie weinte nicht. Misstrauisch beäugte sie erst den Mann mit dem Bürstenschnitt, dann Jun Do, schließlich wandte sie sich wieder dem Kapitän zu, der tröstend einen Arm um ihre Schultern legte. Jun Do schaute kurz zurück zu dem Menschenauflauf am Anleger, wo seine Kameraden die Geschichte mit großen Gesten erzählten. Sie schienen ihm auf einmal sehr weit entfernt.

Der Mann brachte ihn zu der verlassenen Konservenfabrik. Nur die riesigen Dampfdruckkessel, die einsamen Gasverteilerrohre und die verrosteten Schienen im Boden ließen noch die ursprüngliche Funktion des hohen Gebäudes erahnen. Durch Löcher im Dach fielen Lichtstrahlen auf einen Klapptisch mit zwei Stühlen.

Auf dem Tisch stand eine Thermoskanne. Der alte Mann setzte sich und schraubte langsam den knirschenden Deckel ab. Seine Hände bewegten sich, als trage er dicke Fäustlinge. Wieder schloss er die Augen, als seien sie müde, aber er war einfach nur alt.

»Sie sind also ein Inspektor?«, fragte Jun Do.

»Was soll man darauf antworten?«, sinnierte der Alte. »Im Krieg war ich tapfer, ein furchtloser Kämpfer. Und nach dem Sieg war ich immer noch zu allem bereit.« Er beugte sich vor ins Licht, und Jun Do konnte viele Narben in dem kurzen grauen Haar sehen. »Damals hätte ich mich vielleicht Inspektor genannt.«

Jun Do ging auf Nummer sicher: »Große Männer wie Sie haben den vaterländischen Befreiungskrieg gewonnen und die Imperialisten aus unserem Land vertrieben.«

Der Alte schenkte sich Tee in den Deckel der Thermoskanne, trank aber nicht – er drehte den dampfenden Becher bloß langsam zwischen beiden Händen. »Was für eine traurige Geschichte, die mit deinem Freund, dem jungen Fischer. Das Seltsame ist, dass er wirklich ein Held war. Ich habe die Geschichte selbst überprüft. Er hat tatsächlich schwer bewaffnete Amerikaner mit nichts als einem Fischmesser abgewehrt. Mit solchen verrückten Sachen schafft man sich Respekt, aber gleichzeitig verliert man Freunde. Das kenne ich nur zu gut. Vielleicht ist ja so was zwischen der Besatzung und dem jungen Maat vorgefallen.«

Jun Do erwiderte: »Es war nicht Schuld des Zweiten Maats,

dass die Amerikaner zurückkamen. Er wollte keinen Ärger, und sterben wollte er schon gar nicht. Sie haben doch gehört, dass er bei lebendigem Leib von Haien gefressen wurde, oder?«

Der Alte sagte nichts.

»Wollen Sie das nicht notieren?«

»Wir haben deinen Freund heute Morgen in einem Schlauchboot abgefangen. Das war noch bevor ihr euren angeblichen Überfall gemeldet habt. Zigaretten hatte er genug, aber die Streichhölzer waren ihm nass geworden. Dein Freund hat über das, was er getan hat, bitterlich geweint, er konnte gar nicht mehr aufhören.«

Jun Do ließ sich das durch den Kopf gehen. Was für ein armer, dummer Bengel. Er hatte geglaubt, sie hingen gemeinsam in dieser Sache, doch jetzt wurde ihm klar, dass er ganz auf sich gestellt war, und alles, was ihm blieb, war seine Geschichte.

»Es wäre schön, wenn diese Lüge wahr wäre«, entgegnete Jun Do, »dann wäre der Zweite Maat nämlich noch am Leben und nicht vor unseren Augen gestorben. Dann hätte der Kapitän seiner Frau nicht mitteilen müssen, dass sie ihn nie wiedersieht.«

»Den wird keiner wiedersehen, darauf könnt ihr euch verlassen«, brummte der Alte. Wieder sah es aus, als sei er eingeschlafen. »Willst du nicht wissen, warum er Republikflucht begangen hat? Ich glaube, dabei fiel auch dein Name.«

»Der Zweite Maat war ein Held und mein Freund«, sagte Jun Do. »Vielleicht sollten Sie dem Toten etwas mehr Respekt erweisen.«

Der Alte stand auf. »Vielleicht sollte ich erst mal dir auf den Zahn fühlen.« Die erste Attacke kam blitzschnell und frontal – mehrere kurze Geraden ins Gesicht. Einen Arm außer Gefecht, in der anderen Hand eine Blutkonserve – Jun Do konnte nichts tun als einstecken.

»Jetzt sag mir, wessen Idee es war«, befahl der Alte. Er schlug Jun Do rechts und links aufs Schlüsselbein. »Warum habt ihr ihn nicht weiter im Süden ausgesetzt, näher an der DMZ?« Irgendwie kam Jun Do nicht aus dem Stuhl, und nachdem er zwei Handkantenhiebe direkt oberhalb der Nieren eingesteckt hatte, saß er endgültig fest. »Warum sind nicht mehr von euch abgehauen? Oder wolltet ihr ihn loswerden, hm?« In schneller Abfolge flammte Schmerz in seinem Nacken, seiner Nase und seinen Ohren auf. Dann konnte er plötzlich nicht mehr richtig sehen.

»Die Amerikaner sind zurückgekommen«, sagte Jun Do. »Sie hatten schrecklich laute Musik. Sie trugen Straßenkleidung und Schuhe mit einem silbernen Haken darauf. Einer hat damit gedroht, unser Schiff anzuzünden. Er hatte ein Feuerzeug mit einem Marschflugkörper darauf. Vorher haben sie uns ausgelacht, weil wir keine Kloschüssel hatten, und jetzt haben sie gelacht, weil wir eine hatten.«

Der alte Mann landete einen geraden Fausthieb auf Jun Dos Brust, und das frische Tattoo ließ Sun Moons Gesicht als flammende Kontur über seinem Herzen auflodern. Der alte Mann legte eine Pause ein, um sich frischen Tee einzuschenken, aber er trank nicht. Mittlerweile war Jun Do klar, wie das Verhör laufen würde. Sein Mentor beim militärischen Schmerztraining hieß Kimsan. Die ganze erste Woche hatten sie an einem Tisch gesessen, der diesem gar nicht unähnlich war, und eine brennende Kerze betrachtet. Sie betrachteten die Flamme, klein und zur Spitze hin am heißesten. Sie spürten den warmen Schein auf ihren Gesichtern. Und jenseits des Scheins war die Dunkelheit. *Lass nie zu, dass der Schmerz dich in die Dunkelheit treibt*, sagte Kimsan. *Dort bist du nie-*

mand mehr, du bist allein. Sobald du dich von der Flamme abwendest, ist es vorbei.

Der Alte fing von neuem an zu fragen, diesmal nicht nach der Geschichte vom Zweiten Maat auf dem Rettungsfloß, sondern nach der Geschichte vom Zweiten Maat an Bord der *Junma*: Wie viele Haie, wie hoch war der Seegang, und waren die amerikanischen Gewehre entsichert? Er teilte seine Kräfte ein, verabreichte eine langsame, ausgedehnte Abfolge wohlbemessener Schläge, auf die Wangenknochen und den Mund und die Ohren, und als ihm die Hände weh zu tun schienen, wechselte er zu den weichen Körperteilen. *Die Fingerspitze verspürt in der Kerzenflamme Schmerz, aber der ganze restliche Körper befindet sich im warmen Schein ihres Lichts. Der Schmerz bleibt in der Fingerspitze, und dein Körper bleibt im warmen Schein.* Jun Do errichtete Wände in seinem Innern – einen Treffer an der Schulter durfte er nur an der Schulter spüren, und mit purer Willenskraft isolierte er diese von seinem restlichen Körper. Zielte der Alte aufs Gesicht, so bewegte Jun Do ein wenig den Kopf, damit keine zwei Schläge dieselbe Stelle trafen. *Die Flamme bleibt an den Fingern, die Finger bleiben in Bewegung, dein übriger Körper entspannt sich im warmen Schein.*

Ein gepeinigter Ausdruck zeichnete sich auf dem Gesicht des Alten ab, und er hielt inne, um sich zu strecken. Sich nach rechts und links dehnend sagte er: »Über den Krieg wird schrecklich viel geredet. Damals wurde praktisch jeder zum Held. Sogar Bäume wurden zu Helden erklärt. Wirklich wahr. In meiner Abteilung sind alle Kriegshelden, außer den Neuen natürlich. Vielleicht hat es dir ja nicht gepasst, dass dein Freund ein Held geworden ist. Vielleicht wolltest du ja auch einer sein.«

Jun Do versuchte, im Schein zu bleiben, aber die Konzentration fiel ihm schwer. Jeden Moment rechnete er mit dem nächsten Schlag.

»Wenn du mich fragst«, sagte der Alte, »ich halte Helden für labil und unberechenbar. Sie bringen ganz schön was, aber die Zusammenarbeit mit ihnen ist zum Kotzen. Glaub's mir, ich weiß, wovon ich rede«, sagte er und zeigte auf eine lange Narbe an seinem Arm. »Die Neuen in meiner Abteilung sind alles Studierte.«

Erneut kam Glanz in die Augen des alten Mannes, und er packte Jun Do im Nacken und ließ eine Abfolge dumpfer Schläge auf seinen Magen einprasseln. »Wer hat ihn ins Wasser geworfen?«, fragte er und traf ihn am Brustbein. »Was waren seine letzten Worte?« Eins, zwei, drei kamen die Fausthiebe. »Warum weißt du nicht, was der Kapitän in dem Augenblick tat?« Die Fäuste trieben die Luft aus seiner Lunge. »Warum habt ihr keinen Notruf abgesetzt?« Dann beantwortete der Alte all seine Fragen selbst: »Weil die Amerikaner nie da waren. Weil ihr die Nase voll hattet von dem blöden Aufschneider und ihn umgebracht und über Bord geworfen habt. Ihr kommt alle ins Lager, das weißt du genau, das ist sowieso schon beschlossene Sache. Du kannst es mir also genauso gut verraten.«

Der alte Mann brach ab. Er lief kurz auf und ab, die eine Hand in der anderen, die Augen scheinbar erleichtert geschlossen. Da hörte Jun Do Kimsans Stimme, als sei sie ganz nah, direkt bei ihm. *Du bist die Flamme. Der alte Mann fasst nur mit den Händen in deine heiße Flamme.* Kimsan würde ihm raten, auch mit den Ellbogen und Unterarmen und Füßen und Knien zuzuschlagen, *aber nur seine Hände berühren deine Flamme, und sieh bloß, wie er sich verbrennt.*

»Ich habe nicht lange überlegt«, sagte Jun Do. »Als ich sprang und das Salzwasser an meine frische Tätowierung kam, geriet ich in Panik. Die Haie knabberten noch mit den Gaumen, sie bissen noch nicht mit den Zähnen ins Fleisch, und die Amerikaner lachten und zeigten dabei ihre weißen Zähne, und beides wurde eins in meinem Kopf.«

Die Erwiderung des Alten klang missmutig. »Nein, das sind alles Lügen.« Und er begann erneut. Mit jedem Schlag zählte er auf, was an der Geschichte alles nicht stimmte – sie seien eifersüchtig auf den Heldenstatus des Zweiten Maats gewesen, Jun Do könne sich nicht einmal an die Kleidung der Leute erinnern, sie hätten ... *die Flamme ist winzig. Ein ganzer Tag wäre nötig, um jedes Stück Haut eines Körpers anzusengen. Du musst im warmen Schein bleiben. Du darfst nie in die Dunkelheit gehen, denn dort bist du allein, von dort kommt keiner zurück.* Kimsan sagte damals, das sei die schwierigste Lektion für Jun Do, denn genau das habe er als Kind getan, er sei in die Dunkelheit gegangen. Das war die Lektion, die er von seinen Eltern gelernt hatte, wer sie auch sein mochten. Wer in der Dunkelheit aufging, wer sich einfach abschaltete, der war zu allem fähig – er konnte riesige Bottiche in der Pangu-Farbenfabrik reinigen, bis ihm der Kopf zu bersten drohte und er rosa Tröpfchen hustete und der Himmel über ihm gelb wurde. Er konnte freundlich lächeln, wenn die anderen Kinder von Eisenschmelzen und Fleischfabriken adoptiert wurden, und wenn er eins mit der Dunkelheit war, konnte er »Du hast aber Glück« und »Mach's gut« sagen, wenn die Männer mit dem chinesischen Akzent kamen.

Jun Do wusste nicht, wie lange der alte Mann ihn schon bearbeitete. All seine Sätze verschmolzen zu einem einzigen, der keinen Sinn ergab. Jun Do war wieder im Wasser, er sah den Zweiten Maat vor sich. »Ich habe versucht, den Zweiten Maat zu packen, aber sein Körper zuckte und tanzte, und ich wusste, was die Haie mit ihm machten, ich wusste, was unter Wasser los war. Er wog nichts mehr in meinen Händen, es war, als wollte man ein Sitzkissen retten, mehr war nicht mehr übrig von ihm, aber nicht mal das habe ich geschafft.«

Als Jun Do das Hämmern hinter seinen Augen abgegrenzt hatte und das heiße Blut in seiner Nase, als er die aufgeplatzte Lippe und das Stechen in seinen Ohren daran gehindert hatte, nach innen zu dringen, als er seine Arme und seinen Rumpf und seine Schultern abgeblockt hatte, sodass er dort nichts mehr empfand, als er jeden schmerzenden Körperteil isoliert hatte, war nur noch sein Innerstes übrig, und dort fand er einen kleinen Jungen, der naiv lächelte, der keine Ahnung hatte, was mit dem Mann da draußen gerade passierte. Und plötzlich war die Geschichte wahr, war sie ihm eingebläut worden, und er fing an zu weinen, weil der Zweite Maat tot war und er daran nichts mehr ändern konnte. Plötzlich sah er ihn vor sich im dunklen Wasser, die ganze Szene nur vom roten Schein einer einzelnen Leuchtpistole erhellt.

»Mein Freund! Ich konnte nichts für ihn tun!«, schluchzte Jun Do, und die Tränen liefen ihm das Gesicht herab. »Er war allein, und das Wasser war schwarz. Nicht mal den kleinsten Fetzen von ihm konnte ich retten. Ich sah ihm in die Augen, aber er wusste nicht mehr, wo er war. Er rief um Hilfe, unheimlich ruhig sagte er: *Ich glaube, jemand muss mich retten*, und dann war ich schon mit dem Bein über die Reling und im Wasser.«

Der alte Mann hielt inne. Er stand da wie ein Chirurg, mit erhobenen Händen, und sie troffen von Spucke, Schleim und Blut.

Jun Do erzählte weiter. »*Es ist so dunkel, ich weiß nicht, wo ich bin*, sagte er. *Hier bin ich*, sagte ich, *hör meine Stimme*. Er fragte: *Wo bist du?* Ich berührte sein Gesicht, und es war kalt und weiß. *Es kann nicht sein, dass ich hier bin, sagte er. Da draußen ist ein Schiff – aber ich kann seine Lichter nicht sehen.* Das waren seine letzten Worte.«

»*Ich kann seine Lichter nicht sehen?* Warum hat er so was gesagt?« Als Jun Do keine Antwort gab, fragte der Alte: »Aber du hast doch wirklich versucht, ihn zu retten, nicht wahr? Dabei bist du doch zerbissen worden. Und da waren doch die Amerikaner, die ihre Gewehre auf euch gerichtet hatten, stimmt's?«

Der Infusionsbeutel in Jun Dos Hand wog eine Tonne, mit letzter Kraft hielt er ihn oben. Als er ihn schließlich in den Blick bekam, stellte er fest, dass der Beutel leer war. Er sah den Alten an. »Was?«, fragte er.

»Vorhin hast du gesagt, seine letzten Worte seien gewesen: *Alle Ehre gebührt Kim Jong Il, dem Geliebten Führer der Demokratischen Volksrepublik Korea.* Du gibst also zu, dass das gelogen war.«

Die Kerze war erloschen. Die Flamme, der warme Schein, die Dunkelheit – plötzlich war alles weg, und ihm blieb nichts mehr. Was er tun sollte, wenn die Schmerzen aufhörten, darüber hatte Kimsan nie gesprochen.

»Aber merken Sie es denn nicht? Es ist *alles* gelogen!«, sagte Jun Do. »Warum habe ich keinen Notruf abgesetzt? Warum habe ich die Mannschaft nicht dazu gebracht, eine richtige Rettungsaktion zu starten? Wenn die ganze Mannschaft mit angepackt hätte, hätten wir ihn noch retten können. Ich hätte die Männer auf Knien anflehen müssen. Aber ich habe nichts dergleichen getan. Ich bin nur nass geworden. Das Einzige, was ich gespürt habe, war das Brennen von meinem Tattoo.«

Der alte Mann setzte sich auf den anderen Stuhl. Er schenkte sich frischen Tee ein, und diesmal trank er ihn.

»Sonst ist keiner nass geworden«, sagte er. »Sonst hat keiner Haifischbisse abgekriegt.« Er ließ den Blick durch das Gebäude streifen, als frage er sich zum ersten Mal, wo er hier sein mochte. »Ich werde demnächst pensioniert«, sagte er. »Bald sind alle alten Hasen weg. Ich weiß nicht, was dann aus diesem Land wird.«

»Und was wird aus ihr?«, fragte Jun Do.

»Der Frau des Zweiten Maats? Keine Sorge, wir finden einen guten Mann für sie. Jemanden, der seines Andenkens würdig ist.«

Der alte Mann schüttelte eine Zigarette aus seinem Päckchen und steckte sie sich mühevoll an. Eine Chollima, die Marke, die man in Pjöngjang rauchte. »Euer Schiff scheint ja wirklich die reinste Heldenfabrik zu sein«, sagte er.

Jun Do versuchte, den Infusionsbeutel abzulegen, aber seine Hand wollte einfach nicht loslassen. Wie man seinen Arm abschaltete, damit man nichts mehr darin spürte, konnte man lernen, aber wie schaltete man ihn wieder ein?

»Du kriegst meine amtliche Bescheinigung«, sagte der Alte. »Deine Geschichte hat die Prüfung bestanden.«

Jun Do sah ihn an. »Welche Geschichte?«

»Welche Geschichte?«, fragte der Alte zurück. »Du bist jetzt ein Held.«

Er hielt Jun Do eine Zigarette hin, aber Jun Do konnte sie nicht nehmen.

»Aber die Fakten«, entgegnete Jun Do. »Die passen nicht zusammen. Wo sind die Antworten?«

»Fakten gibt es nicht. In meiner Welt kommen alle Antworten, die man braucht, von hier.« Er zeigte auf sich selbst, aber ob er auf sein Herz, seinen Bauch oder seine Eier wies, war schwer zu sagen.

»Aber wo sollen wir sie suchen?«, fragte Jun Do. Er konnte das Rudermädchen sehen, das Leuchtkugeln in seine Richtung abschoss, er konnte die kalte Wange des Maats spüren, während die Haie ihn nach unten zogen. »Werden wir sie jemals finden?«

JUN DO TRÄUMTE von Haien, die ihn bissen, von der Schauspielerin Sun Moon, die verzweifelt blinzelte, so wie damals Rumina, als sie den Sand in die Augen bekommen hatte. Er träumte vom Zweiten Maat, der immer weiter in das grelle Licht hineintrieb. Schmerzen durchzuckten ihn – schlief er oder war er wach? Seine Augäpfel kreisten unter zugeschwollenen Lidern. Der endlose Fischgestank. Das Schrillen der Fabriksirenen markierte den Anbruch eines Heldentags der Arbeit, und dass es Nacht geworden war, wusste er, wenn zusammen mit dem Strom das Summen eines Kühlschranks in seiner Nähe ausging.

All seine Gelenke waren wie eingerostet, und wenn er tief einatmete, entfesselte das ein Höllenfeuer aus Schmerz. Als sein guter Arm endlich hinübergreifen und den verletzten betasten konnte, spürte er dort etwas wie die dicken Borsten einer Pferdebremse – man hatte ihn scheinbar mit einem festen Faden zusammengeflickt. Sehr dunkel erinnerte er sich daran, wie man ihm die Treppe des Wohnblocks hinaufgeholfen hatte, in die Wohnung des Zweiten Maats und seiner Frau.

Der Lautsprecher – *Bürger!* – unterhielt ihn tagsüber. Am Nachmittag kam *sie* aus der Konservenfabrik nach Hause, an den Händen noch schwacher Maschinenölgeruch. Der kleine Teekessel rasselte und pfiff, und sie summte beim *Kim-Jong-Il-Marsch* mit, der immer am Ende der Nachrichten gespielt wurde. Dann desinfizierten ihre vom Alkohol eiskalten Hände seine Wunden. Dieselben Hände rollten ihn nach rechts und nach links, um die Laken zu wechseln und seine Blase zu entleeren, und er glaubte, den Ehering an ihrem Finger zu spüren.

Bald ließen die Schwellungen nach, und seine Augen waren nicht mehr entzündet, sondern nur noch verklebt. Mit einem dampfend heißen Waschlappen weichte sie den Schorf auf. »Da ist er ja«, sagte die Frau des Zweiten Maats, als er endlich wieder sehen konnte. »Der Mann, der Sun Moon liebt.«

Jun Do hob den Kopf. Er lag unter einem hellgelben Laken nackt auf einer Pritsche am Boden. Er erkannte die Lamellenfenster des Wohnblocks. Quer durchs Zimmer waren Drähte gespannt, an denen kleine Barsche wie Wäschestücke zum Trocknen aufgehängt waren.

Sie sagte: »Mein Vater war überzeugt, dass seine Tochter nicht zu hungern bräuchte, wenn sie einen Fischer heiratet.«

Er sah die Frau des Zweiten Maats an.

»In welchem Geschoss sind wir hier?«, fragte er.

»Im zehnten.«

»Wie hast du mich hier hochgekriegt?«

»So schwer war das nicht. So, wie mein Mann dich beschrieben hat, dachte ich, du wärst viel größer.« Sie fuhr ihm mit dem warmen Waschlappen über die Brust, und er versuchte, nicht zusammenzuzucken. »Deine arme Schauspielerin, ganz blau und grün im Gesicht. Alt sieht sie aus, als ob ihre besten Zeiten vorüber wären. Kennst du ihre Filme?«

Als er den Kopf schüttelte, tat sein Nacken weh.

»Ich auch nicht«, sagte sie. »Nicht in diesem Provinzkaff. Der einzige Film, den ich gesehen habe, war aus dem Ausland. Eine Liebesgeschichte.« Sie tauchte den Waschlappen wieder in heißes Wasser und tupfte die wulstigen Nähte auf seinem Arm ab. »Er handelte von einem Schiff, das gegen einen Eisberg fährt, und alle sterben.«

Sie kniete sich neben ihn auf die Pritsche. Mit kräftigem Griff rollte sie ihn auf die Seite. Sie hielt ihm ein Einmachglas hin und manövrierte seinen *Umkyoung* hinein. »Los geht's«, sagte sie und gab ihm einen Klaps auf den Rücken. Sein Körper pochte vor Schmerzen, aber dann löste sich doch ein Strahl. Als er fertig war, hob sie das Glas ans Licht. Die Flüssigkeit war trübe und rostfarben. »Schon besser«, sagte sie. »Bald kannst du wieder wie ein großer Junge selber zum Gemeinschaftsklo gehen.«

Jun Do versuchte, sich ohne Hilfe zurück auf den Rücken zu rollen, schaffte es aber nicht und blieb zusammengekrümmt auf der Seite liegen. An der Wand, unterhalb der Bildnisse des Großen und des Geliebten Führers, war ein kleines Regal, auf dem die Amerikaschuhe des Zweiten Maats standen. Jun Do zerbrach sich den Kopf darüber, wie er sie nach Hause geschafft haben mochte, wo doch die gesamte Besatzung dabei zugesehen hatte, wie die Dinger über Bord gingen. An die Wand gepinnt war die große Seekarte der *Junma*. Das gesamte Koreanische Ostmeer war darauf zu sehen; alle anderen Karten an Bord bezogen sich auf diese Hauptkarte. Alle hatten angenommen, dass sie zusammen mit den anderen dem Feuer zum Opfer gefallen war. Stecknadeln markierten sämtliche Fischgründe, die sie angefahren hatten, und im Norden waren an mehreren Stellen mit Bleistift Koordinaten eingetragen.

»Ist das der Kurs der Rudermädchen?«, fragte Jun Do.

»Was für Rudermädchen?«, fragte sie zurück. »Das ist eine Karte mit allen Orten drauf, wo er schon war. Die roten Nadeln sind Städte, von denen er schon mal gehört hat. Er hat immer davon geredet, wohin er mal mit mir fahren würde.«

Sie sah Jun Do fragend in die Augen.

»Was ist?«, fragte er.

»Hat er das wirklich gemacht? Hat er wirklich einen Trupp amerikanischer Soldaten mit dem Messer bedroht, oder ist das irgendein Schwachsinn, den ihr euch ausgedacht habt?«

»Und warum würdest du mir glauben?«

»Weil du vom Geheimdienst bist«, antwortete sie. »Weil dir sowieso alle hier in diesem Scheißkaff egal sind. Wenn dein Auftrag erledigt ist, gehst du zurück nach Pjöngjang und denkst nie wieder an uns Fischerleute.«

»Und was ist mein Auftrag?«

»Es wird einen Krieg auf dem Meeresgrund geben«, vertraute sie ihm an. »Vielleicht hätte mir mein Mann das nicht erzählen dürfen, hat er aber getan.«

»Das ist lächerlich«, sagte er. »Ich bin Funker, nichts weiter. Und, ja, dein Mann hat sich der amerikanischen Marine mit nichts als einem Messer bewaffnet gegenübergestellt.«

Voll stummer Bewunderung schüttelte sie den Kopf.

»Er hatte so viele verrückte Pläne«, sagte sie. »Wenn man das hört, sollte man fast glauben, dass er einen davon in die Tat umgesetzt hätte, wenn er nicht umgekommen wäre.«

Sie löffelte Jun Do gesüßtes Reiswasser in den Mund, rollte ihn dann wieder auf den Rücken und deckte ihn zu. Es wurde dunkel im Zimmer, und bald würde der Strom abgeschaltet.

»Ich muss noch mal weg«, sagte sie. »Wenn etwas ist, ruf einfach, dann ist die Blockwartin sofort an der Tür. Die steht schon auf der Matte, wenn hier jemand einen fahren lässt.«

Sie wusch sich bei der Tür, wo er sie nicht sehen konnte. Er hörte nur das Wispern des Waschlappens auf ihrer Haut und das Wasser, das von ihrem Körper in die Schüssel tropfte, in der sie hockte. Er fragte sich, ob es derselbe Lappen war, mit dem sie auch ihn gewaschen hatte.

Dann stand sie vor ihm in einem Kleid, dem man ansah,

dass es von Hand ausgewrungen und zum Trocknen aufgehängt worden war. Sie war eine echte Schönheit, hochgewachsen und breitschultrig und doch in eine Schicht weichen Babyspecks gehüllt, das sah er, auch wenn seine Augen noch etwas verklebt waren. Ihre Augen waren groß, ihr Blick schwer zu lesen, ein schwarzer Pagenschnitt rahmte ihr rundes Gesicht ein. In der Hand hielt sie ein Englischwörterbuch. »Ich habe schon öfter Leute gesehen, die sie in der Konservenfabrik fertiggemacht haben«, sagte sie. »Du wirst wieder gesund.« Und dann fügte sie auf Englisch hinzu: »*Sweet dreams!*«

*

Am Morgen fuhr er aus dem Schlaf – ein Traum, der in stechendem Schmerz geendet hatte. Das Betttuch roch nach Zigaretten und Schweiß. Da wusste er, dass sie neben ihm geschlafen hatte. Neben der Pritsche stand ein Glas; der Urin darin wirkte wie mit Jod eingefärbt. Aber wenigstens war die Flüssigkeit klar. Er berührte das Glas – kalt. Als er sich endlich aufgesetzt hatte, war sie nirgendwo zu sehen.

Das Licht wurde vom Meer zurückgeworfen und erfüllte das Zimmer mit strahlender Helligkeit. Er hob das Laken: Blaue und grüne Blutergüsse blühten auf seiner Brust, seine Rippen waren mit offenen Platzwunden übersät. Die Nähte waren verkrustet, und man roch, dass sie vereitert waren. Der Lautsprecher grüßte ihn: »Bürger, heute wurde bekannt gegeben, dass eine nordkoreanische Delegation Amerika besuchen wird, um die Schwierigkeiten zu diskutieren, die zwischen unseren beiden mächtigen Nationen bestehen.« Dann ging die Radiosendung gemäß der gewohnten Formel weiter: Belege für die weltweite Anerkennung Nordkoreas, ein weiteres Exempel der gottgleichen Weisheit Kim Jong Ils, ein neuer Tipp, wie die Bürger dem Hungertod entgehen konnten, und schließlich Ermahnungen verschiedener Ministerien an die Zivilbevölkerung.

Zugluft brachte die Trockenfische an der Leine zum Schwanken; ihre Flossen sahen so durchsichtig aus wie Transparentpapier. Vom Dach waren Kläffen und Jaulen und das ständige Klicken von Klauen auf Beton zu hören. Zum ersten Mal seit Tagen bekam Jun Do Hunger.

Die Tür ging auf, und die Frau des Zweiten Maats kam schwer atmend herein.

Sie schleppte einen Koffer und zwei Fünf-Liter-Wasserbehälter. Sie schwitzte und hatte ein seltsames Grinsen im Gesicht.

»Wie findest du meinen neuen Koffer?«, fragte sie. »Hab ich getauscht.«

»Was hast du dafür hergegeben?«

»Ist doch egal«, sagte sie. »Kannst du dir vorstellen, dass ich nicht mal einen Koffer hatte?«

»Wahrscheinlich bist du nie verreist.«

»Wahrscheinlich bin ich nie verreist«, sagte sie zu sich selbst.

Sie schöpfte ihm etwas Reiswasser in eine Plastiktasse.

Er trank und fragte dann: »Sind auf dem Dach Hunde?«

»So ist das Leben im obersten Stock«, antwortete sie. »Aufzug kaputt, Dach undicht, Toilettengerüche. Die Hunde höre ich nicht mal mehr. Der Blockwart züchtet die. Du solltest sie mal sonntags hören.«

»Wofür werden die gezüchtet? Und was ist sonntags?«

»Die Männer in der Karaokebar haben gesagt, in Pjöngjang sind Hunde verboten.«

»Ja, angeblich.«

»Fortschritt«, sagte sie.

»Vermissen die dich gar nicht in der Konservenfabrik?«

Sie gab keine Antwort, sondern kniete sich hin und durchwühlte die Kofferfächer nach Hinterlassenschaften des Vorbesitzers.

Jun Do sagte: »Du kriegst bestimmt eine Selbstkritiksitzung aufgebrummt.«

»Ich gehe nicht mehr in die Konservenfabrik«, erklärte sie.

»Gar nicht mehr?«

»Nein«, antwortete sie. »Ich gehe nach Pjöngjang.«

»Du gehst nach Pjöngjang.«

»Ganz genau«, sagte sie. Im Innenfutter des Koffers fand sie abgelaufene Reisepapiere, die an jeder Kontrollstelle zwischen Kaesŏng und Ch'ŏngjin abgestempelt worden waren. »Meistens dauert es mehrere Wochen, aber ich habe irgendwie ein gutes Gefühl. Vielleicht passiert es ja schon morgen.«

»Was passiert morgen?«

»Dass sie einen Ersatzmann für mich finden.«

»Und du glaubst also, der ist in Pjöngjang?«

»Ich bin die Frau eines Helden«, erwiderte sie.

»Die Witwe, meinst du.«

»Sag das nicht. *Witwe* klingt furchtbar.«

Jun Do trank sein Reiswasser aus und legte sich ganz, ganz langsam wieder hin.

»Es ist doch so«, sagte sie. »Was mit meinem Mann passiert ist, ist furchtbar. Ich darf gar nicht daran denken. Ehrlich, sobald meine Gedanken dahin wandern wollen, dann wendet sich etwas in mir einfach ab. Aber wir waren ja nur ein paar Monate verheiratet, und davon war er fast die ganze Zeit bei euch an Bord.«

Das Aufsetzen hatte Jun Do sehr angestrengt, und als sein Kopf jetzt die Pritsche berührte, war es ein herrliches Gefühl, sich der Erschöpfung zu überlassen. Ihm tat praktisch alles weh, und doch überkam ihn ein körperliches Wohlbefinden, als habe er zusammen mit seinen Kameraden den ganzen Tag geschuftet. Er schloss die Augen; als er sie wieder aufmachte, war es Nachmittag. Möglicherweise hatte ihn das Geräusch der Tür geweckt, die sich hinter ihr schloss. Er rutschte ein wenig zur Seite, bis er die andere Zimmerecke sehen konnte. Da war die Schüssel, in der sie sich wusch. Er wünschte, er könnte den Arm danach ausstrecken und fühlen, ob das Wasser noch warm war.

In der Abenddämmerung schaute der Kapitän vorbei. Er zündete ein paar Kerzen an und setzte sich. Jun Do sah vom Bett aus, dass er einen Beutel dabeihatte. »Guck, was ich dir mitgebracht habe, mein Junge«, sagte der Kapitän und holte eine dicke Scheibe Thunfisch und zwei Ryoksong-Bier heraus. »Zeit, dass du wieder gesund wirst.«

Der Kapitän machte die Flaschen auf und schnitt den rohen Fisch mit seinem Seemannsmesser in Portionen. »Auf die Helden«, sagte der Kapitän, woraufhin beide ein halbherziges Schlückchen tranken. Der Thunfisch war allerdings genau das Richtige. Jun Do ließ sich das Fett des Meeres auf der Zunge zergehen.

»Guter Fang heute?«, fragte Jun Do.

»Gar nicht übel«, antwortete der Kapitän. »Der Zweite Maat und du, ihr habt natürlich gefehlt. Wir haben ein paar Schiffsjungen von der *Kwan Li* ausgeliehen. Du hast ja gehört, dass ihr Kapitän seinen Arm verloren hat, oder?«

Jun Do nickte.

Der Kapitän schüttelte den Kopf. »Tut mir wirklich leid, wie sie dich zugerichtet haben. Ich wollte dich noch warnen. Aber gebracht hätte das ja auch nichts.«

»Na, jetzt ist es vorbei«, erwiderte Jun Do.

»Das Schlimmste ist vorbei, und du hast hervorragend durchgehalten, das hätte außer dir keiner geschafft. Und jetzt kommen wir zur Belohnung«, sagte der Kapitän. »Sie lassen dir genug Zeit, bis alles verheilt ist. Und dann wollen sie dich natürlich vorführen. Ein Held, der trotz vorgehaltener Waffe sein Leben riskiert, um einen anderen Helden zu retten, den die Amerikaner den Haien zum Fraß vorgeworfen haben? Sag selbst, das ist eine Riesengeschichte für sie. Du wirst dich noch als sehr nützlich erweisen. Nach der Sache mit dem Direktor der Konservenfabrik und der mit dem Kapitän der *Kwan Li* brauchen sie dringend ein paar gute Nachrichten. Du darfst dir garantiert aussuchen, was du als Belohnung willst.«

»Auf der Sprachschule war ich schon«, sagte Jun Do, dann fügte er hinzu: »Glaubst du, dass er zurücktreiben könnte, bei den ganzen Strömungen und so?«

»Wir lieben den Jungen alle«, antwortete der Kapitän. »Da lief so einiges falsch, aber für ihn gibt es keinen Weg zurück. Er ist raus aus der Geschichte. Die Geschichte geht jetzt anders. Das musst du endlich kapieren. Die Kleine, die kommt damit zurecht, oder?«

Doch bevor Jun Do Antwort geben konnte, bemerkte der Kapitän die Seekarte an der Wand. Es war düster im Zimmer, und er stand mit der Kerze in der Hand auf. »Ich fass es nicht«, sagte er. Er zog die Stecknadeln heraus und warf die Karte zornig zu Boden. »Eine Woche ist er schon weg, und dieser kleine Mistkerl quält mich immer noch.« Er riss die Karte von der Wand. »Ich muss dir übrigens noch was sagen«, fügte der Kapitän hinzu. »Als wir dachten, der Zweite Maat hätte nichts mitgenommen, haben wir nicht genau genug nachgeguckt. Den Laderaum unten, wo deine Ausrüstung steht, den hatten wir nicht überprüft.«

»Und?«

»Eins von deinen Geräten ist weg. Er hat einen Funkempfänger mitgenommen.«

»Den schwarzen?«, fragte Jun Do. »Oder den mit den silbernen Knöpfen?«

»Den mit den grünen Anzeigen«, antwortete der Kapitän. »Ist das ein Problem? Kann uns das schaden?«

Jun Do sah es auf einmal glasklar vor sich: Der Zweite Maat auf seinem Rettungsfloß in der Finsternis, und dazu nichts als eine Batterie, ein grün glimmender Funkempfänger und Zigaretten ohne Streichhölzer.

»Das ist ein ziemlich einfacher Empfänger«, sagte Jun Do. »Wir können irgendwo einen neuen organisieren.«

»So lob ich's mir«, sagte der Kapitän. Er lächelte. »Mensch, was bin ich für ein Idiot! Hier, iss noch was vom Thunfisch! Und die Kleine, wie findest du sie? Ich hab mit ihr geredet. Sie hält ziemlich viel von dir. Und überhaupt – brauchst du irgendwas, soll ich dir was bringen?«

Das Bier lief direkt durch ihn durch. »Das Glas da«, sagte Jun Do. »Gib mir das doch mal.«

»Na klar«, sagte der Kapitän, beäugte es aber äußerst misstrauisch. Erst schien er daran schnüffeln zu wollen, reichte es dann aber doch einfach weiter.

Jun Do drehte sich auf die Seite und nahm das Glas mit unters Laken. Dann war nichts mehr im Zimmer zu hören als das Geräusch des Urins, der stockend und stotternd das Glas füllte.

Der Kapitän versuchte, den Klang zu übertönen. »Jedenfalls musst du gut darüber nachdenken. Du bist jetzt ein Held und wirst gefragt werden, was du gerne als Belohnung hättest. Und, wie sieht's aus, gibt es etwas, was du dir wünschst?«

Als Jun Do fertig war, öffnete er die Augen und reichte das

Glas vorsichtig an den Kapitän weiter. »Das Einzige, was ich wirklich will«, sagte er, »ist, auf der *Junma* zu bleiben. Da fühle ich mich wohl.«

»Natürlich«, antwortete der Kapitän. »Da steht ja auch deine Ausrüstung.«

»Und es gibt nachts Strom.«

»Und es gibt nachts Strom«, sagte der Kapitän. »Wird gemacht. Du bist von jetzt an auf der *Junma* zu Hause. Das ist ja wohl das Mindeste, was ich für dich tun kann. Aber was willst du wirklich, welchen Wunsch können dir nur die da oben erfüllen?«

Jun Do zögerte. Er trank einen Schluck Bier und rätselte, was ihm sein Land geben konnte, um sein Leben schöner zu machen.

Der Kapitän spürte seine Unentschlossenheit und fing an, von anderen zu erzählen, die große Taten begangen hatten, und welche Preise sie sich gewünscht hatten. »Die Männer in Nyŏngbyŏn zum Beispiel, die das Feuer im Kernkraftwerk gelöscht haben – der eine hat ein Auto bekommen, das stand in der Zeitung. Ein anderer wollte ein eigenes Telefon – hat er gekriegt, keine Fragen, die haben ihm eine Leitung in die Wohnung gelegt. So läuft's, wenn man ein Held ist.«

»Da muss ich erst mal nachdenken«, sagte Jun Do. »So spontan fällt mir nichts ein.«

»Siehst du, das habe ich mir gedacht«, erwiderte der Kapitän. »Genau so habe ich dich eingeschätzt, wir sind ja eine Familie. Du bist jemand, der nicht viele Ansprüche hat. Du bist jemand, der nichts für sich selbst will, aber für die anderen darf es nur das Beste sein. Das hast du vor ein paar Tagen bewiesen, und jetzt sind wir wie Blutsverwandte. Du weißt ja, dass ich für meine Mannschaft in den Knast gegangen bin. Ein Held bin ich nicht, aber ich habe die vier Jahre auf mich genommen, damit meine Jungs heim konnten. So habe ich das bewiesen.«

Der Kapitän wirkte aufgewühlt. Er hielt immer noch das Pisseglas in der Hand, und Jun Do hätte ihm am liebsten gesagt, er solle es abstellen. Der Kapitän rutschte auf die Stuhlkante vor, als wolle er sich gleich zu Jun Do auf die Pritsche setzen.

»Ich bin alt. Vielleicht ist es ja nur das«, sagte der Kapitän. »Ich meine, andere Leute haben ja auch Probleme. Vielen geht es schlechter als mir. Aber ich kann einfach nicht ohne sie leben, ich kann es nicht. Ständig denke ich daran, kriege es einfach nicht aus dem Kopf. Ich habe keinen Hass oder Zorn auf irgendjemanden, ich brauche einfach nur meine Frau, ich muss sie wiederhaben. Und siehst du, du hast es jetzt in der Hand. Bald darfst du das Zauberwort sagen, und dann ist alles möglich.«

Jun Do wollte etwas erwidern, aber der Kapitän schnitt ihm das Wort ab. »Ich weiß, was du denkst – natürlich ist sie alt. Ich bin auch alt, aber mit dem Alter hat das nichts zu tun. Ich hab sogar das Gefühl, dass es jedes Jahr schlimmer wird. Wer hätte das gedacht, dass die Einsamkeit schlimmer wird? Das sagt einem vorher keiner, darüber redet niemand.« Der Kapitän hörte die Hunde auf dem Dach herumlaufen und blickte hoch zur Decke. Er stellte das Glas ab und stand auf. »Eine Zeitlang wären wir uns natürlich fremd«, sagte er. »Über manche Dinge könnte sie nicht reden, das weiß ich. Aber es wäre bestimmt auch wie ein neues Kennenlernen, da bin ich mir sicher. Und dann wäre es wieder so wie früher.«

Der Kapitän nahm die Seekarte. »Brauchst nichts zu sagen«, meinte er. »Sag einfach gar nichts. Denk nur mal drüber nach, um mehr bitte ich dich nicht.« Dann rollte der Kapitän die Karte im Kerzenschein mit beiden Händen fest zusammen. Es war eine Geste, die Jun Do schon hunderte Male bei ihm gesehen hatte. Sie besagte, dass ein Kurs gewählt, den Männern ihre Aufgabe zugeteilt war; gleichgültig, ob volle oder leere Netze auf sie warteten, der Entschluss war gefasst, der Lauf der Dinge ins Rollen gebracht.

*

Von unten im Hof kam Gejohle, gefolgt von Lachen oder Weinen, das ließ sich nicht genau sagen, und Jun Do wusste, dass inmitten der Gruppe von Betrunkenen die Frau des Zweiten Maats stand. Von oben waren die Klauen der Hunde zu hören, die sich am Rand des Flachdachs drängten und bellten. Der Lärm drang selbst in den zehnten Stock hinauf, und überall im Wohnblock ertönte das Quietschen, als die Glaslamellen aufgekurbelt wurden, weil die Bewohner sehen wollten, wer sich da unten so danebenbenahm.

Jun Do richtete sich auf, schob einen Stuhl als Gehhilfe vor sich her und schleppte sich ans Fenster. Am Himmel stand eine schmale Mondsichel, und weit unten im Hof machte er mehrere Leute an ihrem lauten Gelächter aus – zu sehen waren nur schwarze Schatten. Aber er konnte sich den Glanz ihres Haars, den Schimmer ihres Nackens und ihrer Schultern vorstellen.

Ganz Kinjye war dunkel – das Backwarenkollektiv, der Magistrat, die Schule, die Lebensmittelausgabestelle. Selbst der Generator der Karaokebar schwieg, das blaue Neonlicht war erloschen. Wind pfiff durch die alte Konservenfabrik, aus den Dampfdruckkammern der neuen stiegen Hitzewellen auf. Schwarz zeichnete sich der Umriss der ehemaligen Fabrikdirektorenvilla ab. Im Hafen leuchtete ein einziges Licht – der Kapitän der *Junma* war noch spät auf und las. Dahinter die Dunkelheit der See. Jun Do hörte ein Schnüffeln und sah hoch zum Dachüberstand: zwei Pfoten und ein Welpengesicht, das neugierig auf ihn herunterblickte.

Als sie zur Tür hereinschwankte, hatte er eine Kerze angezündet und saß, in sein Laken gewickelt, auf einem Stuhl. Sie hatte geweint.

»Arschlöcher«, sagte sie und steckte sich eine Zigarette an.

»Komm zurück«, rief eine Stimme von unten. »Wir haben doch nur Spaß gemacht.«

Sie ging ans Fenster und warf einen Fisch auf sie.

Sie drehte sich zu Jun Do um. »Was glotzt du so?« Aus einer Kommode zog sie Kleidungsstücke ihres Mannes. »Zieh dir lieber mal ein Hemd an!« Sie warf ihm ein weißes Unterhemd ins Gesicht.

Das Hemd war zu klein und roch nach dem Schweiß des Zweiten Maats. Die Arme durchzustecken war die Hölle. »Vielleicht ist die Karaokebar ja nicht der richtige Ort für dich«, meinte er.

»Arschlöcher«, sagte sie, rauchte auf dem anderen Stuhl und starrte angestrengt an die Decke, als denke sie über etwas nach. »Den ganzen Abend haben sie auf meinen Mann getrunken, auf den Helden.« Sie fuhr sich mit der Hand durchs Haar. »Die haben mir mindestens zehn Glas Pflaumenwein ausgegeben. Dann haben sie angefangen, traurige Lieder in der Karaokemaschine auszusuchen. Als ich ›Pochonbo‹ gesungen hatte, war ich völlig fertig. Und dann haben sie sich darum gestritten, wer mich *trösten* darf.«

»Ich verstehe nicht, warum du dich mit solchen Typen abgibst.«

»Ich brauche sie«, erwiderte sie. »Mein neuer Mann wird bald ausgewählt. Ich muss einen guten Eindruck auf die Leute machen. Sie sollen wissen, wie gut ich singen kann. Das ist meine große Chance.«

»Das sind doch nur Lokalfunktionäre. Die haben gar nichts zu melden.«

Sie hielt sich den schmerzenden Bauch. »Ich hab die Nase so voll von den ständigen Fischvergiftungen, ständig muss ich Chlortabletten schlucken. Hier, riech mal, wie ich stinke. Ist es nicht unglaublich, dass mein Vater mir so was angetan hat? Wie soll ich es nach Pjöngjang schaffen, wenn ich nach Fisch und Chlor stinke?«

»Ich weiß, dass es dir ungerecht vorkommt«, tröstete Jun Do sie, »aber dein Vater wusste bestimmt, was auf dem Spiel stand. Er hat ganz sicher das gewählt, was für dich am besten war.« Es kam ihm abscheulich vor, den Spruch zu wiederholen, mit dem er die anderen Waisenkinder so oft abgespeist hatte: *Du weißt ja nicht, in was für einer schrecklichen Lage sie sich befanden. Deine Eltern hätten dich niemals ins Waisenhaus gesteckt, wenn sie eine andere Wahl gehabt hätten.*

»Mehrmals im Jahr kamen Männer zu uns in den Ort, oben an der Küste. Alle Mädchen wurden in einer Reihe aufgestellt, und die hübschen« – sie legte den Kopf in den Nacken und blies den Rauch aus – »sind einfach verschwunden. Mein Vater hatte Verbindungen, er hat immer Wind davon gekriegt, und meldete mich an diesen Tagen krank. Und dann hat er mich hierhergeschickt. Und wozu, kannst du mir das sagen? Wozu Sicherheit, wozu überleben, wenn man dann ein halbes Jahrhundert lang Fische ausnehmen muss?«

»Und was sind die anderen Mädchen jetzt?«, fragte Jun Do zurück. »Bardamen, Putzfrauen oder *noch schlimmer*? Glaubst du etwa, es ist besser, so was fünfzig Jahre lang zu machen?«

»Wenn's so läuft, sag's mir ruhig. Sag mir, was aus ihnen geworden ist.«

»Ich weiß es ja auch nicht. Ich war noch nie in der Hauptstadt.«

»Na siehst du. Dann nenn sie auch nicht Huren«, sagte sie.

»Das waren mal meine Freundinnen.« Sie sah ihn zornig an »Was bist du überhaupt für ein Spion?«

»Ich bin nur ein Funker, nichts weiter.«

»Warum kann ich das einfach nicht glauben? Warum hast du keinen normalen Namen? Was weiß ich denn schon über dich? Nichts, außer dass mein Mann, der das geistige Niveau eines Dreizehnjährigen hatte, dich vergöttert hat. Deswegen hat er auch mit deinen Radioempfängern rumgespielt. Deswegen hat er deine Wörterbücher bei Kerzenlicht auf dem Klo gelesen und um ein Haar das Schiff abgefackelt.«

»Was sagst du da?«, entgegnete er. »Der Maschinist hat gesagt, es wäre ein Kabelbrand gewesen.«

»Von mir aus.«

»Er war schuld an dem Feuer?«

»Und, willst du wissen, was er dir sonst alles nicht erzählt hat?«

»Ich hätte ihm Englisch beigebracht, er hätte mich nur zu fragen brauchen. Wofür wollte er das?«

»Er hatte jede Menge idiotischer Pläne.«

»Fluchtpläne?«

»Er meinte immer, das Wichtigste sei ein gutes Ablenkungsmanöver. Der Direktor der Konservenfabrik habe die richtige Idee gehabt, meinte er – man sorgt für eine Szenerie, die so grässlich ist, dass sich niemand auch nur in die Nähe wagt. Und dann macht man sich aus dem Staub.«

»Aber die Familie des Fabrikdirektors, die hat sich nicht aus dem Staub gemacht.«

»Nein. Haben sie nicht«, gab sie zu.

»Und nachdem man alle abgelenkt hat, was macht man dann?«

Sie zuckte die Achseln. »Ich wollte nicht abhauen«, sagte

sie. »Er wollte raus in die Welt. Ich träume von Pjöngjang. Das hat er schließlich eingesehen.«

Jun Do war erschöpft. Er zog das gelbe Laken enger um den Leib, aber eigentlich wollte er sich wieder hinlegen.

»Du siehst müde aus«, sagte sie. »Brauchst du dein Glas?«

»Glaube schon«, erwiderte er.

Sie holte das Glas, aber als er danach fasste, ließ sie nicht los. Sie hielten es beide fest, und im Kerzenlicht wirkten ihre Augen unendlich tief.

»Schönheit bedeutet hier gar nichts«, sagte sie. »Hier interessiert nur, wie viele Fische über deinen Tisch gehen. Niemanden juckt es, dass ich so schön singen kann – nur die Kerle, die mich trösten wollen. Aber in Pjöngjang, da sind das Theater, das Kino, das Fernsehen, die Oper. Nur in Pjöngjang werde ich mal jemand sein. Mein Mann hat vielleicht seine Fehler gehabt, aber diesen Wunsch wollte er mir erfüllen.«

Jun Do atmete tief durch. Sobald er das Glas benutzt hatte, würde sie die Kerze auspusten, und der Abend wäre vorbei und das Zimmer so finster wie das Meer, auf dem der Zweite Maat trieb, und das wollte er nicht.

»Ich wünschte, ich hätte meinen Sender«, sagte er.

»Du hast einen Sender? Wo denn?«, fragte sie.

Er deutete mit dem Kinn in Richtung Fenster, zum Haus des Fabrikdirektors. »Bei mir in der Küche«, antwortete er.

*

Jun Dos gewohnter Rhythmus war inzwischen so umgekrempelt, dass er die ganze Nacht durchschlief und am Morgen aufwachte. Die Fische, die im Zimmer an der Leine gehangen hatten, waren verschwunden, und auf dem Stuhl lag sein Sender – loser Kleinkram in einer Plastikschüssel. Der gesamte Wohnblock fing an zu summen, als aus zweihundert Lautsprechern die Nachrichten ertönten. Während er über die bevorstehende Verhandlungsrunde mit Amerika, die Inspektion einer Zementfabrik in Sinpo durch den Geliebten Führer und den glatten Sieg der nordkoreanischen Badminton-Mannschaft gegen Libyen unterrichtet und schließlich daran erinnert wurde, dass der Verzehr von Schwalben verboten sei, da diese die Insekten fraßen, von denen die Reissetzlinge befallen wurden, starrte Jun Do die Stelle an der Wand an, wo die Seekarte gehangen hatte.

Schwerfällig stand er auf und suchte sich ein Stück Packpapier. Dann zog er die blutverkrustete Hose über, die er vor vier Tagen angehabt hatte, als er so zugerichtet worden war. Am Ende des Flurs war die Schlange für die Etagentoilette. Da alle Erwachsenen bei der Arbeit in der Fabrik waren, standen nur alte Frauen und Kinder mit ihren Altpapierfetzen an. Als Jun Do dran war, sah er, dass der Abfalleimer voll mit zerknüllten Seiten aus der *Rodong Sinmun* war – die Zeitung zu zerreißen war verboten, und sich den Hintern damit abzuwischen erst recht.

Es war eine lange Sitzung. Schließlich schöpfte er zwei Löffel Wasser in die Toilette. Beim Hinausgehen hielt ihn eine alte Frau in der Schlange fest. »Du bist doch der, der im Haus vom Fabrikdirektor wohnt«, sagte sie.

»Stimmt«, erwiderte Jun Do.

»Niederbrennen sollte man das«, sagte sie.

Als er zurückkam, war die Wohnungstür offen. Der Alte, der ihn verhört hatte, stand im Zimmer und hielt die Nikes in der Hand. »Was um alles in der Welt habt ihr hier auf dem Dach?«, fragte er.

»Hunde«, antwortete Jun Do.

»Schmutzige Tiere. Du weißt ja bestimmt, dass die in

Pjöngjang verboten sind. Und das ist auch gut so. Schweinefleisch schmeckt viel besser.« Er hielt die Schuhe hoch. »Was ist das hier?«

»Das sind amerikanische Schuhe«, antwortete Jun Do. »Eines Nachts hingen sie in unseren Netzen.«

»Was du nicht sagst. Und was macht man damit?«

Schwer zu glauben, dass ein Verhörspezialist aus Pjöngjang noch nie anständige Sportschuhe zu Gesicht bekommen hatte. Vorsichtshalber sagte Jun Do: »Ich glaube, die sind zum Rennen.«

»Stimmt, davon habe ich gehört«, erwiderte der Alte. »Den Amerikanern macht es Spaß, sinnlose Anstrengungen zu vollführen.« Er zeigte auf das Sendegerät. »Und das da?«

»Das ist von meiner Arbeit«, antwortete Jun Do. »Ich muss das Gerät reparieren.«

»Schalt es an.«

»Es ist nicht fertig.« Jun Do zeigte auf die Schüssel mit den Einzelteilen. »Und eine Antenne hat es auch nicht.«

Der Alte stellte die Schuhe zurück und trat ans Fenster. Die Sonne stand hoch am Morgenhimmel; obwohl das Wasser so tief war, schimmerte es in diesem Licht hellblau.

»Was für eine Aussicht«, sagte er. »Das könnte ich mir ewig angucken.«

»Ja, das Meer ist großartig.« Jun Do ging auf Nummer sicher.

»Wenn man da unten auf den Anleger ginge und seine Angel ins Wasser hielte, würde man da was fangen?«, fragte der Alte.

Wenn man wirklich etwas fangen wollte, musste man die Angel ein Stück weiter südlich reinhalten, wo Fischinnereien aus den Abflussrohren der Konservenfabrik ins Meer flossen, aber Jun Do sagte: »Ja, bestimmt.«

»Und in Wŏnsan«, sagte der Alte. »Da gibt es doch Strände, oder?«

»Ich war noch nie da«, antwortete Jun Do. »Aber vom Schiff aus haben wir Sandstrand gesehen.«

»Da«, sagte der Alte. »Das habe ich dir mitgebracht.« Er überreichte Jun Do eine purpurrote Samtschatulle. »Das ist deine Heldenmedaille. Ich könnte sie dir jetzt anstecken, aber ich merke schon, dass du kein Medaillentyp bist. Das gefällt mir an dir.«

Jun Do klappte das Kästchen nicht auf.

Der Alte sah wieder zum Fenster hinaus. »Wenn man in dieser Welt überleben will, muss man die meiste Zeit ein Feigling sein, aber einmal auch ein Held.« Er lachte. »Zumindest hat das mal ein Typ zu mir gesagt, als ich ihn windelweich geprügelt habe.«

»Ich will nur zurück auf mein Schiff«, sagte Jun Do.

Der Alte musterte Jun Do. »Sieht so aus, als wäre dein Hemd vom Salzwasser eingegangen«, sagte er. Er zog Jun Do den Ärmel hoch, um sich seine Wundnähte anzusehen, die immer noch rote Ränder hatten und an den Enden nässten.

Jun Do zog den Arm weg.

»Immer schön mit der Ruhe, Tiger. Du hast noch jede Menge Zeit zum Fischen. Erst mal müssen wir den Amerikanern zeigen, was eine Harke ist. Angeblich gibt es schon einen Plan. Du musst also bald wieder vorzeigbar aussehen. Momentan sieht es eher so aus, als hätten die Haie gewonnen.«

»Sie spielen mit mir, oder?«

Der Alte lächelte. »Wie meinst du das?«

»Dass Sie mir Fragen nach Wŏnsan stellen, wo doch jeder Idiot weiß, dass da keine Pensionäre sind. An dem Strand machen nur die Militärobersten Urlaub, das weiß doch jeder. Warum sagen Sie nicht einfach, was Sie von mir wollen?«

Ein unsicherer Ausdruck huschte über das Gesicht des alten Vernehmungsbeamten, schließlich lächelte er. »Na, na«, sagte er, »ich soll dich aus dem Konzept bringen, nicht umgekehrt.« Er lachte. »Aber ganz im Ernst. Wir sind beide staatlich anerkannte Helden. Wir sitzen im selben Boot. Wir haben den Auftrag, es den Amerikanern heimzuzahlen, die dir das angetan haben. Als Erstes muss ich allerdings wissen, ob du irgendwelchen Ärger mit dem Kapitän hattest. Wir wollen keine üblen Überraschungen.«

»Ärger?« fragte Jun Do. »Nein, natürlich nicht.«

Der Alte sah zum Fenster hinaus. Die halbe Fischereiflotte war ausgelaufen, aber die Netze der *Junma* waren über den Kai zum Trocknen ausgebreitet, damit sie später geflickt werden konnten.

»Na, dann ist ja gut. Vergiss es. Ich glaub's dir, wenn du sagst, dass du ihn nicht verärgert hast.«

»Der Kapitän ist wie ein Vater für mich«, erwiderte Jun Do. »Spucken Sie's aus, wenn Sie was über ihn zu sagen haben.«

»Ach, nichts. Er war bloß bei mir und hat mich gefragt, ob du nicht auf ein anderes Boot versetzt werden könntest.«

Jun Do starrte ihn fassungslos an.

»Er hat gesagt, dass er die Nase voll hat von Helden, dass er nicht mehr viele Jahre hat und er einfach seine Arbeit tun und Fische fangen will. Ich würde mich nicht drüber aufregen – der Kapitän ist zuverlässig, arbeitet hart, aber wenn man älter wird, dann ist man einfach nicht mehr so flexibel. Habe ich schon oft gesehen.«

Jun Do setzte sich. »Es ist wegen seiner Frau«, sagte er. »Das muss es sein. Das habt ihr ihm angetan. Ihr habt ihm seine Frau weggenommen.«

»Das bezweifle ich. Ich kenne den Fall nicht, aber sie war

schon alt, oder? Es ist ja nicht so, als würden die Ersatzmänner nach einer alten Frau schreien. Der Kapitän kam ins Gefängnis, und sie hat ihn verlassen, so sieht das für mich aus. Wie der Geliebte Führer so gerne sagt: *Die einfachste Antwort ist normalerweise die richtige.*«

»Und die Frau des Zweiten Maats – ist das einer von Ihren Fällen?«

»Ein hübsches Mädchen. Die wird's noch zu was bringen. Um die brauchst du dir keine Sorgen zu machen. Hunde werden ihr nicht mehr über dem Kopf rumtraben, das ist schon mal klar.«

»Was wird aus ihr?«

»Ich glaube, ein Lagerkommandant in Sinpo steht oben auf der Liste, und in Chongwang gibt es einen pensionierten Parteikader, der sie unbedingt haben will.«

»Ich dachte, Mädchen wie sie würden nach Pjöngjang geschickt.«

Der Alte legte den Kopf schief. »Sie ist keine Jungfrau mehr«, sagte er schließlich. »Außerdem ist sie schon zwanzig und starrköpfig. Die meisten Mädchen, die nach Pjöngjang gehen, sind siebzehn – die haben gelernt zu spuren. Aber was kümmert's dich? Du willst sie ja nicht etwa selbst haben, oder?«

»Nein, nein, ganz und gar nicht«, erwiderte Jun Do.

»Das würde zu einem Helden nämlich nicht so gut passen. Wenn du ein Mädchen willst, können wir dir ein Mädchen besorgen. Aber die Frau eines gefallenen Kameraden, das wird nicht gern gesehen.«

»Ich sag ja gar nicht, dass ich ein Mädchen will«, antwortete Jun Do. »Aber ich bin ein Held. Ich habe gewisse Rechte.«

»Privilegien«, korrigierte ihn der Alte. »Den einen oder anderen Anspruch darfst du anmelden.«

*

Den ganzen Tag lang bastelte er an dem Sendegerät. Am Fenster war das Licht gut. Er klopfte das Ende eines Drahts flach, um ihn als Uhrmacherschraubenzieher zu benutzen, und schmolz die dünnen Drähte aus Lötzinn über einer Kerzenflamme. Außerdem konnte er durchs Fenster den Kapitän im Auge behalten, der auf Deck auf- und ablief.

Gegen Abend kam sie strahlend und in bester Stimmung nach Hause.

»Wie ich sehe, funktioniert doch noch irgendwas an dir«, sagte sie.

»Wenn ich keine Fische zum Angucken habe, kann ich nicht im Bett liegen bleiben. Die waren wie ein Mobile.«

»Das würde ja einen schönen Eindruck machen«, sagte sie. »Wenn ich mit einem Koffer voller Fisch in Pjöngjang aufkreuzen würde.« Sie strich sich die Haare zurück, sodass ein neues Paar Ohrringe aus schmalen Goldkettchen zu sehen war. »Kein schlechtes Geschäft, oder? Jetzt muss ich mir die Haare hochstecken, damit man die Ohrringe auch schön sieht.«

Sie betrachtete den Sender. »Und, funktioniert's?«

»Ja«, sagte er. »Ja, ich habe mir eine Antenne gebastelt. Aber wir müssen sie auf dem Dach installieren, bevor der Strom ausgeht.«

Sie schnappte sich die Nikes.

»Gut. Aber erst muss ich noch was erledigen.«

Langsam stiegen sie hinunter in die sechste Etage, kamen an Wohnungen vorbei, in denen Familien laut stritten, aber in den meisten war es unheimlich still. In diesem Stockwerk waren Wahlsprüche des Geliebten und des Großen Führers an die Wände gepinselt, daneben Bilder von Kindern, die aus den Liederbüchern der Revolution sangen, Bauern mit erhobenen Sicheln, die eine Pause von ihrer reichen Ernte einlegten und sinnend in das reine Licht immerwährender Weisheit blickten.

Die Frau des Zweiten Maats klopfte an eine Tür, wartete einen Augenblick und trat dann ein. Die Fenster waren mit Packpapier verklebt, und es stank käsig nach Muff, wie in den DMZ-Tunneln. Im Zimmer saß ein Mann auf einem Plastikstuhl und hatte seinen verbundenen Fuß auf einen Hocker hochgelegt. Dem Verband war anzusehen, dass keine Zehen darin Platz hatten. Er hatte einen Blaumann aus der Konservenfabrik an; auf dem Namensaufnäher stand »Arbeitsgruppenleiter Gun«. Guns Augen leuchteten auf, als er die Turnschuhe sah. Er streckte die Hände danach aus, drehte sie um, roch daran.

»Kannst du mir mehr davon besorgen?«, fragte er.

»Eventuell«, antwortete sie. Auf einem Tisch stand eine Schachtel etwa von der Größe eines großen Schuhkartons. »Das ist es?«

»Ja«, sagte er, die Nikes bestaunend. Dann zeigte er auf die Schachtel. »Du weißt hoffentlich, dass das nicht einfach zu besorgen war – kommt direkt aus dem Süden.«

Sie klemmte den Karton unter den Arm, ohne hineinzuschauen.

»Und was will dein Freund?«, fragte Gun.

Jun Do sah sich in dem Zimmer um: die Kisten mit seltsamen chinesischen Schnäpsen, die Altkleiderballen, die Drähte, die aus der Wand hingen, wo früher einmal der Lautsprecher gewesen war. In einem Vogelkäfig drängelten sich Kaninchen. »Ich brauche nichts.«

»Ah. Ich habe aber gefragt, was du *willst*«, sagte Gun und lächelte zum ersten Mal. »Komm, ich schenk dir was. Ich glaube, ich habe einen Gürtel, der dir passen müsste.« Er versuchte, an eine Plastiktüte auf dem Boden heranzukommen, die voll alter Gürtel war.

»Nicht nötig«, wehrte Jun Do ab.

Die Frau des Zweiten Maats sah ein Paar Schuhe, das ihr gefiel. Sie waren schwarz und so gut wie neu. Während sie sie anprobierte, warf Jun Do einen Blick in die vielen Kisten. Gun verkaufte russische Zigaretten und Pillenbeutelchen mit handgeschriebenen Etiketten; eine Schale war voller Sonnenbrillen. Jun Do sah einen Turm aus Bratpfannen in Familiengröße – ihre Griffe zeigten in lauter verschiedene Richtungen, und irgendwie fand er den Anblick traurig.

Auf einem kleinen Regal entdeckte er seine Englisch-Wörterbücher. Er las seine alten Randbemerkungen und musste daran denken, wie unmöglich ihm einst idiomatische Wendungen wie »Trockenlauf« oder »Knapp daneben ist auch vorbei« vorgekommen waren. Als er ein bisschen weiterstöberte, fand er den Dachshaarrasierpinsel, der eigentlich dem Kapitän gehörte. Jun Do mochte es dem Zweiten Maat nicht übelnehmen, dass er diese persönlichen Dinge hatte mitgehen lassen, aber als er sich zur Frau des Zweiten Maats umdrehte, die die schwarzen Schuhe im Spiegel betrachtete, war es ihm auf einmal wichtig, ob sie von ihrem Mann oder von ihr hier verhökert worden waren.

»Ich nehme sie«, sagte sie.

»Sehen richtig gut aus«, sagte Gun. »Das Leder ist aus Japan, beste Qualität. Wenn du mir noch ein Paar Turnschuhe bringst, sind wir im Geschäft.«

»Nein«, erwiderte sie. »Die Nikes sind viel zu kostbar. Wenn ich das nächste Paar habe, dann sehen wir, ob du sie aufwiegen kannst.«

»Wenn du das nächste Paar kriegst, bringst du's mir. Abgemacht.«

»Abgemacht«, sagte sie.

»Gut«, sagte er. »Du kannst die Schuhe mitnehmen, dann schuldest du mir was.«

»Ich schulde dir was«, bestätigte sie.

»Mach das nicht«, sagte Jun Do.

»Ich habe keine Angst«, sagte sie.

»Gut«, sagte Gun. »Wenn du mir einmal nützlich sein kannst, dann hol ich dich, und dann sind wir quitt.«

Sie klemmte den Karton unter den Arm und wandte sich zur Tür. Beim Hinausgehen erblickte Jun Do etwas auf einem Tischchen und nahm es in die Hand. Es war eine Taschenuhr an einer kurzen Kette. Der Waisenhausaufseher hatte so eine Uhr gehabt und damit das Kinderleben kontrolliert, vom Morgengrauen bis zum Licht-aus, hatte genau die Zeit im Blick behalten, wenn er die Kinder zum Reinigen von Kloakenbehältern auslieh oder zum Leeren von Ölauffangbehältern in tiefen Schächten, in die man sie mit Seilen hinunterließ. Jeder Augenblick wurde von dieser Uhr bestimmt; den Jungen sagte er nie, wie viel Uhr es war, aber sie konnten an seinem Gesichtsausdruck ablesen, welche Aufgaben anstanden, bis er das nächste Mal auf die Uhr sah.

»Nimm die Uhr ruhig mit«, sagte Gun. »Ich hab sie von einem alten Mann, der sagte, sie sei ein Leben lang perfekt gelaufen.«

Jun Do legte die Uhr wieder hin. Als die Tür sich hinter ihnen geschlossen hatte und sie wieder auf dem Flur standen, fragte er: »Was ist Gun zugestoßen?«

»Er hat sich letztes Jahr den Fuß verletzt, eine Dampfdruckleitung, irgend so was.«

»Letztes Jahr?«

»Die Wunde verheilt einfach nicht, hab ich vom Vorarbeiter gehört.«

»Du hättest nicht diesen Handel mit ihm abschließen sollen«, sagte Jun Do.

»Wenn er kommt, um seine Schulden einzutreiben, bin ich längst weg«, erwiderte sie.

Jun Do sah sie an. In diesem Augenblick tat sie ihm wirklich leid. Er dachte an die Männer, die sie haben wollten, den Lagerkommandanten in Sinpo und den alten Parteiboss in Chongwang – Männer, die sicher schon alles für ihre Ankunft vorbereiteten. Ob sie ein Foto von ihr gesehen oder ihre Geschichte erfahren hatten? Oder ob sie nur die tragische Nachricht aus dem Lautsprecher gehört hatten, dass ein Held den Haien zum Opfer gefallen war und eine schöne, junge Frau hinterlassen hatte?

Im Treppenhaus stiegen sie die endlosen Stockwerke hoch bis zum Dach, stießen die Brandschutztür auf und traten hinaus in das sternenbeschienene Dunkel. Die Hunde liefen frei herum und beäugten sie nervös. In der Dachmitte war ein Verschlag aus Fliegengitter, damit keine Insekten an das Hundefleisch kamen, das mit grobem Salz und grünem Pfeffer eingerieben zum Trocknen in der Seeluft hing.

»Schön ist es hier oben«, sagte er.

»Manchmal komme ich zum Nachdenken hier rauf«, sagte sie. Sie blickte hinaus übers Wasser. »Wie ist es da draußen?«, wollte sie wissen.

»Wenn man das Land nicht mehr sieht«, sagte er, »dann könnte man irgendjemand sein, von irgendwo. Als hätte man keine Vergangenheit. Alles da draußen ist unvorhersehbar, jeder Tropfen Gischt, der aufs Deck spritzt, jeder Vogel, der aus dem Nichts auftaucht. Über Funk sagen die Leute Sachen, die du dir nicht vorstellen kannst. Hier dagegen ist alles vorhersehbar.«

»Ich kann's kaum abwarten zu hören, was aus deinem Radio kommt«, sagte sie. »Kriegst du die Popsender aus Seoul rein?«

»So ein Radio ist das nicht«, wiegelte er ab und steckte die Antenne durch den Maschendraht des Welpengeheges, was die kleinen Hunde in Panik versetzte.

»Das kapiere ich nicht.«

Jun Do warf das Antennenkabel so über den Dachüberstand, das sie es unten vom Fenster aus hereinholen konnten. »Dieses Radio empfängt nichts«, sagte er. »Es ist ein Sender.«

»Wozu?«

»Wir müssen eine Nachricht senden.«

Zurück in der Wohnung, schloss er mit flinken Fingern das Antennenkabel und ein kleines Mikrofon an. »Ich hatte einen Traum«, sagte er zu ihr. »Es klingt sicher komisch, aber ich habe geträumt, dein Mann hätte ein Funkgerät, er würde auf einem Floß sitzen und hinaus aufs glitzernde Meer treiben, das hell wie tausend Spiegel ist.«

»Aha«, sagte sie.

Jun Do stellte das Sendegerät an, und sie starrten beide auf den rötlichgelben Schein des Leistungsmessers. Er justierte die Frequenz auf 63 Megahertz und drückte die Sendetaste: »Dritter Maat an Zweiter Maat, Dritter Maat an Zweiter Maat, bitte kommen.« Jun Do wiederholte das, obwohl er wusste, dass der Zweite Maat ebenso wenig antworten konnte wie er ihn empfangen. Schließlich sprach er ins Mikrofon: »Ich weiß, dass du dort draußen bist, mein Freund. Du darfst nicht verzweifeln.« Jun Do hätte ihm erklären können, wie man einen einzelnen Kupferfaden von den Batteriekontakten abwickelt und das Drähtchen dann mit beiden Polen verbindet, wobei es sich so stark erhitzt, dass er sich daran eine Zigarette anzünden konnte. Jun Do hätte dem Zweiten Maat erläutern können, wie man sich aus den Spulen im UKW-Empfänger einen Kompass basteln kann oder dass der Kondensator in eine Folie gewickelt ist, mit der er wie mit einem Spiegel Notsignale senden konnte.

Doch was der Zweite Maat wirklich zum Überleben brauchte, war das Wissen, wie man Einsamkeit erträgt und das Unbekannte aushält – damit kannte Jun Do sich ziemlich gut aus. »Schlaf tagsüber«, sagte Jun Do. »Nachts wird dein Kopf klar. Wir haben zusammen zu den Sternen aufgeschaut – zeichne jede Nacht ihren Stand auf. Wenn sie an der richtigen Stelle stehen, ist alles in Ordnung. Stell dir grundsätzlich nur die Zukunft vor, nie die Vergangenheit oder Gegenwart. Versuche nicht, dir Gesichter ins Gedächtnis zu rufen – du verzweifelst nur, wenn sie nicht klar werden. Wenn du aus weiter Ferne Besuch bekommst, dann sind das keine Gespenster. Behandle sie wie deine Verwandten, als Gäste, sei nett und stell ihnen Fragen.«

Jun Do fuhr fort: »Du brauchst ein Ziel. Der Kapitän hatte das Ziel, uns sicher nach Hause zu bringen. Dein Ziel muss es sein, stark zu bleiben, damit du das Mädchen retten kannst, das im Dunkeln rudert. Sie steckt in Schwierigkeiten und braucht deine Hilfe. Du bist der Einzige, der ihr helfen kann. Suche nachts den Horizont ab und halte Ausschau nach Lichtern und Leuchtkugeln. Du musst sie retten. Ich habe es nicht geschafft.

Es tut mir leid, dass ich dich im Stich gelassen habe. Ich sollte auf dich aufpassen, aber ich habe versagt. Du warst ein echter Held. Du hast uns alle gerettet, als die Amerikaner kamen, aber als du uns gebraucht hast, waren wir nicht für dich da. Irgendwie werde ich das eines Tages alles wieder gutmachen.«

Jun Do beendete seine Durchsage, und die Nadel an der Anzeige sackte nach unten.

Die Frau des Zweiten Maats starrte ihn an. »Das muss ja ein schrecklich deprimierender Traum gewesen sein. Das war bestimmt die traurigste Nachricht, die je ein Mensch einem anderen geschickt hat.« Als Jun Do nickte, fragte sie: »Und wer ist das Mädchen, das im Dunkeln rudert?«

»Ich weiß nicht«, antwortete er. »Sie kam in dem Traum vor.«

Er hielt ihr das Mikrofon hin.

»Ich finde, du solltest auch etwas zu ihm sagen«, sagte er.

Sie nahm es nicht in die Hand. »Das ist dein Traum, nicht meiner. Was sollte ich denn schon sagen?«, fragte sie.

»Was hättest du ihm gesagt, wenn du gewusst hättest, dass du ihn nie wiedersehen würdest?«, fragte er. »Du brauchst ja nicht unbedingt zu reden. Ich weiß, dass er dich sehr gern singen gehört hat.«

Jun Do ließ sich auf die Knie sacken und rollte sich zurück auf die Pritsche. Als er auf dem Rücken lag, atmete er mehrmals tief durch. Er versuchte, das Hemd auszuziehen, schaffte es aber nicht allein.

»Hör nicht hin«, bat sie ihn.

Er steckte sich die Finger in die Ohren, ein Gefühl, als trage er Kopfhörer, und sah, wie ihre Lippen sich bewegten. Sie sagte nur ganz wenig, den Blick zum Fenster hinaus gerichtet, und als er erkannte, dass sie sang, nahm er die Finger aus den Ohren und ließ sich vom Klang ihres Schlafliedes einlullen:

Die Katze in der Wiege, das Baby im Baum,
Die Vögel, sie zetern, sie glauben es kaum.
Papa ist im Tunnel, ein Sturmwind naht,
Wohl dem, der jetzt eine Mama hat.
Sie kommt mit der Schürze, sie breitet sie aus,
Das Kind lässt sich fallen, sie gehen nach Haus.

Ihre Stimme war klar und ungekünstelt. Alle kannten Wiegenlieder, aber er? Woher kannte er welche? Waren ihm jemals welche vorgesungen worden, als er noch so klein war, dass er sich nicht daran erinnerte?

Als die Frau des Maats fertig war, schaltete sie das Gerät ab. Bald würde das Licht ausgehen, und sie zündete eine Kerze an. Als sie sich neben ihn setzte, leuchtete etwas in ihren Augen. »Das hat gut getan.« Sie seufzte. »Ich fühle mich schon viel leichter.«

»Du hast schön gesungen. Das kenne ich, das Wiegenlied.«

»Natürlich, jeder kennt das«, sagte sie. Sie legte die Hand auf den Karton. »Jetzt schleppe ich das die ganze Zeit mit mir herum, und du hast gar nicht gefragt, was darin ist.«

»Dann zeig's mir«, erwiderte er.

»Mach die Augen zu«, sagte sie.

Er gehorchte. Als Erstes hörte er den Reißverschluss ihres Fabrikarbeiter-Overalls, dann, wie sie die Schachtel öffnete, dann das Rascheln steifen Satins, ein Wispern, als sie hineinstieg und der Stoff an ihren Beinen hochglitt, dann ein Flüstern, als er um ihren Körper wippte, die Schlangenbewegung, als er zurechtgerückt wurde, und schließlich das nahezu unhörbare Geräusch, als sie mit den Armen in die Ärmel schlüpfte.

»Jetzt darfst du gucken«, sagte sie, aber er wollte nicht. In seiner Vorstellung sah er ihre Haut aufblitzen, ganz entspannt, weil sie sich unbeobachtet wähnte. Sie vertraute ihm vollständig, und er wünschte, das würde nie zu Ende gehen.

Sie kniete sich wieder neben ihn, und als er die Augen schließlich öffnete, sah er, dass sie ein schimmerndes gelbes Kleid trug.

»So was tragen die im Westen«, sagte sie.

»Du bist wunderschön«, sagte er zu ihr.

»Komm, ich zieh dir das Hemd aus.«

Sie schob ihr Bein über ihn, und der Saum des gelben Kleids verhüllte seinen Rumpf. Sie hockte mit gespreizten Beinen über ihm und zog ihn an den Armen hoch. Sie fasste nach seinem Hemd, und als die Schwerkraft ihn wieder nach hinten zog, glitt er heraus.

»Von hier aus kann ich die Ohrringe sehr gut sehen«, sagte er.

»Dann brauche ich mir vielleicht doch nicht die Haare abzuschneiden.«

Er blickte zu ihr hoch. Auf ihrem schwarzen Haar glänzte das Gelb des Kleides.

Sie fragte ihn: »Und warum bist du nicht verheiratet?«

»Schlechter *Songbun*.«

»Oh. Hat jemand deine Eltern denunziert?«

»Nein«, antwortete er. »Die Leute glauben, ich wäre Waise.«

»Puh, wie übel«, entfuhr es ihr, und sie hielt sich sofort den Mund zu. »Oh, tut mir leid, das war nicht nett, wie ich das gesagt habe.«

Jun Do zuckte nur die Achseln.

Sie sagte: »Du hast eben gesagt, mein Mann sollte das Mädchen retten, das durch deine Träume rudert.«

»Das habe ich nur gesagt, damit er stark bleibt und ein Ziel vor Augen hat«, erwiderte Jun Do. »Eigentlich gibt es immer nur ein einziges Ziel: zu überleben.«

»Mein Mann lebt nicht mehr, oder? Das würdest du mir doch sagen, stimmt's?«

»Ja, würde ich«, sagte Jun Do. »Er lebt nicht mehr.«

Sie sah ihm in die Augen.

»Konnte das jeder hören, mein Wiegenlied, das ich im Radio gesungen habe?«

»Alle auf dem Ostmeer.«

»Und in Pjöngjang, konnten sie das da auch hören?«

»Nein«, sagte er. »Das ist zu weit weg, zu viele Berge dazwischen. Übers Wasser reicht das Signal weiter.«

»Aber alle, die da draußen zugehört haben?«, beharrte sie.

»Genau. Schiffsführer, Leuchtturmwärter, Matrosen, die haben dich alle gehört. Und er hat dich auch gehört, ganz bestimmt.«

»In deinem Traum?«

»Genau, in meinem Traum«, nickte Jun Do. »In dem Traum, in dem er davontreibt, ins glitzernde Licht, mit dem Radioempfänger. Das ist genauso wahr wie die Haie, die aus der schwarzen Tiefe aufstiegen und ihre Zähne in meinen Arm schlugen. Ich weiß, das eine ist die Wahrheit und das andere ist ein Traum, aber ich kann es nicht auseinanderhalten, weil mir beides so echt vorkommt. Ich weiß nicht mehr, welche Geschichte nun wahr ist.«

»Dann entscheide dich für die schöne Geschichte, die mit dem gleißenden Licht, die, in der er uns hören kann«, sagte sie. »Das ist die wahre Geschichte. Nicht die schreckliche mit den Haien.«

»Aber ist es nicht noch viel schrecklicher, mutterseelenallein auf dem Meer zu treiben, abgeschnitten von der gesamten Menschheit, ohne Freunde, ohne Familie, ohne Ziel, mit nichts als einem Radioempfänger zum Trost?«

Sie berührte seine Wange. »Das bist du, oder?«, sagte sie. »Du erzählst mir gerade deine Geschichte, stimmt's?«

Jun Do starrte sie an.

»Du armer Junge«, tröstete sie ihn. »Armer kleiner Junge. Das muss alles nicht so sein. Komm aus dem Wasser, komm heraus, das Leben kann auch anders sein! Du brauchst kein Radio, ich bin ja bei dir. Du musst nicht einsam bleiben.«

Sie beugte sich vor und küsste ihn zärtlich auf die Stirn und auf beide Wangen, dann richtete sie sich auf und betrachtete ihn. Sie streichelte ihm die Hand. Als sie sich wieder vorbeugte, als wolle sie ihn küssen, hielt sie inne und starrte auf seine Brust.

»Was ist denn?«, fragte er.

»Ach, nichts«, sagte sie und hielt sich den Mund zu.

»Doch, sag's mir.«

»Ach, nur dass ich gewohnt bin, auf meinen Mann hinunterzugucken und mein eigenes Gesicht über seinem Herzen zu sehen. Ich habe nie etwas anderes gekannt.«

*

Als am Morgen das Sirenensignal einen weiteren Heldentag der Arbeit ankündigte und die Lautsprecher den gesamten Wohnblock mit ihrem Summen erfüllten, stiegen die beiden aufs Dach, um die Antenne wieder abzumontieren. Die Wasserfläche lag hell und glanzlos in der Frühmorgensonne da, die noch nicht so heiß war, als dass sie Fliegen oder den Gestank des Hundekots hervorgelockt hätte. Die Hunde, die den ganzen Tag lang zu geifern und nach einander zu schnappen schienen, lagen in der kühlen Morgenluft dicht beieinander und übereinander, das Fell weiß vom Tau.

Die Frau des Zweiten Maats setzte sich auf die Dachkante und ließ die Beine herunterbaumeln. Jun Do setzte sich neben sie, schloss aber beim Anblick des zehn Stockwerke unter ihnen liegenden Hofs kurz die Augen.

»Sehr viel länger kann ich mich nicht mehr vor der Arbeit drücken«, sagte sie. »Die Ausrede mit der Trauerzeit zieht nicht mehr. Ich kriege garantiert eine Selbstkritiksitzung aufgebrummt und muss wieder mein volles Plansoll erfüllen.«

Unter ihnen zog ein nicht abreißender Strom von Arbeitern in Overalls über den Hof; sie kreuzten den Fischkarrenpfad, passierten das Haus des Konservenfabrikdirektors und gingen durch das Tor in die Fischfabrik.

»Die gucken nie hoch«, sagte sie. »Immer sitze ich hier

oben und schaue auf sie hinunter. Noch nie hat einer hochgeguckt und mich hier erwischt.«

Jun Do nahm all seinen Mut zusammen und schaute hinunter; es war ganz anders, als in die Tiefen des Ozeans zu blicken. Dreißig Meter Luft oder Wasser – umbringen würde einen beides, aber das Wasser trug einen ganz sanft in neue Sphären.

Mittlerweile konnte man kaum noch in Richtung See schauen, weil die Sonne so unglaublich hell auf dem Wasser blitzte. Der Frau des Zweiten Maats war nicht anzumerken, ob das Gleißen sie an Jun Dos Traum von ihrem Mann erinnerte. Die *Junma* ließ sich leicht zwischen den anderen Schiffen ausmachen, da selbst kleine Heckwellen vorbeifahrender Boote sie von Bug bis Heck zum Schaukeln brachten. Bald würde sie wieder auslaufen, die Netze waren zurück an Bord. Wenn Jun Do die Augen zukniff und mit der Hand beschattete, konnte er eine Gestalt an der Reling erkennen, die hinunter ins Wasser blickte. Außer dem Kapitän starrte keiner so ins Wasser.

Ein schwarzer Mercedes kam sehr langsam über den schmalen Fischkarrenpfad und das Gras im Hof geholpert. Er hielt unten vor dem Haus an, zwei Männer in blauen Anzügen stiegen aus.

»Ich fasse es nicht«, sagte sie. »Es ist tatsächlich so weit.«

Die Männer beschatteten ihre Augen und starrten hoch zum Wohnblock.

Das Knallen der zuschlagenden Wagentüren weckte die Hunde; sie schüttelten sich. Die Frau wandte sich Jun Do zu. »Es ist so weit!« Sie eilte in Richtung Eisentür und Treppenhaus davon.

Als Allererstes zog sie ihr gelbes Kleid an, und diesmal brauchte Jun Do nicht die Augen zuzumachen. Sie rannte in der Einzimmerwohnung umher und warf Dinge in ihren Koffer.

»Ich kann's nicht fassen, dass sie schon da sind«, sagte sie. Sie sah sich mit einem Gesichtsausdruck im Zimmer um, als fiele ihr partout nicht ein, was sie wirklich einpacken musste. »Ich bin noch nicht so weit. Ich habe mir noch nicht die Haare schneiden lassen. Ich bin noch lange nicht so weit!«

»Mir ist nicht egal, was aus dir wird«, sagte Jun Do. »Ich kann nicht zulassen, dass sie dir so was antun.«

Sie holte Kleidungsstücke aus einer Kommode. »Sehr lieb von dir«, sagte sie. »Du bist lieb, aber das hier ist meine Zukunft, ich muss gehen.«

»Du musst dich verstecken«, redete Jun Do auf sie ein. »Vielleicht können wir dich zu deinem Vater bringen. Er weiß bestimmt, was zu tun ist.«

»Bist du verrückt?«, fragte sie. »Er ist schuld daran, dass ich hier festsitze.«

Sie drückte ihm einen Stoß Wäsche in die Hand.

»Es gibt noch was, was ich dir hätte sagen sollen«, meinte er.

»Was denn?«

»Der alte Verhörspezialist. Er hat die Männer beschrieben, die sie für dich ausgesucht haben.«

»Was für Männer?«

»Deine Ersatzehemänner.«

Sie hörte auf zu packen. »Es gibt mehr als einen?«

»Der eine ist Lagerkommandant in Sinpo. Der andere ist alt, ein pensionierter Parteifunktionär unten in Chongwang. Der Verhörspezialist wusste nicht, welcher von beiden dich kriegt.«

Sie blickte ihn verwirrt an. »Da muss ein Missverständnis vorliegen.«

»Wir schaffen dich einfach hier raus«, sagte er. »Dann gewinnst du ein bisschen Zeit, bis sie wiederkommen.«

»Nein«, sagte sie und fixierte ihn mit ihrem Blick. »Du kannst doch etwas tun, du bist ein Held, du hast Einfluss. Dir können sie nichts ausschlagen.«

»Ich glaube nicht, dass es so läuft«, erwiderte er.

»Sag ihnen, sie sollen verschwinden, weil du mich heiratest.«

Es klopfte an der Tür.

Sie hielt seinen Arm fest. »Sag ihnen, dass du mich heiratest«, wiederholte sie.

Er blickte in ihr Gesicht, das so verletzlich aussah – so hatte er sie noch nie gesehen.

»Du willst mich nicht heiraten«, sagte er.

»Du bist ein Held. Und ich bin die Frau eines Helden. Du brauchst nur zu mir zu kommen.« Sie fasste den Saum ihres Kleides und hielt den Rock vor sich auf wie eine Schürze. »Du bist das Kindlein im Baum, vertrau mir, spring.«

Er ging an die Tür, zögerte aber, bevor er öffnete.

»Du hast von der Bestimmung meines Mannes gesprochen«, sagte sie. »Was ist mit deiner? Was ist, wenn ich deine Bestimmung bin?«

»Ich weiß nicht, ob ich eine Bestimmung habe«, antwortete er. »Aber dein Ziel, das kennst du doch ganz genau – das ist Pjöngjang, und nicht ein kleiner Funker aus Kinjye. Unterschätz dich nicht – du kommst immer irgendwie durch.«

»So wie du?«, fragte sie.

Er sagte nichts.

»Weißt du, was du bist?«, sagte sie. »Du bist ein Überlebenskünstler, der nichts hat, wofür es sich zu leben lohnt.«

»Und was wäre dir lieber – dass ich für etwas sterbe, das mir wichtig ist?«

»Mein Mann hat das getan«, antwortete sie.

Die Tür wurde gewaltsam von außen geöffnet. Es waren die beiden Männer von unten. Die vielen Stufen hatten ihnen offenbar zugesetzt. »Pak Jun Do?«, fragte der eine, und als Jun Do nickte, sagte der Mann: »Sie müssen mitkommen.«

Der andere fragte: »Haben Sie einen Anzug?«

DIE MÄNNER IM ANZUG fuhren mit Jun Do an den Fabrikgleisen entlang, dann bogen sie auf eine Armeestraße ein, die sich hoch in die Berge über Kinjye schlängelte. Jun Do drehte sich um und blickte zur Heckscheibe hinaus. Ab und an erhaschte er einen Blick zurück auf die Stadt: schaukelnde Boote im blauen Hafen, glänzende Keramikziegel auf dem Dach des Konservenfabrikdirektors. Kurz blitzte der rote Turm zum Gedenken an den 15. April auf. Der Ort sah auf einmal wie eines der fröhlichen Dörfer aus, die die Wände der Lebensmittelausgabestellen zierten. Als sie die Bergkuppe hinter sich ließen, war nur noch die Dampfwolke von der Konservenfabrik zu sehen, ein letztes Aufblitzen des Ozeans, dann nichts mehr. Das wahre Leben hatte ihn wieder – man hatte ihn für eine neue Aufgabe eingeteilt, und Jun Do machte sich keine Illusionen darüber, was das bedeuten mochte. Er drehte sich wieder zu den beiden Anzugträgern um. Sie redeten über einen kranken Kollegen und spekulierten, ob er wohl Nahrungsmittel bei sich im Haus gehortet hatte und wer die Wohnung bekommen würde, wenn er starb.

Der Mercedes hatte Wischerblätter in den Scheibenwischern. So etwas hatte Jun Do noch nie gesehen, und das Radio war serienmäßig – man konnte damit Sender aus Südkorea und *Voice of America* empfangen. Allein für den Besitz eines solchen Radios konnte man im Gefängnisbergwerk landen, außer man stand über dem Gesetz. Als die Männer sprachen, fielen Jun Do ihre Goldkronen auf – etwas, was es nur in Pjöngjang gab. Ja, dachte der frisch gekürte Held, ihm mochte die scheußlichste Aufgabe seines Lebens bevorstehen.

Die beiden fuhren Jun Do ins Landesinnere zu einem verlassenen Fliegerhorst. Einige der Hangars waren zu Gewächshäusern umgebaut worden, und ringsum waren ramponierte Transportflugzeuge vom Asphalt in die Wiesen geschoben worden. Kreuz und quer lagen sie im Gras, und die Flugzeugrümpfe wurden jetzt für die Straußenzucht verwendet – durch die verschmierten Cockpitfenster blickten die Vögel ihn mit ihren großen Augen an. Der Wagen hielt vor einer kleinen Verkehrsmaschine mit laufenden Triebwerken. Zwei Männer in blauen Anzügen stiegen die Treppe herunter. Der eine war ein zierlicher, älterer Mann – wie ein Großvater, der sich die Ausgehkleidung seines Enkels geliehen hatte. Er warf einen Blick auf Jun Do und drehte sich zu dem anderen um.

»Wo ist sein Anzug?«, fragte der Ältere. »Ich habe Ihnen gesagt, dass er einen Anzug braucht, Genosse Buc.«

Genosse Buc war jung und schlank und trug eine Nickelbrille. Seine Kim-Il-Sung-Nadel saß perfekt. Über dem rechten Auge hatte er allerdings eine breite, senkrecht verlaufende Narbe: Seine Augenbraue war in zwei Stücke geteilt, die keine durchgehende Linie mehr bildeten.

»Ihr habt gehört, was Dr. Song gesagt hat«, schnauzte er die Fahrer an. »Der Mann braucht einen Anzug.«

Genosse Buc ließ den kleineren Fahrer hinter Jun Do treten und verglich ihre Schultern. Dann musste sich der größere Fahrer Rücken an Rücken mit Jun Do stellen. Als er die Schulterblätter des anderen an seinen spürte, wurde ihm auf einmal klar, dass er nie mehr zur See fahren würde, dass er nie erfahren würde, was aus der Frau des Zweiten Maats geworden war; er würde nur das Bild vor Augen haben, wie der Saum ihres gelben Kleides von einem alten Gefängnisdirektor in Sinpo befingert wurde. Er dachte an all die Funkmeldungen, die er verpassen würde, an all die Leben, die ohne ihn weitergehen würden. Sein Leben lang war er ohne Vorwarnung oder Erklärungen zu irgendwelchen Aufgaben eingeteilt worden. Fragen zu stellen hatte keinen Sinn – an der Arbeit, die getan werden musste, änderte das doch nichts. Allerdings hatte er auch noch nie zuvor etwas zu verlieren gehabt.

Dem größeren Fahrer sagte Dr. Song: »Na los, ausziehen.«

Der Fahrer pellte sich aus der Jacke. »Der Anzug kommt aus Shěnyáng«, moserte er.

Genosse Buc beeindruckte das nicht. »Den hast du aus Hamhŭng, das weißt du ganz genau.«

Der Fahrer knöpfte die Hemdleiste und die Manschetten auf, und als er das Hemd endlich ausgezogen hatte, hielt ihm Jun Do im Gegenzug das Hemd des Zweiten Maats hin.

»Dein lausiges Hemd will ich nicht«, schnappte der Fahrer.

Bevor Jun Do das neue Hemd überziehen konnte, sagte Dr. Song: »Nicht so schnell, junger Mann. Ich will mir deinen Haibiss ansehen.« Dr. Song setzte die Brille auf und beugte sich vor. Ganz vorsichtig berührte er die Wunde und drehte Jun Dos Arm herum, um die Stiche zu betrachten.

Im Sonnenlicht sah auch Jun Do, wie gerötet die Wundnähte waren und wie sie nässten.

»Sehr überzeugend«, sagte Dr. Song.

»Überzeugend?«, fragte Jun Do. »Ich wäre beinah dabei draufgegangen.«

»Perfekt, vom Zeitpunkt her«, bestätigte Genosse Buc. »Die Fäden müssen bald gezogen werden. Soll das einer von deren Ärzten machen, oder wäre es noch dramatischer, wenn wir sie selbst ziehen?«

»Was für ein Doktor sind Sie denn?«, fragte Jun Do.

Dr. Song antwortete nicht. Seine feuchten Augen fixierten die Tätowierung auf Jun Dos Brust.

»Wie ich sehe, ist unser Held ein Kinogänger«, sagte Dr. Song. Er klopfte Jun Do mit einem Finger auf den Arm als Zeichen, dass er sich anziehen könne, und fragte ihn: »Wusstest du, dass Sun Moon die Freundin von Genosse Buc ist?«

Genosse Buc tat dem Älteren den Gefallen und lächelte. »Sie ist meine Nachbarin«, berichtete er.

»In Pjöngjang?«, fragte Jun Do. Im selben Augenblick war ihm klar, dass die anderen an der Frage sofort merken würden, was für ein Landei er war. Um seine Unwissenheit zu übertünchen, fuhr er schnell fort: »Dann kennen Sie also auch ihren Mann, Kommandant Ga?«

Dr. Song und Genosse Buc wurden auffällig still.

Doch Jun Do redete weiter: »Er hat den Goldgurt im Taekwondo gewonnen. Es heißt, er habe das Militär komplett von Homosexuellen gereinigt.«

Der schelmische Glanz war aus Dr. Songs Augen verschwunden. Genosse Buc wandte den Blick ab.

Der Fahrer holte einen Kamm und ein Päckchen Zigaretten aus seinen Taschen, reichte das Jackett an Jun Do weiter und knöpfte sich die Hose auf.

»Genug von Kommandant Gas Großtaten«, sagte Dr. Song.

»Genau«, meinte Genosse Buc. »Wollen wir mal sehen, wie das Jackett sitzt.«

Jun Do schlüpfte in die Anzugjacke. Er hatte keine Ahnung, ob sie saß oder nicht. Nur noch mit Unterwäsche bekleidet, reichte ihm der Fahrer die Hose und als i-Tüpfelchen eine Seidenkrawatte. Jun Do musterte das Ding mit dem breiteren und dem schmaleren Ende.

»Seht euch das an«, höhnte der Fahrer, steckte sich eine Zigarette an und blies den Rauch aus. »Der weiß nicht mal, wie man die bindet.«

Dr. Song griff nach der Krawatte. »Komm, ich zeige dir die

Feinheiten der westlichen Halsmode«, sagte er und fragte Genosse Buc: »Was meinen Sie – den einfachen oder den doppelten Windsor?«

»Den Kentknoten«, sagte Buc. »So tragen es die jungen Männer heutzutage.«

Zusammen führten sie Jun Do die Gangway hinauf. Auf der obersten Stufe wandte Genosse Buc sich noch einmal an den Fahrer. »Geh zu deinem örtlichen Zuteilungsbeamten und füll ein Anforderungsformular aus«, sagte er. »Dann kommst du auf die Warteliste für einen neuen Anzug.«

Jun Do warf einen letzten Blick auf seine alten Kleider auf dem Boden, die der Düsenstrahl gleich zwischen die Straußengehege wirbeln würde.

*

Über der Tür zum Cockpit hingen goldgerahmte Porträts des Geliebten Führers und des Großen Führers. Das Flugzeug roch nach Zigaretten und schmutzigem Geschirr. Und nach Hunden. Jun Do ließ den Blick über die vielen leeren Sitzreihen schweifen, sah aber nirgends ein Tier. Vorn saß ganz allein ein Mann im schwarzen Anzug, auf dem Kopf die hohe Schirmmütze eines Offiziers. Eine Stewardess mit makellosem Teint bediente ihn. Hinten im Flugzeug war ein halbes Dutzend junger Männer mit Büroarbeit beschäftigt. Einer benutzte einen Computer, den man auf- und wieder zuklappen konnte. Quer über mehrere Sitze war ein gelbes, aufblasbares Rettungsfloß mit rotem Griff und russischen Aufschriften gebreitet. Jun Do legte eine Hand darauf – die See, die Sonne, eine Dose Fleisch. So viele Tage auf dem Wasser.

Genosse Buc kam auf ihn zu. »Flugangst?«

»Ich weiß nicht.«

Die Triebwerke wurden hochgefahren, und das Flugzeug rollte ans Ende der Startbahn.

»Ich bin zuständig für Beschaffungsmaßnahmen«, beruhigte ihn Genosse Buc. »Mit diesem Flieger war ich schon überall – in Minsk, um frischen Kaviar zu besorgen, Cognac direkt aus dem Weinkeller in Frankreich. Der bleibt oben, keine Bange.«

»Und was soll ich hier?«, fragte Jun Do.

»Komm mit«, sagte Genosse Buc. »Dr. Song stellt dich dem Minister vor.«

Jun Do nickte, und sie gingen im rollenden Flugzeug nach vorn, wo Dr. Song sich mit dem Minister unterhielt. »Nenn ihn nur Minister«, flüsterte Buc. »Und sprich ihn nie direkt an, nur durch Dr. Song.«

»Herr Minister«, sagte Dr. Song. »Hier ist Pak Jun Do, ein wahrer Held der Demokratischen Volksrepublik, nicht wahr?«

Der Minister schüttelte ablehnend den Kopf. Graue Bartstoppeln zierten sein Gesicht, und die Brauen hingen ihm buschig über die Augen.

»Ganz wie Sie meinen, Herr Minister«, erwiderte Dr. Song. »Aber ein kräftiger, gutaussehender Bursche ist er schon, richtig?«

Der Minister bestätigte das mit einem Kopfnicken.

Dr. Song sagte: »Bald werden wir alle mehr Zeit miteinander verbringen, was meinen Sie?«

Der Minister zuckte die Achseln. *Vielleicht, vielleicht auch nicht*, sagte sein Blick.

Damit war das Gespräch beendet.

Als sie sich entfernten, flüsterte Jun Do: »Welcher Minister ist das denn?«

»Treibstoff und Reifendruck«, sagte Dr. Song lachend. »Nein, er ist mein Fahrer. Aber keine Bange, der Mann hat eigentlich alles auf der Welt gesehen, was es zu sehen gibt. Er ist stark. Seine einzige Aufgabe auf dieser Reise ist, den Mund zu halten und auf das *Nicht wahr?*, *Richtig?* und *Was meinen Sie?* am Ende meiner Fragen glaubwürdig zu reagieren. Das hast du ja mitgekriegt, wie ich ihm die richtige Reaktion vorgegeben habe, richtig? Da sind die Amerikaner erst mal beschäftigt, während wir unsere Trickkiste auspacken.«

»Amerikaner?«, fragte Jun Do.

»Haben die Fahrer dir denn gar nichts erzählt?«, fragte Dr. Song zurück.

Das Flugzeug schwenkte am Ende des Rollfelds herum und begann zu beschleunigen. Jun Do klammerte sich am nächsten Sitz fest.

Genosse Buc sagte: »Ich glaube, unser Held ist noch nie geflogen.«

»Ist das wahr, du bist noch nie geflogen?«, fragte Dr. Song. »Dann setz dich, wir heben gleich ab.«

Mit der Förmlichkeit eines hohen Beamten wies Dr. Song ihnen Sitzplätze an. »Da ist dein Sicherheitsgurt«, sagte er zu Jun Do. »Ein Held darf selbst entscheiden, ob er ihn anlegen will oder nicht. Ich bin alt und brauche keine Sicherheit, aber Sie, Genosse Buc, Sie müssen den Gurt schließen. Sie sind jung, Sie haben Frau und Kinder.«

»Na, wenn Sie darauf bestehen«, erwiderte Genosse Buc und ließ den Verschluss einrasten.

Die Iljuschin erhob sich in den Westwind und zog dann in nördlicher Richtung hoch, sodass die Küste an Steuerbord lag. Jun Do sah den Schatten des Flugzeugs auf dem Wasser zittern; dahinter erstreckte sich das Meer weit und blau. Die Gewässer, in denen er mit dem Kapitän der *Junma* gefischt hatte, sah er nicht, dafür aber die Meeresströmungen, auf denen er zu den immer wieder nervenaufreibenden Einsätzen nach Japan geschippert war. Das Schlimmste war immer der lange Rückweg gewesen, wenn die Entführten unten im Laderaum schrien und polterten und versuchten, sich von ihren Fesseln zu befreien. Er ließ den Blick durch die Kabine schweifen und stellte sich vor, auf einem der Sitze wäre ein Entführungsopfer festgeschnallt. Er vermutete, dass er einen Amerikaner kidnappen und dann sechzehn Stunden mit ihm zusammen in diesem Flugzeug verbringen sollte.

»Ich glaube, Sie haben sich den falschen Mann für Ihr Vorhaben gesucht«, sagte Jun Do. »Vielleicht haben Sie meiner Personalakte entnommen, dass ich ein Entführungsexperte bin. Ich habe zwar eine ganze Reihe von Einsätzen erfolgreich durchgeführt, und die wenigsten Entführungen unter meinem Kommando sind tödlich ausgegangen. Aber inzwischen bin ich ein anderer. Mit diesen Händen drehe ich jetzt nur noch an Radioknöpfen. Die können nicht mehr das, was Sie von ihnen erwarten.«

»Wie naiv und ernsthaft er ist«, schwärmte Dr. Song. »Finden Sie nicht auch, Genosse Buc?«

Genosse Buc sagte: »Gut gewählt, Dr. Song. Die Amerikaner werden ganz aus dem Häuschen sein über so viel Aufrichtigkeit.«

Dr. Song wandte sich Jun Do zu: »Bei diesem Einsatz wirst du Worte benutzen, junger Mann, keine Fäuste.«

Genosse Buc erläuterte: »Dr. Song ist auf dem Weg nach Texas, um den Grundstein für zukünftige Gespräche zu legen.«

»Das werden die Vorgespräche vor den eigentlichen Verhandlungen«, führte Dr. Song aus. »Keine Formalitäten, keine Delegation, keine Fotos, keine Leibwachen – wir öffnen nur potenzielle Kanäle.«

»Gespräche worüber?«, wollte Jun Do wissen.

»Das Thema spielt doch keine Rolle«, erwiderte Dr. Song. »Nur die Haltung zählt. Die Yankees wollen ein paar Dinge von uns. Wir wollen auch etwas von ihnen – und ganz besonders, dass sie aufhören, unsere Fischerboote zu entern. Wie du weißt, setzen wir die Fischerboote für viele wichtige Aufgaben ein. Und du kannst dann im richtigen Augenblick die Geschichte deines Kameraden erzählen, der den Haien zum Fraß vorgeworfen worden ist. Von der amerikanischen Marine. Amerikaner sind sehr höfliche Menschen. Eine solche Geschichte wird sie beeindrucken, besonders die Ehefrauen.«

Die Stewardess brachte Dr. Song ein Glas Saft, ohne Jun Do und Genosse Buc zu beachten. »Ist sie nicht wunderschön?«, fragte Dr. Song. »Das ganze Land wird durchkämmt, um solche wie sie zu finden. Für euch junge Männer zählt nur das Vergnügen, das weiß ich doch, mir braucht ihr nichts vorzumachen. Ihr könnt es wahrscheinlich kaum noch erwarten, eine appetitliche CIA-Agentin kennenzulernen. Ich muss euch leider sagen, dass sie längst nicht alle aussehen wie die verführerischen Schönheiten im Film.«

»Ich habe noch nie einen Film gesehen«, sagte Jun Do.

»Du hast noch nie einen Film gesehen?«, fragte Dr. Song.

»Keinen ganzen«, sagte Jun Do.

»Oh, die Amerikanerinnen werden dir aus der Hand fressen, Jun Do. Wart's nur ab, bis sie die Wunde sehen! Bis sie deine Geschichte hören!«

»Aber meine Geschichte ist so unwahrscheinlich«, entgegnete Jun Do. »Ich kann sie ja selbst kaum glauben.«

An Genosse Buc gewandt sagte Dr. Song: »Würden Sie uns bitte den Tiger holen, mein Freund?«

Als Buc weg war, sagte er zu Jun Do: »Wo wir herkommen, sind Geschichten Realität. Wenn der Staat einen Bauern zum Musikvirtuosen erklärt, dann tun alle gut daran, ihn von da an Maestro zu nennen. Und er selbst täte gut daran, insgeheim Klavier zu üben. Für uns hat die Geschichte größere Bedeutung als die Person. Wenn ein Mann nicht zu seiner Geschichte passt, dann ist es der Mann, der sich ändern muss.« Dr. Song trank einen Schluck Saft, und der Zeigefinger, den er erhob, zitterte leicht. »In Amerika erzählen die Leute ständig eine andere Geschichte. In Amerika ist es der Mann, der zählt. Vielleicht glauben sie deine Geschichte, Jun Do, vielleicht auch nicht – aber dir, Jun Do, *dir* werden sie auf jeden Fall glauben.«

Dr. Song rief die Stewardess herbei. »Dieser Mann ist ein Held der Demokratischen Volksrepublik Korea und muss einen Saft bekommen.« Als sie fortgeeilt war, sagte er: »Siehst du? Funktioniert.« Er schüttelte den Kopf. »Aber versuch mal, das denen unten im Bunker zu erklären.« Dr. Song zeigte nach unten, und Jun Do verstand, dass er den Geliebten Führer Kim Jong Il persönlich damit meinte.

Genosse Buc kehrte mit einer Kühlbox zurück, die er Jun Do gab. »Der Tiger«, sagte er.

Ein in eine schmutzige Plastiktüte gewickeltes, warmes Stück Fleisch lag darin, an dem Grashalme klebten.

Jun Do sagte: »Ein bisschen Eis könnte vermutlich nicht schaden.«

Dr. Song grinste. »Oh, ich kann mir die Gesichter der Amerikaner schon so richtig vorstellen.«

»Tiger! Stell dir mal deren Reaktion vor.« Genosse Buc hielt sich den Bauch vor Lachen. »Ich würde ja zu gern noch nachnehmen«, sagte er auf Englisch, »aber ich habe heute Mittag schon zu viel Tiger gegessen.«

»Das sieht ja köstlich aus«, fiel Dr. Song ein. »Zu schade, dass ich gerade auf strenger Leoparden-Diät bin.«

Genosse Buc sagte: »Das wird wunderbar, wenn der Minister bei der Sache mitspielt.«

»Der Herr Minister würde es gern selbst grillen, richtig?«, sagte Dr. Song. »Der Herr Minister besteht darauf, dass die Amerikaner es alle probieren, richtig?«

Jun Do sah sich die Kühlbox an, auf der ein Rotes Kreuz prangte. So ein Kühlbehältnis hatte er schon mal gesehen – darin wurden auch die Blutkonserven nach Pjöngjang transportiert.

»Zwei Dinge müsst ihr über die Amerikaner wissen«, sagte Dr. Song. »Erstens: Sie können schnell denken und lieben es, sich über alles den Kopf zu zerbrechen. Man muss ihnen irgendein Rätsel vorsetzen, damit sie beschäftigt sind. Dafür haben wir den Herrn Minister. Zweitens müssen sie sich moralisch überlegen fühlen. Sonst können sie keine Verhandlungen führen. Gespräche fangen immer mit Menschenrechten, mit Freiheit des Einzelnen und so weiter an. Der Tiger verändert alles. Die Vorstellung, dass wir ganz nonchalant ein Exemplar einer bedrohten Tierart aufessen, verschafft ihnen augenblicklich einen moralischen Vorsprung. Und dann können wir sofort zur Sache kommen.«

Auf Englisch sagte Genosse Buc: »Bitte schön, Herr Senator, darf ich Ihnen den Fleischteller reichen?«

»Genau, Herr Senator, Sie müssen unbedingt nachnehmen«, sagte Dr. Song.

Sie lachten, bis sie Jun Dos Gesicht sahen. Dr. Song erklärte: »In der Kühlbox ist nur ein Stück Rindfleisch, verstehst du? Das mit dem Tiger ist nur eine Geschichte. Was wir ihnen wirklich servieren, ist eine Geschichte.«

»Aber was ist, wenn sie das essen?«, fragte Jun Do. »Wenn sie glauben, dass es Tiger ist, es aber trotzdem essen, um nicht unhöflich zu wirken, sich dann aber ärgern, dass wir sie gezwungen haben, gegen ihre eigenen Moralvorstellungen zu verstoßen – werden sie sich dann nicht bei den Verhandlungen dafür rächen?«

Genosse Buc drehte sich gespannt zu Dr. Song um.

»Wenn die Amerikaner nicht völlig auf den Kopf gefallen sind«, erläuterte Dr. Song, »werden sie sich von der Tigergeschichte nicht blenden lassen. Dann schmecken sie sofort, dass das Rind ist. Aber wenn die Amerikaner nur mit uns spielen, wenn sie kein Interesse an Fakten haben und gar nicht ernsthaft verhandeln wollen, dann werden sie Tiger schmecken.«

»Das heißt, wenn sie die Tigergeschichte glauben, dann glauben sie auch meine Geschichte«, sagte Jun Do.

Dr. Song zuckte die Achseln. »Du wirst auf jeden Fall der schwerer zu schluckende Brocken sein.«

Einer der jungen Männer aus dem Beschaffungsteam kam mit drei identischen Uhren zu ihnen. Buc nahm sie ihm ab. »Eine für den Minister«, sagte er und händigte die beiden anderen Dr. Song und Jun Do aus. »Sie sind bereits auf texanische Zeit gestellt. Alle bekommen die gleiche, damit die Amerikaner sehen, dass wir in Korea an Gleichheit und Solidarität glauben.«

»Und was ist mit Ihnen?«, fragte Jun Do. »Wo ist Ihre Uhr?«

Genosse Buc antwortete: »Ich komme nicht mit nach Texas.«

»Leider kann Genosse Buc uns nicht begleiten«, sagte Dr. Song. »Er hat einen anderen Auftrag.«

Genosse Buc stand auf, blieb aber noch bei ihnen stehen: »Ich geh dann mal mein Team einweisen.«

Die Stewardess kam mit heißen Waschlappen vorbei und händigte Dr. Song einen aus.

»Was muss ich bloß tun?«, klagte Genosse Buc, als sie wieder weg war.

»Sie kann nicht anders«, sagte Dr. Song. »Frauen sprechen

einfach instinktiv auf den Charme älterer Männer an. Es ist ja allgemein bekannt, dass nur ältere Männer Frauen wirklich befriedigen können.«

Genosse Buc lachte. »Und ich dachte, Sie würden immer behaupten, nur zierliche Männer könnten Frauen wirklich befriedigen.«

Dr. Song verteidigte sich: »Mich kann man wohl kaum als zierlich bezeichnen! Ich habe genau die Größe unseres Geliebten Führers, bis hin zur Schuhgröße.«

»Das stimmt«, sagte Genosse Buc. »Ich beschaffe ja auch Kleidung für den Geliebten Führer. Die zwei gleichen sich wie ein Ei dem andern.«

*

Jun Do saß am Fenster, während sie nach Norden über Sachalin, Kamtschatka und das Meer vor Ochotsk flogen, wo der Kapitän auf dem Gefängnisschiff eingesessen hatte, irgendwo da unten im Blau. Sie flogen auf der Nordroute, dem Sonnenuntergang davon und der Mitternachtssonne entgegen. Zum Auftanken landeten sie auf dem russischen Militärstützpunkt Anadyr; die älteren Piloten kamen und bestaunten die, wie sie errechneten, siebenundvierzig Jahre alte Iljuschin Il-62. Sie fuhren dem Flieger mit den Händen über den Bauch und redeten über die vielen technischen Probleme, die bei späteren Modellen behoben worden waren, und jeder hatte ein haarsträubendes Abenteuer zu erzählen, das er im Cockpit der Iljuschin erlebt hatte, bevor die letzten Exemplare Ende der Achtziger nach Afrika verscherbelt worden waren. Der Lotse aus dem Kontrollturm kam auf sie zu, ein kräftiger Mann, dem man die im Laufe des Lebens erlittenen Erfrierungen ansah. Der Fluglotse erzählte, dass sogar die Nachfolgemodelle der Iljuschin – die frühen Antonows und Tupolews – heutzutage rar waren. »Ich habe gehört, die letzte Iljuschin Il-62 sei 1999 in Angola abgestürzt«, fügte er hinzu.

Dr. Song erwiderte auf Russisch: »Wie ungemein traurig, dass Ihre einst so große Nation, die dieses hervorragende Flugzeug entwickelt hat, nun nicht mehr dazu in der Lage ist.«

Genosse Buc fügte hinzu: »Wir dürfen Ihnen versichern, dass der vollständige Zusammenbruch Ihres Landes bei unserem Volk große Trauer ausgelöst hat.«

»Genau«, bekräftigte Dr. Song. »Ihr Land und das unsrige waren früher die doppelte Speerspitze des Kommunismus in der Welt. Jetzt müssen wir diese Last ganz allein tragen.«

Genosse Buc klappte einen Koffer voll neuer Hundert-Dollar-Noten auf, um den Treibstoff zu bezahlen, aber der Fluglotse schüttelte den Kopf.

»Euros«, sagte er.

Empört erwiderte Dr. Song: »Ich bin mit dem Bürgermeister von Wladiwostok befreundet!«

»Euros«, sagte der Fluglotse.

Wie sich herausstellte, hatte Genosse Buc noch einen zweiten Koffer dabei, der war mit europäischem Geld gefüllt.

Beim Start bat Dr. Song den Piloten, einen beeindruckenden Abgang hinzulegen. Auf der Rollbahn ließ der die Triebwerke aufheulen und zog die Maschine derart steil in die Höhe, dass die Passagiere nur so durchgerüttelt wurden.

Selbst als sie die Aleuten und die internationale Datumsgrenze überquert und schließlich die Reisehöhe von neuntausend Metern erreicht hatten, zeichneten sich die immer noch gestochen scharfen Umrisse der Containerschiffe auf dem tiefblauen Meer ab. Vom Kapitän wusste Jun Do, dass die See hinter der japanischen Ostküste neuntausend Meter tief war – jetzt konnte er sich ungefähr vorstellen, was das bedeutete. Als er die unermessliche Weite des Pazifiks unter sich sah – wie unvorstellbar und monumental, so etwas zu durchrudern! –, verstand er, wie wundersam es gewesen war, dass er überhaupt Funkbotschaften empfangen hatte.

Wo war der Arm des Kapitäns der *Kwan Li*?, fragte sich Jun Do auf einmal. In wessen Hände waren seine, Jun Dos, Wörterbücher gefallen, und wer seifte sich an diesem Morgen mit dem Rasierpinsel des Kapitäns ein? Durch welchen Tunnel lief seine Einheit gerade, und was war aus der alten Frau geworden, die er entführt hatte, der, die gesagt hatte, sie komme freiwillig mit, wenn sie dafür ein Foto von ihm aufnehmen dürfe? Was für ein Gesicht hatte er wohl gemacht, und was für eine Geschichte mochte die Kellnerin aus Niigata von der Nacht erzählt haben, in der sie mit zwei Entführern trank? Plötzlich sah er die Frau des Zweiten Maats in ihrem Arbeitsoverall vor sich, ihre Haut glänzte vom Fischöl, die Haare waren wirr vom Dampf, und das raschelnde gelbe Kleid hüllte ihn ein und ließ ihn in tiefen Schlaf sinken.

Irgendwo über Kanada rief Dr. Song alle zu einer Einführung zum Thema »Die Amerikaner« zusammen. Einleitend sprach er über die Schrecken des Kapitalismus und die amerikanischen Kriegsverbrechen an den von ihnen unterjochten Völkern. Dann beschäftigte er sich mit dem Konzept Jesus Christus, beleuchtete die Sonderstellung des amerikanischen Negers und listete die Gründe für die Republikflucht der Mexikaner in Richtung Vereinigte Staaten auf. Als Nächstes versuchte er zu erläutern, warum reiche Amerikaner ihre Autos selbst lenkten und mit ihren Untergebenen wie mit Gleichrangigen redeten.

Ein junger Mann wollte wissen, wie er sich bei der Begegnung mit einem Homosexuellen verhalten solle.

»Weise darauf hin, dass es sich um eine neue Erfahrung für dich handelt, da es solche Personen dort, wo du herkommst, nicht gibt«, antwortete Dr. Song. »Behandle ihn dann wie einen Juche-Forscher, der uns aus einem fremden Land wie Burma oder Kuba oder der Ukraine besuchen kommt.«

Als Nächstes gab Dr. Song praktische Hinweise für den alltäglichen Umgang. Schuhe dürfe man auch in der Wohnung tragen. Frauen sei in Amerika das Rauchen gestattet, sie dürften nicht dafür gerügt werden. Anderer Leute Kinder zu schlagen sei nicht erlaubt. Auf einem Stück Papier zeichnete er ihnen den Umriss eines Footballs auf. Das Thema der persönlichen Hygiene war Dr. Song sehr peinlich, aber als das abgehakt war, gab es einen kleinen Abriss zum Thema Lächeln. Abschließend ließ er sich über Haustiere aus: Über die Sentimentalität der Amerikaner und ihre ausgeprägte Schwäche für Hunde. Vierbeiner dürften in Amerika auf keinen Fall geschlagen oder getreten werden, sagte er. Sie gelten als Familienmitglieder und haben Namen, genau wie Menschen. Hunde haben einen eigenen Arzt und ein eigenes Bett, Spielzeug und leben nicht in einem Gehege.

Als der Landeanflug endlich begann, kam Genosse Buc herüber zu Jun Do.

»Ein Wort zu Dr. Song«, sagte er. »Er hat eine lange Karriere hinter sich, er ist prominent, aber in Pjöngjang ist man immer nur so lange sicher, wie der letzte Erfolg anhält.«

»Sicher?«, fragte Jun Do. »Sicher wovor?«

Genosse Buc berührte die Uhr, die Jun Do am Arm trug. »Verhilf ihm einfach zum Erfolg.«

»Ja, und Sie? Warum kommen Sie nicht mit?«

»Ich?«, erwiderte Genosse Buc. »Ich habe vierundzwanzig Stunden Zeit, nach Los Angeles zu düsen, für dreihunderttausend Dollar DVDs einzukaufen und wieder ins Flugzeug zu steigen. Ist es wahr, dass du noch nie einen Film gesehen hast?«

»Ich bin kein Bauerntrampel. Ich hatte einfach noch keine Gelegenheit dazu.«

»Jetzt kommt deine große Chance«, sagte Genosse Buc. »Dr. Song hat eine *Sopranos*-DVD bestellt.«

»Aber ich kann keine DVD abspielen«, wandte Jun Do ein.

»Du findest schon eine Möglichkeit«, sagte Genosse Buc.

»Wie wär's mit einem Film von Sun Moon?«

»Unsere Filme kann man nicht in Amerika kaufen.«

»Ist sie wirklich so traurig?«

»Sun Moon?« Genosse Buc nickte. »Ihr Mann, Kommandant Ga, und der Geliebte Führer sind Rivalen. Kommandant Ga ist so berühmt, dass ihm selbst keiner was anhaben kann, also bekommt stattdessen jetzt seine Frau keine Filmrollen mehr. Wir hören sie im Nachbarhaus. Sie spielt den ganzen Tag die Gayageum und bringt ihren Kindern dieselben traurigen Töne bei.«

Jun Do sah vor sich, wie ihre Finger die Saiten der koreanischen Zither anschlugen, hörte, wie die schwebenden Töne einzeln erklangen, aufleuchteten und dann verloschen wie ein Streichholz.

»Letzte Chance, einen amerikanischen Film bei mir zu bestellen«, sagte Genosse Buc. »Sie sind der einzige Grund, warum man Englisch lernen sollte.«

Jun Do versuchte zu erraten, was hinter diesem Angebot stecken mochte. Genosse Buc sah ihn mit einem Blick an, den er nur zu gut aus seiner Kindheit kannte: dem Blick eines Jungen, der überzeugt war, dass der nächste Tag besser werden würde. Diese Jungen hielten nie lange durch. Trotzdem hatte Jun Do sie immer am meisten gemocht.

»Na gut«, sagte er. »Welcher Film ist der beste?«

»*Casablanca*«, antwortete Genosse Buc. »Das ist angeblich der beste Film aller Zeiten.«

»*Casablanca*«, sagte Jun Do. »Gut, den nehme ich.«

*

Als sie auf der Dyess Air Force Base südlich von Abilene, Texas, landeten, war es Morgen.

Hier, auf der anderen Seite der Weltkugel, kam es Jun Do zugute, dass er eine Nachteule war. Hellwach blickte er aus den gelblichen Fenstern der Iljuschin und beobachtete, wie zwei Oldtimer über das Rollfeld auf sie zufuhren. Drei Amerikaner stiegen aus, zwei Männer und eine Frau. Als die Triebwerke der Iljuschin abgeschaltet waren, wurde eine Metalltreppe ans Flugzeug geschoben.

»Wir sehen uns in vierundzwanzig Stunden«, sagte Dr. Song zum Abschied zu Genosse Buc.

Genosse Buc deutete eine Verbeugung an und öffnete die Tür.

Die Luft war trocken. Sie roch nach heißem Metall und vertrockneten Maispflanzen. In der hitzeschimmernden Ferne parkte ein ganzes Geschwader von Kampfflugzeugen – so etwas hatte Jun Do bisher nur auf sozialistischen Wandgemälden gesehen.

Ihre drei Gastgeber erwarteten sie unten an der Treppe. In der Mitte stand der Senator; er schien älter als Dr. Song zu sein, war aber groß und braungebrannt, in Jeans und einem bestickten Hemd. Jun Do sah, dass ein medizinisches Gerät in das Ohr des Senators eingepasst war. Der Senator musste mindestens zehn Jahre älter sein als Dr. Song, der selbst vermutlich um die sechzig war.

Tommy, ein Afroamerikaner, war ein Freund des Senators, in ähnlichem Alter, nur drahtiger, mit schlohweißen Haaren und einem stark zerfurchten Gesicht. Dritte im Bunde war die rundliche Wanda. Sie war jung und untersetzt; aus ihrer Schirmmütze mit der Aufschrift »Blackwater« ragte ein gelber Pferdeschwanz. Wanda trug ein rotes Westernhemd mit silbernen Druckknöpfen.

»Herr Minister«, sagte der Senator.

»Herr Senator«, sagte der Minister, und alle begrüßten einander.

»Kommen Sie bitte«, sagte der Senator. »Wir haben einen kleinen Ausflug geplant.«

Der Senator führte den Minister zu einem alten amerikanischen Auto. Als der Minister die Fahrertür öffnen wollte, dirigierte der Senator ihn freundlich zur anderen Seite.

Tommy zeigte auf ein weißes Cabriolet, auf dem in Chrombuchstaben »Mustang« stand.

»Ich muss beim Minister mitfahren«, sagte Dr. Song.

»Aber das ist ein Thunderbird«, hielt Wanda dagegen. »Da passen nur zwei rein.«

»Aber sie können sich nicht miteinander verständigen«, wandte Dr. Song ein.

Tommy witzelte: »Halb Texas kann sich nicht miteinander verständigen.«

Der mit offenem Verdeck fahrende Mustang folgte dem Thunderbird auf eine Landstraße. Jun Do saß mit Dr. Song auf dem Rücksitz. Tommy fuhr.

Wanda drehte den Kopf nach rechts und nach links und ließ sich den Wind genüsslich ins Gesicht wehen. Weit hinter und weit vor ihnen konnte Jun Do schwarze Limousinen mit Securities ausmachen. Am Straßenrand blitzten Glasscherben. Warum wurden in diesem Land rasiermesserscharfe

Scherben ausgestreut? Auf Jun Do wirkte es, als hätten sich überall an dieser Landstraße schreckliche Tragödien ereignet. Und wo waren bloß die Menschen? Ein stacheldrahtbewehrter Zaun hielt mit ihnen Schritt, sodass es schien, als bewegten sie sich durch eine normale Sperrzone. Doch die Pfosten waren nicht aus Beton und trugen auch keine Isolatoren für Strom, sondern bestanden aus krummen, ausgebleichten Ästen, die wie gebrochene Gliedmaßen oder bleiche Knochen wirkten – als hätte für jede fünf Meter Zaun jemand sterben müssen.

»Was für ein außergewöhnliches Auto«, sagte Dr. Song.

»Es gehört dem Senator«, sagte Tommy. »Wir sind seit unserem gemeinsamen Militärdienst Freunde.« Tommy ließ den Arm aus dem Fenster hängen. Er schlug zweimal von außen gegen das Blech. »Den Krieg habe ich in Vietnam kennengelernt«, erzählte er. »Jesus auch, aber die Liebe habe ich erst kennengelernt, als ich mir diesen Mustang ausgeliehen habe und mit Mary McParsons auf dem gerippten Rücksitz lag. Das war mein erster Atemzug als Mann.«

Wanda lachte.

Dr. Song rutschte betreten auf dem Rücksitz herum.

Jun Do sah Dr. Songs Gesicht an, welch fürchterliche Beleidigung es für ihn war, auf demselben Leder sitzen zu müssen, auf dem Tommy einst Geschlechtsverkehr hatte.

»Ich schaudere, wenn ich dran denke, was ich früher für ein Typ war«, fuhr Tommy fort. »Gott sei Dank bin ich das nicht mehr. Ich habe die Frau übrigens später geheiratet. Wenigstens das habe ich richtig gemacht. Gott sei ihrer Seele gnädig.«

Dr. Song bemerkte ein Plakat am Straßenrand, auf dem der Senator und eine amerikanische Flagge abgebildet waren. »Und Sie haben bald Wahlen?«, fragte er.

»Das stimmt«, antwortete Tommy. »Der Senator muss sich im August der Vorwahl stellen.«

»Da haben wir ja Glück, Jun Do«, sagte Dr. Song, »wir können das Wirken der amerikanischen Demokratie direkt miterleben.«

Jun Do versuchte sich vorzustellen, wie Genosse Buc darauf antworten würde. »Außerordentlich spannend«, erwiderte er.

Dr. Song fragte: »Und wird der Herr Senator als Volksvertreter wiedergewählt werden?«

»Mit ziemlicher Sicherheit ja«, antwortete Tommy.

»Mit ziemlicher Sicherheit?«, fragte Dr. Song. »Das klingt ja nicht gerade sehr demokratisch.«

Jun Do stimmte ein: »Uns wurde Demokratie anders erklärt.«

»Und wie hoch wird die Wahlbeteiligung sein?«, wollte Dr. Song wissen.

Tommy sah sie im Rückspiegel an. »Von den registrierten Wählern? Bei einer Vorwahl sind das immer um die vierzig Prozent.«

»Vierzig Prozent!«, rief Dr. Song. »Die Wahlbeteiligung in der Demokratischen Volksrepublik Korea liegt bei neunundneunzig Prozent – das demokratischste Land der Welt! Aber die Vereinigten Staaten brauchen sich nicht zu schämen. Sie können immer noch anderen Ländern mit weniger Beteiligung als gutes Vorbild dienen – Burundi, Paraguay und Tschetschenien zum Beispiel.«

»Neunundneunzig Prozent«, sagte Tommy bewundernd. »Bei so viel Demokratie seid ihr ja bald bei über hundert angelangt!«

Wanda lachte, sah aber Jun Do in die Augen, als sie sich umdrehte, und lächelte ihm verschmitzt zu, als wolle sie ihn in den Spaß mit einbeziehen.

Tommy sah die Nordkoreaner im Rückspiegel an. »Jetzt mal ganz ehrlich: Diese Sache mit dem ›demokratischsten Land der Welt‹ und so weiter, das glaubt ihr doch nicht wirklich, oder? Ihr wisst ja, aus was für einem Land ihr tatsächlich kommt, richtig?«

Wanda sagte: »Stell ihnen nicht solche Fragen. Wenn sie eine falsche Antwort geben, kriegen sie zu Hause Ärger.«

Tommy ließ dennoch nicht locker. »Bitte, sagt mir, dass ihr wisst, dass der Süden den Krieg gewonnen hat. Das müsst ihr doch wenigstens wissen.«

»Aber Sie irren sich, mein lieber Thomas«, erwiderte Dr. Song. »Ich meine mich zu erinnern, dass die Südstaaten den Krieg verloren haben. Der Norden hat gesiegt.«

Wanda grinste Tommy an. »Da hat er dich rangekriegt.«

Tommy lachte. »Ja, die Antwort war gut. Die *amerikanische* Geschichte zumindest kennt er.«

Vor einem Cowboyausstatter hielten sie an. Abgesehen von dem Thunderbird und einem daneben geparkten schwarzen Wagen war der Parkplatz leer. Mehrere Angestellte warteten drinnen bereits auf die Besucher, um sie nach Westernmanier einzukleiden. Dr. Song übersetzte für den Minister, dass die Cowboystiefel ein Geschenk des Senators seien; er habe lediglich die Qual der Wahl. Der Minister war von der exotischen Schuhmode fasziniert und probierte Boots aus Echsen-, Straußen- und Haifischleder an. Er entschied sich schließlich für Schlangenleder, und die Verkäuferinnen suchten Paare in seiner Größe heraus.

Dr. Song besprach sich kurz mit dem Minister und verkündete dann: »Der Herr Minister muss mal einen Kot machen.«

Die Amerikaner hätten offensichtlich gern gelacht, wagten es aber nicht.

Der Minister war lange verschwunden. Jun Do fand ein Paar schwarze Stiefel, die ihm gefielen, stellte sie aber am Ende wieder zurück. Er schaute sich viele Frauenstiefel an, bis er ein Paar fand, das der Frau des Zweiten Maats passen könnte. Sie waren aus dickem, gelbem Leder mit aufwändiger Stickerei an der Spitze.

Immer kleinere und kleinere Größen wurden Dr. Song gereicht. Endlich passte ihm ein schlichtes, schwarzes Paar – in einer Kindergröße. Damit er nicht das Gesicht verlor, sagte Jun Do sehr laut zu Dr. Song: »Stimmt das, dass Sie genau die gleiche Schuhgröße tragen wie der Geliebte Führer Kim Jong Il?«

Alle Blicke richteten sich auf Dr. Song, der in seinen Stiefeln durch den Laden schlenderte, in der Hand seine Herrenschuhe. Vor einer Schaufensterpuppe mit Cowgirlkleidung blieb er stehen. »Sieh dir das an, Jun Do«, sagte er. »In Amerika werden die Kleider nicht von den schönsten Frauen des Landes vorgeführt, sondern von Modellen aus Plastik.«

»Sehr clever«, sagte Jun Do.

»Vielleicht haben unsere schönsten Frauen ja etwas anderes zu tun«, sagte Wanda.

Vor dieser Wahrheit musste Dr. Song den Kopf neigen. »Natürlich«, sagte er. »Wie töricht von mir.«

An der Wand hing eine Axt hinter einer Glasscheibe. »Sieh mal«, sagte Dr. Song. »Die Amerikaner sind allzeit auf einen gewalttätigen Aufstand vorbereitet.«

Der Senator sah auf die Uhr, und Jun Do war klar, dass er genug von diesem Spielchen hatte.

Der Minister tauchte wieder auf und bekam ein Paar Cowboystiefel in die Hand gedrückt. Jede einzelne Schuppe des Schlangenleders glänzte im Licht. Der offensichtlich begeisterte Minister stolzierte wie ein Revolverheld darin herum.

»Kennen Sie den Western *Zwölf Uhr mittags*?«, fragte Dr. Song. »Das ist der Lieblingsfilm des Herrn Ministers.«

Und auf einmal lächelte der Senator wieder.

Dr. Song sprach den Minister an. »Die passen ja wunderbar, nicht wahr?«

Der Minister blickte traurig hinunter auf seine neuen Stiefel. Er schüttelte den Kopf.

Der Senator schnipste mit den Fingern. »Können Sie noch mehr Stiefel herbringen, bitte?«, sagte er zu den Verkäufern.

»Es tut mir leid«, sagte Dr. Song. Er setzte sich, um seine Boots auszuziehen. »Aber der Herr Minister ist überzeugt, dass es eine Beleidigung für unseren Geliebten Führer wäre, wenn wir ein solches Geschenk annehmen würden und der Geliebte Führer selbst keine Stiefel bekäme.«

Jun Do stellte die Stiefel wieder weg, die er für die Frau des Zweiten Maats ausgesucht hatte. Es war sowieso ein Wunschtraum gewesen, das wusste er. Auch der Minister setzte sich hin und zog die Cowboystiefel wieder aus.

»Das lässt sich ganz leicht beheben«, beschwichtigte der Senator. »Natürlich können wir ein Extrapaar Stiefel für Mr. Kim mitschicken. Wir wissen ja jetzt, dass er dieselbe Größe trägt wie Dr. Song. Wir besorgen einfach ein zweites Paar.«

Dr. Song schnürte seine eigenen Schuhe wieder zu.

»Die schlimmste Beleidigung wäre«, sagte Dr. Song, »wenn ein einfacher Diplomat wie ich Stiefel tragen würde, die nur dem hochgeschätzten Führer der größten Nation der Welt zustehen.«

Wandas Blick wanderte zwischen den Akteuren dieser Szene hin und her und blieb schließlich an Jun Do hängen. Er spürte, dass er derjenige war, der ihr Rätsel aufgab.

Sie gingen ohne Stiefel.

Alles auf der Ranch war darauf vorbereitet worden, den Koreanern einen Einblick ins texanische Leben zu verschaffen. Über ein Viehgitter fuhren sie auf das riesige Grundstück, wo sie in Pick-up-Trucks umstiegen. Wieder fuhr der Minister beim Senator mit, während der Rest der Gruppe in einem viertürigen Kleinlaster hinterherholperte. Der Fahrweg aus Sand und losem Schotter führte an windverkrümmten Büschen und knorrigen Bäumen vorbei, die wie vom Blitz verbrannt und gespalten wirkten; sogar die oberen Äste hingen bis auf den Boden. Es gab einen ganzen Acker voller Kakteen, deren Stacheln wie Tigerklauen leuchteten. Jede schien für sich allein aus dem felsigen Untergrund zu ragen; auf Jun Do wirkten sie, als streckten Tote ihre Arme aus dem Erdreich.

Auf der Fahrt zur Ranch schienen die Amerikaner die Koreaner nicht mehr zu beachten; sie unterhielten sich über die Rinder, die nirgendwo zu sehen waren, und bedienten sich dann einer Kürzelsprache, die Jun Do nicht enträtseln konnte.

»Blackwater«, sagte Tommy zu Wanda. »Dein neuer Job?«

Sie fuhren auf ein paar Bäume zu, an denen weiße, wie Vinalon aussehende Fasern wehten.

»Blackwater?«

»Steht auf deiner Basecap.«

»Werbegeschenk, nichts weiter«, sagte sie. »Ich arbeite momentan für die private Tochtergesellschaft eines Subunternehmers des Pentagon. Versuch's gar nicht erst, versteht sowieso keiner. Ich besitze drei Homeland-Pässe, hab den Laden aber noch nie betreten.«

»Und wann geht's zurück nach Bagdad?«, fragte er.

Ihr Blick schweifte über den roten erodierten Boden.

»Freitag«, sagte sie.

Die Sonne stand hoch über ihnen, als sie aus dem Truck kletterten. Jun Do hatte sofort Sand in den Schuhen. Vor ihnen stand ein Klapptisch mit einem riesigen Kühlbehälter Limonade und drei in Zellophan verpackten Präsentkörben. Jeder Korb war mit einem Cowboyhut, einer Halbliterflasche Bourbon, einem Päckchen Zigaretten Marke *American Spirit*, Dörrfleisch, einer Wasserflasche, Sonnencreme, einem roten Halstuch und einem Paar Kalbslederhandschuhen bestückt.

»Das Werk meiner Frau«, sagte der Senator.

Er forderte die Koreaner auf, die Hüte und Handschuhe herauszuziehen. Eine Motorsäge und eine Motorsense standen bereit, und die Koreaner setzten Schutzbrillen auf, um sich über den Wildwuchs herzumachen. Seinem Blick hinter der Plastikbrille nach zu urteilen kochte Dr. Song vor Zorn.

Tommy zog am Anlasser der Motorsense und reichte sie dem Minister, dem es eine seltsame Befriedigung zu verschaffen schien, mit dem rotierenden Messer abgestorbenes Dornengebüsch niederzumähen.

Als Dr. Song an die Reihe kommen sollte, sagte er: »Wie es scheint, habe ich ebenfalls die Ehre.« Er rückte seine Schutzbrille zurecht, dann ließ er die Klinge durch Gestrüpp und Stoppeln rasen, bis sie im sandigen Boden steckenblieb.

»Ich befürchte, ich bin zum Gartenburschen nicht recht geeignet«, sagte Dr. Song zum Senator. »Doch wie lehrt uns der Große Führer: *Frage nicht, was die Demokratische Volksrepublik Korea für dich tun kann, sondern was du für die Demokratische Volksrepublik Korea tun kannst.*«

Der Senator schnappte empört nach Luft.

Tommy warf ein: »Ist das nicht derselbe Große Führer, der so bedauert hat, dass seine Untertanen nur ein einziges Leben haben, das sie für ihr Land opfern können?«

»Na schön«, sagte der Senator. »Dann wollen wir uns mal beim Angeln versuchen.«

An einem aus Grundwasserpumpen gespeisten Fischteich

lagen Angelruten bereit. Die Sonne stach unbarmherzig vom Himmel, und Dr. Song in seinem dunklen Anzug wirkte etwas wacklig auf den Beinen. Der Senator holte zwei Klappstühle von der Ladefläche seines Pick-ups und setzte sich mit Dr. Song in den Schatten eines Baums. Dr. Song fächelte sich genau wie der Senator mit dem Hut Luft zu, lockerte seine Krawatte aber nicht.

Tommy sprach leise und respektvoll mit dem Minister, Jun Do dolmetschte.

»Werfen Sie die Angel über den Stamm des umgestürzten Baums dort aus«, riet Tommy ihm. »Und dann bewegen Sie beim Einholen die Rute ein wenig, damit die Spitze wippt und der Köder tanzt.«

Wanda kam mit zwei Gläsern Limonade auf Jun Do zu.

»Ich habe mal mit Elektrokabeln gefischt«, sagte der Minister. »Sehr effektiv.«

Es waren die ersten Worte, die der Minister an diesem Tag geäußert hatte. Jun Do fiel keine Formulierung ein, mit der man diese Aussage abmildern könnte. Schließlich übersetzte er für Tommy: »Der Herr Minister ist überzeugt, dass der Sieg kurz bevorsteht.«

Jun Do nahm Wanda die Limonade ab. Ihre fragend hochgezogene Braue gab Jun Do zu verstehen, dass sie beileibe keine hübsche Kellnerin war, die mächtigen Männern Getränke reichte.

Der Minister warf die Angel ein paar Mal aus, wobei Tommy ihn mit pantomimischen Bewegungen anleitete, bis er ein Gefühl dafür entwickelt hatte.

»Hier«, sagte Wanda zu Jun Do. »Mein Beitrag zu Ihrem Präsentkorb.« Sie überreichte ihm eine winzige LED-Taschenlampe. »Ist ein Werbegeschenk von der Messe. Ich benutze diese Dinger ständig.«

»Sie arbeiten im Dunkeln?«, fragte Jun Do.

»In Bunkern«, antwortete sie. »Das ist mein Spezialgebiet. Ich analysiere befestigte Bunkeranlagen. Ich habe mich übrigens noch gar nicht vorgestellt: Ich heiße Wanda.«

»Pak Jun Do«, sagte er und gab ihr die Hand. »Woher kennen Sie den Senator?«

»Er war einmal in Bagdad, da habe ich ihn durch Saddams Saladin-Bunker geführt. Eine sehr beeindruckende Anlage. Tunnel mit Hochgeschwindigkeitszügen, dreifach gefilterte Luft, atombombensicher. Man braucht nur den Bunker von jemandem zu sehen, dann weiß man alles über ihn. Sind Sie auf dem Laufenden über den Irakkrieg?«

»Natürlich«, antwortete Jun Do. Er knipste die kleine Taschenlampe an und leuchtete in seine hohle Hand, um die Helligkeit zu prüfen. »Benutzen die Amerikaner bei Tunnelgefechten Licht?«

»Wie soll man denn ohne Licht kämpfen?«, fragte sie zurück.

»Hat Ihre Armee nicht Brillen, mit denen man im Dunkeln sehen kann?«

»Ehrlich gesagt glaube ich nicht, dass die Amerikaner seit dem Vietnamkrieg noch Tunnelgefechte durchführen. Mein Onkel war eine Tunnelratte. Wenn es heutzutage unterirdische Auseinandersetzungen gäbe, würden wir einen Bot runterschicken.«

»Einen Bot?«

»Sie wissen schon, einen Roboter, eine ferngesteuerte Maschine«, sagte sie. »Da gibt es so einiges an nettem Spielzeug.«

Ein Fisch wollte sich mit dem Köder des Ministers davonmachen, dass sich die Angelrute bog. Der Minister kickte die Schuhe von sich und rannte bis zu den Knöcheln ins Wasser.

Der Fisch kämpfte verbissen, die Rute folgte ihm nach rechts und nach links, und Jun Do fragte sich, ob es denn keine friedfertigeren Fische gab, mit denen man so einen Teich bestücken könnte. Als der Minister den Fisch endlich einholte, war sein Hemd schweißgetränkt. Tommy sammelte das dicke, weiße Ding mit dem Kescher ein, zog ihm den Haken aus dem Maul und hielt ihn an den Kiemen hoch, damit alle das Prachtexemplar bewundern konnten. Dann warf Tommy den Fisch zurück in den Teich.

»Mein Fisch!«, brüllte der Minister. Entrüstet machte er einen Schritt nach vorn.

»Aber Herr Minister«, rief Dr. Song, eilte zu ihm und legte ihm die Hand auf die bebenden Schultern. »Herr Minister«, sagte Dr. Song beruhigend.

»Lasst uns am besten direkt zu den Schießübungen übergehen«, schlug der Senator vor.

Sie marschierten ein kurzes Stück durch die Wüste. Dr. Song konnte mit seinen eleganten Schuhen nur schlecht auf dem unebenen Terrain laufen, wollte aber keine Hilfe annehmen.

Der Minister sagte etwas, und Jun Do dolmetschte: »Der Herr Minister hat gehört, Texas sei die Heimat einer sehr giftigen Schlange. Eine solche wünscht er zu schießen, damit er ihre tödliche Kraft mit der in unserem Land so gefürchteten Grubenotter vergleichen kann.«

»Mittags liegen die Klapperschlangen in ihren kühlen Löchern«, sagte der Senator. »Die sind nur am Morgen unterwegs.«

Jun Do übersetzte das für den Minister, der einen Vorschlag hatte: »Sag dem amerikanischen Senator, sein schwarzer Diener soll Wasser ins Schlangenloch gießen, dann schieße ich das Tier ab, wenn es rauskommt.«

Der Senator lächelte, als er die Antwort hörte, und schüttelte den Kopf. »Das Problem ist, dass die Klapperschlange geschützt ist.«

Jun Do übersetzte, doch der Minister verstand trotzdem nicht. »Geschützt wovor?«, wollte er wissen.

Jun Do fragte den Senator: »Wovor ist die Klapperschlange geschützt?«

»Vor den Menschen«, antwortete der Senator. »Das Gesetz verbietet es, sie zu töten.«

Das wiederum fand der Minister überaus amüsant, dass eine lebensgefährliche Giftschlange vor ihren Opfern geschützt wurde.

Sie kamen an einen Schießstand, wo diverse Cowboy-Revolver in einer Reihe lagen. In einiger Entfernung waren leere Dosen als Ziele aufgestellt. Die großkalibrigen Schießeisen waren alt und schwer und hatten allesamt schon Menschenleben ein Ende gesetzt, wie der Senator ihnen versicherte. Sein Urgroßvater war Bezirkssheriff gewesen, und die Pistolen waren als Beweisstücke in Mordfällen einbehalten worden.

Dr. Song wollte nicht schießen. »Ich traue meinen Händen nicht«, sagte er und setzte sich in den Schatten.

Der Senator meinte, Schießen sei für ihn auch nichts mehr.

Tommy lud die Revolver. »Wir sind hier reichlich versorgt«, sagte er zu Wanda. »Wie wär's mit einer kleinen Vorführung?«

Sie band gerade ihren Pferdeschwanz neu. »Wer, ich?«, fragte sie. »Nein, lieber nicht. Der Senator wäre gar nicht begeistert, wenn ich unsere Gäste beschämen würde.«

Der Minister jedoch war ganz und gar in seinem Element. Er hantierte mit den Pistolen, als habe er sein Leben lang nur geraucht, geplaudert und auf Dosen geschossen, die sein Personal für ihn aufbaute, anstatt sich im geparkten Wagen mit der *Rodong Sinmun* die Zeit zu vertreiben, bis Dr. Song von der nächsten Besprechung zurückkehrte.

»Korea ist ein Land der Berge«, sagte Dr. Song. »Jeder Schuss hallt sofort von den Wänden der Schluchten wider. Hier aber verschwindet der Knall in der Ferne.«

Dem musste Jun Do zustimmen. In einer Landschaft, in der ein Schuss keinerlei Echo erzeugte, sondern einfach geschluckt wurde, musste man sich wahrhaft verloren fühlen.

Der Minister traf erstaunlich gut; bald schon täuschte er Schüsse aus der Hüfte an und versuchte sich an diversen Kunststückchen, während Tommy für ihn nachlud. Alle sahen zu, wie der Minister ganze Schachteln voller Patronen verfeuerte, in jeder Hand einen Revolver, eine Zigarette zwischen den Lippen, während die Dosen nur so tanzten und hüpften. Heute war er der Minister, heute wurde er herumgefahren, heute hatte er die Hand am Abzug.

Der Minister drehte sich zu ihnen um und sagte: »*Zwei glorreiche Halunken*«, sagte er und blies auf den Rauch vor der Mündung. »Clint Eastwood.«

*

Das einstöckige, erstaunlich weitläufige Ranchhaus lag halb hinter Bäumen versteckt. Auf einem eingepferchten Gelände standen Picknicktische und ein Planwagen mit Grill, an dem bereits mehrere Leute für ihr Mittagessen anstanden. Die Zikaden zirpten, und Jun Do roch die Grillkohle. Eine leichte Mittagsbrise regte sich, aber die Ambosswolken am Horizont waren zu weit entfernt, um Regen zu bringen. Freilaufende Hunde sprangen durch den Gatterzaun; als sich etwas in einem weit entfernten Gebüsch regte, standen sie plötzlich mit gesträubtem Nackenfell ganz still. »Fass!«, befahl ihnen der Senator im Vorbeigehen, und die Hunde flitzten los und scheuchten einen Schwarm kleiner Bodenvögel auf.

Als die Hunde zurückkamen, holte der Senator eine Belohnung aus der Tasche. Offensichtlich, dachte Jun Do, prügelte der Kommunismus seine Hunde zum Gehorsam, während der Kapitalismus dasselbe Ziel mit Bestechung erreichte.

Beim Schlangestehen am Grill galten keine Privilegien – der Senator musste sich genauso einreihen wie die Rancharbeiter, die Hausangestellten, die Wachschutzleute in den schwarzen Anzügen und die Frauen texanischer Regierungsbeamter. Während der Minister an einem Picknicktisch Platz nahm und von der Frau des Senators Essen serviert bekam, mussten Dr. Song und Jun Do mit Papptellern in der Hand anstehen. Der junge Mann neben ihnen stellte sich als Doktorand an der Universität vor. Er promoviere über das nordkoreanische Nuklearprogramm. Er beugte sich dicht zu ihnen vor und fragte sehr leise: »Sie wissen ja, dass der Süden den Krieg gewonnen hat, oder?«

Ihnen wurden Rinderrippchen, im Blatt gegrillte Maiskolben, marinierte Tomaten und ein Löffel Makkaroniauflauf auf den Teller gehäuft. Dr. Song und Jun Do gingen auf den Tisch zu, an dem der Minister bereits mit dem Senator und seiner Frau aß. Hunde folgten ihnen.

Dr. Song setzte sich zu ihnen. »Bitte, setz dich doch zu uns«, sagte er zu Jun Do. »Es gibt ja reichlich Platz, nicht wahr?«

»Nein danke«, erwiderte Jun Do. »Sie haben sicherlich wichtige Angelegenheiten zu besprechen.«

Er setzte sich allein an einen Picknicktisch, dessen Holzplanken mit eingeritzten Initialen verunstaltet waren. Das

Fleisch schmeckte süß und würzig scharf zugleich, die Tomaten sauer, aber der Mais und die Nudeln waren durch Butter und Käse ungenießbar gemacht worden. Beides kannte er nur aus den Dialogen auf den Übungsbändern in der Sprachschule: *Ich möchte Käse kaufen. Könnten Sie mir bitte die Butter reichen?*

Über ihnen kreiste ein großer Vogel, den er nicht kannte.

Wanda setzte sich zu ihm. Sie leckte einen weißen Plastiklöffel ab.

»Mein Gott, war das lecker«, sagte sie. »Den Nachtisch dürfen Sie sich auf keinen Fall entgehen lassen.«

Er hatte gerade ein Rippchen abgenagt und die Hände voller Soße.

Sie nickte zum Ende des Tischs, wo ein Hund saß und ihn geduldig anstarrte. Er hatte graublaue Augen und grau gestromtes Fell. Wie schaffte es dieser offensichtlich wohlgenährte Hund, haargenau den Blick eines Waisenjungen nachzuahmen, der ans Ende der Essensreihe geschickt worden war?

»Machen Sie ruhig. Warum nicht?«, ermutigte Wanda ihn.

Jun Do warf dem Hund den Knochen zu, der fing ihn noch im Flug.

»Das ist ein Catahoula«, sagte sie. »Ein Geschenk vom Gouverneur von Louisiana für die Nothilfe nach dem Hurrikan.«

Jun Do nahm sich das nächste Rippchen vor. Er konnte nicht aufhören, Fleisch in sich hineinzustopfen, auch wenn es sich bereits in seiner Kehle anzustauen schien.

»Wer sind die ganzen Leute?«, fragte er.

Wanda sah sich um. »Ein paar Denkfabrikanten, ein paar NGO-Vertreter, der Rest Schaulustige. Wir kriegen hier nicht jeden Tag Nordkoreaner zu sehen, wissen Sie.«

»Und Sie?«, fragte er. »Sind Sie von einer Denkfabrik, oder sind Sie schaulustig?«

»Ich bin die finstere Gestalt vom Nachrichtendienst«, antwortete sie.

Jun Do starrte sie an.

Sie grinste. »Was? Sehe ich etwa nicht finster aus?«, fragte sie. »Ich bin total für Open Source. Man soll alles miteinander teilen. Los, fragen Sie mich, was Sie wollen.«

Tommy überquerte den Korral mit einem Becher Eistee in der Hand; offensichtlich hatte er bis eben die Angelruten und Revolver verstaut. Jun Do sah zu, wie er sich am Grill anstellte; als er sein Essen bekam, machte er zum Dank eine kleine Verbeugung.

Jun Do sagte zu Wanda: »Sie schauen mich an, als ob ich noch nie im Leben einen schwarzen Menschen gesehen hätte.«

Wanda zuckte die Achseln. »Kann doch sein.«

»Ich hatte schon mit der U. S. Navy zu tun«, sagte Jun Do. »Da gibt es viele Schwarze. Und mein Englischlehrer kam aus Angola. Er war der einzige Schwarze in der ganzen DVRK. Er meinte, er fühle sich nicht ganz so einsam, wenn er uns allen seinen afrikanischen Akzent beibringen könnte.«

Wanda sagte: »Ich habe mal gehört, in den Siebzigern wäre ein amerikanischer Soldat auf die falsche Seite der DMZ geraten. Ein junger Kerl aus North Carolina, war wohl betrunken. Die Nordkoreaner machten ihn zum Sprachlehrer, mussten ihn aber bald wieder entlassen, weil er allen Geheimagenten beibrachte, wie ein Südstaaten-Prol zu reden.«

Jun Do wusste nicht, was ein »Prol« war. »Von der Geschichte habe ich noch nie gehört«, erwiderte er. »Ich bin kein Agent, falls Sie das damit andeuten wollen.«

Wanda sah zu, wie er das nächste Rippchen abnagte. »Ich

wundere mich, dass Sie mein Angebot gar nicht interessiert. Ich beantworte jede Art von Fragen«, sagte sie. »Ich wäre jede Wette eingegangen, dass Sie fragen würden, ob ich Koreanisch kann.«

»Können Sie's?«, fragte er.

»Nein, aber ich merke, wenn jemand nicht eins zu eins dolmetscht«, antwortete sie. »Deswegen gehe ich davon aus, dass Sie mehr als nur ein einfacher Dolmetscher sind.«

Drüben an dem anderen Picknicktisch standen Dr. Song und der Minister auf. Dr. Song verkündete: »Der Minister möchte dem Senator und seiner Frau seine Gastgeschenke überreichen. Für den Senator *Die Gesammelten Werke von Kim Jong Il*.« Er überreichte die elfbändige Prachtausgabe im Schuber.

Eine Mexikanerin kam gerade mit einem Essenstablett vorbei. »EBay«, sagte sie zu Wanda.

»Pilar, Pilar«, rief Wanda ihr hinterher. »Du bist eine ganz Schlimme!«

Der Senator nahm das Geschenk lächelnd entgegen. »Sind sie signiert?«, fragte er.

Auf Dr. Songs Gesicht zeichnete sich kurz Ratlosigkeit ab. Er steckte den Kopf mit dem Minister zusammen. Jun Do konnte nichts verstehen, aber die Worte flogen hitzig zwischen ihnen hin und her. Dann sagte Dr. Song lächelnd: »Es wäre dem Geliebten Führer Kim Jong Il eine Freude, eine persönliche Widmung in die Bücher zu schreiben, wenn der Herr Senator uns in Pjöngjang die Ehre erweist.«

Als Gegengeschenk überreichte der Senator dem Minister einen mit Countrymusik bespielten iPod.

Dann hob Dr. Song zu einer Lobrede auf die Schönheit und Anmut der Senatorengattin an, während der Minister sich bereitmachte, ihr die Kühlbox zu überreichen.

Jun Do hatte auf einmal wieder den Fleischgeruch in der Nase. Er legte sein Rippchen weg und wandte den Blick ab.

»Was ist?«, fragte Wanda. »Was ist da drin?«

Gleich würde die Stimmung kippen. Bisher war alles, was aus Dr. Songs Trickkiste gekommen war, witzig gewesen, aber die Sache mit dem Tiger war ernster – die Amerikaner brauchten nur einmal an dem Fleisch zu schnuppern, und sie wussten, dass es verdorben war, ganz buchstäblich ein fauler Trick, und nichts wäre mehr so wie zuvor.

»Darf ich wirklich jede Frage stellen?«, fragte Jun Do.

»Natürlich. Was denn?«, fragte Wanda.

Er nahm ihre Hand und schrieb den Namen des Zweiten Maats hinein.

»Ich muss unbedingt wissen, ob er es geschafft hat«, sagte Jun Do. »Ist er rausgekommen?«

Wanda machte mit ihrem Handy ein Foto von ihrer Hand. Mit beiden Daumen tippte sie eine Nachricht ein und drückte dann auf *Senden*. »Das werden wir gleich erfahren«, sagte sie.

Dr. Song beendete seine Elegie auf die liebreizende Senatorengattin, und der Minister überreichte ihr die Kühlbox. »Ein Geschenk der Bürger der Demokratischen Volksrepublik Korea«, sagte er. »Frisches Tigerfleisch, von einer majestätischen Wildkatze, die gerade erst am Gipfel des Berges Paektu erlegt wurde. Sie können sich nicht ausmalen, wie herrlich weiß das Fell dieses Tigers war. Der Minister möchte Sie alle heute Abend zum Festmahl einladen, richtig?«

Der Minister nickte voller Stolz.

Dr. Song setzte ein verschlagenes Lächeln auf. »Und denken Sie daran«, sagte er zur Frau des Senators, »wenn Sie Tiger essen, werden Sie ein Tiger.«

Ringsum hörten die Leute auf zu kauen, um die Reaktion der Senatorengattin mitzubekommen, aber sie sagte nichts.

Inzwischen standen mehr Wolken am Himmel, und die Luft roch nach Regen, der vermutlich aber nicht kommen würde. Der Senator nahm die Kühlbox vom Tisch. »Darum kümmere ich mich am besten«, meinte er mit geschäftsmäßigem Lächeln. »Tiger klingt nach Männersache.«

Die Frau des Senators wandte ihre Aufmerksamkeit dem Hund neben sich zu. Sie legte ihm die Hände über die Ohren und sprach liebevoll auf ihn ein.

Dr. Song schien die Geschenkzeremonie entglitten zu sein, ohne dass er hätte sagen können, was genau schiefgegangen war. Er kam auf Jun Do zu. »Und wie fühlst du dich, mein Sohn?«, fragte er. »Der Arm, der muss ja schrecklich weh tun, richtig?«

Jun Do ließ die Schulter kreisen. »Ja, aber es geht schon, Dr. Song. Es ist nicht so schlimm.«

Dr. Song war komplett aus dem Konzept gebracht. »Nein, du brauchst nicht zu leiden, mein Sohn. Ich wusste, dass dieser Augenblick kommen würde. Die Hilfe eines Arztes in Anspruch zu nehmen, bricht keinem einen Zacken aus der Krone.« Er fragte Wanda: »Sie haben nicht zufällig ein Messer oder eine Schere, die wir benutzen könnten?«

Wanda sah Jun Do an: »Haben Sie sich am Arm verletzt?«, fragte sie. Als er nickte, rief Wanda die Frau des Senators zu sich, die Jun Do jetzt zum ersten Mal bewusst wahrnahm: Eine schlanke Gestalt mit schulterlangem, weißem Haar und hellen, wie Perlen glänzenden Augen. »Ich glaube, unser junger Freund hier ist verletzt«, sagte Wanda zu ihr.

Dr. Song fragte die Frau des Senators: »Könnte man eventuell etwas Alkohol und ein Messer beschaffen? Es ist kein Notfall. Wir müssen ihm nur die Fäden ziehen.«

»Sind Sie Arzt?«, wollte die Frau des Senators wissen.

»Nein«, antwortete Dr. Song.

Sie sah Jun Do an. »Wo sind Sie denn verletzt?«, fragte sie ihn. »Ich bin nämlich Ärztin.«

»Es ist ja nichts Großes«, erwiderte Dr. Song. »Wir hätten die Fäden vor unserer Abreise ziehen sollen.«

Sie funkelte Dr. Song empört an, bis er den Blick abwandte. Sie holte eine Brille hervor und setzte sie auf die Nasenspitze. »So, jetzt lassen Sie mich mal sehen«, wies sie Jun Do an. Er zog das Jackett und das Oberhemd aus, dann hielt er der Frau des Senators seinen Arm hin, damit sie ihn untersuchen konnte. Sie hob den Kopf, um durch die Brille hindurchspähen zu können. Die Einstichlöcher der Nähte sahen rot und entzündet aus und nässten, als sie mit dem Daumen leicht dagegen drückte.

»Ja«, sagte sie. »Die Fäden müssen raus. Kommen Sie, in der Küche haben wir gutes Licht.«

*

Kurz darauf hatten ihm Wanda und die Senatorengattin das Unterhemd ausgezogen und er saß auf der Anrichte in der Küche. Der Raum war leuchtend gelb eingerichtet, die Tapete war mit blauen Karos und Sonnenblumen bedruckt. Den Kühlschrank zierten zahlreiche, mit Magneten befestigte Kinderfotos; auch Gruppen junger Leute waren zu sehen, die die Arme umeinandergelegt hatten. Ein Foto zeigte den Senator in einem orangefarbenen Astronautenanzug mit einem Helm unter dem Arm.

Die Senatorengattin schrubbte sich an der Spüle unter dampfendem Wasser die Hände. Wanda auch, für den Fall, dass sie gebraucht würde. Die Frau, die von Wanda mit Pilar angesprochen worden war, kam mit der Kühlbox mit dem Tigerfleisch in die Küche. Sie sagte etwas auf Spanisch, als sie

Jun Do oben ohne sah, und etwas anderes auf Spanisch, als sie seine Wunde sah.

Die Senatorengattin wusch und desinfizierte sich die Arme bis über die Ellbogen. Ohne aufzublicken sagte sie: »Jun Do, das ist Pilar, unser Familienmultitalent.«

»Ich bin das Hausmädchen«, sagte Pilar. »John Doe? Nennt man so nicht Leute, die vermisst werden?«

»Ich heiße Pak Jun Do«, berichtigte Jun Do und wiederholte es noch einmal ganz langsam und deutlich: »*Dchun Doh.*«

Pilar sah sich interessiert die Kühlbox an; jemand hatte versucht, die Insignien des Roten Kreuzes davon zu entfernen. »Mein Neffe Manny fährt einen Wagen, mit dem Organe und Augen und so'n Zeug zwischen den Krankenhäusern hin und her transportiert werden«, sagte sie. »Die stecken in genau so einer Kühlbox.«

Die Frau des Senators zog Latexhandschuhe über. »Im Grunde ist ein John Doe kein Vermisster. Ein John Doe ist ein Mann ohne Identität.«

Wanda blies in ihre Latexhandschuhe. »Ein John Doe hat sehr wohl eine Identität«, sagte sie und musterte den Patienten. »Sie muss nur noch festgestellt werden.«

Die Frau des Senators goss großzügig Wasserstoffperoxid über Jun Dos Arm und verrieb es auf den Wundnähten. »So lösen sich die Fäden einfacher.«

Wanda fragte: »Ist es in Ordnung, wenn eine Frau Sie behandelt?«

Jun Do nickte. »In Korea gibt es fast nur Ärztinnen«, sagte er. »Ich war allerdings noch nie da.«

»Bei einer Ärztin?«, fragte Wanda.

»Oder generell bei einem Arzt?«, fragte die Frau des Senators.

»Generell bei einem Arzt«, antwortete er.

»Auch nicht bei der Tauglichkeitsprüfung für die Armee?«, fragte die Frau des Senators.

»Ich war wohl noch nie krank«, antwortete er.

»Und wer hat Sie zusammengeflickt?«

»Ein Freund«, antwortete Jun Do.

»Ein Freund?«

»Ein Kollege.«

Während die Wunde schäumte, hob die Frau des Senators Jun Dos Arme hoch, streckte sie zur Seite, dann nach vorn und folgte mit den Augen unsichtbaren Linien an seinem Körper. Sie bemerkte die Brandnarben an der Unterseite seiner Arme – die Kerzenflammen vom Schmerztraining. Sie berührte die Narbenränder mit den Fingerspitzen. »Eine schlimme Stelle für Verbrennungen«, sagte sie. »Die Haut ist hier sehr empfindlich.« Sie fuhr mit der Hand über seine Brust zum Schulterblatt. »Diese Verdickung hier«, sagte sie. »Das ist ein gerade erst verheilter Schlüsselbeinbruch.« Sie nahm seine Hände, als wolle sie einen Ring küssen, und betrachtete die Ausrichtung der Fingerknochen. »Soll ich Sie einmal richtig durchchecken? Haben Sie irgendwelche Schmerzen?«

Er war nicht mehr so muskulös wie damals beim Militär, aber er hatte einen kräftigen Körperbau und spürte, wie die Frauen ihn ansahen.

»Nein«, antwortete er. »Es sind nur die Fäden, die jucken wie verrückt.«

»Die haben wir im Handumdrehen gezogen«, sagte sie. »Darf ich fragen, was passiert ist?«

»Darüber würde ich lieber nicht sprechen«, sagte er. »Das stammt von einem Hai.«

»*Madre de Dios*«, sagte Pilar.

Wanda stand neben der Frau des Senators. Sie hielt einen weißen Verbandskasten von der Größe eines Aktenkoffers auf. »Sie sprechen von denen mit den Zähnen, die im Meer leben?«, fragte Wanda.

»Ich habe viel Blut verloren«, sagte er.

Die Frauen starrten ihn stumm an.

»Mein Freund hatte weniger Glück«, fügte er hinzu.

»Ich verstehe«, sagte die Frau des Senators. »Tief einatmen.«

Jun Do atmete ein.

»So tief Sie können«, sagte sie. »Heben Sie die Schultern.«

Er atmete so tief er konnte, und verzog dabei das Gesicht.

Die Frau des Senators nickte. »Die elfte Rippe. Noch nicht ganz verheilt. Ganz ehrlich, nutzen Sie die Gelegenheit. Ich kann Sie gern gleich richtig untersuchen.«

Roch sie etwa an seinem Atem? Jun Do hatte das Gefühl, dass sie so einiges bemerkte, wovon sie ihm nichts sagte. »Nein, danke, Ma'am«, erwiderte er.

Wanda suchte eine Pinzette und eine kleine, spitze Schere heraus. Jun Do hatte insgesamt neun Bisswunden, und die Frau des Senators fing mit der längsten oben auf seinem Bizeps an.

Pilar deutete auf seine Brust. »Wer ist das?«

Jun Do sah an sich herunter. Er wusste nicht, was er sagen sollte. »Meine Frau.«

»Wunderschön«, sagte Pilar.

»Sie ist wirklich schön«, sagte Wanda. »Auch die Tätowierung ist gut gemacht. Dürfte ich sie fotografieren?«

Jun Do war bisher erst einmal in seinem Leben fotografiert worden, von der alten Japanerin mit dem Holzstativ, und das Bild, das dabei herausgekommen war, hatte er nie gesehen. Trotzdem verfolgte ihn der Gedanke, was sie in der Kamera gesehen haben mochte. Dennoch wusste er nicht, wie er nein sagen sollte.

»Toll«, sagte Wanda und machte mit einer kleinen Kamera schnell ein Foto von seiner Brust, dann von seinem verletzten Arm, und schließlich hielt sie ihm den Apparat vors Gesicht und blitzte ihm in die Augen.

Pilar fragte: »Ist Ihre Frau auch Dolmetscherin?«

»Meine Frau ist Schauspielerin«, sagte er.

»Wie heißt sie?«, wollte Wanda wissen.

»Wie sie heißt?«, fragte Jun Do. »Sie heißt Sun Moon.«

Der Name war schön, merkte er, und es fühlte sich gut an, ihn laut auszusprechen – den Namen seiner Frau, vor diesen drei Frauen. *Sun Moon.*

»Was ist das denn für ein Zeug?«, fragte die Frau des Senators. Sie hielt ein Stück Faden hoch, das sie gerade gezogen hatte: Es war abwechselnd durchsichtig, gelb und rostbraun.

»Angelschnur«, sagte er.

»Na, wenn Sie sich damit Tetanus geholt hätten, wüssten wir das mittlerweile«, sagte sie. »Im Studium haben wir gelernt, dass wir niemals Monofil zum Vernähen von Wunden benutzen sollen, aber ich weiß beim besten Willen nicht mehr, warum.«

»Was bringen Sie ihr denn mit?«, fragte Wanda. »Als Souvenir von Ihrer Reise nach Texas?«

Jun Do schüttelte den Kopf. »Ich weiß es nicht. Was würden Sie vorschlagen?«

Geistesabwesend fragte die Frau des Senators: »Was ist sie denn für ein Mensch?«

»Sie mag traditionelle Kleider. Ihr gelbes Kleid finde ich am schönsten. Sie trägt die Haare zusammengebunden, damit man ihre goldenen Ohrringe sehen kann. Sie singt gern Karaoke. Und sie geht gern ins Kino.«

»Nein, wir meinen, was für ein Mensch sie ist?«

Jun Do musste nachdenken. »Sie braucht viel Aufmerksamkeit«, sagte er zögernd. Er wusste nicht, wie er weitermachen sollte. »Sie kann ihre Liebe nicht gut offen zeigen. Ihr Vater befürchtete, dass sie von den Männern ausgenutzt würde, weil sie so schön ist, und dass die Falschen auf sie aufmerksam würden. Und damit die Männer aus Pjöngjang sie nicht finden, hat er ihr, als sie sechzehn war, eine Arbeit in einer Fischfabrik besorgt. Diese Arbeit gefiel ihr gar nicht, und sie eiferte noch stärker ihren wahren Zielen nach. Trotzdem hat sie irgendwann einen sehr herrischen Mann geheiratet. Angeblich kann er ein ausgemachter Mistkerl sein. Und ihre Rollen als Schauspielerin kann sie sich nicht aussuchen, alles wird vom Staat bestimmt. Sie muss die Lieder singen, die ihr vorgeschrieben werden, außer beim Karaoke. Deshalb wundert es einen auch nicht, dass Sun Moon trotz ihres Erfolgs, ihrer Berühmtheit und Schönheit, trotz ihrer Kinder im Grunde sehr traurig ist. Sie ist schrecklich allein. Den ganzen Tag lang spielt sie auf ihrer *Gayageum* und entlockt ihr einsame, verlorene Töne.«

Eine Pause entstand. Jun Do merkte, dass alle drei Frauen ihn anstarrten.

»Aber Sie sind doch kein ausgemachter Mistkerl«, sagte Wanda. »Die erkenne ich sofort.«

Die Frau des Senators hörte auf mit dem Fädenziehen und sah Jun Do mit forschendem Blick in die Augen. Sie betrachtete die Tätowierung auf seiner Brust und fragte: »Wäre es möglich, dass ich mit ihr spreche? Ich habe das Gefühl, dass ich ihr helfen könnte, wenn ich mit ihr reden würde.« Auf der Arbeitsplatte stand ein Telefon; eine geringelte Schnur verband den Hörer mit dem Apparat. »Können Sie Ihre Frau für mich ans Telefon holen?«, fragte sie.

»Telefone gibt es nicht viele«, sagte Jun Do.

Pilar klappte ihr Handy auf. »Ich habe Freiminuten fürs Ausland«, bot sie an.

Wanda erwiderte: »Ich glaube, so läuft das in Nordkorea nicht.«

Die Frau des Senators nickte und zog die restlichen Fäden schweigend. Als sie fertig war, desinfizierte sie die Bisswunden noch einmal und streifte dann die Handschuhe ab.

Jun Do zog das Oberhemd des Fahrers wieder an, das er seit zwei Tagen trug. Sein Arm fühlte sich so geschwollen und empfindlich an wie an dem Tag, als er gebissen worden war. Die Krawatte hielt er in der Hand, während die Frau des Senators ihm half – ruhig und sicher schoben ihre Finger die Knöpfe durch die Knopflöcher.

»War der Senator mal Astronaut?«, fragte Jun Do sie.

»Er hat die Ausbildung durchlaufen«, antwortete sie. »Aber er wurde nie eingesetzt.«

»Kennen Sie den Satelliten?«, fragte Jun Do. »Der, mit dem Menschen aus zig Ländern um die Erde kreisen?«

»Die internationale Raumstation?«, fragte Wanda zurück.

»Das muss sie sein«, sagte Jun Do. »Ich habe eine Frage: Dient sie dem Frieden und der Verbrüderung?«

Die Frauen sahen einander an. »Ja, das könnte man wahrscheinlich so sagen«, antwortete die Frau des Senators.

Sie durchwühlte die Küchenschubladen, bis sie ein paar Arzneimittelproben fand. Sie steckte Jun Do zwei Blister mit Antibiotika in die Brusttasche. »Für später, falls Sie krank werden sollten. Nehmen Sie die, falls Sie Fieber bekommen. Kennen Sie den Unterschied zwischen einer bakteriellen und einer Virusinfektion?«

Er nickte.

»Das glaube ich kaum, dass er den kennt«, sagte Wanda zur Frau des Senators.

Die Frau des Senators sagte: »Wenn Sie Fieber haben und grünen oder braunen Schleim husten, dann nehmen Sie hiervon drei pro Tag, bis alle aufgebraucht sind.« Sie drückte die erste Tablette aus der Packung und reichte sie ihm. »Vorsichtshalber fangen wir gleich mal mit einer Runde an.«

Wanda schenkte ihm ein Glas Wasser ein, aber er steckte die Pille so in den Mund, zerkaute sie und sagte: »Nein danke, ich habe keinen Durst.«

»Du meine Güte«, sagte die Frau des Senators.

Pilar klappte die Kühlbox auf. »Puuh«, sagte sie und machte den Deckel schnell wieder zu. »Was soll ich damit machen? Heute Abend gibt es Texmex.«

»Aber ehrlich«, schüttelte die Frau des Senators den Kopf. »Tiger.«

»Warum eigentlich nicht?«, fragte Wanda. »Ich würde das ganz gern mal probieren.«

»Hast du daran gerochen?«, fragte Pilar.

»Wanda!«, sagte die Frau des Senators. »So etwas wie das, was da in der Kühlbox ist, isst man einfach nicht.«

Jun Do sprang von der Anrichte und steckte sich mit einer Hand das Hemd in die Hose.

»Wenn meine Frau jetzt hier wäre«, sagte er, »würde sie mir raten, es wegzuwerfen und durch ein Rindersteak zu ersetzen. Sie würde sagen, dass man sowieso keinen Unterschied schmecken kann, und dann essen alle davon und keiner verliert das Gesicht. Beim Essen würde ich darüber sprechen, wie hervorragend es schmeckt, das beste Fleisch, das ich je gegessen habe, und sie würde lächeln.«

Pilar sah die Frau des Senators fragend an. »Tigertacos?«

Die Frau des Senators ließ sich das Wort auf der Zunge zergehen. »Tigertacos.«

✻

»Herr Pak Jun Do, Sie müssen sich jetzt hinlegen«, sagte die Frau des Senators. »Ich zeige Ihnen Ihr Zimmer«, fügte sie ein wenig streng hinzu, als sei es irgendwie eine Grenzüberschreitung, dass sie mit ihm allein war. Im Haus gab es endlose Flure mit Familienfotos in Holz- und Metallrahmen an den Wänden. Die Tür zu dem Zimmer, in dem Jun Do schlafen sollte, stand halb offen, und als sie aufgestoßen wurde, sprang ein Hund vom Bett, was die Frau des Senators nicht zu stören schien. Auf dem Bett lag eine Patchworkdecke, die sie glattzog, sodass der Abdruck des Hundes nicht mehr zu sehen war.

»Meine Großmutter war eine große Quiltnäherin«, sagte sie und blickte Jun Do in die Augen. »Ein Quilt ist eine Decke, die man aus Flicken seines Lebens näht. Das kostet nicht viel, und die Decke erzählt eine Geschichte.« Sie zeigte Jun Do, wie der Quilt auf dem Bett zu lesen war: »In Odessa gab es eine Mühle, die Bibelgeschichten auf ihre Mehlsäcke drucken ließ – Bildergeschichten, die angeordnet waren wie Kirchenfenster. So konnten die Leute die jeweilige Bibelgeschichte in den Bildern lesen. Dieses Stück Spitze hier stammt aus dem Haus, das meine Großmutter verließ, als sie mit fünfzehn verheiratet wurde. Hier ist der Auszug aus Ägypten zu sehen und hier Christus in der Wüste, beide stammen von Mehlsäcken. Der schwarze Samt stammt vom Rocksaum des Totenkleides ihrer Mutter. Sie starb kurz nach der Ankunft meiner Großmutter in Texas, und die Familie schickte ihr dieses schwarze Stück Stoff aus Europa. Damit beginnt eine traurige Phase ihres Lebens: Ein Stück einer Babydecke von einem Kind, das sie verlor, ein Stück der Robe für eine Abschlussfeier an der Uni, die sie nie tragen sollte, der zerschlissene Stoff von der Armeeuniform ihres Mannes. Aber schauen Sie hier: Diese bunten Farben und Stoffe zeugen von einer Hochzeit, von Kindern und Wohlstand. Auf dem letzten Bild ist natürlich der Garten Eden zu sehen. Wie viele Verluste und schwere Zeiten musste meine Großmutter durchmachen, bevor sie ihre Geschichte abschließen konnte. Davon hätte ich Ihrer Frau Sun Moon erzählt, wenn ich mit ihr gesprochen hätte.«

Auf dem Tischchen neben dem Bett lag eine Bibel, die sie in die Hand nahm. »Wanda hat völlig recht – Sie sind kein Mistkerl und auch kein schlechter Ehemann«, sagte die Frau des Senators. »Ich weiß genau, dass Ihre Frau Ihnen etwas bedeutet. Ich bin nur jemand am anderen Ende der Welt, eine Frau, die sie nicht kennt. Aber würden Sie ihr bitte das hier von mir geben? Die Worte der Bibel spenden mir immer Trost. Auch wenn andere Türen für sie verschlossen sein mögen – die Heilige Schrift wird immer für sie da sein.«

Jun Do nahm das Buch in die Hand und befühlte den weichen Einband.

»Wir könnten gemeinsam darin lesen«, sagte sie. »Kennen Sie Christus?«

Jun Do nickte. »Ja, wir haben eine Einweisung zu dem Thema erhalten.«

Schmerz trat in ihre Augenwinkel, doch dann nickte sie.

Er gab ihr die Bibel zurück. »Es tut mir leid. Wo ich herkomme, ist dieses Buch verboten. Es zu besitzen wird mit einer hohen Strafe belegt«, sagte er.

»Sie können sich nicht vorstellen, wie weh es mir tut, das zu hören«, erwiderte sie und ging dann zur Tür, wo ein weißes Leinenhemd aus Mexiko hing. »Duschen Sie den Arm heiß ab, ja? Und ziehen Sie heute Abend das Hemd hier an.«

Als sie ging, sprang der Hund wieder aufs Bett.

Jun Do zog sein Hemd aus und sah sich in dem Gästezimmer um. Es war mit Andenken des Senators gefüllt: Fotos von ihm zusammen mit stolz dreinblickenden Menschen, Auszeichnungen in Gold und Bronze. Auf einem kleinen Sekretär in der Ecke stand ein Telefon neben einem weißen Buch. Jun Do hob den Telefonhörer und lauschte dem gleichmäßigen Ton. Er nahm das große Buch zur Hand und blätterte darin. Es enthielt Tausende von Namen. Es dauerte eine Weile, bis ihm klar wurde, dass jeder Mensch in ganz Zentraltexas darin aufgeführt war, mit vollem Namen und Anschrift. Er konnte nicht glauben, dass man einfach in einem Buch nachschlagen und jemanden finden konnte. Wenn man beweisen wollte, dass man kein Waisenkind war, brauchte man nur so ein Buch aufzuschlagen und auf seine Eltern zu zeigen. Es war unbegreiflich, dass es in Amerika eine dauerhafte Verbindung zu Müttern und Vätern und abhandengekommenen Freunden gab, dass sie für immer auf gedruckten Seiten fixiert waren. Er blätterte im Telefonbuch: Donaldson, Jimenez, Smith – man brauchte nichts weiter als ein Buch. Ein Buch konnte einem ein ganzes Leben voller Unsicherheit und Kopfzerbrechen ersparen. Auf einmal überkam ihn Hass auf sein kleines, rückständiges Heimatland mit seinen Geheimnissen und Geistern, seinen vermissten Personen und seinen Menschen ohne Identität. Er riss eine Seite hinten aus dem Telefonbuch und schrieb darauf: *Alle wohlbehalten in Nordkorea.* Darunter schrieb er die Namen aller Menschen, bei deren Entführung er mitgewirkt hatte. Neben Mayumi Nota, das Mädchen vom Pier, machte er ein Sternchen, die Ausnahme.

Im Bad stand ein Körbchen mit Einwegrasierern, winzigen Zahnpastatuben und einzeln verpackten Seifenstückchen. Er rührte sie nicht an, sondern starrte sich selbst im Spiegel ins Gesicht und sah sich so, wie die Frau des Senators ihn gesehen hatte. Er berührte die Bissstellen, das gebrochene Schlüsselbein, die Brandnarben, die elfte Rippe. Dann berührte er das Gesicht von Sun Moon, der schönen Frau inmitten dieses Heiligenscheins aus Wunden.

Er trat vor die Toilettenschüssel und starrte hinein. Einen Augenblick später kam das Fleisch schon, in drei großen Schüben, und dann war sein Magen leer. Seine Haut spannte, und er fühlte sich schwach auf den Beinen.

In der Dusche drehte er das warme Wasser. Er badete seine Wunden in dem heißen Strahl, der wie Feuer auf seinem Arm brannte. Als er die Augen schloss, war es, als würde er wieder von der Frau des Zweiten Maats gepflegt, wie ganz am Anfang, als seine Augen zugeschwollen waren und er sie nur hörte und roch, als sie nichts als weiblicher Duft war, er fieberte und nicht wusste, wo er war, und sich das Gesicht der Frau, die ihn retten würde, nur vorstellen konnte.

*

Nach Sonnenuntergang zog Jun Do das weiße Hemd mit dem steifen Kragen und der südamerikanischen Stickerei an. Durchs Fenster sah er Dr. Song und den Minister aus einem glänzenden, schwarzen Wohnmobil steigen, wo sie den ganzen Nachmittag Gespräche mit dem Senator geführt hatten. Der Hund erhob sich und legte seine Schnauze auf die Bettkante. Um den Hals hatte er ein Lederband; irgendwie traurig, so ein Hund ohne sein Rudel und Gehege. Irgendwo fing eine Band an zu spielen, jemand sang, es klang wie Spanisch. Als Jun Do hinaus in die Dunkelheit ging, folgte ihm der Hund.

Auf dem Flur hingen weitere Familienfotos des Senators, und immer wurde gelächelt. Der Weg zur Küche war wie ein Weg in die Vergangenheit, aus den Fotografien von Abschlussfeiern wurden Fotos von Sportereignissen, dann vom Pfadfinderlager, Rattenschwänze, Kindergeburtstage, schließlich Babyfotos. Sah so Familie aus? Entwickelte sie sich so, so gradlinig und makellos wie die Zähne dieser Kinder? Man sah zwar mal einen Arm in einer Schlinge, und die Großeltern verschwanden irgendwann aus den Bildern. Die Anlässe und Hunde wechselten. Dies war eine Familie, von Anfang bis Ende, ohne Kriege oder Hungersnöte oder Arbeitslager, ohne einen Fremden, der in die Stadt kam und einem die Tochter am Pier ertränkte.

Draußen war es kühl, und in der trockenen Abendluft lag ein Geruch nach Kakteen und Vichtränken aus Aluminium. Die Sterne am Himmel zitterten in der Wärme des Tages, die der texanische Boden abstrahlte. Jun Do folgte dem mexikanischen Gesang und dem Surren eines Mixers zum Korral, wo die Männer weiße Hemden trugen und die Frauen in bunte Schals gehüllt waren. In der Mitte loderte ein Feuer aus aufgestellten Stämmen, das die glänzenden Gesichter erleuchtete. Eine beeindruckende Idee – so viel Holz zu verfeuern damit man nachts fröhlich beisammen sein konnte. Im flackernden Licht spielte der Senator auf der Geige und sang dazu »The Yellow Rose of Texas«.

Wanda kam an Jun Do vorbei, die Arme voller Limetten. Als er stehen blieb, blieb der Hund auch stehen; sein Fell glänzte orange und schwarz im Feuerschein. »Guter Hund«, sagte Jun Do und tätschelte ihm steif den Kopf, wie die Amerikaner es taten.

Mit einem Entsafter aus Holz presste Wanda Limetten aus, während Pilar Spirituosen in den Mixer kippte. Dann betätigte Wanda den Mixerknopf im Takt der Musik, und schließlich verteilte Pilar die Mixtur schwungvoll auf eine lange Reihe gelber Plastikbecher. Als Wanda Jun Do bemerkte, brachte sie ihm eine Margarita.

Er starrte das Salz am Becherrand an. »Was ist das?«, fragte er.

»Probieren Sie mal«, sagte sie. »Jetzt seien Sie nicht so. Soll ich Ihnen verraten, was Saddam Hussein im tiefsten Raum seines Bunkers hatte? Ich meine, noch unter seiner Kriegs- und Kommandozentrale aus Stahlbeton? Eine Xbox. Eine Spielkonsole, mit einem einzigen Controller.«

Er sah sie verständnislos an.

»Jeder braucht ein bisschen Spaß im Leben«, erklärte sie.

Jun Do trank einen Schluck – das Getränk schmeckte sauer und trocken, wie aller Durst der Welt.

»Ich habe übrigens nach Ihrem Freund geforscht«, sagte Wanda. »Die Japaner und Südkoreaner haben niemanden, auf den die Beschreibung passen würde. Sollte er über den Yalu nach China sein, erfährt man sowieso nichts. Vielleicht benutzt er ja auch nicht seinen echten Namen. Wer weiß, vielleicht taucht er ja noch auf. Manche Flüchtlinge verschlägt es auch nach Thailand.«

Jun Do faltete die ausgerissene Telefonbuchseite auseinander und reichte sie Wanda. »Könnten Sie diese Nachricht weiterleiten?«

»*Alle wohlbehalten in Nordkorea*«, las sie. »Was ist das?«

»Eine Liste japanischer Entführungsopfer.«

»Von den Entführungen wurde in den Nachrichten berichtet«, erwiderte Wanda. »Diese Liste hätte jeder zusammenstellen können. Sie beweist gar nichts.«

»Beweisen?«, sagte Jun Do. »Ich will nichts beweisen. Ich will Ihnen etwas mitteilen, was außer mir niemand kann: Keiner dieser Menschen ist gestorben, alle haben die Entführung überlebt, und sie sind wohlbehalten in Nordkorea. Nicht Bescheid zu wissen ist das Schlimmste. Diese Liste ist nicht für Sie gedacht – sie ist eine Botschaft von mir an die Angehörigen, für ihren inneren Frieden. Das ist alles, was ich ihnen geben kann.«

»Allen geht es gut«, sagte sie. »Nur die mit dem Sternchen ist nicht mehr am Leben?«

Jun Do zwang sich ihren Namen auszusprechen. »Mayumi.«

Wanda nippte an ihrem Cocktail und sah ihn von der Seite her an. »Sprechen Sie Japanisch?«

»Etwas«, sagte er. »*Watashi no neko ga maigo ni narimashita.*«

»Was soll das denn heißen?«

»Meine Katze ist weg.«

Wanda sah ihn verständnislos an, steckte aber das Blatt Papier in die Gesäßtasche.

*

Erst beim Abendessen sah Jun Do Dr. Song wieder. An der Art, wie dieser den Damen Margaritas einschenkte und beim Probieren der scharfen Salsa anerkennend nickte, versuchte Jun Do zu erraten, wie die Gespräche verlaufen waren. Sie saßen zu acht an einem runden Tisch; Pilar kam immer wieder herbei, um neue Gerichte aufzutragen und leere Teller mitzunehmen. Sie erklärte die Gerichte, die auf dem Drehaufsatz des Tisches standen: Flautas, Mole, Rellenos und Tacos zum selbst zusammenstellen – ein Warmhaltetopf mit Tortillas, Schüsselchen mit Koriandergrün, gehackter Zwiebel, Tomate, geraspeltem Weißkohl, mexikanischer saurer Sahne, schwarzen Bohnen und Tigerfleisch.

Als Dr. Song das Tigerfleisch probierte, trat ein Ausdruck wahrer Begeisterung auf sein Gesicht. »Jetzt sagen Sie selbst: Ist das nicht das beste Tigerfleisch, das Sie je gegessen haben?«, fragte er. »Zeigen Sie mir den amerikanischen Tiger, der da mithalten kann. Ist der koreanische Tiger nicht wesentlich vitaler und schmackhafter?«

Pilar brachte eine weitere Fleischplatte zum Tisch. »*Bueno*. Schade, dass es keine mexikanischen Tiger gibt.«

»Du hast dich mal wieder selbst übertroffen, Pilar«, sagte die Frau des Senators. »Das beste Texmex, das du je gemacht hast.«

Dr. Song beäugte die beiden misstrauisch.

Der Minister hielt seinen Taco hoch und sagte auf Englisch: »*Yes!*«

Tommy aß auch einen Taco und nickte zustimmend. »Das beste Fleisch, das ich je gegessen habe, war, als ich mal mit ein paar Kameraden Ausgang hatte«, erzählte er. »Wir fanden das Essen unglaublich lecker und stopften uns bis oben hin voll. Wir redeten so begeistert über das Essen, dass sie den Koch aus der Küche holten; er meinte, er könne uns noch mehr davon zum Mitnehmen machen. Es sei kein Problem, er habe noch einen zweiten Hund auf dem Hof.«

»O Tommy«, sagte die Senatorengattin.

»Ich war mal bei einer Stammesmiliz zu Besuch«, sagte Wanda. »Die bereiteten ein Festmahl für uns vor, aus ungeborenen Ferkeln, in Ziegenmilch gegart. Das war das zarteste Fleisch, das man sich nur vorstellen kann.«

»Aufhören«, sagte die Senatorengattin. »Können wir bitte über etwas anderes reden?«

Der Senator bat: »Über alles, nur bitte nicht über Politik.«

»Ich muss Sie etwas fragen«, sagte Jun Do. »Als ich zur See fuhr, auf dem Koreanischen Meer, da haben wir die Funksprüche von zwei jungen Amerikanerinnen verfolgt. Ich habe nie erfahren, was aus ihnen geworden ist.«

»Die Ruderinnen«, sagte Wanda.

»So eine schreckliche Geschichte«, sagte die Frau des Senators. »Wirklich traurig.«

Der Senator wandte sich an Tommy. »Das Boot haben sie doch gefunden, oder?«

»Genau, das Ruderboot schon, aber von den Mädchen gibt es keine Spur«, sagte Tommy. »Wanda, hast du irgendwelche Insiderinfos?«

Wanda hatte sich gerade zum Abbeißen über den Teller gebeugt, an ihrer Hand lief Tacosauce herab. »Ich habe gehört, das Ruderboot sei halb verbrannt gewesen«, sagte sie mit vollem Mund. »Von einem der Mädchen fanden sie Blut, aber nichts von dem anderen. Vielleicht ein Mord mit anschließendem Selbstmord.«

»Das war das Mädchen, das im Dunkeln rudert«, sagte Jun Do. »Sie hat eine Signalpistole abgefeuert.«

Am Tisch wurde es still.

»Sie ist mit geschlossenen Augen gerudert«, erläuterte Jun Do. »Das war ihr Fehler. Deswegen ist sie vom Kurs abgekommen.«

Tommy fragte: »Und warum haben Sie nach dem Schicksal der Mädchen gefragt, wenn Sie schon Bescheid wussten?«

»Ich wusste nicht, was aus ihnen geworden ist. Ich wusste nur, dass etwas schiefgelaufen ist«, antwortete Jun Do.

»Erzählen Sie uns doch, was mit Ihnen passiert ist«, forderte ihn die Frau des Senators auf. »Sie sagten, Sie wären zur See gefahren. Wie ist es zu Ihrer schrecklichen Verwundung gekommen?«

»Es ist noch zu früh«, hielt Dr. Song dagegen. »Die Verletzung ist noch zu frisch. Diese Geschichte ist schwer zu ertragen.« Zu Jun Do gewandt sagte er: »Ein andermal, richtig?«

»Es geht schon. Ich kann darüber reden«, sagte Jun Do und berichtete in allen Einzelheiten von seiner Begegnung mit den Amerikanern: Wie die *Junma* geentert wurde, wie die Marinesoldaten ihre Gewehre hielten, wie ihre Kleidung

Rußflecken davontrug. Er erklärte, wie sie die Schuhe aus dem Wasser gefischt und überall auf Deck liegen hatten. Jun Do beschrieb, wie die Soldaten rauchten und in den Turnschuhen wühlten, nachdem das Schiff für ungefährlich erklärt worden war, wie sie sich Andenken stahlen, darunter auch die unantastbaren Bildnisse des Großen und des Geliebten Führers, wie das Messer gezückt und die Amerikaner zum Rückzug gezwungen worden waren. Er erwähnte den Feuerlöscher. Er schilderte, wie die Offiziere auf dem amerikanischen Kriegsschiff Kaffee tranken und auf sie herunterschauten. Er beschrieb die Cruise Missile, die auf dem Feuerzeug des Soldaten die Muskeln spielen ließ.

Der Senator fragte: »Aber wie ist es denn nun zu Ihrer Verletzung gekommen, mein Junge?«

»Die Soldaten sind zurückgekehrt«, antwortete Jun Do.

»Warum sollten sie zurückkehren?«, entgegnete Tommy. »Sie hatten das Schiff doch schon durchsucht und gesichert.«

»Und was hatten Sie überhaupt auf einem Fischerboot zu schaffen?«, wollte der Senator wissen.

»Ganz offensichtlich fühlten sich die Amerikaner in ihrer Ehre verletzt«, sagte Dr. Song mit einigem Nachdruck, »weil ein einzelner, mit nichts als einem Messer bewaffneter Nordkoreaner eine ganze amerikanische Kampfeinheit wie Feiglinge dastehen ließ.«

Jun Do trank einen Schluck Wasser. »Ich weiß nur, dass es ganz früh morgens war, an Steuerbord ging die Sonne auf. Die Amerikaner kamen direkt aus dem Licht, und mit einem Mal wurden wir geentert. Der Zweite Maat, der Steuermann und der Kapitän waren an Deck. Es war Waschtag und sie brachten gerade Seewasser zum Kochen. Es gab Geschrei. Der Maschinist, der Erste Maat und ich rannten nach oben. Der Marinesoldat von vorher, Lieutenant Jervis hieß er, hielt den

Zweiten Maat über die Reling. Sie brüllten ihn an wegen dem Messer.«

»Eine Sekunde«, unterbrach der Senator. »Woher kennen Sie den Namen des Soldaten?«

»Weil er mir seine Karte gegeben hat«, antwortete Jun Do. »Er wollte, dass wir ganz genau wissen, wer da zurückgekommen ist, um Rache zu nehmen.« Jun Do gab die Visitenkarte an Wanda weiter, die den Namen laut vorlas: »Lieutenant Harlan Jervis.«

Tommy streckte den Arm nach der Karte aus. »Die *Fortitude*, fünfte Kriegsflotte«, sagte er zum Senator. »Das muss eins von Woody McParklands Schiffen sein.«

Der Senator sagte: »Woody würde nie ein schwarzes Schaf in seiner Truppe dulden.«

Die Frau des Senators hob die Hand. »Und was geschah dann?«

Jun Do sagte: »Dann wurde mein Freund den Haien zum Fraß vorgeworfen, und ich sprang hinterher, um ihn zu retten.«

Tommy fragte: »Und wo kamen die ganzen Haie auf einmal her?«

»Die *Junma* ist ein Fischerboot«, erläuterte Jun Do. »Das wird immer von Haien verfolgt.«

»Da kochte das Wasser also vor Haien?«, hakte Tommy nach.

»Hat der Junge überhaupt etwas davon mitbekommen?«, wollte der Senator wissen.

Und Tommy fragte: »Hat Lieutenant Jervis etwas gesagt?«

»Na ja, anfangs waren es noch nicht so viele Haie«, meinte Jun Do.

Der Senator wollte wissen: »Hat dieser Jervis den Jungen eigenhändig ins Wasser geworfen?«

»Oder hat er einem Untergebenen befohlen, das zu tun?«, wollte Tommy wissen.

Der Minister legte beide Handflächen auf den Tisch. »*Story*«, verkündete er auf Englisch. »Wahr.«

»Nein!«, erklärte die Frau des Senators.

Jun Do sah in die hellen, umwölkten Augen der alten Dame.

»Nein«, wiederholte sie. »Mir ist klar, dass in Kriegszeiten keine Seite ein Monopol auf unaussprechliche Taten hat. Und ich bin nicht so naiv zu glauben, etwas anderes als Unrecht würde die Motoren der Gerechten antreiben. Doch diese Marinesoldaten sind unsere besten Männer, unter der besten Führung, und sie fahren unter der Flagge unseres Landes. Und deswegen: Nein, ich muss Ihnen widersprechen. Sie irren sich. Kein amerikanischer Soldat hat je eine solche Tat verübt. Das weiß ich, ganz genau sogar.«

Sie erhob sich vom Tisch.

Jun Do erhob sich ebenfalls.

»Es tut mir leid, dass ich Sie aus der Fassung gebracht habe«, sagte er. »Ich hätte nicht davon sprechen sollen. Doch eines müssen Sie mir glauben: Ich habe blutrünstigen Haien ins Auge geblickt. Wenn man in ihre Nähe kommt und nur noch eine Armlänge von ihnen entfernt ist, dann werden ihre Augen weiß. Sie legen sich auf die Seite und heben den Kopf, damit sie einen besser sehen können, bevor sie zubeißen. Als die Zähne durch mein Fleisch gingen, habe ich nichts gespürt, aber als sie auf den Knochen trafen, durchfuhr es mich eiskalt, wie ein Stromschlag. Man roch das Blut im Wasser. Ich weiß, wie es ist, wenn man einen Kameraden vor sich hat, der gleich nicht mehr da sein wird. Mit einem Schlag wird einem klar, dass man ihn nie wiedersehen wird. Ich habe die letzten gestammelten Worte eines Menschen gehört. Wenn jemand direkt vor einem im Wasser versinkt und man es einfach nicht fassen kann – so etwas vergisst man nie. Und das, was die Leute zurücklassen, einen Rasierpinsel, ein Paar Schuhe, wie lächerlich das hinterher wirkt: Man kann es mit Händen fassen, aber ohne den Menschen hat es jede Bedeutung verloren.« Jun Do bebte mittlerweile. »Ich habe die Witwe, *seine Witwe*, in diesen, meinen Armen gehalten, und sie hat ihm Schlaflieder gesungen, als wäre er noch da.«

*

Als Jun Do später in seinem Zimmer war, schlug er die vielen koreanischen Namen in Texas nach, die Hunderte Kims und Lees, und er war schon fast bei den Paks und Parks angelangt, als der Hund auf seinem Bett plötzlich aufsprang.

An der Tür war Wanda – sie klopfte zwei Mal und machte dann auf.

»Ich fahre einen Volvo«, sagte sie von der Tür her. »Den habe ich von meinem Dad übernommen. Als ich klein war, arbeitete er im Betriebsschutz am Hafen. Im Auto hatte er immer einen Funkscanner laufen, damit er Bescheid wusste, sobald ein Kapitän in Seenot geriet. Ich habe auch einen, den lasse ich laufen, wenn ich nicht schlafen kann.«

Jun Do sah sie nur reglos an. Der Hund legte sich wieder auf dem Bett zur Ruhe.

»Ich habe ein paar Dinge über Sie herausgefunden. Wer Sie wirklich sind, zum Beispiel.« Wanda zuckte die Achseln. »Deswegen dachte ich, es wäre nur fair, wenn ich auch etwas über mich erzähle.«

»Ich weiß nicht, was in Ihrer Akte über mich steht, jedenfalls stimmt es nicht«, sagte Jun Do. »Ich mache das nicht mehr.« Er fragte sich sowieso, wie sie eine Akte über ihn haben konnten, wenn nicht mal Pjöngjang es schaffte, seine Personalien richtig zu verwalten.

»Ich habe einfach Ihre Frau Sun Moon in den Computer eingegeben, und da sind Sie sofort aufgetaucht, Kommandant Ga.« Sie wartete auf seine Reaktion; als keine kam, sagte sie: »Minister für Gefängnisbergwerke, Gewinner des Goldgurts im Taekwondo, Sieger über Kimura in Japan, Vater zweier Kinder, Träger des Purpurroten Sterns für ungenannte Heldentaten und so weiter und so fort. Aktuelle Fotos waren nicht dabei; ich hoffe also, es stört Sie nicht, wenn ich die Fotos hochlade, die ich von Ihnen gemacht habe.«

Jun Do klappte das Telefonbuch zu.

»Sie irren sich«, sagte er. »Und nennen Sie mich niemals vor den anderen so.«

»Kommandant Ga«, wiederholte Wanda, als koste sie den Namen so richtig aus. Sie hielt ihr Smartphone hoch. »Ich habe eine App, die die Flugbahn der internationalen Raumstation anzeigt. In acht Minuten überfliegt sie Texas.«

Er folgte ihr nach draußen an den Rand der Wüste. Die Milchstraße spannte sich über den ganzen Himmel, und aus den Bergen trug der Wind den Harzgeruch der Kreosotbüsche und den Geschmack von Granitstaub herbei. Als ein Kojote heulte, zuckte zwischen ihnen aufgeregt der Schwanz des Hundes. Alle drei warteten auf die Antwort eines zweiten Kojoten.

»Tommy«, sagte Jun Do. »Er spricht Koreanisch, richtig?«

»Ja«, antwortete Wanda. »Er war dort zehn Jahre lang stationiert, bei der Marine.«

Sie schirmten die Augen seitlich ab und hielten nach der Flugbahn der Raumstation Ausschau.

»Ich verstehe das Ganze nicht«, sagte Wanda. »Was will der Minister für Gefängnisbergwerke bei uns in Texas? Und wer ist der andere, der angeblich Minister ist?«

»Der ist harmlos. Er tut nur, was ihm befohlen wird. Sie müssen das verstehen – wenn dort, wo er herkommt, jemand sagt: ›Du bist Waise‹, dann bist du Waise. Wenn jemand sagt, kriech in ein Loch, dann bist du ab sofort einer, der in Löcher kriecht. Wenn jemand sagt, tu anderen weh – dann geht es los.«

»Tu anderen weh?«

»Ich will damit nur sagen, wenn einer den Auftrag bekommt, nach Texas zu gehen und eine Geschichte zum Besten zu geben, dann ist er von da an nur noch diese Geschichte und nichts anderes mehr.«

»Das glaube ich Ihnen gern«, erwiderte sie, »und ich versuche, es zu verstehen.«

Wanda entdeckte die internationale Raumstation als Erste; hell wie ein Diamant raste sie über den Himmel. Jun Do folgte dem Trabanten mit den Augen, genauso verblüfft wie beim ersten Mal, als der Kapitän ihn mitten auf dem Meer darauf hingewiesen hatte.

»Sie denken nicht zufällig ans Überlaufen, oder?«, fragte sie. »Sollten Sie das vorhaben, brächte das eine Unmenge Probleme mit sich, das können Sie mir glauben. Aber trotzdem – möglich wäre es schon. Ich sage nicht, dass es unmöglich wäre.«

»Dr. Song und der Minister – Sie wissen, was aus ihnen würde«, erwiderte Jun Do. »Das kann ich ihnen nicht antun.«

»Natürlich nicht«, antwortete sie.

In weiter Ferne – zu weit, um die Entfernung abschätzen zu können – zuckte Wetterleuchten am Horizont. Dennoch waren die Blitze hell genug, dass sich die Silhouetten von Bergketten vor dem Himmel abzeichneten und noch weiter entfernte Höhenzüge zu ahnen waren. Das Stroboskopzucken eines Blitzschlags zeigte eine düstere Eule mitten im Flug, die lautlos zwischen den hohen Nadelbäumen jagte.

Wanda drehte sich zu ihm um. »Fühlen Sie sich frei?«, fragte sie. Sie sah ihn nachdenklich an. »Wissen Sie, was Freiheit ist?«

Wie sollte er ihr bloß sein Land erklären? Wie sollte er erklären, dass es Freiheit war, dessen Enge hinter sich zu lassen und hinaus aufs Ostmeer zu fahren. Oder wenn er sich als Junge eine Stunde lang von den Hochöfen davongestohlen hatte und mit den anderen Kindern in den Schlackehaufen herumgeklettert war, obwohl überall Wachen standen, ja gerade weil überall Wachen standen – das war Freiheit in ihrer reinsten Form. Wie sollte man jemandem erklären, dass das Reiswasser, das man aus dem Angebrannten unten im Topf herstellte, besser schmeckte als jede texanische Limonade?

»Gibt es hier Straflager?«, fragte er.

»Nein«, sagte sie.

»Zwangsehen, Selbstkritiksitzungen, Lautsprecher?«

Sie schüttelte den Kopf.

»Dann glaube ich nicht, dass ich mich hier jemals frei fühlen könnte«, sagte er.

»Was soll das heißen?« Wanda schien fast wütend auf ihn zu sein. »Das erklärt mir überhaupt nichts.«

»In meinem Land ergibt alles einen klaren, eindeutigen Sinn. Es ist der unkomplizierteste Ort der Welt«, sagte er.

Sie blickte hinaus in die Wüste.

Jun Do sagte: »Ihr Vater war eine Tunnelratte, richtig?«

»Mein Onkel«, erwiderte sie.

»Na gut, Ihr Onkel. Die meisten Menschen denken doch gar nicht darüber nach, dass sie am Leben sind. Aber ich könnte wetten, dass Ihr Onkel an nichts anderes gedacht hat, wenn er runter in einen feindlichen Tunnel musste. Und wenn er es wieder herausgeschafft hatte, dann fühlte er sich wahrscheinlich lebendiger, als wir uns jemals fühlen werden.

Als ob ihm nichts etwas anhaben könnte, als sei er unbesiegbar – bis zum nächsten Tunnel. Fragen Sie ihn doch, wo er sich lebendiger gefühlt hat – hier oder dort.«

»Ich weiß, was Sie sagen wollen«, entgegnete Wanda. »Als ich klein war, erzählte er immer herrliche Gruselgeschichten über die Tunnel, als sei alles ein Klacks gewesen. Aber wenn er jetzt bei meinem Vater zu Besuch ist und man sich mitten in der Nacht ein Glas Wasser holen geht, dann steht er hellwach mitten in der Küche. Das hat doch nichts mit unbesiegbar zu tun. Da wünscht er sich doch nicht, er wäre wieder in Vietnam, weil er sich da so lebendig gefühlt hat. Da wünscht er sich, er hätte dieses schreckliche Land niemals gesehen. Und, was ist jetzt mit Ihrer schönen Metapher von der Freiheit?«

Jun Do sah sie an, und in seinem Blick lag trauriges Verstehen. »Ich weiß, von welchem Traum Ihr Onkel aufgewacht ist. Weswegen er dann hellwach in der Küche steht.«

»Glauben Sie's mir, Sie kennen meinen Onkel nicht«, sagte sie.

Jun Do nickte. »Schon gut.«

Fast zornig sah Wanda ihn an.

»Also«, sagte sie. »Erzählen Sie's schon.«

»Ich will ja nur erklären, was er hat.«

»Nur zu«, sagte sie.

»Wenn ein Tunnel einbricht ...«, sagte Jun Do.

»Im Gefängnisbergwerk?«

»Genau«, sagte er. »Wenn ein Tunnel in einem Bergwerk einbricht, dann müssen wir hingehen und die Männer freischaufeln. Ihre Augäpfel sind flach gedrückt und zermatscht. Und die Münder – die Münder sind immer weit offen und voller Erde. Das ist der Anblick, den man nicht ertragen kann, eine mit Erde gestopfte Kehle, eine braune, dreckverkrustete Zunge. Es ist unsere größte Angst, so zu enden: Die anderen stehen im Kreis um dich herum und starren auf die Panik deines letzten Augenblicks herunter. Wenn Sie also Ihren Onkel spät in der Nacht an der Spüle stehen sehen, dann hat er geträumt, dass er Erde eingeatmet hat. In dem Traum ist alles stockdunkel. Man hält die Luft an und hält die Luft an, und wenn man sie schließlich nicht mehr anhalten kann, wenn man als Nächstes Erde einatmen müsste – dann wacht man auf und ringt nach Luft. Ich muss mir nach dem Traum immer das Gesicht waschen. Eine Weile liege ich nur da und atme, aber es ist ein Gefühl, als würde ich nie wieder genug Luft bekommen.«

Wanda musterte ihn einen Augenblick lang.

Sie sagte: »Ich will Ihnen etwas schenken.«

Sie gab ihm einen Fotoapparat, der so klein war, dass er ihn in der Hand verstecken konnte. So einen hatte er schon einmal in Japan gesehen.

»Fotografieren Sie mich«, sagte sie. »Einfach nur hochhalten und auf den Knopf drücken.«

Er hielt im Dunkeln die Kamera vor Wanda. Auf dem kleinen Display konnte er mit Mühe ihren Umriss sehen. Dann blitzte es.

Wanda griff in die Tasche und holte ein knallrotes Handy heraus. Als sie es hochhielt, war das Foto, das er gerade von ihr aufgenommen hatte, auf dem Handydisplay zu sehen. »Die Dinger sind für den Irakkrieg entwickelt worden«, sagte sie. »Die händige ich der Bevölkerung dort aus, freundlich gesonnenen Menschen. Damit können sie ein Foto machen, wenn sie glauben, dass ich etwas sehen sollte. Das Foto wird über einen Satelliten ausschließlich an mich geschickt. Die Kamera hat keinen Speicher, es ist also kein einziges Foto darauf. Niemand kann jemals herausfinden, was Sie fotografiert haben oder wohin das Bild geschickt worden ist.«

»Was soll ich denn fotografieren?«

»Nichts«, antwortete sie. »Was Sie wollen. Das entscheiden Sie allein. Wenn es jemals etwas geben sollte, was Sie mir zeigen wollen, etwas, das mir helfen würde, Ihr Land zu verstehen, dann drücken Sie auf diesen Knopf.«

Er sah sich um, als überlege er, was es in dieser dunklen Umgebung zu fotografieren gab.

»Nur keine Bange«, sagte sie und stellte sich ganz dicht neben ihn. »Strecken Sie den Arm aus, machen Sie ein Foto von uns beiden!«

Er spürte ihre Schulter an seiner, ihren Arm um seinen Rücken.

Er knipste und betrachtete das Bild dann auf dem Handydisplay.

»Sollte ich da lächeln?«, fragte er, als er es ihr zurückgab.

Sie sah sich das Foto an. »Ein Herz und eine Seele«, sagte sie und lachte. »Ja klar, seien Sie nicht so ernst. Ein bisschen lächeln kann doch nicht schaden.«

»›Ein Herz und eine Seele‹«, sagte er. »Diesen Ausdruck kenne ich nicht.«

»Vertraut eben, nah«, sagte sie. »Wenn zwei Leute sich füreinander öffnen, alles miteinander teilen und keine Geheimnisse voreinander haben.«

Er betrachtete das Bild. »Vertraut.«

*

In dieser Nacht hörte Jun Do im Schlaf den Waisenjungen Bo Song. Weil er gehörlos war, redete Bo Song besonders laut, wenn er etwas zu sagen versuchte; im Schlaf war es noch schlimmer, und er brüllte die halbe Nacht lang sein taubes Gebrabbel. Jun Do verlegte ihn auf eine Pritsche in den Flur, wo die meisten Jungen vor Kälte wie gelähmt waren – erst klapperten sie noch ein wenig mit den Zähnen, dann war Ruhe. Nicht so bei Bo Song – er stammelte im Schlaf nur noch lauter. Und in dieser Nacht hörte Jun Do ihn, wie er wimmerte und greinte, und in seinem Traum begann Jun Do auf einmal, den tauben Jungen zu verstehen. Aus den ungeformten Lauten wurden Worte, und auch wenn Jun Do noch keine Sätze ausmachen konnte, wusste er doch, dass Bo Song versuchte, ihm die Wahrheit über etwas mitzuteilen. Es war eine große, schreckliche Wahrheit, und gerade als die Worte des Waisenjungen anfingen, einen Sinn zu ergeben, gerade, als der Taube sich endlich verständlich machen konnte, wachte Jun Do auf.

Als er die Augen aufschlug, hatte er die Hundeschnauze vor sich; der Hund war hochgerutscht und lag jetzt mit auf dem Kissen. Die Hundeaugen hinter den Lidern rollten und zuckten, und der Hund jaulte in seinem Hundetraum. Jun Do streckte die Hand aus und streichelte ihm beruhigend übers Fell, bis das Jaulen und Wimmern aufhörte.

Jun Do zog sich die Hose und sein neues weißes Leinenhemd über. Barfuß tappte er zum Zimmer von Dr. Song; abgesehen von einem fertig gepackten kleinen Koffer am Fußende des Bettes war es leer.

Auch die Küche und das Esszimmer waren leer.

Jun Do fand ihn draußen im Pferch; er saß an einem Picknicktisch. Ein Nachtwind wehte. Wolken jagten über den spät aufgegangenen Mond. Dr. Song trug wieder Anzug und Krawatte.

»Die Frau vom CIA war bei mir«, sagte Jun Do.

Dr. Song gab keine Antwort. Er starrte auf die Feuerstelle, wo die Glut immer noch Hitze abstrahlte; wenn der Wind ein wenig von der Asche davonblies, glommen die Kohlen hellrot auf.

»Wissen Sie, was sie mich gefragt hat?«, sagte Jun Do. »Sie wollte wissen, ob ich mich frei fühle.«

Auf dem Tisch lag Dr. Songs Cowboyhut, den er mit einer Hand festhielt, damit er nicht davonwehte.

»Und was hast du unserem feurigen Cowgirl erzählt?«, wollte er wissen.

»Die Wahrheit«, sagte Jun Do.

Dr. Song nickte.

Sein Gesicht sah alt aus, seine Augen waren vor lauter Müdigkeit fast zugeschwollen.

»Und war es ein Erfolg?«, fragte Jun Do. »Haben Sie erreicht, was Sie wollten?«

»Habe ich erreicht, was ich erreichen wollte?«, fragte Dr. Song sich selbst. »Ich habe ein Auto und einen Fahrer und eine Wohnung auf dem Moranbong-Hügel. Meine Frau – als ich sie noch hatte – war die Fürsorge in Person. Ich habe die weißen Nächte in Leningrad erlebt und die Verbotene Stadt besichtigt. Ich habe an der Kim-Il-Sung-Universität Vorträge gehalten. Ich bin mit dem Geliebten Führer auf Jetskis über einen kalten Bergsee gerast und habe erlebt, wie zehntausend Frauen beim Arirang-Festival gleichzeitig einen Purzelbaum machten. Und jetzt habe ich texanisches Barbecue probiert.«

Jedes Mal, wenn er jemanden so reden hörte, lief es Jun Do eiskalt den Rücken herunter.

»Möchten Sie mir etwas sagen, Dr. Song?«, fragte er.

Dr. Song befühlte die Krempe seines Huts. »Alle habe ich überlebt«, sagte er. »Meine Kollegen und Freunde sind alle in Bauernkollektiven und Arbeitslagern gelandet, und manche sind schlichtweg verschwunden. Was haben wir nicht alles für Schwierigkeiten und Probleme gehabt. Wie oft haben wir in der Patsche gesessen. Aber hier bin ich – noch bin ich da, der alte Dr. Song.« Er gab Jun Do einen väterlichen Klaps aufs Bein. »Nicht schlecht für einen Kriegswaisen, oder?«

Jun Do hatte das Gefühl, als träume er immer noch, dass ihm jemand etwas Wichtiges in einer Sprache mitteilte, die er nur halb verstand. Er sah, dass der Hund ihm nach draußen gefolgt war und ihn jetzt aus gebührender Entfernung beobachtete, und mit jedem Windstoß schien sich die Zeichnung seines Fells zu verändern.

»Die Sonne steht hoch über Pjöngjang«, sagte Dr. Song. »Aber wir müssen trotzdem versuchen, eine Mütze voll Schlaf zu bekommen.« Er erhob sich und setzte den Cowboyhut auf. Während er steifbeinig davonging, sagte er: »In den Western-Filmen sagen sie: ›*Time to get some shut-eye*‹.«

*

Am Morgen gab es keine großen Abschiedsreden. Pilar füllte einen Korb mit Muffins und Obst für den Flug, und alle versammelten sich vor dem Haus, wo der Senator und Tommy mit dem Thunderbird und dem Mustang vorgefahren waren. Dr. Song übersetzte die Abschiedswünsche des Ministers – die Einladung, sie sollten ihn alle recht bald in Pjöngjang besuchen kommen, besonders Pilar, die dann allerdings das Arbeiterparadies sicherlich nicht mehr würde verlassen wollen.

Dr. Song verbeugte sich nur vor allen.

Jun Do ging auf Wanda zu, die ein Tanktop trug, so dass ihre kräftige Brust und durchtrainierten Schultern zu sehen waren. Die Haare fielen ihr zum ersten Mal offen ums Gesicht.

»*Happy trails*«, sagte er zu ihr. »So verabschiedet man sich doch in Texas, oder?«

»Ja«, sagte sie lächelnd. »Kennen Sie auch die Antwort? ›*Until we meet again*‹.«

Die Frau des Senators hielt einen Welpen auf dem Arm und kraulte seinen weichen Flaum.

Sie musterte Jun Do.

Er sagte: »Danke, dass Sie meine Wunden versorgt haben.«

»Ich habe einen Eid abgelegt, allen Kranken beizustehen«, erwiderte sie.

»Ich weiß, dass Sie meine Geschichte nicht glauben«, sagte er.

»Ich glaube, dass Sie aus einem Land des Leidens kommen«, antwortete sie. Ihre Stimme war ruhig und getragen – genauso hatte sie geklungen, als sie über die Bibel gesprochen hatte. »Und ich glaube, dass Ihre Frau ein guter Mensch ist, dass sie aber eine Freundin bräuchte. Ich wäre ihr gerne diese Freundin, aber alle sagen, dass ich es nicht sein darf.« Sie drückte dem Welpen einen Kuss auf und streckte ihn dann Jun Do hin. »Mehr kann ich ihr also nicht schenken.«

»Was für eine liebenswürdige Geste«, sagte Dr. Song mit einem kalten Lächeln. »Leider ist die Hundehaltung in Pjöngjang verboten.«

Sie schob Jun Do den Welpen auf den Arm. »Hören Sie nicht auf ihn und seine Vorschriften. Denken Sie an Ihre Frau. Sie werden schon einen Weg finden.«

Jun Do nahm das Hündchen.

»Der Catahoula ist ein Hirtenhund«, sagte sie. »Wenn der Welpe ungehalten ist, zwackt er Sie in die Hacken. Und wenn er seine Liebe zeigen will, zwackt er Sie ebenfalls in die Hacken.«

»Wir müssen zum Flugzeug«, versuchte Dr. Song zu unterbrechen.

»Wir haben ihn Brando genannt«, sagte die Frau des Senators. »Aber Sie können ihn nennen, wie Sie wollen.«

»Brando?«

»Genau. Sehen Sie diese Stelle da an seiner Flanke? Da würde man ein Brandmal hinsetzen.«

»Ein Brandmal?«

»Ein Brandmal ist ein in die Haut eingebranntes Zeichen, mit dem gezeigt wird: Das gehört für immer mir.«

»Wie eine Tätowierung?«

Sie nickte. »Genau, wie Ihre Tätowierung zum Beispiel.«

»Dann soll er Brando heißen.«

Der Minister ging auf den Thunderbird zu, aber der Senator hielt ihn zurück.

»Nein«, sagte der Senator. Er zeigte auf Jun Do. »Er.«

Jun Do sah Wanda fragend an, die achselzuckend nickte. Tommy hatte die Arme vor der Brust verschränkt und blickte selbstzufrieden drein.

Jun Do setzte sich in das Cabriolet. Der Senator ließ sich neben ihm nieder, ihre Schultern berührten sich fast, und sie rollten langsam den Schotterweg hinunter.

»Wir haben erst gedacht, dass der Redselige den Stummen manipuliert«, sagte der Senator kopfschüttelnd. »Und nun stellt sich heraus, dass Sie der sind, der die Strippen zieht. Auf was für Ideen kommt ihr Leute nur? Und ihn dann mit *richtig* und *nicht wahr* am Satzende zu manipulieren – für wie dumm haltet ihr uns eigentlich? Ich weiß, dass ihr immer schön eure Trümpfe ausspielt, von wegen *unterentwickeltes Land* und *Sonst stecken sie mich in den Gulag*. Aber warum kommen Sie um die halbe Welt nach Texas geflogen, nur um dann hier so zu tun, als ob Sie ein Nobody wären? Warum diese blödsinnige Story von den Haifischzähnen? Und was zum Teufel macht ein Minister für Gefängnisbergwerke überhaupt?«

Je länger der Senator sprach, desto stärker machte sich sein texanischer Dialekt bemerkbar; Jun Do konnte nicht jedes Wort verstehen, merkte aber am Tonfall haargenau, was der Senator meinte.

»Ich kann alles erklären«, beschwichtigte ihn Jun Do.

»Nur zu. Ich höre«, erwiderte der Senator.

»Es ist wahr«, sagte Jun Do. »Der Minister ist nicht wirklich ein Minister.«

»Sondern?«

»Dr. Songs Fahrer.«

Der Senator lachte fassungslos. »Gütiger Himmel!«, sagte er. »Ist euch eigentlich überhaupt schon einmal in den Sinn gekommen, fair mit uns zu verhandeln? Ihr wollt nicht, dass wir eure Fischerboote entern, okay, darüber kann man reden. Wir setzen uns zusammen. Wir schlagen vor, dass ihr keine Fischerboote einsetzt, um Falschgeld, Heroin, Bauteile für eure Taepodong-Rakete und so weiter zu schmuggeln. Wir gelangen zu einer Einigung. Stattdessen aber vergeude ich meine Zeit und rede mit den Deppen, während Sie sich die Gegend angucken, oder was haben Sie hier eigentlich gemacht?«

»Mal angenommen, Sie hätten mit mir verhandelt«, sagte Jun Do, obwohl er keine Ahnung hatte, worüber der Senator redete. »Was hätten Sie dann von mir gewollt?«

»Hm, was würde ich wollen?«, fragte der Senator zurück. »Ich weiß ja nicht einmal, was ihr zu bieten hättet. Wir würden etwas richtig Handfestes wollen, etwas, das man sich an die Wand nageln kann. Und es müsste ordentlich was wert sein. Jeder müsste sehen können, dass es eurem werten Führer richtig weh getan hat.«

»Und für so etwas würden Sie uns dann geben, was wir wollen?«

»Die Fischerboote? Ja klar, die können wir in Ruhe lassen, aber warum sollten wir das tun? Die haben doch eins wie das andere den Bauch voller Unheil und sind auf nichts als Ärger aus. Aber das Spielzeug des Geliebten Führers?« Der Senator pfiff durch die Zähne. »Das ist ein völlig anderes Kaliber.

Wenn wir euch das zurückgeben, können wir genauso gut dem japanischen Premier an den Pfirsichbaum pinkeln.«

»Aber Sie geben zu«, wandte Jun Do ein, »dass der Gegenstand, den Sie in Ihrem Besitz haben, dem Geliebten Führer gehört?«

»Die Gespräche sind gelaufen«, antwortete der Senator. »Die waren gestern und haben rein gar nichts gebracht.«

Der Senator nahm den Fuß vom Gas.

»Eine Sache wäre da allerdings noch, Kommandant«, sagte der Senator, wobei er den Wagen am Straßenrand ausrollen ließ. »Und die hat nichts mit den Verhandlungen oder den Spielchen zu tun, die ihr hier spielt.«

Der Mustang kam neben ihnen zum Stehen. Wanda saß auf dem Beifahrersitz und ließ die Hand aus dem Fenster hängen. »Alles klar bei euch beiden?«, fragte sie den Senator.

»Ja, ja, wir klären nur noch ein paar Dinge«, sagte der Senator. »Wartet nicht auf uns – wir kommen gleich nach.«

Wanda schlug mit der flachen Hand aufs Blech, und Tommy fuhr weiter. Jun Do konnte nicht erkennen, ob Dr. Song auf dem Rücksitz die Stirn aus Furcht oder aus Zorn über seine Degradierung gerunzelt hatte.

»Es ist doch so«, sagte der Senator und sah Jun Do durchdringend an. »Wanda hat mir gesagt, Sie hätten so einiges verbrochen und viel Blut an den Händen. Sie haben in meinem Bett geschlafen, Sie sind mit meinen Leuten umgegangen – Sie, ein Mörder. Man hört ja, dass ein Menschenleben dort, wo Sie herkommen, nicht viel wert ist. Mir hingegen sind alle Menschen, denen Sie hier begegnet sind, enorm wichtig. Ich hatte schon öfter mit Mördern zu tun. Und wenn ich es mir recht überlege, will ich das nächste Mal ausschließlich mit Ihnen zu tun haben. Aber solche Verhandlungen finden nicht hinterrücks statt, solche Leute setzen sich nicht zu meiner Frau an den Tisch, ohne dass ich Bescheid weiß. Sie können Ihrem Herrn Führer eine Nachricht von mir persönlich ausrichten, Kommandant Ga, und zwar ganz offiziell. Richten Sie ihm aus, dass wir solche Spielchen überhaupt nicht schätzen. Richten Sie ihm weiterhin aus, dass von jetzt an kein Fischerboot mehr sicher ist. Und richten Sie ihm aus, dass er sein kostbares Spielzeug nie wiedersehen wird – diesen Traum kann er sich abschminken.«

*

Überall in der Iljuschin lagen Fastfoodverpackungen und leere Tecate-Bierdosen herum. In der Ersten Klasse blockierten zwei schwarze Motorräder den Mittelgang, und die meisten Sitze wurden von den neuntausend DVDs eingenommen, die das Team von Genosse Buc in Los Angeles eingekauft hatte. Genosse Buc selbst sah aus, als habe er kein Auge zugetan. Er kampierte zusammen mit seinen Jungs hinten im Flugzeug, wo sie sich Filme auf zusammenklappbaren Computern ansahen.

Nach dem Start meditierte Dr. Song eine Weile allein; er rührte sich erst wieder, als sie weit von Texas entfernt waren. Er kam auf Jun Do zu. »Du hast eine Frau?«, fragte Dr. Song.

»Eine Frau?«

»Die Frau des Senators meinte doch, der Hund sei für deine Frau. Ist das wahr, dass du eine Frau hast?«

»Nein«, antwortete Jun Do. »Das habe ich mir ausgedacht, um die Tätowierung auf meiner Brust zu erklären.«

Dr. Song nickte. »Und der Senator hat unsere List mit dem Minister durchschaut und hatte deswegen den Eindruck, dass er nur dir vertrauen kann. Ist das der Grund, warum du bei ihm mitfahren durftest?«

»Genau. Der Senator meinte allerdings, Wanda hätte das herausgefunden.«

»Natürlich«, sagte Dr. Song. »Und worüber beliebte der Herr Senator, mit dir zu plaudern?«

»Er sagte, er missbillige unsere Taktik, und dass die Fischerboote weiterhin geentert würden und dass wir unser kostbares Spielzeug nie wiedersehen würden. Das ist die Nachricht, die ich ausrichten soll.«

»Wem ausrichten?«

»Dem Geliebten Führer.«

»Du, dem Geliebten Führer? Warum glaubt er wohl, dass du Zugang zu ihm hast und er auf dich hören würde?«, fragte Dr. Song.

»Woher soll ich das wissen? Er muss mich für jemanden gehalten haben, der ich nicht bin.«

»Ja, ja, das ist eine nützliche Taktik«, sagte Dr. Song. »Die haben wir kultiviert.«

»Ich habe nichts getan«, wehrte sich Jun Do. »Ich weiß nicht mal, von was für einem Spielzeug er redet.«

»Na schön«, sagte Dr. Song. Er legte Jun Do den Arm um die Schultern und drückte ihn nicht unfreundlich. »Wahrscheinlich spielt es ja sowieso keine Rolle mehr. Weißt du, was radioaktive Strahlung ist?«

Jun Do nickte.

»Die Japaner haben ein Gerät entwickelt, sie bezeichnen es als Detektor für Hintergrundstrahlung. Das richten sie auf den Himmel, um irgendwas über den Weltraum herauszufinden. Als der Geliebte Führer von dem Gerät gehört hat, hat er seine Wissenschaftler gefragt, ob man das nicht an ein Flugzeug montieren könnte. Das soll dann über unsere Berge fliegen und Uran finden, das tief in der Erde verborgen liegt. Die Wissenschaftler sagten einhellig ja. Also schickte der Geliebte Führer ein Team zum Kitami-Observatorium in Hokkaidō.«

»Sie haben es gestohlen?«

Dr. Song hatte einen wilden Ausdruck auf dem Gesicht. »Das Ding war so groß wie ein Mercedes!«, grinste er. »Wir haben ein Fischerboot hingeschickt, um es zu holen, aber dann kamen uns die Yankees in die Quere.« Dr. Song fing an zu lachen. »Vielleicht waren es dieselben Matrosen, die dich den Haien zum Fraß vorgeworfen haben.«

Dr. Song weckte den Minister auf, und zu dritt tüftelten sie eine Geschichte aus, die ihrem Versagen ein besseres Aussehen verpassen würde. Dr. Song war der Meinung, dass sie die Verhandlungen als Erfolg auf der ganzen Linie schildern sollten, bis plötzlich das Telefon klingelte und eine höhere Macht den Pakt, den sie gerade schließen wollten, zunichte gemacht hätte. »Man wird davon ausgehen, dass es sich bei dem Anrufer um den amerikanischen Präsidenten handelte, und Pjöngjangs Zorn wird sich nicht auf uns richten, sondern auf jemanden, der sich ständig und überall einmischen muss.«

Zusammen sprachen sie den zeitlichen Ablauf durch, spielten wesentliche Teile der Szene nach und übten zentrale amerikanische Sätze ein. Das Telefon war braun. Es stand auf einem hohen Hocker. Es klingelte drei Mal. Der Senator sprach nur vier Worte hinein: »Ja ... selbstverständlich ... natürlich, Sir.«

Der Rückflug erschien Jun Do doppelt so lang wie der Hinflug. Er fütterte den Welpen mit einem halb gegessenen Burrito vom Frühstück. Dann verschwand der kleine Hund unter den Sitzreihen. Als es dunkel wurde, sah Jun Do in der Ferne die roten und grünen Positionslichter anderer Düsenjets. Als alle schliefen und sich außer den Piloten, die im Schein ihrer Instrumente rauchten, nichts mehr im Flugzeug rührte, kam Buc zu Jun Do.

»Da ist deine DVD«, sagte er. »Der beste Film aller Zeiten.«

Jun Do drehte die Hülle in dem schwachen Leselicht herum. »Danke«, sagte er, fragte dann aber: »Geht es in der Geschichte um Triumph oder um Niederlage?«

Genosse Buc zuckte die Achseln. »Angeblich geht es um Liebe«, sagte er. »Aber ich gucke keine Schwarzweißfilme.« Er musterte Jun Do. »Jetzt hör auf – eure Reise war doch keine Niederlage, falls du das meinst.«

Er zeigte in die abgedunkelte Kabine, wo Dr. Song mit dem Welpen auf dem Schoß schlief.

»Mach dir bloß keine Sorgen um Dr. Song«, fuhr Genosse Buc fort. »Der Typ kommt immer durch. Im Krieg hat er es geschafft, sich von einer amerikanischen Panzermannschaft adoptieren zu lassen. Er hat den GIs beim Lesen der Straßenschilder und bei den Verhandlungen mit den Zivilisten geholfen. Sie haben ihm dafür ein paar von ihren Konservenbüchsen abgegeben, und er konnte sich den ganzen Krieg von der sicheren Warte eines Panzerturms aus angucken. Das hat er fertiggebracht, als er gerade mal sieben Jahre alt war.«

»Sagen Sie mir das jetzt, um mich oder sich selbst zu beruhigen?«, wollte Jun Do wissen.

Genosse Buc reagierte nicht. Lächelnd schüttelte er den Kopf. »Wie kriege ich bloß diese verdammten Motorräder aus dem Flugzeug?«

In der Dunkelheit machten sie eine Zwischenlandung auf der unbewohnten Insel Krasnatow. Es gab keine Landefeuer, also landete der Pilot nach Koppelnavigation und richtete die Maschine auf das schwach violette Schimmern des mondbeschienenen Landestreifens aus. Den zweitausend Kilometer vom nächsten Festland entfernten Fliegerhorst hatten die Sowjets als Auftankstation für ihre U-Boot-Jäger angelegt. Im Verschlag mit den Kerosinpumpen stand eine Kaffeedose. Unter die legte Genosse Buc einen Fächer Hundert-Dollar-

Scheine und half den Piloten dann mit den schweren Jet-A1-Schläuchen.

Während Dr. Song weiterschlief, standen Jun Do und Genosse Buc im pfeifenden Wind und rauchten. Eine Landebahn, drei Kerosintanks, guanoweiße Felsen, bunter Plastikmüll und angeschwemmte Treibnetze – das war die ganze Insel. Genosse Bucs Narbe glänzte im Mondlicht.

»Niemand ist jemals sicher«, sagte Genosse Buc, und sein kumpelhafter Ton war verschwunden. Die Flügel der alten Iljuschin ächzten und knarrten unter der Last des Treibstoffs, die sie aufnahmen. »Aber wenn ich dächte, dass irgendjemand in diesem Flugzeug auf dem Weg ins Lager wäre«, sagte er und drehte sich dabei so zu Jun Do, dass er auf jeden Fall verstanden wurde, »dann würde ich ihm höchstpersönlich an diesen Felsen den Schädel einschlagen.«

Die Piloten zogen die Bremsblöcke heraus, drehten das Flugzeug mit der Nase in den Wind, testeten die Motoren, und bevor sie schließlich über dem dunklen, aufgewühlten Wasser abhoben, öffneten sie noch schnell die Abwasserklappe und hinterließen auf der Startbahn eine braune Spur.

China überquerten sie in Dunkelheit; bei Tagesanbruch flogen sie über der Bahnlinie, die von Shěnyáng Richtung Süden bis Pjöngjang führte. Der Flughafen lag leider nördlich der Stadt, sodass Jun Do keinen guten Blick auf die sagenhafte Hauptstadt mit ihrem Stadion 1. *Mai*, dem Mansudae-Großmonument und dem rotflammenden Juche-Turm erhaschen konnte. Die Krawatten wurden geradegerückt, die Abfälle eingesammelt, und schließlich drückte Genosse Buc Jun Do sogar den Welpen in die Hand; seine Männer waren durch das gesamte Flugzeug gerobbt, um ihn einzufangen.

Aber Jun Do wollte den kleinen Hund nicht annehmen. »Es ist ein Geschenk für Sun Moon«, sagte er. »Könnten Sie es ihr überreichen, als Geschenk von mir?«

Die Augen des Genossen Buc waren voller Fragen, aber er sprach keine davon aus. Er nickte nur.

Das Fahrwerk wurde ausgeklappt, und als sie zur Landung ansetzen, wussten die Ziegen auf der Landebahn seltsamerweise genau, wann sie das Feld zu räumen hatten. Doch als das Flugzeug aufsetzte, sah Dr. Song die wartenden Krähen, die Militärtransporter, und mit Panik in der Stimme drehte er sich zum Minister und zu Jun Do um.

»Vergesst alles«, rief er ihnen zu. »Wir müssen unsere Geschichte komplett umwerfen.«

»Was ist los?«, fragte Jun Do und sah den Minister an, in dessen Augen die blanke Angst geschrieben stand.

»Still jetzt und zugehört«, sagte Dr. Song. »Die Amerikaner hatten nie die Absicht, uns das zurückzugeben, was sie von uns gestohlen haben. Ist das klar? Das ist die neue Geschichte.«

In der Bordküche steckten sie die Köpfe zusammen; sie mussten sich festhalten, als der Pilot mit Macht in die Eisen stieg.

»Die neue Geschichte geht so«, beschwor sie Dr. Song. »Die Amerikaner hatten sich einen raffinierten Plan zurechtgelegt, mit dem sie uns nach Strich und Faden demütigen wollten. Sie zwangen uns, Gartenarbeit zu verrichten und dem Senator das Unkraut zu mähen, richtig?«

»Haargenau«, sagte Jun Do. »Essen mussten wir unter freiem Himmel, mit den Fingern, umgeben von Hunden.«

Der Minister sagte: »Zu unserer Begrüßung gab es keine Militärkapelle und keinen roten Teppich. Wir wurden in völlig veralteten Kraftfahrzeugen herumgefahren.«

»In einem Laden wurden uns schöne Schuhe vorgeführt, aber dann durften wir sie nicht behalten«, fuhr Jun Do fort. »Zum Abendessen mussten wir Bauernhemden anziehen.«

Der Minister empörte sich: »Ich musste mein Bett mit einem Hund teilen!«

»Gut, gut«, sagte Dr. Song. Auf seinem Gesicht stand ein verzweifeltes Lächeln, aber seine Augen glitzerten angesichts der Herausforderung. »Das wird dem Geliebten Führer zusagen. Damit können wir vielleicht unsere Haut retten.«

✻

Die Fahrzeuge auf dem Rollfeld waren Militärtransporter sowjetischer Bauart, drei Stück. Hergestellt wurden die Krähen in Ch'ŏngjin in der Sungli-58-Fabrik, Jun Do hatte schon Tausende davon gesehen. Mit ihnen wurden Soldaten und Ausrüstung transportiert, viele Waisen waren von ihnen abgeholt worden. In der Regenzeit war die Krähe das einzige Fahrzeug, das auf den ungeteerten Straßen überhaupt durchkam.

Dr. Song würdigte die Krähen und ihre Fahrer, die auf den Trittbrettern zusammenstanden und rauchten, nicht eines Blickes. Er lächelte jovial und begrüßte die beiden Männer, die zur Einsatzbesprechung gekommen waren. Doch der Minister konnte einfach nicht aufhören, mit verbissenem Blick die riesigen Lastwagenreifen und trommelförmigen Treibstofftanks zu mustern. Plötzlich wurde Jun Do klar, dass nur eine Krähe in der Lage war, die schlechten Pisten von Pjöngjang hinauf zu den Internierungslagern in den Bergen zu bewältigen.

Jun Do erblickte das gigantische Porträt des Großen Führers und Ewigen Präsidenten Kim Il Sung auf dem Flughafengebäude. Doch die beiden Beamten führten sie in eine andere Richtung, vorbei an einem Trupp von Frauen in Overalls, die vor einem Berg von Schaufeln ihre Morgengymnastik machten, und weiter an einem in vier Teile zerschnittenen Flugzeugrumpf vorbei, der regelrecht ausgeweidet wurde. Auf umgedrehten Eimern hockte ein Grüppchen alter Männer und zog von einem Berg alter Kupferkabel die Ummantelung ab.

Sie kamen an einen sehr geräumigen, leeren Hangar. Dreckwasser stand in den Löchern im Betonboden. Mehrere Arbeitsbuchten waren mit Hebebühnen, Werkzeug und Werkbänken ausgestattet. Dr. Song, der Minister und Jun Do wurden so darauf verteilt, dass sie einander nicht sehen konnten.

Jun Do saß mit den beiden Beamten an einem Tisch. Sie durchwühlten seine Sachen.

»Erzählen Sie uns von Ihrer Reise«, sagte der eine. »Und lassen Sie nichts aus.«

Auf dem Tisch stand eine Schreibmaschine unter einer Haube, die sie aber offensichtlich nicht zu benutzen gedachten.

Anfangs erwähnte Jun Do nur das, was sie vorher abgesprochen hatten – die Demütigungen durch die Hunde, die labberigen Pappteller, das Essen unter der heißen Sonne. Während er sprach, machten die Männer seinen Bourbon auf, tranken und befanden ihn für gut. Vor seinen Augen teilten sie seine Zigaretten zwischen sich auf. Am meisten schien sie die kleine Taschenlampe zu begeistern, und sie unterbrachen ihn, um nachzusehen, ob er auch wirklich keine zweite irgendwo versteckt hatte. Sie bissen von seinem Trockenfleisch ab und probierten seine Kalbslederhandschuhe an.

»Noch mal von vorn«, forderte der andere ihn auf. »Und diesmal alles.«

Jun Do führte immer wieder die erlittenen Demütigungen auf – keine Militärkapelle am Flughafen, kein roter Teppich, dass Tommy seine Spuren auf dem Rücksitz hinterlassen hatte. Sie hatten wie die Tiere mit den Fingern essen müssen. Er versuchte, sich zu erinnern, wie viele Schüsse aus den antiken Revolvern abgefeuert worden waren. Er beschrieb die alten Autos. Hatte er schon den Hund in seinem Bett erwähnt? Konnte er ein Glas Wasser bekommen? Keine Zeit, sagten die zwei, sie seien bald fertig.

Einer der beiden Beamten drehte die DVD in den Händen. »Ist das HD?«, fragte er.

Der andere winkte ab. »Vergiss es, der Film ist in Schwarzweiß.«

Sie schossen mehrere Fotos mit der Kamera, fanden aber nicht heraus, wie man sich die Fotos ansehen konnte.

»Ist kaputt«, sagte Jun Do.

»Und die?« Sie hielten die Antibiotika hoch.

»Für Frauenleiden«, antwortete Jun Do.

»Sie müssen uns Ihre Geschichte erzählen«, sagte der eine. »Wir müssen alles aufschreiben. Wir sind gleich wieder da, aber Sie können schon mal üben. Wir hören zu, wir hören alles, was Sie sagen.«

»Von Anfang bis Ende«, schärfte der andere ihm ein.

»Aber wo soll ich anfangen?«, fragte Jun Do. Begann die Geschichte seiner Reise nach Texas in dem Moment, als er mit dem Wagen abgeholt wurde, oder als er zum Helden erklärt wurde, oder als der Zweite Maat in den Wellen versank? Und wie endete sie? Ihn überkam das schreckliche Gefühl, dass diese Geschichte noch lange nicht zu Ende war.

»Los, üben!«, befahl der Beamte.

Beide verließen die Reparaturbucht, und dann hörte er gedämpft das Echo des Ministers, der seine Geschichte erzählte. »Ich wurde von einem Wagen abgeholt«, sagte Jun Do laut. »Es war Morgen. Auf den Schiffen im Hafen trockneten die

Netze. Es war ein viertüriger Mercedes mit zwei Fahrern. Der Wagen hatte Scheibenwischer und ein serienmäßiges Radio ...«

Er sprach zu den Deckenstreben. Dort oben waren Vögel zu sehen, die mit den Köpfen nickten und auf ihn herunterschauten. Je detaillierter er seine Geschichte erzählte, desto seltsamer und unwahrscheinlicher kam sie ihm vor. Hatte Wanda ihm wirklich Limonade mit Eiswürfeln serviert? Hatte der Hund tatsächlich einen Rippenknochen angeschleppt, als er aus der Dusche trat?

Als die Beamten zurückkehrten, war Jun Do erst bis zu der Stelle gelangt, an der er im Flugzeug zum ersten Mal die Kühlbox mit Tigerfleisch geöffnet hatte. Der eine hörte Musik auf dem iPod des Ministers, der andere sah verärgert drein. Aus Jun Dos Mund kam seltsamerweise nur das, was sie bei der Landung abgesprochen hatten. »Auf dem Bett lag ein Hund«, sagte er. »Auf dem Rücksitz waren Männerspuren.«

»Und Sie haben ganz sicher nicht so was gekriegt?«, fragte der eine und hielt den iPod hoch.

»Vielleicht hat er ihn irgendwo versteckt.«

»Stimmt das? Wo haben Sie ihn versteckt?«

»Die Autos waren uralt«, sagte Jun Do. »Die Revolver eine Gefahr für den Schützen.«

Die ursprüngliche Version der Geschichte kam ihm ständig wieder in den Sinn, und er hatte Panik, dass er versehentlich sagen würde, das Telefon hätte vier Mal geklingelt und der Senator hätte drei Worte hineingesprochen. Dann fiel ihm wieder ein, dass das ja falsch war, und das Telefon drei Mal geklingelt und der Senator vier Worte gesprochen hatte. Jun Do versuchte, seinen Kopf frei zu bekommen, weil das ja alles ganz falsch war, das Telefon nie geklingelt und der amerikanische Präsident nie angerufen hatte.

»Hey, nun reicht's aber«, sagte einer der Beamten. »Wir haben den alten Mann gefragt, wo sein Fotoapparat ist, und er behauptet, er wüsste nicht, wovon wir reden. Aber ihr habt alle dieselben Handschuhe und Zigaretten und so weiter gekriegt.«

»Mehr habe ich nicht«, erwiderte Jun Do. »Sie haben alles, was ich besitze.«

»Na, sehen wir mal, was der Dritte zu erzählen hat.«

Sie händigten Jun Do ein Blatt Papier und einen Kugelschreiber aus.

»Dann schreiben Sie jetzt alles schön auf«, sagten sie und verschwanden erneut.

Jun Do nahm den Stift zur Hand. »Ich wurde von einem Wagen abgeholt«, schrieb er, aber die Kugelschreibermine war praktisch leer. Er beschloss, gleich mit Texas weiterzumachen. Er schüttelte den Kuli und schrieb: »… und zu einem Schuhgeschäft gebracht.« Er wusste, dass er dem Kugelschreiber nur noch einen einzigen Satz abringen konnte. Er drückte ganz stark auf: »Dort fing meine Demütigung an.«

Jun Do nahm das Blatt in die Hand und las seine zwei Sätze lange Geschichte durch. Dr. Song hatte gesagt, in Nordkorea sei nicht der Mensch, sondern nur seine Geschichte von Bedeutung – was bedeutete es dann, wenn seine Geschichte ein Nichts war, nichts als die Andeutung eines Lebens?

Einer der Krähenfahrer kam in den Hangar, ging auf Jun Do zu und fragte ihn: »Bist du der, den ich mitnehmen soll?«

»Wohin mitnehmen?«, fragte Jun Do.

Ein Beamter kam zu ihnen herüber. »Was gibt's?«, fragte er.

»Meine Scheinwerfer sind hinüber«, sagte der Fahrer. »Ich muss jetzt los, sonst schaff ich das nie.«

Der Vernehmungsbeamte sagte zu Jun Do: »Bei Ihnen ist

alles klar, wir haben Ihre Geschichte überprüft. Sie können gehen.«

Jun Do hielt ihm sein Blatt hin. »Mehr habe ich nicht«, sagte er. »Die Tinte war alle.«

Der Beamte sagte: »Hauptsache, Sie haben irgendwas. Ihre richtigen Unterlagen haben wir sowieso schon eingeschickt. Das hier ist nur eine persönliche Stellungnahme. Keine Ahnung, wofür wir die eigentlich brauchen.«

»Soll ich unterschreiben?«

»Kann nicht schaden«, sagte der Beamte. »Genau, machen wir's offiziell. Hier, Sie können meinen Stift benutzen.«

Er reichte Jun Do den Kugelschreiber, den Dr. Song vom Bürgermeister von Wladiwostok bekommen hatte.

Der Kugelschreiber schrieb flüssig – Jun Do hatte seit der Sprachschule nirgendwo mehr unterschrieben.

»Nehmt ihn besser gleich mit«, sagte der Beamte zum Fahrer, »sonst hockt der hier noch ewig rum. Der alte Typ hat nach mehr Papier verlangt.« Er gab dem Fahrer ein Päckchen Zigaretten, *American Spirit*, und fragte, ob er die Sanitäter mitnehme.

»Genau. Die sitzen schon im Laster.«

Der Vernehmungsbeamte händigte Jun Do seine *Casablanca*-DVD, seine Kamera und seine Tabletten aus und brachte ihn bis ans Tor. »Die Männer fahren nach Osten«, sagte er zu Jun Do. »Sie können bei ihnen mitfahren. Die Sanitäter befinden sich auf einer Mission der Barmherzigkeit; wahre Helden der Volksrepublik, diese Leute. Sie glauben ja nicht, wie dringend die Krankenhäuser in der Hauptstadt auf sie warten. Wenn die beiden Hilfe brauchen, dann helfen Sie ihnen, klar? Ich will hinterher nicht hören, dass Sie nicht vernünftig zugepackt oder sich gedrückt haben – verstanden?«

Jun Do nickte. Am Tor warf er einen Blick zurück. Dr. Song

und der Minister saßen zu weit hinten in den Reparaturbuchten, als dass er sie sehen konnte, aber Dr. Songs Stimme war laut und deutlich zu hören. »Eine höchst faszinierende Reise«, sagte Dr. Song, »ein einmaliges Erlebnis.«

*

Neun Stunden unter der schwarzen Plane hinten auf der Krähe. Von den vielen Schlaglöchern wurde er bis ins Mark durchgeschüttelt, und der Motor vibrierte so stark, dass er nicht mehr sagen konnte, wo sein Hintern aufhörte und die Holzbank anfing. Wenn er sich bewegen oder zwischen den Bodenplanken hindurch auf die Schotterpiste pinkeln wollte, reagierten seine Muskeln nicht. Sein Steißbein war erst taub, dann eine Höllenpein. Unter der Plane sammelte sich der Staub, an der Antriebswelle vorbei schossen Schottersteine nach oben, und Jun Dos Leben war wieder einmal aufs Durchhalten reduziert.

Auf der Ladefläche saßen außer ihm noch zwei Männer. Die beiden trugen weder Uniform noch Abzeichen, aber zwischen ihnen stand eine große weiße Kühlbox. Beide hatten einen völlig erloschenen Blick; von allen Scheißjobs der Welt hatten die wirklich den schlimmsten erwischt, dachte Jun Do. Trotzdem versuchte er, ein Gespräch mit ihnen anzufangen.

»Und, ihr seid also Sanitäter?«, fragte er sie.

Der Laster holperte über einen Stein. Der Deckel der Kühlbox flog hoch, und rosa Eiswasser schwappte heraus.

Jun Do versuchte es noch einmal: »Der Typ am Flughafen hat gesagt, ihr wärt echte Helden der Volksrepublik.«

Sie wollten ihn einfach nicht ansehen. Die armen Schweine, dachte Jun Do. Da würde er lieber in einem Minensuchtrupp mitmachen als bei den Blutzapfern. Er hoffte nur, dass er in Kinjye abgesetzt wurde, bevor die zwei zum Einsatz kamen. Er lenkte sich mit dem Gedanken an das sanfte Schaukeln der *Junma* ab, an Zigaretten und Geplauder mit dem Kapitän, an den Augenblick, wenn er an seinen Knöpfen drehen und seine UKW-Empfänger zum Leben erwecken würde.

Sämtliche Kontrollpunkte passierten sie problemlos. Woher die Soldaten wussten, dass ein Blutkonserven-Team an Bord war, war Jun Do ein Rätsel, aber er hätte den Transporter an ihrer Stelle auch nicht angehalten. Jun Do bemerkte, dass in den kleinen Windstrudeln, die zwischen den Bodenbrettern hochbliesen, Eierschalen tanzten. Es waren eine Menge Schalen, wahrscheinlich von einem ganzen Dutzend hartgekochter Eier, zu viele, als dass ein einzelner Mensch sie hätte verzehren können. Und da niemand Eier mit Fremden teilen würde, musste es eine Familie gewesen sein. Durch die Öffnung der Plane an der Rückseite des Lasters sah Jun Do Feldwachtürme; auf jedem hockte ein mit einem alten Gewehr bewaffneter Lokalkader und bewachte die Maisterrassen vor den Bauern, die sie bestellten. Jun Do sah Kipplaster voller Dorfleute auf dem Weg zu Arbeitseinsätzen beim Bau. Lange Reihen von Zwangsverpflichteten trugen riesige Gesteinsbrocken entlang der Straße, um ausgewaschene Streckenabschnitte auszubessern. Und doch war das im Vergleich zum Lager eine frohe Arbeit. Er dachte daran, wie ganze Familien dorthin transportiert wurden. Wenn Kinder da gesessen hatten, wo er jetzt saß, wenn alte Leute diese Bank eingenommen hatten, dann war absolut niemand sicher – eines Tages konnte auch er von einem solchen Militärtransporter abgeholt werden. Die Eierschalen drehten sich wie Kreisel im Wind; geradezu verspielt wirkten die Bewegungen. Als sie in die Nähe von Jun Dos Füßen trieben, zertrat er sie.

Am späten Nachmittag schließlich fuhr der Laster hinunter in ein Flusstal. Am diesseitigen Ufer befand sich eine große Lagerstadt – Tausende von Menschen, die in Schlamm und Schmutz lebten, um ihren Angehörigen auf der anderen Seite nahe zu sein. Dort begann eine andere Welt. Durch einen Spalt in der schwarzen Plane sah Jun Do Hunderte ziehharmonikaartige Baracken, in denen Tausende von Menschen untergebracht waren, und dann hing auch schon der Gestank von fermentierender Sojamaische in der Luft. Der Militärlaster fuhr an einem Grüppchen kleiner Jungen vorbei, die Eibenzweige schälten. Werkzeug hatten sie keines – den Anfang machten sie mit ihren Zähnen, das erste kleine Rindenstück lösten sie mit den Fingernägeln, und mit den dünnen Ärmchen rissen sie schließlich die Rinde ab. Normalerweise hätte sich Jun Do bei einem solchen Anblick wie zu Hause gefühlt. Aber derartige Knochengespenster hatte er noch nie gesehen, und sie arbeiteten schneller, als es die Waisenkinder in *Frohe Zukunft* je getan hatten.

Das Tor war ganz einfach konstruiert: Ein Mann legte einen großen elektrischen Schalter um, und ein zweiter schob einen Abschnitt des Elektrozauns beiseite. Die Sanitäter holten besudelte Latexhandschuhe aus der Tasche und streiften sie über. Vor einem dunklen Holzschuppen hielten sie an. Die beiden sprangen heraus und befahlen Jun Do, die Kühlbox zu tragen. Aber er rührte sich nicht vom Fleck. Seine eingeschlafenen Beine prickelten, und wie betäubt beobachtete er eine Frau, die einen Reifen hinter dem Laster vorbeirollte. Ihre Beine endeten kurz unterm Knie. Sie hatte ein Paar Arbeitsstiefel rückwärts angezogen: Die kurzen Stümpfe steckten im Fußteil, während ihre Kniegelenke in den Hacken saßen. Der Stiefelschaft war eng geschnürt, und bei der Verfolgung des Reifens schwang die Frau ihre kurzen Beinchen erstaunlich geschickt vorwärts.

Einer der Sanitäter nahm eine Handvoll Dreck und warf sie Jun Do ins Gesicht. Seine Augen waren voller Sand und tränten. Am liebsten hätte er dem Vollidioten den Kopf abgetreten. Aber an einem Ort wie diesem sollte man derart dumme Fehler tunlichst vermeiden. Außerdem schaffte er es nur mit knapper Not, die Kühlbox hochzuwuchten, hinten aus dem Laster zu springen und auf den Beinen zu bleiben. Nein, am besten brachte man die Sache schnell hinter sich und haute wieder ab.

Er folgte den Sanitätern in eine zentrale Abfertigungsstelle, in der mehrere Dutzend Kranke aufgebahrt lagen, die dem Tod sehr nahe waren, wenn sie überhaupt noch lebten. Apathisch und leise murmelnd lagen sie da, wie die Fische ganz unten im Frachtraum, die nur noch ein letztes Mal mit den Kiemen zuckten, bevor das Messer herabsauste. Er sah den nach innen gerichteten Blick glühenden Fiebers, die gelbgrüne Haut des Organversagens und Wunden, die nur deshalb nicht mehr bluteten, weil das Blut dazu fehlte. Das Grausigste aber war, dass er die Männer kaum von den Frauen unterscheiden konnte.

Jun Do setzte die Kühlbox schwer auf einem Tisch ab. Seine Augen brannten wie Feuer, und als er sie mit dem Hemd rieb, schmerzten sie nur umso mehr. Ihm blieb keine Wahl – er öffnete die Kühlbox und spritzte sich das mit Blut vermischte rosa Eiswasser in die Augen, um die Erde auszuspülen. Im Raum befand sich ein Wachsoldat, der an die Wand gelehnt auf einer Kiste saß. Er warf seine Zigarette weg, um die von den Sanitätern angebotene *American Spirit* anzunehmen. Jun Do streckte ebenfalls die Hand nach einer Zigarette aus.

Ein Sanitäter fragte den Wachsoldaten: »Wer ist dieser Typ?«, und zeigte auf Jun Do.

Der Wachsoldat atmete den Rauch seiner edlen Zigarette tief ein. »Jemand, der so wichtig ist, dass er am Sonntag gebracht wird«, antwortete er.

»Das sind meine Zigaretten«, sagte Jun Do, und widerstrebend gab ihm der Sanitäter eine ab.

Eine alte Frau kam herein. Sie war dünn und gebeugt und hatte die Hände mit Stoffstreifen umwickelt. Sie trug einen großen Fotoapparat auf einem hölzernen Stativ, das genau wie bei der japanischen Fotografin aussah, die er entführt hatte.

»Da ist sie ja«, sagte der Wachsoldat. »An die Arbeit.«

Die Sanitäter rissen Leukoplaststreifen zur Vorbereitung ab.

Gleich würde Jun Do Zeuge des düstersten aller Geschäfte werden, aber die Zigarette beruhigte ihn.

Plötzlich fiel ihm etwas ins Auge. Er sah die nackte Wand über der Tür an: Sie war völlig leer – dort war einfach nichts. Er zog die kleine Kamera aus der Tasche, und während der Wachsoldat und die Sanitäter über die Vorzüge verschiedener Zigarettenmarken diskutierten, knipste Jun Do die leere, weiße Wand. *Darauf darfst du dir jetzt einen Reim machen, Wanda*, dachte er. Noch nie in seinem Leben war er in einem Raum gewesen, in dem nicht die Porträts von Kim Il Sung und Kim Jong Il über der Tür hingen. Nicht im ärmsten Waisenhaus, nicht im ältesten U-Bahn-Waggon, nicht einmal im abgebrannten Scheißhaus auf der *Junma*. Nie zuvor war er an einem Ort gewesen, der des ewig fürsorglichen Blickes des Großen und des Geliebten Führers nicht würdig war. Jetzt aber wusste er, dass er an einen Ort gelangt war, der ohne Bedeutung war – schlimmer noch: Er existierte nicht einmal.

Als er die Kamera wegsteckte, sah er, wie die alte Frau ihn anstarrte. Sie hatte Augen wie die Frau des Senators – er hatte das Gefühl, sie konnte Dinge in ihm sehen, von denen nicht einmal er selbst etwas wusste.

Einer der Sanitäter schrie zu Jun Do hinüber, er solle eine Lattenkiste von dem Stapel in der Ecke holen. Jun Do brachte die Kiste hinüber ans Bett einer Frau, deren Unterkiefer rund um den Kopf mit Stoffstreifen hochgebunden war. Der andere Sanitäter schob die Kiste unter das Fußende, band dann die Schuhe der Frau los – Stücke von alten Autoreifen, die mit Draht umwickelt waren. Der andere packte Schläuche und Transfusionsnadeln aus, alles kostbarer Krankenhausbedarf.

Jun Do berührte die Haut der Frau – sie war kühl.

»Ich glaube, wir kommen zu spät«, sagte er zu den Sanitätern.

Sie ignorierten ihn. Beide steckten Kanülen in die Adern auf ihren Fußrücken und schlossen je zwei leere Blutbeutel an. Die alte Fotografin erschien mit ihrem Apparat. Sie ließ sich vom Wachsoldaten den Namen der Frau nennen und schrieb ihn auf eine graue Schiefertafel, die sie der Frau auf die Brust legte. Dann wickelte sie der Frau die Stoffstreifen vom Kopf. Als sie ihr die Mütze abnahm, fielen die meisten Haare mit aus und blieben als schwarzer Wirbel darin hängen.

»Hier«, sagte die Fotografin und steckte Jun Do die Mütze zu. »Nimm.«

Die Mütze war speckig von uraltem Fett, und Jun Do zögerte.

»Weißt du, wer ich bin?«, fragte die alte Fotografin. »Ich bin Mongnan. Ich fotografiere jeden, der an diesen Ort kommt, und jeden, der ihn verlässt.« Sie schüttelte die Mütze eindringlich. »Das ist Wolle. Du wirst sie brauchen.«

Jun Do steckte die Mütze nur ein, damit sie still war, damit sie mit ihrem verrückten Geschwätz aufhörte.

Als Mongnan das Foto der Frau schoss, weckte der Blitz sie für einen Moment auf. Von ihrer Bahre streckte sie den Arm nach Jun Do aus und umklammerte sein Handgelenk. In ihren Augen stand unmissverständlich der Wunsch geschrieben, ihn mit sich zu nehmen. Die Sanitäter brüllten, er solle ihr Kopfende anheben. Als er das tat, traten sie die Kiste unter dem Fußende weg, woraufhin sich die vier Blutbeutel rasch füllten.

Jun Do sagte zu den Sanitätern: »Wir sollten uns beeilen. Es wird bald dunkel, und der Fahrer hat gesagt, er hat kein Licht.«

Die Sanitäter ignorierten ihn.

Der Nächste war ein Teenager, dessen Brust kühl und bläulich war. Seine Augen waren verdreht, und er konnte sie nur ruckartig bewegen. Einer seiner Arme hing vom Feldbett herunter auf den rohen Dielenboden.

»Wie heißt du?«, fragte Mongnan.

Sein Mund zuckte, als wolle er seine Lippen zum Sprechen befeuchten, aber es kamen keine Worte.

Zärtlich, mit mütterlicher Stimme, flüsterte sie dem sterbenden Jungen zu: »Schließ die Augen«, und als er es tat, schoss sie das Foto.

Die Sanitäter klebten die Transfusionsnadeln mit dem Leukoplast an ihm fest, und der Vorgang wiederholte sich. Jun Do hob das Feldbett an und schob eine Kiste unters Fußende, der Kopf des Jungen rollte weich zur Seite, und dann musste Jun Do die warmen Blutkonserven zur Kühlbox tragen. Das Leben des Jungen, sein Lebenselixier, war warm in diese Plastikbeutel gelaufen, die Jun Do jetzt in der Hand hielt, und es war, als sei der Junge in diesen Beuteln noch lebendig, bis Jun Do ihm selbst das Licht ausblies, indem er sie ins Eiswasser gleiten ließ. Er erwartete, dass die warmen Blutkonserven schwimmen würden, aber sie sanken nach unten.

Mongnan flüsterte Jun Do ins Ohr: »Such dir ein Paar Stiefel.«

Jun Do warf ihr einen skeptischen Blick zu, tat aber wie befohlen.

Es gab nur einen Mann, dessen Stiefel aussahen, als könnten sie passen. Das Obermaterial war an vielen Stellen geflickt, aber die Sohlen stammten von Militärstiefeln. Der Mann gab im Schlaf krächzende Geräusche von sich, als stiegen Blasen in seiner Kehle herauf, die dann in seinem Mund platzten.

»Nimm die«, befahl Mongnan.

Jun Do schnürte die Stiefel auf. Sie würden ihn nicht zwingen, Arbeitsstiefel anzuziehen, wenn ihm nicht eine weitere hässliche Aufgabe bevorstand – er konnte nur hoffen, dass er nicht diese ganzen verdammten Kadaver hier begraben musste.

Als Jun Do dem Mann die Schuhe von den Füßen zog, erwachte der. »Wasser«, sagte er, noch bevor er die Augen offen hatte. Jun Do erstarrte und hoffte, der Mann würde nicht zu Bewusstsein gelangen. Der aber öffnete die Augen und sah ihn an. »Sind Sie Arzt?«, fragte der Mann. »Ein Erzkarren ist umgekippt – ich spüre meine Beine nicht mehr.«

»Ich helfe hier nur kurz aus«, erwiderte Jun Do. Der Mann schien tatsächlich nichts zu merken, als Jun Do ihm die Stiefel abstreifte. Er trug keine Socken. Mehrere seiner Zehen waren schwarz und gebrochen, und einige fehlten ganz. Aus den verbliebenen Stummeln drang ein teefarbener Saft.

»Sind meine Beine noch dran?«, fragte der Mann. »Ich habe kein Gefühl mehr darin.«

Jun Do nahm die Stiefel und wich zurück, zu Mongnan und ihrer Kamera.

Er schüttelte die Stiefel und schlug die Sohlen aneinander,

aber es fielen keine Zehen heraus. Er hob sie einzeln hoch und zog die Lasche zurück, um so weit wie möglich hineinspähen zu können – nichts zu sehen. Er konnte nur hoffen, dass die fehlenden Zehen irgendwo anders abgefallen waren.

Mongnan verlängerte das Stativ auf Jun Dos Größe. Sie reichte ihm eine kleine, graue Schiefertafel und einen Kreidestein. »Schreib deinen Namen und dein Geburtsdatum da drauf.«

Pak Jun Do schrieb er, zum zweiten Mal an einem Tag.

»Mein Geburtsdatum ist unbekannt«, sagte er.

Wie ein Kind kam er sich vor, als er die Schiefertafel unter sein Kinn hielt, wie ein kleiner Junge. *Warum macht sie ein Bild von mir?*, dachte er, fragte aber nicht.

Mongnan drückte auf einen Knopf, und als es blitzte, schien alles verändert. Er war jetzt auf der anderen Seite des hellen Lichts, dort, wo auch die blutleeren Menschen auf den Feldbetten waren – auf der anderen Seite des Blitzlichts.

Die Sanitäter schrien, er solle ein Feldbett anheben.

»Kümmer dich nicht mehr um sie«, sagte Mongnan. »Wenn sie fertig sind, übernachten sie auf dem Lastwagen, und morgen früh fahren sie nach Hause. Du musst dich um dich selbst kümmern, bevor es zu dunkel wird.«

Mongnan rief zum Wachsoldaten hinüber, was für eine Barackennummer Pak Jun Do habe. Die schrieb sie ihm auf den Handrücken. »Normalerweise kriegen wir sonntags keine Neuzugänge«, sagte sie. »Du bist so ziemlich auf dich gestellt. Als Erstes musst du deine Baracke finden. Du musst dich etwas ausruhen. Morgen ist Montag – am Montag sind die Wachsoldaten die Hölle.«

»Ich muss gehen«, sagte er. »Ich habe keine Zeit, jemanden zu begraben.«

Sie hob seine Hand und zeigte ihm die Barackennummer,

die sie ihm quer über die Fingerknöchel geschrieben hatte.

»Hör zu – du bist jetzt das hier. Ich habe dich im Kasten. Das sind jetzt deine Stiefel.«

Sie schob ihn auf eine Tür zu. Er blickte über die Schulter zurück und suchte nach den Porträts von Kim Jong Il und Kim Il Sung. Panik durchzuckte ihn. Wo waren sie, wenn man sie brauchte?

»Hey«, rief einer der Sanitäter. »Wir sind noch nicht fertig mit ihm.«

»Geh«, drängte ihn Mongnan. »Ich kümmere mich um die zwei. Such deine Baracke, bevor es zu dunkel ist.«

»Und dann? Was mache ich dann?«

»Mach dasselbe wie alle anderen«, antwortete sie und zog ein milchigweißes Bällchen aus Maiskörnern hervor. Das gab sie ihm. »Wenn die anderen schnell essen, isst du auch schnell. Wenn sie zu Boden sehen, wenn jemand vorbeikommt, dann tust du das auch. Wenn sie einen Gefangenen denunzieren, dann machst du mit.«

Als Jun Do die Tür öffnete, die Stiefel in der Hand, sah er vor sich das dunkle Lager, das sich in alle Richtungen durch die tiefen, eisigen Täler eines riesigen Gebirges erstreckte, dessen Gipfel noch im letzten Sonnenlicht leuchteten. Er sah die glühenden Mäuler der Mineneingänge und das Flackern der Fackeln darin. Erzkarren wurden mit Muskelkraft herausgeschoben und blitzten in den Flutlichtern auf, die sich in Schlammteichen spiegelten. Überall warfen Kochfeuer einen orangeflackernden Schein auf die Ziehharmonikagebäude, und beißender Rauch von feuchtem Feuerholz brachte ihn zum Husten. Er wusste nicht, wo dieses Gefängnis war. Er wusste noch nicht einmal, wie es hieß.

»Und lass bloß niemanden deine Kamera sehen«, beschwor ihn Mongnan. »In ein paar Tagen komme ich und sehe nach dir.«

Er schloss die Augen. Fast konnte er das Wehklagen der Wellblechdächer im Abendwind hören, das Ächzen von Nägeln im sich zusammenziehenden Holz, von menschlichen Knochen, die auf dreißigtausend Schlafstellen steif wurden. Er konnte das langsame Schwenken der Suchscheinwerfer hören, das Summen des Stroms, der durch die Zäune floss, und das eisige Knistern der Porzellanisolatoren auf den Pfosten. Und gleich würde er mitten drin sein, im Bauch des Schiffs, doch diesmal gab es kein Auftauchen, keine Luke nach oben, nur langsames, endloses Schwanken.

Mongnan zeigte auf die Stiefel in seiner Hand. »Die werden sie dir zu klauen versuchen. Kannst du kämpfen?«

»Ja«, sagte er.

»Dann zieh sie an«, befahl sie ihm.

Wenn man in einem Stiefel nach klebrigen, abgestorbenen Zehen graben muss, geht man genauso vor, wie wenn man den Deckel eines DMZ-Tunnels aufmachen oder in Japan einen Unbekannten vom Strand pflücken muss: Man atmet tief ein und tut's. Jun Do schloss die Augen, holte Luft und fasste in die stinkenden Stiefel, bewegte die Finger von links nach rechts und tastete sich bis ans Ende vor. Schließlich drehte er die Hand, sodass er die Spitze auskratzen konnte, und entfernte, was zu entfernen war. Er verzog das Gesicht.

Er wandte sich zu den Sanitätern, zum Wachsoldaten, zu den Todgeweihten um.

»Ich war ein vorbildlicher Bürger«, verkündete er. »Ich war ein Held der Nation«, fügte er hinzu, und dann trat er in seinen neuen Stiefeln durch die Tür, hinaus in einen bedeutungslosen Ort, und an dieser Stelle verliert sich der weitere Weg des Bürgers Pak Jun Do.

ZWEITER TEIL

Das Geständnis
des Kommandanten Ga

Ein Jahr später

WIR WAREN GERADE DABEI, nach vier Wochen endlich die Befragung eines Professors aus Kaesong zu beenden, als sich das Gerücht wie ein Lauffeuer im Haus ausbreitete: Kommandant Ga sei festgenommen worden und befinde sich bei uns, hier in Abteilung 42, in Haft. Umgehend schickten wir unsere Praktikanten Q-Ki und Jujack nach oben in die Verwaltung, um herauszufinden, ob das stimmte. Natürlich konnten wir es kaum abwarten, Kommandant Ga mit eigenen Augen zu sehen, besonders nach all dem Gerede, das in letzter Zeit in Pjöngjang die Runde gemacht hatte. Sollte es derselbe Kommandant Ga sein, der den Goldgurt gewonnen, Kimura in Japan bezwungen, die Armee von Homosexuellen gesäubert und schließlich unsere Volksschauspielerin geheiratet hatte?

Doch unsere Arbeit mit dem Professor befand sich in einer entscheidenden Phase und konnte nicht einfach unterbrochen werden, um Berühmtheiten zu begaffen. Der Professor war ein Fall wie aus dem Bilderbuch: Man warf ihm konterrevolutionäre Umtriebe in der Lehre vor, insbesondere die Benutzung eines illegalen Radios, mit dem er seinen Studierenden südkoreanische Popmusik vorgespielt haben soll. Es war im Grunde ein alberner Vorwurf, vermutlich von einem Rivalen an der Universität völlig aus der Luft gegriffen. Solche Anschuldigungen lassen sich nur schwer beweisen oder widerlegen. Bei uns arbeitet man üblicherweise zu zweit, damit man sich gegenseitig überwachen oder im Ernstfall Beweise gegen den anderen liefern kann. Bei einem Professor ist das anders, der waltet ganz allein über seinen Hörsaal. Es wäre kinderleicht gewesen, ein Geständnis aus dem Professor herauszuholen, aber so arbeiten wir nicht. Nicht wir. Denn unsere Abteilung 42 besteht aus zwei Lagern.

Unsere Rivalen sind die Pubjok – Verhörspezialisten, die nach jenen Verteidigern benannt sind, die Pjöngjang 1136 wie eine *schwebende Mauer* vor einer Invasion bewahrten. Heute sind nur noch rund ein Dutzend Pubjok übrig, alte Männer mit silbernem Bürstenschnitt, die wie eine Mauer in einer Reihe laufen und tatsächlich glauben, dass sie unsichtbar wie Gespenster von einem Bürger zum nächsten schweben und ihn belauschen können, wie der Wind die Blätter. Sie brechen sich ständig die Hände, absichtlich, weil die Knochen dann angeblich stärker zusammenwachsen. Es ist ein schrecklicher Anblick, wenn ein alter Mann vor einem steht und plötzlich, aus heiterem Himmel, seine Hand gegen den Türrahmen oder auf die Kante eines Feuerfasses oder einer Autotür donnert. Wenn ein Pubjok sich die Hand brechen will, dann versammeln sich alle übrigen um ihn, und wir anderen, die vernunftgeleiteten Mitarbeiter der Abteilung 42, wenden den Kopf ab. *Junbi!* sagen sie eher leise, dann zählen sie *hana, dul, set,* und schließlich brüllen sie *Sijak!* – und schon hört man den seltsam dumpfen Aufprall einer Hand. Die Pubjok sind davon überzeugt, dass allen in Abteilung 42 eintreffenden Klienten sofort mit äußerster Brutalität begegnet werden sollte – mit willkürlichem, lang anhaltendem, klassischem Schmerz.

Auf der anderen Seite steht mein Team – ich verbessere mich: unser Team, denn bei uns steht der Teamgeist im Vordergrund. Wir brauchen keinen bildreichen Namen, und unser einziges Hilfsmittel beim Verhör ist unser scharfer Verstand. Die Pubjok sind während des Vaterländischen Befreiungskriegs oder unmittelbar danach aufgewachsen, man muss

Verständnis für sie haben. Sie genießen unseren Respekt, aber Verhöre sind heutzutage eine Wissenschaft: Was zählt, sind langfristig auswertbare, konsistente Ergebnisse. Brutalität hat ihren Platz, das geben wir gerne zu, sollte aber taktisch eingesetzt werden, selten und gezielt im Laufe einer langen Reihe von Verhören. Und Schmerz – die riesig aufblühende weiße Blume – kann in der Form, in der wir ihn einsetzen, nur einmal angewandt werden: unverhüllter, allumfassender, transformierender Schmerz. Und da wir in unserem Team alle an der Kim-Il-Sung-Universität studiert haben, sind uns alte Professoren grundsätzlich sympathisch, sogar unser trauriger kleiner Häftling aus einem Bezirkskolleg unten in Kaesŏng.

In einem der Verhörzimmer kippten wir unseren Herrn Professor auf einem der erstaunlich bequemen Frage-und-Antwort-Stühle nach hinten. Die lassen wir von einem Unternehmen in Syrien anfertigen – sie sehen ähnlich aus wie ein Zahnarztstuhl, mit Kopf- und Armstützen und hellblauem Lederbezug. Neben dem Sessel steht allerdings ein Gerät, das die Leute nervös macht. Autopilot heißt es. Das ist unser einziges anderes Hilfsmittel, könnte man sagen.

»Ich dachte, Sie hätten jetzt alles, was Sie brauchen«, sagte der Professor. »Ich habe die Fragen beantwortet.«

»Sie waren wunderbar«, versicherten wir ihm. »Wirklich.«

Dann überreichten wir ihm seine Biografie. Sie war 212 Seiten stark und das Ergebnis zahlloser Interviews. Der ganze Professor war darin enthalten, angefangen bei seinen frühesten Erinnerungen – seine Parteiausbildung, wichtige private Ereignisse, Erfolge und Misserfolge, Affären mit Studentinnen … eine vollständige Dokumentation seiner Existenz bis zu seinem Eintreffen in der Abteilung 42. Beeindruckt blätterte er darin. Wir verwenden eine Buchbindemaschine, die Art, mit der man auch die Rücken der Doktorarbeiten klebt, deshalb sehen unsere Biografien richtig professionell aus. Die Pubjok schlagen stumpf zu, bis einer gesteht, dass er Radio gehört hat, egal, ob er wirklich ein Radio besitzt oder nicht. Unser Team erschließt ein ganzes Leben in all seinen Details, mit sämtlichen Beweggründen, und gestaltet daraus ein einzigartiges Werk, ein Unikat, in dem die Person selbst enthalten ist. Halten wir erst einmal die Biografie eines Klienten in der Hand, dann steht nichts mehr zwischen diesem Bürger und dem Staat. Das ist wahre Harmonie – das Prinzip, auf das unsere Nation gegründet ist. Zugegeben, manche unserer Klienten haben weit ausufernde Lebensgeschichten, deren Aufzeichnung Monate dauert. Doch wenn es etwas gibt, das in Nordkorea keine Mangelware ist, dann ist es Zeit: Wir haben alle Zeit der Welt.

Wir schlossen den Professor an den Autopiloten an, und er wirkte recht überrascht, als die Stromstöße einsetzten. An seinem Gesichtsausdruck konnte man erkennen, dass er verzweifelt herauszufinden versuchte, was wir von ihm wollten und wie er es uns liefern könnte, aber die Biografie war abgeschlossen, es gab keine weiteren Fragen mehr. Voller Grauen beobachtete der Professor mich, als ich mich über ihn beugte und den goldenen Kugelschreiber aus seiner Brusttasche an mich nahm – ein Metallgegenstand kann den Strom bündeln und die Kleidung in Brand setzen. Die Augen des Professors zeigten, dass ihm mit einem Mal klar wurde, dass er nun kein Professor mehr war, dass er nie wieder einen Kugelschreiber benötigen würde. Vor noch nicht allzu langer Zeit, als wir Kinder waren, wurden Leute wie der Professor noch montagmorgens vor Arbeitsbeginn im Fußballstadion erschossen, meist gemeinsam mit einer Handvoll ihrer Studenten. Als wir dann studierten, begann man, alle in die Gefängnisbergwerke zu schicken, wo die Lebenserwartung ein halbes Jahr beträgt. Und heutzutage werden natürlich viele unserer Klienten der Organentnahme zugeführt.

Wenn die Erzgruben ihren Schlund aufreißen und mehr Arbeiter benötigen, dann müssen natürlich ausnahmslos alle dorthin, da haben wir kein Mitspracherecht. Aber bei Menschen wie dem Professor sind wir überzeugt, dass sie unserem Land noch ein ganzes, zufriedenes Arbeitsleben zu bieten haben. Und deswegen fahren wir die Spannung hoch bis auf ein unvorstellbares Niveau, bis zu einem sich zäh dahinwälzenden Strom aus Schmerz. Schmerzen dieser Art erzeugen einen Bruch in der Persönlichkeit – der Mensch, der sich ans andere Ufer dieses Flusses rettet, wird kaum noch Ähnlichkeit mit dem Professor haben, der sich in die Fluten gestürzt hatte. In ein paar Wochen wird er ein nützliches Mitglied einer landwirtschaftlichen Produktionsgemeinschaft sein, und vielleicht können wir sogar eine Witwe für ihn finden, die ihn tröstet. Es hilft nun einmal nichts: Wer ein neues Leben will, muss das alte aufgeben.

Jetzt war es besser, wenn unser kleiner Professor erst mal ein bisschen für sich blieb. Wir stellten den Autopiloten ein, der sämtliche Herzkreislauffunktionen des Klienten überwacht und den Schmerz in modulierenden Wellen verabreicht, schlossen die schallgedämmte Tür hinter uns zu und gingen in die Bibliothek. Am Nachmittag würden wir unseren Professor mit riesengroßen Pupillen und klappernden Zähnen wiedersehen und ihm in seine Straßenkleidung helfen, damit er seine große Reise aufs Land antreten konnte.

Unsere Bibliothek ist natürlich im Grunde nur ein Lagerraum mit dichtgestellten, deckenhohen Regalen, aber ich mache aus der Anlieferung einer neuen Biografie gern einen kleinen feierlichen Akt. Und wieder muss ich mich dafür entschuldigen, dass ich dauernd »ich« sage. Ich versuche, es nicht mit zur Arbeit zu bringen. In unserer Gesellschaft, in der das Kollektiv zählt, sind wir hier die Einzigen, für die das Individuum eine Rolle spielt. Gleichgültig, was nach dem Verhör aus unseren Klienten wird – hier sind und bleiben sie. Wir haben sämtliche Fälle aufbewahrt. Die Ironie besteht natürlich darin, dass der Durchschnittsbürger, der normale Verhörexperte zum Beispiel, wie er hier auf der Straße herumläuft, nie seine Geschichte erzählen darf. Er wird nicht nach seinem liebsten Sun-Moon-Film befragt; niemand will wissen, ob er lieber Hirsefladen oder Hirsebrei isst. Nein, es ist schon eine grausame Verkehrung des Schicksals: Nur den Staatsfeinden wird diese Art von Sonderbehandlung zuteil.

Mit einem kleinen Tusch stellten wir die Biografie des Professors ins Regal, neben die kleine Tänzerin von letzter Woche. Das junge Mädchen hatte uns alle zum Weinen gebracht, als sie beschrieb, wie ihr kleiner Bruder sein Augenlicht verloren hatte, und als wir sie an den Autopiloten anschlossen, hoben sich ihre Gliedmaßen und schweiften mit rhythmischen, anmutigen Gesten durch die Luft, als erzähle sie mit diesen Bewegungen ihre Geschichte ein letztes Mal. Mittlerweile ist wohl klar, dass »Verhör« noch nicht einmal das richtige Wort für unsere Tätigkeit ist – der Begriff ist ein schwerfälliges Erbe aus der Pubjok-Ära. Wenn der letzte Pubjok endlich in den Ruhestand geht, werden wir beantragen, dass wir in »Amt für Bürgerbiografien« umbenannt werden.

Atemlos kehrten unsere Praktikanten Q-Ki und Jujack zurück.

»Die Pubjok sind da«, sagte Q-Ki.

»Sie haben Kommandant Ga schon in der Mangel.«

Wir rasten nach oben. Als wir zum Zellentrakt kamen,

gingen Sarge und seine Männer gerade. Sarge ist der Leiter der Pubjok, und wir können uns nicht ausstehen. Er hat eine breite Stirn und selbst mit über siebzig noch den Körperbau eines Gorillas. Wir nennen ihn nur »Sarge«; wie er wirklich heißt, weiß ich nicht.

Er stand in der Tür und rieb sich die Hände.

»Sich als Volksheld ausgeben«, sagte Sarge kopfschüttelnd. »Wohin soll das noch führen? Hat denn niemand in diesem Land noch einen Funken Ehrgefühl?«

Sein Gesicht wies ein paar Blessuren auf, und beim Sprechen rieselte ihm Blut aus der Nase.

Q-Ki fasste sich an ihre Nase. »Sieht so aus, als hätte Kommandant Ga sich ganz gut gegen Sie gewehrt.«

Was für ein freches Mundwerk, die kleine Q-Ki!

»Das ist nicht Kommandant Ga«, entgegnete Sarge. »Aber stimmt, er hat uns einen fiesen kleinen Streich gespielt. Den schicken wir heute Nacht in den Sumpf. Dem werden wir zeigen, was eine Harke ist.«

»Und was ist mit seiner Biografie?«, wollten wir wissen.

»Hört ihr schlecht?«, fragte Sarge. »Das ist nicht Kommandant Ga, der tut nur so.«

»Dann werden Sie ja sicherlich nichts dagegen haben, wenn wir unser Glück mit ihm versuchen. Uns interessiert nur die Wahrheit.«

»Die Wahrheit steht nicht in euren albernen Büchern«, erwiderte Sarge. »Die kann man an den Augen eines Menschen ablesen. Hier, da könnt ihr's fühlen, in eurem Herzen.«

Mir tat Sarge im Grunde leid. Er war ein alter Mann mit einem kräftigen Körperbau. Diese Art von Statur konnte nur bedeuten, dass man als Kind Fleisch gegessen hatte, und dazu musste die Familie mit den Japanern kollaboriert haben. Ob er sich nun tatsächlich bei den Japsen lieb Kind gemacht hatte oder nicht: Sein ganzes Leben lang hatte ihm das vermutlich jeder, dem er begegnete, unterstellt.

»Klar, von mir aus, ihr könnt den Kerl haben«, meinte Sarge. »Wo kämen wir denn hin, wenn wir keine Ehre mehr hätten?«, fügte er hinzu, sagte »wir« aber auf eine Art, die uns von vornherein ausschloss. Er war schon fast weg, drehte sich dann aber noch mal um. »Lasst ihn bloß nicht in die Nähe des Lichtschalters«, warnte er uns.

Drinnen fanden wir Kommandant Ga auf einem Stuhl. Die Pubjok hatten ihn ganz schön zugerichtet, und er sah weiß Gott nicht mehr aus wie jemand, der Mordkommandos nach Südkorea geführt hatte, um republikflüchtige Großmäuler zum Schweigen zu bringen. Er musterte uns, als prüfe er, ob wir ihn ebenfalls prügeln würden, auch wenn er nicht mehr den Eindruck machte, als würde er sich noch wehren.

Seine aufgeplatzten Lippen sahen schlimm aus, und in seinen rotgeschwollenen Ohren sammelte sich Flüssigkeit: Die Alten hatten mit ihren schicken lederbesohlten Schuhen draufgehauen. An seinen Fingern waren Erfrierungen von früher, und das Hemd war aufgerissen, sodass auf seiner Brust eine Tätowierung der Schauspielerin Sun Moon sichtbar war. Wir schüttelten den Kopf. Arme Sun Moon. Am einen Arm hatte er außerdem eine sehr lange Narbe, was allerdings nicht bedeuten musste, dass die Gerüchte, Kommandant Ga habe mit einem Bären gerungen, der Wahrheit entsprachen. In seinem Rucksack fanden wir ein Paar schwarze Cowboystiefel, eine Dose Pfirsiche und ein knallrotes Mobiltelefon mit leerem Akku.

»Wir wollen Ihre Geschichte hören«, sagten wir.

Die Pubjokfäuste hatten sein Gesicht stark verunstaltet.

»Ich hoffe, Sie haben nichts gegen ein Happy End«, brachte er heraus.

Wir halfen ihm in einen Verhörraum und auf einen bequemen Frage-und-Antwort-Stuhl. Als wir ihm ein Schmerzmittel und Wasser gaben, war er im Handumdrehen eingeschlafen.

Wir verfassten eine kurze handschriftliche Notiz: »Ist nicht Kommandant Ga.« Die steckten wir in eine Rohrpostkapsel, die mit einem *Wusch* in dem Bunkerkomplex unter uns verschwand, in dem alle Entscheidungen gefällt wurden. Wie tief der Bunker in die Erde ging und wer genau dort unten war, wussten wir nicht. Ich dachte mir immer: Je tiefer, desto besser. Dachten *wir* uns, meine ich.

Noch bevor wir den Raum verlassen hatten, kam die Kapsel schon wieder zurückgerast und landete in unserem Auffangkörbchen. Als wir sie aufschraubten, stand auf dem Zettel nur: »Ist *wohl* Kommandant Ga.«

Erst ganz am Ende des Tages, als wir schon unsere Kittel aufhängen wollten, kehrten wir noch einmal zu ihm zurück. Das Gesicht von Kommandant Ga, oder wer er auch sein mochte, war stark zugeschwollen, aber er schien dennoch friedlich zu schlafen. Seine Hände lagen auf seinem Bauch, und es sah aus, als tippe er den Traum mit, den er gerade träumte. Eine Zeitlang starrten wir seine Finger an, konnten uns aber keinen Reim auf das machen, was er da wohl schrieb.

»Wir sind nicht die, die Ihnen weh getan haben«, sagten wir, als wir ihn aufweckten. »Das war eine andere Mannschaft. Beantworten Sie uns eine einfache Frage, dann kriegen Sie ein Zimmer und ein bequemes Bett.«

Kommandant Ga nickte. Uns brannten so viele Fragen unter den Nägeln.

Aber unsere Praktikantin Q-Ki platzte einfach heraus: »Was haben Sie mit dem Leichnam der Schauspielerin gemacht? Wo haben Sie ihn versteckt?«

Wir führten Q-Ki an der Schulter aus dem Verhörzimmer. In der gesamten Geschichte der Abteilung 42 war sie die erste weibliche Praktikantin, und sie war ein Heißsporn, das kann ich Ihnen sagen. Die Pubjok waren außer sich, dass eine Frau mit im Haus war, aber für eine moderne, zukunftsweisende Vernehmungsabteilung würde eine weibliche Verhörspezialistin unerlässlich sein.

»Sie müssen die Sache langsam angehen«, sagten wir zu Q-Ki. »Wir bauen hier ganz allmählich ein Verhältnis auf. Wir wollen ihn nicht in die Defensive drängen. Wenn er uns erst vertraut, wird er seine Biografie praktisch selbst schreiben.«

»Wen juckt schon die Biografie?«, sagte sie. »Sobald wir wissen, wo er die tote Schauspielerin und ihre Kinder verscharrt hat, wird er auf offener Straße erschossen. Schluss, aus.«

»*Charakter ist Schicksal*«, erinnerten wir sie an Kim Il Sungs berühmten Ausspruch. »Das bedeutet, sobald wir das Innenleben eines Falls aufgedeckt haben und wissen, wie er tickt, dann wissen wir nicht nur, was er getan hat, sondern auch, was er tun wird.«

Ins Verhörzimmer zurückgekehrt, stellte Q-Ki dann widerwillig eine passendere Frage.

»Wie haben Sie die Schauspielerin Sun Moon eigentlich kennengelernt?«, fragte sie.

Kommandant Ga schloss die Augen. »Kalt, so kalt …«, sagte er. »Beim Lazarett, draußen. Das Lazarett war weiß. Der Schnee fiel in dichten Flocken. Ich konnte kaum sehen. Das Kriegsschiff brannte. Drinnen stöhnten die Menschen. Auf dem Wasser tanzten die Flammen.«

»Hoffnungsloser Fall«, bemerkte Q-Ki.

Sie hatte recht. Wir hatten einen langen Tag hinter uns.

Oben, über der Erde, warf das rostrote Nachmittagslicht bestimmt bereits lange Schatten durch die Innenstadt von Pjöngjang. Wir mussten Feierabend machen und nach Hause kommen, bevor der Strom ausging.

»Wartet«, sagte Jujack. »Geben Sie uns irgendwas, Kommandant Ga.«

Dem Klienten schien es Freude zu machen, wenn wir ihn Kommandant Ga nannten.

Jujack ließ noch nicht locker: »Erzählen Sie uns einfach, wovon Sie geträumt haben. Dann bringen wir Sie in ein Zimmer.«

»Ich fuhr in einem Auto«, sagte Kommandant Ga. »Einem amerikanischen Auto.«

»Sehr schön, weiter so«, ermunterte ihn Jujack. »Sind Sie vorher schon mal in einem amerikanischen Auto gefahren?«

Jujack war ein ausgezeichneter Praktikant – der erste Ministersohn, der etwas taugte.

»Ja«, antwortete Kommandant Ga.

»Warum fangen Sie nicht damit an, wie Sie mit dem amerikanischen Auto gefahren sind?«

Zögernd fing er an zu erzählen. »Es ist Nacht. Meine Hand liegt auf der Gangschaltung. Die Straßenlampen sind aus, die Busse sind mit den Fabrikarbeitern aus der Nachtschicht überfüllt und rasen fast lautlos die Chollima-Straße und die Allee der Wiedervereinigung entlang. Sun Moon sitzt neben mir im Auto. Ich kenne mich in Pjöngjang nicht aus. *Links*, sagt sie. *Rechts*. Wir überqueren den Fluss, fahren zu ihrem Haus oben auf dem Taesong. Im Traum bin ich davon überzeugt, dass diese Nacht anders wird und sie endlich zulässt, dass ich sie berühre, wenn wir zu Hause sind. Sie trägt einen platinfarbenen *Chosŏnot*, der wie zerstoßene Diamanten schimmert. Immer wieder rennen Leute in schwarzen Schlafanzügen direkt vor unserem Wagen über die Straße, Leute, die Bündel und Lebensmittel und Arbeit nach Hause schleppen, aber ich drossle das Tempo nicht. Im Traum bin ich Kommandant Ga. Mein ganzes Leben lang bin ich von anderen gelenkt worden, immer war ich derjenige, der den anderen Platz machen musste. Aber Kommandant Ga ist anders, Kommandant Ga gibt Gas.«

»Sind Sie in dem Traum gerade Kommandant Ga geworden?«, fragten wir ihn.

Doch er redete weiter, als habe er uns gar nicht gehört. »Quer durch den Mansu-Park ... Nebel vom Fluss ... In den Wäldchen stehlen Familien Esskastanien aus den Bäumen – die Kinder wippen auf den Ästen herum und treten die Kastanien los, und unten öffnen ihre Eltern die stacheligen Kugeln mit Steinen. Hat man erst mal einen gelben oder blauen Eimer entdeckt, sieht man die Menschen plötzlich überall – ganze Familien sind da und riskieren ihr Leben, weil sie Kastanien aus öffentlichen Parkanlagen stehlen. *Ist das ein Spiel?*, will Sun Moon wissen. *Wie lustig das aussieht, die Kinder in ihren weißen Schlafanzügen da oben in den Bäumen. Vielleicht machen sie ja Turnübungen. Akrobatik vielleicht. Ich genieße solche Überraschungen. Was für einen schönen Film könnte man daraus machen: Eine Artistenfamilie, die nachts im Park ihre Zirkuskunststücke einübt! Sie müssen heimlich üben, weil ihnen sonst eine mit ihnen verfeindete Zirkusfamilie die Tricks stiehlt. Kannst du diesen Film nicht richtiggehend vor dir sehen?*, fragt sie mich. Was für ein vollendeter Augenblick. Am liebsten wäre ich von der Brücke gefahren, damit wir beide sterben und dieser Augenblick nie endet. So groß ist meine Liebe für Sun Moon, eine Frau, die so rein und unschuldig ist, dass sie den Anblick verhungernder Menschen nicht kennt.«

Alle fünf schwiegen wir vor Ehrfurcht. Kommandant Ga hatte sich sein Beruhigungsmittel auf jeden Fall verdient. Ich sah Q-Ki mit einem Blick an, der ihr sagen sollte: *Da, das war ein kleiner Einblick in vollendete Verhörkunst.*

In unserem Geschäft sollte man nicht arbeiten, wenn man seine Klienten nicht immer wieder faszinierend findet. Wenn man sie nur zusammenprügeln will. Wir dachten uns, dass Kommandant Ga nach jemandem aussah, der seine Wunden selbst versorgen konnte, und schlossen ihn mit Desinfektionsmittel und Verband in einer Zelle ein. Dann tauschten wir unsere Kittel gegen Vinalonmäntel und besprachen seinen Fall, während wir die steile Rolltreppe zur U-Bahn hinunterfuhren, die noch tiefer unter der Erde lag als unsere Räume. Man bemerke, dass unser Klient einen nahezu vollständigen Identitätswechsel vollzogen hat – der Betrüger träumt sogar, er sei Kommandant Ga. Man bemerke weiterhin, dass er seine Geschichte wie eine Liebesgeschichte einleitet, mit Betrachtungen über Schönheit und den Wunsch, jemanden zu beschützen. Seine Geschichte fängt nicht damit an, wo er das amerikanische Auto her hat. Er erwähnt nicht den Umstand, dass sie von Kim Jong Ils Festveranstaltung heimfahren, bei der Ga zur Unterhaltung der Gäste gedemütigt und zusammengeschlagen wurde. Er vergisst die Tatsache, dass er den Mann dieser Frau, die er angeblich »liebt«, irgendwie aus dem Weg geräumt hat.

Ja, gewisse Fakten über Ga waren uns bereits bekannt, das äußere Gerüst, wenn man so will. Die Gerüchte machten ja seit Wochen in der Hauptstadt ihre Runde. Es war das Innere, das wir entdecken mussten. Ich spürte jetzt schon, dass dies die größte, wichtigste Biografie war, die wir je verfassen würden. Vor meinem geistigen Auge sah ich sogar schon den Einband. Ich konnte mir vorstellen, wie der uns bis dato unbekannte, wahre Name Gas auf dem Buchrücken eingeprägt wurde. In meiner Fantasie war das Buch schon vollendet. Ich stellte es bereits ins Regal, knipste das Licht aus und schloss die Tür des Raumes hinter mir, in dem der Staub mit einem Tempo von drei Millimetern pro Jahrzehnt durch die Dunkelheit rieselt.

Die Bibliothek ist für uns ein heiliger Ort. Besucher haben keinen Zugang, und ist ein Buch erst einmal geschlossen, wird es nie wieder geöffnet. Ja, natürlich stöbern die Typen von der Propaganda manchmal darin herum – sie suchen eine anrührende Geschichte, die sie den Bürgern über die Lautsprecher erzählen können, aber wir sind Geschichtensammler, keine Geschichtenerzähler. Wir haben nichts mit den wackeligen Kriegsveteranen zu tun, die vor dem Altenheim *Respekt vor den Senioren* in Moranbong auf der Straße hocken und rührselige Geschichten zum Besten geben.

Ich steige an der Metrostation Kwangbok mit dem prächtigen Mosaik des Samji-Sees aus. Als ich aus der U-Bahn hoch in meinen Stadtteil Pot'onggang komme, ist die Luft erfüllt vom Rauch der Kochfeuer. Eine alte Frau brät auf dem Bürgersteig Zwiebelgrün, und ich sehe, wie die Verkehrspolizistin ihre blaue Sonnenbrille abnimmt und eine bernsteinfarbene für den Abend aufsetzt. Auf der Straße tausche ich den goldenen Kugelschreiber des Professors gegen Gurken, ein Kilo UN-Reis und ein wenig Sesampaste ein. Während wir feilschen, gehen über uns die Lichter in den Wohnungen an, und man sieht, dass die Hochhäuser nur bis zum achten Stock bewohnt sind. Die Aufzüge funktionieren eigentlich nie, und wenn doch, dann fällt der Strom bestimmt gerade aus, wenn man zwischen zwei Stockwerken im Schacht steckt. Mein Hochhaus heißt *Heiliger Ahnenberg Paektu*, und ich bin der einzige Bewohner des einundzwanzigsten Stockwerks; auf dieser Höhe kann ich mir sicher sein, dass meine alten Eltern nie unbeaufsichtigt das Haus verlassen. Die Treppe hochzusteigen dauert gar nicht so lange, wie man glauben sollte – man gewöhnt sich an alles.

In der Wohnung empfängt mich das Getöse des fest in der Wand installierten Lautsprechers mit der abendlichen Propagandasendung. Eigentlich hat ja jede Wohnung, jede Fabrikhalle in Pjöngjang so einen Lautsprecher, nur unser Arbeitsplatz nicht; die Verlautbarungen würden unseren Klienten zu viel Orientierung bieten, Datum und Uhrzeit zum Beispiel, und zu viel Normalität. Wenn die Klienten zu uns kommen, sollen sie lernen, dass ihre Welt von früher aufgehört hat zu existieren.

Ich koche Abendessen für meine Eltern. Als sie den ersten Löffel in den Mund stecken, preisen sie Kim Jong Il für den Wohlgeschmack, und wenn ich sie frage, wie ihr Tag verlaufen ist, dann sagen sie, er sei sicher nicht so anstrengend gewesen wie das Tagwerk des Geliebten Führers Kim Jong Il, der das Schicksal unseres Volkes auf seinen Schultern trage. Meine Eltern haben gleichzeitig ihr Augenlicht verloren und scheinen jetzt unter der Wahnvorstellung zu leiden, dass jemand in der Wohnung ist, den sie nicht sehen können und der ihnen für alles, was sie sagen, an den Kragen will. Sie hören den ganzen Tag dem Lautsprecher zu, begrüßen mich als *Bürger!*, wenn ich nach Hause komme, und geben keinerlei persönliche Gefühle preis, damit sie auch ja von keinem unsichtbaren Fremden denunziert werden. Deswegen sind unsere Biografien ja auch so wichtig: Hier hält jemand einmal nicht alles vor der Regierung geheim, führt sein Leben nicht im Verborgenen. Unsere Bücher zeigen vorbildlich, wie man in wahrer Harmonie mit der Regierung lebt. Ich stelle mir gern vor, dass ich so zu einer besseren Zukunft beitrage.

Während ich auf dem Balkon meine Schale auslöffle, blicke ich hinunter auf die Flachdächer der niedrigeren Gebäude, die im Rahmen der Gras-zu-Fleisch-Kampagne begrünt worden sind. Sämtliche Ziegen auf dem Dach gegenüber meckern aufgeregt, weil mit der Dämmerung die Uhus aus den Bergen geflogen kommen, um hier zu jagen. Ja, denke ich, Gas Geschichte sollte auf jeden Fall erzählt werden: Ein unbekannter Mann gibt sich als Volksheld aus. Jetzt hat er Sun Moon. Auf einmal steht er dem Geliebten Führer ganz nah. Und als eine amerikanische Delegation nach Pjöngjang kommt, nutzt dieser Unbekannte den Wirbel, um die schöne Frau zu ermorden, auch wenn er sich selbst damit ans Messer liefert. Er versucht noch nicht einmal zu fliehen. Das nenne ich mal eine Biografie!

Ich habe mich schon am Verfassen meiner eigenen versucht, nur als Übung, damit ich meine Klienten besser verstehe. Das Ergebnis ist ein Katalog, der banaler ist als alles, was die Gäste unserer Abteilung 42 zu berichten haben. Meine Autobiografie ist mit tausend Trivialitäten gefüllt: Dass die Brunnen der Hauptstadt nur ein paar Mal im Jahr angestellt werden, wenn ausländische Besucher eintreffen. Oder dass sich in meinem Viertel der größte Mobilfunkmast der Stadt befindet, obwohl Mobiltelefone verboten sind und ich noch nie jemanden ein solches Gerät habe benutzen sehen. Und doch steht der große, grün angemalte, mit künstlichen Ästen ausstaffierte Turm direkt auf der anderen Seite der Pot'ong-Brücke. Oder wie ich einmal nach Hause kam und ein ganzes KVA-Regiment vor meinem Wohnblock auf dem Bürgersteig hockte und die Bajonette am Beton des Rinnsteins schärfte. War das eine an mich gerichtete Botschaft, oder an jemand anderen? Reiner Zufall?

Als Experiment war die Autobiografie ein Reinfall – wo

war das *Ich* darin? Auch ließ sich nur mit Mühe das Gefühl unterdrücken, dass mir etwas Schlimmes zustoßen würde, sobald ich sie fertigstellte. Im Grunde aber kam ich einfach nicht mit dem Pronomen »ich« zurecht. Selbst hier zu Hause auf meinem eigenen Schreibblock fällt es mir schwer, dieses Wort niederzuschreiben.

Während ich an dem Gurkensaft unten in meiner Reisschale nippte, sah ich dem letzten Licht zu, das wie ein flackerndes Feuer über dem Wohnblock am anderen Flussufer tanzte. Wir verfassen die Biografien unserer Fälle in der dritten Person, um die Objektivität zu wahren. Vielleicht wäre es auch einfacher, wenn ich meine eigene Biografie so verfassen würde, als ginge es in der Geschichte nicht um mich, sondern um einen unerschrockenen Vernehmungsbeamten. Aber dann würde ich ja meinen Namen benutzen müssen, und das verstößt gegen die Vorschriften. Und was wäre der Sinn einer persönlichen Geschichte, wenn man nur »Der Vernehmungsbeamte« genannt wird? Wer will ein Buch lesen, das *Der Biograf* heißt? Nein, man will ein Buch lesen, das den Namen einer Person trägt. Man will ein Buch mit einem Titel wie *Der Mann, der Sun Moon tötete*.

Weiter weg spiegelte sich das Sonnenlicht im Wasser und zuckte hell über eine Häuserwand. Urplötzlich kam mir eine Idee.

»Ich habe etwas bei der Arbeit vergessen«, erklärte ich meinen Eltern und schloss sie ein.

Ich fuhr mit der U-Bahn quer durch die Stadt, zurück zur Abteilung 42, doch es war zu spät – der Strom ging aus und wir blieben mitten im Tunnel stecken. Im Licht von Streichhölzern stiegen alle aus den U-Bahn-Waggons und liefen im Gänsemarsch an den dunklen Gleisen entlang zurück zur Station Rakwan, wo die stillstehende Rolltreppe jetzt ein steiler Aufstieg war – hundert Meter hoch bis zum Ausgang. Als ich auf die Straße hinaustrat, war es stockfinster, und das Gefühl, von einer Dunkelheit in die nächste zu geraten, behagte mir gar nicht – ich fühlte mich wie in Kommandant Gas Traum, in dem schwarze Gestalten über die Straßen flitzten und Busse wie Haie ihre Runden durch die Finsternis zogen. Fast konnte ich mir vorstellen, dass mir heimlich ein amerikanisches Auto folgte.

Als ich Kommandant Ga weckte, tippten seine Finger wieder seinen Traum mit, aber diesmal langsam und fahrig. In Nordkorea produzieren wir ein Beruhigungsmittel von Weltniveau, das kann ich Ihnen sagen.

Als er wach war, fragte ich: »Sie haben von Ihrer ersten Begegnung mit Sun Moon erzählt, sie habe neben einem Gebäude stattgefunden, richtig?«

Kommandant Ga nickte bloß.

»Da wurde also ein Film auf die Seitenwand eines Gebäudes projiziert, habe ich recht? Sie haben sie also zum ersten Mal in einem Film gesehen?«

»In einem Film«, wiederholte Kommandant Ga stumpf.

»Und dazu wurde die Wand des Lazaretts genommen, weil sie weiß war. Sie haben den Film also unter freiem Himmel gesehen. Und es schneite heftig, weil Sie hoch in den Bergen waren.«

Kommandant Ga fielen die Augen zu.

»Und die brennenden Schiffe, das war ihr Film *Nieder mit den Tyrannen*?«

Kommandant Ga war schon wieder weggedöst, aber das sollte mich nicht stoppen.

»Und die Menschen, die im Lazarett gestöhnt haben – die stöhnten, weil sie im Straflager waren, oder nicht?«, fragte ich ihn. »Sie saßen im Gefängnis, habe ich nicht recht?«

Eine Antwort brauchte ich nicht. Und natürlich: Welch besseren Ort als ein Gefängnisbergwerk konnte es geben, um dem echten Kommandanten Ga, dem Minister für Gefängnisbergwerke, zu begegnen? Dann war er also beiden dort begegnet, Mann und Frau.

Ich zog das Laken hoch, bis es seine Tätowierung bedeckte. Im Grunde dachte ich von ihm schon als Kommandant Ga. Es würde schade sein, seine wahre Identität aufzudecken – Q-Ki hatte recht, er würde umgehend auf offener Straße erschossen werden. Man kann nicht einen Minister umbringen, aus dem Zwangsarbeitslager ausbrechen, dann die Familie des Ministers ermorden und trotzdem noch Bauer in einer landwirtschaftlichen Produktionsgenossenschaft werden. Ich musterte den Mann vor mir. »Was hat Ihnen der echte Kommandant Ga angetan?«, fragte ich ihn. Seine Hände kamen unter dem Laken hervor, und er fing an, auf seinem Bauch zu tippen. »Was hat Ihnen der Minister Schlimmes angetan, dass Sie erst ihn und dann seine Frau und seine Kinder ermordet haben?«

Während seine Hände tippten, starrte ich auf seine geschlossenen Augen; die Augäpfel hinter den Lidern bewegten sich nicht. Er schrieb gar nicht das auf, was er in seinem Traum sah. Vielleicht war er ja dazu ausgebildet, alles mitzuschreiben, was er *hörte*. »Gute Nacht, Kommandant Ga«, sagte ich und sah zu, wie seine Hände die vier Worte schrieben, pausierten und auf mehr warteten.

Ich schluckte selbst eine Beruhigungspille und ließ Kommandant Ga dann allein, damit er sich ausschlafen konnte. Idealerweise würde die Wirkung des Mittels erst einsetzen, wenn ich es ans andere Ende der Stadt geschafft hatte. Wenn alles richtig gut klappte, würde es direkt nach den zweiundvierzig Treppenabsätzen anschlagen.

KOMMANDANT GA versuchte, den Vernehmungsbeamten zu vergessen, auch wenn er seinen nach Gurken riechenden Atem noch lange in der Nase hatte, nachdem der seine Pille geschluckt hatte und gegangen war. Über Sun Moon zu sprechen, hatte neue Bilder von ihr heraufbeschworen, und nur das war wichtig. Er konnte den Film, den der Beamte erwähnt hatte, praktisch vor sich sehen. *Eine wahre Tochter des Vaterlands* hieß der Film, nicht *Nieder mit den Tyrannen*. Sun Moon spielte eine Frau von der Südinsel Jeju, die ihre Familie im Stich lässt, um sich dem Kampf gegen die Imperialisten in Inch'ŏn anzuschließen. Jeju, erfuhr man im Film, war berühmt für seine Abalone-Taucherinnen, und in der ersten Szene sind drei Schwestern auf einem Floß zu sehen. Dunkle Wellen mit bimsgrauen Schaumköpfen schaukeln die Mädchen hin und her. Eine Woge, so schwarz wie Kohle, rollt durchs Bild und versperrt einen Moment den Blick auf die Frauen, während brutale Wolken tief über den Vulkanklippen hängen. Sun Moon ist die älteste der Schwestern. Sie bespritzt sich mit Wasser und rückt die Taucherbrille zurecht, während ihre Schwestern über Dorftratsch reden. Dann nimmt Sun Moon einen dicken Stein in die Hand, atmet tief ein und macht eine Rückwärtsrolle vom Floß in das nachtschwarze Wasser. Die zurückbleibenden Schwestern fangen an, über den Krieg und ihre kranke Mutter zu reden und über ihre Angst, Sun Moon könne sie verlassen. In einer vom Mast gefilmten Draufsicht sieht man sie auf dem Floß auf dem Rücken liegen; sie reden wieder von ihren Nachbarn, wer in wen verliebt ist und wer mit wem Streit hat, aber sie wirken nachdenklich. Man spürt deutlich, dass sie bewusst nicht über den herannahenden Krieg sprechen.

Er hatte diesen Film zusammen mit den anderen angeschaut – projiziert wurde er auf die Seitenwand des Gefängnislazaretts, denn das war das einzige weißgetünchte Gebäude. Es war Kim Jong Ils Geburtstag, der 16. Februar, ihr einziger arbeitsfreier Tag im Jahr. Die Sträflinge hockten auf Holzscheiten, von denen sie das Eis abgeschlagen hatten. Hier sah er sie zum ersten Mal vor sich, eine strahlend schöne Frau, die in die Dunkelheit hinabtaucht und einfach nicht wieder hochkommt. Die Schwestern reden weiter und immer weiter, die Wogen türmen sich auf und überschlagen sich, die Patienten im Lazarett stöhnen schwach, während sich ihre Blutbeutel füllen, und immer noch taucht Sun Moon nicht auf. Er ringt die Hände über ihren Tod, alle Sträflinge ringen die Hände, und obwohl Sun Moon dann irgendwann doch wieder hochkommt, behält sie für den gesamten Rest des Films diese Macht über die Zuschauer.

Jetzt fiel ihm wieder ein, dass ihm Mongnan in dieser Nacht zum zweiten Mal das Leben gerettet hatte. Es war sehr kalt, kälter als je zuvor; nur die Arbeit hielt sie den ganzen Tag über warm, und im Schnee zu sitzen und einen Film anzusehen, hatte seine Körpertemperatur gefährlich absinken lassen.

Mongnan tauchte neben seinem Stockbett auf und berührte seine Brust und seine Füße, um zu prüfen, wie viel Leben noch in ihm war.

»Komm«, sagte sie. »Wir müssen schnell machen.«

Als er der alten Frau folgte, wollten ihm seine Gliedmaßen kaum gehorchen. Hier und dort bewegte sich jemand auf seiner Schlafstatt, als sie vorbeikamen, aber niemand richtete sich auf, denn zum Schlafen war nie genug Zeit. Zusammen hasteten sie in eine Ecke des Gefängnishofs, die normalerweise grell erleuchtet war und von zwei Männern in einem Turm bewacht wurde. »Der Suchscheinwerfer ist ausgebrannt«, flüsterte Mongnan ihm im Laufen zu. »Sie werden eine Weile brauchen, bis sie eine neue Leuchte auftreiben, aber wir müssen trotzdem schnell machen.« Sie hockten sich in die Finsternis und sammelten alle Motten ein, die tot von der Lampe heruntergefallen waren. »Stopf sie dir in den Mund«, sagte sie. »Deinem Magen ist es egal.« Er tat wie befohlen und kaute schon bald auf einer Handvoll Falter herum – trotz der Schmiere, die aus ihnen platzte, wurde sein Mund von den pelzigen Körpern ganz trocken, und die Flügel gaben einen scharfen chemischen Aspiringeschmack ab. Seit Texas war er nicht ein einziges Mal satt gewesen. Beide Hände voller Motten flohen Mongnan und er durch die Dunkelheit – trotz der leicht angeschmorten Flügel würden die Insekten sie eine weitere Woche am Leben erhalten.

GUTEN MORGEN, BÜRGER! Schart euch in den Wohnblocks und an den Fließbändern um die Lautsprecher und lauscht unseren Nachrichten: Die nordkoreanische Tischtennismannschaft hat ihre Gegner aus Somalia in zwei Sätzen glatt besiegt! Präsident Mugabe übersendet seine Glückwünsche zum heutigen Jahrestag der Gründung der Partei der Arbeit Koreas. Vergesst nicht, dass es unziemlich ist, sich auf die Rolltreppen zur U-Bahn zu setzen. Das Verteidigungsministerium möchte uns erneut daran erinnern, dass unsere U-Bahn-Tunnel, die am tiefsten gelegenen der Welt, der zivilen Verteidigung dienen, sollten die Amerikaner wieder überraschend angreifen. Hinsetzen verboten! Schon bald beginnt die Meeresalgenernte; da wird es Zeit, dass ihr eure Gläser und Krüge auskocht. Und schließlich haben wir wieder die große Freude, die beste nordkoreanische Kurzgeschichte des Jahres zu küren. Die Geschichte aus dem letzten Jahr, vom Leid, das uns von südkoreanischen Missionaren zugefügt wurde, war ein hundertprozentiger Erfolg. Die neue Geschichte verspricht noch großartiger zu werden – es ist eine wahre Geschichte von Liebe und Leid, von Treue und Tapferkeit, von der nie enden wollenden Hingabe des Geliebten Führers sogar an die niedrigsten Bürger unseres großen Landes. Leider ist es auch eine Geschichte voller Tragik. Doch es winkt Erlösung! Und Taekwondo! Bleibt in der Nähe eurer Lautsprecher, Bürger, damit ihr keine der täglichen Folgen verpasst.

AM NÄCHSTEN MORGEN schwamm mein Kopf von dem Beruhigungsmittel. Trotzdem eilte ich in die Abteilung 42, um nach Kommandant Ga zu sehen. Wie bei jeder gehörigen Tracht Prügel kam der wahre Schmerz am Tag danach. Verblüffenderweise hatte Ga die offene Fleischwunde über seinem Auge selbst zugenäht; wie er das ohne Nadel und Faden improvisiert hatte, war uns ein Rätsel. Wir mussten ihn nach seiner Methode fragen.

Wir brachten Kommandant Ga in die Kantine, wo er sich vielleicht weniger bedroht fühlen würde. Die meisten Menschen gehen davon aus, dass ihnen an einem öffentlichen Ort nichts passieren kann. Die Praktikanten holten ihm Frühstück. Jujack machte ihm eine Schale *Bibimbap* zurecht, Q-Ki setzte Wasser für *Cha* auf. Keiner von uns hielt etwas von dem Namen »Q-Ki«. Er lief dem professionellen Anspruch zuwider, den wir in der Abteilung 42 zu vertreten suchten – etwas, was den Pubjok in ihren vierzig Jahre alten Anzügen aus Hamhŭng und den Krawatten mit Flecken vom Feuertopf peinlicherweise völlig abging. Doch seit die neue Operndiva ihre Initialen als Vornamen benutzte, machten ihr die ganzen jungen Frauen das nach. Pjöngjang kann in der Hinsicht schrecklich trendversessen sein. Q-Ki wehrte unsere Einwände damit ab, dass wir ja unsere Namen auch nicht nannten. Es beeindruckte sie gar nicht, als wir ihr erklärten, es handele sich um Vorschriften, die noch aus Kriegszeiten stammten. Damals wurden Häftlinge noch als mögliche Spione angesehen und nicht als Bürger, die ihren revolutionären Eifer eingebüßt hatten und in die Irre geraten waren. Sie glaubte das nicht; wir allerdings auch nicht. Wie soll man sich in einem Umfeld einen Ruf aufbauen, wo keiner einen Namen hat außer den Praktikanten und den bemitleidenswerten alten Pensionären, die die gute alte Zeit wiederaufleben lassen wollen?

Q-Ki versuchte, beim Frühstück ein Gespräch mit Kommandant Ga anzufangen.

»Was meinen Sie, welche *Kwans* haben dieses Jahr Aussicht auf den Goldgurt?«, fragte sie.

Kommandant Ga schlang sein Essen nur so hinunter. Wir hatten noch nie jemanden zu Gesicht bekommen, der es aus einem Gefängnisbergwerk herausgeschafft hatte, aber man brauchte ihm bloß beim Essen zuzugucken, um zu wissen, wie es im Straflager 33 zuging. Man stelle sich bloß einmal vor, es kommt einer von einem solchen Ort in Kommandant Gas schönes Haus am Hang des Taesong: Plötzlich gehört ihm dessen Blick auf Pjöngjang, dessen berühmter Reisweinkeller. Und natürlich seine Frau.

Q-Ki versuchte noch einmal ihr Glück. »Eins der Mädchen in der Fünfundfünfzig-Kilo-Klasse hat sich gerade mit dem *Dwit Chagi Ga* qualifiziert«, sagte sie. Dieser Rückwärtstritt war Gas Spezialität: Er hatte den *Dwit Chagi* so abgewandelt, dass man vor der Ausführung dem Gegner den Rücken zuwandte, um ihn näher heranzulocken. Entweder kannte sich dieser Ga nicht mit Taekwondo aus, oder er sprang nicht darauf an. Er war ja natürlich sowieso nicht der echte Kommandant Ga, konnte also kaum Kenntnis von den Goldgurt-Feinheiten des Kampfsports haben. Es war eine Fangfrage, um herauszufinden, inwieweit der Häftling tatsächlich überzeugt war, Kommandant Ga zu sein.

Ga schlang den letzten Bissen herunter und schob die Schale von sich.

»Ihr findet sie nie«, sagte er zu uns. »Was aus mir wird, ist mir egal. Ihr braucht also gar nicht zu versuchen, es aus mir herauszuholen.«

Seine Stimme war fest, und Vernehmungsbeamte sind es nicht gewöhnt, dass jemand so mit ihnen spricht. Ein paar Pubjok hörten seinen Tonfall und kamen herüber.

Kommandant Ga zog die Teekanne an sich. Statt sich eine Tasse einzuschenken, fasste er in die Kanne, holte den dampfenden Teebeutel heraus und legte ihn auf seine Platzwunde über dem Auge. Vor Schmerzen kniff er die Augen zusammen, heiße Teetränen rannen ihm übers Gesicht. »Sie wollen meine Geschichte, haben Sie gesagt. Die sollen Sie haben, alles, außer dem Schicksal der Frau und ihrer Kinder. Aber zuerst brauche ich etwas.«

Einer der Pubjok zog sich den Schuh aus und kam drohend auf Ga zu.

»Halt«, rief ich. »Lasst ihn ausreden.«

Der Pubjok blieb mit hoch erhobenem Schuh stehen.

Ga reagierte gar nicht auf die Drohgebärde. Ob das auf ein Schmerztraining zurückzuführen war? Oder war er an Schläge gewöhnt? Manche Leute fühlen sich einfach besser, wenn sie eine gute Tracht Prügel bezogen haben – Prügel sind oft ein probates Mittel bei Selbsthass und Schuldgefühlen. Ob ihm die zu schaffen machten?

Sehr ruhig teilten wir dem Pubjok mit: »Er gehört uns. Sarge hat uns sein Wort gegeben.«

Die Pubjok machten einen Rückzieher, vier von ihnen setzten sich aber mit ihrer Teekanne zu uns an den Tisch. Sie trinken natürlich immer *Pu-Erh*-Tee und stinken den ganzen Tag danach.

»Und was brauchen Sie?«, fragten wir Kommandant Ga.

Er antwortete: »Ich brauche die Antwort auf eine Frage.«

Die Pubjok waren außer sich. Noch nie im Leben hatten

sie einen Häftling so reden hören. Mein Team sah mich an. »Ich glaube nicht, dass wir diese Richtung einschlagen sollten, Chef«, sagte Q-Ki.

Jujack sagte: »Bei allem Respekt, Chef, aber ich finde, dass wir diesen Knaben an der riesig aufblühenden weißen Blume schnuppern lassen sollten.«

Ich hielt die Hand hoch. »Das reicht«, sagte ich. »Unser Häftling wird uns berichten, wie er mit Kommandant Ga zusammentraf, und wenn er fertig ist, werden wir ihm eine Frage seiner Wahl beantworten.«

Die Oldtimer sahen sich das Ganze fassungslos an. Zornig stützten sie sich auf ihre harten, sehnigen Unterarme; ihre knotigen Hände mit den krummen Fingern und schief eingewachsenen Nägeln mussten sie ineinander verkrallen, um nicht die Beherrschung zu verlieren.

Kommandant Ga sagte: »Ich bin Kommandant Ga zwei Mal begegnet. Das erste Mal im Frühling – ich hörte am Abend vor seiner Ankunft, dass er dem Straflager einen Besuch abstatten würde.«

»Fangen Sie damit an«, sagten wir zu ihm.

»Kurz nachdem ich ins Straflager 33 kam«, erzählte er, »setzte Mongnan ein Gerücht in die Welt, einer der neuen Sträflinge sei ein verdeckter Agent des Ministeriums für Gefängnisbergwerke, der Wärter dingfest machen solle, die nur zum Spaß Häftlinge umbrachten und damit die Produktionsleistung schmälerten. Das Gerücht schien zu wirken – angeblich wurden weniger Insassen zum reinen Zeitvertreib verstümmelt. Im Winter allerdings waren prügelnde Wärter unsere geringste Sorge.«

»Wie haben die Wärter Sie genannt?«, fragten wir ihn.

»Im Lager gibt es keine Namen«, antwortete er. »Ich habe den Winter überlebt, aber danach war ich ein anderer Mensch.

Sie können sich nicht vorstellen, wie der Winter war, was der mit mir gemacht hat. Als das Tauwetter kam, war mir alles egal. Ich funkelte die Aufseher an, als ob sie Waisenkinder wären. Ich benahm mich bei Selbstkritiksitzungen daneben. Statt zu gestehen, dass ich eine Erzlore mehr hätte schieben oder eine weitere Tonne Erz hätte abbauen können, schimpfte ich mit meinen Händen, sie würden nicht auf meinen Mund hören, oder beschuldigte meinen linken Fuß, dass er meinem rechten nicht folgte. Der Winter hatte mich verändert – das war nicht mehr ich. So eine Kälte – für so etwas gibt es keine Worte.«

»Himmel noch mal!«, donnerte der alte Pubjok los. Den Schuh hatte er immer noch auf dem Tisch liegen. »Wenn ich diesen Idioten verhören würde, dann wäre jetzt schon ein Bestattungsinstitut unterwegs, um unsere glorreiche Schauspielerin und ihre armen Kleinen abzuholen!«

»Das ist doch gar nicht Kommandant Ga«, erinnerten wir ihn.

»Warum hören wir uns dann dieses Gejaule übers Straflager an?« Er blickte Kommandant Ga ins Gesicht. »Du glaubst also, es wäre kalt in den Bergen, ja? Dann stell sie dir mit Yankee-Scharfschützen und B-29-Bombardement vor. Stell dir vor, es gibt keinen Lagerkoch, der dir jeden Tag eine schöne heiße Kohlsuppe kocht. Stell dir vor, es gibt keine gemütliche Lazarettpritsche, auf der du schmerzlos von deinem Elend erlöst wirst.«

Unser Team war noch nie bombardiert worden, aber was Kommandant Ga erzählt hatte, konnten wir uns gut vorstellen. Einmal mussten wir hoch in den Norden, um einem Wachsoldaten im Zwangsarbeitslager 14-18 die Biografie abzunehmen. Den ganzen Tag saßen wir hinten auf einer Krähe, fuhren hinauf in die Berge, durch die Bodenlatten spritzte der

Schlamm, unsere Stiefel waren steifgefroren, und dabei fragten wir uns die ganze Zeit, ob wir wirklich einen Häftling verhören sollten oder ob das Ganze nur ein Vorwand war, um uns ohne Aufstand ins Lager zu verfrachten. Während uns vor Kälte die Scheiße im Hintern festfror, wurden wir den Verdacht nicht los, dass die Pubjok uns endgültig abserviert hatten.

Kommandant Ga erzählte weiter: »Weil ich neu war, wurde ich neben dem Lazarett untergebracht, wo die Leute die ganze Nacht hindurch jammerten. Ein alter Mann da drin war ganz besonders nervtötend. Er war nicht produktiv, weil er seine Hände nicht mehr gebrauchen konnte. Die Mithäftlinge hätten ihn decken können, aber er war verhasst – sein eines Auge war eingetrübt, und er konnte nur anklagen und fordern. Die ganze Nacht lang ächzte er seine endlose Serie von Fragen. *Wer bist du?*, schrie er in die Nacht. *Warum bist du hier? Warum gibst du keine Antwort?* Woche um Woche fragte ich mich, wann die verdammte Blutkonserven-Krähe endlich kommen und ihm das Maul stopfen würde. Aber dann fing ich an, über seine Fragen nachzudenken. Warum war ich dort? Was hatte ich verbrochen? Irgendwann begann ich, ihm zu antworten. *Warum willst du nicht gestehen?*, schrie er, und ich schrie quer durch die Baracke zurück: *Ich will ja gestehen, ich werde alles sagen.* Diese Gespräche machten die Insassen nervös, und eines Nachts bekam ich Besuch von Mongnan. Sie war die älteste Frau im Lager; der Hunger hatte sie schon längst spindeldürr werden lassen. Die Haare trug sie kurz wie ein Mann, und ihre Hände waren immer mit Stoffstreifen umwickelt.«

Kommandant Ga fuhr mit seiner Geschichte fort, wie Mongnan und er sich aus der Baracke geschlichen hatten, an den Wasserfässern vorbei; wir sagten nichts, dachten aber wahrscheinlich alle daran, dass der Name Mongnan »Magnolie« bedeutet, die vollendetste aller riesigen, weißen Blüten. Diese Blüte sehen unsere Klienten, wenn der Autopilot sie auf den Höhepunkt der Schmerzen transportiert: Wie ein winterlicher Berggipfel, wo sich im Schnee eine einzige, weiße Blüte für sie öffnet. Mögen ihre Körper auch noch so zucken – die Stille dieses Bildes ist es, die sie im Gedächtnis behalten. So schlimm kann es dann ja doch nicht sein, oder? Ein einziger Nachmittag der Schmerzen ... und dann hat man die Vergangenheit hinter sich gelassen, jedes Versagen, jedes Manko ist von einem genommen, jede letzte Bitterkeit, die einem noch im Hals steckt.

»Draußen stieg mein Atem wie eine Fahne vor mir auf«, fuhr Kommandant Ga fort. »Ich fragte Mongnan, wo die ganzen Wärter hin seien. Sie zeigte auf das hell erleuchtete Verwaltungsgebäude. *Morgen muss der Minister für Gefängnisbergwerke eintreffen,* sagte sie. *Ich habe das schon mal erlebt. Dann sitzen sie die ganze Nacht da und fälschen die Bücher.*

Und?, fragte ich sie.

Der Minister kommt, sagte sie. *Deswegen haben sie uns so geschunden, deswegen sind alle Schwachen ins Lazarett gesteckt worden.* Sie zeigte auf den Komplex der Aufseher, in dem jedes Licht hell brannte. *Schau, wie viel Strom sie verschwenden,* sagte sie. *Hör dir den armen Generator an. Man kann den Laden da nur so hell erleuchten, wenn man den Elektrozaun abstellt.*

Und jetzt? Flüchten wir?, fragte ich. *Wir können nirgendwohin.*

Ach, mach dir darum mal keine Sorgen, antwortete sie. *Wir werden alle hier sterben. Aber nicht heute Nacht.*

Und damit eilte sie über den dunklen Hof, mit steifem Rücken, aber flinken Beinen. Am Zaun holte ich sie ein. Der bestand eigentlich aus zwei Zäunen, zwei parallelen Reihen von Betonpfosten mit Keramikisolatoren und stromführenden Drähten. Dazwischen war das Niemandsland, zugewuchert mit wildem Ingwer und Rettich – normalerweise ging jeder hops, bevor er da drankam.

Mongnan wollte zwischen den Drähten hindurchfassen. *Warte*, sagte ich. *Sollen wir es nicht lieber erst ausprobieren?* Aber Mongnan langte einfach unter dem Zaun hindurch und zog zwei kalte, knackige Rettiche aus der Erde, die wir auf der Stelle verzehrten. Dann gruben wir den wilden Ingwer aus. Alle alten Frauen waren für den Begräbnistrupp eingeteilt – wer starb, wurde da verscharrt, wo er tot umgefallen war, gerade tief genug, dass er nicht vom Regen wieder ausgewaschen wurde. Man konnte genau erkennen, welche Ingwerpflanze eine Leiche mit ihrem Wurzelstock durchbohrt hatte: Ihre Blüten waren groß und irisierten gelb, und wenn sich die Wurzelknolle unter einer Rippe verhakt hatte, ließ sich die Pflanze kaum ausreißen.

Als nichts mehr in unsere Taschen ging, aßen wir noch einen Rettich, und ich merkte richtig, wie er mir die Zähne reinigte. *Oh, die Freuden der Mangelwirtschaft*, sagte Mongnan und verspeiste ihren Rettich mit Stumpf und Stiel und Blüte. *Dieser Ort ist die reinste Vorlesung über Angebot und Nachfrage. Da ist meine Schultafel*, sagte sie und blickte hinauf in den Nachthimmel. Dann fasste sie an den Hochspannungszaun. *Und das ist meine Abschlussprüfung.*«

In der Kantine sprang Q-Ki auf. »Einen Augenblick«, sagte sie. »Ist das etwa Li Mongnan, die Professorin, die zusammen mit ihren Studenten denunziert wurde?«

Kommandant Ga unterbrach seine Erzählung. »Eine Professorin?«, fragte er uns. »Was hat sie unterrichtet?«

Das war natürlich ein unglaublicher Fauxpas. Die Pubjok

schüttelten nur den Kopf. Wir hatten unserem Häftling gerade mehr Informationen gegeben als er uns. Wir schickten beide Praktikanten weg und forderten Kommandant Ga auf, doch bitte fortzufahren.

»Sind ihre Studenten deportiert worden?«, fragte Ga. »Oder hatte Mongnan sie schon alle im Straflager 33 überlebt?«

»Bitte fahren Sie fort«, forderten wir ihn auf. »Wenn Sie fertig sind, beantworten wir eine Frage.«

Kommandant Ga brauchte einen Augenblick, um das zu verdauen. Dann nickte er und fuhr fort. »Es gab einen Fischteich, in dem die Aufseher Forellen für ihre Familien züchteten. Jeden Morgen wurden die Fische gezählt, und wenn einer fehlte, musste das ganze Lager hungern. Ich folgte Mongnan zu der niedrigen Mauer um das Zuchtbecken; sie hockte sich hin und fing einen Fisch aus dem schwarzen Wasser. Ein paar Versuche waren notwendig, aber sie hatte sich mit einem Stück Draht ein kleines Netz gebastelt, und mit dem Stoff um die Hände konnte sie gut zupacken. Sie hielt eine Forelle hinter den Brustflossen – gesund waren sie und quicklebendig. *Hier musst du zudrücken, kurz vor dem Schwanz,* sagte sie. *Dann massierst du den Fisch da, hinter dem Bauch. Drück zu, wenn du den Rogen spürst.* Mongnan hielt den Fisch hoch und molk sich einen aprikosengelben Strom von Eiern in den Mund. Sie warf den Fisch zurück.

Dann war ich dran. Mongnan fing einen weiteren Fisch und zeigte mir den Schlitz, an dem man erkennen konnte, dass es ein Weibchen war. *Fest drücken,* sagte sie, *sonst kriegst du Fischscheiße.* Ich kniff den Fisch, und eine Ladung erstaunlich warmer Eier schoss mir ins Gesicht. Ich roch sie auf meinen Wangen, glibberig, salzig, lebendig, wischte sie mir ab und leckte mir die Finger. Mit ein bisschen Übung hatte ich den Trick schnell heraus. Wir molken ein Dutzend Fische, und die Sterne wanderten über den Himmel, während wir wie betäubt dasaßen.

Warum hilfst du mir?, fragte ich sie.

Ich bin eine alte Frau, antwortete sie. *Alte Frauen machen so was.*

Ja, aber warum mir?

Mongnan rieb sich die Hände mit Erde sauber, um den Fischgeruch loszuwerden. *Du hast es nötig,* sagte sie. *Im Winter hast du zehn Kilo verloren. So viel darfst du nicht noch einmal abnehmen.*

Ich frage, was es dich juckt?

Hast du vom Zwangsarbeitslager Nummer 9 gehört?

Ich habe davon gehört.

Das ist ihr lukrativstes Bergwerk – fünf Aufseher bewachen ein Straflager mit fünfzehnhundert Leuten drin. Sie stehen einfach vor dem Tor und gehen nie hinein. Das ganze Gefängnis befindet sich in der Mine, es gibt keine Baracken, keine Küche, kein Lazarett –

Ich habe doch gesagt, dass ich davon gehört habe. Willst du mir etwa erzählen, dass wir froh sein sollen, dass wir in einem so schönen Lager wie dem hier sind?, fragte ich.

Mongnan stand auf. *Im Zwangsarbeitslager 9 soll es ein Feuer gegeben haben,* sagte sie. *Die Aufseher haben sich geweigert, das Tor zu öffnen, um die Gefangenen herauszulassen. Alle Insassen sind im Rauch erstickt.*

Ich nickte über die bedrückende Geschichte, erwiderte aber: *Du hast meine Frage nicht beantwortet.*

Der Minister kommt morgen, um unsere Mine zu inspizieren. Stell dir mal vor, wie es ihm momentan gehen muss. Stell dir vor, wie viel Kritik der schlucken muss. Sie packte mich an der Schulter. *Du darfst bei der Selbstkritiksitzung nicht mit deinen Händen und Füßen schimpfen! Du darfst die Wachsoldaten nicht blöde anglotzen! Du musst aufhören, mit dem alten Mann im Lazarett Debatten zu führen!*

Von mir aus, erwiderte ich.

Und übrigens, die Antwort auf deine Frage: Warum ich dir helfe, geht dich überhaupt nichts an.

Wir gingen an den offenen Latrinen vorbei und sprangen über den Wall des Abwasserkanals. Es gab eine Holzpalette, auf der die Leute abgeladen wurden, die in der Nacht gestorben waren, aber heute war sie leer. Als wir vorbeigingen, sagte Mongnan: *Mein Stativ kann morgen ausschlafen.* Die windstille, klare Nacht roch nach dem Birkenholz, das ein Trupp alter Männer zu Rohrstöcken geschnitten hatte. Schließlich kamen wir zur Zisterne mit dem großen Pumpenrad, das von einem Wasserbüffel gedreht wurde. Das Tier kniete auf einem scharf duftenden Bett aus Birkenrinde. Als es Mongnans Stimme hörte, erhob es sich. Sie flüsterte mir ins Ohr: *Die Fischeier, die gibt's einmal im Jahr. Ich zeige dir, wann die Kaulquappen im Bach auftauchen und wann die Bäume am Westturm Zuckersaft geben.*

Sie berührte den Büffel an der Nase und tätschelte ihm die schwarze Platte zwischen den Hörnern. Dann gab sie ihm ein Stück wilden Ingwer zu fressen: Er schnaubte laut und zermalmte die Knolle zwischen den Zähnen. Aus den Tiefen ihrer Taschen brachte Mongnan ein Glas hervor. *Das hat mir ein alter Mann beigebracht*, sagte sie. *Er war damals der Älteste im ganzen Lager. Er muss mindestens sechzig gewesen sein, aber er war sehr gut in Form. Ein Tunneleinbruch hat ihn umgebracht, nicht Hunger oder Schwäche. Er war stark, als er gestorben ist.*

Mongnan tauchte unter den Bauch des Bullen, dem es schon lang und rot heraushing. Mit festem Griff massierte sie ihn. Der Büffel schnupperte an meinen Händen und suchte nach Ingwer, und ich sah ihm in die feuchten, schwarzen Augen. *Vor ein paar Jahren gab es hier einen Mann*, sagte Mongnan unter dem Rind, *der hatte eine kleine Rasierklinge. Er ritzte dem Bullen die Haut ein, damit er das herauströpfelnde Blut trinken konnte. Das war aber nicht dieser hier. Der Bulle hat kein Theater gemacht, aber das Blut tröpfelte weiter und gerann, und das war dann das Ende des kleinen Mannes. Nach der Bestrafung habe ich seine Leiche fotografiert. Ich habe seine gesamten Kleider nach der Rasierklinge durchsucht, aber ich habe sie nicht entdeckt.*

Der Wasserbüffel schnaubte – mit aufgerissenen Augen und glasigem Blick schwenkte er den Kopf hin und her, als würde er etwas suchen. Dann schloss er die Augen, und kurz darauf tauchte Mongnan wieder auf, das dampfende Glas fast bis zum Rand gefüllt. Mongnan trank die Hälfte mit einem großen Schluck aus und gab es an mich weiter. Ich wollte daran nippen, aber als das erste bisschen Glibber in meiner Kehle war, hing der Rest daran fest, und in einem Rutsch ging alles herunter. Der Wasserbüffel kniete sich wieder hin. *Damit bist du drei Tage lang stark wie ein Ochse*, sagte sie.

Wir blickten hinüber zu den Lichtern in den Häusern der Aufseher. Wir schauten in Richtung China. *Dieses Regime wird zu Ende gehen*, sagte sie. *Ich habe es genau studiert, und es kann nicht fortbestehen. Eines Tages werden hier alle Aufseher wegrennen – da, in die Richtung, in Richtung Grenze. Erst wird Unglauben herrschen, dann Verwirrung, dann Chaos und schließlich ein Vakuum. Du musst einen Plan haben. Handle, bevor das Vakuum sich füllt.*

Mit vollem Bauch und vollen Taschen machten wir uns auf den Rückweg zu den Baracken. Als wir den sterbenden Mann wieder hörten, schüttelten wir den Kopf.

Warum sage ich ihnen nicht, was sie wissen wollen?, stöhnte der Sterbende so laut, dass seine Stimme durch die Baracke hallte. *Was mache ich hier? Was ist mein Verbrechen?*

Wenn du gestattest, sagte Mongnan. Sie legte die Hände um den Mund und stöhnte zurück: *Dein Verbrechen ist Ruhestörung!*

Der Sterbende reagierte nicht, sondern stöhnte einfach weiter. *Wer bin ich?*

Mongnan machte eine tiefe Stimme und stöhnte: *Du bist Duc Dan, der Nervtöter des Lagers. Bitte stirb einfach. Halte den Mund und stirb, und ich verspreche dir, dass ich ein hübsches Abschiedsfoto von dir mache.*«

In der Kantine hieb einer der Pubjok mit der Faust auf den Tisch. »Aufhören!«, brüllte er. »Das reicht jetzt!«

Kommandant Ga unterbrach seine Erzählung.

Der alte Vernehmungsbeamte ließ die Hände knacken. »Merkt ihr gar nicht, dass das alles erstunken und erlogen ist?«, fragte er. »Merkt ihr etwa gar nicht, wie dieses Subjekt euch manipuliert? Er redet von Kim Duc Dan und versucht euch weiszumachen, unser Kollege sei im Straflager. Verhörspezialisten kommen nicht ins Straflager! So was ist unmöglich!«

Noch einer von der alten Garde stand auf. »Duc Dan ist pensioniert«, sagte er. »Wir waren alle bei seiner Abschiedsfeier. Er ist nach Wŏnsan an den Strand gezogen. Er sitzt nicht im Knast – das ist eine Lüge! Er ist damit beschäftigt, Muscheln zu bemalen. Ihr habt alle die Broschüre gesehen, die er bekommen hat.«

Kommandant Ga sagte: »Ich bin noch nicht an der Stelle, wo ich Kommandant Ga kennenlerne. Wollen Sie die Geschichte nicht hören?«

Der erste Verhörspezialist beachtete ihn nicht. »Verhörspezialisten kommen nicht ins Straflager«, wiederholte er. »Duc Dan hat wahrscheinlich die Hälfte der Verbrecher im Straflager 33 verhört, daher kennt dieser Parasit seinen Namen. Sag uns sofort, wo du den Namen her hast! Sag uns, wieso du von seinem milchigen Auge weißt. Gib zu, dass du lügst! Warum sagst du uns nicht die Wahrheit?«

Der Pubjok mit dem Schuh erhob sich wieder. In seinem sauber geschorenen grauen Haar ringelten sich wulstige Narben. »Ende der Plauderstunde«, sagte er und blickte unser Team mit einer Verachtung an, die keinen Zweifel daran ließ, was er von unseren Methoden hielt. Zu Ga sagte er: »Schluss mit den Märchen! Du sagst uns jetzt, was du mit der Leiche der Schauspielerin angestellt hast, sonst holen wir es aus deinen Fingernägeln raus, beim Blut von Inch'ŏn!«

Als die alten Männer Kommandant Gas Gesichtsausdruck sahen, packten sie ihn wutentbrannt. Bevor sie ihn wegzerrten, schütteten sie ihm kochend heißen *Pu-Erh*-Tee auf die Gesichtswunden. Uns blieb nichts übrig, als in unser Büro zu rasen und die Formulare auszufüllen, mit denen wir hofften, ihn zurückzubekommen.

ERST UM MITTERNACHT gab Abteilung 42 unserem Eilgesuch statt. Mit unserer einstweiligen Aufhebungsverfügung in der Hand begaben wir uns hinunter in die von unserem Team nur selten besuchten Folterkammern, um Kommandant Ga zu retten. Die Praktikanten sahen in den Schwitzkästen nach, auch wenn deren rote Lämpchen nicht brannten. Wir überprüften die Zellen zur sensorischen Deprivation und die Auszeit-Kammern, in denen die Häftlinge Erste Hilfe erhalten und wieder zu sich kommen können. Wir hoben die Bodenluke und stiegen die Leiter hinunter in den Sumpf. Da unten lagen viele verlorene Seelen, die aber alle schon zu weit hinüber waren, als dass sie Ga hätten sein können. Trotzdem überprüften wir die Namensschilder an den Fußgelenken und hoben ihre Köpfe an, um ihnen mit der Taschenlampe in die nur langsam reagierenden Pupillen zu leuchten. Mit einer gewissen Beklommenheit sahen wir in einen Raum, der bei der alten Garde »die Werkstatt« heißt. Als wir die Tür aufstießen, war es dunkel – hier und dort glänzte eins der Elektrowerkzeuge auf, die an gelben Druckluftschläuchen baumelten. Als wir den Hauptschalter umlegten, schaltete sich die Abluftanlage ein, und die vielen Reihen Kaltlichtröhren flackerten. In dem klinisch reinen Raum gab es nur Chrom, Marmor und die weißen Wolken unseres eigenen Atems.

Kommandant Ga fanden wir schließlich in seiner eigenen Zelle. Während wir noch auf der Suche gewesen waren, hatte man ihn ins Bett gelegt und seinen Kopf aufs Kissen gebettet. Jemand hatte ihm das Schlafhemd übergezogen. Mit fragendem Blick fixierte er die gegenüberliegende Wand. Wir überprüften seinen Puls und suchten ihn nach Wunden ab. Was geschehen war, war allerdings relativ klar. An seiner Stirn und Kopfhaut befanden sich Druckstellen von den Schrauben des *Heiligenscheins*, der verhindert, dass sich der Häftling den Nacken verletzt, während das Gerät ihm über den Schädel Strom zuführt.

Wir setzten ihm einen Pappbecher mit Wasser an die Lippen – es tröpfelte einfach wieder heraus.

»Kommandant Ga?«, sagten wir. »Wie geht es Ihnen?«

Er hob den Blick, als hätte er uns gerade erst bemerkt, obwohl wir ihm eben noch Puls, Temperatur und Blutdruck gemessen hatten. »Ist das mein Bett?«, fragte er uns. Unstet wanderte sein Blick herum und blieb am Nachttisch hängen. »Das sind meine Pfirsiche?«

»Haben Sie ihnen gesagt, was aus der Schauspielerin geworden ist?«

Er sah mit vagem Lächeln von einem zum anderen, als hoffe er, dass ihm jemand diese Frage in eine Sprache übersetzen könnte, die er verstand.

Wir schüttelten alle angewidert den Kopf und setzten uns zum Rauchen auf Kommandant Gas Bettkante, wobei wir den Aschenbecher über ihm hin- und herreichten. Die Pubjok hatten das, was sie wissen wollten, aus ihm herausgeholt, und jetzt würde es keine Biografie mehr geben, keinen Sieg für den denkenden Menschen. Mein Vize in unserem Team war ein Mann, den ich im Geist immer Leonardo nannte, weil er ein Kindergesicht hatte wie der Schauspieler in *Titanic*. Einmal hatte ich Leonardos echten Namen in seiner Akte gesehen, hatte ihn aber noch nie beim Namen genannt, weder dem einen noch dem anderen. Leonardo stellte den Aschenbecher auf Kommandant Gas Bauch ab und sagte: »Ich wette, sie werden ihn vor der Großen Studienhalle des Volkes erschießen.«

»Nein«, widersprach ich. »Das wäre zu offiziell. Wahrscheinlich wird er auf dem Markt unter der Yanggak-Brücke erschossen – dann verbreitet es sich als Gerücht.«

Leonardo wandte ein: »Aber wenn sich rausstellt, dass er das Undenkbare mit ihr gemacht hat, dann verschwindet er einfach. Dann wird man nicht mal seinen kleinen Zeh wiederfinden.«

»Wenn er der echte Kommandant Ga wäre«, meinte Jujack, »ein Volksheld, ein *Yangban*, würde die Bevölkerung ins Fußballstadion abkommandiert werden.«

Kommandant Ga lag zwischen uns wie ein geistig behindertes Kind.

Q-Ki rauchte wie eine Sängerin, elegant, die Zigarette zwischen den Fingerspitzen. Sie schaute ins Leere, und ich vermutete, dass sie ungute Gedanken über das Undenkbare nachhing. Aber plötzlich meinte sie: »Welche Frage er uns wohl stellen wollte?«

Jujack betrachtete Gas Tätowierung, die durch das Nachthemd hindurchschimmerte. »Er muss sie geliebt haben«, sagte er. »So eine Tätowierung lässt man sich doch nur machen, wenn man jemanden wirklich liebt.«

Wir waren natürlich keine Kriminalbeamte oder so, aber wir waren schon lange genug im Geschäft, um zu wissen, welches Chaos die Liebe verursachen kann.

Ich sagte: »Angeblich hat er Sun Moon nackt ausgezogen, bevor er sie umgebracht hat. Ist so etwas Liebe?«

Als Leonardo unseren Klienten mit gesenktem Blick betrachtete, sah man seine langen Wimpern. »Ich wüsste nur zu gern seinen wirklichen Namen«, meinte er.

Ich drückte meine Kippe aus und stand auf. »Na, dann werde ich mal unseren Rivalen gratulieren und hören, wo unsere geliebte Schauspielerin ruht.«

Der Aufenthaltsraum der Pubjok lag zwei Stockwerke tiefer. Als ich an die Tür klopfte, wurde es ausnahmsweise einmal sehr still dahinter. Die Kerle schienen Tag und Nacht Pingpong zu spielen, Karaoke zu singen und mit ihren Wurfmessern herumzuhantieren. Schließlich machte Sarge auf.

»Sieht so aus, als hätten Sie Ihren Mann gekriegt«, sagte ich. »Der Heiligenschein lügt nie.«

Hinter Sarge saßen mehrere Pubjok um einen Tisch und starrten auf ihre Hände.

»Na los, Sie können ruhig angeben«, sagte ich. »Ich bin bloß auf seine Geschichte gespannt. Wir wollen nur wissen, wie er heißt.«

»Er hat es uns nicht verraten«, antwortete Sarge.

Sarge sah gar nicht gut aus. Mir wurde klar, dass ihn ein Fall von so großem öffentlichem Interesse ziemlich unter Druck setzen musste. Man vergaß leicht, dass Sarge über siebzig war. Aber jetzt wirkte er blass und müde, als habe er nicht geschlafen. »Auch nicht so schlimm«, beruhigte ich ihn. »Wir können am Schauplatz des Verbrechens alles selbst recherchieren. Wenn wir erst die Schauspielerin haben, werden wir dem Kerl schon auf die Schliche kommen.«

»Er hat den Mund nicht aufgemacht«, sagte Sarge. »Er hat uns nichts verraten, gar nichts.«

Ungläubig starrte ich Sarge an.

Sarge sagte: »Wir haben ihm den Heiligenschein aufgesetzt. Aber er hat sich irgendwohin zurückgezogen, ganz weit weg, wo wir nicht an ihn herangekommen sind.«

Ich nickte und atmete tief durch, als ich verstanden hatte, was das hieß.

»Jetzt gehört Ga also uns. Sie haben Ihren Versuch gehabt«, sagte ich.

»Der Typ ist sowieso niemand«, sagte Sarge.

»Dieser Mist, den er über Duc Dan erzählt hat«, sagte ich. »Sie wissen genau, dass er nur lügt, weil er hofft, damit seine Haut zu retten. Duc Dan baut gerade Sandburgen in Wŏnsan.«

»Er wollte es einfach nicht zurücknehmen«, sagte Sarge. »Egal, wie viel Saft ich dem Arschloch aufs Hirn gegeben habe, er hat's nicht zurückgenommen.« Sarge sah mir zum ersten Mal in die Augen. »Warum schreibt Duc Dan bloß nie? Nicht mal eine Postkarte – in all den Jahren hat nicht einer von ihnen seiner alten Pubjok-Mannschaft geschrieben.«

Ich steckte eine Zigarette an und reichte sie an Sarge weiter. »Versprechen Sie mir, dass Sie nie an die Abteilung zurückdenken werden, wenn Sie dann mal am Strand sitzen«, sagte ich zu ihm. »Außerdem dürfen Sie einen Häftling nie an sich rankommen lassen. Das haben Sie mir selbst beigebracht. Wissen Sie noch, wie naiv ich anfangs war?«

Sarge lächelte schwach. »Bist du immer noch«, sagte er.

Ich klopfte ihm auf die Schulter und tat so, als würde ich gegen den Stahlrahmen der Tür boxen.

Sarge schüttelte den Kopf und lachte.

»Wir kriegen den Kerl schon noch«, tröstete ich ihn und ging.

So schnell war ich die zwei Treppen noch nie hochgerannt.

»Der Fall ist noch nicht erledigt!«, rief ich, als ich zur Tür hereinplatzte.

Das Team war erst bei der zweiten Zigarette. Alle blickten erstaunt zu mir auf.

»Die haben nichts aus ihm rausgeholt. Er gehört uns!«, jubelte ich.

Wir sahen Kommandant Ga an, der mit herabhängendem Unterkiefer dalag, nutzlos wie eine Litschi.

Leonardo zündete sich trotz der Rationierung zur Feier des Tages seine dritte Zigarette an. »Wir haben ein paar Tage

Zeit, bis er wieder voll da ist. Hoffentlich hat er keine Erinnerungslücken«, sagte er. »In der Zwischenzeit sollten wir ein paar Spuren sichern, das Haus der Schauspielerin durchsuchen – mal sehen, was wir dort alles finden.«

Jujack hatte eine Idee. »Warum bringen wir nicht einfach Mongnan her, stellen ihr ein zweites Bett hier rein und schneiden eine Woche lang alles mit? Ich wette, da würde alles rauskommen.«

In diesem Augenblick schien uns auch Kommandant Ga wieder zu bemerken. »Mongnan ist tot«, sagte er.

»Bestimmt nicht«, beruhigten wir ihn. »Es geht ihr sicher bestens.«

»Nein«, erwiderte er. »Ich habe ihren Namen gesehen.«

»Und wo?«, fragten wir ihn erstaunt.

»Auf dem Zentralrechner.«

Wie eine Familie saßen wir alle im Kreis um Kommandant Ga herum. Eigentlich sollen wir ihm nichts verraten, aber wir taten es trotzdem. »Den Zentralrechner gibt es nicht. Das ist nur ein Trick von uns, damit Häftlinge uns wichtige Informationen verraten. Wir sagen ihnen, auf dem Rechner sei der Aufenthaltsort jedes Bürgers von Nord- und Südkorea verzeichnet. Als Belohnung dafür, dass sie ihre Geschichte erzählen, dürfen sie die Namen von Menschen eingeben, die sie wiederfinden möchten. Verstehen Sie, Kommandant Ga? In dem Rechner sind keine Adressen. Darauf werden nur die eingetippten Namen gespeichert, damit wir wissen, wer dem Häftling wichtig ist – dann können wir die auch verhaften.«

Man hatte den Eindruck, als käme Ga ein wenig zu sich und verstünde vielleicht sogar etwas von dem, was wir sagten.

»Meine Frage«, sagte er.

Wir schuldeten ihm die Antwort auf eine Frage.

Auf der Akademie hatten wir einen Merkspruch zur Elektroschocktherapie gelernt: »Elektrizität verschließt das Dachstübchen, macht aber die Kellertür auf.« Das bedeutet, dass sie das Kurzzeitgedächtnis eines Menschen stört, tiefliegende Erinnerungen aber intakt und erstaunlich leicht zugänglich bleiben. Vielleicht bot sich hier ja eine Gelegenheit. Zu wählerisch durften wir nicht sein.

»Erzählen Sie uns Ihre älteste Erinnerung«, sagten wir, »dann können Sie Ihre Frage stellen.«

Ga fing in dem apathischen Tonfall eines Zombies an:

»Ich war ein kleiner Junge«, erzählte er. »Ich ging in den Wald und verlief mich. Meine Eltern waren Träumer und merkten nicht, dass ich verschwunden war. Sie suchten nach mir, aber es war zu spät – ich war schon zu weit weggelaufen. Ein kalter Wind kam auf und sagte: ›Komm, kleiner Junge, schlaf in meinen weißen Tüchern‹, und ich dachte: *Jetzt erfriere ich gleich*. Ich rannte weg, um dem Wind zu entkommen, und ein Bergwerksschacht sagte: ›Komm, such Schutz in meiner Tiefe‹, und ich dachte: *Jetzt stürze ich gleich in den Tod*. Ich rannte auf das Feld, auf dem der Dreck und die Kranken abgeladen werden. Dort sagte ein Gespenst zu mir: ›Lass mich hinein, und ich wärme dich von innen‹, und ich dachte: *Jetzt sterbe ich am Fieber*. Dann kam ein Bär und sprach mit mir, aber ich verstand seine Sprache nicht. Ich rannte in den Wald, und der Bär folgte mir, und ich dachte: *Jetzt werde ich gefressen*. Der Bär nahm mich in seine starken Arme und drückte mich an seine Brust. Mit seinen großen Klauen kämmte er mir die Haare. Er tauchte seine Tatze in Honig und hielt sie mir an die Lippen. Dann sagte er: ›Jetzt wirst du lernen, wie man Bärisch spricht, und du wirst werden wie ein Bär, und dann bist du in Sicherheit.‹«

Wir erkannten die Geschichte natürlich sofort. Dieses

Märchen wird allen Waisenkindern erzählt; der Bär steht für Kim Jong Ils ewige Liebe. Unser Kommandant Ga war also ein Waisenkind. Wir schüttelten den Kopf. Es lief uns eiskalt den Rücken herunter, wie er die Geschichte erzählte, als handele sie wirklich von ihm und nicht von einer Märchenfigur. Als sei er selbst wirklich fast an Kälte, Hunger, Fieber und Unfällen im Bergschacht gestorben, als habe er selbst Honig von den Klauen des Geliebten Führers geschleckt. So stark ist die universelle Kraft des Geschichtenerzählens.

»Meine Frage?«, sagte Ga.

»Ja natürlich. Fragen Sie nur.«

Kommandant Ga zeigte auf die Dose mit Pfirsichen, die auf dem Tisch neben seinem Bett stand. »Sind das meine Pfirsiche?«, fragte er. »Oder Ihre? Oder die von Genosse Buc?«

Wir wurden sehr still und beugten uns vor.

»Genosse Buc ist auch hier?«, fragten wir erstaunt.

»Genosse Buc«, sagte Ga und schaute jedem von uns ins Gesicht, als seien wir Genosse Buc. »Vergib mir für das, was ich dir angetan habe. Das mit deiner Narbe tut mir leid.«

Gas Blick wurde wieder diffus und sein Kopf fiel zurück aufs Kissen. Seine Haut fühlte sich klamm an, doch als wir nochmals Fieber maßen, war alles normal – Elektroschocks können die Regulierung der Körpertemperatur gewaltig durcheinanderbringen. Als wir sicher waren, dass es nur Erschöpfung war, winkte Jujack uns in die Zimmerecke, wo er uns etwas zuflüsterte.

»Genosse Buc habe ich vorhin im Sumpf gesehen«, flüsterte Jujack aufgeregt. »Ich wusste nicht, dass er etwas mit diesem Fall hier zu tun hat.«

Wir steckten Kommandant Ga eine brennende Zigarette zwischen die Lippen und machten uns bereit für einen weiteren Ausflug in das Loch unter dem Folterkeller.

ALS DIE VERNEHMUNGSBEAMTEN weg waren, lag Kommandant Ga im Dunkeln und rauchte. Beim Schmerztraining hatte er gelernt, sich eine innere Zuflucht zu schaffen, einen geheimen Ort, an den er sich in unerträglichen Augenblicken zurückziehen konnte. Ein solcher innerer Rückzugsort war wie ein geheimer Garten – man baute einen Zaun drum herum, passte auf, dass er unberührt blieb, vertrieb alle Eindringlinge, hegte und pflegte ihn. Niemand durfte je erfahren, in welche innere Landschaft man sich flüchtete. Denn wenn man seinen Rückzugsort preisgab, hatte man alles verloren.

Wenn ihm im Bergwerk Felsbrocken die Hände zerquetschten oder ein Knüppel auf seinen Nacken niederging, dann versuchte er, sich zurück auf das sanft schaukelnde Deck der *Junma* zu versetzen. Wenn seine Finger von der beißenden Kälte taub wurden, versuchte er, sich in das Lied der Operndiva, in ihre Stimme hineinzuversetzen. Er versuchte, sich in das Gelb des Kleides der Frau des Zweiten Maats zu hüllen oder einen amerikanischen Quilt als Schutzmantel über den Kopf zu ziehen, doch all das funktionierte nur leidlich. Erst als er Sun Moons Film gesehen hatte, hatte er endlich seinen geheimen Rückzugsort gefunden – sie rettete ihn. Wenn er seine Spitzhacke in gefrorenes Gestein schlug, sprühte ihre Lebendigkeit aus den Funken. Wenn sich eine Wand aus Erzstaub durch einen Stollen wälzte, sodass er sich keuchend zusammenkrümmte, gab sie ihm neuen Atem. Als er einmal in eine unter Strom stehende Pfütze trat, kam Sun Moon und brachte sein Herz wieder zum Schlagen.

Und so hatte er sich ihr auch an diesem Tag zugewandt, an

dem ihm der alte Pubjok den Heiligenschein aufgesetzt hatte. Schon bevor die Stellschrauben seine Kopfhaut berührten, hatte er sich von den Pubjok verabschiedet und erlebte von Neuem den Tag, an dem er Sun Moon zum ersten Mal von Angesicht zu Angesicht gegenübergestanden hatte. Er hätte nicht geglaubt, dass er ihr je in Fleisch und Blut begegnen würde – bis der Lagerkommandant die Wachsoldaten anwies, das Tor zu öffnen, er den Stacheldraht durchschritt und hörte, wie hinter ihm das Tor wieder zugeschoben wurde. Er trug die Uniform von Kommandant Ga, und in der Hand hielt er das Kästchen mit Fotografien, das Mongnan ihm ausgehändigt hatte. In der Tasche steckten seine lang gehüteten Schätze: der Fotoapparat und die DVD von *Casablanca*. Mit diesen Dingen gewappnet, schritt er durch den Matsch zum Wagen, der ihn zu ihr bringen würde.

Als er in den Mercedes stieg, drehte sich der Fahrer mit verstörtem Blick zu ihm um.

Kommandant Ga sah eine Thermoskanne auf dem Armaturenbrett stehen. Ein Jahr ohne Tee.

»Eine Tasse Tee könnte nicht schaden«, sagte er.

Der Fahrer rührte sich nicht. »Wer zum Teufel sind Sie?«, fragte er.

»Bist du homosexuell?«, gab Kommandant Ga zurück.

Der Fahrer starrte ihn fassungslos an und schüttelte nur den Kopf.

»Ganz sicher? Bist du getestet worden?«

»Ja«, sagte der Fahrer verwirrt, dann: »Nein.«

»Raus mit dir«, sagte Kommandant Ga. »Jetzt bin ich Kommandant Ga. Der andere existiert nicht mehr. Wenn du glaubst, dass du zu ihm gehörst, kann ich dich gern zu ihm bringen, oder zu dem, was noch von ihm übrig ist, unten im Schacht. Entweder bist du sein Fahrer oder meiner. Wenn du mein Fahrer bist, dann gießt du mir jetzt eine Tasse Tee ein, bringst mich irgendwohin, wo ich zivilisiert baden kann, und dann bringst du mich nach Hause.«

»Nach Hause?«

»Nach Hause zu meiner Frau, der Schauspielerin Sun Moon.«

Und dann war Ga auf dem Weg zu Sun Moon, dem einzigen Menschen auf der Welt, der ihm die Schmerzen nehmen konnte, die er auf dem Weg zu ihr erlitten hatte. Eine Krähe zog den Mercedes über die Schlammpisten des Gebirges, und Ga saß auf dem Rücksitz und sah das Kästchen durch, das Mongnan ihm mitgegeben hatte. Tausende von Bildern waren darin. Mongnan hatte die Ankunfts- und Exitus-Fotos der Häftlinge aneinandergeheftet. Tausende von Menschen, Rücken an Rücken, lebendig und tot. Er blätterte die Sammlung so durch, dass er die Exitusbilder vor sich hatte – lauter zermalmte, zerrissene, unnatürlich verrenkte Leichname. Er erkannte, wer Opfer eines Grubenunglücks geworden und wer totgeprügelt worden war. Auf manchen Fotos konnte man kaum noch etwas erkennen. Die meisten Toten sahen aus, als ob sie eingeschlafen wären; die Kinder hatten sich fest zusammengerollt, sie wurden fast immer von der Kälte erwischt. Mongnan war sehr gründlich gewesen, nichts fehlte in ihrem Karteikasten. Ga wurde klar, dass dieses Kästchen das war, was in seinem Land dem texanischen Telefonbuch am nächsten kam.

Er drehte es herum und hatte jetzt all die Ankunftsbilder vor sich, auf denen die Menschen ängstlich und unsicher in die Kamera blickten und noch nicht wirklich wahrhaben wollten, was für ein Albtraum ihnen bevorstand. Diese Fotos anzuschauen war fast noch unerträglicher. Als er schließlich sein eigenes Ankunftsfoto gefunden hatte, drehte er es nur zögernd herum; er erwartete ernsthaft, sich auf der Rückseite als Toten zu sehen. Das war aber nicht der Fall. Darüber staunte er eine Weile. Er beobachtete, wie im Vorbeifahren das Licht zwischen den Bäumen aufblitzte, und studierte die Bewegungen der Krähe vor ihnen: Wie die Abschleppkette schlaff rasselte, um sich dann wieder mit einem Ruck zu straffen. Er erinnerte sich an die fröhlich tanzenden Eierschalen auf der Ladefläche der Krähe, die ihn hergebracht hatte. Die Sterbenden auf den Pritschen um ihn herum waren auf seinem Foto nicht mit drauf. Auch nicht seine vom blutigen Eiswasser triefenden Hände. Nur die Augen – weit aufgerissen waren sie und weigerten sich dennoch ganz offensichtlich, das wahrzunehmen, was sich vor ihnen abspielte. Wie kindlich er wirkte; als sei er immer noch im Waisenhaus und glaube, ihm würde das Schicksal erspart bleiben, das allen Waisenkindern droht. Der Name, der mit Kreide auf die Schiefertafel in seinen Händen gemalt war, wirkte so fremd. Dies war das einzige Foto jenes Menschen – des Menschen, der er gewesen war. Langsam zerriss er es und ließ die Fetzen zum Fenster hinausflattern.

Am Rand von Pjöngjang wurden sie von der Krähe abgekoppelt, und von den Mädchen im Koryo-Hotel bekam er Kommandant Ga gewohnte Behandlung – das lange Bad und die gründliche Reinigung, die Ga nach jedem Besuch im Bergwerk zuteil wurde. Seine Uniform wurde gewaschen und gebügelt, er wurde in einer großen Wanne gebadet, und die Mädchen schrubbten ihm die Blutflecken von den Händen und versuchten, seine Nägel in Form zu feilen. Wessen Blut das Schaumbad einfärbte, seines oder Kommandant Gas, war ihnen gleichgültig. Schwerelos im warmen Wasser liegend wurde ihm klar, dass sein Körper und sein Geist sich irgendwann im Laufe des letzten Jahres getrennt hatten, dass sein

Geist verängstigt über seinem Körper geschwebt hatte, der es hoffentlich mit der Sturheit eines Maultiers ganz allein über den trügerischen Gebirgspass hinter Straflager 33 schaffen würde. Doch jetzt, als eine Frau ihm mit einem warmen Waschlappen an der Innenseite seines Fußes entlangstrich, durften wieder Empfindungen aufsteigen, sogar hinauf bis in sein Gehirn. Er durfte wieder etwas spüren, vergessene Teile seines Körpers von Neuem als ihm eigen erkennen. Seine Lunge war mehr als nur ein Blasebalg. Sein Herz, glaubte er auf einmal, konnte mehr als nur Blut pumpen.

Er versuchte, sich die Frau vorzustellen, die er gleich treffen würde. Ihm war klar, dass die echte Sun Moon nicht so schön sein konnte wie die im Film: diese leuchtende Haut, dieses strahlende Lächeln. Und diese besondere Art, wie ihre Sehnsüchte sich in den Augenwinkeln einnisteten – das musste von der Projektion herrühren, irgendein Kinoeffekt. Er wollte ihr nah sein, keinerlei Geheimnisse vor ihr haben, wollte sich ihr vollkommen öffnen. Als er ihr Bild an der Wand des Lazaretts gesehen hatte, war es ihm so vorgekommen: Als stünden weder Schnee noch Kälte zwischen ihnen, als sei sie ihm ganz nah, eine Frau, die alles gegeben hatte, die ihre Freiheit hergeschenkt hatte und ins Straflager 33 gekommen war, um ihn zu retten. Es war ein Fehler gewesen, der Frau des Zweiten Maats erst in letzter Minute von den Ersatzehemännern zu erzählen, die sie erwarteten, das wusste Ga jetzt. Er würde kein Geheimnis zwischen sich und Sun Moon kommen lassen. Das war das Wunderbare an ihrer Beziehung: ein Neuanfang, die Gelegenheit, alles hinter sich zu lassen. Was der Kapitän über seine Frau gesagt hatte – wie es wäre, wenn er sie wiederhätte – das würde auch für ihn und Sun Moon gelten: Eine Zeitlang wären sie sich noch fremd, doch dann würde es eine Zeit der vorsichtigen Annäherung geben, und schließlich würde sich Liebe einstellen.

Die Damen im Koryo-Hotel rieben ihn trocken und kleideten ihn an. Schließlich wählte er den Haarschnitt Nummer 7 – auch »Blitzkampf« genannt, das Markenzeichen des Kommandanten.

Am späten Nachmittag erklomm der Mercedes das letzte Stück der steilen, ungeteerten Straße, die sich hoch zum Gipfel des Taesong schlängelte. Sie kamen am Botanischen Garten vorbei, an der nationalen Saatgutbank und an den Gewächshäusern, in denen die Mutterpflanzen der Kimilsungie und der Kimjongilie vermehrt wurden. Sie passierten den zu dieser Stunde bereits geschlossenen Zoo von Pjöngjang. Auf dem Rücksitz lagen ein paar von Kommandant Gas Sachen, unter anderem eine Flasche Rasierwasser, und er rieb sich schnell damit ein. *So rieche ich also*, dachte er. Er nahm Kommandant Gas Pistole in die Hand. *Das ist also meine Pistole.* Er zog den Schlitten ein wenig zurück, bis er sah, dass eine Patrone im Lauf steckte. *Ich bin ein Mann, der immer schussbereit ist.*

Schließlich passierten sie einen Friedhof mit Bronzebüsten auf den Grabsteinen; orangerot leuchtete die Bronze im Abendlicht. Es war der Friedhof der Revolutionshelden. Sämtliche Waisenjungen des Landes wurden nach den 114 Märtyrern benannt, die allesamt umgekommen waren, bevor sie selbst Söhne zeugen konnten, und hier begraben lagen. Sie erreichten den Gipfel. Drei Häuser standen dort, in denen die Minister für Massenmobilmachung, für Gefängnisbergwerke und für Beschaffungswesen wohnten.

Vor dem mittleren Haus hielt der Fahrer, und Ga durchschritt das niedrige Tor, um dessen Holzlatten sich Gurkenpflanzen und prächtige Melonenblüten rankten. Als er sich Sun Moons Tür näherte, merkte er, dass sich Schmerz wie ein Reifen um seine Brust legte: der Schmerz der Tintennadeln, die ihm der Kapitän unter die Haut gestochen hatte, des Salzwassers, das auf seine frische Tätowierung gespritzt war, des dampfenden Tuchs, mit dem die Frau des Zweiten Maats seine vereiterten Wunden gesäubert hatte. An der Tür atmete er tief durch und klopfte.

Sun Moon erschien fast augenblicklich. Sie trug einen losen Hausmantel, unter dem ihre Brüste frei schwangen. Einmal hatte er einen solchen Hausmantel schon gesehen, nämlich in Texas – dort hatte er im Bad seines Gästezimmers gehangen. Jener war weiß und flauschig gewesen, der von Sun Moon war verfilzt und voller alter Soßenflecken. Geschminkt war sie nicht, und die Haare fielen ihr offen über die Schultern. Ihr Gesicht war voller Vorfreude und Hoffnung, und plötzlich spürte er, wie die brutalen Ereignisse des Tages von ihm abfielen. Vergessen war der Kampf gegen ihren Mann. Vergessen war die Todesangst auf dem Gesicht des Lagerkommandanten. Wie weggewischt waren die unzähligen Menschen, die Mongnan auf Film gebannt hatte. Dieses Haus war ein gutes Haus, weiß angestrichen, mit roten Verzierungen. Es war das Gegenteil der Fabrikdirektorenvilla – hier war noch nie etwas Schlimmes passiert, das merkte man sofort.

»Ich bin wieder da«, sagte er zu ihr.

Sie blickte an ihm vorbei in den Garten.

»Haben Sie ein Paket für mich?«, fragte sie. »Hat das Studio Sie geschickt?«

Sie unterbrach sich, als sie merkte, dass etwas nicht stimmte – der schlanke Fremde in der Uniform ihres Mannes, ein Unbekannter, der aber dessen Rasierwasser benutzte und in seinem Auto fuhr.

»Und wer sind Sie?«, fragte sie.

»Ich bin Kommandant Ga«, sagte er. »Und jetzt bin ich endlich zu Hause.«

»Heißt das, dass Sie mir kein Drehbuch bringen, gar nichts?«, fauchte sie ihn an. »Das Studio hat Sie so ausstaffiert und den Berg zu mir hochgeschickt, und Sie haben kein Drehbuch für mich? Richten Sie Dak-Ho aus, das ist herzlos, selbst für jemanden wie ihn. Jetzt ist er zu weit gegangen.«

»Ich kenne keinen Dak-Ho«, erwiderte er, wobei er ihre ebenmäßige Haut und den auf ihn gerichteten, dunklen Blick bewunderte. »Du bist noch schöner, als ich dachte.«

Sie löste den Gürtel ihres Hausmantels, um ihn fester zu knoten.

Dann hob sie die Hände gen Himmel. »Warum wohnen wir bloß auf diesem verlassenen Berg?«, rief sie die Wolken an. »Warum sitze ich hier oben fest, wenn alles Wichtige da unten passiert?« Sie zeigte auf das weit unter ihnen liegende Pjöngjang, das um diese Tageszeit im Dunst verschwamm, ein Häusermeer rund um das silberne Y des Taedong. Sie trat dicht an Ga heran und blickte auf, direkt in seine Augen. »Warum können wir nicht am Mansu-Park wohnen? Von dort könnte ich mit dem Schnellbus ins Studio fahren. Wie können Sie so tun, als wüssten Sie nicht, wer Dak-Ho ist? Jeder weiß, wer das ist. Hat er Sie geschickt, um mich zu verspotten? Lachen die da unten alle über mich?«

»Ich merke, dass du viel zu erdulden hattest«, sagte er. »Aber damit ist jetzt Schluss. Jetzt ist dein Mann zu Hause.«

»Sie sind der schlechteste Schauspieler der Welt«, höhnte sie. »Die sitzen alle da unten fröhlich beisammen, stimmt's? Sie sind betrunken und amüsieren sich und besetzen gerade die weibliche Hauptrolle mit einer anderen, und da sind sie auf die Idee gekommen, den schlechtesten Schauspieler der Welt zu mir hochzuschicken, um mich zu verspotten.«

Sie ließ sich auf den Rasen fallen und legte theatralisch den Handrücken an die Stirn. »Gehen Sie. Verschwinden Sie.

Los, Sie haben Ihren Spaß gehabt! Erzählen Sie Dak-Ho, wie die alte Schauspielerin geweint hat.« Sie wischte sich die Augen und holte ein Päckchen Zigaretten aus dem Hausmantel hervor. Schamlos zündete sie sich eine an – verwegen und verführerisch sah sie damit aus. »Nicht ein einziges Drehbuch! Ein ganzes Jahr ohne Drehbuch!«

Sie brauchte ihn. Es war nicht zu übersehen, wie sehr sie ihn brauchte.

Sie bemerkte, dass die Haustür einen Spaltbreit aufgegangen war und ihre Kinder herauslugten. Sie zog einen Pantoffel aus und schleuderte ihn in Richtung Tür, die schnell wieder zugeschoben wurde.

»Ich habe nicht die geringste Ahnung von Filmen«, sagte er. »Aber ich habe dir einen mitgebracht, ein Geschenk. Er heißt *Casablanca* und ist angeblich der beste Film der Welt.«

Sie streckte die Hand aus und nahm ihm die schmutzige, abgestoßene DVD-Hülle ab. Sie warf nur einen kurzen Blick darauf. »Der ist schwarzweiß«, sagte sie und schleuderte die DVD quer durch den Garten. »Außerdem sehe ich mir keine Filme an – die würden die Reinheit meiner Schauspielkunst zerstören.« Sie lag auf dem Rücken im Gras und rauchte nachdenklich. »Und Sie haben wirklich nichts mit dem Studio zu tun?«, fragte sie.

Er schüttelte den Kopf. Wie ungeschützt sie da vor ihm lag, wie unschuldig – wie konnte sie in dieser brutalen Welt bestehen?

»Und, was sind Sie dann? Ein neuer Lakai meines Mannes? Der mich aushorchen soll, während er selbst in geheimer Mission unterwegs ist? Ich weiß Bescheid über seine Geheimmissionen – nur er ist tapfer genug, ein Bordell in Manp'o zu infiltrieren, nur der große Kommandant Ga kann eine Woche am Kartentisch in Wladiwostok überleben.«

Er ging neben ihr in die Hocke. »Oh nein. Du urteilst zu streng. Er hat sich verändert. Natürlich hat er Fehler begangen, und die bedauert er. Aber von jetzt an zählst nur noch du. Er betet dich an, das weiß ich genau. Er liegt dir zu Füßen.«

»Sagen Sie ihm, dass ich es nicht mehr aushalte. Wenn Sie das bitte übermitteln könnten.«

»Das bin ich jetzt«, sagte er. »Du kannst es ihm also direkt sagen.«

Sie seufzte tief auf und schüttelte den Kopf. »So, Sie wollen also Kommandant Ga sein, ja? Wissen Sie eigentlich, was er mit Ihnen machen würde, wenn er das hören würde? Seine Taekwondo-›Lektionen‹ sind nicht gestellt, wissen Sie. Er hat sich jeden in der Stadt zum Feind gemacht. Deswegen bekomme ich auch keine Rollen mehr. Kann man sich nicht einfach mal beim Geliebten Führer entschuldigen? Es kann doch nicht so schwer sein, sich in der Oper vor ihm zu verneigen. Würden Sie meinem Mann das bitte von mir ausrichten? Mehr wäre nicht nötig, eine einzige kleine öffentliche Geste, und der Geliebte Führer würde alles vergeben.«

Er streckte die Hand aus, um ihr die Tränen abzuwischen, aber sie wich ihm aus.

»Sehen Sie die Tränen in meinen Augen?«, fragte sie. »Können Sie meinem Mann von diesen Tränen berichten? Er soll auf keine Missionen mehr gehen. Sagen Sie ihm, er soll keine Lakaien mehr schicken, die auf mich aufpassen.«

»Das weiß er schon«, erwiderte er. »Und es tut ihm leid. Dürfte er vielleicht um einen Gefallen bitten? Es würde ihm so viel bedeuten.«

Auf dem Rasen liegend drehte sie sich auf die Seite, sodass ihr Busen unter dem Hausmantel wogte, Rotz lief ihr aus der Nase. »Gehen Sie weg«, sagte sie.

»Das kann ich leider nicht«, sagte er. »Ich sagte ja schon:

Es war eine lange Reise, und ich bin ja gerade erst angekommen. Es ist ein sehr kleiner Gefallen, um den ich bitten möchte, wirklich, eine Kleinigkeit für eine große Schauspielerin wie dich. Erinnerst du dich an die Stelle in *Eine wahre Tochter des Vaterlands*, wo du die vom sinkenden Schlachtschiff *Koryo* in Flammen gesetzte Straße von Inch'ŏn überqueren musst, um nach deiner Schwester zu suchen? Als du ins Wasser watest, bist du noch ein einfaches Fischermädchen aus Jeju, aber nachdem du das vom Patriotenblut rot gefärbte Wasser durchschwommen hast, entsteigst du ihm als Soldatin. In der Hand hältst du eine halb verbrannte Flagge, und dann sagst du etwas. Würdest du den Satz wohl für mich sprechen?«

Sie sagte nichts, aber er meinte, die Worte in ihren Augen zu lesen: *Es gibt eine höhere Liebe, die uns aus den niedersten Orten hinaufzieht in luftige Höhen.* Ja, die Worte standen in ihrem Blick geschrieben, daran erkannte er die wahre Schauspielerin – der Gesichtsausdruck, der alle Worte überflüssig macht.

»Spürst du denn nicht, dass es so richtig ist? Dass alles anders werden wird?«, fragte er. »Als ich im Lager war ...«

»Im Lager?«, fragte sie und richtete sich auf. »Woher kennen Sie meinen Mann nun eigentlich genau?«

»Ihr Mann hat mich heute Morgen angegriffen«, sagte er. »Wir waren in einem Stollen im Straflager 33, und ich habe ihn umgebracht.«

Sie sah ihn verwirrt an. »Was?«

»Ich meine, ich glaube, dass ich ihn umgebracht habe. Es war dunkel, deswegen bin ich mir nicht sicher, aber meine Hände wissen, was sie zu tun haben.«

»Ist das einer von seinen Tests?«, fragte sie. »Wenn ja, dann ist das der perverseste, den er sich je ausgedacht hat. Sollen Sie berichten, wie ich auf die Nachricht reagiert habe, ob ich ein Freudentänzchen aufgeführt oder mich vor Kummer aufgeknüpft habe? Ich kann's kaum glauben, dass er derart tief gesunken ist. Im Grunde ist er ein Kind, ein verängstigter kleiner Junge. Nur so jemand würde die Vaterlandstreue einer alten Frau im Park überprüfen. Nur ein Kommandant Ga würde seinen eigenen Sohn einem Männlichkeitstest unterziehen. Früher oder später testet er übrigens auch seine Kumpane, und wenn sie durchfallen, dann sieht man sie nie wieder.«

»Dein Mann wird nie wieder irgendjemanden testen«, sagte er. »In seinem Leben geht es nur noch um eins: um dich. Das wirst du mit der Zeit schon merken.«

»Aufhören«, sagte sie. »Das ist nicht mehr lustig. Verschwinden Sie.«

Er blickte zur Tür, wo die Kinder wieder schweigend standen: Ein vielleicht elfjähriges Mädchen und ein Junge, der ein wenig jünger war. Sie hielten einen kräftigen Hund mit glänzendem Fell am Halsband fest. »Brando«, rief Kommandant Ga, und der Catahoula brach aus und galoppierte mit wedelndem Schwanz auf ihn zu. Er sprang an Ga hoch, um ihm das Gesicht abzulecken, und machte sich klein, um ihn in die Hacken zu zwicken.

»Du hast ihn bekommen«, staunte Ga. »Ich kann's nicht glauben, dass du ihn wirklich bekommen hast.«

»Ihn bekommen?«, fragte sie. Ihre Stimme wurde ernst. »Woher kennen Sie seinen Namen?«, fragte sie. »Wir haben den Hund geheim gehalten, damit er uns nicht von den Behörden weggenommen wird.«

»Woher ich seinen Namen kenne? Den habe ich ihm selbst gegeben«, antwortete er. »Bevor ich ihn letztes Jahr an dich schicken ließ. ›Brando‹ ist das Wort, mit dem Texaner sagen, dass einem etwas für immer gehört.«

»Einen Moment«, sagte sie, und ihre ganze Theatralik war verschwunden. »Wer sind Sie jetzt wirklich?«

»Ich bin der gute Ehemann. Der, der alles wiedergutmachen wird.«

Ein Ausdruck trat auf ihr Gesicht, den Ga kannte. Es war kein freudiger Ausdruck, sondern das plötzliche Verstehen, dass von jetzt an nichts mehr so sein wird wie zuvor, dass es den Menschen, der man vorher war, und das Leben, das man geführt hat, nicht mehr gibt. Diese plötzliche Einsicht war nicht leicht zu schlucken, aber morgen würde es schon ein wenig besser sein. Und ganz so schwer würde es für sie nicht werden, da sie dieses Gesicht schon einmal gemacht hatte – als der Geliebte Führer sie dem Gewinner des Goldenen Gurtes, dem Mann, der Kimura geschlagen hatte, als Preis überreichte.

Die glimmende Zigarette zwischen Kommandant Gas Lippen im Dunkel der Abteilung 42 war fast zu Ende geraucht. Es war ein langer Tag gewesen, und die Erinnerung an Sun Moon hatte ihn wieder einmal gerettet. Doch es wurde Zeit, die Erinnerung an sie beiseite zu schieben – sie würde immer da sein, wenn er sie brauchte. Beim Gedanken an sie lächelte er ein letztes Mal, und die Zigarette fiel ihm aus dem Mund und in die Kuhle, wo der Hals ins Schlüsselbein übergeht. Dort, auf seiner Haut, brannte sie langsam weiter, ein roter, glühender Punkt in einem stockfinsteren Raum.

Schmerz – was war schon Schmerz?

BÜRGER, wir bringen euch gute Nachrichten! In euren Küchen, euren Büros, euren Fabriken – wo ihr auch sein mögt, dreht die Lautstärke hoch! Als erster großer Triumph ist zu vermelden, dass unsere Gras-zu-Fleisch-Kampagne ein phänomenaler Erfolg ist. Es muss noch sehr viel mehr Erde auf die Dächer geschafft werden; die Hauswarte aller Wohnblocks sind aufgefordert, zusätzliche Motivationsversammlungen in die Wege zu leiten.

Und wieder einmal geht es um das beste Rezept des Monats, Bürger. Wer wird gewinnen? Wer reicht das beste Rezept ein für – Sellerienudeln! Das siegreiche Kochrezept wird auf die Fassade des Zentralen Omnibusbahnhofs gemalt, damit es jeder abschreiben kann.

Und nun zu den Meldungen aus aller Welt. Das aggressive Gebaren Amerikas nimmt kein Ende – derzeit sind zwei mit atomaren Sprengköpfen bewehrte Flottenverbände im Koreanischen Ostmeer stationiert. Dabei liegen daheim in den USA die obdachlosen Bürger in ihrem eigenen Urin auf der Straße! Im armen Südkorea, unserer besudelten kleinen Schwester, ist es wieder einmal zu Überschwemmungen und Hungersnöten gekommen. Aber sorgt euch nicht, Hilfe ist bereits unterwegs: Der Geliebte Führer Kim Jong Il hat angeordnet, dass Sandsäcke und Nahrungsmittel in den Süden geschickt werden.

Heute hören wir die erste Folge der Besten Nordkoreanischen Kurzgeschichte des Jahres. Schließt einen Moment die Augen und stellt euch unsere geliebte Volksschauspielerin Sun Moon vor. Vergesst die dummen Gerüchte über sie, die in letzter Zeit die Runde gemacht haben. Seht sie so vor euch, wie unser Volk sie immer im Herzen tragen wird. Denkt an die berühmte Fieberszene in *Frau eines Volkes*, in der ihr nach der Schändung durch die Japaner der Schweiß von der Braue rinnt, um sich mondglänzend mit den Tränen auf ihrer Wange zu vereinen und auf ihren patriotischen Busen herabzutropfen. Wie kann eine Träne auf einer solch kurzen Reise als Tropfen des Verderbens beginnen, zu einem Rinnsal der Entschlossenheit werden und schließlich in glühender Vaterlandsliebe vergehen? Und ganz sicher seht ihr das letzte Bild aus *Mutterloses Vaterland* vor euch, Bürger, in dem die in blutige Gaze gehüllte Sun Moon dem Schlachtfeld mit der von ihr geretteten Flagge entsteigt, während hinter ihr die amerikanische Armee vernichtet und verbrannt am Boden liegt.

Jetzt stellt euch ihr Haus am Steilhang des Berges Taesong vor. Von unten steigen die reinigenden Düfte der Kimjongilie und der Kimilsungie auf, die in den Gewächshäusern des Botanischen Gartens gezogen werden. Dahinter befindet sich der Zoo, der gewinnbringendste Tiergarten der Welt, in dem über 400 Arten ausgestellt sind, teils lebendig, teils ausgestopft. Stellt euch Sun Moons Kinder vor, die mit ihrem engelsgleichen Wesen das Haus mit ehrwürdiger *Sanjo*-Musik füllen: Der Junge spielt die *Taegŭm*, das Mädchen die *Gayageum*. Auch unser Filmstar muss sich für die Sache des Volkes engagieren, also weckt sie Seetang ein, sollte uns noch einmal ein Beschwerlicher Marsch bevorstehen. Seetang wird in solchen Mengen an den Strand gespült, dass Millionen damit ernährt werden können; getrocknet dient er als Matratzenfüllung und als Isoliermaterial, er treibt die männliche Potenz ebenso an wie unsere Megawattanlagen. Seht nur Sun Moons schimmernden *Chosŏnot*, während sie die Gläser auskocht – seht, wie der Dampf ihre weiblichen Kurven glänzen lässt!

Es klopfte an der Tür. Sonst klopft nie jemand, weil ihr Haus so weit abseits liegt. Wir leben im sichersten Land der Welt, Verbrechen kennen wir hier nicht; Angst hatte sie also nicht, zögerte aber dennoch. Ihr Ehemann, der Held Kommandant Ga, war oft auf gefährlichen Missionen unterwegs, so auch jetzt. Was, wenn ihm etwas zugestoßen war, und der Regierungsbote stand vor der Tür, um ihr eine schlimme Nachricht zu überbringen? Ihr war klar, dass Ga mit Leib und Seele seinem Land, seinem Volk gehörte und sie ihn nicht für sich allein beanspruchen durfte – und doch tat sie es. So groß war ihre Liebe, hilflos war sie ihr ausgeliefert.

Die Tür öffnete sich, und Kommandant Ga stand vor ihr. Seine Uniform war makellos, an seine Brust waren der Scharlachrote Stern und die Ewige Juche-Flamme geheftet. Er trat ein und entkleidete Sun Moon mit seinem schamlosen Blick. Dreist begaffte er ihre anmutigen Rundungen unter dem Hausmantel, und seine Augen folgten jedem Beben ihrer Brust. Seht nur her, wie dieser Feigling die koreanische Sittsamkeit Sun Moons besudelte!

Unsere werten Hörer mögen denken: Warum wird der Held Kommandant Ga hier als Feigling bezeichnet? Ist Kommandant Ga nicht berühmt dafür, dass er sechs Überfallkommandos durch die Tunnel der DMZ führte? Ist er nicht der Träger des Goldgurts im Taekwondo, dem tödlichsten Kampfsport der Welt? Gewann Ga nicht den Filmstar Sun Moon zur Frau, Heldin von *Unsterbliche Hingabe* und *Sturz der Unterdrücker*?

Die Antwort lautet: Dies ist nicht der echte Kommandant Ga! Betrachtet das Foto des echten Kommandanten Ga, das hinter dem Hochstapler an der Wand hängt. Der Mann auf dem Bild hat breite Schultern, wulstige Augenbrauen und Zähne, die vom zornigen Mahlen abgewetzt sind. Schaut euch im Vergleich dazu das spindeldürre Männchen an, das da in der Uniform des Kommandanten steckt – mit Hühnerbrust, Mädchenohren, kaum eine Nudel in der Hose. Es ist auf jeden Fall eine Beleidigung, diesen Hochstapler Kommandant Ga zu nennen, doch für den Anfang unserer Geschichte soll es genügen.

Er herrschte sie an: »Ich bin Kommandant Ga, und so wirst du mich auch behandeln!«

Auch wenn alle Instinkte Sun Moon sagten, dass das nicht wahr sein konnte, tat sie recht daran, ihre Intuition hintanzustellen und sich der Führung des Regierungsbeamten anzuvertrauen – es stand ja immerhin ein Mann vom Rang eines Ministers vor ihr. Im Zweifelsfall ist es stets ratsam, sich Höherrangigen zu fügen.

Doch zwei geschlagene Wochen lang blieb sie ihm gegenüber misstrauisch. Er musste beim Hund unten im Tunnel schlafen, den er nur verlassen durfte, um die Brühe zu schlürfen, die sie ihm einmal am Tag vorsetzte. Sein Körper war mager, doch er klagte nicht über die wässrige Suppe. Jeden Tag ließ sie ihm ein heißes Bad ein, und er durfte zur Reinigung seines Körpers die Wohnräume betreten. Wie es die Pflicht der Ehefrau ist, badete Sun Moon danach im selben Wasser. Er musste nach dem Baden aber immer zurück in den Tunnel zum Hund – zu einem Tier, das nicht als Haustier gehalten werden sollte. Ein geschlagenes Jahr lang hatte das Untier die Möbel zerkaut und in die Wohnung uriniert. Sun Moons Gatte konnte den Hund schlagen, so viel er wollte, er gehorchte nicht. Jetzt verbrachte Kommandant Ga die Zeit im Tunnel damit, dem Tier Phrasen der Kapitalisten wie »Sitz« und »Bleib« beizubringen. Und der schlimmste Befehl heißt

»Fass« – damit wird das Tier aufgefordert, auf den öffentlichen Ländereien des Volkes zu wildern.

Zwei Wochen lang lebten sie so, als würde der echte Ehemann ohnehin irgendwann wieder auftauchen, und alles wäre wie zuvor. Als wäre der unbekannte Mann in ihrem Haus nichts weiter als die Raucherpause in einem ihrer Filme mit Überlänge. Diese Situation war sicherlich nicht einfach für unsere Schauspielerin – man sehe sich nur an, wie sie barfuß und mit verschränkten Armen dastand. Aber glaubte sie denn, dass der Schmerz in ihren Filmen nur gespielt, dass die Darstellung des Leides unseres Volkes erfunden wäre? Glaubte sie wirklich, sie könnte das Land Korea verkörpern, das seit tausend Jahren mit Füßen getreten wird, ohne selbst ein Opfer zu bringen, und sei es ihr Ehemann?

Kommandant Ga, oder wer er auch sein mochte, hatte geglaubt, das Leben in Tunneln läge endlich hinter ihm. Dieser Tunnel war klein – zwar hoch genug, um aufrecht darin zu stehen, aber nicht mehr als fünfzehn Meter lang; er reichte wahrscheinlich nur unter dem Vorgarten hindurch bis zur Straße. Ausgestattet war er mit Vorratsfässern für den nächsten Beschwerlichen Marsch sowie mit einer Glühbirne und einem einzigen Stuhl. Außerdem befand sich eine große DVD-Sammlung dort, allerdings ohne ein Gerät, auf dem man die Filme hätte anschauen können. Doch Ga war es zufrieden, dem Jungen über sich zu lauschen, wie er seine zittrigen Noten auf der *Taegŭm* blies. Eine Wohltat war es, die Mutter zu hören, wenn sie die *Gayageum* zupfte und ihre Tochter die lieblichen, schwermütigen Klänge lehrte. Ga konnte sich gut vorstellen, wie ihre weiten *Chosŏnots* über den Boden ausgebreitet waren, während sich beide über die klagenden Saiten beugten. Spät in der Nacht lief die Schauspielerin hinter den geschlossenen Türen des Schlafzimmers auf und ab. Unten im Tunnel konnte Kommandant Ga ihre Schritte fast vor sich sehen, so intensiv lauschte er auf jede ihrer Bewegungen. Aus der Zahl der Schritte, die sie zwischen Fenster und Tür zurücklegte, aus der Art, wie sie einen Bogen um bestimmte Stellen schlug, konnte er sich das Schlafzimmer vorstellen und ausmalen, wo sich Bett, Schrank und Schminktisch befanden. Es war fast, als wäre er bei ihr in der Schlafkammer.

Am Morgen des vierzehnten Tages hatte er akzeptiert, dass sein Leben noch lange so weitergehen konnte, und er hatte seinen Frieden damit geschlossen. Doch er ahnte nicht, dass ein Täubchen mit einem glücksverheißenden Brief im Schnabel auf dem Weg zu ihm war. Im Zentrum Pjöngjangs auf den Weg geschickt, flatterte es über den Taedong, der sich rein und grün durch die Stadt schlängelt, während Patrioten und Jungfrauen Hand in Hand an seinem Ufer entlangspazierten. Die Brieftaube machte einen Schlenker durch einen Trupp Juche-Mädchen, die beschwingt in ihren entzückenden Uniformen mit der geschulterten Axt in Richtung Mansu-Park zum Holzhacken eilten. Mit stolzgeschwellter weißer Brust schlug die Taube einen Looping über dem Stadion *1. Mai*, dem größten Stadion der Welt, und vor Stolz über die riesige rote Flamme des Juche-Turms klatschte sie mit den Flügeln! Nun die Hänge des Taesong hinan, wo das Brieftäubchen die Flamingos und Pfauen des Zoos ehrerbietig grüßte, und dann einen weiten Bogen um den Elektrozaun schlug, der den Botanischen Garten vor dem nächsten amerikanischen Überfall schützen soll. Über dem Friedhof der Revolutionshelden tropfte ihm eine einzige patriotische Träne aus dem Auge, und dann saß unser Täubchen auf Sun Moons Fensterbrett und ließ den Brief in ihre Hand fallen.

Kommandant Ga blickte hoch, als die Falltür zum Tunnel

aufging und Sun Moon sich herabbeugte. Ihr Hausmantel verrutschte ein wenig, und die Pracht einer ganzen Nation schien in ihrer vollbusigen Weiblichkeit zu ihm zu kommen. Sie las ihm den kurzen Brief vor: »Kommandant Ga, es wird Zeit, dass Sie an Ihren Arbeitsplatz zurückkehren.«

Der Fahrer wartete schon, um Kommandant Ga in die schönste Stadt der Welt mitzunehmen – man beachte die breiten Prachtstraßen und die hohen Gebäude, man suche nach dem kleinsten bisschen Unrat oder Graffiti! Graffiti bezeichnet die Malweise, mit der die Kapitalisten ihre öffentlichen Gebäude verunzieren, Bürger. Bei uns gibt es keine Belästigung durch Werbung, Mobiltelefone oder Flugzeuglärm. Und versucht einmal, eure Blicke von unseren Verkehrspolizistinnen abzuwenden!

Bald darauf befand sich Kommandant Ga im Gebäude Nr. 13, im modernsten Bürokomplex der Welt. *Wusch, wusch* sauste die Rohrpost um ihn herum. Grün flackerten die Computerbildschirme. Ga fand seinen Schreibtisch im zweiten Stock, wo er das Namensschild auf dem Schreibtisch nach innen drehte, als müsse er sich selbst daran erinnern, dass er Kommandant Ga war, der Minister für Gefängnisbergwerke, und über den besten Strafvollzug der Welt gebot. Wo sonst gibt es einen Strafvollzug, der so effizient, so geeignet für die innere Einkehr ist wie die Gefängnisse Nordkoreas? Die Gefängnisse im Süden sind voller Musikautomaten und Lippenstifte, dort schnüffeln die Männer Klebstoff und begehen scheußliche Unzucht!

Mit einem *Wusch* landete eine Rohrpost im Körbchen auf Kommandant Gas Schreibtisch. Er öffnete die Kapsel und zog eine Notiz heraus, die hinten auf ein Beschaffungsformular gekritzelt war. »Bereithalten für den Geliebten Führer« stand darauf. Er sah sich im Raum nach dem Verfasser der Notiz um, doch alle Abhörspezialisten waren emsig damit beschäftigt mitzuschreiben, was sie auf ihren blauen Kopfhörern hörten, und die Beschaffungsleute steckten mit den Köpfen unter den schwarzen Tüchern ihrer Computerhauben.

Es hatte zu nieseln begonnen, und Kommandant Ga sah draußen vor dem Fenster eine alte Frau in einem vor Nässe fast durchsichtigen Unterkleid, die hoch oben in den Ästen einer Eiche herumkletterte und Eicheln sammelte, obwohl jedermann weiß, dass das verboten ist, solange das Eichelnsammeln nicht offiziell freigegeben ist. Vielleicht hatte Kommandant Ga nach den langen Jahren der Gefängnisinspektionen ein Herz für alte Menschen entwickelt.

In diesem Augenblick kam die gesamte Rohrpostanlage zum Stehen, und in der unheimlichen Stille, die folgte, blickten alle in Erwartung dessen, was da kommen würde, hinauf zu dem Labyrinth aus durchsichtigen Röhren: Das System wurde für eine Botschaft des Geliebten Führers höchstpersönlich vorbereitet. Mit einem Schlag setzte das saugende Zischen der Vakuumröhren wieder ein, und alle Augen verfolgten die goldene Kapsel, die durch die Röhren sauste und direkt vor Kommandant Ga im Körbchen landete.

Kommandant Ga öffnete sie. Auf dem Zettel darin stand nur: »Würdest du uns mit deiner Gegenwart beehren?«

Die Anspannung im Raum war spürbar. War es tatsächlich möglich, dass Kommandant Ga nicht auf der Stelle aufsprang, um zu seinem glorreichen General zu eilen? Nein, er spielte mit den Gegenständen auf seinem Tisch und beschäftigte sich mit einem Gerät, das als Geigerzähler bezeichnet wird. Damit lässt sich das Vorhandensein radioaktiver Materialien entdecken – unser Land ist reich gesegnet mit tief im Boden verborgenen nuklearen Brennstoffen. Überlegte er, wie man dieses wertvolle technische Gerät einsetzen könnte? Übergab er es jemandem zur sicheren Aufbewahrung? Nein, Bürger, Kommandant Ga nahm den Geigerzähler und stieg damit zum Fenster hinaus, wo er auf einen nassen Ast trat. Er kletterte höher hinauf in die Eiche und drückte der alten Frau das Gerät mit den Worten in die Hand: »Da, verscherbel das auf dem Schwarzmarkt, und kauf dir dafür was Anständiges zu essen.«

Das war natürlich gelogen, Bürger: Einen Schwarzmarkt gibt es nicht!

Erstaunlicherweise nahm niemand Notiz davon, als Ga wieder zum Fenster hereinkletterte. Alle machten mit ihrer Arbeit weiter, während er sich das nasse Laub von der Uniform klopfte. Im Süden würden die Angestellten in lautes Weibergeheul ausbrechen, hätte jemand derart gegen die Vorschriften verstoßen und Regierungseigentum verschenkt. Doch bei uns herrscht Disziplin: Jedermann weiß, dass nichts grundlos geschieht, dass auch die geringste Aufgabe von Bedeutung ist, und wenn jemand einer alten Frau auf einem Eichenast einen Geigerzähler schenkt, dann tut er das, weil der Geliebte Führer es so wünscht. Ob es nun zwei Kommandanten Ga gibt oder keinen – nichts geschieht, ohne dass der Geliebte Führer es so will.

Als er seinem Schicksal entgegenschritt, bemerkte Kommandant Ga den Blick seines Kollegen Genosse Buc, der ihm den hochgereckten Daumen entgegenstreckte. Manche Menschen mögen Buc amüsant finden. Zugegeben, er hat eine hübsche Narbe, die seine Augenbraue in zwei Hälften teilt, weil seine Frau es nicht geschafft hat, ihn ordentlich zusammenzuflicken. Aber vergesst nicht, dass der Daumen das Zeichen der Yankees war, bevor sie ihre Bomben auf das unschuldige Nordkorea abwarfen. Schaut euch nur die Filme an: Da seht ihr, wie sie grinsend die Daumen hochrecken, und dann fallen die Bomben auf Mutter Korea. Schaut euch *Überraschungsangriff* mit Kommandant Gas hinreißender Gattin in der Hauptrolle an. Schaut euch *Der letzte Märztag* an, der von dem dramatischen Tag im Jahre 1951 handelt, an dem die Amerikaner einhundertzwanzigtausend Tonnen Napalm auf uns abwarfen. Hinterher standen nur noch drei Häuser in ganz Pjöngjang. Zeigt Genosse Buc also euren nach unten gerichteten Daumen und beachtet ihn von nun an nicht mehr! Leider wird sein Name hin und wieder noch fallen, aber er hat nichts mehr in dieser Geschichte zu suchen, und ihr werdet ihn von nun an ignorieren.

Und wie steht es nun mit Kommandant Ga? Auch wenn ihr vielleicht bisher den Eindruck gewonnen habt, er habe einen schwachen Charakter: Lasst euch gesagt sein, dass diese Geschichte von Verwandlung und innerer Größe handelt; es ist eine Geschichte, in der die niedrigsten Gestalten zur Erkenntnis heranreifen. Nehmt diese Erzählung zum Vorbild, wenn ihr in eurem Wohnblock mit moralisch schwachen Individuen zu tun habt, mit den Egoisten, die im Gemeinschaftsbad die ganze Seife aufbrauchen. Ihr dürft wissen, dass Umkehr und ein schöner Schluss immer möglich sind, denn diese Geschichte verspricht schon jetzt, die beste Wendung zu nehmen, die man sich nur vorstellen kann.

Ein Aufzug wartete auf Kommandant Ga. Darin stand eine schöne Frau in marineblau-weißer Uniform mit blauer Sonnenbrille. Sie sprach kein Wort. In dem Aufzug gab es keine Knöpfe, und sie rührte sich nicht. Wie die Kabine sich in Bewegung setzte und ob die Frau dazu beigetragen hatte, war für Ga nicht ersichtlich; jedenfalls sausten sie schon im nächsten Moment im Höchsttempo hinunter in die Tiefe, weit hinab unter die Stadt. Als die Tür sich öffnete, fand Ga sich in einem prächtigen Raum wieder, in dem Geschenke ausländischer Weltherrscher die Wände schmückten. Hier standen Buchstützen mit Rhinozeroshörnern von Robert Mugabe, dem ewigen Präsidenten Zimbabwes, dort eine schwarz lackierte Maske, die ein langes Leben versprach, von Guy de Greves, dem haitianischen Außenminister, und ein graviertes Silbertablett, auf dem sämtliche Mitglieder der burmesischen Militärjunta dem Geliebten Führer zum Geburtstag gratulierten.

Plötzlich erstrahlte ein helles Licht. Daraus trat der Geliebte Führer hervor, der groß und selbstbewusst auf Kommandant Ga zuschritt, und dieser spürte, wie augenblicklich alle irdischen Sorgen von ihm abfielen. Unendliches Wohlbefinden durchströmte ihn; es war, als halte der Geliebte Führer ihn in seiner schützenden Hand, und in Ga entbrannte das Verlangen, nur noch der glorreichen Nation zu dienen, die solch grenzenloses Zutrauen in ihm aufsteigen ließ.

In vollkommener Unterwerfung verneigte sich Kommandant Ga bis zum Boden.

Der Geliebte Führer nahm ihn fest am Arm und sprach: »Bitte, das reicht, mein guter Bürger. Wie lange haben wir uns nicht gesehen, Ga, viel zu lange! Dein Land braucht dich. Ich habe eine köstliche kleine Überraschung für unsere amerikanischen Freunde geplant. Willst du mir dabei helfen?«

Warum aber, liebe Hörer, lässt der Geliebte Führer kein Zeichen von Beunruhigung erkennen, als er den Hochstapler vor sich sieht? Welchen Plan hegt der Geliebte Führer? Wird Sun Moon endlich aufhören, so traurig zu sein? All das erfahrt ihr morgen, Bürger, wenn wir die nächste Folge der Besten Nordkoreanischen Kurzgeschichte des Jahres senden!

DER AUFZUG rauschte tief hinunter in den Bunker 13, wo Kommandant Ga mit dem Geliebten Führer zusammentreffen würde. Ga spürte einen starken Druck auf dem Trommelfell, und sein Körper war wie aus Gummi, als stürze er im freien Fall zurück in einen Bergwerksschacht. Als er Genosse Buc, sein Grinsen und den hochgereckten Daumen gesehen hatte, hatte sich zwischen dem Menschen, der er früher gewesen war, und dem Menschen, in den er sich verwandelt hatte, ein tiefer Abgrund aufgetan. Genosse Buc war die einzige Person, die beiderseits dieses Abgrunds existierte; Buc kannte als Einziger den jungen Helden, der nach Texas geflogen war, und den neuen Ehemann Sun Moons, den gefährlichsten Mann in Pjöngjang. Das hatte Ga aus der Fassung gebracht. Ihm wurde bewusst, dass er nicht unverwundbar war und keine Kontrolle über sein Schicksal hatte.

Als sich tief unten im Bunker 13 die Aufzugtür öffnete, führten Elite-Bodyguards eine elf Punkte umfassende Leibesvisitation bei ihm durch, die allerdings auch nicht schlimmer war als das, was er bei jeder Rückkehr aus Japan über sich hatte ergehen lassen. Der Raum war weiß und kalt. Sie nahmen ihm eine Urinprobe und eine Haarsträhne ab. Kaum war er wieder angezogen, da näherten sich auf dem Flur schwere Tritte, und die Wachsoldaten machten sich salutierend für die Ankunft des Geliebten Führers bereit. Dann schwang die Tür auf, und Kim Jong Il trat herein. Er trug einen grauen Einteiler und eine Designerbrille, die das neckische Funkeln in seinen Augen noch verstärkte.

»Da bist du ja, Ga«, sagte er. »Du hast uns gefehlt.«

Kommandant Ga verneigte sich tief, um sein erstes Versprechen an Sun Moon zu erfüllen.

Der Geliebte Führer lächelte. »Na, das war doch gar nicht so schwer«, sagte er. »Das hat nicht weh getan, oder?« Er legte Ga eine Hand auf die Schulter und blickte hoch in seine Augen. »Aber die Verbeugung muss in der Öffentlichkeit kommen. Habe ich dir das nicht gesagt?«

Kommandant Ga erwiderte: »Man wird doch üben dürfen?«

»Das ist Ga, wie ich ihn liebe«, schmunzelte der Geliebte Führer. Auf dem Tisch stand ein kunstvoll ausgestopfter Polarfuchs, der mitten im Sprung über einer weißen Wühlmaus erstarrt war – ein Geschenk von Konstantin Dorosow, Bürgermeister von Wladiwostok. Der Geliebte Führer sah aus, als würde er den Fuchspelz bewundern, streichelte dann aber die Wühlmaus, die dem Angreifer über sich die Zähne zeigte. »Eigentlich müsste ich dir böse sein, Ga«, sagte er. »Deine Missetaten kann man gar nicht mehr zählen. Du hast unser produktivstes Bergwerk ausbrennen lassen, zusammen mit fünfzehnhundert unserer besten Häftlinge. Wir versuchen immer noch, dem chinesischen Premier dein Verhalten im Badehaus in Shěnyáng zu erklären. Mein Fahrer, der mir zwanzig Jahre gedient hat, liegt noch immer im Koma. Der neue kann auch fahren, aber ich vermisse den alten – er hat seine Treue mehrfach bewiesen.« Und damit drehte sich der Geliebte Führer wieder zu ihm um, legte ihm eine Hand auf die Schulter und drückte ihn hinunter auf die Knie, sodass er nun über Ga aufragte. »Und was du da in der Oper zu mir gesagt hast: Das kann man nicht ungeschehen machen. Dafür müsste eigentlich dein Kopf rollen. Bei dem Ärger, den du mir machst – welcher Führer wäre da nicht froh, wenn du weg wärst, wenn du vom Erdboden verschluckt würdest? Hast du etwa vergessen, dass ich dir Sun Moon geschenkt habe? Aber ich habe eine gewisse Schwäche für dein kurioses Verhalten. Ja, ich gebe dir noch genau eine Chance. Nimmst du einen neuen Auftrag von mir an?«

Kommandant Ga schlug die Augen nieder und nickte.

»Dann hoch mit dir«, befahl der Geliebte Führer. »Klopf dir den Staub ab und hol dir deine Ehre zurück.« Er zeigte auf einen Teller auf dem Tisch. »Getrocknetes Tigerfleisch?«, fragte er. »Bitte, bediene dich ruhig, und nimm deinem Sohn auch was mit – er sieht aus, als könnte er etwas Tiger gebrauchen. Wenn man Tiger isst, wird man ein Tiger. Sagt man doch.«

Kommandant Ga steckte ein Stück in den Mund – es war hart und schmeckte süß.

»Ich vertrag das Zeug nicht«, fuhr der Geliebte Führer fort. »Wahrscheinlich die Teriyaki-Soße. Ein Geschenk von den Burmesen. Wusstest du schon, dass meine gesammelten Werke in Rangun herauskommen? Du solltest auch schreiben, Kommandant. Ich freue mich auf ein mehrbändiges Standardwerk über Taekwondo.« Er schlug Kommandant Ga auf den Rücken. »Dein Taekwondo hat uns wirklich gefehlt.«

Der Geliebte Führer ging Kommandant Ga voran durch einen langen, weißen Gang, der eine permanente leichte Krümmung aufwies – wenn die Yankees angriffen, hatten sie nie mehr als zwanzig Meter Schusslinie. Auch die Tunnel unter der DMZ verliefen in solchen Kurven, sonst könnte ein einziger südkoreanischer Fußsoldat in die Dunkelheit schießen und eine ganze, kilometerweit entfernte Invasion aufhalten.

Sie kamen an vielen Türen vorbei, die keine Wohn- oder Büroräume zu sein schienen, sondern wohl eher die vielen laufenden Vorhaben des Geliebten Führers beherbergten.

»Ich habe ein gutes Gefühl bei dieser Sache«, sagte der Geliebte Führer. »Wann haben wir zwei das letzte Mal so etwas zusammen gemacht?«

»Es ist zu lange her, als dass ich mich daran erinnern könnte«, antwortete Kommandant Ga.

»Iss doch, iss«, sagte der Geliebte Führer im Gehen. »Es stimmt, was ich gehört habe: Die Arbeit im Gefängnis hat Spuren bei dir hinterlassen. Wir müssen dich wieder auf die Beine bringen. Aber du siehst immer noch so gut aus wie früher, richtig? Und was für eine schöne Frau. Du musst sehr froh sein, dass du sie wiederhast. Welch hervorragende Schauspielerin – ich muss unbedingt eine neue Rolle für sie schreiben.«

Der dumpfe Widerhall ihrer Schritte sagte Ga, dass mehr als hundert Meter Fels über ihnen lasteten. Man konnte lernen, solche Tiefen wahrzunehmen. Im Bergwerk waren geisterhafte Vibrationen zu spüren gewesen, wenn die Erzloren durch andere Schächte rumpelten. Und die Presslufthammer, die in benachbarten Stollen an der Arbeit waren, konnte man zwar nicht direkt hören, aber in den Zähnen fühlen. Eine unterirdische Sprengung konnte man danach verorten, wo der Staub von der Wand rieselte.

»Ich habe dich herbestellt«, sagte der Geliebte Führer im Gehen, wobei er ein leichtes Hinken zu verbergen suchte, »weil die Amerikaner bald zu Besuch kommen und wir ihnen einen Schlag versetzen müssen – einen Schlag, der so in den Magen geht, dass ihnen die Puste wegbleibt, aber keine sichtbaren Spuren hinterlässt. Schaffst du so etwas?«

»Drängt der Ochse nicht nach dem Joch, wenn das Volk hungert?«

Der Geliebte Führer lachte. »Die Arbeit im Gefängnis hat sich wunderbar auf deinen Sinn für Humor ausgewirkt. Früher warst du immer so angespannt, so ernst. Immer diese spontanen Taekwondo-Lektionen, die du irgendwelchen Unbeteiligten erteilt hast!«

»Ich bin ein neuer Mensch«, sagte Ga.

»Ha!«, entgegnete der Geliebte Führer. »Wenn nur mehr Menschen hin und wieder ein Gefängnis besuchen würden!«

Vor einer Tür blieb der Geliebte Führer stehen, überlegte kurz, und ging dann zur nächsten. Er klopfte, und die Tür wurde von einem elektrischen Summer geöffnet. Es war ein kleiner, weißer Raum, in dem Kartons gestapelt waren.

»Ich weiß, dass du die Straflager genau im Auge hast, Ga«, sagte der Geliebte Führer und winkte ihn herein. »Hier ist unser Problem. Im Lager 33 gab es einen Insassen, einen Soldaten aus einem Waisenregiment. Offiziell war er ein Held. Er ist verschwunden, aber wir brauchen seine Fachkenntnisse. Vielleicht hast du ihn zufällig kennengelernt, vielleicht hat er dir ja das ein oder andere erzählt.«

»Verschwunden?«

»Ja, ich weiß, das ist peinlich, nicht wahr? Der Lagerkommandant hat schon dafür gebüßt. In Zukunft wird so etwas nicht wieder vorkommen. Wir haben jetzt ein neues Gerät, das jeden überall auf der Welt finden kann. Einen Zentralrechner sozusagen. Erinnere mich daran, dass ich ihn dir zeige.«

»Und, wer ist dieser Soldat?«

Der Geliebte Führer fing an, in den Kartons zu wühlen, machte mehrere auf, warf andere beiseite. Offensichtlich suchte er etwas. Ga sah, dass ein Karton mit Grillutensilien gefüllt war, ein anderer mit südkoreanischen Bibeln. »Der Waisensoldat? Wahrscheinlich ein ganz normaler Bürger. Ein Niemand aus Ch'ŏngjin. Warst du mal da?«

»Nein, ich hatte noch nie das Vergnügen.«

»Ich auch nicht. Na, jedenfalls fuhr dieser Soldat nach Texas – er verfügte über gewisse Sprachkenntnisse, war schon öfter grenzübergreifend eingesetzt worden und so weiter. Bei dieser Mission ging es darum, etwas zurückzubekommen, was die Amerikaner mir weggenommen haben. Wie es schien, hatten sie allerdings nie die Absicht, mir den bewussten Gegenstand zurückzugeben. Stattdessen setzten sie meine diplomatische Abordnung tausend Demütigungen aus, und wenn die Amerikaner uns besuchen kommen, will ich sie ebenfalls tausendfach demütigen. Um das entsprechend vorbereiten zu können, muss ich über alle Einzelheiten des Besuchs in Texas Bescheid wissen, und der Waisensoldat ist der Einzige, der sie kennt.«

»Bei diesem Besuch waren ja sicherlich auch andere Diplomaten zugegen. Warum fragt man nicht die?«

»Die sind leider nicht mehr zu erreichen«, antwortete der Geliebte Führer. »Der Mann, von dem ich spreche, ist gegenwärtig der Einzige in unserem Land, der an dieser Mission beteiligt war.« Der Geliebte Führer hatte gefunden, wonach er suchte – einen großen Revolver. Er hielt ihn auf Kommandant Ga gerichtet.

»Ach, ja, jetzt fällt es mir wieder ein«, sagte Ga, den Blick auf die Pistole geheftet. »Genau, der Waisensoldat. Ein schlanker, gutaussehender Mann, klug und humorvoll. Ja, der war im Straflager 33, richtig.«

»Du kennst ihn also?«

»Ja, wir haben uns oft bis spät in die Nacht unterhalten. Wie zwei Brüder waren wir, er hat mir alles erzählt.«

Der Geliebte Führer händigte Ga den Revolver aus. »Erkennst du den wieder?«

»Das sieht wie der Revolver aus, den der Waisensoldat mir beschrieben hat. Damit haben sie in Texas Dosen vom Zaun geschossen. Ich meine, das wäre eine Kaliber 45 Smith & Wesson gewesen.«

»Ah, du kennst ihn also doch. Jetzt machen wir Fortschritte. Aber sieh genauer hin: Dieser Revolver stammt aus Nordkorea. Er wurde von unseren Ingenieuren konstruiert und ist ein Kaliber 46, etwas größer, etwas mehr Durchschlagskraft als das amerikanische Modell – glaubst du, das wird sie beschämen?«

Als Kommandant Ga den Revolver näher untersuchte, sah er, dass die Teile von Hand auf einer Drehbank gefertigt worden waren – am Lauf und an der Trommel befanden sich kleine Einkerbungen, die der Schmied zum Ausrichten der Einzelteile angebracht hatte. »Das wird es ganz sicherlich, Geliebter Führer. Ich würde nur noch hinzufügen wollen, dass der amerikanische Revolver, wie ihn mir mein Freund, der Waisensoldat, beschrieb, kleine Einkerbungen am Hahn hatte, und der Griff war nicht aus Perlmutt, sondern aus geschnitztem Horn vom Rotwild.«

»Ah«, sagte der Geliebte Führer. »Genau solche Details suchen wir, haargenau.« Aus einem anderen Karton holte er einen handgeprägten Revolvergurt im Wild-West-Stil heraus, der tief auf der Hüfte saß. Er legte ihn Kommandant Ga selbst um. »Die Munition ist noch nicht fertig«, erläuterte der Geliebte Führer. »Daran arbeiten die Ingenieure noch, eine Patrone nach der anderen. Aber du darfst den Revolver schon mal tragen, schon mal das Gefühl dafür bekommen. Oh ja, die Amerikaner sollen sehen, dass wir ihre Waffen genauso gut herstellen können wie sie, nur größer und stärker. Wir werden ihnen amerikanischen Maiskuchen vorsetzen, und sie werden schmecken, dass der koreanische Mais nahrhafter ist und der Honig von koreanischen Bienen süßer. Ja, sie werden mir den Rasen schneiden, und sie werden die widerlichen

Cocktails trinken, die ich mir für sie ausdenke, und du, Kommandant Ga, du wirst uns helfen, ein ganzes potemkinsches Texas zu errichten, hier in Pjöngjang.«

»Aber Geliebter Füh…«

»Die Amerikaner«, fuhr der voller Zorn dazwischen, »werden ihre Betten mit den Hunden aus dem Zoo teilen!«

Kommandant Ga wartete einen Augenblick. Erst als er sicher war, dass sich der Geliebte Führer verstanden wusste, sagte er: »Jawohl, mein Geliebter Führer. Sagen Sie mir nur, wann die Amerikaner kommen.«

»Wann wir es wünschen«, antwortete der Geliebte Führer. »Wir haben sie noch nicht eingeladen.«

»Als ich dem Lager einmal einen Besuch abstattete, erzählte mir mein Freund, der Waisensoldat, die Amerikaner seien sehr unwillig, mit uns in Kontakt zu treten.«

»Keine Sorge, die Amerikaner werden kommen«, entgegnete der Geliebte Führer. »Und sie werden mir zurückgeben, was sie mir gestohlen haben. Und sie werden gedemütigt werden. Und dann werden sie mit leeren Händen heimgehen.«

»Wie das?«, fragte Ga. »Wie werden Sie sie herlocken?«

Jetzt lächelte der Geliebte Führer. »Das ist das Schönste an der ganzen Sache«, frohlockte er.

Er führte Ga ans Ende des gewundenen Gangs zu einer Treppe. Auf Metallstufen stiegen sie mehrere Stockwerke hinab, was dem Geliebten Führer ein wenig Mühe zu machen schien. Schon bald lief Wasser an den Wänden herab, und das Eisengeländer war wackelig und verrostet. Als Kommandant Ga sich darüber beugte und nach unten blickte, um zu sehen, wie weit hinunter die Stufen reichten, war dort nichts als Echos und Finsternis. Auf einem Absatz machte der Geliebte Führer Halt und öffnete die Tür zu einem Gang, der ganz anders als die oberen Flure aussah. Hier befand sich in jeder fest verriegelten Tür ein kleines, vergittertes Fenster. Ein Gefängnis erkannte Kommandant Ga auf den ersten Blick.

»Ein wenig einsam hier unten«, bemerkte er.

»Aber nein, sag doch nicht so was«, erwiderte der Geliebte Führer, ohne sich umzudrehen. »Du hast doch mich!«

»Und was ist mit Ihnen?«, fragte Ga. »Kommen Sie auch allein hierher?«

Der Geliebte Führer blieb vor einer Tür stehen und zog einen einzelnen Schlüssel aus der Tasche. Lächelnd sah er Kommandant Ga an. »Ich bin nie allein«, sagte er und öffnete die Tür.

In der Zelle saß eine große, dünne Frau, der die dunklen Haare ungepflegt ins Gesicht hingen. Vor ihr ausgebreitet lagen Bücher, und sie schrieb im Licht einer Lampe, deren Kabel in einem Loch in der Betondecke verschwand. Schweigend blickte sie zu ihnen auf.

»Wer ist das?«, fragte Kommandant Ga.

»Frag sie doch selbst. Sie spricht Englisch«, antwortete der Geliebte Führer und wandte sich der Frau zu. »*You bad girl*«, sagte er mit einem Riesengrinsen auf dem Gesicht. »*Bad, bad, bad girl.*«

Ga ging vor ihr in die Hocke, sodass er ihr in die Augen sehen konnte. »Wer sind Sie?«, fragte er auf Englisch.

Sie sah die Pistole an seiner Hüfte und schüttelte den Kopf, als könne ihr eine Antwort nur schaden.

Ga erkannte in den Büchern, über denen die Frau saß, die englische Ausgabe der elfbändigen *Gesammelten Werke von Kim Jong Il*. Handschriftlich, Wort für Wort, übertrug sie diese in ganze Stapel von Notizbüchern. Als er den Kopf schräg legte, sah er, dass sie Lehrsätze aus Band 5 abschrieb: *Über die Filmkunst.*

»Die Schauspielerin darf die Rolle nicht spielen«, las Ga. *»Wie eine Märtyrerin muss sie sich opfern und selbst zu der dargestellten Person werden.«*

Der Geliebte Führer lächelte wohlwollend beim Klang der von ihm verfassten Worte. »Sie ist eine gelehrige Schülerin«, sagte er.

Der Geliebte Führer gab ihr ein Zeichen, dass sie eine Pause machen dürfe. Sie legte den Bleistift hin und rieb sich die Hände. Ga beugte sich näher zu ihr vor.

»Dürfte ich einmal Ihre Hände sehen?«, fragte er auf Englisch.

Er streckte ihr zur Verdeutlichung seine eigenen mit nach oben gedrehten Handtellern entgegen.

Langsam öffnete sie ihre Hände. Sie waren mit schrundigen, grauen Schwielen überzogen, selbst an den Fingerspitzen war Hornhaut. Kommandant Ga schloss die Augen und nickte in Anerkennung Tausender an den Riemen verbrachter Stunden, von denen diese Hände zeugten.

Er blickte hoch zum Geliebten Führer. »Wie kommt sie hierher?«, fragte er. »Wo haben Sie das Mädchen gefunden?«

»Sie wurde von einem Fischerboot aufgenommen«, antwortete der Geliebte Führer. »Sie saß ganz allein in einem Ruderboot, mutterseelenallein. Sie hat ihrer Freundin etwas Schlimmes angetan, etwas ganz, ganz Schlimmes. Der Kapitän hat sie gerettet und das Ruderboot angezündet.« Genüsslich drohte der Geliebte Führer dem Mädchen mit dem Zeigefinger. *»Bad girl, bad«*, sagte er. »Aber wir verzeihen ihr. Was vorbei ist, ist vorbei. So etwas kommt vor, da kann man nichts machen. Und, glaubst du nicht auch, dass die Amerikaner jetzt kommen werden? Glaubst du nicht auch, dass der Senator es bereuen wird, dass er meine Abgesandten dazu gezwungen hat, unter freiem Himmel inmitten von Hunden mit den Fingern zu essen?«

»Wir brauchen eine ganze Reihe spezieller Gegenstände«, antwortete Kommandant Ga. »Unsere Willkommensfeier für die Amerikaner kann nur gelingen, wenn Genosse Buc mir hilft.«

Der Geliebte Führer nickte.

Kommandant Ga wandte sich wieder der Frau zu. »Ich habe gehört, dass Sie mit den Walhaien gesprochen und beim Schein der Quallen die Karten gelesen haben.«

»Es ist nicht so, wie die behaupten«, antwortete sie. »Sie war wie meine Schwester, und jetzt bin ich allein, jetzt bin nur noch ich da.«

»Was sagt sie?«, fragte der Geliebte Führer.

»Sie sagt, dass sie einsam ist.«

»Unsinn«, entgegnete der Geliebte Führer. »Ich bin ständig hier unten. Ich leiste ihr Gesellschaft.«

»Sie haben versucht, unser Boot zu entern«, fuhr sie fort. »Linda, meine Freundin, hat mit der Signalpistole auf sie geschossen. Wir hatten sonst nichts, womit wir uns verteidigen konnten. Aber sie ließen nicht locker, sie haben sie erschossen, vor meinen Augen. Sagen Sie mir: Wie lange bin ich schon hier unten?«

Kommandant Ga zog seinen kleinen Fotoapparat aus der Tasche. »Darf ich?«, fragte er den Geliebten Führer.

»Oh, Kommandant Ga«, sagte der Geliebte Führer kopfschüttelnd. »Du und deine Fotos. Wenigstens machst du ausnahmsweise mal ein Foto von einem weiblichen Wesen.«

»Wollen Sie einen amerikanischen Senator treffen?«, fragte Ga das Mädchen.

Sie nickte verhalten.

»Halten Sie hier unten die Augen auf«, ermahnte Ga sie. »Hier dürfen Sie nicht mehr mit geschlossenen Augen rudern. Immer schön dran denken, dann bringe ich Ihnen den Senator.«

Das Mädchen zuckte zurück, als Kommandant Ga die Hand ausstreckte, um ihr die Haare aus dem Gesicht zu streichen, und mit panischem Blick starrte sie auf die Kamera, die sich surrend scharfstellte. Und dann kam der Blitz.

BEI IHRER ANKUNFT in der Abteilung 42 hatten unsere Praktikanten die Standardausrüstung erhalten – Arbeitskittel mit Knopfleiste vorn, Vernehmungskittel mit Knopfleiste hinten, Klemmbretter und die obligatorischen Brillen; die verleihen uns Autorität und intellektuelle Überlegenheit, mit der wir unsere Klienten gefügig machen. Die Pubjok erhalten Ausrüstungstaschen mit Folterutensilien – Schmirgelhandschuhe, Gummihammer, Magenschläuche und so weiter – und es stimmt, dass unsere Praktikanten einen enttäuschten Eindruck machten, als wir ihnen mitteilten, dass unser Team für so etwas keine Verwendung hat. Aber heute Abend drückten wir Jujack einen Bolzenschneider in die Hand, und er platzte fast vor Tatendrang. Und Q-Ki drückte so oft auf den Auslöser des ihr anvertrauten Elektroschockers, dass unser Aufenthaltsraum blau flackerte. Ich bin nicht gerade jemand, der in *Yangban*-Kreisen verkehrt. Ich konnte also nicht ahnen, als was für ein Zeitgenosse sich dieser Buc erweisen würde, aber ich war mir sicher, dass er ein wichtiges Kapitel zu unserer Biografie von Kommandant Ga beitragen würde.

Dann setzten wir alle Stirnlampen und OP-Masken auf und knöpften uns gegenseitig die Kittel hinten zu, bevor wir die Leitern heruntersteigen, die ins Herz des Folterkellers führen. Als wir die Sicherung der Einstiegsluke zum Sumpf losdrehten, fragte Jujack: »Ist es wahr, dass alte Vernehmungsbeamte ins Lager geschickt werden?«

Wir hörten auf zu kurbeln. »In einem haben die Pubjok recht«, sagten wir ihm. »Man darf niemals einen Klienten an sich heranlassen.«

Als wir durch die Luke geklettert waren, sicherten wir sie hinter uns. Aus der Betonwand ragten Metallsprossen, auf denen wir tief hinab stiegen. Hier unten gab es vier riesige Pumpen, die das Wasser aus den noch tiefer gelegenen Bunkern abpumpten. Sie sprangen ein paar Mal pro Stunde an, immer nur für wenige Minuten, erzeugten dabei aber eine unwahrscheinliche Hitze und irrsinnigen Lärm. In diesem Bereich brachten die Pubjok widerspenstige Fälle unter, die mürbe gemacht werden sollten – mit der Zeit würden sie schon von Hitze und Luftfeuchtigkeit, von der unsere Brillen sofort beschlugen, weichgekocht werden. Um die dreißig Klienten waren an eine im Boden verankerte Stange gekettet, die durch den gesamten Raum lief. Der Boden war abschüssig, damit das Wasser ablaufen konnte, sodass die armen Schweine am unteren Ende in einer Pfütze lagen.

Kaum jemand regte sich, als wir durch den Raum gingen. Warmes Wasser tröpfelte von der mit grünem Schleim überzogenen Decke. Wir drückten die Masken fest über Mund und Nase. Im vorigen Jahr hatte sich die Diphterie in den Sumpf geschlichen und alle Häftlinge einkassiert, und ein paar Vernehmungsbeamte dazu.

Q-Ki hielt den Viehtreiber an die Eisenstange und jagte einen Stromstoß hindurch – da waren alle hellwach. Die meisten hielten sich instinktiv die Hände vors Gesicht oder rollten sich in Embryohaltung zusammen. Ein Mann, der am Ende der Stange in der Pfütze lag, richtete sich auf und brüllte vor Schmerz. Er trug ein zerfleddertes, nasses Oberhemd, Unterwäsche und an den Waden Strumpfhalter. Das war Genosse Buc.

Wir gingen zu ihm und bemerkten die senkrechte Narbe über seinem linken Auge. Eine Platzwunde hatte die Augenbraue geteilt und war so schlecht verheilt, dass zwischen den beiden Hälften jetzt eine Lücke klaffte. Welcher Mann heiratet denn eine Frau, die ihn nicht zusammenflicken kann?

»Sind Sie Genosse Buc?«, fragten wir ihn.

Buc schaute hoch, wurde aber von unseren Stirnlampen geblendet. »Wer seid ihr denn, die Nachtschicht?«, fragte er und gab ein schwaches, nicht besonders überzeugendes Lachen von sich. Dann nahm er in gespielter Ergebenheit die Hände hoch: »Ich gestehe, ich gestehe.« Doch aus seinem Lachen wurde ein langes Husten – ein sicheres Zeichen für gebrochene Rippen.

Q-Ki hielt das Ende des Elektroschockers ins Wasser und drückte auf den Auslöser.

Genosse Buc bäumte sich auf, während sich der Nackte neben ihm auf die Seite rollte und seinen Darm in das schwarze Wasser entleerte.

»Hören Sie, uns gefällt das auch nicht«, sagten wir zu Buc. »Wenn wir erst mal das Sagen haben, machen wir den Laden hier dicht.«

»Oh, das ist ein toller Witz«, lachte Genosse Buc. »Ihr habt nicht mal das Sagen.«

»Woher haben Sie diese Narbe?«, fragten wir.

»Was, die hier?«, fragte er und zeigte auf seine Augenbraue.

Q-Ki wollte den Viehtreiber schon wieder in die Pfütze tauchen, aber wir hielten ihre Hand fest. Sie war neu, sie war eine Frau, und wir konnten verstehen, dass sie sich beweisen wollte – aber das war nicht unser Stil.

Wir wurden deutlicher: »Wie hat Ihnen Kommandant Ga diese Narbe beigebracht?«, fragten wir und bedeuteten Jujack, er solle seine Kette durchschneiden. »Geben Sie uns die Antwort, dann beantworten wir Ihnen eine beliebige Frage.«

»Eine Ja-oder-Nein-Frage«, fügte Q-Ki hinzu.

»Ja oder Nein?«, fragte Genosse Buc nach.

Das war eine kühne Aktion von Q-Ki, eine unkluge dazu, aber wir mussten geschlossen auftreten, also nickten wir alle. Jujack ächzte, und schließlich fielen die Ketten des braven Genossen ab.

Seine Hände wanderten sofort zum Gesicht, und er rieb sich die Augen. Wir gossen sauberes Wasser auf ein Taschentuch und gaben es ihm.

»Ich habe im selben Gebäude gearbeitet wie Kommandant Ga«, erzählte Buc. »Ich war für Beschaffung zuständig, also saß ich den ganzen Tag vor meinem grün flackernden Rechner und habe Sachen bestellt. Meistens aus China oder Vietnam. Ga hatte seinen hübschen Schreibtisch am Fenster. Gearbeitet hat er nicht. Das war, bevor seine Fehde gegen den Geliebten Führer losging, bevor Straflager 9 abbrannte. Damals hatte er keine Ahnung von Straflagern oder Bergwerken. Die Stelle war bloß eine Belohnung, weil er den Goldgurt gewonnen und in Japan gegen Kimura gekämpft hatte. Das war eine große Sache, nachdem Ryoktosan in Japan gegen Sakuraba gekämpft hatte und nicht zurückgekommen war. Ga brachte mir immer Listen von Dingen, die er haben wollte, DVDs, teuren Reiswein und solche Sachen.«

»Hat er Sie jemals gebeten, Obst zu bestellen?«

»Obst?«

»Vielleicht Pfirsiche? Wollte er mal Dosenpfirsiche haben?«

Buc schaute uns durchdringend an. »Nein, wieso?«

»Egal, erzählen Sie weiter.«

»Eines Tages war ich länger im Büro geblieben. Außer mir und Kommandant Ga war niemand mehr im zweiten Stock. Er trug oft einen weißen Kampfanzug mit Schwarzgurt, als wäre er im Dojo, immer kampfbereit. An dem Abend blätterte er Taekwondo-Zeitschriften aus Südkorea durch. Er las gern direkt vor unseren Augen illegale Zeitschriften und behauptete, er würde den Feind studieren. Allein zu wissen, dass es solche Zeitschriften gibt, kann einen ins Straflager 15 bringen, das Familiengefängnis Yodŏk. Ich habe oft Materialien für dieses Lager beschafft. Jedenfalls liegen in diesen Zeitschriften zusammengefaltete Poster von Kämpfern aus Seoul. Ga hielt eins hoch und betrachtete den Kämpfer, als er merkte, dass ich ihn beobachtete. Ich war vor ihm gewarnt worden, wurde also etwas nervös.«

Q-Ki unterbrach ihn. »War es ein Mann, der Sie gewarnt hat, oder eine Frau?«

»Männer«, antwortete Genosse Buc. »Da stand Kommandant Ga auf. Er hielt das Poster in der Hand. Er holte etwas aus seinem Schreibtisch und kam auf mich zu. Ich dachte, na gut, Prügel habe ich schon öfter eingesteckt, ich werd's überleben. Ich hatte gehört, dass er einen nie wieder belästigt, wenn er einen einmal zusammengeschlagen hat. Er kam also auf mich zu. Er war berühmt für seine Selbstbeherrschung – beim Kämpfen zeigte er keinerlei Gefühle. Nur beim *Dwit Chagi* erlaubte er sich ein Lächeln, weil er dabei dem Gegner den Rücken zukehrt und ihn so zum Angriff herausfordert.

Genosse, sagte Ga in äußerst höhnischem Ton. Dann blieb er stehen und musterte mich von Kopf bis Fuß. Weil ich mich ›Genosse‹ nenne, denken die Leute, ich wollte mich einschleimen, aber ich habe einen Zwillingsbruder, und wie es Brauch ist, haben wir beide denselben Namen. Um uns auseinanderzuhalten, nannte unsere Mutter uns Genosse Buc und Bürger Buc. Die Leute fanden das witzig – mein Bruder heißt bis heute Bürger Buc.«

Dieses Detail hätten wir in seiner Akte bemerken müssen. Dass wir es übersehen hatten, war unser Fehler. Die meisten

Leute hassen Zwillinge wegen des Fortpflanzungszuschlags, den ihre Familien von der Regierung erhalten. Das erklärte einiges an Bucs Verhalten und hätte uns einen nützlichen Ansatzpunkt gegeben.

»Kommandant Ga hielt mir das Poster hin«, fuhr Buc fort. »Bloß ein junger Schwarzgurt mit einem Drachentattoo auf der Brust. *Gefällt Ihnen das?* fragte er. *Interessiert Sie so was?* Es klang, als meinte er, dass man sich mit der falschen Antwort verraten könnte, aber welche wäre das gewesen? *Taekwondo ist ein uralter, ehrenhafter Sport*, sagte ich. *Aber ich muss nach Hause zu meiner Familie.*

Alles, was sich im Leben zu lernen lohnt, sagte er, *lernt man von seinen Feinden.* Da bemerkte ich zum ersten Mal, dass er einen Dobok mitgebracht hatte. Den warf er mir zu. Er war klamm und roch streng nach Männerschweiß. Ich hatte gehört, dass er einen zusammenschlägt, wenn man sich weigert, gegen ihn zu kämpfen. Aber *wenn* man gegen ihn kämpft, macht er etwas noch viel Schlimmeres mit einem, etwas Unvorstellbares.

Ich sagte klipp und klar zu ihm: *Ich will keinen Dobok anziehen.*

Natürlich, sagte er. *Das bleibt jedem selbst überlassen.*

Ich sah ihn einfach nur an und suchte in seinen Augen nach einem Hinweis, was als Nächstes passieren würde.

Wir sind verwundbar, sagte er zu mir. *Wir müssen immer bereit sein. Schauen wir mal, wie es um Ihre innere Stärke bestellt ist.* Er knöpfte mein Hemd auf und zog es auseinander. Er hielt sein Ohr an meine Brust und boxte mich in die Seiten und den Rücken. Das wiederholte er mit meinem Bauch. Er schlug fest zu und sagte Sachen wie: *Lunge frei, Nieren stark, Finger weg vom Alkohol.* Dann sagte er, er müsse prüfen, ob bei mir alles symmetrisch ist. Mit einem kleinen Fotoapparat, so einem winzigen Ding, hat er ein Foto von meiner Symmetrie gemacht.«

Wir fragten Buc: »Hat Kommandant Ga den Film weitergekurbelt, oder war das Geräusch eines Motors zu hören, der den Film transportiert?«

»Nein«, sagte er.

»Kein Surren, gar nichts?«

»Es hat gepiept«, sagte Buc. »Dann sagte Kommandant Ga: *Der Hauptantrieb des Ausländers ist die Aggression.* Er sagte mir, dass ich lernen müsste, diese Aggression abzuwehren. *Wer lernt, fremde Umtriebe äußerlich abzuwehren, ist auch darauf vorbereitet, sie innerlich abzuwehren,* sagte er. Dann schilderte der Kommandant verschiedene Szenarien: Was würde ich tun, wenn die Amerikaner auf dem Dach landen und sich durch die Luftschächte abseilen? Und: Was würde ich tun, wenn ich mit einer japanischen Mann-Attacke konfrontiert wäre?

Einer Mann-Attacke?, fragte ich.

Er legte mir die Hand auf die Schulter, zog meinen Arm lang und griff nach meiner Hüfte. *Einem homosexuellen Übergriff,* sagte Ga, als würde er mich für blöd halten. *Die Japaner sind berühmt dafür. In der Mandschurei haben die Japaner alles vergewaltigt: Männer, Frauen, die Pandas im Zoo.* Er warf mich um, und ich schlug mit dem Kopf auf eine Schreibtischecke und zog mir eine Platzwunde zu. Das war's, so bin ich zu dieser Narbe gekommen. Und jetzt beantworten Sie mir meine Frage.«

An dieser Stelle beendete Genosse Buc seine Erzählung, als ob er wüsste, dass es uns wahnsinnig machen würde, das Ende nicht zu erfahren. »Bitte fahren Sie fort«, ermunterten wir ihn.

»Zuerst muss ich die Antwort auf meine Frage wissen«,

sagte er. »Die anderen Vernehmer, die alten, die lügen die ganze Zeit. Sie sagen: *Verrate uns deine geheimen Kommunikationskanäle. Deine Kinder wollen dich sehen, sie sind oben. Rede, und du kannst deine Frau sehen. Sie wartet auf dich. Sag uns, welche Rolle du bei der Verschwörung gespielt hast, und du kannst nach Hause zu deiner Familie.*«

»Unser Team arbeitet nicht mit Lügen«, versicherten wir ihm. »Wir beantworten Ihre Frage, und wenn Sie wollen, können Sie's selbst nachprüfen.« Wir hatten die Akte von Genosse Buc dabei. Jujack hielt sie hoch und Buc erkannte den offiziellen Ordner mit dem blauen Einband und dem roten Streifen.

Genosse Buc starrte uns eine Weile an, dann sagte er: »Ich bin auf dem Bauch gelandet, und Kommandant Ga warf sich auf meinen Rücken. Er saß einfach nur da und gab seine Belehrungen zum Besten. Mir lief Blut ins Auge. Kommandant Ga hat meinen rechten Arm nach außen gehebelt und dann nach hinten verdreht.«

Von der Geschichte vollkommen gefesselt, sagte Q-Ki: »Das ist der umgekehrte Kimura.«

»Es tat unglaublich weh – meine Schulter war danach nie mehr ganz in Ordnung. *Bitte*, rief ich. *Ich habe nur länger gearbeitet, bitte, Kommandant Ga, lassen Sie mich gehen.* Da hat er seinen Griff gelockert, blieb aber auf meinem Rücken sitzen. *Verdammt noch mal, warum wehren Sie sich nicht gegen eine Mann-Attacke?*, brüllte er. *Das ist mit Abstand das Schlimmste, das Abscheulichste, was einem Mann passieren kann – danach ist er nicht mal mehr ein Mann. Wie kann jemand nicht bis zum Letzten kämpfen, um das zu verhindern, egal, ob er dabei umkommt … Es sei denn, man will es so. Es sei denn, man wünscht sich insgeheim die Mann-Attacke und kann deshalb nichts dagegen tun. Tja, Sie kön-*

nen von Glück sagen, dass ich das war und nicht irgendwelche Japaner. Ein Glück, dass ich stark genug war, um Sie zu beschützen. Sie sollten Ihrem Glücksstern danken, dass ich hier war und das Schlimmste verhindern konnte.«

»Und das war's?«, fragten wir. »Dann war es vorbei?«

Genosse Buc nickte.

»Hat Kommandant Ga Reue gezeigt?«

»Das Letzte, woran ich mich erinnere, war ein weiterer Blitz seiner Kamera. Ich lag mit dem Gesicht am Boden, alles war voller Blut.« Genosse Buc schwieg einen Moment – der ganze Raum war still, bis auf das leise Rieseln von ablaufendem Urin. Dann stellte Buc seine Frage. »Lebt meine Familie noch?«

Das muss man den Pubjok lassen, mit solchen Dingen können sie einfach besser umgehen.

»Ich bin auf das Schlimmste gefasst«, sagte Genosse Buc.

»Die Antwort lautet Nein.« Dann zogen wir Buc aus dem Wasser und ketteten ihn weiter oben wieder an. Wir suchten unsere Sachen zusammen und wollten zurück zur Leiter. Sein Blick war nach innen gekehrt. Das, was sein Gesicht in diesem Moment ausdrückte, war echt, nicht vorgetäuscht. Das hatten wir in der Ausbildung gelernt – aufrichtige Innenschau konnte man nicht vorspielen.

Dann schaute Buc hoch. »Ich möchte mir die Akte ansehen«, sagte er.

Wir hielten ihm den Ordner hin. »Passen Sie auf«, warnten wir ihn. »Da ist ein Foto drin.«

Er wollte zugreifen, zögerte aber.

Wir sagten: »Der Untersuchungsbeamte hat gesagt, dass es wahrscheinlich eine Kohlenmonoxid-Vergiftung gewesen ist. Man fand sie im Esszimmer neben dem Ofen, wo sie völlig überraschend allesamt dahingerafft worden waren.«

»Meine Töchter – hatten sie weiße Kleider an?«

»Nur eine Frage«, erinnerten wir ihn. »Das war unsere Abmachung. Es sei denn, Sie möchten uns erklären, warum Kommandant Ga diese Sache mit der Schauspielerin abgezogen hat.«

Genosse Buc sagte: »Kommandant Ga hat mit der verschwundenen Schauspielerin nichts zu tun – er ist ins Straflager 33 gegangen und nicht wieder rausgekommen. Er ist da unten im Bergwerk gestorben.« Buc legte seinen Kopf schief. »Moment, um welchen Kommandanten Ga geht es hier? Der Kommandant Ga, von dem ich die Narbe habe, ist tot.«

»Sie haben vorhin vom echten Kommandanten Ga gesprochen?«, fragten wir. »Warum sollte sich der falsche Kommandant Ga für etwas entschuldigen, was der echte Kommandant Ga Ihnen angetan hat?«

»Er hat sich entschuldigt?«

»Der Hochstapler hat gesagt, was er Ihnen angetan hat, täte ihm leid. Das mit Ihrer Narbe.«

»Das ist lächerlich«, sagte Buc. »Es gibt nichts, was Kommandant Ga leidtun müsste. Er hat mir meinen größten Wunsch erfüllt, den einzigen, den ich nicht selbst befriedigen konnte.«

»Und was war das?«, fragten wir.

»Er hat den echten Kommandant Ga umgebracht, was sonst!«

Wir schauten uns an. »Er hat also nicht bloß die Schauspielerin und ihre Kinder auf dem Gewissen, sondern auch noch einen KVA-Kommandanten ermordet?«

»Er hat Sun Moon und ihre Kinder nicht umgebracht. Ga hat sie in kleine Vögelchen verwandelt und ihnen ein trauriges Lied beigebracht. Dann sind sie davongeflogen in den Sonnenuntergang, an einen Ort, wo ihr sie niemals finden werdet.«

Plötzlich fragten wir uns, ob das nicht stimmen könnte, dass die Schauspielerin und ihre Kinder irgendwo versteckt waren. Ga war immerhin noch am Leben, oder nicht? Aber wer hatte sie in seiner Gewalt, wo wurde sie festgehalten? Es ist einfach, in Nordkorea jemanden verschwinden zu lassen. Aber ihn dann wieder auftauchen zu lassen – dazu muss man schon zaubern können.

»Wenn Sie uns helfen, finden wir eine Möglichkeit, Ihnen zu helfen«, boten wir Buc an.

»Euch helfen? Meine Familie ist tot, meine Freunde sind tot, ich bin tot. Ich werde euch niemals helfen.«

»Auch gut«, sagten wir und suchten unsere Sachen zusammen. Es war spät, und wir waren fix und fertig.

Mir war aufgefallen, dass Genosse Buc einen Ehering trug, aus Gold. Ich sagte Jujack, er solle ihm den abnehmen.

Jujack schaute mich beklommen an, griff dann aber nach Bucs Hand und versuchte, den Ring abzustreifen.

»Er sitzt zu fest«, sagte Jujack.

»Hey«, sagte Genosse Buc. »Das ist das Einzige, was mir noch von ihnen bleibt, von meiner Frau und meinen Töchtern.«

»Mach schon«, sagte ich zu Jujack. »Er braucht ihn nicht mehr.«

Q-Ki hielt den Bolzenschneider hoch. »Den Ring krieg ich.«

»Ich hasse euch«, sagte Genosse Buc. Er drehte ihn mit Gewalt vom Finger, sodass Haut daran hängenblieb, und dann hatte ich den Ring in der Tasche. Wir wandten uns zum Gehen.

»Von mir erfahrt ihr kein Wort mehr!«, brüllte Genosse Buc uns hinterher. »Ihr habt keine Gewalt mehr über mich. Hört ihr? Jetzt bin ich frei! Ihr habt keine Gewalt mehr über mich! Hört ihr mich?«

Nacheinander machten wir uns daran, die Sprossen hinaufzuklettern, die aus dem Sumpf nach oben führten. Man musste aufpassen, sie waren rutschig.

»Elf Jahre«, schrie Genosse Buc, sodass seine Stimme vom nassen Beton widerhallte. »Elf Jahre lang war ich für die Beschaffung für alle Straflager zuständig. Die Sträflingsuniform gibt es in Kindergrößen, wusstet ihr das? Ich habe Tausende davon bestellt. Sogar Spitzhacken gibt es im Kleinformat. Habt ihr Kinder? In elf Jahren haben die Lagerärzte nicht einen Verband bestellt, und die Lagerköche rein gar nichts an Zutaten! Wir liefern ihnen nur Hirse und Salz, tonnenweise Hirse und Salz. Kein Gefängnis hat jemals ein Paar Schuhe angefordert oder ein einziges Stück Seife! Aber Transfusionsbeutel müssen sie sofort haben. Munition und Klingendraht brauchen sie bis morgen! Meine Familie war vorbereitet. Sie wussten, was zu tun ist. Seid ihr vorbereitet? Wüsstet ihr, was zu tun ist?«

Ruhig und systematisch hangelten wir uns die verzinkten Sprossen hoch und versuchten, einen klaren Kopf zu bewahren. Die Praktikanten, die halten sich immer für unverwundbar, ist es nicht so? Q-Ki stieg mit ihrer Stirnlampe voran. Als sie anhielt und zu uns heruntersah, hielten wir auch inne. Wir schauten zu ihr hoch, geblendet von ihrem grellen Licht.

Sie fragte: »Ryoktosan hat Republikflucht begangen?«

Wir schwiegen. In der Stille hörten wir Genosse Buc unermüdlich weiter über gesteinigte und gehängte Kinder reden.

Q-Ki stöhnte auf vor bitterer Enttäuschung. »Ryoktosan also auch«, sagte sie kopfschüttelnd. »Gibt es denn nur noch Schlappschwänze?«

Dann sprangen zum Glück die Pumpen an und übertönten alles andere.

ALS KOMMANDANT GA zu Sun Moons Haus zurückkehrte, trug er die Westernpistole an der Hüfte. Bevor er an die Tür klopfen konnte, hatte Brando schon das ganze Haus über seine Ankunft informiert. Sun Moon öffnete ihm in einem einfachen *Chosŏnot* mit weißem *Jeogori* und einem hellgeblümten *Chima*. Es war das Kostüm des Bauernmädchens, das sie im Film *Eine wahre Tochter des Vaterlands* getragen hatte.

An diesem Tag verbannte sie Ga nicht in den Tunnel. Er war bei der Arbeit gewesen, und jetzt war er zu Hause und wurde begrüßt wie jeder Ehemann, wenn er aus dem Büro nach Hause kommt. Der Sohn und die Tochter standen in ihren Schuluniformen stramm, obwohl sie gar nicht in der Schule gewesen waren. Seit seiner Ankunft hatte Sun Moon sie nicht aus den Augen gelassen. Er nannte das Mädchen *Mädchen* und den Jungen *Junge*, weil Sun Moon sich weigerte, ihm ihre Namen zu verraten.

Die Tochter hielt ihm ein Holztablett hin. Darauf lag ein dampfendes Tuch, mit dem er sich den Staub von Gesicht, Nacken und Händen wischte. Auf dem Tablett des Jungen waren verschiedene Medaillen und Anstecknadeln versammelt, die sein Vater dort abgelegt hatte. Ga leerte die Taschen auf das Tablett aus – ein paar alte Won, U-Bahn-Fahrkarten, seinen Ministeriumsausweis – und durch die Vermischung dieser Dinge wurden die zwei Kommandanten Ga eins. Als eine Münze zu Boden fiel, zuckte der Junge erschrocken zusammen. Wenn der Geist von Kommandant Ga irgendwo herumspukte, dann hier, in der ängstlichen Haltung der Kinder, in der Bestrafung, mit der sie jederzeit zu rechnen schienen.

Als Nächstes hielt ihm seine Frau einen *Dobok* wie einen Vorhang hin, damit er sich diskret vor ihnen ausziehen konnte. Als der *Dobok* zugebunden war, wandte sich Sun Moon an die Kinder.

»Geht«, sagte sie. »Geht und übt auf euren Instrumenten.«

Als sie weg waren, wartete sie schweigend auf die ersten Tonleitern, und als ihr die Aufwärmübungen nicht laut genug waren, ging sie in die Küche, wo der Lautsprecher lief und sie mit Sicherheit nicht überhört werden konnte. Ga folgte ihr und sah, wie sie das Gesicht verzog, als aus dem Lautsprecher die neue Operndiva mit *Ein Meer von Blut* zu hören war.

Sun Moon nahm ihm den Revolver ab. Sie öffnete die Trommel und vergewisserte sich, dass die Kammern leer waren. Dann deutete sie mit dem Griff auf ihn. »Ich muss wissen, wie du an diese Pistole gekommen bist«, sagte sie.

»Das ist eine Sonderanfertigung«, erwiderte er. »Ein Einzelstück.«

»Oh, ich kenne diese Waffe gut. Sag mir, wer sie dir gegeben hat.«

Sie schob einen Stuhl an den Küchenschrank und stieg darauf. Sie langte weit nach oben und verstaute die Waffe im obersten Fach.

Er beobachtete, wie sich ihr Körper unter dem *Chosŏnot* streckte. Der Saum hob sich und gab ihre Knöchel frei, sie balancierte auf den Zehenspitzen. Er schaute hoch zum Schrank und fragte sich, was sonst noch darin sein mochte. Die Pistole von Kommandant Ga lag auf dem Rücksitz des Mercedes, trotzdem fragte er: »Trug dein Mann eine Waffe?«

»Trägt«, verbesserte sie ihn.

»Trägt dein Mann eine Waffe?«

»Du hast meine Frage nicht beantwortet«, gab sie zurück.

»Ich kenne die Waffe, die du mitgebracht hast. Sie hat schon in einem halben Dutzend Filmen als Requisite gedient. Es ist die Pistole mit Perlmuttgriff, die der kaltblütige amerikanische Offizier mit dem Cowboy-Gehabe immer benutzt, um die Zivilisten zu erschießen.«

Sie stieg vom Stuhl und schob ihn zurück an den Tisch. Kratzer auf dem Boden zeugten davon, dass sich diese Szene schon häufiger abgespielt hatte.

»Dak-Ho hat sie dir aus dem Requisitenlager geholt«, sagte sie. »Entweder will er mir damit irgendetwas sagen, oder hier spielt sich etwas ab, was ich nicht verstehe.«

»Der Geliebte Führer hat sie mir gegeben.«

Sun Moon machte ein gequältes Gesicht. »Ich kann diese Stimme nicht ertragen«, klagte sie. Die neue Diva war bei der Arie zum Andenken an den Märtyrertod der Scharfschützen von Myohyang angelangt. »Ich muss hier raus«, stöhnte sie und trat hinaus auf den Balkon.

Er folgte ihr in die warme Nachmittagssonne. Der Blick vom Taesong ging über ganz Pjöngjang hinweg. Unter ihnen kreisten die Schwalben über dem Botanischen Garten. Auf dem Friedhof bereiteten sich alte Menschen auf ihren Tod vor, indem sie, mit Wachspapierschirmen gegen die Sonne geschützt, die Gräber der Verstorbenen besuchten.

Sun Moon rauchte eine Zigarette, ihre Augen wurden feucht, und schon bald verlief ihre Schminke. Er stand neben ihr am Geländer. Er wusste nicht, woran man erkennt, ob eine Schauspielerin tatsächlich weint. Er wusste nur eins: Ob echt oder gespielt, die Tränen galten nicht ihrem Ehemann. Vielleicht weinte sie, weil sie siebenunddreißig war oder weil keine Freunde mehr zu Besuch kamen oder wegen der Art, wie ihre Kinder beim Spielen die Püppchen bestraften, wenn sie nicht brav waren.

»Der Geliebte Führer hat mir erzählt, dass er an einer neuen Filmrolle für dich arbeitet.«

Sun Moon drehte den Kopf weg und blies den Rauch aus. »Im Herzen des Geliebten Führers ist nur noch Platz für die Oper«, sagte sie und bot ihm den letzten Zug an.

Ga nahm die Zigarette und inhalierte.

»Ich wusste, dass du vom Land bist«, bemerkte sie. »Schau doch, wie du die Zigarette hältst. Was weißt du schon vom Geliebten Führer und davon, ob es einen neuen Film geben wird oder nicht?«

Ga griff nach ihren Zigaretten und zündete eine neue an, für sich selbst.

»Früher habe ich geraucht«, sagte er. »Aber im Gefängnis habe ich es mir abgewöhnt.«

»Sollte mir das etwas sagen, *im Gefängnis?*«

»Dort haben sie uns einen Film gezeigt. *Eine wahre Tochter des Vaterlands.*«

Sie lehnte sich zurück und stützte sich mit den Ellbogen auf das Geländer. Ihre Schultern hoben sich, ihre Hüftknochen zeichneten sich unter dem weißen *Chosŏnot* ab. Sie sagte: »Ich war noch ein Kind, als ich diesen Film gedreht habe. Ich hatte keine Ahnung von der Schauspielerei.«

Sie schaute ihn fragend an, als wolle sie wissen, wie die Häftlinge den Film gefunden hatten.

»Ich habe früher am Meer gelebt«, sagte er. »Für eine kurze Zeit hatte ich mal beinahe eine Ehefrau. Es hätte etwas werden können. Sie war die Frau eines Schiffskameraden, eine ziemliche Schönheit.«

»Aber wenn sie seine Frau war, war sie doch schon verheiratet«, sagte Sun Moon und sah ihn verwirrt an. »Warum erzählst du mir das?«

»Ihr Mann war weg«, antwortete Kommandant Ga. »Ihr

Mann ist ins Licht verschwunden. Wenn es im Lager nicht mehr auszuhalten war, habe ich versucht, an sie zu denken, an meine Beinahe-Frau, um stark zu bleiben.« Der Kapitän mit der Tätowierung seiner Frau auf der uralten Brust tauchte vor seinem inneren Auge auf – wie bläulich verwaschen die ursprünglich schwarze Tinte geworden war. Sie war unter der Haut des alten Mannes verlaufen, und das gestochen scharfe Bild war zum Aquarell verschwommen – zu einem bloßen Schatten der geliebten Frau. So war es ihm im Gefängnis mit der Frau des Zweiten Maats gegangen – ihr Bild war immer unschärfer geworden und ihm ganz allmählich aus dem Gedächtnis entschwunden. »Dann habe ich dich auf der Leinwand gesehen, und mir wurde klar, dass sie gar nicht so außergewöhnlich war. Sie konnte singen, sie war ehrgeizig, aber du hast mir gezeigt, dass sie nur beinahe eine Schönheit war. In Wirklichkeit war es dein Gesicht, das ich sah, wenn ich an die Frau dachte, die in meinem Leben fehlt.«

»Diese Beinahe-Frau«, fragte Sun Moon. »Was ist aus ihr geworden?«

Er zuckte mit den Schultern.

»Nichts?«, fragte sie. »Du hast sie nie wieder gesehen?«

»Wo hätte ich sie sehen sollen?«, fragte er.

Ihm war es nicht aufgefallen, aber Sun Moon hatte bemerkt, dass ihre Kinder mit dem Üben aufgehört hatten. Sie ging zur Tür und schimpfte mit ihnen, bis sie wieder anfingen.

Sie schaute ihn an. »Du solltest mir wohl erzählen, warum du ins Lager gekommen bist.«

»Ich war in Amerika, wo mein Geist vom Kapitalismus besudelt wurde.«

»In Kalifornien?«

»Texas«, antwortete er. »Da habe ich den Hund her.«

Sie verschränkte die Arme. »Das gefällt mir alles gar nicht«, sagte sie. »Du gehörst sicher zum Plan meines Mannes, er muss dich als Double oder so etwas geschickt haben – sonst hätten dich seine Freunde längst umgebracht. Ich verstehe nicht, warum du hier sein und mir solche Dinge erzählen kannst, und dich hat noch keiner halb totgeschlagen.«

Sie schaute hinunter auf Pjöngjang, als wäre die Antwort dort unten zu finden. Die Gefühle huschten ihr übers Gesicht wie wechselndes Wetter – Unsicherheit, als würden Wolken die Sonne verdecken, dann blitzte Reue auf, ihre Lider zuckten, als würden die ersten Regentropfen niedergehen. Sie war eine große Schönheit, das war unbestritten, aber jetzt stellte er fest, dass er sich im Lager aus einem ganz anderen Grund in sie verliebt hatte: Weil alles, was in ihrem Herzen vorging, sofort auf ihrem Gesicht abzulesen war. Darin bestand ihre große Kunst, in dieser außergewöhnlichen Eigenschaft. Man bräuchte zwanzig Tätowierungen, um all ihre Stimmungen einzufangen. Dr. Song hatte es bis nach Texas geschafft, wo er ein Barbecue miterlebt hatte. Gil hatte Whiskey geschlürft und eine japanische Kellnerin zum Lachen gebracht. Und er – er stand hier, auf Kommandant Gas Balkon, neben Sun Moon, deren Gesicht nass von Tränen war, und zu seinen Füßen lag Pjöngjang. Was von nun an mit ihm geschehen würde, spielte keine Rolle mehr.

Er lehnte sich zu ihr hinüber. Das würde den Augenblick vollkommen machen: Sie zu berühren. Ihr eine Träne von der Wange wischen zu dürfen, würde ihn für alles entschädigen.

Sie beäugte ihn argwöhnisch. »Du hast etwas über den Mann deiner Beinahe-Frau gesagt. Du hast gesagt, er wäre ins Licht entschwunden. Hast du ihn getötet?«

»Nein«, erwiderte er. »Der Mann hat Republikflucht begangen. Er ist mit einem Rettungsboot geflüchtet. Als wir ihn gesucht haben, stand die aufgehende Sonne so hell über dem Wasser, dass es aussah, als hätte ihn das Licht verschluckt. Er hatte das Bild seiner Frau auf die Brust tätowiert, sodass er sie immer bei sich hatte, auch wenn sie ohne ihn zurückblieb. Ich würde das nie tun – dich alleine zurücklassen.«

Die Antwort gefiel ihr nicht, genauso wenig wie sein Ton, das merkte er. Doch seine Geschichte war jetzt auch Teil ihrer Geschichte. Daran ließ sich nichts ändern. Er streckte die Hand aus, um ihre Wange zu berühren.

»Komm mir nicht zu nah«, warnte sie ihn.

»Bei deinem Mann, falls du das wissen willst, war es die Dunkelheit«, sagte er. »Dein Mann ist ins Dunkel verschwunden.«

Von irgendwo unten hörte man das Dröhnen eines Lkws. Es kamen selten Fahrzeuge den Berg hoch, weshalb Ga hinunter in den Wald starrte und hoffte, durch eine Baumlücke einen Blick darauf zu erhaschen.

»Du kannst unbesorgt sein«, verkündete Ga. »Die Sache ist nämlich die: Der Geliebte Führer hat einen Auftrag für mich. Wenn der abgeschlossen ist, wirst du mich vermutlich nie wiedersehen.«

Er schaute sie an, um zu sehen, ob sie ihn verstanden hatte.

»Ich habe jahrelang mit dem Geliebten Führer zusammengearbeitet«, sagte sie. »Zwölf Spielfilme. Bei ihm kann man sich nie sicher sein.«

Das Dröhnen wurde immer lauter, ein schwerer Diesel mit einem deutlichen Knirschen im Getriebe. Nebenan trat Genosse Buc auf seinen Balkon und starrte hinunter in den Wald. Er brauchte das Fahrzeug nicht zu sehen, um zu wissen, was los war. Er und Ga warfen sich sorgenvolle Blicke zu.

Genosse Buc rief ihnen zu: »Kommt zu uns herüber, wir haben nicht viel Zeit!«

Dann ging er ins Haus.

»Was ist das?«, fragte Sun Moon.

Ga erwiderte: »Eine Krähe.«

»Was ist eine Krähe?«

Sie standen am Geländer und warteten, dass das Fahrzeug auf der Straße sichtbar wurde. »Das da«, zeigte er, als die schwarze Abdeckplane zwischen den Bäumen auftauchte. »Das ist eine Krähe.« Einen Moment schauten sie dem Wagen zu, der sich langsam die Serpentinen zu ihrem Haus hocharbeitete.

»Das verstehe ich nicht«, sagte sie.

»Da gibt es nichts zu verstehen«, entgegnete er. »Das ist der Laster, der Leute abholt.«

Im Lager 33 hatte er oft darüber nachgedacht, was er aus dem Flugzeughangar mitgenommen hätte, wenn er auch nur geahnt hätte, dass er auf dem Weg in ein Straflager war. Eine Nadel, einen Nagel, eine Rasierklinge – was hätte er im Lager für so etwas gegeben! Aus einem einfachen Stück Draht hätte er eine Vogelfalle fabrizieren können. Ein Gummiband hätte man als Auslöser für eine Rattenfalle benutzen können. Wie oft hatte er sich einen Löffel zum Essen gewünscht. Aber jetzt hatte er andere Sorgen.

»Du gehst mit den Kindern in den Tunnel«, sagte Ga. »Ich geh raus zu dem Wagen.«

Sun Moon sah Ga mit schreckgeweiteten Augen an.

»Was geht hier vor sich?«, wollte sie wissen. »Wohin bringt einen dieser Wagen?«

»Was denkst du denn, wo er einen hinbringt?«, fragte er. »Wir haben keine Zeit. Schaff du die Kinder nach unten. Die sind hinter *mir* her.«

»Ich gehe nicht allein da runter«, sagte sie. »Ich war noch nie da unten. Du kannst uns nicht allein in irgendeinem Loch sitzenlassen.«

Genosse Buc trat wieder hinaus auf seinen Balkon. Er knöpfte sich den Hemdkragen zu. »Kommt rüber«, rief er und warf sich eine schwarze Krawatte um den Hals. »Wir sind fertig. Die Zeit ist knapp, ihr müsst zu uns kommen!«

Stattdessen ging Ga in die Küche und blieb vor dem Waschbottich auf dem Boden stehen. Der Bottich war auf einer Falltür befestigt, unter der sich die Leiter in den Tunnel befand. Ga klappte die Tür auf, atmete tief durch und stieg hinunter. Er versuchte, nicht an den Mineneingang im Straflager 33 zu denken, durch den er das Bergwerk jeden Morgen im Dunkeln betreten und jeden Abend im Dunkeln verlassen hatte.

Sun Moon kam mit den Kindern nach. Ga half ihnen hinunter und zog an der Strippe, mit der das Licht eingeschaltet wurde. Bevor Sun Moon herunterstieg, sagte er zu ihr: »Hol die Waffen.«

»Nein«, erwiderte sie. »Keine Waffen.«

Ga half ihr nach unten und machte die Falltür zu. Ihr Mann hatte einen Draht zurechtgebastelt, mit dem man den Pumpenschwengel bedienen konnte, sodass sich der Bottich mit ein paar Litern Wasser füllte und den Eingang tarnte.

Sie blieben einen Moment zu viert neben der Leiter stehen, während die Glühbirne am Kabel hin und her schwang, und konnten nichts sehen. Als ihre Augen sich an das Licht gewöhnt hatten, sagte Sun Moon: »Kommt, Kinder«, und nahm sie bei den Händen. Sie gingen in die Dunkelheit hinein, nur um festzustellen, dass der Tunnel nach fünfzehn Metern zu Ende war und gerade mal bis unter die Straße reichte.

»Wo geht es weiter?«, fragte Sun Moon. »Wo geht es nach draußen?«

Ga ging ein paar Schritte auf sie zu, in die Dunkelheit hinein, blieb dann aber stehen.

»Es gibt keinen Fluchtweg?«, fragte sie. »Keinen Ausgang?« Sie kam auf ihn zu und sah ihn fassungslos an. »Was hast du all die Jahre hier unten gemacht?«

Ga wusste nicht, was er sagen sollte.

»Jahrelang«, sagte sie. »Ich dachte, hier unten wäre ein ganzer Bunker! Ich dachte, es gibt ein richtiges Tunnelsystem. Was hast du bloß die ganze Zeit hier gemacht?« An den Wänden reihten sich ein paar Säcke Reis und mehrere Getreidefässer mit intakten UN-Siegeln auf. »Hier unten ist nicht mal eine Schaufel«, stellte sie angewidert fest. Genau in der Mitte des Tunnels befand sich die einzige Einrichtung – ein Polstersessel sowie ein Bücherregal mit Flaschen voller Reiswein und DVDs. Sie nahm eine DVD heraus und streckte sie ihm entgegen. »Filme?!« Gleich würde sie losschreien.

Doch dann schauten alle hoch zur Decke: Erst ein Vibrieren, dann gedämpftes Motorengeräusch, und plötzlich löste sich Erdreich von der Tunneldecke und fiel ihnen ins Gesicht. Die Kinder gerieten in Panik, husteten und rieben sich die erdverschmierten Augen. Ga ging mit ihnen zurück zur Leiter, wo es heller war. Er wischte ihnen mit dem Ärmel seines *Dobok* die Gesichter ab. Er hörte, wie oben im Haus eine Tür geöffnet wurde, dann näherten sich über den Holzboden Schritte, und auf einmal öffnete sich die Falltür. Sun Moons Augen weiteten sich vor Schreck, und sie klammerte sich an Kommandant Ga. Als er hochschaute, sah er ein großes helles Quadrat. Im nächsten Moment erschien darin das Gesicht von Genosse Buc.

»Ich bitte euch, liebe Nachbarn«, sagte Genosse Buc. »Hier werden sie als Erstes suchen.«

Er streckte Ga die Hand entgegen.

»Keine Sorge«, sagte Genosse Buc. »Wir nehmen euch mit.«

Kommandant Ga ergriff seine Hand. »Gehen wir«, sagte

er zu Sun Moon, und als sie sich nicht rührte, brüllte er: »Jetzt!« Die kleine Familie kam zu sich und kletterte aus dem Tunnel. Zusammen liefen sie durch den Garten hinüber zu Bucs Küche.

Drinnen saßen Bucs Töchter um einen Tisch mit einem weiß bestickten Tischtuch. Bucs Frau zog gerade der letzten Tochter ein weißes Kleid über den Kopf, während Genosse Buc noch Stühle für die Gäste holte. Ga merkte, dass Sun Moon kurz davor war, die Nerven zu verlieren, aber die von Bucs Familie ausgehende Ruhe verbot ihr jede Szene.

Ga und Sun Moon saßen Bucs Familie gegenüber, zwischen ihnen der Junge und das Mädchen, alle vier verdreckt. In der Mitte des Tischs stand eine Büchse Pfirsiche, daneben lag ein Dosenöffner. Keiner beachtete die Krähe, die mit laufendem Motor draußen stand. Genosse Buc setzte einen Stapel gläserner Dessertschalen auf den Tisch vor sich und reichte dann Löffel herum. Sehr vorsichtig öffnete er die Pfirsichdose. Es war so still im Raum, dass man den Öffner einrasten und schneiden hören konnte, einrasten und schneiden. Das Blech gab nur unwillig nach, während der Öffner sich seinen gezackten Weg um den Rand bahnte. Ebenso vorsichtig bog Genosse Buc mit einem Löffel den Blechdeckel zurück, ohne dass dieser in Kontakt mit der Flüssigkeit kam. Schweigend saßen sie zu neunt um den Tisch und betrachteten die Pfirsiche. Dann betrat ein Soldat das Haus. Unter dem Tisch griff der Junge nach Gas Hand, und Ga drückte beruhigend die kleine Hand. Niemand rührte sich, als der Soldat an den Tisch trat. Er hatte keine glänzende Kalaschnikow oder sonst irgendeine für Ga sichtbare Waffe bei sich.

Genosse Buc tat so, als würde er ihn nicht sehen. »Das Wichtigste ist, dass wir zusammen sind«, sagte er, bevor er einen einzelnen Pfirsichschnitz in ein Schälchen löffelte. Er reichte es weiter, und bald stand auf dem Tisch ein Kreis aus Glasschälchen mit jeweils einem einzigen Stück Pfirsich darin.

Der Soldat stand eine Weile da und schaute zu.

»Ich suche Kommandant Ga«, sagte er. Offensichtlich war er nicht bereit zu glauben, dass einer dieser Männer der berühmte Kommandant Ga sein könnte.

»Ich bin Kommandant Ga.«

Draußen hörten sie eine Seilwinde quietschen.

»Das ist für Sie«, sagte der Soldat und übergab Ga einen Umschlag. Er enthielt einen Autoschlüssel und eine Einladung zu einem Staatsbankett am Abend, auf die von Hand hinzugefügt war: *Würdet ihr uns die Ehre erweisen?*

Vor dem Haus wurde ein hellblauer Mustang von der Ladefläche der Krähe heruntergelassen. Langsam senkte die Seilwinde den Wagen rückwärts über zwei Metallrampen ab. Der Mustang sah genauso aus wie die Oldtimer, die Ga in Texas kennengelernt hatte. Er ging zu dem Wagen und strich mit der Hand über den Kotflügel – auch wenn man es auf den ersten Blick nicht sah, verrieten ihm kleine Dellen und Unebenheiten in der Karosserie, dass die Außenhülle von Hand aus Rohmetall zurechtgeklopft worden war. Die Stoßstange war nicht aus Chrom gemacht, sondern mit Sterlingsilber überzogen, und die Rückleuchten bestanden aus mundgeblasenem rotem Glas. Ga steckte den Kopf unter den Wagen und sah ein Netz aus improvisierten Verstrebungen und aufgeschweißten Halterungen, die die selbstgebaute Karosserie mit dem Chassis eines sowjetischen Lada verbanden. Ausgestattet war der Wagen mit einem Mercedes-Motor.

Genosse Buc trat zu ihm. Er war offensichtlich bester Laune, erleichtert, überschwänglich geradezu. »Das ist ja fantastisch gelaufen da drinnen«, sagte er. »Ich wusste, dass wir die Pfirsiche nicht brauchen würden, ich hatte so ein Gefühl.

Trotzdem ist das gut für die Kinder, so ein Trockenlauf. Übung macht den Meister.«

»Was haben wir denn gerade geübt?«, fragte ihn Ga.

Buc lächelte nur ungläubig und drückte Ga eine ungeöffnete Büchse Pfirsiche in die Hand.

»Für dich, falls mal schlechte Zeiten kommen«, erklärte Buc. »Ich war dabei, als wir die Konservenfabrik 49 geschlossen haben, bevor sie abgefackelt wurde. Ich habe mir die letzte Kiste vom Fließband geholt.« Buc schüttelte immer noch beeindruckt den Kopf. »Du scheinst ja gegen alles gefeit zu sein, mein Freund«, sagte er. »Du hast etwas geschafft, was ich noch nie gesehen habe, und da wusste ich einfach, dass uns nichts passieren würde. Ich wusste es!«

Gas Augen waren gerötet, seine Haare voller Staub.

»Was habe ich denn geschafft?«, wollte er wissen.

Genosse Buc deutete auf das Auto, das Haus. »Das hier«, sagte er. »Das, was du machst.«

»Was mache ich denn?«

»Es gibt kein Wort dafür«, erwiderte Buc. »Es gibt kein Wort, weil es noch nie jemand getan hat.«

*

Sun Moon schloss sich für den Rest des Tages mit den Kindern im Schlafzimmer ein; es herrschte die Art von Stille, die nur der Schlaf schenkt. Selbst die Nachmittagsnachrichten aus dem Lautsprecher konnten sie nicht wecken. Unten im Tunnel war Kommandant Ga allein mit seinem Hund, der aus dem Maul nach rohen Zwiebeln stank und ein Kunststück nach dem anderen vollführte.

Als die tiefstehende Sonne sich schließlich rostrot verfärbte und der Dunst sich hell wie Bernstein im Fluss spiegelte, tauchte die Familie wieder auf. Sun Moon trug einen festlichen, platinfarbenen *Chosŏnot*, der so edel war, dass die Seide im einen Moment wie zerstoßene Diamanten schimmerte und im nächsten dunkel wirkte wie Ruß. Die *Goreum*-Schleife war mit Perlen bestickt. Während sie den Tee vorbereitete, nahmen die Kinder auf einem Podest Platz, um ihre Instrumente zu spielen. Das Mädchen nahm die antike *Gayageum*, die offenbar noch aus höfischen Zeiten stammte. Sie zupfte im traditionellen *Sanjo*-Stil, ohne die Handgelenke abzulegen. Der Junge versuchte, sie auf seiner *Taegŭm* zu begleiten, so gut er konnte. Seine Lunge war noch nicht kräftig genug für die schwierig zu spielende koreanische Querflöte, und weil seine Hände noch zu klein waren, um die höheren Töne zu greifen, sang er sie stattdessen.

Sun Moon kniete vor Kommandant Ga und begann mit der japanischen Teezeremonie. Während sie den Tee aus einer Erlenholzschachtel nahm und in einer Bronzeschale aufgoss, sagte sie: »Lass dich von diesen Gegenständen nicht täuschen«, und wies auf das Tablett, die Teeschalen, den Teebesen und den Schöpflöffel. »Sie sind nicht echt. Das sind nur Requisiten aus meinem letzten Film, *Die Trostfrau*. Leider ist er nie ins Kino gekommen.« Sie goss heißes Wasser in ein Bambusschälchen und schwenkte es, um es anzuwärmen – natürlich im Uhrzeigersinn. »Im Film muss ich den japanischen Offizieren den Nachmittagstee bereiten, bevor sie sich für den Rest des Abends über mich hermachen.«

»Bin ich in dieser Geschichte die Besatzungsmacht?«, fragte er.

Sie drehte seine Schale langsam in ihren Händen und wartete, bis der Tee ausreichend gezogen hatte. Bevor sie ihm die Schale reichte, hauchte sie einmal über die Oberfläche und prüfte, wie sie sich kräuselte. Der weite Rock ihres *Chosŏnot* lag schimmernd um sie ausgebreitet. Sie reichte ihm seinen Tee und verneigte sich dann vor ihm bis auf den Boden, sodass ihre Figur voll zur Geltung kam.

Mit der Wange auf den Dielen sagte sie: »Es war nur ein Film.«

Während Sun Moon seine eleganteste Uniform heraussuchte, trank Ga seinen Tee und lauschte der Musik. Auf der Westseite fiel das Licht schräg ein, und es war, als habe man freie Sicht bis nach Namp'o und zur Koreabucht. Das Lied der Kinder war einfach, aber gewandt, und wenn sie die Töne einmal nicht trafen, machte das die Musik angenehm spontan. Sun Moon kleidete Ga an und heftete ihm die passenden Orden an die Brust. »Dieser hier«, sagte sie, »ist vom Geliebten Führer persönlich.«

»Wofür ist der?«

Sie zuckte mit den Achseln.

»Steck ihn ganz oben dran«, sagte er.

Sie hob die Augenbrauen angesichts dieser weisen Entscheidung und gehorchte. »Und dieser wurde von General Guk für nicht näher benannte Heldentaten verliehen.«

Ihre Schönheit und die Aufmerksamkeit, mit der sie ihn behandelte, hatten ihn abgelenkt. Er vergaß, wer er war. »Findest du mich heldenhaft?«, fragte er.

Sie knöpfte die Brusttasche seiner Uniform zu und zog seine Krawatte ein letztes Mal zurecht.

»Ich weiß nicht, ob du ein Freund oder ein Feind meines Mannes bist. Aber du bist ein Mann, und du musst mir versprechen, meine Kinder zu beschützen. Es darf nie wieder so weit kommen wie heute.«

Er zeigte auf einen großen Orden, den sie ihm nicht angesteckt hatte. Ein scharlachroter Stern mit der goldenen Juche-Flamme im Hintergrund. »Was ist das für einer?«, wollte er wissen.

»Bitte«, sagte sie. »Versprich es mir.«

Er nickte und sah ihr fest in die Augen.

»Dieser Orden war für den Sieg über Kimura in Japan«, erklärte sie. »Eigentlich war er aber dafür, dass du aus Japan zurückgekommen bist. Der Orden war nur ein Teil der Belohnung.«

»Was für eine Belohnung?«

»Dieses Haus, deine Stellung – und anderes.«

»Republikflucht? Wer würde denn nicht zu dir zurückkehren?«

»Gute Frage«, erwiderte sie. »Doch damals gehörte meine Hand noch nicht Kommandant Ga.«

»Ich habe also Kimura besiegt, richtig? Dann steck ihn mir an.«

»Nein«, sagte sie.

Ga nickte. Er vertraute ihrem Urteil.

»Soll ich die Pistole anlegen?«, fragte er.

Sie schüttelte den Kopf.

Vor dem Gehen hielten sie inne und betrachteten den Goldgurt in seiner beleuchteten Vitrine. Jeder Besucher musste sie beim Betreten des Hauses als Erstes erblicken. »Mein Mann ...«, sagte Sun Moon, beendete den Gedanken jedoch nicht.

*

Auf der Fahrt besserte sich ihre Stimmung. Die Sonne war untergegangen, doch der Himmel war immer noch blassblau. Bei der Armee hatte Ga nur Lkws gefahren, aber mit der Zeit gewöhnte er sich an den Mustang, obwohl der Mercedes-Motor dem kleinen Lada-Getriebe ziemlich zusetzte. Das Wageninnere dagegen war vom Allerfeinsten – das Armaturenbrett aus Mahagoni, die Anzeigen aus Perlmutt. Zuerst wollte Sun Moon allein auf dem Rücksitz sitzen, aber er hatte sie überredet, mit nach vorn zu kommen, weil die Damen in Amerika auch neben ihren Männern sitzen. »Gefällt dir dieser Wagen, der Mustang?«, fragte er. »Die Amerikaner machen die besten Autos. So eins wie das hier wird dort sehr geschätzt.«

»Ich kenne dieses Auto«, sagte sie. »Ich bin schon darin gefahren.«

»Das bezweifle ich«, erwiderte Ga. Sie schlängelten sich den Berg hinunter, gerade schnell genug, um der Staubwolke zu entkommen, die ihnen folgte. »Das hier ist mit Sicherheit der einzige Mustang in ganz Pjöngjang. Der Geliebte Führer hat ihn anfertigen lassen, um den Amerikanern einen Schlag ins Gesicht zu versetzen – um ihnen zu zeigen, dass wir eines ihrer Autos bauen können, nur besser und stärker.«

Sun Moon fuhr mit den Händen über die Polster. Sie klappte die Sonnenblende herunter und betrachtete sich im Spiegel. »Nein«, widersprach sie. »In diesem Auto habe ich schon gesessen. Es gehörte in einem meiner Filme zur Ausstattung. Der, in dem die Amerikaner besiegt werden und MacArthur auf der Flucht gefangengenommen wird. Der Feigling versucht in diesem Auto hier zu flüchten. Ich hatte eine Szene genau hier, auf diesem Sitz. Ich musste den Verräter küssen, um an Informationen heranzukommen. Aber das ist schon viele Jahre her.«

Über Filme zu reden verdarb ihr offensichtlich die Laune.

Sie fuhren am Friedhof der Revolutionshelden vorbei. Die Sŏng'un-Wachen mit ihren goldenen Gewehren hatten schon Feierabend gemacht, und zwischen den langen Schatten der bronzenen Büsten huschten nur noch vereinzelt Männer und Frauen umher. In der einbrechenden Dunkelheit sammelten diese geisterhaften Figuren geduckt und mit raschen Bewegungen sämtliche Blumen von den Gräbern.

»Ständig stehlen sie die Blumen«, bemerkte Sun Moon im Vorbeifahren. »Das regt mich so auf. Mein Großonkel liegt dort, wusstest du das schon? Kannst du dir vorstellen, wie das für unsere Vorfahren ist, wie sehr sie das beleidigen muss?«

Ga fragte sie: »Was glaubst du, warum sie die Blumen stehlen?«

»Ja, das ist die Frage, nicht wahr? Wer würde so etwas tun? Was ist mit unserem Land los?«

Mit einem kurzen Seitenblick registrierte er die Ungläubigkeit, die ihr ins Gesicht geschrieben stand. War sie nie so hungrig gewesen, dass sie eine Blume gegessen hatte? Wusste sie nicht, dass man Gänseblümchen, Taglilien, Stiefmütterchen und Ringelblumen essen konnte? Dass jemand, der am Verhungern war, auch die wunderhübschen Blüten der Veilchen und sogar die bitteren Stängel vom Löwenzahn und die wattigen Hagebutten verschlingen würde?

Sie fuhren über die Chongnyu-Brücke, dann weiter durch den südlichen Teil der Stadt und überquerten den Fluss erneut an der Yanggak-Insel. Es war Zeit fürs Abendessen, und der Geruch von Holzfeuern lag in der Luft. Im Zwielicht erinnerte ihn der Taedong an das Wasser im Grubenschacht, dunkel wie Erz und eiskalt. Er folgte ihrer Anweisung, die Sösŏng-Straße in Richtung Pot'ong zu nehmen, doch zwischen den dicht an dicht stehenden Wohnblöcken an der Chollima knallte etwas auf ihre Motorhaube. Ein Schuss, dachte er zuerst, oder irgendein Zusammenstoß. Ga hielt mitten auf der Straße an, beide stiegen aus und ließen die Türen offen stehen.

Die Straße war breit und unbeleuchtet, nirgends war ein anderes Auto zu sehen. Es war die Stunde der Abenddämmerung, in der Blau und Grau miteinander verschmolzen. Am Straßenrand standen Leute, die Rüben grillten – der bittere

Rauch hing hüfthoch über dem Boden. Die Leute liefen beim Auto zusammen, weil sie sehen wollten, was passiert war. Auf der Motorhaube lag ein junges Zicklein, die Hörner kleine Stummel, die Augen unstet und feucht. Einige der Umstehenden schauten nach oben zu den Dächern, auf denen weitere Tiere grasten, während am Himmel die ersten Sterne erschienen. Blut war nicht zu sehen, doch die kleinen Augen des Zickleins wurden glasig und füllten sich mit Blut. Sun Moon hielt sich die Hände vors Gesicht, und Ga legte ihr die Hand auf die Schulter.

Plötzlich stürzte eine junge Frau aus der Menge vor. Sie griff sich das Zicklein und flüchtete in rasendem Tempo die Straße hinunter. Von hinten sahen sie nur noch den wackelnden Kopf der Ziege, deren blutiger Speichel der Frau den Rücken herunterlief. Dann bemerkte er, dass die Menge nun ihn anstarrte. Für sie war er in seiner schicken Uniform mit seiner schönen Frau ein *Yangban*.

※

Sie kamen mit Verspätung im Großen Opernhaus des Volkes an. Es war fast leer, bis auf ein paar Dutzend Paare, die in kleinen Grüppchen zusammenstanden. Ihre Gespräche wurden von den hohen Decken, den rauschenden schwarzen Seidenvorhängen und maulbeerfarbenen Teppichen zu einem leisen Gemurmel gedämpft. Auf einem der oberen Ränge stand ein Tenor. Mit gefalteten Händen sang er »Arirang«, während unten die Menschen trotz der Getränke und Delikatessen nur mühsam die Leere zu füllen vermochten, bis sie mit der geistreichen Gegenwart des Geliebten Führers belohnt wurden.

»*Arirang, Arirang*«, sang der Tenor. »*Aa-raa-rii-yoo.*«

»Das«, erklärte ihm Sun Moon, »ist Dak-Ho. Er leitet das

Zentrale Filmstudio. Aber eine sehr schöne Stimme hat er, das muss man ihm lassen.«

Kommandant Ga und Sun Moon gingen zögerlich auf die anderen Paare zu. Wie schön sie war, als sie den Raum mit kleinen Schritten durchquerte und der Faltenwurf der koreanischen Seide ihre Figur so perfekt umschmeichelte!

Die Männer erwiderten Sun Moons Gruß als Erste. In ihren Ausgehuniformen und Parteianzügen zeigten sie ihr goldenes Lächeln, gerade so, als hätte Sun Moon nicht lange Zeit durch Abwesenheit von der Welt der *Yangbans* geglänzt. Die geplatzte Premiere ihres letzten Films und ihr Erscheinen mit einem Fremden in der Uniform ihres Mannes schienen sie nicht zu interessieren. Als wäre all das kein Zeichen, dass sie eine aus ihren Reihen verloren hatten. Die Frauen dagegen zeigten offene Häme – vielleicht dachten sie, wenn sie sich geschlossen gegen Sun Moon stellten, würden sie von ihr nicht mit der Krankheit angesteckt, die sie am meisten fürchteten.

Abrupt blieb Sun Moon stehen und drehte sich zu Ga um, als hätte sie das plötzliche Verlangen, ihn zu küssen. Sämtlichen Frauen den Rücken zugewandt, blickte sie Ga in die Augen, als würde sie ihr eigenes Spiegelbild darin suchen. »Ich bin eine talentierte Schauspielerin und du bist mein Ehemann«, sagte sie. »Ich bin eine talentierte Schauspielerin und du bist mein Ehemann.«

Ga schaute in ihre verunsicherten, nervösen Augen.

»Du bist eine talentierte Schauspielerin«, bestätigte er. »Und ich bin dein Ehemann.«

Dann drehte sie sich strahlend um, und sie schritten weiter.

Ein Mann löste sich aus der Gruppe, um die beiden abzufangen.

Als er sich näherte, erstarrte Sun Moon zur Salzsäule. »Kommandant Park«, begrüßte sie ihn. »Wie geht es Ihnen?«

»Großartig, danke«, sagte er zu Sun Moon und küsste ihr mit einer tiefen Verbeugung die Hand. Beim Aufrichten sagte er: »Und Kommandant Ga, wie lange haben wir uns nicht gesehen!«

Parks Gesicht war von einem Seegefecht mit einem südkoreanischen Patrouillenboot gezeichnet.

»Viel zu lange, Kommandant Park, viel zu lange.«

»Stimmt«, erwiderte Park. »Aber sagen Sie mal, fällt Ihnen eine Veränderung an mir auf?«

Ga sah sich Parks Uniform an, seine dicken Ringe und seine Krawatte, konnte jedoch den Blick nicht von den tiefen Narben auf seiner einen Gesichtshälfte abwenden.

»Zweifellos eine sehr erfreuliche Veränderung«, entgegnete Ga.

»Tatsächlich?«, erwiderte Kommandant Park verwundert. »Ich hätte erwartet, dass Sie wütend wären – bei Ihrem legendären Ehrgeiz.«

Ga warf Sun Moon einen schnellen Blick zu.

Er dachte, sie würde diesen Moment vielleicht genießen, aber ihr Gesicht wirkte angespannt und äußerst wachsam.

Kommandant Park befingerte einen Orden an seiner Brust. »Sie bekommen auch eines Tages Ihr Sŏn'gun-Kreuz«, sagte er. »Natürlich wird es nur einmal im Jahr verliehen, aber davon sollten Sie sich nicht beeindrucken lassen.«

Ga erwiderte: »Dann werde ich vielleicht der Erste sein, der es zweimal hintereinander erhält.«

Kommandant Park lachte. »Der war gut, Ga. Das ist so typisch.« Er legte Ga eine Hand auf die Schulter, als wolle er ihm eine scherzhafte Bemerkung ins Ohr flüstern. Stattdessen griff er ihn am Kragen, riss ihn nach vorn und versetzte ihm mit seiner harten Faust einen teuflischen Aufwärtshaken in den Bauch, unter den Rippen direkt in die Leber. Und dann schlenderte Park davon.

Sun Moon stützte Ga und wollte ihn zu einem Sitzplatz führen, doch nein, er wollte stehen bleiben.

»Dass das bei euch Männern immer so enden muss«, zischte sie.

Zwischen zwei flachen Atemzügen fragte Ga sie: »Wer war das?«

Sun Moon antwortete: »Das war dein bester Freund.«

Die Grüppchen in der Nähe des Buffets widmeten sich wieder ihren Gesprächen.

Ga hielt sich die Seite, dann nickte er. »Ich glaube, ich setze mich doch lieber hin«, sagte er, und sie nahmen an einem leeren Tisch Platz. Sun Moon beobachtete jede Bewegung der anderen Gäste und versuchte, ihre Gespräche anhand ihrer Gesten zu entschlüsseln.

Eine Frau kam allein auf sie zu. Sie wirkte nervös und hielt ein Glas Wasser für Ga in der Hand. Sie war kaum älter als Sun Moon, doch ihre Hände zitterten so stark, dass das Wasser immer wieder über den Rand schwappte. Auf der anderen Hand balancierte sie einen Teller voller Garnelen.

Ga nahm das Glas und trank trotz der Schmerzen, die ihm das Schlucken bereitete.

Die Frau holte ein Stück Wachspapier aus der Tasche und legte die Garnelen darauf. »Mein Mann«, begann sie. »Er ist nicht älter als ich. Er hat ein gutes Herz, mein Mann. Damit will ich sagen, dass er eingegriffen hätte bei dem Vorfall, den wir da eben erlebt haben. Er konnte es nicht ertragen, wenn jemandem Leid zugefügt wurde. Er musste einfach eingreifen.«

Ga sah zu, wie sie eine Garnele nach der anderen auf das

Papier legte. Er starrte die weißliche Schale und die schwarzen Knopfaugen an – das waren die blinden Tiefseegarnelen, für die sie auf der *Junma* ihr Leben aufs Spiel gesetzt hatten.

»Nicht, dass mein Mann irgendwelche besonderen Merkmale hätte«, fuhr sie fort. »Also eine Narbe oder ein Muttermal oder so. Er ist ein ganz normaler Mann um die fünfundvierzig, mit angegrautem Haar.«

Ga hielt sich die schmerzende Seite. Sun Moon sagte ungeduldig: »Bitte gehen Sie.«

»Ja, sofort«, sagte die Frau. Sie schaute Ga an. »Könnte es sein, dass Sie ihn gesehen haben, dort, wo Sie waren?«

Ga setzte das Glas ab. »Dort, wo ich war?«, fragte er.

»Es gibt Gerüchte«, fuhr die Frau fort. »Die Leute wissen, wo Sie herkommen.«

»Sie müssen mich mit jemandem verwechseln«, erwiderte er. »Ich bin kein Häftling. Ich bin Kommandant Ga. Ich bin der Minister für Gefängnisbergwerke.«

»Bitte«, sagte die Frau. »Ich muss meinen Mann wiederhaben, ich kann – alles ist sinnlos ohne ihn. Er heißt –«

»Nein«, sagte Sun Moon. »Sagen Sie uns nicht, wie er hieß.«

Die Frau schaute von Sun Moon zu Ga. »Stimmt es, ich meine, haben Sie davon gehört, dass es ein Lobotomielager gibt?«, fragte sie. In der zitternden Hand hielt sie eine Garnele, die blind herumzappelte.

»Was?«, fragte Ga.

»Nein«, sagte Sun Moon. »Hören Sie auf.«

»Sie müssen mir helfen, ihn zu finden. Ich habe gehört, allen Männer wird das Gehirn amputiert, wenn sie ankommen – dann arbeiten sie in alle Ewigkeit wie die Zombies.«

»Es ist keine Operation nötig, um jemanden dazu zu bringen, so zu arbeiten«, antwortete er.

Sun Moon erhob sich, nahm Gas Arm und führte ihn weg.

Die beiden mischten sich unter die Grüppchen am Buffet. Dann wurde das Licht schummriger, und die Kapelle fing an, ihre Instrumente zu stimmen. »Was geschieht jetzt?«, fragte er.

Sie zeigte auf einen gelben Vorhang vor einer Loge im zweiten Rang.

»Dort wird der Geliebte Führer erscheinen«, sagte sie und machte einen Schritt von ihm weg. »Ich muss mit den Leuten über meinen Film reden. Ich muss herausfinden, was aus der *Trostfrau* geworden ist.«

Ein Scheinwerfer-Spot erschien auf dem gelben Vorhang, doch anstelle von »Wir folgen dir auf ewig« begann die Kapelle, eine aufwühlende Version der »Ballade von Ryoktosan« zu spielen. Der Tenor fing an, von Ryoktosan zu singen, dem pausbäckigen Riesen aus Süd-Hamgyŏng. Dem Bauernjungen, der die japanischen Kämpfer von ihrem Thron stieß! Dem pausbäckigen Riesen, der Sakuraba überwältigte! Doch mit dem Gurt um die Hüften sehnte er sich nur noch nach seiner Heimat. Sein einziger Wunsch war es, als Held in sein geliebtes Heimatland Korea heimzukehren! Doch unser Champion wurde geraubt und gemeuchelt, erstochen von den schamlosen Japanern. Ein urintriefendes japanisches Messer zwang den großen Ryoktosan in die Knie.

Es dauerte nicht lange, und die Menge fiel mit ein. Die Leute wussten, wann sie mit den Füßen zu stampfen und zweimal zu klatschen hatten. Jubel brach aus, als die schweren, bombensicheren Feuertüren hinter dem Vorhang geräuschvoll auseinandergeschoben wurden. Und als der gelbe Vorhang sich teilte, stand dort eine zierliche Gestalt mit rundem Bauch in einem weißen *Dobok* und einer Maske, die dem großen, runden Gesicht von Ryoktosan nachempfunden war.

Die Menge tobte. Im nächsten Moment flitzte der kleine Taekwondo-Kämpfer die Stufen hinunter, um eine Ehrenrunde durch die Gästeschar zu drehen. Er schnappte sich von jemandem ein Glas Cognac und schlürfte ihn durch das Loch in seiner Maske aus. Dann trat er vor Kommandant Ga, verbeugte sich in aller Förmlichkeit und nahm eine Taekwondo-Haltung ein.

Kommandant Ga wusste nicht, was er tun sollte. Die Gäste bildeten einen großen, lockeren Kreis um ihn und den kleinen Mann mit den erhobenen Fäusten. Plötzlich standen die beiden im Scheinwerferlicht. Der kleine Mann hüpfte auf und ab, näherte sich schnell bis auf Schlagweite und tänzelte wieder davon. Ga schaute sich nach Sun Moon um, sah aber nichts als das grelle Scheinwerferlicht. Der Kämpfer federte auf Ga zu und vollführte eine Reihe von Luftschlägen und Schattentritten. Dann schlug der Zwerg aus heiterem Himmel zu – ein blitzartiger Hieb gegen den Hals.

Die Leute jubelten und fingen an, die Ballade mitzusingen.

Ga griff sich an die Kehle und beugte sich vor. »Bitte, mein Herr«, stieß er hervor, doch der kleine Mann lehnte sich gerade am Rand des Kreises gegen eine Frau, um zu verschnaufen und ein neues Glas zu leeren.

Plötzlich umkreiste ihn der Winzling von Neuem und ging wieder zum Angriff über – sollte Ga den Schlag abblocken, mit dem Mann diskutieren, weglaufen? Es war zu spät. Ga spürte, wie Knöchel sein Auge streiften, dann brannten seine Lippen und schwollen an, seine Nase explodierte. Hitze stieg ihm in den Schädel, Blut strömte ihm aus der Nase und in die Kehle. Und der kleine Ryoktosan führte zur allgemeinen Erheiterung ein Tänzchen vor, wie es die russischen U-Boot-Matrosen gern auf ihren nächtlichen Landgängen tanzten.

Ga standen die Tränen in den Augen, und er konnte nur verschwommen sehen. Und schon war der kleine Mann wieder da und landete einen linken Haken. Jetzt reagierte Gas malträtierter Körper reflexhaft, und seine Faust traf den Mann auf die Nase.

Laut zerbarst die Plastikmaske. Das Männchen stolperte ein paar Schritte zurück, das Blut tröpfelte ihm aus den Nasenlöchern. Ein Ächzen ging durch die versammelte Gästeschar. Der Mann wurde auf einen Stuhl gesetzt, man holte ein Glas Wasser, und schließlich nahm ihm jemand die Maske ab, unter der nicht der Geliebte Führer zum Vorschein kam, sondern ein kleiner, desorientierter Mann mit unauffälligen Gesichtszügen.

Der Scheinwerfer schoss nach oben zur Loge. Dort stand – Beifall klatschend – der echte Geliebte Führer.

»Dachtet ihr, das bin ich?«, rief er. »Dachtet ihr etwa, das bin ich?«

Der Geliebte Führer Kim Jong Il kam herzlich lachend die Treppe herunter, schüttelte Hände und ließ sich zu einem gelungenen Scherz gratulieren. Er blieb stehen, um nach dem kleinen Mann im *Dobok* zu schauen, und beugte sich über ihn, um seine Platzwunde in Augenschein zu nehmen. »Das ist mein Fahrer«, sagte der Geliebte Führer und schüttelte den Kopf über die blutende Nase des Männchens. Er tätschelte ihm die Schulter und bestellte seinen Leibarzt.

Im Saal wurde es totenstill, als der Geliebte Führer auf Kommandant Ga zuging.

Sun Moon drehte sich zur Seite, um näher heranzurücken und besser hören zu können.

»Nein, nein«, sagte der Geliebte Führer. »Du musst gerade stehen, damit die Blutung aufhört.« Trotz der Schmerzen in seinem Rumpf richtete Ga sich auf. Dann fasste der Geliebte

Führer Ga an die Nase, drückte von oben her die Nasenflügel zusammen und zog die Finger nach unten, um Blut und Rotz herauszupressen.

»Dachtest du, das wäre ich?«, fragte er Ga.

Ga nickte. »Ich dachte, das wären Sie.«

Der Geliebte Führer lachte und schleuderte den Schnodder von seinen Fingern. »Keine Sorge«, lachte er. »Die Nase ist nicht gebrochen.«

Dem Geliebten Führer wurde ein Taschentuch gereicht. Er wischte sich die Hände ab und richtete das Wort an die Gäste: »Er dachte, das wäre ich«, verkündete er zur allgemeinen Erheiterung. »Doch ich bin der wahre Kim Jong Il, ich bin der Echte.« Er zeigte auf seinen Fahrer, der die Augen weit aufriss. »Er ist der Hochstapler, er ist der Betrüger. Ich bin der wahre Kim Jong Il.«

Der Geliebte Führer faltete das Tuch und gab es Kommandant Ga für seine Nase. Dann reckte er Gas Arm in die Höhe. »Und das hier ist der wahre Kommandant Ga. Er hat Kimura besiegt, und jetzt wird er die Amerikaner besiegen.«

Der Geliebte Führer hob die Stimme, als würde er zu ganz Pjöngjang, ja zu ganz Nordkorea sprechen. »Wo ein wahrer Held gebraucht wird, haben wir Kommandant Ga«, verkündete er. »Wo ein Verteidiger der Nation gebraucht wird, haben wir Kommandant Ga. Applaus für den Träger des Goldgurts!«

Der Applaus war gewaltig und lang anhaltend. Leise sagte der Geliebte Führer zu ihm: »Verbeuge dich, Kommandant.«

Mit den Händen an der Hosennaht verbeugte Ga sich aus der Hüfte, hielt einen Moment inne und sah das Blut aus seiner Nase auf den Teppich des Opernhauses tropfen. Als er sich aufrichtete, erschien wie auf Kommando ein kleines Geschwader hübscher Kellnerinnen mit Tabletts voller Champagnergläser. Über ihnen stimmte Dak-Ho »Heimliche Helden« an, die Titelmelodie aus Sun Moons erstem Spielfilm.

Kommandant Ga schaute zu Sun Moon hinüber. Ihr Blick verriet, dass sie begriffen hatte, dass es keine Rolle spielte, ob ihr Mann tot oder lebendig war – er war ersetzt worden, und sie würde ihn nie wiedersehen.

Sie wandte sich ab, und er ging ihr nach.

An einem leeren Tisch holte er sie ein. Sie setzte sich zwischen die Mäntel und Taschen der anderen Gäste. »Was ist mit deinem Film?«, fragte er. »Was hast du herausgefunden?«

Ihre Hände zitterten. »Es wird keinen Film geben«, erwiderte sie. Die Trauer in ihrem Gesicht war echt, keine Spur von Schauspielerei.

Sie war kurz davor zu weinen. Er versuchte sie zu trösten, aber davon wollte sie nichts wissen.

»So was ist mir noch nie passiert«, schluchzte Sun Moon. »Alles ist schiefgegangen.«

»Nicht alles«, beruhigte er sie.

»Doch, alles«, widersprach sie. »Du weißt einfach nicht, was das für ein Gefühl ist. Du weißt nicht, wie es ist, wenn du ein Jahr lang an einem Film gearbeitet hast und sie ihn dann nicht zeigen. Du hast noch nie all deine Freunde verloren. Dir wurde nie dein Mann genommen.«

»So etwas darfst du nicht sagen«, ermahnte er sie. »Hör auf mit diesem Gerede.«

»So muss sich Hunger anfühlen«, sinnierte sie, »diese Leere innen drin. So müssen sich die Menschen in Afrika fühlen, die nichts zu essen haben.«

Mit einem Mal widerte sie ihn an.

»Du willst wissen, wie Hunger schmeckt?«, fragte er sie böse.

Vom Tischgesteck pflückte er das Blütenblatt einer Rose,

riss den hellen Ansatz ab und hielt ihr das Blatt an die Lippen. »Mund auf«, befahl er. Als sie seiner Aufforderung nicht folgte, wurde er gröber. »Aufmachen!« Ihre Lippen teilten sich und ließen das Blütenblatt hinein. Mit feuchtem Blick sah sie zu ihm auf. Und während sie langsam, ganz langsam, zu kauen begann, flossen ihre Augen über.

BÜRGER, versammelt euch in euren Küchen und Büros um die Lautsprecher für die nächste Folge der Besten Nordkoreanischen Kurzgeschichte des Jahres! Bei unserer letzten Begegnung mit dem feigen Kommandanten Ga erhielt er eine Taekwondo-Lektion vom Geliebten Führer persönlich! Lasst euch von der feschen Uniform und dem adrett gescheitelten Haar des Kommandanten nicht täuschen – er ist eine tragische Figur, die noch sehr, sehr tief fallen muss, bevor von Erlösung auch nur die Rede sein kann.

Doch zunächst fuhr unser glamouröses Paar nach einem opulenten Fest zu später Stunde durch Pjöngjang, während in einem Stadtteil nach dem anderen die Stromschalter in den Umspannwerken umgelegt wurden und unsere liebliche Stadt in wohlverdienten Schlaf sinken ließen. Kommandant Ga lenkte den Wagen, und Sun Moon lehnte sich in die Kurven.

»Das mit deinem Film tut mir leid«, sagte er.

Sie gab keine Antwort. Ihr Blick war auf die Gebäude gerichtet, die nach und nach in der Dunkelheit verschwanden.

Er sagte: »Du kannst einen neuen machen.«

Sie durchwühlte ihre Tasche und machte sie dann frustriert wieder zu.

»Mein Mann hat immer dafür gesorgt, dass mir die Zigaretten nicht ausgehen. Das ist noch nie vorgekommen«, sagte sie. »Er hatte irgendein Versteck für die Stangen. Und jeden Morgen lag eine neue Schachtel unter meinem Kopfkissen.«

Die Lichter im P'yŏngch'ŏn-Viertel mit seinen Garküchen erloschen, während sie hindurchfuhren, und eins, zwei, drei versanken auch die Wohnblocks an der Haebangsan-Straße in Finsternis. Schlaf gut, Pjöngjang. Du hast es dir verdient. Keine andere Nation schlummert so süß wie Nordkorea. Wenn das Licht ausgeht, ertönt in Millionen Haushalten ein kollektives, zufriedenes Seufzen, und gleich darauf sinken Millionen Köpfe auf die Kissen. Wenn die unermüdlichen Generatoren für die Nacht heruntergefahren werden und ihre rotglühenden Turbinen sich langsam abkühlen, dann leuchten keine einsamen Lichter mehr durch die Nacht, kein Kühlschrank brummt mehr vor sich hin. Unsere Nächte gehören einzig und allein dem erquicklichen Schlaf und großen Träumen von erfüllten Planvorgaben und dem Freudentaumel der Wiedervereinigung. Der Amerikaner hingegen ist hellwach. Wenn man ein nächtliches Satellitenfoto dieser wirren Nation betrachtet, sieht man einen einzigen riesigen Lichtschwaden: der beste Beweis für ihren trägen Müßiggang am Abend. Die faulen, unmotivierten Amerikaner sind bis spät in die Nacht wach und stillen ihre selbstsüchtigen Gelüste durch Fernsehen, Homosexualität und Religion.

Die beiden erreichten den Fuß des Berges und fuhren schon bald am Zoo vorbei, wo die sibirischen Tiger des Geliebten Führers zu bewundern sind, direkt neben dem Gehege mit den sechs Hunden, allesamt Geschenke des ehemaligen Königs von Swasiland. Die Hunde werden ausschließlich mit überreifen Tomaten und *Kimchi* gefüttert, um die Gefahr zu mindern, die für gewöhnlich von diesen Tieren ausgeht. Doch sie werden im Nu wieder zu Fleischfressern, sollten die Amerikaner zu Besuch kommen!

Im Scheinwerferlicht erblickten sie einen Mann, der mit einem Straußenei in den Händen aus dem Zoo gerannt kam. Zwei Wachmänner mit Taschenlampen jagten ihn den Berg hinauf.

»Gilt dein Mitgefühl dem Mann, der so hungrig ist, dass er stiehlt?«, fragte Kommandant Ga Sun Moon. »Oder den Männern, die ihn fangen müssen?«

»Sind nicht die Straußenvögel die Leidtragenden?«, fragte Sun Moon zurück.

Sie kamen am Friedhof vorbei, der ebenso im Dunkeln lag wie der Vergnügungspark, dessen Gondeln tiefschwarz vor dem dunkelblauen Nachthimmel hingen. Nur im Botanischen Garten brannte noch Licht. Selbst in der Nacht steht die Arbeit an der Neuzüchtung für Nutzpflanzen nicht still, dessen wertvoller Saatgut-Tresor durch einen hohen Starkstromzaun gegen eine amerikanische Invasion geschützt wird. Ga betrachtete kurz einen Schwarm proteinreicher Motten, die um eine Sicherheitsleuchte kreisten, und fuhr dann in melancholischer Stimmung den letzten Teil der unbefestigten Straße hoch.

Kommandant Ga hielt vor dem Haus. Die Staubwolke, die ihnen gefolgt war, holte sie nun ein und waberte gespenstisch im Lichtstrahl der auf die Haustür gerichteten Scheinwerfer. Beklommen fixierte Sun Moon die Tür.

»Träume ich?«, fragte Sun Moon. »Sag mir, dass dies alles nur ein Film ist, in dem ich mitspiele.«

Doch jetzt genug von euren Launen, ihr zwei! Jetzt ist Schlafenszeit. Ab ins Bett mit euch …

Oh, Sun Moon, wir tragen dich immer in unseren Herzen!

Und nun wiederholen wir alle zusammen: Wir vermissen dich, Sun Moon!

Und zum Abschluss noch eine Warnung, Bürger: Die morgige Folge enthält eine Passage, die nicht jugendfrei ist. Schützt also die Ohren unserer jüngsten Bürger, wenn die Schauspielerin Sun Moon entscheidet, ob sie sich ihrem neuen Ehemann Kommandant Ga vollkommen hingibt, wie es das Gesetz von der Ehefrau verlangt, oder töricht ihre Keuschheit verteidigt.

Denkt daran, Bürgerinnen: So bewundernswert es auch scheinen mag, einem verschollenen Ehemann treu zu bleiben – eine solche Pflichtversessenheit ist fehlgeleitet. Immer, wenn ein geliebter Mensch verschwindet, bleibt ein gewisser Schmerz zurück. Die Amerikaner sagen: »Die Zeit heilt alle Wunden«. Doch das ist nicht wahr. Experimente haben bewiesen, dass die Heilung einzig und allein durch Selbstkritiksitzungen, durch die inspirierenden Traktate Kim Jong Ils und durch Ersatzehegatten beschleunigt wird. Wenn dir der Geliebte Führer einen neuen Ehemann schenkt, dann gib dich ihm hin. Dennoch: Wir lieben dich, Sun Moon!

Noch einmal: Wir lieben dich, Sun Moon!

Lauter, Bürger!

Sprecht mir nach: Wir bewundern dich, Sun Moon!

Gut, Bürger, gar nicht schlecht.

Lauter: Dein Opfer ist uns ein Vorbild, Sun Moon!

Der Große Führer Kim Il Sung im Himmel soll euch hören!

Alle gemeinsam: Wir werden im Blut der Amerikaner baden, die in unser großes Land gekommen sind, um dir Leid anzutun!

Doch jetzt greifen wir zu weit vor. Das sparen wir uns auf für eine der nächsten Folgen.

VON DER FEIER des Geliebten Führers zu Hause angelangt, beobachtete Kommandant Ga, wie Sun Moon ihrer abendlichen Routine nachging. Zuerst zündete sie eine Öllampe an, wie sie an den Stränden von Jeju aufgestellt werden, um den Fischern bei Nacht die Orientierung zu erleichtern. Dabei ließ sie zum ersten Mal die Tür offen. Auf dem Boden des Zimmers konnte er im Schein ihrer Lampe eine niedrige Matratze und zusammengerollte Ochsenhaarmatten erkennen.

In der dunklen Küche nahm er sich eine Flasche Ryoksong aus der kühlen Nische unter dem Spültisch. Das Bier schmeckte, und die kühlende Flasche tat seiner schmerzenden Hand gut. Er wollte nicht wissen, wie sein Gesicht aussah. Sun Moon untersuchte seine Fingerknöchel, die langsam gelb anliefen.

»Ich habe schon viele gebrochene Hände gesehen«, sagte sie. »Die ist nur verstaucht.«

»Meinst du, dem Fahrer geht's gut? Es sah aus, als hätte ich ihm die Nase gebrochen.«

Sie zuckte mit den Schultern. »Das hast du dir selbst so ausgesucht. Für den Mann, in dessen Rolle du geschlüpft bist, war Gewalt der Lebensinhalt«, sagte sie. »Da kommt so was schon mal vor.«

»Du verwechselst da was«, erwiderte er. »Dein Mann war es, der *mich* ausgesucht hat.«

»Was spielt das für eine Rolle? Du bist jetzt er, oder etwa nicht? Kommandant Ga Chol Chun – soll ich dich so nennen?«

»Schau dir an, wie deine Kinder die Augen niederschlagen

und ständig Angst haben. Ich will nicht der Mann sein, der sie dazu gemacht hat.«

»Dann sag mir: Wie soll ich dich nennen?«

Er schüttelte den Kopf.

Ihr Blick bestätigte ihm, dass es ein schwieriges Problem war.

Die Schatten, die das Licht der Lampe warf, betonten Sun Moons Rundungen. Sie lehnte sich gegen die Anrichte und starrte die Schränke an, als würde sie ihren Inhalt betrachten. Doch in Wirklichkeit schaute sie in die andere Richtung, nach innen.

»Ich weiß, was du denkst«, sagte er.

»Diese Frau«, erwiderte sie. »Sie geht mir einfach nicht aus dem Sinn.«

»Dieses Gerede von Gehirnamputation, das war Unfug«, beruhigte er sie. »Ein solches Lager gibt es nicht. Die Leute setzen aus Angst solche Gerüchte in die Welt, weil sie keine Ahnung haben.«

Er nahm einen Schluck aus der Bierflasche. Er klappte den Mund auf und zu und bewegte den Kiefer hin und her, um den Schaden an seinem Gesicht zu beurteilen. Natürlich gab es ein Zombiegefängnis – in dem Moment, als er davon hörte, hatte er sofort gewusst, dass es stimmen musste. Er wünschte, er könnte Mongnan danach fragen – sie würde Bescheid wissen, sie würde ihm von der Lobotomie-Fabrik erzählen, und zwar so, dass er danach überzeugt war, der glücklichste Mensch auf Erden zu sein, dass sein Los im Vergleich zu dem anderer Leute Gold wert war.

»Wenn du dir Sorgen um deinen Mann machst, darüber, was mit ihm passiert ist, erzähle ich dir die Geschichte.«

»Ich will nicht über ihn sprechen«, antwortete sie. Sie kaute an einem Fingernagel herum. »Du darfst nie wieder die

Zigaretten ausgehen lassen, das musst du mir versprechen.« Sie nahm ein Glas aus dem Schrank und stellte es auf die Anrichte. »Abends um diese Zeit schenkst du mir immer ein Glas Reiswein ein«, erklärte sie ihm. »Das gehört zu deinen Pflichten.«

Er ging mit der Lampe hinunter in den Tunnel, um eine Flasche Reiswein zu holen, doch stattdessen blieb er vor den DVDs stehen. Er fuhr mit dem Finger die Reihe entlang, auf der Suche nach einem ihrer Filme, doch es waren keine koreanischen Filme dabei. Sein Gehirn schaltete nach Titeln wie *Rambo*, *Mondsüchtig* und *Jäger des verlorenen Schatzes* schon bald auf das westliche Alphabet um und er konnte nicht mehr aufhören, die Filme durchzugucken. Plötzlich stand Sun Moon neben ihm.

»Du hast mich im Dunkeln stehenlassen«, beschwerte sie sich. »Du musst noch viel darüber lernen, wie du mich zu behandeln hast.«

»Ich habe einen deiner Filme gesucht.«

»Ja?«

»Aber es gibt keinen.«

»Nicht einen einzigen?« Sie ließ den Blick über die vielen Regale mit Filmen schweifen. »Er hatte so viele Filme, und nicht einen einzigen mit seiner Frau?«, fragte sie verwirrt. Sie zog eine DVD aus dem Regal. »Was ist das für ein Film?«

Ga sah sich das Cover an. »Er heißt *Schindlers Liste*.« Das Wort »Schindler« auszusprechen, fiel ihm schwer.

Sie öffnete die Hülle und betrachtete die schimmernde Oberfläche der DVD.

»Das ist Blödsinn«, stellte sie fest. »Filme sind das Eigentum des Volkes und nichts, was ein Einzelner horten darf. Wenn du meine Filme sehen willst, geh ins Moranbong-Lichtspieltheater, dort werden sie immer gezeigt. Dort kannst du dir Seite an Seite mit Arbeitern und Politbüromitgliedern einen Sun-Moon-Film ansehen.«

»Hast du einen von denen hier gesehen?«

»Ich habe dir doch gesagt, dass meine Schauspielkunst rein und unverfälscht ist. Das hier würde sie nur verderben. Vielleicht bin ich die einzige unverfälschte Schauspielerin der Welt.« Sie zog einen anderen Film heraus und wedelte mit der DVD. »Wie kann man ein Künstler sein, wenn man für Geld spielt? Wie die Paviane im Zoo, die für einen Kohlkopf an ihrer Kette tanzen. Ich spiele für eine Nation, für ein ganzes Volk.« Sie wirkte auf einmal geknickt. »Der Geliebte Führer hat gesagt, ich spiele für die ganze Welt. Er hat mir meinen Namen gegeben, weißt du. ›Sun‹ bedeutet auf Englisch ›Sonne‹, und ›Moon‹ bedeutet ›Mond‹. Ich sollte Tag und Nacht sein, hell und dunkel, ein Stern und sein ewiger Satellit zugleich. Der Geliebte Führer meinte, das würde auf das amerikanische Publikum geheimnisvoll wirken, diese starke Symbolik würde die Leute ansprechen.«

Sie sah ihn durchdringend an.

»Aber in Amerika kennen sie meine Filme nicht, oder?«

Er schüttelte den Kopf. »Nein«, erwiderte er. »Ich glaube nicht.«

Sie stellte *Schindlers Liste* zurück ins Regal. »Sorg dafür, dass die verschwinden«, sagte sie. »Ich will sie nicht mehr sehen.«

»Wie hat er sie angeschaut, dein Mann?«, wollte er wissen. »Ihr habt kein Abspielgerät.«

Sie zuckte mit den Achseln.

»Hatte er einen Laptop?«

»Einen was?«

»Einen Computer zum Zusammenklappen.«

»Ja«, bestätigte sie. »Aber den habe ich schon länger nicht mehr gesehen.«

»Dort, wo sich der Laptop versteckt«, sagte er, »finden wir garantiert auch deine Zigaretten.«

»Für Wein ist es jetzt zu spät«, stellte sie fest. »Komm, ich mache das Bett fertig.«

*

Durch das dem Bett gegenüberliegende große Fenster hatte man freie Sicht auf das Dunkel der Stadt. Sun Moon stellte die brennende Lampe auf ein Tischchen. Die Kinder schliefen auf einem Podest am Fußende, zwischen ihnen lag der Hund. Oben auf dem Sims, außer Reichweite der Kinder, stand die Pfirsichdose, die Genosse Buc ihnen gegeben hatte. Im schwachen Licht entkleideten sie sich bis auf die Unterwäsche. Als sie unter die Decke geschlüpft waren, fing Sun Moon an zu sprechen.

»Das sind die Regeln«, eröffnete sie ihm. »Erstens wirst du den Tunnel weitergraben und nicht aufhören, bis es einen Ausgang gibt. Ich will nicht noch einmal in der Falle sitzen.«

Er schloss die Augen und hörte sich ihre Forderung an, die ihm rein und schön vorkam. Wenn nur mehr Menschen im Leben sagen würden: *Genau das muss ich haben.*

Sie warf einen Blick zu ihm hinüber, um zu sehen, ob er zuhörte. »Zweitens werden dir die Kinder ihre Namen dann verraten, wenn sie es für richtig halten.«

»In Ordnung«, erwiderte er.

Weit unten im Zoo fingen die Hunde an zu bellen. Brando winselte im Schlaf.

»Und du wirst niemals Taekwondo gegen sie einsetzen«, fuhr sie fort. »Du wirst sie niemals zwingen, ihre Loyalität zu beweisen und sie niemals auf irgendeine Weise auf die Probe stellen.« Sie richtete ihren Blick auf ihn. »Heute Abend hast du erlebt, dass die Freunde meines Mannes dich nur zu gern in der Öffentlichkeit zusammenschlagen. Es steht immer noch in meiner Macht, einen Menschen zum Krüppel machen zu lassen.«

Ein greller, blauer Blitz von unten aus dem Botanischen Garten erhellte das ganze Zimmer. Wenn ein Mensch auf einen Starkstromzaun trifft, entsteht ein Lichtbogen, der mit nichts vergleichbar ist. Im Straflager 33 war manchmal ein Vogel in den Zaun geflogen. Aber ein Mensch – diese von einem tiefen Brummen begleitete blaue Entladung – das ist ein Licht, das durch die Augenlider dringt, begleitet von einem Dröhnen, das einem bis in die Knochen fährt. In seiner Baracke hatte ihn dieses Licht, dieses Geräusch, jedes Mal aufgeweckt, obwohl Mongnan gesagt hatte, man nehme es nach einer Weile nicht mehr wahr.

»Gibt es noch mehr Regeln?«, fragte er.

»Nur noch eine«, erwiderte sie. »Du wirst mich niemals anfassen.«

In der Dunkelheit blieb es lange still.

Er atmete tief durch.

»Eines Morgens mussten sich alle Bergarbeiter in einer Reihe aufstellen«, begann er. »Wir waren an die sechshundert. Der Lagerkommandant kam. Er hatte ein blaues Auge, ganz frisch. Ein ranghoher Militär war bei ihm – mit einer hohen Schirmmütze und einer Menge Orden. Das war dein Mann. Er sagte dem Lagerkommandanten, wir sollten alle unsere Hemden ausziehen.«

Er machte eine Pause, um zu sehen, ob Sun Moon ihn zum Weiterreden ermutigen würde.

Als sie nichts sagte, fuhr er fort. »Dein Mann hatte ein Messgerät dabei. Er ging die Reihen der Männer entlang und hielt es jedem an die Brust. Bei den meisten blieb der Kasten still. Aber bei einigen gab er ein statisches Knistern von sich. So war es auch bei mir. Als er das Gerät an meine Lunge hielt, knisterte es. Er fragte mich: *In welchem Teil des Bergwerks arbeitest du?* Ich antwortete, dass ich in dem neuen Stollen arbeite, ganz unten auf der tiefsten Sohle. Dann fragte er: *Ist es warm da unten oder kalt?* Ich sagte: *Warm.*

Ga drehte sich zum Lagerkommandanten um. *Das genügt als Beweis, oder? Ab jetzt konzentriert sich die Arbeit auf diesen Teil der Mine. Das Buddeln nach Nickel und Zinn wird sofort eingestellt.*

Ja, Minister Ga, sagte der Lagerkommandant.

Erst in dem Moment schien Kommandant Ga die Tätowierung auf meiner Brust zu bemerken. Er lächelte ungläubig. *Wo hast du das denn machen lassen?,* wollte er wissen.

Auf See, sagte ich.

Er hielt mich an der Schulter fest, um die Tätowierung über meinem Herzen besser sehen zu können. Ich hatte fast ein Jahr lang nicht gebadet. Ich werde nie seine weißen, polierten Finger auf meiner Haut vergessen. *Weißt du, wer ich bin?,* fragte er. Ich nickte. *Willst du mir diese Tätowierung erklären?*

Alle Erklärungen, die mir einfielen, kamen mir fatal vor. *Es handelt sich um reinen Patriotismus,* sagte ich schließlich. *Begeisterung für den größten Schatz unserer Nation.*

Diese Antwort schien Ga zu gefallen. *Wenn du wüsstest,* sagte er. Dann wandte er sich an den Lagerkommandanten. *Haben Sie das gehört?,* fragte Ga. *Ich glaube, ich habe den einzigen Heterosexuellen in diesem ganzen verdammten Lager aufgespürt.*

Ga sah mich eingehend an. Er hob meinen Arm hoch und bemerkte die Brandmale von meinem Schmerztraining. *Ja,* sagte er, als er erkannte, was er vor sich hatte. Dann nahm er meinen anderen Arm. Er drehte ihn so, dass er die lange, halbkreisförmige Narbe sehen konnte. Fasziniert sagte er: *Da ist etwas passiert.*

Dann trat Kommandant Ga einen Schritt zurück, und ich sah, wie er das Gewicht vom hinteren Fuß nahm. Ich hob den Arm gerade noch rechtzeitig, um einen rasend schnellen Tritt gegen meinen Kopf abzuwehren. *Genau das, was ich gesucht habe,* stellte er fest.

Ga schob den Unterkiefer vor und ließ einen schrillen Pfiff erklingen. Wir konnten sehen, wie sein Fahrer vor dem Tor den Kofferraum des Mercedes öffnete. Er hob etwas heraus, und die Wärter öffneten ihm das Tor. Er kam auf uns zu und trug etwas, das extrem schwer zu sein schien.

Wie heißt du?, fragte mich Ga. *Warte, das ist egal. Ich erkenne dich da dran.* Er berührte mit einem Finger meine Brust. Er fragte mich: *Hast du jemals den Lagerkommandanten einen Fuß in das Bergwerk setzen sehen?*

Ich schaute zum Lagerkommandanten, der mich wütend anfunkelte. *Nein,* sagte ich zu Kommandant Ga.

Der Fahrer kam mit einem großen, weißen Stein an. Er wog mindestens einen halben Zentner. *Nehmen Sie ihn,* forderte Kommandant Ga den Lagerkommandanten auf. *Halten Sie ihn hoch, damit ihn alle sehen können!* Und der Lagerkommandant wuchtete den Gesteinsbrocken unter großen Mühen auf seine Schulter, wo er seinen Kopf um ein gutes Stück überragte. Dann hielt Kommandant Ga den Detektor an den Stein, und alle konnten hören, wie das Gerät vor lauter Knistern fast explodierte.

Kommandant Ga sagte zu mir: *Sieh ihn dir gut an – weiß und wie Kreide. Dieser Stein ist das Einzige, was uns interessiert. Hast du solches Gestein im Bergwerk gesehen?* Ich nickte. Da lächelte er. *Die Experten haben gesagt, dass das hier der richtige Berg ist, dass es da unten dieses Zeug gibt. Jetzt weiß ich, dass es stimmt.*

Was ist das?, *fragte ich ihn.*

Das ist die Zukunft Nordkoreas, *erwiderte er.* Unsere Faust, die wir den Yankees reinwürgen werden.

Dann wandte sich Ga wieder an den Lagerkommandanten. Dieser Häftling wird ab jetzt Augen und Ohren für mich offenhalten. Ich komme in einem Monat wieder, und bis dahin wird ihm nichts zustoßen. Sie werden ihn so behandeln, wie Sie mich behandeln würden. Haben Sie das verstanden? Wissen Sie, was mit dem letzten Kommandanten dieses Lagers passiert ist? Wissen Sie, was ich mir für ihn ausgedacht habe? *Der Lagerkommandant schwieg.*

Kommandant Ga gab mir das Gerät. Wenn ich wiederkomme, will ich einen weißen Berg von diesem Zeug sehen, *sagte er.* Falls der Lagerkommandant diesen Stein ablegt, bevor ich wiederkomme, erzählst du es mir. Um nichts in der Welt darf er diesen Stein ablegen, hörst du? Beim Abendessen sitzt der Stein auf seinem Schoß. Wenn er schläft, hebt und senkt er sich auf seiner Brust. Wenn er scheißen geht, scheißt der Stein mit. *Ga stieß den Lagerkommandanten an, der sich stolpernd mühte, unter der Last nicht das Gleichgewicht zu verlieren. Dann ballte Kommandant Ga die Faust –«*

»Halt«, unterbrach Sun Moon. »Das reicht. Ich kenne meinen Mann.«

Einen Moment lang war sie still, als müsste sie etwas verdauen. Dann drehte sie sich auf die Seite zu ihm, sodass der Abstand zwischen ihnen kleiner wurde. Sie hob den Ärmel seines Nachthemds an und befühlte die tiefen Furchen der Narben an seinem Bizeps. Dann legte sie die Hand flach auf seine Brust und spreizte die Finger über der Baumwolle.

»Ist sie da?«, fragte sie. »Ist das die Tätowierung?«

»Ich weiß nicht, ob du sie wirklich sehen willst.«
»Warum nicht?«
»Es könnte sein, dass sie dir Angst macht.«
»Keine Sorge«, erwiderte sie. »Du kannst sie mir zeigen.«
Er zog das Hemd über den Kopf, und sie rutschte näher heran, um im schwachen Licht ihr Portrait zu betrachten, das für immer in Tinte verewigte Bildnis einer Frau, deren Augen noch immer vor Aufopferung und inbrünstiger Vaterlandsliebe glühten. Sie studierte das Bild, das sich mit seiner Brust hob und senkte.

»Mein Mann. Er kam einen Monat später ins Lager zurück, richtig?«

»Ja.«

»Und er hat versucht, dir etwas anzutun, etwas sehr Schlimmes, richtig?«

Er nickte.

Sie sagte: »Aber du warst stärker.«

Er schluckte. »Aber ich war stärker.«

Sie berührte ihn, und ihre Hand ruhte leicht auf seiner Tätowierung. War es das Bild von der Frau, die sie einmal war, das ihre Finger zum Zittern brachte? Oder war es Mitgefühl für diesen Mann in ihrem Bett, der aus Gründen, die sie nicht verstand, leise angefangen hatte zu weinen?

ALS ICH AUS DER ABTEILUNG 42 nach Hause kam, musste ich feststellen, dass meine Eltern nicht einmal mehr sehen konnten, dass es Nacht geworden war. Ich musste es ihnen sagen. Ich brachte sie zu ihren Klappbetten, die nebeneinander beim Ofen standen, und als sie sich dann hingelegt hatten, starrten sie mit ihren leeren Augen an die Decke. Die Augen meines Vaters sind trübe geworden, doch die meiner Mutter sind klar und ausdrucksstark. Manchmal habe ich den Verdacht, dass ihr Augenlicht vielleicht nicht ganz so schlecht ist wie seins. Ich zündete meinem Vater eine Gute-Nacht-Zigarette an. Er raucht Konsol – das sagt doch eigentlich alles über ihn.

»Mutter, Vater«, sagte ich. »Ich muss noch mal weg.«

Mein Vater erwiderte: »Möge dich die ewige Weisheit Kim Jong Ils leiten.«

»Denk an die Ausgangssperre«, warnte mich meine Mutter.

In der Tasche hatte ich Bucs Ehering.

»Mutter«, sagte ich. »Kann ich dich etwas fragen?«

»Ja, mein Sohn.«

»Warum habt ihr nie eine Braut für mich gesucht?«

»Wir sind an erster Stelle unserem Land verpflichtet«, antwortete sie. »Dann unseren Führern, dann …«

»Ich weiß, ich weiß«, unterbrach ich sie. »Dann der Partei, dann der Satzung der Vereinigten Arbeiterschaft und so weiter. Aber ich war in der Jugendbrigade und habe Juche-Philosophie an der Kim-Il-Sung-Universität studiert. Ich habe meine Pflicht getan. Trotzdem habe ich keine Frau.«

»Du klingst aufgewühlt«, bemerkte mein Vater. »Hast du schon mit dem Sŏn'gun-Berater unseres Wohnblocks darüber gesprochen?« Ich sah, wie die Finger seiner rechten Hand zuckten. Als ich ein kleiner Junge war, hatte er die Angewohnheit, mir mit dieser Hand die Haare zu zerzausen. Das war seine Art, mich zu beruhigen, wenn Nachbarn fortgingen oder wir mit ansahen, wie jemand von MfSS-Männern aus der U-Bahn geholt wurde. Nun wusste ich, dass er noch immer da drin war, dass mein Vater trotz seines allgegenwärtigen Patriotismus immer noch mein Vater war, auch wenn er es für nötig hielt, sein wahres Wesen vor allen zu verbergen, sogar vor mir. Ich blies die Kerze aus.

Als ich auf den Hausflur trat, die Tür zumachte und den Schlüssel umdrehte, ging ich nicht gleich weg. Ich drückte leise das Ohr an die Tür und lauschte. Ich wollte wissen, ob die beiden sie selbst sein konnten, ob sie ihre Schutzmauer fallen lassen würden, wenn sie endlich allein im Dunkeln lagen und reden konnten wie Mann und Frau. Ich blieb lange so stehen, aber ich hörte nichts.

Draußen auf der Sinŭiju-Straße war selbst im Dunkeln zu erkennen, dass die Juche-Jungmädchentrupps Gehwege und Wände mit revolutionären Parolen vollgeschrieben hatten. Ich habe mal gehört, dass eines Nachts ein ganzer Trupp in eine nicht ausgeschilderte Baugrube auf der Tongol-Straße gefallen ist, aber wer weiß, ob das stimmt. Ich machte mich auf in das Ragwon-Viertel, wo die Japaner vor langer Zeit Ghettos für die aufsässigsten Koreaner errichtet hatten. Dort gibt es einen illegalen Schwarzmarkt am Fuß des leerstehenden Ryugyŏng-Hotels. Selbst im Dunkeln ragt der raketenförmige Hotelturm schwarz vor dem Sternenhimmel in die Höhe. Auf der Palgol-Brücke hörte ich die Abwässer aus den umliegenden, pastellgestrichenen Häuserblocks in den Fluss plätschern. Wie graue Seerosenblätter verteilten sich die kotbeschmierten Seiten der *Rodong Sinmun* auf dem Wasser.

Die Tauschgeschäfte werden bei den verrosteten Fahrstuhlschächten abgeschlossen. Im Erdgeschoss verhandeln ein paar Männer über die Konditionen und brüllen dann in den Schacht hoch, von wo ihre Kumpane die Ware – Medikamente, Hefte mit Lebensmittelscheinen, elektronische Geräte, Reisepässe – in Eimern an Seilen herunterlassen. Einigen von den Kerlen gefiel ich nicht, aber einer war bereit, mit mir zu reden. Er war jung und offensichtlich schon einmal von MfSS-Agenten aufgegriffen worden, die seinem Ohr einen Schlitz verpasst hatten. Ich gab ihm das Mobiltelefon von Kommandant Ga.

Er öffnete schnell die Rückseite, nahm die Batterie heraus, leckte an den Kontakten und sah sich die Nummer auf der eingesteckten Karte an. »Das ist noch gut«, sagte er. »Was willst du dafür?«

»Wir verkaufen nicht. Wir brauchen ein Ladegerät dafür.«

»Wir?«

»Ich«, korrigierte ich mich. Ich zeigte ihm Genosse Bucs Ring.

Er lachte über den Ring. »Wenn du das Telefon nicht verkaufen willst, dann mach, dass du wegkommst.«

Es ist ein paar Jahre her, nach einer Feier zum Fünfzehnten April, da war die ganze Pubjok-Truppe betrunken, und ich nutzte die Gelegenheit, eine ihrer Marken mitgehen zu lassen. Manchmal war sie ganz praktisch. Jetzt holte ich sie raus und ließ sie im Dunkeln aufblitzen. »Wir brauchen ein Ladegerät«, sagte ich. »Oder soll dein anderes Ohr auch noch dran glauben?«

»Bisschen jung für nen Pubjok.«

Der Bengel war halb so alt wie ich.

Mit meiner autoritärsten Stimme sagte ich: »Die Zeiten ändern sich.«

»Wenn du ein Pubjok wärst, hättest du mir schon längst den Arm gebrochen.«

»Such dir einen Arm aus und ich tu dir den Gefallen«, erwiderte ich, obwohl ich es selbst nicht glaubte.

»Zeig mal her«, sagte er und nahm die Marke. Er betrachtete das Bild der Schwebenden Mauer, begutachtete das Gewicht des Silbers und fuhr mit dem Daumen über den Lederrücken. »In Ordnung, Pubjok. Ich besorg dir dein Ladegerät, aber den Ring kannst du behalten.« Er hielt die Marke hoch. »Ich tausche gegen das hier.«

*

Am nächsten Morgen hielten zwei Kipplaster vor unserem Wohnblock *Heiliger Ahnenberg Paektu* in der Sinŭiju-Straße und luden bergeweise Erde auf dem Gehweg ab. Durch meine Arbeit für die Abteilung 42 blieb ich meist von solchen Aufgaben verschont, doch diesmal würde daraus nichts werden, gab mir der Blockwart zu verstehen. »Gras zu Fleisch« war eine stadtweite Kampagne, da hatte er nichts zu sagen. Der Blockwart misstraute mir sowieso, weil meinetwegen einige Bewohner abgeholt worden waren. Außerdem dachte er, dass ich aus Paranoia im obersten Stockwerk wohne, obwohl ich eigentlich nur meine Eltern vor den schlechten Einflüssen im Haus schützen will.

Also hing ich zwei Tage lang in einer Menschenkette fest, die Eimer und Einkaufsbeutel mit Erde die Treppe hoch auf das Dach beförderte. Manchmal hörte ich eine Stimme in meinem Kopf, die alles beschrieb, was ich erlebte, als würde sie simultan meine Biografie verfassen. Ich hatte nur selten

Gelegenheit, diese Stimme zu Papier zu bringen – als der zweite Tag zu Ende ging und ich im Erdgeschoss ankam, nur um festzustellen, dass ich als Letzter im mittlerweile kalten und grau-braunen Wasser baden musste, war die Stimme verschwunden.

Für meine Eltern kochte ich scharfe Rüben mit ein paar Pilzen, die eine alte Witwe aus dem ersten Stock in *Kimchi*-Dosen züchtete. Die Stromzufuhr war unregelmäßig, und ich befürchtete, das orangefarbene Licht am Ladegerät würde niemals auf grün schalten. Meine Mutter teilte mir mit, dass Kim Jong Il auf dem Golfplatz mit dem Außenminister von Burundi elf Mal hintereinander mit einem einzigen Schlag eingelocht hatte. Die Nachrichten über die Armut in Südkorea deprimierten meinen Vater. Über den Lautsprecher war ein ausführlicher Bericht zur Hungersnot im Süden gesendet worden. *Der Geliebte Führer schickt ihnen Hilfslieferungen,* erzählte er mir. *Ich hoffe, sie halten bis zur Wiedervereinigung durch.* Von den Pilzen färbte sich mein Urin bräunlichrosa.

Als das Dach endlich mit zwanzig Zentimetern Erde bedeckt war, hatte ich nur noch eins im Kopf: In die Abteilung 42 zu fahren, um zu sehen, ob sich Kommandant Ga erholt hatte.

»Nicht so eilig«, sagte der Blockwart am nächsten Morgen. Er zeigte vom Hausdach auf einen Lastwagen voller Ziegen vor dem Haus. Weil meine Eltern zu schwach waren, musste ich auch ihren Anteil an der Arbeit übernehmen. Ein Seil und ein Flaschenzug wären sicher am zweckmäßigsten gewesen, aber nicht jeder hier war Absolvent der Kim-Il-Sung-Universität. Stattdessen trugen wir die Tiere auf den Schultern und hielten sie an den Beinen gepackt, als wären es Tragegriffe. Bis zum zehnten Stock wehrten sie sich wie verrückt, dann gaben sie in der Dunkelheit des Treppenhauses nach, und schließlich ließen sie in totaler Resignation die Köpfe hängen. Obwohl die Ziegen nach außen ein Bild völliger Unterwerfung abgaben, wusste ich, dass sie aufmerksam und angespannt waren. Was man nämlich nicht sehen konnte, das spürte ich ganz deutlich hinten an meinem Nacken: ihre wie verrückt pochenden kleinen Herzen.

Es würde Wochen dauern, bis das Gras gewachsen war, also wurde ein Team zusammengestellt, das täglich im Mansu-Park für die Ziegen Blätter sammeln sollte. Aber der Blockwart wusste, dass er meine Geduld nicht überstrapazieren durfte. Wir sahen zu, wie die Ziegen auf dem Dach misstrauisch ihre Runden drehten. Eine von den Kleinen wurde über den Rand gestoßen. Sie veranstaltete den ganzen Weg bis nach unten ein furchtbares Geschrei, aber die übrigen Ziegen taten, als wäre nichts geschehen.

Ich verzichtete aufs Baden, um schnell zum Markt auf der Yanggak-Insel zu fahren. Es war eine Schande, wie wenig ich für den Ring von Genosse Buc bekam. Anscheinend hatte jeder einen Ehering zu verkaufen. Und so saß ich nach Ziege stinkend auf dem Rückweg in der U-Bahn, mit nur einem Sommerkürbis, ein bisschen getrocknetem Tintenfisch, einer Papiertüte mit chinesischen Erdnüssen und einem Fünf-Kilo-Sack Reis. Eins sage ich Ihnen, die Leute in der U-Bahn können einem ziemlich böse Blicke zuwerfen, ohne einen auch nur anzusehen.

Ich zauberte ein Festessen für meine Eltern, und wir waren bester Stimmung. Zur Feier des Tages zündete ich sogar eine zweite Kerze an. Dann, während des Abendessens, leuchtete das orangefarbene Licht des Ladegeräts plötzlich grün. Ursprünglich hatte ich mir wohl vorgestellt, dass ich auf dem Dach unter dem Sternenhimmel stehen würde, wenn ich Kommandant Gas Mobiltelefon zum ersten Mal benutzte.

Als würde ich das ganze Universum sehen, wenn ich zum ersten Mal ein Gerät verwendete, mit dem man jeden Menschen auf der ganzen Welt erreichen konnte. Stattdessen spielte ich während des Essens damit herum und ging die verschiedenen Menüs durch. Die Schrift auf dem Telefon war lateinisch. Ich war allerdings auf der Suche nach Nummern, aber es waren weder eingehende noch ausgehende Anrufe gespeichert.

Mein Vater hörte die Tastentöne. »Hast du da was?«, fragte er.

»Nein«, antwortete ich.

Ganz kurz hatte ich den Eindruck, dass meine Mutter das Telefon anschaute, aber als ich hochsah, starrte sie vor sich ins Leere und kaute genussvoll den lockeren weißen Reis – Lebensmittelscheine für Reis gab es schon seit Monaten nicht mehr, und wir hatten uns lange nur von Hirse ernährt. Früher fragten sie mich, woher ich das Geld für Lebensmittel vom Schwarzmarkt habe, aber inzwischen taten sie das nicht mehr. Ich lehnte mich zu meiner Mutter hinüber, hielt das Mobiltelefon hoch und bewegte es langsam vor ihren Augen hin und her. Falls sie das Telefon wahrnahm, ließ sie sich nichts anmerken.

Ich schaute wieder auf die Tasten. Das Schlimmste war nicht, dass ich von niemandem die Telefonnummer wusste – ich kannte keine einzige – die Sache war vielmehr, dass mir in diesem Moment klar wurde, dass es niemanden gab, den ich anrufen konnte. Es gab keine Frau, keinen Kollegen und keinen Verwandten, dem ich etwas mitzuteilen hatte. Hatte ich denn keinen einzigen Freund?

»Vater«, sagte ich. Er aß die salzigen Erdnüsse mit Chilis, die er so gerne mochte. »Vater, wenn du dich bei irgendjemandem melden könntest, bei wem würdest du dich melden?«

»Warum sollte ich mich bei jemandem melden?«, erwiderte er. »Das ist nicht notwendig.«

»Es geht nicht um Notwendigkeit«, entgegnete ich. »Sondern um ein Bedürfnis. Zum Beispiel einen Freund, den du anrufen möchtest. Oder einen Verwandten.«

»Unsere Parteigenossen erfüllen all unsere Bedürfnisse«, sagte meine Mutter.

»Was ist mit deiner Tante?«, fragte ich meinen Vater. »Hast du nicht eine Tante im Süden?«

Das Gesicht meines Vaters war ausdruckslos und leer. »Wir haben keine Verbindung zu diesem korrupten kapitalistischen Land«, sagte er.

»Sie ist eine Verräterin«, fügte meine Mutter hinzu.

»Hey, ich frage das nicht als staatlicher Vernehmungsbeamter«, sagte ich. »Ich bin euer Sohn. Das ist nur ein Gespräch am Esstisch.«

Sie aßen schweigend. Ich beschäftigte mich wieder mit dem Telefon, ging die unterschiedlichen Funktionen durch, die anscheinend alle deaktiviert waren. Ich wählte ein paar zufällige Nummern, aber das Telefon stellte keine Verbindung zum Netz her, obwohl ich den Funkmast durch unser Fenster sehen konnte. Ich stellte die Lautstärke hoch und runter, aber das Telefon klingelte nicht. Ich versuchte, die Kamera-Funktion zu betätigen, aber es wollte einfach kein Foto machen. Es sah so aus, als würde ich das Ding am Ende doch verkaufen. Trotzdem wurmte es mich, dass mir keine einzige Person einfiel, die ich anrufen könnte. Ich ging im Kopf eine Liste all meiner Uni-Professoren durch, aber meine beiden Lieblingsdozenten waren ins Arbeitslager geschickt worden – es hatte wirklich weh getan, die Anzeigen wegen Volksverhetzung zu unterzeichnen, aber ich musste meine Pflicht erfüllen, schließlich war ich damals schon Praktikant in Abteilung 42.

»Moment, jetzt fällt mir was ein«, sagte ich. »Als ich ein kleiner Junge war, gab es dieses Ehepaar. Sie kamen immer zu uns und ihr habt bis spät in die Nacht Karten gespielt. Wollt ihr nicht wissen, was aus ihnen geworden ist? Würdet ihr euch nicht bei ihnen melden, wenn ihr könntet?«

»Ich glaube nicht, dass ich je von diesen Leuten gehört habe«, erwiderte mein Vater.

»Ich bin mir ganz sicher«, entgegnete ich. »Ich erinnere mich genau an sie.«

»Nein«, widersprach er. »Da musst du dich irren.«

»Vater, ich bin es. Hier ist niemand sonst. Keiner hört mit.«

»Hör auf mit diesem gefährlichen Gerede«, sagte meine Mutter. »Wir haben uns mit niemandem getroffen.«

»Ich sage doch nicht, dass ihr euch getroffen habt. Ihr habt zu viert Karten gespielt, wenn die Fabrik zugemacht hat. Ihr habt gelacht und *Soju* getrunken.« Ich griff nach der Hand meines Vaters, aber die Berührung überraschte ihn, und er zog seine Hand weg. »Vater, ich bin es. Nimm meine Hand.«

»Stelle unsere Loyalität nicht in Frage«, forderte mein Vater. »Was ist das, ein Test?« Er ließ seinen trüben Blick durch den Raum wandern. »Werden wir auf die Probe gestellt?«, fragte er die Luft.

Es gibt ein Gespräch, das jeder Vater mit seinem Sohn führt, in dem er dem Kind klarmacht, dass es Dinge gibt, die wir tun oder sagen müssen, auch wenn wir trotzdem tief drinnen immer noch wir selbst und eine Familie sind. Ich war acht Jahre alt, als mein Vater dieses Gespräch mit mir führte. Wir standen unter einem Baum auf dem Moranbong-Hügel. Er erzählte mir, dass es einen Weg gibt, der uns vorbestimmt ist. Auf diesem Weg müssen wir alles tun, was uns die Vorschriften sagen und alle Verbotsschilder befolgen. Und auch dann, wenn wir diesen Weg Seite an Seite beschreiten, sagte er, muss äußerlich jeder für sich handeln, während wir uns innerlich an den Händen halten. Sonntags waren die Fabriken geschlossen, die Luft war klar, und ich konnte mir vorstellen, wie dieser Weg durch das ganze Taedong-Tal führte, von Weiden gesäumt und von kleinen, weißen Wölkchen beschattet. Wir aßen Wassereis mit Waldbeergeschmack und hörten die alten Männer, die *Janggi* spielten oder die Karten bei einem lebhaften *Gotori*-Spiel auf die Tische knallten. Bald kreisten meine Gedanken um kleine Segelboote, wie jene, mit denen die *Yangban*-Kinder am Teich spielten. Aber mein Vater blieb mit mir auf dem Weg, er klärte mich auf.

Er sagte zu mir: »Ich denunziere diesen Jungen, weil er eine blaue Zunge hat.«

Wir mussten lachen.

Ich zeigte auf meinen Vater. »Dieser Bürger isst Senf.«

Ich hatte gerade zum ersten Mal Senfwurzel probiert, und mein Gesichtsausdruck hatte meine Eltern zum Lachen gebracht. Jetzt fand ich alles lustig, was mit Senf zu tun hatte.

Mein Vater sagte zu einer unsichtbaren Instanz: »Dieser Junge hat konterrevolutionäre Gedanken über Senf. Er sollte zur Arbeit auf einer Senfkornfarm verdonnert werden, um seine senfigen Gedanken zu korrigieren.«

»Dieser Papa isst Gurkeneis mit Senfkacke!«, gackerte ich.

»Der war gut. Jetzt nimm meine Hand«, forderte er mich auf. Ich legte meine Hand in seine, und plötzlich verzog sich sein Mund zu einer hasserfüllten Fratze. Er rief: »Ich denunziere diesen Bürger als eine imperialistische Marionette, die wegen staatsfeindlicher Umtriebe verhaftet werden muss.« Sein Gesicht war rot angelaufen und voller Hass. »Ich habe seine kapitalistischen Hetzreden gehört. Er hat versucht, unseren Geist mit seinem verräterischen Schmutz zu vergiften.«

Die alten Männer sahen von ihrem Spiel auf und schauten uns an.

Ich war zu Tode erschrocken, den Tränen nah. Mein Vater erklärte mir: »Siehst du, mein Mund hat das gesagt, aber meine Hand hat deine gehalten. Wenn Mutter jemals so etwas zu mir sagen muss, um euch beide zu schützen, dann weißt du, dass sie und ich uns innerlich an den Händen halten. Und wenn du eines Tages so etwas zu mir sagen musst, weiß ich, dass das nicht wirklich du bist. Du bist innen drin. Und dort drinnen werden Vater und Sohn sich immer an den Händen halten.«

Dann wuschelte er mir mit der Hand durch die Haare.

*

Es war mitten in der Nacht. Ich konnte nicht schlafen. Ich versuchte einzuschlafen, aber dann lag ich einfach auf meinem Klappbett und rätselte, wie es Kommandant Ga gelungen war, sein Leben zu ändern und zu einem anderen Menschen zu werden. Ohne irgendwelche Akteneinträge darüber, wer er gewesen war. Wie entkommt jemand dem Ergebnis seines Parteitauglichkeitstests oder den zwölf Jahren Bewertung des Rechten Denkens durch seinen Lehrer? Ich spürte, dass Gas verborgene Geschichte voller Freundschaften und Abenteuer steckte, und ich war eifersüchtig darauf. Es war mir egal, dass er vermutlich die Frau umgebracht hatte, die er liebte. Wie hatte er die Liebe gefunden? Wie hatte er das geschafft? Und hatte ihn die Liebe zu einem neuen Menschen gemacht, oder war, wie ich eher vermutete, die Liebe plötzlich aufgetaucht, als er eine neue Identität angenommen hatte? Meine Mutmaßung war, dass er innerlich immer noch derselbe war, aber sein Äußeres komplett geändert hatte. Davor hatte ich Respekt. Aber wäre es nicht erst dann eine wirkliche Veränderung, wenn man auch innerlich ein neuer Mensch wurde?

Es gab nicht mal eine Akte für diesen Kommandanten Ga – ich hatte nur die von Genosse Buc. Ich wälzte mich eine Weile hin und her, fragte mich, wie Ga so ruhig wirken konnte, und dann zündete ich meine Kerze wieder an und blätterte in Bucs Akte. Ich spürte, dass meine Eltern wach waren. Sie lagen ganz still, atmeten gleichmäßig und lauschten, wie ich Bucs Akte nach Hinweisen auf Gas Identität durchforstete. Zum ersten Mal war ich neidisch auf die Pubjok, darauf, wie sie es schafften, an Antworten zu kommen.

Und dann gab das Mobiltelefon einen einzelnen, glasklaren Ton von sich. *Pling*, machte es.

Ich hörte den Stoff knarren, als meine Eltern auf ihren Feldbetten erstarrten.

Am Telefon auf dem Tisch blinkte ein grünes Licht.

Ich nahm das Gerät in die Hand und klappte es auf. Auf dem kleinen Display war ein Foto zu sehen. Eine Aufnahme von einem Gehweg. Zwischen den Pflastersteinen war ein Stern, in dem zwei Wörter in lateinischer Schrift standen: »Ingrid« und »Bergman«. Auf dem Foto war es Tag.

Ich nahm wieder Genosse Bucs Akte zur Hand und suchte nach Bildern, auf denen so ein Stern zu sehen war. Es gab alle üblichen Fotos – seinen Parteieintritt, die Verleihung seiner Kim-Il-Sung-Nadel mit sechzehn, der Ewige Treueschwur. Ich blätterte zum Foto seiner toten Familie, wie sie mit zurückgeworfenen Köpfen verrenkt auf dem Boden lagen. Und doch wirkten sie so rein. Die Mädchen in ihren weißen Kleidern. Die Mutter hatte den Arm um die älteren Mädchen gelegt und hielt die Jüngste an der Hand. Der Anblick ihres Eherings versetzte mir einen Stich. Es muss eine schwere Zeit für sie gewesen sein, gerade war ihr Mann verhaftet worden, und dann erlagen sie bei einer Familienfeier ohne ihn »wahrscheinlich einer Kohlenmonoxid-Vergiftung«. Man kann sich nur schwer vorstellen, wie es ist, wenn man seine Familie verliert oder ein geliebter Mensch einfach so verschwindet. Jetzt verstand ich ein wenig besser, warum Buc uns im Sumpf gewarnt hatte, wir müssten bereit sein und einen Plan haben. Ich lauschte meinen schweigenden Eltern in der Dunkelheit und überlegte, ob ich nicht auch einen Plan brauchte, falls ich einen von ihnen verlieren sollte. Falls es das war, was Buc gemeint hatte.

Weil die Familie von Genosse Buc auf dem Boden ausgestreckt lag, wurde der Blick automatisch dorthin gezogen. Deshalb fiel mir erst jetzt auf, dass oben auf dem Tisch eine Büchse Pfirsiche stand. Ein kleines Detail im Gesamtbild des Fotos. Der gezackte Deckel der Büchse war nach hinten gebogen, und in dem Moment wurde mir klar, dass die Methode, mit der sich Kommandant Ga aus seiner restlichen Biografie verabschieden würde, auf seinem Nachttisch stand.

*

Als ich in der Abteilung 42 eintraf, schimmerte Licht unter der Tür des Pubjok-Aufenthaltsraums. Ich schlich lautlos vorbei – bei diesen Typen wusste man nie, ob sie lange geblieben oder früh gekommen waren.

Ich fand Kommandant Ga ruhig schlafend vor – die Pfirsichbüchse war weg.

Ich rüttelte ihn wach. »Wo sind die Pfirsiche?«, fragte ich ihn.

Er rieb sich die Augen, fuhr sich mit der Hand durch die Haare. »Ist es Tag oder Nacht?«, wollte er wissen.

»Nacht.«

Er nickte. »Fühlt sich wie Nacht an.«

»Die Pfirsiche!«, sagte ich. »Haben Sie der Schauspielerin und ihren Kindern Pfirsiche gegeben? Haben Sie sie damit umgebracht?«

Ga drehte sich zum Nachttisch. Er war leer. »Wo sind meine Pfirsiche?«, fragte er. »Das sind spezielle Pfirsiche. Sie müssen sie zurückholen, bevor ein Unglück geschieht.«

In dem Moment sah ich Q-Ki auf dem Flur. Es war halb vier morgens! Die Sirenen würden erst in zwei Stunden wieder zur Arbeit rufen. Ich rief ihr hinterher, aber sie ging einfach weiter.

Ich wandte mich wieder Ga zu: »Verraten Sie mir, was ein *Bergman* ist!«

»Bergman?«, fragte er zurück. »Ich habe keine Ahnung, was Sie –«

»Oder ein *Ingrid*?«

»Dieses Wort gibt es nicht«, antwortete er.

Ich starrte ihn einen Moment an. »Haben Sie Sun Moon geliebt?«

»Ich liebe sie immer noch.«

»Aber wie ist das möglich?«, wollte ich wissen. »Wie haben Sie es geschafft, dass sie Ihre Liebe erwidert?«

»Vertrauen.«

»*Vertrauen?* Was soll das heißen?«

»Wenn zwei Menschen sich ganz füreinander öffnen. Wenn es zwischen ihnen keine Geheimnisse gibt.«

Ich musste lachen. »Keine Geheimnisse?«, fragte ich. »Das ist unmöglich. Wir verbringen Wochen damit, ihre ganze Lebensgeschichte aus den Klienten herauszuholen, und jedes Mal, wenn wir sie an den Autopiloten anschließen, plaudern sie ein entscheidendes Detail aus, das uns entgangen ist. Aus jemandem alle Geheimnisse herauszubekommen, das ist schlicht und einfach nicht möglich, tut mir leid.«

»Nein«, sagte Ga. »Sie erzählt mir ihre Geheimnisse. Und ich erzähle ihr meine. Freiwillig.«

Ich sah Q-Ki wieder vorbeilaufen, diesmal trug sie eine Stirnlampe. Ich rannte aus der Zelle, um sie einzuholen – aber sie war schon am Ende des Gangs. »Was machen Sie hier mitten in der Nacht?«, rief ich ihr hinterher.

Ich hörte das Echo ihrer Antwort durch die Gänge hallen: »Ich setze mich voll ein!«

Im Treppenhaus holte ich sie ein, aber sie wurde nicht langsamer. Sie hatte ein Gerät aus der Werkstatt dabei, eine Handpumpe mit einem Gummischlauch dran. Damit pumpt man dem Klienten den Magen erst voll, dann wieder aus – Organschwellung durch gewaltsam zugeführte Flüssigkeit ist die drittschmerzhafteste Taktik, um jemanden gefügig zu machen.

»Wo wollen Sie damit hin?«, fragte ich.

Stufe um Stufe führte uns die Wendeltreppe tiefer in das Gebäude hinab.

»Ich habe keine Zeit«, gab sie zurück.

Ich packte sie grob am Ellbogen und drehte sie herum. So eine Behandlung war sie anscheinend nicht gewöhnt.

»Ich habe einen Fehler gemacht«, gestand sie mir. »Wir müssen uns jetzt wirklich beeilen.«

Nach zwei weiteren Treppen waren wir an der Klappe zum Sumpf. Sie stand offen.

»Nein«, sagte ich. »Das kann doch nicht wahr sein.«

Sie kletterte die Leiter hinunter, und als ich ihr folgte, konnte ich schon sehen, wie sich Genosse Buc auf dem Boden wand. Neben ihm lag eine umgeschüttete Büchse Pfirsiche. Q-Ki kämpfte gegen seine Zuckungen an und versuchte, ihm den Schlauch in den Hals zu schieben. Schwarzer Speichel lief ihm aus dem Mund, seine Augen wollten nicht offen bleiben – alles eindeutige Zeichen einer Lebensmittelvergiftung.

»Vergessen Sie's«, sagte ich. »Das Gift hat sein Nervensystem schon erreicht.«

Sie stöhnte frustriert auf. »Ich weiß. Ich habe Mist gebaut«, murmelte sie reuig.

»Und weiter?«

»Ich weiß, ich hätte es nicht tun sollen«, fuhr sie fort. »Aber dieser Typ weiß alles, was wir brauchen.«

»Wusste.«

»Ja, wusste.« Sie sah aus, als würde sie dem vor Krämpfen zitternden Mann am liebsten einen Fußtritt versetzen. »Ich dachte, wenn ich ihn mir richtig vorknöpfe, könnten wir die ganze Sache aufklären. Ich bin hier runtergekommen und habe ihn gefragt, was er will. Da hat er gesagt: *Pfirsiche*. Er hat gesagt, das wäre sein letzter Wunsch.« Dann trat sie ihn tatsächlich, aber es schien ihr auch nicht zu helfen. »Er hat gesagt, wenn ich ihm abends die Pfirsiche bringe, würde er mir am Morgen alles erzählen.«

»Woher wusste er, ob es Tag oder Nacht ist?«

Sie schüttelte den Kopf. »Das habe ich auch verbockt. Ich hab's ihm gesagt.«

»Nicht so schlimm«, sagte ich beschwichtigend. »Den Fehler machen alle Praktikanten.«

»Aber mitten in der Nacht überkam mich plötzlich so ein Gefühl«, fuhr sie fort. »Ich hatte auf einmal so ein Bauchgefühl, dass etwas nicht stimmt, also bin ich hergekommen und habe ihn so vorgefunden.«

»Wir verlassen uns nicht auf Bauchgefühle«, belehrte ich sie. »Das tun die Pubjok.«

»Und was haben wir aus Buc rausgekriegt? Gar nichts.

Was haben wir aus Kommandant Ga rausgekriegt? Ein beschissenes Märchen, und wie man einem Büffel einen runterholt.«

»Q-Ki!«, sagte ich. Ich stemmte die Hände in die Hüften und atmete tief durch.

»Seien Sie bitte nicht sauer auf mich«, sagte sie. »Schließlich haben Sie ihn nach den Dosenpfirsichen gefragt. Sie haben ihm erzählt, dass Kommandant Ga im selben Gebäude ist. Buc hat nur eins und eins zusammengezählt.«

Sie sah aus, als wollte sie jeden Moment davonstürmen. »Übrigens, noch etwas — wissen Sie noch, wie Kommandant Ga gefragt hat, ob das seine Pfirsiche wären oder die von Genosse Buc? Als ich Genosse Buc die Büchse mit den Pfirsichen aushändigte, hat er mich dasselbe gefragt.«

»Was haben Sie ihm gesagt?«

»Was *ich* ihm gesagt habe? Nichts! Schließlich bin *ich* die Verhörspezialistin, oder?«

»Falsch«, erwiderte ich. »Sie sind die Praktikantin.«

»Stimmt«, gab sie zu. »Verhörspezialisten liefern Resultate.«

*

Im Erdgeschoss, hinter den Zellen für die Neuzugänge, befindet sich die zentrale Effektenkammer. Dort wollte ich mich vor der Heimfahrt noch ein bisschen umsehen. Sämtliche Wertgegenstände hatten die MfSS-Agenten den Häftlingen natürlich längst abgenommen, wenn sie hier eintrafen. Regal um Regal betrachtete ich die erbärmlichen Habseligkeiten, die die Leute bei ihrem ersten und letzten Besuch in unserem Hause bei sich trugen. Sehr viele Sandalen. Scheinbar tragen Staatsfeinde überwiegend Größe 39. Hier lagen die Eicheln, die Leute in der Hosentasche gehabt hatten, die Zweige, mit denen sie sich die Zähne putzten, Rucksäcke voller Lumpen, Besteck und Geschirr. Und neben einem Streifen Klebeband, auf dem der Name *Genosse Buc* stand, fand ich eine Dose Pfirsiche mit rot-grünem Etikett, geerntet in Manp'o, abgefüllt in Konservenfabrik 49.

Ich nahm die Pfirsichbüchse und machte mich auf den Weg nach Hause.

Die U-Bahn fuhr bereits wieder, und wer mich hier gesehen hätte, eingequetscht in einem Waggon zwischen Hunderten von Fabrikarbeitern, die sich in den Kurven unfreiwillig aneinanderlehnten, hätte mich für einen von ihnen gehalten. Meine Gedanken kreisten um das Bild von Bucs Familie – so schön in ihren weißen Kleidern. Ich hoffte, dass meine blinde Mutter beim Frühstückmachen die Wohnung nicht in Brand setzte. Irgendwie konnte sie es immer vermeiden. Und sogar hundert Meter unter der Erde hörten wir, wie die Sirenen mit fünffachem Schrillen den Anbruch eines Heldentags der Arbeit verkündeten.

ALS KOMMANDANT GA die Augen aufschlug, standen der Junge und das Mädchen am Fußende des Bettes und starrten ihn an. Im Grunde war von ihnen nicht mehr als ein erster Lichtglanz im Haar zu erkennen, ein blauer Hauch auf den Wangenknochen. Er blinzelte, nur für eine Sekunde, so schien es ihm, aber er musste doch wieder eingeschlafen sein. Als er die Augen erneut öffnete, waren die Kinder verschwunden.

Er fand sie in der Küche. Sie hatten den Stuhl an die Anrichte geschoben und spähten in das oberste Fach des Küchenschranks.

Ga entzündete die Flamme unter der Stahlpfanne, löffelte etwas Öl hinein und viertelte eine Zwiebel.

»Und, wie viele Pistolen liegen da drin?«, fragte er.

Die Kinder sahen sich an. Das Mädchen hielt drei Finger hoch.

»Hat euch jemand gezeigt, wie man mit einer Pistole umgeht?«

Sie schüttelten den Kopf.

»Na, dann wisst ihr ja, dass ihr sie nicht anfassen dürft.«

Sie nickten.

Der Zwiebelduft sorgte für Gebell auf dem Balkon.

»Kommt mit, ihr zwei«, sagte er. »Wir müssen die Zigaretten eurer Mutter finden, bevor sie aufwacht und fuchsteufelswild wird.«

Zusammen mit Brando inspizierte Kommandant Ga das Haus, tippte mit den Zehen gegen die Scheuerleisten und schaute unter die Möbel. Brando beschnüffelte alles und bellte wie wild; die Kinder hielten sich misstrauisch im Hintergrund, waren aber neugierig. Ga wusste nicht, wonach er suchte. Langsam arbeitete er sich von einem Raum zum nächsten vor. Er bemerkte ein zugekleistertes Ofenloch, wo einmal ein Kohleofen gestanden hatte; an anderer Stelle warf der Putz Blasen, wahrscheinlich war eine Stelle im Dach undicht. In der Nähe der Haustür sah er Spuren auf den Bodendielen. Er fuhr mit den Zehen über die Kratzer und hob den Kopf.

Er holte sich einen Stuhl, stieg hinauf und entdeckte ein loses Stück Zierleiste. Er fasste in die hohle Wand dahinter und zog eine Stange Zigaretten heraus.

»Ach, jetzt verstehe ich«, sagte der Junge. »Du hast nach einem Versteck gesucht.«

Es war das erste Mal, dass der Junge mit ihm sprach.

»Ganz genau«, antwortete er.

»Es gibt noch eins«, sagte der Junge. Er zeigte auf das Porträt von Kim Jong Il.

»Ich schicke euch auf eine Geheimmission«, sagte Ga zu den Kindern und überreichte ihnen ein Päckchen Zigaretten. »Ihr müsst eurer Mutter die Zigaretten unters Kopfkissen schmuggeln, ohne dass sie dabei aufwacht.«

Die Gemütsregungen des Mädchens zeigten sich nur sehr verhalten und waren leicht zu übersehen – ganz anders als bei ihrer Mutter. Mit einem minimalen Hochziehen der Oberlippe gab die Kleine zu erkennen, dass dies zwar weit unter ihrer Würde als Spionin war, sie die Aufgabe aber trotzdem annahm.

Als Kommandant Ga das überdimensionierte Porträt des Geliebten Führers abgenommen hatte, kam ein in die Wand eingelassenes Regal zum Vorschein. Den meisten Platz beanspruchte ein Laptop, aber ganz oben fand er einen Packen Hundert-Dollar-Scheine, Vitaminpräparate, Proteinpulver und eine Phiole Testosteron mit zwei Spritzen.

Die Zwiebel war süß, durchsichtig und an den Rändern ein wenig geschwärzt. Ga schlug ein Ei hinein und fügte eine Prise weißen Pfeffer, Selleriegrün und den Reis von gestern hinzu. Das Mädchen stellte Schälchen und die Chilipaste auf den Tisch, und der Junge gab ihnen auf. Ihre Mutter tauchte schläfrig in der Tür auf, eine brennende Zigarette zwischen den Lippen. Sie setzte sich an den Tisch, wobei die Kinder versuchten, ihr wissendes Grinsen zu unterdrücken.

Sie nahm einen tiefen Zug und blies den Rauch aus. »Was ist?«, fragte sie.

Beim Frühstück fragte das Mädchen: »Warst du wirklich schon mal in Amerika?«

Ga nickte. Sie aßen mit silbernen Essstäbchen von chinesischem Porzellan.

Der Junge meinte: »Ich habe gehört, dass man da Geld für sein Essen bezahlen muss.«

»Das stimmt«, bestätigte Ga.

»Und die Wohnung?«, wollte das Mädchen wissen. »Kostet die auch Geld?«

»Und der Bus?«, fragte der Junge. »Oder der Zoo – kostet es Geld, in den Zoo zu gehen?«

Ga unterbrach sie. »In Amerika gibt es nichts umsonst.«

»Noch nicht mal das Kino?«, fragte Sun Moon leicht pikiert.

»Warst du in Disneyland?«, fragte das Mädchen. »Ich habe gehört, das ist das Beste an Amerika.«

Der Junge warf ein: »Und ich habe gehört, das amerikanische Essen schmeckt scheußlich.«

Ga hatte noch drei Bissen übrig, aber er sparte sie für den Hund auf.

»Es gibt gutes Essen dort«, antwortete er. »Aber die Amerikaner ruinieren alles mit einer Zutat, die Käse heißt. Den machen sie aus Milch. Die Amerikaner tun ihn überall drauf – zum Frühstück auf die Eier, auf die Nudeln und geschmolzen auf das Hackfleisch. Angeblich riechen Amerikaner nach Butter, aber das stimmt nicht, sie riechen nach Käse. Wenn man den heiß macht, zerfließt er orange. Bei meiner Arbeit für den Geliebten Führer muss ich den koreanischen Köchen helfen, Käse nachzumachen. Die ganze Woche musste sich unser Team mit dem ekelhaften Zeug befassen.«

Sun Moon hatte ihre Schale noch nicht ganz leer, aber als die Rede auf den Geliebten Führer kam, drückte sie die Zigarette im Reis aus.

Das war das Zeichen, dass das Frühstück vorbei war, aber eine Frage wollte der Junge noch schnell loswerden. »Haben Hunde wirklich ihr eigenes Futter in Amerika? In Dosen?«

Diese Vorstellung empörte Ga – eine eigene Konservenfabrik für Hunde! »Davon habe ich nichts gesehen«, antwortete er.

*

Im Laufe der nächsten Woche leitete Kommandant Ga einen Stab von Köchen an, die das Menü für die amerikanische Delegation zusammenstellten. Ga hatte eine Zeichnung der texanischen Ranch angefertigt, mit einem Korral aus knorrigen Kiefernstämmen, Mesquitezäunen, einer Feuerstelle zum Erhitzen der Brandeisen und einer Scheune. Dak-Ho wurde angeheuert, um all das mithilfe von Requisiten aus dem Zentralen Filmstudio nachzubauen. Ein Ort außerhalb der Stadt wurde ausgewählt, wo es mehr Platz und weniger Einwohner als in Pjöngjang selbst gab. Genosse Buc besorgte alles, von den Schnittmustern für die mexikanischen Männerhemden bis hin zu den Schusterleisten für Cowboystiefel. Einen Planwagen aufzutreiben erwies sich als größte Herausforderung, doch dann fand Buc ein Exemplar in einem japanischen Vergnügungspark, und eine Mannschaft wurde ausgeschickt, um ihn zu besorgen.

Es wurde beschlossen, dass keine nordkoreanische Motorsense erfunden werden musste; in Versuchen hatte sich erwiesen, dass die kommunistische Handsense mit ihrer anderthalb Meter langen, rasiermesserscharfen Klinge weitaus effektiver zur Unkrautbeseitigung geeignet war. Ein Fischteich wurde angelegt und mit Aalen aus dem Taedong besetzt – ungemein gefräßige, würdige Gegner beim Angelsport. Trupps von Freiwilligen wurden in die Sobaek-Berge geschickt, um möglichst viele Grubenottern, die gefährlichsten Giftschlangen des Landes, für den Schießstand zu fangen.

Eine Gruppe Mütter vom Theater im Kinderpalast wurde mit der Herstellung der Präsentkörbe beauftragt. Da kein Kalbsleder für Handschuhe aufzutreiben war, wurde die weichste Lederart von allen – Welpenleder – verwendet. Statt Bourbon kam ein starker Schlangen-Whiskey aus dem Bergland von Hamhüng hinein. Die burmesische Junta steuerte fünf Kilo getrocknetes Tigerfleisch bei. Die Frage, welche Zigarettenmarke den Charakter des nordkoreanischen Volkes am besten repräsentierte, wurde heiß diskutiert. Am Ende entschied man sich für die Marke *Prolot*.

Aber es wurde nicht nur gearbeitet. Jeden Tag gönnte sich Kommandant Ga eine lange Mittagspause im Moranbong-Lichtspieltheater, wo er sich ganz allein Sun Moons Filme ansah. Er erlebte ihren unbeugsamen Durchhaltewillen in *Sturz der Unterdrücker*, spürte ihr grenzenloses Leid in *Mutterloses Vaterland*, verstand ihre verführerische List in *Ruhm und Glorie* und pfiff auf dem Heimweg patriotische Lieder, nachdem er *Haltet die Fahne hoch!* gesehen hatte.

Jeden Morgen vor der Arbeit, wenn die Finken und Zaunkönige in den Baumkronen zwitscherten, unterwies Kommandant Ga die Kinder in der Kunst des Fallenstellens. Aus feinem Garn bastelten sie Singvogelfallen, und alle drei bauten auf dem Balkongeländer eine Schlinge mit einem Stein als Gewicht und einem kleinen Zweig als Auslöser auf, die mit Selleriesamen als Köder bestückt wurden.

Und wenn Kommandant Ga nachmittags nach Hause kam, brachte er den Kindern das Arbeiten bei. Arbeit war ihnen fremd, aber sie fanden es zur Abwechslung richtig spannend. Ga musste ihnen allerdings alles zeigen: Wie man den Spaten mit dem Fuß in die Erde treibt oder dass man sich hinknien muss, wenn man im Tunnel die Spitzhacke schwingen will. Dem Mädchen gefiel es, endlich mal ihre Schuluniform ausziehen zu dürfen, und der Dreck im Tunnel störte sie auch nicht. Dem Jungen machte es einen Riesenspaß, Eimer voller Erde die Leiter hinaufzuschleppen und nach hinten auf den Balkon zu schaffen, wo er die Erde langsam den Hang hinabrieseln ließ.

Während Sun Moon die Kinder abends in den Schlaf sang, durchforstete Ga die Dateien auf dem Laptop, auf dem sich vor allem Karten befanden, mit denen er nichts anzufangen wusste. Es gab jedoch auch einen Ordner mit Fotos — Hunderte, und schrecklich anzusehen. Im Grunde waren die Bilder gar nicht so anders als die von Mongnan: Männer, die mit einer Mischung aus Furcht und Nichtwahrhabenwollen dessen, was gleich mit ihnen geschehen würde, in die Kamera schauten. Und dazu dann die »Nachher«-Fotos, auf denen die Männer blutig und halbnackt zusammengeschlagen auf dem Boden lagen. Die Bilder von Genosse Buc waren ganz besonders widerwärtig.

Jede Nacht schlief sie auf ihrer Seite des Ehebetts und er auf seiner.

Time to get some shut-eye, sagte er zu ihr, und sie antwortete: *Sweet dreams.*

Ende der Woche traf ein Drehbuch vom Geliebten Führer ein. Es hieß *Die größten Opfer*. Sun Moon ließ es auf dem Tischchen liegen, wo der Bote es abgelegt hatte; den ganzen Tag strich sie darum herum, den Fingernagel zwischen den Zähnen.

Schließlich zog sie zur Beruhigung ihren alten Lieblingshausmantel an und schloss sich mit dem Drehbuch im Schlafzimmer ein, wo sie es immer wieder las und dabei zwei Päckchen Zigaretten qualmte.

An jenem Abend sagte er im Bett: *Time to get some shut-eye.* Sie sagte nichts.

Nebeneinander starrten sie an die Decke.

»Macht das Drehbuch dir Sorgen?«, fragte er. »Was für eine Figur sollst du für den Geliebten Führer spielen?«

Sun Moon dachte eine Weile darüber nach. »Sie ist eine einfache Frau«, erzählte sie schließlich. »In einfacheren Zeiten. Ihr Mann ist im Krieg und kämpft gegen die Imperialisten. Er war ein netter Mensch, den alle gern mochten, doch als Leiter seines Landwirtschaftskollektivs war er zu nachsichtig, und die Produktivität sank. Während des Krieges wären die Bauern beinahe verhungert. Vier Jahre vergehen, und alle glauben, er ist tot. Doch dann kehrt er zurück. Der Mann erkennt seine Frau kaum wieder, und er selbst sieht völlig verändert aus – er hat im Gefecht Brandwunden erlitten. Der Krieg hat ihn hart und kalt werden lassen, er ist jetzt ein strenger Zuchtmeister. Aber die Erträge steigen, und die Ernte ist üppig. Die Bauern schöpfen neue Hoffnung.«

»Lass mich raten«, entgegnete Kommandant Ga. »Erst dann regt sich in der Frau der Verdacht, dass er vielleicht nicht ihr echter Ehemann ist, und als sie den Beweis dafür hat, muss sie sich entscheiden, ob sie ihr privates Glück dem größeren Nutzen für das Volk opfert.«

»Was, das Drehbuch ist derart vorhersehbar?«, fragte sie. »So leicht zu durchschauen, dass ein Mann den Inhalt erraten kann, der erst eine Handvoll Filme gesehen hat?«

»Das ist nur so eine Vermutung, wie es ausgehen könnte. Vielleicht gibt es ja noch eine überraschende Wendung, wie die Produktionsgenossenschaft ihre Planvorgaben erfüllen und die Frau trotzdem glücklich werden kann.«

Sie seufzte, ihre Stimme war voller Trauer. »Nein, es gibt keine überraschende Wendung. Die Handlung ist genau wie in allen anderen Filmen. Ich leide und leide, und dann ist der Film zu Ende.«

»Die Menschen finden deine Filme inspirierend«, sagte er.

»Tatsächlich?«

»Ich jedenfalls finde sie inspirierend. Deine Schauspielkunst zeigt den Menschen, dass Leiden einen Sinn haben kann, dass es nobel sein kann. Das ist besser als die Wahrheit.«

»Die da wäre?«

»Dass Leiden sinnlos ist. Manchmal gibt es einfach keine Alternative, aber selbst wenn dreißigtausend andere Leute mit dir leiden, leidest du doch allein.«

Sie gab keine Antwort. Er versuchte es noch einmal.

»Du solltest es wirklich als große Ehre auffassen. Der Geliebte Führer hat so viel zu tun und hat trotzdem eine ganze Woche damit zugebracht, einen neuen Film für dich zu schreiben.«

»Hast du etwa vergessen, wie dieser Mann dir einen Streich gespielt und dich vor den *Yangbans* von ganz Pjöngjang hat zusammenschlagen lassen? Oh, ich kann mir nur zu gut vorstellen, welch diebische Freude es ihm bereiten wird, wenn ich mich völlig für einen Film verausgabe, den er nie ins Kino bringen wird. Er wird sich endlos darüber amüsieren, dass ich eine Frau spiele, die sich einem neuen Ehemann unterwerfen muss.«

»Er will dich nicht demütigen. In zwei Wochen kommen die Amerikaner. Er ist vollauf damit beschäftigt, die mächtigste Nation der Welt zu demütigen. Er hat deinen Ehemann in aller Öffentlichkeit ersetzt. Er hat dir *Trostfrau* weggenommen. Damit hat er gesagt, was er sagen wollte. Wenn er dir wirklich weh tun wollte, dann würde er das auch tun.«

»Ich will dir was über den Geliebten Führer verraten«, erklärte sie. »Wenn er will, dass du mehr verlierst, gibt er dir mehr zu verlieren.«

»Aber er hatte etwas gegen mich, nicht gegen dich. Was sollte er für einen Grund haben …«

»Da«, unterbrach sie ihn. »Genau da haben wir den Beweis, dass du keine Ahnung hast. Die Antwort lautet: Der Geliebte Führer braucht keinen Grund, für nichts.«

Er drehte sich auf die Seite und sah ihr in die Augen.

»Komm, wir schreiben das Drehbuch um«, sagte er.

Sie sagte nichts.

»Wir nehmen den Laptop von deinem Mann und schreiben eine neue Fassung mit einer unvorhergesehenen Wendung. Die Bauern erfüllen ihr Produktionssoll hundertfünfzigprozentig, und die Ehefrau findet ihr Glück. Vielleicht lassen wir den ersten Ehemann einfach gegen Ende überraschend zurückkehren.«

»Weißt du überhaupt, was du da redest?«, fragte sie. »Dieses Drehbuch hat der Geliebte Führer geschrieben.«

»Zwei Dinge habe ich schon über den Geliebten Führer gelernt: Genugtuung ist ihm wichtig. Und gewiefte Ideen erkennt er an.«

»Was interessiert es dich überhaupt?«, fauchte sie. »Du hast selbst gesagt, dass er dich verschwinden lassen wird, sobald die Amerikaner weg sind.«

Er rollte sich wieder auf den Rücken. »Da hast du allerdings recht«, sagte er.

Jetzt fiel ihm nichts mehr ein.

»Ich finde nicht, dass der erste Ehemann aus dem Krieg zurückkehren sollte«, überlegte sie weiter. »Dann würde es ein großes Kräftemessen zwischen den beiden geben, und das würde eher das Ehrgefühl als das Pflichtbewusstsein des Publikums ansprechen. Wir könnten ja sagen, dass der Leiter eines anderen landwirtschaftlichen Kollektivs neidisch auf den Erfolg des Narbenmannes ist. Der andere Leiter ist korrupt, und er bringt einen korrupten Parteikader dazu, einen Haftbefehl für den Ehemann auszustellen, damit er in ein Umerziehungslager gesteckt wird, als Strafe für seine frühere Planuntererfüllung.«

»Ich verstehe«, erwiderte Kommandant Ga. »Jetzt ist es also nicht die Frau, die in der Falle sitzt, sondern der Mann mit den Verbrennungen, der sich entscheiden muss. Wenn er bekennt, dass er ein Hochstapler ist, kann er frei seiner Wege gehen, allerdings nicht ohne Schande. Wenn er darauf beharrt, dass er tatsächlich ihr Ehemann ist, dann hat er sein Gesicht gewahrt, muss aber ins Lager.«

Sun Moon spann weiter: »Die Ehefrau ist sich fast sicher, dass sich unter den Brandnarben nicht ihr wahrer Ehemann verbirgt. Aber was ist, wenn sie sich irrt, wenn er nur durch das Grauen des Krieges kaltherzig geworden ist und sie nun zulässt, dass der Vater ihrer Kinder deportiert wird?«

»Das nenne ich eine wahre Geschichte über Pflichterfüllung«, bestätigte er. »Aber was wird aus der Frau? Egal, wie es ausgeht, sie bleibt allein.«

»Was wird aus der Frau?«, fragte Sun Moon in den Raum. Brando erhob sich. Der Hund starrte ins dunkle Haus. Kommandant Ga und Sun Moon sahen einander an.

Als der Hund zu knurren begann, wachten auch der Junge und das Mädchen auf. Sun Moon zog ihren Hausmantel über, während Kommandant Ga eine Kerze nahm und – die Hand schützend um die Flamme gelegt – dem Hund zur Balkontür folgte. Die Vogelfalle war ausgelöst worden, und in der Schlinge saß wild flatternd ein kleiner Zaunkönig. Braune und graue Federn blitzten auf, beige-weiße Tupfen. Ga drückte dem Jungen, der mit großen Augen staunend dastand, die Kerze in die Hand. Er nahm den Vogel in beide Hände und zog ihm die Schlinge vom Bein. Dann spreizte er die Vogelflügel auf und zeigte sie den Kindern.

»Es hat funktioniert!«, rief das Mädchen. »Es hat wirklich funktioniert!«

Im Straflager 33 durfte man nicht riskieren, mit einem Vogel in der Hand erwischt zu werden; so hatte Ga gelernt, seine Beute in Sekundenschnelle zu verzehren. »Gut, jetzt guckt genau zu«, ermahnte Ga die Kinder. »Oben am Nacken fest zufassen, einmal ziehen und schnell drehen.« Schon hatte er dem Vogel den Kopf abgerissen und warf ihn über das Geländer. »Hier, die Beine gehen mit einer Drehung ab, und die Flügel ebenso am ersten Gelenk. Dann setzt ihr beide Daumen auf die Brust, so, und nach außen schieben.« Durch den Druck riss die gefiederte Haut auf und brachte das Brustfleisch zum Vorschein. »Das Fleisch hier ist das Beste, aber werft auch den Rest nicht fort, wenn ihr genug Zeit habt. Die Knochen kann man auskochen, das ergibt eine gesunde Brühe. Piekt einfach mit dem Finger in den Bauch, und wenn ihr dann den Vogel dreht, kommen alle Eingeweide in einem heraus.« Ga schüttelte sich das Zeug von den Fingern, krempelte dann die Haut um und häutete den Vogel in einem Stück.

»Da.« Ga hielt ihnen das Vögelchen hin. Es war schön anzusehen: Das Fleisch hatte einen rosa Perlmuttglanz und spannte sich über hauchfeine, weiße Knochen, aus deren winzigen Spitzen es rosa tropfte.

Mit dem Daumennagel machte er einen Einschnitt entlang des Brustbeins und hob eine perfekte Mandel durchscheinenden Brustfleischs heraus. Die steckte er sich selbst in den Mund, ließ sie auf der Zunge zergehen und erinnerte sich.

Das andere Brüstchen hielt er den Kindern hin, die sprachlos den Kopf schüttelten. Ga aß auch das zweite und warf dem Hund das Gerippe hin, der es sofort zermalmte.

BEGLÜCKWÜNSCHT EINANDER, BÜRGER! Heute feiern wir die Veröffentlichung der jüngsten Schrift des Geliebten Führers, *Über die Opernkunst*, die höchstes Lob verdient. Dieses Buch ist der Folgeband von Kim Jong Ils *Über die Filmkunst*, ein Standardwerk für ernsthafte Schauspielschüler weltweit. Zur Feier dieses Anlasses ließ der Minister für Kollektive Kindererziehung zwei neue Kinderlieder komponieren – »Tief verborgen« und »Wir tauchen unter dem Seil hindurch«. Die ganze Woche dürft ihr ungültig gewordene Lebensmittelkarten als Eintrittskarten für die Frühvorstellungen der Oper verwenden!

Eine wichtige Durchsage des Verteidigungsministers: Der Lautsprecher bringt täglich Nachrichten, Bekanntmachungen und Kulturprogramme in jede Wohnung und jedes Haus in Nordkorea. Doch wir möchten euch daran erinnern, dass dieses Frühwarnsystem ursprünglich im Jahre 1973 auf Veranlassung des Großen Führers Kim Il Sung für den Fall eines Luftangriffs im ganzen Land installiert wurde, und sein ordnungsgemäßes Funktionieren ist von größter Wichtigkeit für die nationale Sicherheit. Die Inuit sind ein isolierter Stamm rückständiger Wilder, die in der Nähe des Nordpols leben. Ihre Stiefel heißen Mukluk. Fragt eure Nachbarn heute im Laufe des Tages: Was ist ein Mukluk? Wissen sie es nicht, dann funktioniert ihr Lautsprecher vielleicht nicht richtig, oder ein Kabel wurde versehentlich herausgezogen. Meldet das eurem Blockwart, denn dadurch lassen sich beim nächsten Überraschungsangriff der Amerikaner auf unser glorreiches Land viele Menschenleben retten!

Bürger, als wir unsere schöne Sun Moon das letzte Mal sahen, hatte sie der Welt den Rücken zugekehrt. Unsere arme Schauspielerin trauerte sehr. Warum sucht sie nicht Trost bei den inspirierenden Schriften unseres Geliebten Führers? Kim Jong Il versteht, was ihr durchmacht. Im Alter von sieben Jahren verlor er seinen Bruder, danach seine Mutter, ein Jahr später die kleine Schwester, ganz zu schweigen von mehreren Stiefmüttern – ja, der Geliebte Führer ist jemand, der die Sprache des Verlusts nur zu gut kennt.

Doch Sun Moon wusste, dass Respekt zum Leben eines guten Bürgers gehört, und sie packte ein Picknick ein, mit dem sie auf den Friedhof der Märtyrer der Revolution zogen, nur einen kurzen Spaziergang von ihrem Haus am Hang des Taesong entfernt. Auf dem Heldenfriedhof angekommen, breitete die Familie eine Decke aus, auf der sie ihr Mahl einnehmen und sich zurücklehnen konnten, weil sie wussten, dass sie von Taepodong-2-Raketen bewacht wurden, während hoch über ihnen der nordkoreanische Satellit *Heller Stern* seine Bahnen zog und sie vom Weltall aus beschützte.

Zum Picknick gab es natürlich Koreanischen Feuertopf, und Sun Moon hatte verschiedene *Banchan* als Beilagen zu dem Festmahl zubereitet: *Gui*, *JJim*, *Jeon* und *Namul*. Sie dankten dem Geliebten Führer für den reichen Segen und ließen es sich schmecken!

Während sie aßen, erkundigte sich Kommandant Ga nach Sun Moons Eltern. »Wohnen sie auch hier in der Hauptstadt?«

»Ich habe nur noch meine Mutter«, antwortete Sun Moon. »Sie hat sich in Wŏnsan zur Ruhe gesetzt, lässt aber nie von sich hören.«

Kommandant Ga nickte. »Ja, Wŏnsan.«

Er blickte hinaus in die Weite des Friedhofs und stellte sich dabei bestimmt all die Golf- und Karaokeveranstaltungen an diesem himmlischen Ort für alte Menschen vor.

»Warst du schon mal da?«, wollte sie wissen.

»Nein, aber ich habe Wŏnsan vom Meer aus gesehen.«

»Und, ist es schön da?«

Die Essstäbchen der Kinder flogen nur so. Vögel beäugten sie aus den Bäumen.

»Tja«, antwortete er. »Der Sand ist besonders weiß, das stimmt. Und die Wellen sind schön blau.«

Sie nickte. »Bestimmt. Aber warum schreibt sie bloß nicht? Warum?«

»Hast du ihr denn geschrieben?«

»Sie hat mir nie ihre neue Adresse mitgeteilt.«

Kommandant Ga wusste natürlich, dass Sun Moons Mutter viel zu viel zu tun hatte, um Zeit zum Briefeschreiben zu haben. In keinem anderen Land der Welt gibt es eine ganze Stadt, die nur dem Wohlbefinden der Ruheständler gewidmet ist, und das direkt am Strand. Hier wird ihnen Brandungsangeln, Aquarellmalerei, Handarbeiten, ein Juche-Lesezirkel und vieles mehr geboten – viel zu viel, um alles aufzählen zu können! Ga wusste natürlich auch, dass weniger Post auf dem Weg durch unser glorreiches Vaterland verloren ginge, wenn mehr Mitbürger sich am Abend und Wochenende zu freiwilligen Arbeitseinsätzen im Hauptpostamt einfinden würden.

»Hör auf, dir Sorgen um deine Mutter zu machen«, redete er ihr gut zu. »Du solltest deine Aufmerksamkeit auf die Jugend richten.«

Nach dem Essen verstreuten sie die letzten Reste auf dem Rasen, damit die reizenden Singvögel sie aufpicken konnten. Ga beschloss, etwas für die Bildung der Kinder zu tun. Gemeinsam erklommen sie den Hügel zur Gedenkstätte; während Sun Moon voller Stolz zusah, zeigte ihnen der gute

Kommandant die wichtigste Märtyrerin: Kim Jong Suk, Kim Il Sungs Gattin und Kim Jong Ils Mutter. Die Büsten der Märtyrer sind aus Bronze und überlebensgroß; die leuchtenden Brauntöne lassen die Personen sehr lebendig wirken. Ausführlich erzählte Ga von Kim Jong Suks Heldentaten im Kampf gegen die Japaner, und dass man sie in besonders liebevoller Erinnerung hatte, weil sie die schweren Rucksäcke älterer Revolutionskämpfer geschleppt hatte. Die Kinder weinten darüber, dass sie so jung gestorben war.

Dann gingen sie ein paar Meter weiter zu den nächsten Märtyrern: Kim Chaek, An Kil, Kang Kon, Ryu Kyong Su, Jo Jong Chol und Choe Chun Guk, allesamt Patrioten der höchsten Ordnung, die Seite an Seite mit dem Großen Führer gekämpft hatten. Dann zeigte ihnen Kommandant Ga die Grabstätte des heißblütigen O Jung Hup, Kommandant des berühmten Siebten Regiments. Neben ihm war der ewige Wächter Cha Kwang Su zu finden, der bei einer Nachtwache am Chon-See erfror. Die Kinder frohlockten über ihr neues Wissen. Und hier war Pak Jun Do, der sich zum Beweis seiner treuen Ergebenheit das Leben nahm. Unvergessen ist auch Back Hak Lim, der sich seinen Spitznamen »Uhu« redlich verdient hatte. Und wer hatte noch nie von Un Bo Song gehört, der sich die Ohren mit Lehm verstopfte, bevor er eine japanische Geschützstellung stürmte? Mehr, riefen die Kinder, mehr! Und so schritten sie durch die Reihen, vorbei an Kong Young, Kim Chul Joo, Choe Kwang und O Paek Ryong, die alle zu heldenhaft für einfache Medaillen gewesen waren. Als Nächstes kam das Grab von Choe Tong O, Vater des südkoreanischen Kommandanten Choe Tok Sin, der nach Nordkorea flüchtete. Und da ist ja auch Choe Tong Os Schwager Ryu Tong Yol! Als Nächstes kam die Büste von Ryang Se Bong, Gebieter über die Tunnel, und das Tötungskommando-

Trio Jong Jun Thaek, Kang Yong Chang und der »Sportler« Pak Yong Sun. Viele japanische Waisen spüren noch heute den langen, patriotischen Schatten, den Kim Jong Thaes wirft.

Sun Moons Wangen waren gerötet, so sehr hatte Kommandant Ga sie mit seiner Vaterlandsliebe in Wallung gebracht.

»Kinder! Geht im Wald spielen!«, rief sie.

Dann nahm sie Kommandant Ga beim Arm und führte ihn den Hügel hinab zum Botanischen Garten. Sie kamen an der landwirtschaftlichen Zuchtanlage mit dem hohen Mais und den üppigen Sojabohnen vorbei, vor der die Wachsoldaten mit chromblitzenden Kalaschnikows im Anschlag standen, jederzeit bereit, die nationale Saatgutbank gegen imperialistische Eindringlinge zu schützen.

Vor dem, was womöglich der größte Schatz unseres Volkes ist, blieb Sun Moon stehen: Den zwei Gewächshäusern, die allein der Aufzucht der Kimjongilie und der Kimilsungie gewidmet sind.

»Such dir ein Treibhaus aus«, forderte sie ihren Mann auf.

Die Gewächshäuser hatten milchige Scheiben. In dem einen leuchtete das berauschende Blutrot der Kimjongilie. Das mit Kimilsungie-Orchideen gefüllte Warmhaus erstrahlte in überwältigendem Violett.

Es war offensichtlich, dass sie nicht länger warten konnte. »Ich wähle Kim Il Sung«, verkündete Sun Moon, »denn er ist der Stammvater unserer ganzen Nation.«

Feuchtwarme Luft erfüllte das Treibhaus; ein schwüler Nebel hing in der Luft. Als die Ehegatten Arm in Arm zwischen den Rabatten lustwandelten, erwachten die Orchideen. Ihre Blüten wandten sich dem Liebespaar zu, als wollten sie Sun Moons Anmut in vollen, süßen Zügen in sich aufnehmen. Tief im Treibhaus ließ sich das Paar nieder, um sich zurückgelehnt an der Herrlichkeit der nordkoreanischen Führung zu ergötzen. Ein Schwarm von Kolibris stand über ihnen in der Luft, die Befruchtungsexperten des Staates, und das Schwirren ihrer Flügelschläge drang tief in die Seelen der Liebenden ein, während die Vögelchen sie mit dem Regenbogenschillern ihrer Kehlen und wonnezuckenden, blumenküssenden Zungen betörten. Rund um Sun Moon entfalteten sich die Knospen und spreizten ihre Blütenblätter, um verborgene Pollen zu offenbaren. Von Kommandant Ga tropfte der Schweiß, und zu seinem Lobpreis stießen die Samenfäden süß duftende Blütenstaubwolken aus und bedeckten die Körper des Ehepaares mit dem klebrigen Saft des Sozialismus. Sun Moon schenkte ihm ihre Juche, und er gab ihr alles, was er an Sŏn'gun-Politik in sich hatte. Nach langem Marsch gipfelte ihr temperamentvoller Austausch in einem gleichzeitigen Aufschrei der Liebe zur Partei! In diesem Augenblick erschauderten die Pflanzen des Treibhauses und warfen ihre Blütenblätter ab – ein Teppich für Sun Moon, auf dem sie sich ausstrecken konnte, während ein Laken aus Schmetterlingen kitzelnd ihre mädchenhafte Haut bedeckte.

Bürger, endlich hat Sun Moon ihre tiefsten Überzeugungen mit ihrem Mann geteilt!

Genießt diesen Glanz, Bürger, denn in der nächsten Folge werden wir diesen »Kommandant Ga« einmal genauer unter die Lupe nehmen. Er mag erstaunlich geeignet zur Befriedigung der politischen Bedürfnisse einer Frau sein – dennoch müssen wir uns anschauen, wie er gegen alle sieben Grundsätze nordkoreanischer Bürgerpflichten verstoßen hat.

SUN MOON VERKÜNDETE, der Tag zur Ehrung ihres Großonkels sei gekommen. Obwohl es Samstag war, ein Arbeitstag, würden sie zum Friedhof der Revolutionshelden spazieren, um dort einen Kranz niederzulegen. »Lass uns ein Picknick machen«, sagte Kommandant Ga zu ihr. »Ich koche mein Lieblingsessen.«

Keiner durfte etwas zum Frühstück essen. »Ein leerer Magen ist meine geheime Zutat«, verkündete er. Für das Picknick nahm Ga nur einen Kochtopf, Salz und den angeleinten Brando mit.

Sun Moon schüttelte den Kopf, als sie den Hund sah. »Er darf nicht mit«, sagte sie.

»Ich bin Kommandant Ga«, antwortete er. »Wenn ich meinen Hund ausführen will, führe ich meinen Hund aus. Außerdem sind meine Tage ja sowieso gezählt, oder?«

»Was meint er damit?«, wollte der Junge wissen. »Dass seine Tage gezählt sind.«

»Nichts«, erwiderte Sun Moon.

Ga betrat den Märtyrerfriedhof zum ersten Mal. Sun Moon ging an allen anderen Grabsteinen einfach vorbei und führte sie geradewegs zur Büste ihres Großonkels. Zu sehen war ein Mann, dessen kantiges Gesicht mit der steilen Stirn fast südkoreanisch wirkte. Die Augen hatte er niedergeschlagen; er strahlte innere Kraft und Ruhe aus.

»Ah«, sagte Ga. »Kang Kung Li. Er preschte unter feindlichem Feuer über eine Brücke in den Bergen. Er riss die Tür von Kim Il Sungs Auto heraus und benutzte sie als Schild.«

»Du hast von ihm gehört?«, fragte sie erstaunt.

»Natürlich«, erwiderte Ga. »Er hat vielen Menschen das Leben gerettet. Manchmal werden Jungen, die gegen die Regeln verstoßen, um Gutes zu tun, nach ihm benannt.«

»Da wäre ich mir nicht so sicher. Ich befürchte fast, dass die Einzigen, die heutzutage noch nach ihm benannt werden, ein paar armselige Waisen sind.«

Stumm vor Staunen wanderte Kommandant Ga durch die Märtyrerreihen. Hier las er die Namen aller Jungen, die er je gekannt hatte, und wenn er jetzt diese Büsten betrachtete, wirkte es, als hätten sie bis ins Erwachsenenalter überlebt – alle hatten Schnurrbärte und herrische Unterkiefer und breite Schultern. Er streichelte ihre Gesichter und fuhr mit dem Finger die in die Marmorsockel gemeißelten Chosŏn'gŭl-Schriftzeichen nach. Es war, als wären die Waisen nicht mit neun Jahren verhungert oder mit elf bei einem Fabrikunglück umgekommen, sondern wären über zwanzig oder dreißig geworden wie andere Menschen auch. Am Grab von Un Bo Song fuhr Kommandant Ga mit der Hand über die Bronzebüste. Das Metall fühlte sich kalt an. Dieser Bo Song lächelte und trug eine Brille, und Ga streichelte die Märtyrerwange und sagte: »Bo Song.«

Ein Grabmal gab es noch, dass er unbedingt sehen musste, und Sun Moon lief ihm mit den Kindern durch die Gräberreihen hinterher, bis er es gefunden hatte. Die Büste und der Mann standen sich gegenüber, ähnelten einander aber nicht. Ga hatte nicht gewusst, wie es sein würde, endlich seinem Märtyrer ins Gesicht zu sehen, aber jetzt hatte er nur einen Gedanken: *Ich bin nicht du. Ich bin ich selbst.*

Sun Moon trat neben ihn. »Hat dieser Märtyrer eine besondere Bedeutung für dich?«, fragte sie.

»Ich kannte mal jemanden, der so hieß«, antwortete er.

»Kennst du seine Geschichte?«

»Ja, die ist ganz einfach«, antwortete er. »Obwohl Pak verdorbener Abstammung war und treuloses Blut hatte, schloss er sich der Guerilla im Kampf gegen die Japaner an. Seine Kameraden zweifelten an seiner Loyalität. Um ihnen zu beweisen, dass sie ihm ihr Leben anvertrauen konnten, erhängte er sich.«

»Und diese Geschichte spricht dich an?«

»Den Bekannten von früher«, entgegnete er. »Den hat das angesprochen.«

»Kommt, verschwinden wir. Mehr als einmal im Jahr ertrage ich diesen Friedhof nicht«, sagte sie.

*

Der Junge und das Mädchen hielten gemeinsam die Hundeleine fest, während Brando sie tiefer in den Wald hineinzog. Kommandant Ga entfachte ein kleines Feuer und zeigte den Kindern, wie man ein Dreibein baute, an dem man den Topf über die Flamme hängen konnte. Den Topf füllten sie mit Wasser aus einem Bach. An einer Stelle weitete dieser sich zu einem kleinen Tümpel aus, und sie verengten den Ausfluss mit Steinen. Dort spannte Ga sein Hemd wie ein Sieb auf, während die Kinder im Wasser herumplantschten und die Fische aufzuscheuchen versuchten. Ein zehn Zentimeter langer junger Saibling blieb im Hemd hängen. Vielleicht war er auch schon ausgewachsen, und die Fische hier waren verkümmert. Mit einem Löffel schuppte Ga den Fisch, nahm ihn aus und steckte ihn auf einen Stock, damit Sun Moon ihn grillen konnte. Wenn er außen schön schwarz angekohlt war, kam er mit dem Salz in die Brühe.

Im Wald gab es viele wild wachsende Blumen, wahrscheinlich wegen der Nähe zu den Grabsträußen. Er zeigte den Kindern, wie die Speisechrysantheme aussah; die pflückten sie und zerquetschten die Stängel zwischen zwei Steinen. Hinter einem dicken Fels wuchs ein Straußfarn mit saftigen jungen Trieben, die sich zwischen den Blattwedeln ringelten. Dann hatten sie richtig Glück: Unten an einem Felsen entdeckten sie *Seogi*-Steinohr. Mit einem angespitzten Stock kratzten sie die Flechten ab, die salzig wie Algen schmeckten. Ga erklärte den Kindern, woran man Schafgarbe erkennt, und als alle mitsuchten, fanden sie einen kleinen, unglaublich scharfen wilden Ingwer. Schließlich pflückten sie noch ein paar *Shiso*-Blätter – diese wohlschmeckende Pflanze stammte von den Japanern.

Bald brodelte es im Topf, Ga rührte die Wildkräuter um, und auf der Oberfläche schwammen drei Fettaugen vom Fisch. »Das hier«, sagte Ga, »ist für mich das beste Essen der Welt. Im Gefängnis waren wir immer am Rande des Hungertods. Arbeiten konnte man noch irgendwie, denken nicht mehr. Man versuchte, sich an ein Wort oder eine Idee zu erinnern, aber es war alles weg. Wenn man Hunger hat, verliert man jedes Zeitgefühl. Man schuftet und schuftet, und dann ist es dunkel, und man erinnert sich an nichts. Aber wenn wir zum Holzfällen eingeteilt wurden, konnten wir uns diese Suppe kochen. Nachts haben wir uns eine Fischfalle gebaut, und während wir dann am nächsten Tag gearbeitet haben, sammelten sich die Elritzen in der Falle. In den Bergen wuchsen überall wilde Kräuter, und jede Schale Suppe hieß: eine Woche länger überleben.«

Er probierte die Suppe – sie schmeckte noch bitter. »Braucht noch etwas«, sagte er. Sein nasses Hemd hing in einem Baum.

»Und was ist mit deinen Eltern?«, wollte Sun Moon wissen. »Ich dachte, die Eltern müssen mit, wenn man ins Arbeitslager geschickt wird.«

»Das stimmt, aber das spielte in meinem Fall keine Rolle. Da haben meine Eltern wohl doch einmal Glück gehabt«, sagte er. »Und was ist mit deinen Eltern? Wohnen sie auch hier in der Hauptstadt?«

»Ich habe nur noch meine Mutter.« Sun Moons Stimme klang bedrückt. »Sie ist an der Ostküste. Sie hat sich in Wŏnsan zur Ruhe gesetzt.«

»Ah, ja«, nickte er. »Wŏnsan.«

Sie schwieg. Er rührte in der Suppe, in der die Kräuter allmählich nach oben stiegen.

»Und wie lange ist das her?«, erkundigte er sich.

»Ein paar Jahre«, antwortete sie.

»Und sie ist wahrscheinlich zu beschäftigt, um dir zu schreiben?«, sagte er.

Ihr Gesichtsausdruck war schwer zu durchschauen. Sie sah ihn erwartungsvoll an, als hoffe sie, dass er sie beruhigen würde. Doch tief in ihren Augen lag eine düstere Ahnung.

»Ich würde mir keine Sorgen machen. Es geht ihr sicher gut«, tröstete er sie.

Sun Moon wirkte nicht getröstet.

Er versuchte es noch einmal. »In Wŏnsan gibt es viele schöne Dinge. Ich hab's mit eigenen Augen gesehen«, versicherte er ihr. »Der Sand ist besonders weiß. Und die Wellen sind schön blau.«

Sun Moon starrte in Gedanken versunken in den Kochtopf.

»Hör also nicht auf die Gerüchte, ja?«, bat er sie.

»Welche Gerüchte?«, fragte sie.

»Na siehst du. So lob ich's mir«, sagte er.

Im Straflager 33 wurden einem Menschen nach und nach sämtliche Illusionen genommen, bis schließlich auch die grundlegendsten, auf denen man seine Identität aufgebaut hatte, ins Wanken gerieten und zusammenbrachen. Für Kommandant Ga kam dieser Augenblick bei einer Steinigung. Die Steinigungen wurden am Fluss durchgeführt, an dessen Ufer runde, vom Wasser glatt geschliffene Steine lagen. Wer auf der Flucht erwischt wurde, den gruben die Wärter bis zum Bauch ein; bei Sonnenaufgang zog dann eine langsame, schier endlose Prozession von Häftlingen an ihm vorbei. Ausnahmen wurden nicht gemacht – jeder musste werfen. Warf man zu schwach, brüllten die Wachen, man solle sich gefälligst anstrengen, aber man musste nicht noch einmal werfen. Dreimal hatte Ga es schon mitgemacht, allerdings weit hinten in der Reihe, sodass er weniger einen Menschen steinigte als eine formlose, unnatürlich vornübergebeugte Masse, die nicht einmal mehr dampfte.

Doch wie es der Zufall wollte, war er eines Morgens weiter vorne in der Reihe. Über die runden Steine zu balancieren war gefährlich für Mongnan. Sie brauchte jemanden, der sie am Arm hielt, und hatte ihn früh geweckt, sodass sie weit vorn standen. All das machte ihm nichts aus, bis ihm plötzlich klar wurde, dass der Mann, den sie steinigen mussten, noch bei Bewusstsein sein würde. Der Stein war kalt in seiner Hand. Er hörte, wie die Steine vor ihnen ihr Ziel trafen. Er stützte Mongnan, während sie sich dem halb eingegrabenen Mann näherten, der sich mit erhobenen Armen zu schützen versuchte. Er wollte sprechen, doch es kamen keine Worte, und aus seinen Wunden strömte noch warmes Blut.

Als Ga näher kam, sah er die Tätowierungen des blutenden Mannes und brauchte einen Augenblick, bis er merkte, dass es kyrillische Buchstaben waren. Und dann sah er das Gesicht der Frau, das in seine Brust eintätowiert war.

»Kapitän!«, schrie er und ließ seinen Stein fallen, »Kapitän, ich bin's!«

Der Blick des Kapitäns zeigte, dass er ihn erkannt hatte, aber er bekam keine Worte heraus. Seine Hände bewegten sich noch, als versuche er, unsichtbare Spinnweben wegzuwischen. Beim Fluchtversuch hatte er sich offenbar die Fingernägel zerrissen.

»Nein«, rief Mongnan, als er ihren Arm losließ, sich neben den Kapitän kauerte und die Hand des alten Seemanns nahm. »Ich bin's, Kapitän, von der *Junma*«, sagte er.

Nur zwei Wachsoldaten waren da, junge Männer mit harten Gesichtern und uralten Gewehren. Sie fingen an zu brüllen, hart hervorgestoßene Worte, aber er ließ die Hand des alten Mannes nicht los.

»Der Dritte Maat«, sagte der Kapitän. »Ich hab's dir gesagt, mein Junge, ich beschütze euch. Ich habe meine Mannschaft wieder einmal gerettet.«

Wie der Kapitän in seine Richtung blickte, ihn aber dennoch nicht fand, war fürchterlich.

»Du musst hier raus, Sohn«, sagte der Kapitän. »Egal wie, du musst hier raus.«

Ein Warnschuss fiel, und Mongnan stürzte zu ihm und flehte ihn an, in die Reihe zurückzukommen. »Du willst doch nicht, dass dein Freund sieht, wie du erschossen wirst«, sagte sie. »Du willst doch nicht, dass das das Letzte ist, was er sieht.«

Mit diesen Worten zerrte sie ihn zurück in die Reihe. Die Wächter waren außer sich, bellten Befehle, und Mongnan musste sie fast überschreien. »Wirf deinen Stein«, befahl sie ihm. »Du muss ihn werfen.« Und als wolle sie mit gutem Beispiel vorangehen, verpasste sie dem Kapitän einen harten, halben Treffer am Kopf. Eine Haarlocke löste sich und flog im Wind davon. »Jetzt!«, befahl sie, und er holte mit seinem schweren Stein aus und traf den Kapitän mit aller Macht an der Schläfe, und das war das Letzte, was der Kapitän sah.

Hinterher, hinter den Regenfässern, brach er zusammen. Mongnan half ihm auf den Boden und hielt ihn im Arm.

»Warum war es nicht Gil?«, schluchzte er. Er weinte hemmungslos. »Der Zweite Maat, das hätte ich verstanden. Oder Offizier So. Aber nicht der Kapitän. Er hat immer alle Vorschriften befolgt. Warum er? Warum nicht ich? Ich habe nichts auf der Welt, gar nichts. Warum musste er zweimal ins Gefängnis?«

Mongnan hielt ihn. »Dein Kapitän hat sich gewehrt«, tröstete sie ihn. »Er hat gekämpft und sich seine Persönlichkeit nicht wegnehmen lassen. Er ist frei gestorben.«

Er bekam keine Luft mehr, und sie zog ihn an ihre Brust wie ein Kind. »Ist ja gut. Ist ja gut, mein kleines Waisenkind, mein armer, kleiner Waisenjunge«, sagte sie und wiegte ihn.

Unter Tränen protestierte er: »Ich bin kein Waisenjunge.«

»Natürlich bist du das«, widersprach sie ihm. »Ich bin Mongnan, und ich weiß doch, wie ein Waise aussieht. Natürlich bist du das. Lass einfach alles raus.«

»Meine Mutter war Sängerin«, entgegnete er. »Sie war wunderschön.«

»Wie hieß dein Waisenhaus?«

»*Frohe Zukunft.*«

»Frohe Zukunft«, wiederholte sie. »War der Kapitän wie ein Vater für dich? Er war ein Vater, oder?«

Er weinte nur.

»Mein armes kleines Waisenkind«, sagte sie. »Für ein Waisenkind ist so ein Vater doppelt so wichtig. Waisen sind die Einzigen, die sich ihren Vater aussuchen dürfen, und sie lieben ihn doppelt so stark.«

Er drückte die Hand an seine Brust und dachte daran, wie der Kapitän das Bild von Sun Moon unter seine Haut gesetzt hatte.

»Ich hätte ihm seine Frau wiedergeben können«, schluchzte er.

»Aber er war nicht dein Vater«, erwiderte sie. Sie nahm sein Kinn und versuchte, seinen Kopf anzuheben, damit er ihr zuhörte, aber er vergrub den Kopf wieder an ihrer Brust. »Er war nicht dein Vater«, sagte sie und strich ihm über die Haare. »Jetzt kommt es darauf an, dass du deine Illusionen aufgibst. Es wird Zeit, die Dinge zu sehen, wie sie sind. Zum Beispiel, dass er recht hatte. Du musst hier raus.«

Im Kochtopf lösten sich kleine Fischstückchen von den Gräten, und Sun Moon rührte gedankenverloren. Ga dachte, wie schwierig es war, die Lügen zu durchschauen, die man sich selbst erzählte – die, die einen weitermachen ließen. Um das zu schaffen, brauchte man Hilfe. Ga schnupperte an der Brühe – von diesem perfekten Mahl bekam er einen freien Kopf. Ein solches Mahl bei Sonnenuntergang im Wald zu essen, wenn sie den ganzen Tag in den Schluchten oberhalb von 33 Bäume gefällt hatten – das war Leben in seiner reinsten Form. Er zog Wandas Kamera hervor und machte ein Foto von dem Jungen und dem Mädchen und dem Hund und Sun Moon, die alle nachdenklich ins Feuer blickten.

»Mein Magen knurrt«, meinte der Junge.

»Na hervorragend«, antwortete Kommandant Ga. »Die Suppe ist fertig.«

»Aber wir haben doch gar keine Schalen«, wandte das Mädchen ein.

»Die brauchen wir auch nicht.«

»Und was ist mit Brando?«, fragte der Junge.

»Der muss sich selbst was zu essen suchen«, sagte Ga und nahm dem Hund den Strick ab. Der rührte sich jedoch nicht – er saß nur da und starrte den Kochtopf an.

Einen einzigen Löffel hatten sie, und den reichten sie im

Kreis herum. Die Suppe mit ihrem Geschmack nach rauchigem Fisch, Schafgarbe und einem Hauch *Shiso* war hervorragend geraten.

»Das Gefängnisessen ist gar nicht so schlecht«, sagte das Mädchen.

»Ihr zwei macht euch sicher Gedanken um euren Vater«, sagte Kommandant Ga.

Die Kinder blickten nicht auf, sondern löffelten eifrig weiter.

Sun Moon warf ihm einen bösen Blick zu: Er war dabei, sich auf gefährliches Terrain zu begeben.

»Die Wunde des Nichtwissens. Das ist die Wunde, die nie verheilt«, erklärte Ga ihr.

Das Mädchen beäugte ihn mit misstrauischem Blick.

»Ich verspreche euch, dass ich euch von eurem Vater erzählen werde«, fuhr Ga fort. »Nachdem ihr euch noch ein bisschen gewöhnt habt.«

»An was denn?«, wollte der Junge wissen.

»An *ihn* natürlich«, klärte ihn das Mädchen auf.

»Ich habe euch doch gesagt, Kinder, dass euer Vater auf einem langen Einsatz ist«, unterbrach Sun Moon.

»Das ist nicht wahr«, entgegnete Kommandant Ga. »Ich erzähle euch bald die ganze Geschichte.«

Zwischen den Zähnen hindurch zischte Sun Moon ihn an: »Wag es ja nicht, ihre Unschuld zu zerstören!«

Im Wald war ein Rascheln zu hören. Brando stand mit gespitzten Ohren und gesträubtem Nackenfell da.

Ein Lächeln trat auf das Gesicht des Jungen. Er kannte die Befehle, die Ga dem Hund beigebracht hatte; endlich bot sich die Gelegenheit, einen anzuwenden. »Brando, fass!«, rief der Junge.

»Nein!«, schrie Ga, aber es war zu spät. Der Hund war

bereits losgerast und schlug hektisch Haken durch das Unterholz, mit wütendem Gebell, das gar nicht mehr aufhören wollte. Dann hörten sie eine Frau aufkreischen. Ga schnappte sich die improvisierte Leine und rannte los. Der Junge und das Mädchen folgten ihm auf den Fersen. Eine Zeitlang rannte Ga an dem schmalen Bach entlang, das Wasser war noch aufgewühlt von den Hundepfoten. Kurz darauf erblickte er eine Familie, die sich verängstigt gegen einen Felsen drückte, vor ihnen der kläffende Brando. Die Familie ähnelte der ihren auf unheimliche Weise – ein Mann und eine Frau, ein Junge und ein Mädchen, zudem eine ältere Tante. Der Hund schnappte aufgeregt mit dem Kiefer in die Luft und sprang herum, als wolle er sich über einen Hacken nach dem anderen hermachen. Langsam ging Ga auf den Hund zu und zog ihm die Schlaufe über den Kopf.

Ga zog den Hund ein Stück zurück und sah sich die Familie genauer an. Ihre Fingernägel waren vor lauter Unterernährung weiß verfärbt, und sogar das Mädchen hatte schon graue Zähne. Das Hemd hing an dem Jungen herunter wie an einem Kleiderbügel. Beiden Frauen war ein Großteil der Haare ausgegangen, und der Vater bestand aus nichts als straffer Haut und Sehnen. Da bemerkte Ga, dass der Vater etwas hinter dem Rücken versteckte. Er schüttelte die Leine, und Brando machte einen Satz nach vorn.

»Was hast du da?«, schrie Ga. »Zeig's mir. Zeig's mir, sonst lasse ich den Hund los.«

Sun Moon stieß schwer atmend zu ihnen. Der Mann zog ein totes Eichhörnchen mit abgerissenem Schwanz hinter dem Rücken hervor.

Es war unklar, ob *sie* dem Hund das Eichhörnchen weggenommen hatten oder der Hund es ihnen wegnehmen wollte.

Sun Moon musterte die Familie. »Ich fasse es nicht. Die

sind am Verhungern. Die bestehen ja aus nichts als Haut und Knochen.«

Das dünne Mädchen sah seinen Vater an. »Wir verhungern doch nicht, oder, Papa?«

»Natürlich nicht«, erwiderte der Vater.

»Verhungern hier direkt vor unseren Augen!«, empörte sich Sun Moon.

Sie streckte ihnen die Hand hin und zeigte auf einen Ring. »Diamant«, sagte sie, streifte ihn ab und drückte ihn der verängstigten Mutter in die Hand.

Ga trat einen Schritt vor und schnappte sich den Ring. »Das ist doch Blödsinn«, sagte er zu Sun Moon. »Der Ring ist ein Geschenk des Geliebten Führers. Weißt du, was mit ihnen passieren würde, wenn sie mit so einem Ring erwischt werden?« In der Tasche hatte Ga nur ein paar alte Won. Er zog seine Stiefel aus. »Wenn du ihnen helfen willst«, erklärte Ga Sun Moon, »musst du ihnen Alltagsgegenstände geben, die sie auf dem Schwarzmarkt eintauschen können.«

Der Junge und das Mädchen zogen ebenfalls die Schuhe aus, und Ga hielt der Familie seinen Gürtel hin. Sun Moon steuerte noch ein Paar Ohrringe bei. »Da hinten findet ihr einen Topf mit Suppe«, bot Sun Moon ihnen an. »Schmeckt gut. Folgt einfach dem Bachlauf. Den Topf könnt ihr behalten.«

»Der Hund da«, sagte der Vater. »Ich dachte, der wäre aus dem Zoo ausgebrochen.«

»Nein, der gehört uns«, antwortete Ga.

»Sie haben nicht zufällig noch einen?«, fragte der Vater.

An diesem Abend summte Kommandant Ga mit, als Sun Moon die Kinder in den Schlaf sang. »*Die Katze in der Wiege, das Baby im Baum*«, sang sie. Als die beiden später auch im Bett lagen, sagte er ins Dunkel: »Ich muss dir die Wahrheit sagen.«

»Ich bin Schauspielerin«, entgegnete sie. »Für mich zählt nichts als die Wahrheit.«

Da er nicht hörte, dass sie sich auf die Seite rollte, wusste er, dass sie beide an dieselbe dunkle Decke starrten. Er hatte auf einmal Angst und verkrallte sich in die Laken.

»Ich war noch nie in Wŏnsan«, sagte er. »Aber wir sind oft mit dem Schiff daran vorbeigefahren. Da stehen keine Sonnenschirme am Strand. Liegestühle oder Angelruten habe ich auch nicht gesehen. Da sind keine alten Leute. Ich weiß nicht, wohin die nordkoreanischen Großeltern gehen, aber nach Wŏnsan auf jeden Fall nicht.«

Er horchte auf ihren Atem, hörte aber nichts.

Endlich antwortete sie ihm.

»Du bist ein Dieb«, zischte sie. »Du bist ein Dieb, der sich in mein Leben gestohlen und mir alles genommen hat, was mir wichtig war.«

*

Am nächsten Tag schwieg sie. Zum Frühstück schlachtete sie eine Zwiebel und servierte sie roh. Die Kinder bewiesen großes Geschick darin, sich still und leise in ein Zimmer zu verdrücken, in dem sie gerade nicht war. Einmal rannte Sun Moon schreiend hinaus in den Garten, warf sich zu Boden und weinte. Dann kam sie zurück ins Haus und beschimpfte den Lautsprecher. Dann warf sie alle hinaus, damit sie baden konnte, und Kommandant Ga, die Kinder und der Hund standen auf dem Rasen, starrten die Haustür an und hörten zu, wie sie wütend jeden Quadratzentimeter ihrer Haut schrubbte. Die Kinder liefen schon bald den Hang hinunter und spielten mit Brando »Fass!« und »Such!«, indem sie Melonenschalen zwischen die Bäume warfen.

Kommandant Ga saß im Garten herum, als Genosse Buc zu ihm stieß. Buc hatte sein Ryoksong-Bier in einem kühlen, schattigen Wiesenfleck stehen. Er bot Ga eins an. Zusammen tranken sie und starrten hoch zu Sun Moons Balkon. Dort oben stand sie in ihrem Hausmantel und rauchte, wobei sie voller Zorn Zeilen aus *Die größten Opfer* sprach.

»Was ist passiert?«, fragte Buc ihn.

»Ich habe ihr die Wahrheit über etwas gesagt«, antwortete Ga.

»Damit musst du aufhören. Das schadet der Gesundheit«, erwiderte Buc.

Das Drehbuch in der einen Hand, erhob sie die andere zum Himmel. Mit der Zigarette im Mund versuchte sie den Zugang zu einer Zeile zu finden. Sie deklamierte:

»Der *wahre* erste Ehemann aller Frauen ist der Große Führer Kim Il Sung!

Der wahre *erste* Ehemann aller Frauen ist der Große Führer Kim Il Sung!

Der wahre erste Ehemann *aller* Frauen ist der Große Führer Kim Il Sung!«

»Hast du schon gehört, was der Geliebte Führer sich jetzt ausgedacht hat?«, fragte Buc ihn. »Er will den Amerikanern zeigen, wie man Tiere brandmarkt.«

»Ha! Ich wette, die Rinder stehen schon Schlange, um sich freiwillig zu melden«, meinte Kommandant Ga.

Als sie ihn lachen hörte, unterbrach Sun Moon ihre Probe, drehte sich um, schleuderte das Drehbuch im hohen Bogen vom Balkon und verschwand nach drinnen.

Ga und Buc beobachteten, wie die Papierwolke zwischen die Bäume flatterte.

Fassungslos schüttelte Genosse Buc den Kopf. »Die hast du aber richtig verärgert. Weißt du eigentlich, wie lange sie schon auf diesen Film wartet?«

»Bald ist sie mich wieder los, und sie kann ihr normales Leben weiterführen«, antwortete Ga. Das klang traurig, auch wenn er das gar nicht wollte.

»Das soll ja wohl ein Witz sein«, gab Buc zurück. »Der Geliebte Führer hat erklärt, dass du der echte Kommandant Ga bist. Jetzt kann er dich nicht mehr loswerden. Und warum auch? Sein Erzfeind ist weg.«

Ga trank sein Bier.

»Ich habe seinen Laptop gefunden«, sagte er.

»Wirklich?«

»Ja. War hinter einem Ölschinken von Kim Jong Il versteckt.«

»Und – ist was Verwertbares drauf?«

»Das meiste sind Karten«, antwortete Ga. »Sind auch eine Menge technischer Zahlen, Diagramme, Baupläne und so dabei. Ich kann mir keinen Reim darauf machen.«

»Das sind Karten von Uranminen«, erklärte Buc. »Ga war für alle Abbaustandorte verantwortlich. Außerdem hatte er auch noch den gesamten Verarbeitungsprozess unter sich – vom Uranerz bis zur Anreicherung. Ich habe alles für ihn beschafft. Hast du schon mal versucht, Zentrifugenröhren aus Aluminium übers Internet zu besorgen?«

»Ich dachte, Minister für Gefängnisbergwerke wäre ein rein symbolischer Posten, und er braucht nur die Formulare zu unterschreiben, damit immer genug Sklavenarbeiter nachgeliefert werden.«

»Das war vor der Entdeckung der Uranvorkommen«, entgegnete Buc. »Wenn du willst, kann ich dir die Dateien erklären. Wir können uns zusammen an den Computer setzen.«

»Guck dir den lieber nicht an. Es sind auch Fotos drauf«, sagte Ga.

»Von mir?«

Ga nickte. »Und von tausend anderen Männern.«

»Ich weiß, wonach die Bilder aussehen. Aber mit mir hat er das nicht gemacht.«

»Du brauchst nicht darüber zu reden.«

»Doch, ich will, dass du das weißt«, sagte Buc. »Er plante eine Mann-Attacke. Aber als er mich dann auf dem Boden hatte, als er mit mir hätte tun können, was er wollte, da hat er das Interesse verloren. Er wollte nur noch ein Bild als Andenken schießen. Ich kann mir gar nicht vorstellen, was für ein schönes Gefühl das gewesen sein muss, diesem Mann das Leben zu nehmen. Bei dir hat er es auch versucht, oder?«

Ga sagte nichts.

Buc ermutigte ihn: »Mir kannst du's doch erzählen. Wie du ihn fertiggemacht hast. Du hast es doch gerade so mit der Wahrheit.«

»Da gibt's nicht viel zu erzählen«, erwiderte Ga. »Ich war auf der untersten Sohle des Bergwerks. Die Decken waren niedrig, und in jedem Abschnitt hing nur eine nackte Glühbirne. Durch die Decke rieselte das Grundwasser, und es war schrecklich heiß, alles war voller Dampf. Wir waren zu mehreren dort unten und sahen uns eine weiße Gesteinsader an. Darum ging es, das weiße Gestein da rauszuholen. Dann tauchte Kommandant Ga im Stollen auf, ganz plötzlich stand er schweißtriefend vor uns.

Du musst die Männer unter dir kennen, sagte Ga zu mir. *Du musst ihr Innerstes kennen. Nach innen siegen heißt nach außen siegen.*

Ich tat so, als hätte ich ihn nicht gehört.

Pack einen Mann, befahl Kommandant Ga. *Den da, lass uns das Innerste von dem da erforschen.*

Ich winkte einen der Männer herbei.

Pack ihn!, brüllte Kommandant Ga. *Pack ihn so, dass er weiß, dass du es ernst meinst. Nimm ihn dir so vor, dass er weiß, was Sache ist.*

Ich ging auf den Arbeiter zu. Er sah den Ausdruck auf meinem Gesicht und ich den auf seinem. Er drehte mir den Rücken zu, und ich umklammerte ihn von hinten mit den Armen. Als ich mich wieder umdrehte, um zu sehen, ob der Kommandant damit zufriedengestellt war, sah ich, dass seine Uniform am Boden lag und er auf einmal nackt dastand.

Kommandant Ga sprach weiter, als hätte sich nichts verändert. *Es muss klar sein, dass du es wirklich ernst meinst. Er muss verstehen, dass es kein Entkommen gibt. Nur so kannst du herausfinden, ob ihm die Vorstellung zusagt oder nicht.* Kommandant Ga packte einen anderen Häftling um den Leib. *Du musst ihn festhalten. Er muss kapieren, dass du stärker bist, dass es keinen Ausweg gibt. Vielleicht gesteht er sich erst dann ein, was er wirklich will, wenn du ihn von hinten packst, und dann verrät ihn sein* Umkyuong.

Kommandant Ga packte den Mann so, dass der vor Angst zu schlottern begann.

Aufhören!, sagte ich.

Kommandant Ga drehte sich mit erstauntem Gesicht zu mir um. *So ist's recht. Genau das sagst du zu ihm. Aufhören. Wusste ich's doch, dass du der einzige wahre Mann hier bist.*

Kommandant Ga trat einen Schritt auf mich zu, und ich wich einen Schritt zurück.

Tun Sie's nicht, sagte ich.

Haargenau. So sagt man das. Ein seltsames Licht funkelte

in seinen Augen. *Aber er hört nicht auf dich, darum geht's ja. Er ist stärker als du, und er kommt trotzdem.*

Wer kommt trotzdem?

Wer?, fragte Ga und lächelte. *Er.*

Ich wich immer weiter zurück. *Bitte*, flehte ich ihn an. *Bitte, das muss doch nicht sein.*

Und ob. Das muss sein, sagte Kommandant Ga. *Schau, wie du dich wehrst, du tust alles, damit es nicht passiert, es ist klar, dass du es nicht willst, deswegen mag ich dich, deswegen bringe ich dir diesen Test bei. Aber was ist, wenn es trotzdem passiert? Was, wenn ihm deine Worte scheißegal sind? Was ist, wenn er nur noch starker kämpft, je mehr du dich gegen ihn wehrst?*

Kommandant Ga trieb mich in die Ecke, und ich holte aus. Es war ein kraftloser Schlag. Ich hatte Angst, richtig zuzuschlagen. Ga wischte meine Faust einfach beiseite und versetzte mir einen harten rechten Schwinger. *Was ist, wenn du dich bis zum Letzten wehrst, aber es passiert trotzdem?*, fragte er. *Was bist du dann, hm?*

Ich verpasste ihm einen raschen Tritt ans Bein, der ihn zum Stolpern brachte. Die Erregung stand ihm ins Gesicht geschrieben. Blitzschnell landete er einen hohen Rundtritt, dass mein Kopf nur so herumgerissen wurde.

Dazu wird es nicht kommen, sagte ich. *Ich lasse das nicht zu.*

Deswegen habe ich dich auserwählt. Ga verpasste mir einen brennenden Tritt mit Links direkt in die Leber. *Natürlich gibst du alles, natürlich wehrst du dich mit ganzer Macht. Du kannst dir gar nicht vorstellen, wie sehr ich dich dafür achte. In all der Zeit bist du der Erste, der je richtig gekämpft hat, du bist der Einzige, der mich versteht, ja, wir zwei verstehen uns.* Ich warf einen schnellen Blick nach unten und sah, wie erregt der Kommandant war, sein *Umkyuong* bog sich stramm. Zugleich hatte er ein süßes, kindliches Lächeln auf dem Gesicht. *Und jetzt zeige ich dir meine Seele, jetzt zeige ich dir die große Narbe auf meiner Seele,* verkündete Ga und kam immer näher auf mich zu, die Hüfte schon für den nächsten Tritt verdreht. *Es wird weh tun – ich will dir nichts vormachen, der Schmerz hört eigentlich nie auf. Aber denk nur daran: Gleich tragen wir dieselbe Narbe. Gleich werden wir wie Brüder sein.*

Ich wich nach links aus, bis ich unter der baumelnden Glühbirne stand. Mit einem Sprungtritt fegte ich durch die Birne, und im letzten Aufblitzen hing ein feiner Scherbenregen wie gefroren in der Luft. Dann war es dunkel. Stockdunkel. Ich hörte Kommandant Ga herumtappen. So bewegen sich Leute, die nicht an die Dunkelheit gewöhnt sind.«

»Und was ist dann passiert?«, fragte Buc.

»Dann habe ich mich an die Arbeit gemacht«, antwortete Ga.

*

Sun Moon verbrachte den Abend im Schlafzimmer. Kommandant Ga machte den Kindern kalte Nudeln zum Abendessen; die ließen sie über Brandos Nase baumeln, um zu sehen, wie er mit seinem gewaltigen Gebiss danach schnappte. Erst als der Tisch wieder abgeräumt war, ließ Sun Moon sich wieder blicken – im Bademantel, Zigarette im Mund, mit verheultem Gesicht. Sie befahl den Kindern, ins Bett zu gehen, und sagte dann zu Ga: »Ich muss diesen amerikanischen Film sehen. Den, der angeblich der beste ist.«

In dieser Nacht schliefen die Kinder mit dem Hund auf dem Podest am Fußende des Betts, und als es finster wurde in Pjöngjang, legten sich Ga und Sun Moon nebeneinander aufs

Bett und schoben *Casablanca* in den Laptop. Die Batterieanzeige sagte ihnen, dass sie genau neunzig Minuten Zeit hatten, anhalten durften sie ihn also nicht.

Anfangs schüttelte Sun Moon nur den Kopf über die primitiven Schwarzweißaufnahmen.

So gut es ging, versuchte er die englischen Dialoge für sie ins Koreanische zu übersetzen, und wenn die Worte nicht schnell genug herauswollten, malten seine Finger die Worte in die Luft.

Eine Zeitlang zog sie ein ablehnendes Gesicht. Sie beschwerte sich darüber, dass in dem Film alles viel zu schnell ging. Für sie waren die Charaktere elitäre Schnösel, die den ganzen Tag lang in schicken Klamotten Drinks zu sich nahmen. »Wo sind die normalen Bürger? Mit echten Problemen?«, wollte sie wissen. Über das »Transitvisum«, das den Figuren im Film die Flucht erlaubte, konnte sie nur lachen. »Einen magischen Passierschein, mit dem man rauskommt, gibt es nicht.«

Sie bat ihn, den Film anzuhalten. Er wollte nicht. *Aber sie bekam Kopfschmerzen davon!*

»Ich verstehe nicht, zu wessen Ehren dieser Film gemacht wurde«, sagte sie. »Und wann hat der Held endlich seinen Auftritt? Wenn nicht bald eine Gesangseinlage kommt, schlaf ich ein.«

»Psst«, machte er.

Den Film anzusehen quälte sie, das war offensichtlich. Jede Szene stellte ihr gesamtes Leben in Frage. Die vielsagenden Blicke, die gewechselt wurden, die sprunghaften Begierden der Figuren setzten ihr schrecklich zu, und sie konnte sich nicht dagegen wehren. Als die schöne Ingrid Bergman immer häufiger auftrat, fing Sun Moon an, ihr gute Ratschläge zu geben. »Warum entscheidet sie sich nicht für ein sicheres Leben mit dem netten Ehemann?«

»Es herrscht Krieg«, erklärte ihr Ga.

»Aber warum wirft sie diesem verkommenen Rick solche Blicke zu?«, empörte sie sich, obwohl sie ihn mit denselben Blicken ansah. Und bald hatte sie vergessen, wie er andere Leute betrog, seinen Safe mit Geldscheinen füllte und mit Lügen und Bestechungsgeldern um sich warf. Sie sah nur noch, wie er nach einer Zigarette griff, wenn Ilsa ins Zimmer kam, wie er sein Glas zum Mund führte, wenn sie es verließ. Dass niemand glücklich zu sein schien, damit konnte sich Sun Moon identifizieren. Sie nickte zustimmend, dass alle Probleme aus der Hauptstadt der Finsternis, Berlin, zu stammen schienen. Bei einer Rückblende in die Pariser Zeit, in der alle fröhlich waren und nichts als Wein und Brot und Liebe wollten, lächelte Sun Moon unter Tränen, und es folgten ganze Passagen, in denen Kommandant Ga das Dolmetschen aufgab, weil die Mimik der beiden bereits alles sagte — die Emotionen in den Gesichtern von Rick und Ilsa, der Frau, die ihn liebte.

Als der Film endete, war Sun Moon untröstlich.

Er legte ihr die Hand auf die Schulter, aber sie reagierte nicht.

»Mein ganzes Leben ist eine Lüge«, schluchzte sie. »Jede Geste, alles. Sich vorzustellen, dass ich meine Schauspielkunst auf Farbe verschwendet habe, jedes scheußliche Detail in grellen Farben!« Sie rollte auf die Seite und sah ihm von unten in die Augen. Sie krallte die Hände in sein Hemd. »Ich muss es dorthin schaffen, wo dieser Film gemacht wurde«, sagte sie. »Ich muss hier raus und dorthin, wo es wahre Schauspielkunst gibt. Ich brauche das Transitvisum, und du musst mir helfen. Nicht, weil du meinen Mann getötet hast oder weil wir dafür büßen werden, wenn der Geliebte Führer dich verstößt, sondern weil du bist wie Rick. Du bist ein ehrenwerter Mann, genau wie er.«

»Aber das war doch nur ein Film.«

»War es nicht«, gab sie voller Trotz zurück.

»Aber wie soll ich dich hier rausschaffen?«

»Du bist ein außergewöhnlicher Mann. Du kannst uns hier rausbringen. Und ich sage dir, dass du es tun musst.«

»Aber Rick hat seine eigenen Entscheidungen getroffen.«

»Genau. Ich habe dir gesagt, was ich brauche. Und jetzt musst du dich entscheiden.«

»Aber was ist mit uns?«, fragte er.

Sie schaute ihn an, als wäre auf einmal alles ganz klar. Als wüsste sie jetzt, wie am Set, welche Motivation ihren Filmpartner antrieb, und dass sich die Handlung daraus entwickeln würde.

»Wie meinst du das?«, fragte sie ihn.

»Wenn du sagst, bring uns hier raus, meinst du damit uns alle, meinst du damit auch mich?«

Sie zog ihn an sich. »Du bist mein Mann«, sagte sie. »Und ich bin deine Frau. Das meine ich mit ›uns‹.«

Er blickte lange in ihre Augen, als er die Worte hörte, auf die er, ohne es zu ahnen, sein ganzes Leben lang gewartet hatte.

»Mein Mann hat immer gesagt, all das hier würde eines Tages zu Ende gehen«, sagte sie. »Auf diesen Tag warte ich nicht.«

Ga legte seine Hand auf ihre. »Und? Hatte er einen Plan?«

»Ja«, antwortete sie. »Ich habe seinen Plan entdeckt – Reisepass, Bargeld, Reisevisa. Aber nur für sich selbst. Nicht mal für seine Kinder.«

»Keine Angst«, erwiderte er. »Mein Plan wird anders sein.«

MITTEN IN DER NACHT wachte ich auf. Ich spürte, dass meine Eltern ebenfalls wach waren. Eine Weile waren auf der Straße die marschierenden Stiefel eines Juche-Jungmädchenverbandes auf dem Weg zu einer nächtlichen Pionierkundgebung auf dem Kumsusan-Platz zu hören, die erst am Morgen vorüber wäre. Wenn ich dann zur Arbeit ging, würden mir die Mädchen auf ihrem Heimweg entgegenkommen – die Gesichter schwarz vom Feuerrauch, gemalte Slogans auf den dünnen Armen. Und diese wilden Augen. Ich starrte die Decke an und dachte an die jungen Ziegen über uns, die mit ihren Hufen nervöse Trippelschrittchen machten, weil es zu dunkel war, um die Dachkante zu erkennen.

Zum wiederholten Male musste ich daran denken, wie sehr Kommandant Ga Biografie der meinen ähnelte. Wir waren beide im Grunde namenlos – es gab keinen Namen, bei dem uns Freunde und Verwandte hätten rufen können, es gab kein Wort, das zu unserem Innersten sprach. Außerdem war ich immer stärker davon überzeugt, dass ihm der Verbleib der Schauspielerin und ihrer Kinder unbekannt war. Klar, er schien überzeugt zu sein, dass es ihnen gut ging, mehr schien er aber wirklich nicht zu wissen. In der Hinsicht war er mir sehr ähnlich – ich schrieb die Biografien meiner Klienten und dokumentierte darin ihr Leben bis zu dem Augenblick, in dem sie mich kennenlernten. Doch ich muss zugeben, dass ich mich um den weiteren Verbleib derjenigen, die die Abteilung verließen, nie gekümmert habe. Nicht *eine* Biografie hatte einen Epilog. Unsere wichtigste Gemeinsamkeit war allerdings, dass Ga ein Leben hatte nehmen müssen, um ein neues Leben beginnen zu können. Die Gültigkeit dieses Grundsatzes wurde mir tagtäglich von Neuem bewiesen. Nach jahrelanger Schreibhemmung verstand ich nun endlich, dass ich mit Kommandant Gas Biografie vielleicht auch meine eigene schrieb.

Ich stand am Fenster und urinierte beim schwachen Licht der Sterne in ein Einmachglas. Von unten drang ein Geräusch herauf, das mich trotz der Dunkelheit, trotz der vielen Kilometer zwischen mir und der nächsten landwirtschaftlichen Produktionsgenossenschaft wissen ließ, dass sich die Reispflanzen der Nation schwer unter ihren goldenen Körnern bogen und Erntezeit war: Zwei Kipplaster hielten auf der anderen Seite der Sinŭiju-Straße, und die Männer des Ministers für Massenmobilmachung holten die Bewohner des Hochhauses *Arbeiterparadies* mit Megaphonen aus dem Schlaf. Noch in ihren Schlafanzügen wurden sie auf die Laster getrieben. Bei Sonnenaufgang würden sie bereits vornübergebeugt bis zu den Knöcheln im Schlamm stehen und einen Tag lang lernen, dass es ohne Knochenarbeit auch nichts zu essen gab.

»Vater«, sagte ich in den dunklen Raum hinein. »Vater, geht es wirklich nur ums Überleben? Gibt es wirklich nichts anderes?« Das Einmachglas war warm in meiner Hand; vorsichtig schraubte ich den Deckel darauf. Als die Kipplaster wieder abgefahren waren, war nur noch zu hören, wie mein Vater leise pfeifend durch die Nase atmete, ein deutliches Zeichen, dass er wach war.

*

Am Morgen fuhren wir mit der Gondel hoch auf den Berg Taesong. Jujack und Leonardo übernahmen das Haus vom

Genossen Buc, während Q-Ki und ich die Wohnräume von Kommandant Ga durchsuchten. Es fiel uns schwer, uns zu konzentrieren: Jedes Mal, wenn man aufblickte, war hinter den riesengroßen Fenstern die prächtige Stadtkulisse Pjöngjangs zu sehen. Es verschlug einem den Atem. Das gesamte Haus war wie aus einem Traum – Q-Ki schüttelte nur den Kopf darüber, dass diese Leute ein Schlafzimmer und eine separate Küche besaßen. Ihre Kloschüssel mussten sie mit niemandem teilen. Alles war voller Hundehaare; es war offensichtlich, dass sie dieses Tier nur zum Vergnügen gehalten hatten. Den Goldgurt in seiner beleuchteten Vitrine wagten wir kaum unter die Lupe zu nehmen. Selbst die Pubjok hatten ihn bei ihrem ersten Durchgang nicht angerührt.

Den Garten hatte schon jemand restlos abgeerntet – nicht mal die kleinste Erbse war übrig, die ich meinen Eltern hätte mitbringen können. Ob Kommandant Ga und Sun Moon vielleicht Gemüse mitgenommen hatten, weil sie auf Reisen gehen wollten? Oder hatte Ga Nahrungsmittel für seine Flucht gebunkert? Auf ihrem Abfallhaufen lagen die Schale einer ganzen Melone und die dünnen Knöchelchen von Singvögeln. Waren sie vielleicht doch ärmer gewesen, als ihre schicke *Yangban*-Villa vermuten ließ?

Unter dem Haus fanden wir einen dreißig Meter langen Tunnel, voll mit Reissäcken und amerikanischen Filmen. Die Ausstiegsluke befand sich auf der anderen Straßenseite, hinter ein paar Büschen. Im Haus selbst entdeckten wir mehrere in die Wände eingelassene Verstecke, die aber größtenteils leer waren. In dem einen befand sich ein ganzer Stapel extrem illegaler Kampfsportmagazine aus Südkorea. Sie waren komplett zerlesen; die Fotos zeigten muskelstrotzende, kampfbereite Männer. Neben den Illustrierten lag ein einzelnes Taschentuch. Ich nahm es auf, um nach einem Monogramm zu suchen, und drehte mich zu Q-Ki um. »Ich wüsste zu gern, was dieses Taschentuch hier ...«

»Finger weg!«, rief Q-Ki.

Wie von der Tarantel gestochen ließ ich das Taschentuch zu Boden fallen. »Was?«, fragte ich.

»Wissen Sie etwa nicht, wofür Ga das benutzt hat?«, fragte sie mich. Sie sah mich an, als wäre ich ein blinder, neugeborener Welpe im Zoo. »Sie sind doch selber ein Mann ...«

Im Badezimmer wies Q-Ki mich darauf hin, dass Sun Moons Kamm und Kommandant Gas Rasierer nebeneinander auf dem Waschbeckenrand lagen. Unsere Praktikantin war an diesem Tag mit einem blauen Auge zur Arbeit erschienen, und ich hatte so getan, als merkte ich nichts, aber vor einem Spiegel ließ es sich nicht länger leugnen.

»Wollte Ihnen jemand etwas Böses?«, fragte ich sie.

»Wie kommen Sie darauf, dass das nicht ein Ausdruck von Liebe ist?«

Ich lachte. »Na, das wäre ja wirklich eine ganze neue Art, jemandem seine Zuneigung zu zeigen.«

Q-Ki blickte mich mit hochgezogenen Augenbrauen im Spiegel an.

Sie nahm ein Glas vom Waschbecken und hielt es ans Licht.

»Sie haben sich den Zahnputzbecher geteilt«, stellte sie fest. »Das ist Liebe. Es gibt viele Beweise.«

»Das ist ein Beweis für Liebe?«, fragte ich sie. Ich teile mir auch einen Zahnputzbecher mit meinen Eltern.

Q-Ki analysierte das Schlafzimmer. »Sun Moon hat auf dieser Seite geschlafen, die ist näher am Bad.« Q-Ki trat an das kleine Tischchen neben dem Bett, öffnete und schloss die Schubladen und klopfte gegen das Holz. Sie sagte: »Eine kluge Frau würde ihre Kondome an die Unterseite des Nachttischs kleben. Da würde ihr Mann sie nicht sehen, aber wenn sie eins bräuchte, wäre es sofort zur Stelle.«

»Kondome«, wiederholte ich. Jegliche Art der Geburtenkontrolle war strikt verboten.

»Kriegt man auf jedem Schwarzmarkt«, versicherte sie mir. »Stellen die Chinesen in allen Regenbogenfarben her.«

Sie drehte Sun Moons Nachttisch auf den Kopf, aber es klebte nichts darunter.

Ich drehte auch den Nachttisch auf Kommandant Gas Seite um – nichts.

»Da brauchen Sie nicht zu suchen«, sagte Q-Ki. »Der Kommandant hat garantiert keine Verhütung gebraucht.«

Zusammen zogen wir die Decken vom Bett und gingen auf die Knie, um Haare auf den Kissen zu suchen. »Aber sie haben beide hier geschlafen«, stellte ich fest, und wir fuhren mit den Fingerspitzen über jeden Zentimeter Matratze, untersuchten und beschnüffelten alles nach dem kleinsten Anzeichen von Männerspuren. Ungefähr in der Mitte der Matratze nahm ich einen Geruch wahr, wie ich ihn bislang nicht kannte, und ich erbebte innerlich. Dieser Geruch war so unerwartet und so fremd, dass ich keine Worte dafür hatte. Selbst wenn ich es gewollt hätte, hätte ich Q-Ki nicht darauf hinweisen können.

Wir standen beide am Fußende des Betts.

Q-Ki hatte die Arme fassungslos vor der Brust verschränkt. »Sie haben beide hier geschlafen, aber nix *fucky-fucky*.«

»Nix was?«

»Kein Sex!«, erklärte sie. »Gucken Sie denn zu Hause keine Filme?«

»Solche Filme nicht!«, verteidigte ich mich. In Wahrheit hatte ich überhaupt noch nie einen Film gesehen.

Q-Ki öffnete den Kleiderschrank und ließ den Finger über Sun Moons *Chosŏnots* fahren, bis sie an einen leeren Kleiderbügel kam. »Das ist das Kleid, das sie mitgenommen hat«, erklärte mir Q-Ki. »Gemessen an den Kleidern, die sie zurückgelassen hat, muss es atemberaubend schön gewesen sein. Sun Moon plante offensichtlich keine längere Reise, doch sie wollte so gut wie irgend möglich aussehen.« Sie betrachtete die glänzenden Stoffe vor sich. »Ich kenne sämtliche Kleider, die sie in ihren Filmen getragen hat«, sagte sie. »Wenn ich hier lang genug stehen bliebe, könnte ich erraten, welches Kleid fehlt.«

»Aber dass sie den Garten vorher abgeerntet haben, das weist doch darauf hin, dass sie länger wegbleiben wollten«, wandte ich ein.

»Vielleicht war es ja auch eine Art Henkersmahlzeit in ihrem besten Kleid.«

Ich erwiderte: »Aber das könnte ja nur sein, wenn ...«

»... wenn Sun Moon wusste, was Ga mit ihr vorhatte«, führte Q-Ki den Gedanken zu Ende.

»Aber wenn Sun Moon wusste, dass Ga sie umbringen wollte, warum hat sie da mitgemacht und sich sogar noch fein angezogen?«

Q-Ki dachte über dieses Rätsel nach, während ihre Finger weiter über die schönen Kleider strichen.

»Vielleicht sollten wir die Kleidungsstücke als Beweismaterial sicherstellen«, schlug ich ihr vor, »dann können Sie sie in Ihrer Freizeit näher unter die Lupe nehmen.«

»Natürlich sind diese *Chosŏnots* schön«, wehrte sie ab. »So schön wie die Kleider meiner Mutter. Aber ich suche mir meine Klamotten selbst aus. Außerdem passt das nicht zu mir, mich wie eine Fremdenführerin bei der Internationalen Freundschaftsausstellung anzuziehen.«

Leonardo und Jujack kehrten aus dem Haus von Genosse Buc zurück.

»Viel zu berichten gibt's nicht«, verkündete Leonardo.

»Wir haben ein Geheimversteck in der Küchenwand entdeckt«, fügte Jujack hinzu. »Aber da lagen nur die hier.«

Er hielt fünf Miniaturbibeln hoch.

Plötzlich blitzte in der Ferne die Sonne auf dem stählernen Dach des Stadions 1. *Mai*, und wir waren einen Augenblick lang von Neuem sprachlos, dass wir uns in einer solchen Villa befanden, ohne direkte Nachbarn und gemeinsame Wasserkräne, ohne Klappbetten, die in die Ecke geschoben wurden, ohne zweiundvierzig Treppenabsätze, die man hinunter zum Waschraum trotten musste.

Wir teilten Kommandant Gas Reis und Filme untereinander auf. Unsere Praktikanten waren sich einig, dass *Titanic* der beste Film aller Zeiten war. Ich wies Jujack an, die Bibeln vom Balkon zu werfen. Eine Aktentasche voller DVDs konnte man einem MfSS-Beamten vielleicht noch erklären, aber nicht so etwas.

*

Zurück in Abteilung 42 hielt ich meine tägliche Sitzung mit Kommandant Ga ab, und er war gern bereit, mir von allem das Was und Warum und Wo und Wann mitzuteilen, nur nicht vom Verbleib der Filmdiva und ihrer Kinder. Wieder erzählte er, wie ihn Mongnan dazu überredet hatte, die Uniform des toten Kommandanten anzuziehen, und rekapitulierte erneut das Gespräch mit dem unter einem großen Gesteinsbrocken wankenden Lagerkommandanten, der ihm erlaubte, das Straflager zu verlassen. Ich muss zugeben, dass ich mir die Kapitel von Gas Biographie anfangs dramatischer vorgestellt hatte – ich hatte mir Ereignisse wie den unterirdischen Zweikampf mit dem Träger des Goldgurts ausgemalt. Doch mittlerweile schrieb ich ein Buch, das sehr viel differenzierter war, und einzig das *Wie* spielte für mich noch eine Rolle.

»Ich verstehe, dass Ihnen Ihr großes Mundwerk bei der Flucht aus dem Gefängnis geholfen hat«, sagte ich zu Kommandant Ga. »Aber wie haben Sie den Mut aufgebracht, zum Haus von Sun Moon zu fahren? Was haben Sie zu ihr gesagt, nachdem Sie gerade ihren Mann ermordet hatten?«

Kommandant Ga konnte mittlerweile wieder aufstehen. Wir lehnten in der kleinen Zelle an gegenüberliegenden Wänden und rauchten.

»Wohin hätte ich denn sonst gehen sollen?«, fragte er zurück. »Was hätte ich ihr sagen sollen, wenn nicht die Wahrheit?«

»Und wie hat sie darauf reagiert?«

»Sie hat sich weinend zu Boden geworfen.«

»Natürlich. Aber wie haben Sie es geschafft, dass Sie kurz darauf einen gemeinsamen Becher benutzt haben?«

»Einen gemeinsamen Becher?«

»Sie wissen, was ich sagen will. Wie bekommt man eine Frau dazu, dass sie einen liebt, auch wenn sie weiß, dass man einem anderen Menschen weh getan hat?«, wollte ich wissen.

»Gibt es jemanden, den Sie lieben?«, fragte Kommandant Ga mich.

»Hier stelle ich die Fragen«, gab ich zurück, wollte aber keinesfalls, dass er dachte, ich hätte niemanden. Also nickte ich ihm leichthin zu, von wegen: *Sind wir nicht beide Männer?*

»Dann liebt Sie also jemand, obwohl Sie das hier machen?«

»*Obwohl ich das hier mache?*«, fragte ich zurück. »Ich helfe den Menschen! Ich bewahre sie vor der bestialischen Behandlung durch die Pubjok. Ich habe das Verhör in eine Kunst verwandelt, in eine Wissenschaft. Sie haben Ihre Zähne noch, oder etwa nicht? Hat Ihnen irgendjemand Draht um die Fingerkuppen gewickelt, bis sie lila angelaufen und allmählich abgestorben sind? Ich will wissen, wie es dazu kam, dass Sun Moon Sie geliebt hat. Sie waren nur der Ersatzehemann. Ersatzmänner werden nie aufrichtig geliebt. Nur die erste Familie ist den Leuten wirklich wichtig.«

Kommandant Ga begann, über die Liebe zu sprechen, doch ich hatte plötzlich nur noch ein lautes Rauschen im Ohr. Ich konnte nicht mehr zuhören, weil mir plötzlich ein schrecklicher Gedanke gekommen war: Vielleicht hatten meine Eltern ja eine erste Familie gehabt – vielleicht hatten sie vor mir schon andere Kinder gehabt, die ihnen weggestorben waren, und ich war nur ein verspäteter, hohler Ersatz. Das würde auch erklären, warum sie schon so alt waren und mich irgendwie für ungenügend zu halten schienen. Und diese Angst in ihren Augen – hatten sie vielleicht unglaubliche Angst davor, auch mich noch zu verlieren? Weil sie genau wussten, dass sie so einen Verlust nicht noch einmal ertragen würden?

Mit der U-Bahn fuhr ich zum Zentralregister und suchte die Akten meiner Eltern heraus. Ich las den ganzen Nachmittag darin. Sie waren ein weiteres Beispiel dafür, warum die Biografien aller Bürger so dringend notwendig sind: Die Akten waren gefüllt mit Daten und Stempeln und unscharfen Bildern, Aussagen von Informanten sowie Berichten aus dem Wohnblock, von Fabrikkomitees, Bezirksgremien, Arbeitseinsätzen und Parteiversammlungen. Doch nichts davon gab wirklich Auskunft, vermittelte ein Gefühl dafür, wer diese beiden alten Leute tatsächlich waren, warum sie von Manp'o in die Stadt gekommen waren, um ihr ganzes Leben lang in der Fabrik *Beweis für die Macht der Maschine* am Fließband zu stehen. Und von der Entbindungsklinik Pjöngjang gab es schließlich nur einen einzigen Stempel: das Datum meiner Geburt.

Als ich in die Abteilung 42 zurückkam, steuerte ich den Aufenthaltsraum der Pubjok an und steckte mein Schildchen »Vernehmungsbeamter Nummer 6« von »Im Dienst« auf »Außer Dienst«. Q-Ki und Sarge hatten über irgendwas gelacht, aber als ich den Raum betrat, waren sie verstummt. Von wegen Frauen waren hier nicht gern gesehen! Q-Ki hatte ihren Kittel ausgezogen, und als sie sich auf einem der Pubjok-Sessel zurücklehnte, entgingen keinem von uns ihre weiblichen Rundungen.

Sarge hob seine Hand – sie war gerade frisch bandagiert. Sogar dieser weißhaarige Alte, der kurz vor der Pensionierung stand, hatte sich schon wieder die Hand brechen müssen! Er verstellte seine Stimme, als würde seine Hand reden. »Hat mir der Türrahmen weh getan?«, fragte seine Hand. »Oder hat mich der Türrahmen lieb?«

Q-Ki bemühte sich, nicht laut loszuprusten.

Statt mit Handbüchern zur Verhörtechnik waren die Regale der Pubjok mit Ryoksong-Flaschen gefüllt, und ich konnte mir richtig ausmalen, wie die Nacht für meine Kollegen verlaufen würde: Schon bald würden ihre Gesichter rot glänzen, sie würden zur Karaokemaschine patriotische Lieder schmettern, und kurz darauf würde Q-Ki betrunken Pingpong mit den Pubjok spielen, die sich alle um den Tisch drängelten, um ihr bei der Vorhand in den Ausschnitt zu gucken und ihr möglichst nah zu sein, wenn sie die alten Herren mit ihrem knallroten Schläger zum Schwitzen brachte.

»Sie wollen doch nicht etwa einen Namen von der Tafel streichen?«, fragte Q-Ki mich frech.

Jetzt hatte Sarge etwas zu lachen.

Ich war mittlerweile schon viel zu spät dran, um meinen Eltern das Abendessen zuzubereiten, und da die U-Bahn nicht mehr fuhr, hätte ich im Dunkeln quer durch die Stadt marschieren müssen, um ihnen bei ihrem abendlichen Gang auf die Toilette zu helfen. Doch dann warf ich einen Blick auf die große Tafel und schaute mir zum ersten Mal seit Wochen genauer an, wie viel ich noch zu tun hatte. Ich hatte elf offene Fälle. Die ganze Pubjok-Mannschaft zusammen hatte nur einen einzigen – jemanden, den sie bis zum Morgen im Sumpf ließen, bis er mürbe war. Die Pubjok schließen ihre Fälle innerhalb einer Dreiviertelstunde ab: Sie schleppen die Leute in den Folterkeller, und kurz vor der Ohnmacht helfen sie ihnen noch schnell beim Unterschreiben des Geständnisses. Aber als ich mir jetzt die vielen Namen auf der Tafel ansah, wurde mir klar, dass meine Besessenheit für Ga zu weit gegangen war. Mein ältester offener Fall war eine Krankenschwester aus der Militärsiedlung Panmunjeom, die eines Flirts mit einem südkoreanischen Soldaten über die DMZ hinweg beschuldigt wurde. Angeblich hatte sie ihm mit dem kleinen Finger gewinkt und ihm über das Minenfeld hinweg Küsse zugeworfen. Im Grunde war sie der einfachste Fall von allen, und genau deswegen schob ich ihn vor mir her. An der Tafel war ihr Aufenthaltsort mit »Kellerloch« angegeben, und mir fiel ein, dass ich sie seit fünf Tagen dort unten vergessen hatte. Ich rückte mein Täfelchen zurück auf »Im Dienst« und flüchtete, bevor das Gekicher über mich losging.

Als ich die Krankenschwester aus dem Loch rausholte, roch sie nicht sonderlich gut. Das Licht war für sie unerträglich.

»Ich bin so froh, Sie zu sehen«, sagte sie mit zusammengekniffenen Augen. »Ich möchte wirklich gestehen. Ich habe viel nachgedacht und habe einiges zu sagen.«

Ich brachte sie in ein Verhörzimmer und ließ den Autopiloten warmlaufen. Das Ganze war wirklich eine Schande. Ich hatte ihre Biografie schon halb fertig – drei Nachmittage hatte ich damit verschwendet. Und ihr Geständnis würde sich praktisch von selbst schreiben. Es war nicht ihre Schuld – sie war einfach durchs Raster gefallen.

Ich machte es ihr auf einem unserer himmelblauen Stühle gemütlich.

»Ich bin bereit. Ich kann viele schlechte Mitbürger nennen, die versucht haben, mich zu korrumpieren, ich habe eine Liste, ich bin bereit, sie zu denunzieren.«

Ich konnte nur daran denken, was passieren würde, wenn ich meinen Vater nicht innerhalb der nächsten Stunde auf die Toilette brachte. Die Krankenschwester trug einen Krankenhauskittel, und ich fuhr ihren Körper mit den Händen ab, um sicherzustellen, dass sie keinen Schmuck oder andere Gegenstände trug, die die Funktion des Autopiloten beeinträchtigen könnten.

»Ist es das, was Sie wollen?«, fragte sie.

»Was?«

»Ich bin bereit, meine Beziehung zum Vaterland zu bereinigen«, sagte sie. »Ich bin willens, alles zu tun, um zu beweisen, dass ich eine gute Mitbürgerin bin.«

Sie hob ihren Kittel bis über die Hüften hoch, sodass ich den dunklen Busch ihres Schamhaares deutlich sehen konnte. Ich war über den Aufbau eines weiblichen Körpers und seiner wichtigsten Funktionen unterrichtet. Und doch hatte ich erst dann das Gefühl, die Situation wieder komplett unter Kontrolle zu haben, als ich die Krankenschwester festgeschnallt und nach hinten gekippt hatte und das Summen des Autopiloten hörte, der die ersten Sondierungen durchführte. Anfangs kommt immer ein unwillkürliches Japsen, eine Verkrampfung des gesamten Körpers, wenn der Autopilot die ersten Stöße verabreicht. Die Krankenschwester hatte den Blick in die Ferne gerichtet, und ich fuhr mit der Hand an ihrem Arm hoch und über ihr Schlüsselbein. Ich spürte, wie die Spannung sie durchlief, und es durchlief auch mich, sodass sich die Haare auf meinem Handrücken aufrichteten.

Q-Ki hatte mich zu Recht aufgezogen. Ich hatte vieles aus dem Ruder laufen lassen, und hier saß nun unsere kleine Krankenschwester und musste dafür büßen. Wenigstens hatten wir den Autopiloten. Anfangs, als ich in der Abteilung 42 eingestellt wurde, war die vorherrschende Methode zur Reformierung korrumpierter Bürger noch die Lobotomie gewesen. Als Praktikanten mussten Leonardo und ich das oft übernehmen. Die Pubjok griffen sich einfach die nächstbesten Klienten, und wir mussten zu Trainingszwecken gleich ein halbes Dutzend auf einmal behandeln. Außer einem zwanzig Zentimeter langen Nagel brauchte man dafür nichts. Der Klient wurde auf einen Tisch gelegt, dann setzte man sich auf seine Brust. Leonardo stand hinter dem Klienten, hielt seinen Kopf fest und beide Augenlider mit den Daumen auf. Man führte den Nagel oberhalb des Augapfels ein, wobei man darauf achtete, nichts zu zerstechen, und suchte vorsichtig, bis man den Knochen hinten in der Augenhöhle spürte. Und dann versetzte man dem Nagel einen guten Stoß mit dem Handteller. War der Knochen erst einmal punktiert, bewegte der Nagel sich frei im Gehirn. Das weitere Verfahren war einfach: So weit wie möglich einführen, leichte Drehbewegung nach links, leichte Drehbewegung nach rechts, bei dem anderen Auge wiederholen. Ich war ja kein Arzt oder so, versuchte meine Bewegungen aber akkurat und glatt auszuführen, nicht brutal wie die Pubjok, die sich mit ihren lädierten Händen bei solcher Feinarbeit wie die Affen anstellten. Ich fand heraus, dass grelles Licht von oben am humansten war, da die Klienten geblendet waren und nicht sehen konnten, was auf sie zukam.

Uns wurde immer gesagt, es gebe ganze Kollektive von Gehirnamputierten, in denen ehemalige Subversive nun fröhlich zum Wohl aller arbeiteten. Die Realität sah aber anders aus. Einmal begleitete ich Sarge, um einen Wächter in einem dieser Kollektive zu verhören, da trug ich meinen Kittel erst seit einem Monat. Was wir dort fanden, war beileibe keine vorbildliche landwirtschaftliche Produktionsgemeinschaft. Die Arbeiter stammelten vor sich hin und führten stumpfsinnig immer wieder dieselbe Handbewegung aus. Sie rechten dasselbe Stück Land unzählige Male und füllten stumpf Löcher zu, die sie gerade erst ausgehoben hatten. Es war ihnen gleichgültig, ob sie nackt oder bekleidet waren, und sie entleerten sich überall hin. Sarge regte sich ungemein über die grenzenlose Trägheit der Gehirnamputierten, über ihre kollektive Faulheit auf. Das Sirenensignal, das einen Heldentag der Arbeit ankündigte, bedeutete ihnen rein gar nichts, sagte er, und den Juche-Geist in ihnen zu entfachen erwies sich als unmöglich. Er sagte: »Sogar Kinder wissen ja wohl, wie man spurt!«

Was einem aber wirklich auf ewig im Gedächtnis bleibt, das sind die ausdruckslosen Gesichter dieser Leute. Dieser Ausflug lieferte für mich den Beweis, dass das System kaputt war, und ich beschloss, dass ich eines Tages eine Rolle dabei spielen würde, es zu verbessern. Und dann kam der Autopilot, entwickelt von einer Denkfabrik tief unten im Bunker, und ich war mehr als willens, ihn im praktischen Einsatz zu testen.

Der Autopilot ist ein hoch entwickeltes, vollautomatisches elektronisches Wunder. Damit wird keiner brutal unter Strom gesetzt, wie es die Pubjok mit ihren Autobatterien tun. Der Autopilot funktioniert in Harmonie mit dem Geist, er misst die Gehirnströme und reagiert auf Alphawellen. Jedes Bewusstsein besitzt eine elektrische Handschrift, die von den Algorithmen des Autopiloten erlernt wird. Man stelle sich dessen Sondierungen als Konversation mit dem Gehirn vor, als Tanz mit der Identität eines Menschen. Ja, genau, man stelle sich einen Bleistift und einen Radiergummi vor, die munter über ein Blatt Papier tanzen. Der Bleistift bringt alles aufs Papier – Worte, Zeichen, Krakel füllen das Blatt; der Radierer misst, vermerkt, folgt dem Bleistift auf dem Fuße und hinterlässt nichts als weißes Papier. Die Krakel während des nächsten Krampfs sind vielleicht intensiver und verzweifelter, aber kürzer, und wieder folgt der Radierer. Im Gleichschritt tanzen sie weiter, das Ich und der Staat, nähern sich einander immer stärker an, bis der Bleistift und der Radierer nahezu eins geworden sind, sich in völliger Harmonie miteinander bewegen, und die Linie verschwindet, noch bevor sie aufs Papier trifft, die Worte werden ungeschrieben gemacht, noch bevor die Buchstaben sich geformt haben, und schließlich gibt es nur noch Weiß. Von den Stromstößen bekommen viele unserer männlichen Klienten eine gewaltige Erektion, ich glaube also nicht, dass die Erfahrung nur negativ ist.

Aber zurück zu meiner Krankenschwester. Sie durchlief mittlerweile die Tiefen des Zyklus. Durch ihre Zuckungen war der Kittel wieder nach oben gerutscht, und ich zögerte, ihn ihr wieder herunterzuziehen. Vor mir lag ihr geheimes Nest. Ich beugte mich vor und atmete tief ein, inhalierte den sirrenden Duft, der von ihr aufstieg. Dann lockerte ich ihre Halterungen und drehte das Licht aus.

MORGENNEBEL hing in der Luft, als Kommandant Ga das nachgebaute Texas erreichte. Die bewaldeten Hügel ringsum sorgten dafür, dass die Wachtürme und die Abschussrampen der Boden-Luft-Raketen außer Sicht blieben. Sie befanden sich hier flussabwärts von Pjöngjang, und der Taedong war zwar nicht zu sehen, aber man roch den grün und mächtig dahinströmenden Fluss mit jedem Atemzug. Vor kurzem hatte es geregnet; vom Gelben Meer war ein vorzeitiger Monsunschauer landeinwärts gezogen. Angesichts des schlammigen Bodens und der triefenden Trauerweiden schien jeder Vergleich mit der texanischen Wüste weit hergeholt.

Ga parkte den Mustang und stieg aus. Vom Gefolge des Geliebten Führers war noch nichts zu sehen. Lediglich Genosse Buc war da – er saß allein an einem Picknicktisch, vor sich einen Karton. Er winkte ihn zu sich herüber, und Ga sah, dass jemand englische Initialen in die Planken der Tischplatte geritzt hatte. »Bis ins letzte Detail«, war sein Kommentar.

Buc nickte zu dem Karton hinüber. »Ich habe eine Überraschung für dich.«

Als Kommandant Ga den Karton betrachtete, überkam ihn der Verdacht, darin könne sich etwas befinden, was einmal dem echten Kommandanten Ga gehört hatte. Keine Ahnung, was – ob eine Jacke oder ein Hut –, oder wie es in Bucs Hände gelangt war.

»Mach du auf«, forderte er Buc auf.

Genosse Buc entnahm dem Karton ein Paar schwarze Cowboystiefel.

Ga nahm sie, wendete sie hin und her – dasselbe Paar, das er in Texas anprobiert hatte.

»Wie bist du da drangekommen?«

Anstelle einer Antwort grinste Buc nur; er war stolz darauf, dass er jeden beliebigen Gegenstand an jedem beliebigen Ort der Welt auftreiben und nach Pjöngjang schaffen lassen konnte.

Ga zog seine eleganten Herrenschuhe aus; die hatten eigentlich seinem Vorgänger gehört und waren ihm mindestens eine Nummer zu groß. Er fuhr mit den Füßen in die Cowboystiefel, und sie saßen perfekt. Buc hob einen von Kommandant Gas Schuhen auf und betrachtete ihn.

»Er hat immer ein fürchterliches Theater um seine Schuhe gemacht«, meinte Buc. »Ich musste sie ihm aus Japan besorgen. *Japanische* Schuhe mussten es sein!«

»Was machen wir damit?«

»Das sind richtig edle Schuhe«, meinte Buc. »Auf dem Schwarzmarkt würden sie ein kleines Vermögen bringen.«

Doch dann warf er sie achtlos in den Dreck.

Gemeinsam schritten die beiden Männer die Anlage ab; sie kontrollierten, ob alles für die Inspektion durch den Geliebten Führer bereit war. Der japanische Planwagen wirkte ziemlich echt, und mit Angelruten und Sensen waren sie mehr als reichlich ausgestattet. In einem Bambuskäfig in der Nähe des Schießstands wand sich ein Knäuel Giftschlangen.

»Und kommt dir das hier texanisch vor?«, fragte Genosse Buc.

Kommandant Ga zuckte die Achseln. »Der Geliebte Führer ist noch nie in Texas gewesen«, meinte er. »Er wird glauben, dass es aussieht wie Texas, und nur darauf kommt es an.«

»Das war nicht meine Frage.«

Ga blickte zum Himmel. Würde es noch einmal regnen? Der heftige Wolkenbruch am Morgen hatte alles verfinstert; auch im Zimmer war es dämmrig gewesen, als Sun Moon im

Bett zu ihm herüberrückte. »Ich muss wissen, ob er wirklich weg ist«, hatte sie gesagt. »Mein Mann ist so oft verschwunden und nach einigen Tagen oder Wochen doch wieder aufgetaucht, jedes Mal überraschend, als wollte er mich auf die Probe stellen. Wenn er jetzt zurückkehrte, wenn er sähe, was wir vorhaben ... du kannst es dir nicht vorstellen.« Sie zögerte. »Wenn er jemandem wirklich weh tut«, fügte sie hinzu, »macht er keine Fotos.«

Leicht lag ihre Hand auf seiner Brust. Er berührte ihre Schulter, die von der Decke warm war. »Vertrau mir. Du wirst ihn nie wiedersehen.« Er fuhr mit der Hand an ihrer Seite entlang, die zarte Haut gab weich unter seinen Fingerspitzen nach.

»Nein«, sagte sie und rückte von ihm ab. »Sag mir einfach nur, dass er tot ist. Seit wir unseren Plan gemacht haben – jetzt, da wir alles riskieren – werde ich das Gefühl nicht los, dass er zurückkommt.«

»Er ist tot, glaub's mir«, beteuerte er. Aber so einfach war das nicht. In der Mine hatte dunkles Chaos geherrscht. Er hatte den Kommandanten von hinten in einen Würgegriff genommen, einmal komplett durchgezählt und dann immer noch weitergezählt. Dann war Mongnan dazugekommen; sie hatte ihm gesagt, er solle die Uniform des Kommandanten anziehen. Er hatte sie angezogen und gut zugehört, als sie ihm vorsprach, was er zum Lagerkommandanten sagen sollte. Aber als sie dann meinte, er solle dem nackten Mann mit einem Felsbrocken den Schädel einschlagen, hatte er den Kopf geschüttelt. Stattdessen hatte er den reglosen Körper zu einem Schacht gerollt. Wie sich herausstellte, war der nicht gerade tief. Einen kurzen Moment war der Mann abwärts gepoltert und dann noch ein kleines Stück weitergerutscht. Die Zweifel, die Sun Moon gesät hatte, ließen die Befürchtung in ihm aufkeimen, dass er den echten Kommandanten Ga nur *halb* getötet hatte, dass der Mann sich irgendwo da draußen versteckt hielt, sich von seinen Verletzungen erholte und neue Kraft sammelte, bis er wieder der Alte war. Und dann würde er zurückkommen.

Ga marschierte zu dem Korral. »Ein besseres Texas haben wir nicht«, sagte er zu Buc, kletterte auf den Zaun und hockte sich auf die oberste Planke. Ein einsamer Wasserbüffel war hier eingepfercht. Vereinzelte dicke Regentropfen klatschten auf die Erde, doch dabei blieb es.

Genosse Buc mühte sich, das Holz in der Feuerstelle in Brand zu setzen, aber es rauchte nur. Auf dem Gatter sitzend beobachtete Ga, wie die Aale im Fischteich nach Luft schnappten; die texanische Flagge, handgemalt auf koreanischer Seide, flatterte im Wind. Die Ranch erinnerte ihn immerhin so stark an Texas, dass er an Dr. Song denken musste. Aber als seine Gedanken zu dem wanderten, was mit Dr. Song passiert war, wirkte die Anlage plötzlich überhaupt nicht mehr wie Amerika. Es fiel ihm schwer zu glauben, dass der alte Mann nicht mehr da war. Ga sah ihn immer noch vor sich, wie er nachts im Mondschein in Texas gesessen und seinen Hut festgehalten hatte, damit der Wind ihn nicht wegblies. Noch immer hatte er Dr. Songs Stimme im Ohr: *Eine wirklich faszinierende Reise, ein einmaliges Erlebnis* – das hatte er im Hangar gesagt.

Genosse Buc goss ein wenig mehr Schweröl auf das Feuer, und eine dunkle Rauchsäule stieg auf.

»Warte nur, bis der Geliebte Führer mit den Amerikanern kommt«, sagte Buc. »Wenn der Geliebte Führer zufrieden ist, sind alle zufrieden.«

»Wo du das sagst – meinst du nicht, dass du hier mehr oder weniger fertig bist?«

»Was denn?«, fragte Buc. »Was meinst du?«

»Mir scheint, du hast alles besorgt, was dir aufgetragen wurde. Ist es nicht an der Zeit, dass du dich um die nächste Aufgabe kümmerst und das hier aus deinem Gedächtnis streichst?«

»Stimmt irgendwas nicht?«, fragte Genosse Buc.

»Was ist, wenn sich herausstellt, dass der Geliebte Führer nicht zufrieden ist? Was, wenn etwas schiefgeht und er schrecklich unzufrieden ist? Hast du darüber schon mal nachgedacht?«

»Dafür sind wir doch da«, meinte Buc. »Dass das nicht passiert.«

»Ja, und der gute Dr. Song, der immer alles richtig gemacht hat – schau dir an, was mit dem passiert ist.«

Buc wandte sich ab, und Ga erriet, dass er nicht über seinen alten Freund sprechen wollte.

Ga wurde deutlicher: »Du hast Familie, Buc. Du solltest ein wenig Abstand zwischen dich und diese Sache bringen.«

»Aber du brauchst mich noch«, erwiderte Buc. »Und ich brauche dich.« Er ging zur Feuerstelle hinüber und wuchtete das Brandeisen des Geliebten Führers heraus, das gerade heiß zu werden begann. Mühsam hielt er es mit beiden Händen hoch, sodass Ga es betrachten konnte. Auf Englisch stand dort, in Spiegelschrift: EIGENTUM DER DEMOKRATISCHEN VOLKSREPUBLIK KOREA. Mit seinen großen Lettern war das Brandeisen fast einen Meter breit. Rotglühend würde es die komplette Breitseite des Tieres versengen.

»Die Leute in der Gießerei haben dafür eine ganze Woche gebraucht«, meinte Buc.

»Und was ist damit?«

»*Was ist damit?*« Buc klang leicht gereizt. »Ich kann kein Englisch! Verrate du mir, ob es richtig geschrieben ist.«

Kommandant Ga las die Buchstaben sorgfältig rückwärts. »Alles richtig.« Dann schlüpfte er durch die Zaunplanken und ging zu dem Ochsen hinüber, der mit einem Nasenring angeleint war. Er fütterte das gewaltige Tier mit Brunnenkresse aus einem Bottich und rieb ihm die schwarze Stirn zwischen den Hörnern.

Genosse Buc kam herbei, und die Nervosität, mit der er das große Tier betrachtete, zeigte deutlich, dass er noch nie zum Ernteeinsatz abkommandiert worden war.

»Ich habe dir doch erzählt, wie ich Kommandant Ga im Bergwerk besiegt habe.«

Buc nickte.

»Er lag nackt auf dem Boden, und er sah ziemlich tot aus. Eine Kameradin meinte, ich sollte ihm einen Felsbrocken auf den Kopf fallen lassen.«

»Weiser Rat.«

»Aber ich habe es nicht fertiggebracht. Und jetzt kommt mir ständig der Gedanke – nun ja …«

»… dass Kommandant Ga noch lebt? Unmöglich. Wäre er noch am Leben, dann wüssten wir das. Wir hätten ihn längst im Nacken.«

»Ich weiß, dass er tot ist«, sagte Ga. »Nur – ich werde das Gefühl nicht los, dass sich etwas Schlimmes anbahnt. Du hast Familie, denk dran.«

»Irgendwas willst du mir nicht verraten, stimmt's?«, fragte Buc.

»Ich will dir nur helfen«, antwortete Ga.

»Du hast was vor, das spüre ich«, sagte Buc. »Was heckst du aus?«

»Nichts«, meinte Ga. »Vergiss einfach, was ich gesagt habe.«

Buc nahm ihn am Arm. »Du musst es mir sagen«, sagte er.

»Hör zu. Als die Krähe kam, habe ich euch in mein Haus geholt, ihr durftet an unserem Ausstiegsplan teilhaben. Ich habe niemandem deine wahre Identität verraten. Ich habe dir meine Pfirsiche gegeben. Wenn du irgendetwas vorhast, dann musst du es mir sagen.«

Ga schwieg.

»Wie du schon sagtest – ich habe Familie. Und? Wie soll ich sie schützen, wenn du mich nicht einweihst?«, forderte Buc.

Kommandant Ga blickte um sich – die Ranch, die Pistolen, die Limonadenkrüge, die Geschenkkörbe auf den Picknicktischen. »Wenn das Flugzeug der Amerikaner wieder abhebt, sitzen wir mit drin – Sun Moon, die Kinder und ich.«

Genosse Buc zuckte erschrocken zusammen. »Nein, nein, nein! Man verrät so etwas niemandem, niemals! Weißt du das nicht? Man verrät es nie! Nicht seinen Freunden, nicht seiner Familie, und ganz besonders nicht mir. Das kann für jeden von uns den Tod bedeuten. Wenn sie mich verhören, bekommen sie heraus, dass ich Bescheid wusste. Falls du es überhaupt schaffst. Hast du eine Ahnung, was für eine nette Beförderung ich bekäme, wenn ich dich auffliegen lasse?« Buc hob beschwörend die Hände. »Man verrät es unter keinen Umständen. Niemand tut das. Niemals.«

Kommandant Ga streichelte dem Ochsen den schwarzen Hals und klopfte auf das speckige Fell, dass es staubte. »Von diesem Brandeisen wird das Vieh wahrscheinlich krepieren. Das würde auf die Amerikaner keinen so guten Eindruck machen.«

Genosse Buc war dabei, die Angelruten an einem Baum aufzustellen. Seine Hände zitterten. Als er bei der letzten Rute angelangt war, verhedderte sich eine Schnur, und alle fielen wieder um. Er warf Ga einen vorwurfsvollen Blick zu, als sei das seine Schuld. »Aber du«, sagte er, »du musst es natürlich verraten.« Er schüttelte den Kopf. »Du bist wirklich anders als andere Leute. Irgendwie gelten für dich andere Regeln, und genau deshalb wäre es möglich, dass du es schaffst.«

»Glaubst du das?«

»Ist dein Plan unkompliziert?«

»Ich glaube schon.«

»Das reicht. Mehr will ich gar nicht wissen.« Donner grollte, und Buc blickte hoch zu den Wolken, um zu sehen, ob es schon wieder regnen würde. »Verrat mir nur eins – liebst du sie?«

Liebe – das war ein gewichtiges Wort.

»Wenn ihr etwas zustieße«, präzisierte Buc, »würdest du dann ohne sie weitermachen wollen?«

Wie einfach war diese Frage doch – warum hatte er sie sich noch nicht selbst gestellt? Er spürte wieder ihre Hand auf seinem Tattoo, dachte daran, wie sie ihn letzte Nacht neben sich still hatte weinen lassen. Sie hatte nicht einmal die Flamme in der Lampe heruntergedreht, um seine Verletzlichkeit nicht ansehen zu müssen. Sie hatte nur ihren besorgten Blick auf ihm ruhen lassen, bis beide einschliefen.

Ga schüttelte den Kopf.

In der Ferne tauchten Autoscheinwerfer auf. Buc und Ga beobachteten, wie sich ein schwarzer Wagen durch die schlammigen Schlaglöcher kämpfte.

Es war nicht die Karawane des Geliebten Führers. Als der Wagen näher kam, sahen sie, dass die Scheibenwischer noch in Bewegung waren – er kam also aus der Richtung, wo das Gewitter tobte.

Buc wandte sich an Ga, er rückte nah heran. In seinen Worten lag Dringlichkeit. »Ich verrate dir, was ich darüber weiß, wie es in dieser Welt läuft. Solltest du zusammen mit

Sun Moon und den Kindern abhauen, gibt es *vielleicht* eine Chance, dass ihr es schafft, *vielleicht*.« Die ersten Tropfen fielen. Der Ochse senkte den Schädel. »Sollten es aber Sun Moon und die Kinder irgendwie in das Flugzeug schaffen, während du bei unserem Geliebten Führer stehst und seine Aufmerksamkeit auf dich ziehst, Ausreden findest, ihn ablenkst, dann werden sie es *wahrscheinlich* schaffen.« Und auf einmal war Schluss mit dem ewigen Grinsen und den Lachfalten um die Augen des Genossen Buc. Sein Gesicht zeigte auf einmal, dass er im Grunde ein sehr ernster Mensch war. »Gleichzeitig bedeutet das, dass du *mit Sicherheit* zur Stelle sein wirst, um den Preis dafür zu bezahlen – du selbst anstelle von treuen Bürgern, wie ich und meine Kinder es sind.«

Ein einzelner Mann kam auf sie zu. Er war unverkennbar vom Militär, denn er machte keinerlei Anstalten, sich vor dem dichter fallenden Regen zu schützen, und seine Uniform wurde immer dunkler. Ga setzte seine Brille auf und spähte hindurch. Aus irgendeinem Grund ließen sich keinerlei Gesichtszüge ausmachen, aber die Uniform kannte er: Da kam ein Kommandant.

Genosse Buc betrachtete die herannahende Gestalt. »Verdammt«, sagte er zu Ga. »Weißt du, was Dr. Song über dich gesagt hat? Er meinte, du hättest eine besondere Begabung – du könntest lügen, während du die Wahrheit sagst.«

»Und warum sagst du mir das?«

»Weil Dr. Song nicht mehr die Gelegenheit dazu hatte«, erwiderte Buc. »Und jetzt hör mir mal gut zu. Wahrscheinlich würdest du die Sache sowieso nicht ohne mich über die Bühne bringen. Aber wenn du hinterher noch da bist, wenn du dableibst und alles auf dich nimmst, dann helfe ich dir.«

»Warum?«

»Weil Kommandant Ga das Schlimmste getan hat, was

mir je angetan wurde. Und danach hat er weiter direkt nebenan gewohnt, und ich musste weiterhin auf derselben Etage arbeiten wie er. Ich musste mich vor ihn hinknien und seine Schuhgröße messen, als ich seine tollen *japanischen* Lederschuhe bestellt habe! Jedes Mal, wenn ich die Augen zugemacht habe, sah ich wieder vor mir, wie Ga sich auf mich gestürzt hat. Wenn ich mit meiner Frau im Bett lag, spürte ich sein Gewicht auf meinem Rücken. Dann bist du dahergekommen und hast ihn für mich erledigt. Als du kamst, war er verschwunden.«

Genosse Buc verstummte, denn aus dem Regen tauchte das vernarbte Gesicht von Kommandant Park auf.

»Na, hattet ihr mich vergessen?«, fragte er.

»Ganz und gar nicht«, antwortete Ga. Dicke Regentropfen zeichneten die Schrunden in Parks Gesicht nach, und Ga fragte sich, ob Park vielleicht dem entstellten Mann im Drehbuch des Geliebten Führers als Vorbild gedient hatte.

»Die Situation hat sich verändert«, verkündete Kommandant Park. »Ich werde hier mit Genosse Buc die Inventarliste abhaken.« Dann fixierte er Ga: »Und du, du wirst deine Instruktionen vom Geliebten Führer höchstpersönlich entgegennehmen. Und wenn wir das hier alles hinter uns haben, ergibt sich für uns beide vielleicht Gelegenheit, unsere alte Freundschaft wieder aufzufrischen.«

*

»Ah, du kommst geradewegs aus Texas«, sagte der Geliebte Führer, als er die schlammverkrusteten Stiefel an Kommandant Gas Füßen sah. »Was hältst du davon? Wirkt die Ranch überzeugend?«

Der Geliebte Führer stand in einem tief unter der Erde

gelegenen weißen Korridor und versuchte sich zu entscheiden, welche von zwei identischen Türen er öffnen sollte. Als er schließlich die Hand ausstreckte, summte der Türöffner, und Ga hörte ein elektronisches Schloss aufschnappen.

»Es war beinahe unheimlich«, antwortete Ga. »Als betrete man den Wilden Westen.«

Ga summten noch die Ohren von dem rasanten Abstieg im Fahrstuhl. Durch die feuchte Uniform hindurch drang ihm die unterirdische Kälte bis in die Knochen. In welcher Tiefe er sich hier unter Pjöngjang befand, hätte er nicht zu sagen vermocht. Die hellen Leuchtstoffröhren kamen ihm bekannt vor, ebenso die weißen Betonwände, aber er hatte keine Ahnung, ob sie sich auf derselben Ebene befanden wie beim letzten Mal.

»Leider«, sagte der Geliebte Führer, »werde ich es mir vielleicht gar nicht anschauen können.«

Der Raum war angefüllt mit silbernen und bronzenen Präsenten, Auszeichnungen, Ziertellern und Gedenktafeln, ein jedes Stück mit einer blanken Fläche, wo je nach Anlass etwas eingraviert werden konnte. Der Geliebte Führer umfasste ein Rhinozeroshorn, eine von zwei Buchstützen. »Mugabe schickt die in regelmäßigen Abständen«, erklärte er. »Die Amerikaner würden kochen vor Zorn, wenn wir sie mit einem solchen Pärchen überraschen. Das aber bringt mich zu meiner Frage: Womit beschenkt man einen Gast, der eine weite Reise auf sich nimmt, um jemanden zu besuchen, sich der angebotenen Gastfreundschaft aber verweigert?«

»Ich kann Ihnen leider nicht ganz folgen«, meinte Ga.

Der Geliebte Führer befühlte die Spitze des Horns. »Die Amerikaner haben uns wissen lassen, dass es nun doch kein offizieller Auslandsbesuch sein wird. *Wir werden einen Austausch vornehmen*, sagen sie jetzt, und der soll auf dem Flughafen stattfinden. Sie verlangen, dass wir unser hübsches Rudermädchen dort hinbringen, und da, auf der Startbahn, wollen sie dann zurückgeben, was sie mir gestohlen haben – vorausgesetzt, wir sorgen für einen Gabelstapler.«

Plötzlich war Ga gekränkt. »Sie wollen unseren Maiskuchen nicht probieren und nicht mit unseren Pistolen schießen?«

Die Lachfältchen des Geliebten Führers verschwanden, und als er Ga ansah, war sein Blick so ernst, dass ein Fremder darin gar Trauer gelesen hätte. »Sie nehmen mir etwas weg, woran ich wirklich hänge.«

»Was ist mit unserer texanischen Ranch?«, fragte Ga den Geliebten Führer. »Wir haben sie fertig, bis ins letzte Detail.«

»Zerlegt sie und transportiert sie zum Flughafen«, bekam er zur Antwort. »Verstaut sie in einem Hangar, sodass wir darauf zugreifen können, falls wir plötzlich doch etwas davon gebrauchen können.«

»Alles? Auch die Schlangen und die Flussaale?«

»Ihr habt Aale? Jetzt bedaure ich wirklich, dass ich das Ganze verpasse.«

Ga versuchte sich vorzustellen, wie man wohl die Feuerstelle für das Brandeisen auseinandernahm und transportierte. Wie liebevoll hatten sie das monströse Gerät fabriziert, und er mochte sich einfach nicht vorstellen, dass es zusammen mit der handgemalten seidenen Texasflagge auf Nimmerwiedersehen im Requisitenlager des Filmstudios verschwinden sollte.

»Nennen die Amerikaner einen Grund?«

Der Blick des Geliebten Führers wanderte systematisch durch den Raum; Ga wusste, dass er nach einem Geschenk suchte, das dieser Demütigung angemessen war. »Die Amerikaner sagen, in zwei Tagen gebe es ein Zeitfenster, dann seien keine japanischen Spionagesatelliten über uns im Orbit. Die Amerikaner haben die Befürchtung, die Japaner könnten höchst ungehalten reagieren, wenn sie herausfinden ... Ach, scheiß auf sie!«, platzte es aus dem Geliebten Führer heraus. »Ist diesen Barbaren denn nicht klar, dass auf meinem Grund und Boden nach meinen Regeln gespielt wird?! Wissen sie nicht, dass sie meinem gewaltigen Pflichtgefühl nichts als Dank schulden, sobald ihr Flugzeug diesen Boden berührt?«

»Ich weiß ein Geschenk«, sagte Kommandant Ga.

Der Geliebte Führer beäugte ihn misstrauisch.

»Als unsere Delegation Texas verließ, warteten am Flughafen zwei Überraschungen auf uns.«

Der Geliebte Führer schwieg.

»Zwei Paletten waren dort aufgebaut. Die eine war mit Lebensmitteln beladen.«

»Eine Palette voller Lebensmittel? Davon stand nichts in dem Bericht, den ich gelesen habe. Niemand hat das zugegeben.«

»Die Lebensmittel kamen nicht von dem Senator, sondern von seiner Kirche. Tonnen mit Mehl, Zweizentnersäcke Reis, Jutesäcke voller Bohnen – alles aufeinandergetürmt und fest mit Plastik umwickelt.«

»Lebensmittel?«, fragte der Geliebte Führer.

Ga nickte.

»Erzähl weiter«, forderte der Geliebte Führer.

»Auf der zweiten Palette lagen Miniaturbibeln, Tausende, alle in Plastik eingeschweißt.«

»Bibeln«, wiederholte der Geliebte Führer.

»Ganz kleine, mit grünem Kunststoffeinband.«

»Wie ist es möglich, dass ich davon nichts gehört habe?«

»Natürlich haben wir das alles nicht angenommen, wir haben es auf der Startbahn zurückgelassen.«

»*Auf der Startbahn*«, sagte der Geliebte Führer.

»Und sie hatten noch etwas«, erklärte Kommandant Ga. »Einen Hund, einen Welpen. Die Frau des Senators hat ihn uns persönlich überreicht, er stammte aus ihrer eigenen Zucht.«

»Hungerhilfe«, sagte der Geliebte Führer, und sein Blick huschte umher, während sein Geist ratterte. »Bibeln. Ein Hund.«

»Die Lebensmittel stehen schon bereit«, sagte Ga.

»Und was ist mit den Bibeln?«

Ga lächelte. »Ich kenne einen Autor, dessen Betrachtungen zur Oper in sämtlichen zivilisierten Ländern Pflichtlektüre sein sollten. Tausend Exemplare dürften sich problemlos auftreiben lassen.«

Der Geliebte Führer nickte. »Und der Hund, welches koreanische Schoßtier würde dem entsprechen? Ein Tiger vielleicht? Eine gewaltige Schlange?«

»Warum schenken wir ihnen nicht auch einen Hund – wir sagen, es sei der Hund vom Senator, und wir würden ihn zurückgeben, weil er eigennützig, faul und materialistisch ist.«

»Wir brauchen dazu den bösartigsten, furchterregendsten Köter im ganzen Land«, begeisterte sich der Geliebte Führer. »Er muss das Blut der Paviane im Zoo von Pjöngjang geleckt und an den Knochen halbverhungerter Gefangener in Lager 22 genagt haben.« Der Blick des Geliebten Führers ging in weite Ferne, als befände er sich nicht am Grunde einer Bunkeranlage, sondern in einem Flugzeug und sehe dabei zu, wie der Senator während des ganzen sechzehnstündigen Rückflugs nach Texas von einem wütenden Hund zerfleischt wurde.

»Ich weiß genau den richtigen Hund dafür«, meinte Kommandant Ga.

»Übrigens«, sagte der Geliebte Führer. »Du hast meinem Fahrer die Nase gebrochen.«

»Der Knochen wird umso stärker heilen«, gab Ga zurück.

»So spricht ein echter Nordkoreaner«, schloss der Geliebte Führer. »Komm mit, Kommandant, ich wollte dir schon lange etwas zeigen.«

*

Sie begaben sich in einen anderen Raum auf einer anderen Ebene, die haargenau aussah wie die erste. Ga wusste, dass diese Gleichförmigkeit ein mögliches Einfallkommando verwirren sollte, aber war die Auswirkung auf diejenigen, die dies tagein, tagaus erdulden mussten, nicht wesentlich schlimmer? In den Gängen spürte er die Anwesenheit der Sicherheitskräfte, die immer außer Sicht blieben, sodass der Geliebte Führer ewig allein zu sein schien.

In dem Raum stand ein Tisch und darauf nichts als ein Computerbildschirm, auf dem der grüne Cursor blinkte. »Hier ist das Gerät, das zu zeigen ich dir versprochen hatte«, erklärte der Geliebte Führer. »Hast du dich insgeheim schon geärgert, dass ich dich so lange habe warten lassen?«

»Ist das der Zentralrechner?«, fragte Ga.

»Genau«, sagte der Geliebte Führer. »Wir hatten auch mal eine Attrappe, aber die haben wir nur bei Verhören eingesetzt. Dieser hier enthält die wichtigsten Angaben über jeden einzelnen Bürger – Geburts- und Sterbedatum, den gegenwärtigen Aufenthaltsort, Familienangehörige und so weiter. Wenn man den Namen eines Staatsbürgers eintippt, gehen alle Daten direkt an eine Sonderabteilung, und die schickt sofort eine Krähe los.«

Der Geliebte Führer dirigierte den Kommandanten auf den Stuhl. Vor sich hatte er nichts als den schwarzen Bildschirm und den schmalen, grün blinkenden Cursor. »Da sind alle drin?«, fragte Ga.

»Jeder Mann, jede Frau, jedes Kind«, bestätigte der Geliebte Führer. »Wenn in diesen Rechner ein Name eingegeben wird, wird er direkt an unser bestes Team weitergeleitet. Die Leute arbeiten blitzschnell. Die fragliche Person wird sofort aufgesucht und abgeholt. Wir erreichen jeden.«

Der Geliebte Führer drückte auf einen Knopf, und auf dem Bildschirm erschien eine Zahl: 22.604.301.

Er drückte den Knopf erneut, und die Zahl veränderte sich: 22.604.302.

»Werde Zeuge des Wunders des Lebens«, erklärte der Geliebte Führer. »Wusstest du, dass unsere Bevölkerung zu 54 Prozent weiblich ist? Wir haben das erst durch dieses Gerät herausgefunden. Angeblich sind Mädchen eher in der Lage, eine Hungersnot zu überleben. Im Süden ist das Gegenteil der Fall. Dort haben sie ein Gerät, das vorhersagen kann, ob ein Baby ein Mädchen oder ein Junge wird, und die Mädchen werden gar nicht erst zur Welt gebracht. Kannst du dir das vorstellen, ein winziges Mädchen zu töten, ein Ungeborenes im Mutterleib?«

Ga sagte nichts – im Straflager 33 wurden sämtliche Ungeborenen getötet. Alle zwei, drei Monate wurde ein Abtreibungstag angesetzt, da standen dann die schwangeren Insassinnen Schlange, und ihnen wurde nacheinander Salzlösung in den Bauch gespritzt. Die Wärter hatten eine Holzkiste auf Rollen, die stießen sie mit den Füßen umher. Darin landeten die lila angelaufenen, halb ausgebildeten, blind sich windenden Embryos, einer nach dem anderen.

»Aber wir werden das letzte Wort behalten«, verkündete der Geliebte Führer. »Eine neue Version wird gerade programmiert, darin sind auch alle Südkoreaner erfasst, sodass niemand mehr außerhalb unserer Reichweite ist. Das ist die wahre Wiedervereinigung, meinst du nicht? In der Lage zu sein, jedem Koreaner, ob im Norden oder im Süden, eine lenkende Hand auf die Schulter zu legen? Bei geschickter Infiltrierung wird es sein, als existiere die DMZ gar nicht. Im Geiste des Geeinigten Korea möchte ich dir ein Geschenk machen. Gib den Namen einer Person ein, die gefunden werden soll, irgendein ungelöster Fall, und es wird sich jemand um ihn kümmern. Na los, gib einen Namen ein. Vielleicht jemand, der dir während des Beschwerlichen Marschs Unrecht getan hat, oder einen Rivalen aus dem Waisenhaus.«

Eine ganze Parade zog an Ga vorüber, all die Menschen, deren Abwesenheit seine Gedanken wie leere Trockendocks besetzt gehalten hatten. Sein Leben lang hatte er die Gegenwart jener Menschen gespürt, die er verloren hatte. Und hier saß er nun vor den gesammelten Schicksalen des gesamten Volkes. Letztendlich gab es nur einen einzigen Menschen, der ihm keine Ruhe ließ und über dessen Schicksal und Aufenthaltsort er unbedingt Bescheid wissen musste. Kommandant Ga legte die Finger auf die Tastatur und tippte ein: »Kommandant Ga Chol Chun.«

Als der Geliebte Führer das sah, geriet er aus dem Häuschen. »Oh, das ist prächtig!«, juchzte er. »Ich fass es einfach nicht! Du weißt, was dieses Gerät tut, nicht wahr, du weißt, was die Eingetippten erwartet? Der Witz ist gut, einfach köstlich. Aber das darf ich leider nicht zulassen.« Der Geliebte Führer drückte auf »Entfernen« und schüttelte den Kopf. »Er hat seinen eigenen Namen eingegeben. Oh, das muss ich heute Abend beim Essen erzählen. Diese Geschichte müssen alle hören – der Kommandant hat seinen eigenen Namen in den Zentralrechner eingegeben!«

Das grüne Licht blinkte Ga an wie ein Pulsieren aus dunkler Ferne.

Der Geliebte Führer klopfte ihm auf die Schulter. »Komm

mit, komm«, sagte er. »Eine Sache steht noch an. Du musst für mich dolmetschen.«

*

Als sie die Zelle des Rudermädchens erreichten, hielt der Geliebte Führer vor der Tür inne. Er lehnte sich an die Wand und tickte mit dem Schlüssel an den Beton. »Ich will sie nicht gehen lassen«, gestand er.

Gewiss, es gab ein neues Abkommen, in ein paar Tagen kamen die Amerikaner, und einen Wortbruch würden sie niemals verzeihen. Darauf wies Ga den Geliebten Führer aber nicht hin. Er antwortete stattdessen: »Ich weiß genau, wie Sie sich fühlen.«

»Sie hat keine Ahnung, wovon ich spreche, wenn ich mit ihr rede«, meinte der Geliebte Führer. »Aber das ist in Ordnung. Sie ist wissbegierig, das sehe ich genau. Ich besuche sie jetzt seit einem Jahr. Ich habe schon immer so jemanden gebraucht, jemanden, dem ich alles erzählen kann. Ich stelle mir vor, dass sie sich über meine Besuche freut. Ich denke, mit der Zeit hat sie mich lieb gewonnen. Wie ich mich anstrengen muss, bis sie mir ein Lächeln schenkt! Aber wenn sie es dann endlich tut, dann weiß ich, dass es echt ist.«

Der Geliebte Führer verengte die Augen und starrte ins Leere, als wolle er die Tatsache einfach nicht wahrhaben, dass er das Mädchen unweigerlich aufgeben musste. Ganz genau so sah ein Blick aus, der sich auf das schwappende Wasser am Boden eines Skiffs konzentrierte, denn sobald man ihn wandern ließ – hinüber zum Strand oder auf das Klebeband in der Hand oder in das versteinerte Gesicht von Offizier So –, gestand man sich ein, dass man in der Falle saß, dass man sehr bald zu genau dem gezwungen sein würde, was man am meisten verabscheute.

»Ich habe von einem Syndrom gelesen«, sagte der Geliebte Führer. »Da beginnt eine Gefangene, Sympathien für den zu empfinden, der sie gefangen hält. Oftmals entsteht daraus Liebe. Hast du davon schon einmal gehört?«

Allein schon die Vorstellung schien Ga unmöglich, absurd gar. Wer brächte es fertig, zu seinem Unterdrücker überzulaufen? Wer wäre in der Lage, mit dem Schurken zu sympathisieren, der ihm sein Leben stiehlt?

Ga schüttelte den Kopf.

»Das Syndrom gibt es wirklich, ich versichere es dir. Das einzige Problem ist, dass es angeblich Jahre dauern kann, bevor das passiert, und die haben wir offenbar nicht.« Er starrte an die Wand. »Vorhin hast du gesagt, du wüsstest genau, wie ich mich fühle – hast du das ernst gemeint?«

»Ja, natürlich«, erwiderte Ga.

Der Geliebte Führer betrachtete eingehend das Profil des Schlüssels. »Möglich wäre es. Du hast Sun Moon. Früher war sie meine Vertraute. Jawohl, ihr habe ich alles anvertraut. Das war vor Jahren – bevor du gekommen bist und sie mir weggenommen hast.« Kopfschüttelnd blickte er nun Ga an. »Ich kann einfach nicht glauben, dass es dich immer noch gibt. Ich kann nicht glauben, dass ich dich nicht den Pubjok vorgeworfen habe. Aber verrate mir eins – wo finde ich ein anderes Rudermädchen? Ein großgewachsenes, schönes Mädchen, das zuhören kann, ein Mädchen, dessen Herz nicht lügen kann und das dennoch mit bloßen Händen das Blut ihrer Freundin geschöpft hat.« Er schob den Schlüssel ins Schloss. »Sie versteht zwar nicht, was ich zu ihr sage, aber das macht nichts, denn sie weiß, was ich meine, da bin ich mir sicher. Und sie selbst benötigt keine Worte – ihr steht jedes Gefühl ins Gesicht geschrieben. Sun Moon war auch so. Sun Moon war ganz genauso«, sagte er und drehte den Schlüssel um.

Drinnen saß die Ruderin über ihre Aufgaben gebeugt. Hoch stapelten sich ihre Notizbücher, und schweigend schrieb sie eine englische Ausgabe von Kim Jong Ils *Das leidenschaftliche Streben des revolutionären Geistes* ab.

Der Geliebte Führer lehnte in der offenen Tür und betrachtete sie wohlwollend.

»Sie hat jedes Wort gelesen, das ich je geschrieben habe«, sagte er. »So lernt man das Herz eines anderen am genauesten kennen. Stell dir doch nur vor, Ga, wenn es das Syndrom wirklich gibt: Eine Amerikanerin, die mich liebt! Wäre das nicht der ultimative Sieg? Eine starke, schöne Amerikanerin. Würde ich damit nicht das letzte Wort behalten?«

Ga kniete sich neben sie und verschob die Tischlampe, um sie besser sehen zu können. Ihre Haut war fast durchsichtig, so weiß war sie. Ihr Atem rasselte von der feuchten Luft.

Der Geliebte Führer sprach: »Frag sie, ob sie weiß, was ein *Chosŏnot* ist. Ich bezweifle es. Sie hat ein ganzes Jahr keine andere Frau gesehen. Ich wette, die letzte Frau, die sie sah, war die, die durch ihre Hand starb.«

Ga konnte sie dazu bringen, ihm in die Augen zu blicken. »Wollen Sie nach Hause?«, fragte er sie auf Englisch.

Sie nickte.

»Ausgezeichnet«, sagte der Geliebte Führer. »Sie weiß tatsächlich, was ein *Chosŏnot* ist. Erkläre ihr, dass ich jemanden schicke, der ihre Maße dafür nimmt.«

»Passen Sie jetzt gut auf«, sagte Ga zu ihr. »Die Amerikaner versuchen, Sie hier rauszuholen. Schreiben Sie in Ihr Heft, was ich diktiere: *Wanda, bitte alles –* «

»Sag ihr, sie darf jetzt auch zum ersten Mal baden«, unterbrach ihn der Geliebte Führer. »Und versichere ihr, dass ihr dabei *von einer Frau* geholfen wird.«

Ga sprach weiter. »Schreiben Sie genau das, was ich sage:

Wanda, bitte alles annehmen – Hungerhilfe, Hund und Bücher.«

Während sie schrieb, blickte er sich zum Geliebten Führer um, der sich dunkel vor dem hell erleuchteten Korridor abzeichnete.

Der Geliebte Führer sagte zu ihm: »Vielleicht sollte ich sie rauslassen, damit sie sich mal schön im Koryo-Hotel baden und verwöhnen lassen kann. Vielleicht freut sie sich ja schon ein bisschen auf so was.«

»Ausgezeichnete Idee«, antwortete Ga, und wandte sich wieder dem Mädchen zu. Klar und deutlich sagte er: »Fügen Sie hinzu: *Verborgene Gäste bringen wertvollen Laptop.*«

»Vielleicht sollte ich sie wirklich ein wenig verwöhnen«, sinnierte der Geliebte Führer, den Blick zur Decke gerichtet. »Frag sie, ob sie irgendetwas möchte, egal was.«

»Vernichten Sie dieses Blatt, sobald wir gegangen sind«, sagte Ga zu ihr. »Ich werde dafür sorgen, dass Sie nach Hause kommen. Brauchen Sie bis dahin irgendwas?«

»Seife«, antwortete sie.

»Seife«, übersetzte er für den Geliebten Führer.

»Seife?«, fragte der Geliebte Führer. »Hast du ihr nicht gerade gesagt, dass sie baden darf?«

»Keine Seife«, sagte Ga zu ihr.

»Keine Seife?«, fragte sie. »Dann Zahnpasta. Und eine Zahnbürste.«

»Sie meinte die Art von Seife, mit der man die Zähne reinigt«, erklärte ihm Ga. »Zahnpasta und Zahnbürste.«

Der Geliebte Führer starrte erst das Mädchen an, dann Ga. Er wies mit dem Schlüssel auf ihn.

»Man muss sie wirklich gernhaben, nicht wahr?«, fragte der Geliebte Führer. »Wie kann ich sie aufgeben? Sag, was meinst du – was würden die Amerikaner wohl tun, wenn sie herkämen, mir mein Eigentum zurückgäben, gründlich gedemütigt würden und dann mit nichts als Säcken voller Reis und einem bösartigen Hund wieder abflögen?«

»Ich dachte, genauso wäre es geplant.«

»Ja, so war es auch geplant. Aber meine Berater sind allesamt schreckliche Angsthasen. Sie meinen, ich soll die Amerikaner nicht verärgern, ich dürfe sie nur begrenzt unter Druck setzen, und die Amerikaner würden jetzt, wo sie wissen, dass das Rudermädchen lebt, niemals lockerlassen.«

»Das Mädchen gehört Ihnen«, sagte Ga. »Das ist nun einmal Fakt, das und nichts weiter. Ob sie bleibt oder geht oder in Abteilung 42 verglüht – die Leute müssen begreifen, dass das alles allein von Ihren Wünschen abhängt. Solange die Amerikaner darin ein wenig Nachhilfe bekommen, ist es doch vollkommen uninteressant, was aus ihr wird.«

»Schon wahr«, gab der Geliebte Führer zu. »Nur will ich sie nicht gehen lassen. Weißt du nicht einen Ausweg?«

»Wenn das Rudermädchen den Senator träfe und er aus ihrem eigenen Mund zu hören bekäme, dass sie bleiben will, dann ließe sich ein diplomatischer Zwischenfall eventuell vermeiden.«

Der Geliebte Führer schüttelte den Kopf über diesen unappetitlichen Vorschlag. »Hätte ich doch nur ein zweites Rudermädchen«, sagte er. »Hätte unsere kleine Mörderin hier doch nicht ihre Freundin auf dem Gewissen, dann könnte ich von den beiden diejenige nach Hause schicken, die mir weniger gefällt.« Er lachte. »Das fehlte mir noch, nicht wahr? Mit *zwei* bösen Mädchen fertigwerden zu müssen.« Er drohte ihr mit dem Zeigefinger. »*Bad girl, bad girl*«, sagte er und lachte. »*Very bad girl.*«

Kommandant Ga holte seine Kamera hervor. »Ich mache am besten ein Vorher-Foto, bevor sie saubergeschrubbt wird und ihre Maße für den *Chosŏnot* genommen werden.« Er hockte sich vor die Ruderin und machte ein Foto. »Und vielleicht auch noch eins davon, wie unser Gast den gesamten Wissensschatz unseres siegreichen Führers Kim Jong Il dokumentiert hat.«

Er nickte ihr zu. »Halten Sie jetzt das Heft hoch.«

Während Kommandant Ga mit zugekniffenem Auge kontrollierte, ob alles perfekt erfasst war – die Frau und ihr Notizbuch, die Nachricht für Wanda, alles musste scharf eingestellt sein –, sah er durch den Sucher, wie sich der Geliebte Führer hinhockte und mit ins Bild drängelte, wobei er die Ruderin bei der Schulter fasste und an sich zog. Ga starrte das seltsame, gefährliche Bild an, das sich ihm bot, und kam zu dem Schluss, dass Fotoapparate zu Recht verboten waren.

»Sag ihr, sie soll lächeln«, sagte der Geliebte Führer.

»Können Sie lächeln?«, fragte Ga.

Sie lächelte.

»Im Grunde verlassen sie einen doch am Ende alle«, bemerkte Ga, den Finger auf dem Auslöser.

Dass diese Worte ausgerechnet dem Kommandanten Ga über die Lippen kamen, entlockte dem Geliebten Führer ein Grinsen. »Das kann man wohl sagen«, erwiderte er.

Und Ga sagte: »*Say ›Cheese‹!*«

Einen Moment später blinzelten der Geliebte Führer und sein geliebtes Rudermädchen von dem hellen Blitz.

»Ich will Abzüge davon«, sagte der Geliebte Führer, während er mühsam wieder auf die Füße kam.

ICH HATTE DIE ABTEILUNG 42 erst spätabends verlassen und fühlte mich erschöpft. Es war, als fehlten mir Nährstoffe, als verlange mein Körper nach einer Speise, von der ich selbst nicht wusste, ob es sie gibt. Ich dachte an die Hunde im Zoo von Pjöngjang, die nichts als Kohl und matschige Tomaten zu fressen bekamen. Wussten sie, wie Fleisch schmeckt? Ich sog die Luft tief ein, doch sie roch wie immer: geröstetes Zwiebelgrün, köchelnde Erdnüsse, Hirse in der Pfanne – Abendessen in Pjöngjang. Mir blieb nichts, als nach Hause zu gehen.

Die U-Bahn fuhr nicht, denn ein Großteil des städtischen Stroms wurde derzeit für die industriellen Reistrockenanlagen im Süden abgezogen. Die Warteschlange für den Schnellbus nach Kwangbok war drei Häuserblocks lang. Ich machte mich zu Fuß auf den Weg. Kaum zwei Straßen weiter hörte ich die Megaphone und wusste, dass ich in der Klemme saß. Der Minister für Massenmobilmachung durchkämmte mit seinen Kadern den Stadtbezirk und ließ jeden Bürger einsammeln, der das Pech hatte, sich im Freien aufzuhalten. Allein schon der Anblick der gelben Abzeichen verursachte mir Übelkeit. Weglaufen stand außer Frage – wenn sie nur den leisesten Verdacht bekamen, dass man sich dem »freiwilligen« Ernteeinsatz entziehen wollte, hieß das ab ins landwirtschaftliche Umerziehungslager: ein ganzer Monat Schufterei und Gruppenkritik. Eine Pubjok-Marke konnte einen vor solchen Einsätzen retten; da ich keine mehr hatte, fand ich mich nun auf der Ladefläche eines Lasters wieder – auf dem Weg aufs Land, wo ich sechzehn Stunden lang Reis ernten würde.

Bei Mondlicht fuhren wir Richtung Nordost, auf die Silhouette des Myohyang-Gebirges zu, ein ganzer Kipper voller Stadtmenschen in Bürokleidung – gut hundert waren wir insgesamt. Wenn der Fahrer etwas auf der Straße zu sehen glaubte, schaltete er kurz die Scheinwerfer ein, aber die Fahrbahn war absolut leer – keine Leute, keine Autos – nichts als die leere Schnellstraße. Panzersperren säumten unseren Weg, neben den Kanälen rosteten gigantische chinesische Bagger, die orange lackierten Arme mitten in der Bewegung erstarrt – einfach stehengelassen, Ersatzteile gab es nicht.

Im Dunkeln gelangten wir zu einem Dorf irgendwo am Ch'ongch'on. Da kletterten wir vom Laster und suchten uns einen Schlafplatz im Freien. Mein Kittel würde mich warmhalten, und als Kissen hatte ich meine Aktentasche. Die Sterne schienen allein zu meiner Freude am Himmel zu stehen, und ich genoss es, zur Abwechslung einmal nicht unter einem Dach voller Erde und Ziegen schlafen zu müssen. Fünf Jahre lang hatte ich mich dank meiner Marke vor dem Erntedienst drücken können; ich hatte tatsächlich den Sommergesang der Grillen und Frösche vergessen und den duftenden Nebel, der aus dem Wasser der Reisterrassen aufsteigt. Irgendwo in der Dunkelheit hörte ich spielende Kinder, und ein Mann und eine Frau gaben Geräusche von sich, die wohl vom Geschlechtsakt herrührten. Seit Jahren hatte ich nicht so gut geschlafen wie in dieser Nacht.

Frühstück gab es nicht; ich hatte Blasen an den Händen, noch bevor die Sonne richtig am Himmel stand. Stundenlang tat ich nichts anderes, als Dämme aufzubrechen und wasserführende Kanäle zuzuschütten. Ich hatte keine Ahnung, warum wir von der einen Reisterrasse das Wasser abließen und die nächste fluteten, doch bei Tageslicht wurde unübersehbar, was für ein hartes Leben die Bauern in der Provinz Chagang-do führten. Einer wie der andere trug billige, formlose Kleidung aus Vinalon, an den Füßen hatten sie nichts als schwarze Sandalen, ihre Körper waren spindeldürr, die Haut rissig und dunkel, und ihr Zahnschmelz war so durchsichtig, dass das schwarze Zahnbein hindurchschimmerte. Jede Frau mit nur einem Anflug von Schönheit war in die Hauptstadt verfrachtet worden. Zur Reisernte erwies ich mich offenbar als derart ungeeignet, dass man mir stattdessen auftrug, die Latrineneimer auszuleeren; den Inhalt harkte ich zwischen Lagen von Reishülsen ein. Danach zog ich im Dorf Furchen, die angeblich von Nutzen sein würden, wenn die Regenzeit begann. Eine uralte Frau, zu alt zum Arbeiten, sah mir beim Schaufeln zu. Sie drehte sich mit Maishülsen Zigaretten und erzählte mir viele Geschichten; allerdings hatte sie keine Zähne im Mund und ich verstand kein Wort.

Am Nachmittag wurde eine Städterin von einer gewaltigen, mannsgroßen Schlange gebissen. Auf die Wunde bekam sie einen Breiumschlag. Sie schrie und schrie, und ich wollte sie besänftigen, indem ich ihr über die Haare strich, doch der Schlangenbiss musste etwas in ihr ausgelöst haben – sie schlug mich und stieß mich von sich. Die Bauern hatten inzwischen die sich windende Schlange gefangen: Sie war ebenso schwarz wie das mit Fäkalien vermischte Wasser, in dem sie verborgen gelegen hatte. Manche wollten ihr die Gallenblase entnehmen, andere wollten ihr Gift melken, für Schnaps. Sie wandten sich an die alte Frau, doch die bedeutete ihnen, das Tier freizulassen. Ich sah zu, wie die Schlange durch ein abgeerntetes Reisfeld davonschwamm. Auf der dunklen Oberfläche des seichten Wassers spiegelte sich feuriges Abendlicht. Die Schlange wählte ihren eigenen Weg, fort von uns, und mir schien, als warte am anderen Ufer eine zweite schwarze Schlange darauf, dass dieser geübte Schwimmer zu ihr heimkehrte.

*

Um Mitternacht war ich endlich zu Hause. Zwar drehte sich mein Schlüssel im Schloss, doch die Tür ließ sich nicht öffnen. Irgendetwas versperrte sie von innen. Ich hämmerte dagegen. »Mutter!«, rief ich. »Vater! Ich bin's, euer Sohn! Mit der Tür stimmt was nicht, macht mir auf!« Eine ganze Weile bettelte ich, dann stemmte ich mich mit der Schulter gegen das Holz, aber nicht zu sehr: Eine eingeschlagene Tür würde im Haus für reichlich Gesprächsstoff sorgen. Schließlich knöpfte ich meinen Kittel zu und legte mich im Korridor schlafen. Ich versuchte, an das Zirpen von Grillen zu denken und an spielende Kinder im Dunkeln, doch sobald sich meine Lider schlossen, sah ich nur noch kalten Beton vor mir. Ich dachte an die Bauern mit ihren sehnigen Körpern und ihrer rauen Sprache und daran, wie sorgenfrei sie lebten, vom drohenden Hungertod einmal abgesehen.

Pling!, machte es in der Dunkelheit – das rote Mobiltelefon.

Ich kramte es heraus, das grüne Licht blinkte. Ein neues Foto erschien auf dem winzigen Bildschirm: Ein koreanischer Junge und ein koreanisches Mädchen, halb benommen, halb lächelnd vor einem strahlend blauen Himmel. Beide hatten eine schwarze Kappe mit großen runden Ohren auf, die sie aussehen ließen wie Mäuse.

Am Morgen stand die Tür plötzlich offen. Drinnen kochte meine Mutter Haferbrei; mein Vater saß am Tisch. »Wer ist da?«, wollte er wissen. »Ist da jemand?«

An einem der Stühle war die Lehne vom Türknauf blankgerieben.

»Ich bin es, Vater, dein Sohn!«

»Ein Glück, dass du wieder da bist«, sagte mein Vater. »Wir haben uns Sorgen gemacht.«

Meine Mutter sagte gar nichts.

Auf dem Tisch lagen die Akten meiner Eltern, die ich mitgebracht hatte. Ich hatte schon die ganze Woche darin gelesen. Es sah aus, als hätte jemand darin geblättert.

»Ich wollte letzte Nacht hereinkommen, aber die Tür war versperrt«, sagte ich. »Habt ihr mich nicht gehört?«

»Ich habe nichts gehört«, sagte Vater. Dann wandte er sich an die leere Luft: »Frau, hast du etwas gehört?«

»Nein«, erwiderte sie vom Herd, »keinen Mucks.«

Ich ordnete die Akten. »Dann seid ihr zwei jetzt wohl obendrein auch noch taub geworden.«

Meine Mutter schlurfte mit zwei Schälchen Haferbrei zum Tisch; sie machte winzige Trippelschritte, damit sie in ihrer Finsternis nicht stolperte.

Ich fragte: »Aber warum habt ihr die Tür verrammelt? Ihr habt doch nicht etwa Angst vor mir?«

»Angst vor dir?«, fragte meine Mutter zurück.

»Warum sollten wir Angst vor dir haben?«, wollte mein Vater wissen.

Meine Mutter meinte: »Der Lautsprecher hat gesagt, dass die amerikanische Marine aggressive Manöver vor unserer Küste abhält.«

»Man darf kein Risiko eingehen«, verkündete mein Vater. »Auf die Amerikaner muss man immer vorbereitet sein.«

Sie bliesen auf ihr Essen und löffelten still vor sich hin.

»Wie kannst du so gut kochen, ohne zu sehen, was du tust?«, fragte ich meine Mutter.

»Ich spüre die Hitze, die die Pfanne abgibt«, antwortete sie. »Und der Geruch des Essens verändert sich beim Kochen.«

»Und das Messer?«

»Das ist ganz einfach«, erklärte sie. »Ich lege es gegen meine Knöchel. Das Essen in der Pfanne zu rühren, das ist am schwierigsten. Mir geht immer was daneben.«

Die Akte meiner Mutter enthielt ein Foto von ihr als junger Frau. Sie war mal wunderschön gewesen, und vielleicht war das der Grund, weshalb sie in die Stadt gebracht worden war. Warum man sie aber zur Fabrikarbeit verurteilt hatte, anstatt sie als Sängerin oder Hostess einzusetzen, das ging aus den Unterlagen nicht hervor. Ich blätterte mit Absicht geräuschvoll darin.

»Auf dem Tisch haben Papiere gelegen«, sagte mein Vater. Er klang nervös.

»Sie sind heruntergefallen«, ergänzte meine Mutter schnell, »aber wir haben sie wieder aufgesammelt.«

»Es war ein Versehen«, fügte mein Vater hinzu.

»Sowas passiert schon mal«, beruhigte ich sie.

»Haben diese Papiere mit deiner Arbeit zu tun?«, fragte meine Mutter.

»Ja«, fiel mein Vater ein, »haben sie mit einem deiner Fälle zu tun?«

»Ich recherchiere nur was«, antwortete ich.

»Das müssen aber wichtige Unterlagen sein, wenn du sie mit nach Hause nimmst«, meinte mein Vater. »Hat jemand Ärger? Jemand, den wir kennen?«

»Was ist denn bloß los?«, fragte ich. »Geht es um Frau Kwok? Seid ihr wegen ihr immer noch sauer auf mich? Ich wollte sie nicht denunzieren. Aber sie hat die Kohle aus dem Feuerkessel gestohlen. Wegen ihrer Selbstsucht mussten wir im Winter alle frieren.«

»Reg dich bitte nicht auf«, sagte meine Mutter. »Uns taten nur die Unglücksmenschen in deinen Akten leid.«

»Unglücksmenschen? Wie kommst du auf ›Unglück‹?«

Beide verstummten. Ich blickte zur Küche; hoch oben auf dem Hängeschrank stand die Pfirsichdose. Mir schien, als wäre sie ein wenig verrückt worden; vielleicht hatte das blinde

Zweigespann sie inspiziert, doch ich war mir nicht mehr sicher, wie herum ich die Dose zuletzt abgestellt hatte.

Langsam schwenkte ich die Akte vor den Augen meiner Mutter hin und her, doch ihr Blick reagierte nicht. Dann fächelte ich ihr damit ins Gesicht; der Luftzug ließ sie zurückzucken und erschrocken nach Luft schnappen.

»Was ist los?«, fragte mein Vater. »Was ist passiert?«

Sie antwortete nicht.

»Kannst du mich sehen, Mutter?«, fragte ich. »Ich muss wissen, ob du mich sehen kannst, es ist wichtig.«

Sie wandte den Kopf in meine Richtung, doch ihr Blick blieb verschwommen. »Ob ich dich sehen kann? Ich sehe dich genau so, wie ich dich das allererste Mal gesehen habe – schwache Eindrücke in der Dunkelheit.«

»Erspar mir das Rätselraten«, sagte ich ärgerlich. »Ich muss es wissen.«

»Du bist mitten in der Nacht geboren«, antwortete sie. »Den ganzen Tag lag ich in den Wehen, und dann wurde es dunkel, und wir hatten keine Kerzen. Deinen Vater hat nur sein Tastsinn geleitet, als er dich auffing.«

Mein Vater hob seine Hände; von den Webmaschinen waren sie voller Narben. »Mit diesen Händen«, sagte er.

»So war es im Jahr Juche 62«, sagte meine Mutter. »So war das damals in einem Fabrikschlafsaal. Dein Vater hat ein Streichholz nach dem anderen angezündet.«

»Eins nach dem anderen, bis keins mehr übrig war«, ergänzte mein Vater.

»Ich habe deinen ganzen Körper abgetastet, jede Stelle – erst, um sicherzugehen, dass alles an dir dran war, und dann, um dich kennenzulernen. So neu warst du, so unschuldig – wer du einmal würdest, war vollkommen offen, alles war möglich. Bis zur Morgendämmerung mussten wir warten, bevor wir dich bewundern konnten.«

»Wohnten da noch andere Kinder? Gab es andere Familien?«

Meine Mutter ignorierte die Frage. »Wir sehen nichts. Das ist die Antwort auf deine Frage. Aber genau wie damals braucht man nicht sehen zu können, um zu erkennen, was aus dir geworden ist.«

AM SONNTAG schlenderte Kommandant Ga mit Sun Moon über den Joseon-Spazierweg, der am Fluss entlang bis zum Zentralen Omnibusbahnhof führte. Hier in der Öffentlichkeit konnten sie am wenigsten belauscht werden. Alte Leute hatten die Bänke besetzt, und da in diesem Monat ein neuer Roman herausgekommen war, lagen die jungen Menschen im Gras, vertieft in *Mit ganzem Herzen für ihr Land*. Kommandant Ga stieg der Geruch heißer Druckerschwärze von der *Rodong-Sinmun*-Druckerei in die Nase; es wurde bisweilen behauptet, dass jeden Sonntagnachmittag sämtliche Ausgaben der kommenden Woche gedruckt wurden. Jedes Mal, wenn Ga im Gebüsch ein hungrig blickendes Straßenkind entdeckte, warf er ihm ein paar Münzen zu. Sun Moons Kinder schienen diese kleinen Waisen, die sich mitten unter ihnen versteckten, überhaupt nicht zu bemerken. Der Junge und das Mädchen aßen Wassereis und spazierten unter den Trauerweiden her, deren Spätsommertriebe bis auf den Kiesweg hinabreichten.

Kommandant Ga und Sun Moon hatten bisher nur in Andeutungen und Halbsätzen über ihren Plan gesprochen, ohne dabei an die Fakten und Details zu rühren. Er wollte es beim Namen nennen, von ›Flucht‹ oder sogar ›Republikflucht‹ sprechen. Er wollte die einzelnen Schritte darlegen, sie auswendig lernen und den Ablauf laut einüben. Wie ein Drehbuch, sagte er. Er bat Sun Moon auszusprechen, dass ihr klar sei, dass es zum Äußersten kommen konnte. Sie aber wollte sich überhaupt nicht dazu äußern. Sie kommentierte das Knirschen des Kieswegs unter ihren Füßen und das Ächzen der Schwimmbagger, die mit ihren rostigen Schaufeln über das Flussbett schabten. Sie sog den Duft einer Azalee ein, als sei dies die letzte Azaleenblüte ihres Lebens, und im Gehen wand sie zartviolette Armbänder aus Glyzinien. Mit jedem Wechsel der Windrichtung zeichnete sich ihr Körper unter dem *Chosŏnot* aus weißer Baumwolle ab.

»Ich will es den Kindern sagen, bevor wir gehen«, erklärte er.

Endlich reagierte sie.

»Was willst du sagen?«, fragte sie. »Dass du ihren Vater getötet hast? Nein, sie werden in Amerika in dem Glauben aufwachsen, dass ihr Vater ein großer Held war, dessen sterbliche Überreste in einem fernen Land ruhen.«

»Sie müssen es wissen«, widersprach er, verstummte aber, als eine Brigade Soldatenmütter an ihnen vorbeizog. Einschüchternd schepperten die Frauen mit ihren roten Dosen, um den Spaziergängern Sŏn'gun-Spenden abzunötigen. »Und die beiden müssen es von mir persönlich hören«, fuhr er fort. »Die Wahrheit, eine Erklärung – nichts ist für sie wichtiger. Und es ist das Einzige, was ich ihnen geben kann.«

»Dafür wird es noch Gelegenheit genug geben«, erklärte sie. »Diese Entscheidung können wir später treffen, wenn wir sicher in Amerika sind.«

»Nein«, widersprach er, »es muss jetzt sein.«

Kommandant Ga blickte zurück zu den beiden Kindern. Sie beobachteten das Gespräch, waren jedoch zu weit entfernt, um etwas zu verstehen.

»Stimmt etwas nicht?«, fragte Sun Moon. »Hat der Geliebte Führer Verdacht geschöpft?«

Er schüttelte den Kopf. »Ich glaube nicht«, meinte er, aber ihre Frage rief das Bild des Rudermädchens in ihm wach und zugleich den Gedanken, dass der Geliebte Führer sie vielleicht nicht hergeben würde.

Sun Moon hielt bei einem Betonfass inne und hob den Holzdeckel ab. Sie schöpfte Wasser und trank, beide Hände um die silberne Kelle gelegt. Kommandant Ga beobachtete, wie ein feines Rinnsal ihren *Chosŏnot* an der Brust dunkler färbte. Er versuchte, sich Sun Moon mit einem anderen Mann vorzustellen. Sollte der Geliebte Führer sein Rudermädchen nicht freigeben, war es aus mit ihrem Plan, die Amerikaner würden erzürnt abziehen, und bald schon würde es für Kommandant Ga ein schlimmes Ende nehmen. Und Sun Moon würde die begehrte Belohnung für einen Ersatzehemann werden. Und was wäre, wenn der Geliebte Führer recht hätte, wenn sie im Laufe der Jahre ihre Liebe zu diesem neuen Ehemann entdeckte, echte Liebe – nicht nur ein Liebesversprechen oder die Hoffnung auf Verliebtheit? Konnte Kommandant Ga aus dieser Welt gehen und wissen, dass ihr Herz für einen anderen bestimmt war?

Sun Moon tauchte den Schöpflöffel tief ins Fass, um an das kühlere Nass ganz am Grund zu kommen. Dann hielt sie Ga die Kelle zum Trinken hin. Das Wasser schmeckte frisch und mineralreich.

Er wischte sich den Mund ab. »Sag mal, hältst du es für möglich, dass sich eine Frau in ihren Entführer verliebt?«

Sie betrachtete ihn einen Moment. Ihm war klar, dass sie die Antwort aus seinem Gesicht zu lesen versuchte.

Er fügte hinzu: »Das ist doch unmöglich, oder? Allein die Vorstellung ist vollkommen verrückt, meinst du nicht?« Vor seinem geistigen Auge zog eine Parade all der Menschen vorbei, die er entführt hatte, ihre aufgerissenen Augen und zerschrammten Gesichter, die weißen Lippen, wenn das Klebeband abgerissen wurde. Er sah die rotlackierten Fußnägel wieder vor sich, die sich hoben, um zuzutreten. »Ich meine, sie können dich doch nur verachten – dich, der ihnen alles genommen hat. Was denkst du? So etwas kann es doch nicht geben, so ein Syndrom.«

»Syndrom?«

Er warf einen Blick auf die Kinder, die mitten in der Bewegung erstarrt waren. Es war eins ihrer Lieblingsspiele – Gewinner war der, der am besten die Pose einer Statue nachahmen konnte.

»Der Geliebte Führer hat von einem Syndrom gelesen und glaubt, er müsse eine gewisse Frau nur lange genug einsperren, bis sie ihn irgendwann liebt.«

»Eine gewisse Frau?«

»Wer sie ist, ist unwichtig«, erwiderte er. »Wichtig ist nur, dass sie Amerikanerin ist. Eine Delegation wird kommen und sie abholen, und wenn der Geliebte Führer sie nicht herausrückt, ist unser Plan zunichte.«

»Du sagst, sie ist eingesperrt. Sitzt sie in einem Käfig oder in einem Gefängnis? Wie lange geht das schon?«

»Sie sitzt in seinem Privatbunker. Sie wollte die Welt umrudern, aber es gab ein Problem mit ihrem Boot. Sie wurde im Meer aufgesammelt, und jetzt ist der Geliebte Führer ganz hin und weg von ihr. Nachts steigt er hinunter in die Zelle zu ihr und spielt ihr Opern vor, die ihm zu Ehren komponiert wurden. Er will sie da unten festhalten, bis sie ihm Gefühle entgegenbringt. Hast du so was schon jemals gehört? So etwas gibt es doch nicht.«

Sun Moon schwieg. Dann sagte sie: »Was ist, wenn eine Frau mit ihrem Entführer in einem Bett schlafen muss?«

Ga suchte in ihrem Gesicht nach einem Hinweis, worauf sie hinauswollte.

Sun Moon sagte: »Was, wenn sie in allem von ihrem Entführer abhängig ist – Essen, Zigaretten, Kleidung –, und er ihr alles nach Lust und Laune zuteilen oder vorenthalten kann?«

Sie sah ihn an, als erwarte sie tatsächlich eine Antwort, doch er hatte keine Ahnung, ob sie von ihm oder von seinem Vorgänger sprach.

»Was, wenn eine Frau die Kinder ihres Kerkermeisters zur Welt bringen muss?«

Ga nahm ihr die Kelle ab und schöpfte Wasser für den Jungen und das Mädchen, doch die beiden stellten gerade die Posen des Hammer- und des Sichelträgers auf dem Fries am Parteigründungsdenkmal nach, und nicht einmal die Mittagshitze konnte sie dazu bewegen, ihre Pose abzubrechen.

»Den Mann gibt es nicht mehr«, sagte er. »Jetzt bin *ich* da. Ich halte dich nicht gefangen. Ich schenke dir die Freiheit. Über Gefangene lässt sich leicht reden, aber du brauchst nur ein einziges Wort zu sagen: ›Flucht‹. Die Gefangene des Geliebten Führers will fliehen. Sie ist zwar in einer Zelle eingesperrt, aber ihr Herz ist ruhelos. Sie wird die Gelegenheit zur Flucht ohne zu zögern ergreifen, das kannst du mir glauben.«

»Du hörst dich an, als würdest du sie kennen«, sagte Sun Moon.

»Vor langer Zeit, fast schon in einem anderen Leben, hatte ich einen Job: Ich habe Funkmeldungen auf See mitgeschrieben. Von Sonnenuntergang bis Sonnenaufgang habe ich gelauscht, und in der dunkelsten Stunde habe ich sie gehört – das Rudermädchen. Zusammen mit ihrer Freundin ruderte sie um die Welt, und sie war diejenige, die während der Nacht ruderte, ohne einen Horizont, auf den sie zuhalten konnte, oder die Sonne, deren Stand ihr Vorankommen markierte. Sie war auf ewig an die andere gebunden und doch völlig allein. Nur aus Pflichtgefühl machte sie weiter, ihr Körper war an die Riemen gefesselt, aber ihr Geist, die Funksprüche, die sie absetzte – noch nie hat eine Frau so frei geklungen.«

Sun Moon legte den Kopf schief und versuchte sich an den

Worten. »Auf ewig an den anderen gebunden«, flüsterte sie, und dann, als fände sie sich selbst darin wieder: »Und doch völlig allein.«

»Willst du so leben?«, fragte er.

Sie schüttelte den Kopf.

»Bist du bereit, über den Plan zu sprechen?«

Sie nickte.

»Schön«, sagte er. »Aber vergiss nicht: Auf ewig gebunden und doch allein – das kann auch etwas Positives sein. Sollten wir aus irgendeinem Grund getrennt werden, sollten wir aus irgendeinem Grund nicht gemeinsam herauskommen, dann bleiben wir miteinander verbunden, auch wenn wir nicht zusammen sind.«

»Was redest du da?«, fragte sie. »›Getrennt‹ gibt es nicht. Das kommt nicht in Frage.«

»Aber was, wenn etwas schiefgeht, was, wenn ich zurückbleiben muss, damit ihr drei es schafft?«

»Oh nein«, sagte sie. »Ich brauche dich. Ich spreche kein Englisch, ich weiß nicht, an wen ich mich wenden soll, ich weiß nicht, welche Amerikaner Informanten sind und welche nicht. Wir gehen nicht ans andere Ende der Welt und haben dann nur noch die Kleider, die wir am Leibe tragen.«

»Glaub mir – auch wenn etwas schieflaufen sollte, würde ich irgendwann zu euch stoßen. Irgendwie würde ich es schaffen. Und allein wärst du nicht. Die Frau des Senators würde dir helfen, bis ich wieder bei dir bin.«

»Ich brauche keine Frau von irgendjemandem!«, rief sie aufgebracht. »Ich brauche dich! Dich muss ich haben. Du hast keine Ahnung, wie mein Leben bisher war, wie ich immer wieder nur belogen worden bin.«

»Natürlich bleibe ich bei dir«, versicherte Ga. »Ich werde immer bei dir sein.«

Und dann kam der Kuss. Er begann mit einer Neigung ihres Kopfes, ihre Augen huschten zu seinem Mund, eine Hand schob sich langsam bis zu seinem Schlüsselbein hoch und blieb dort liegen, und dann lehnte sie sich zu ihm hin – das langsamste Hinlehnen, das die Welt je gesehen hat. Er erkannte den Kuss, er stammte aus *Haltet die Fahne hoch!*, es war der Kuss, mit dem sie den willensschwachen südkoreanischen Grenzsoldaten ablenkte, während ihr Trupp Freiheitskämpfer die Stromversorgung des Wachturms kappte und die Befreiung Südkoreas aus den Händen der kapitalistischen Unterdrücker einleitete. Er hatte von diesem Kuss geträumt, und nun gehörte er ihm.

In sein Ohr flüsterte sie: »Lass uns fliehen.«

BÜRGER! Reißt eure Fenster auf und wendet eure Blicke himmelwärts, denn es fliegt eine Krähe über Pjöngjang. Nichts entgeht ihrem Schnabel, schon bei der leisesten Andeutung einer Gefahr für das patriotische Volk krächzt sie los. Hört das Rauschen ihrer schwarzen Schwingen, seid gewarnt vor ihrem lauten Schrei. Schaut, wie die Herrscherin der Lüfte in die Schulhöfe hinabtaucht und die Kinder kontrolliert, denn sie wittert die geringste Spur von Feigheit; danach stößt sie mit ausgestreckten Klauen auf die Friedenstauben herab, die die Statue von Kim Il Sung schmücken, um deren Treue zu prüfen. Nun umkreist unsere Krähe einen Juche-Jungmädchentrupp, denn Jungfräulichkeit erkennt sie aus der Luft – kein anderes Tier hat einen derart scharfen Blick, und der strenge Vogel nickt zustimmend, während er ihre innere Reinheit überprüft.

Doch es ist der Gedanke an Amerika, der diese Krähe beschäftigt. Sie verfolgt keine Kastaniendiebe und hält auch nicht durch Wohnblockfenster nach den verräterischen Pfotenabdrücken illegaler Hundezucht Ausschau. Nein, Bürger, die Amerikaner haben die Einladung des Geliebten Führers angenommen, und sie werden der ruhmreichsten Hauptstadt der Welt einen Besuch abstatten: Pjöngjang! Und nun suchen die dunklen Schwingen, die ihren Schatten schützend über die Felder von Arirang breiten, Komplizen des Kapitalismus. Ein einziger Verräter genügt, um einem Land die Unschuld zu rauben, das so rein und unbefleckt ist, dass es weder materialistische Habgier noch verbrecherische Überraschungsangriffe kennt. Glücklicherweise hält die Krähe wohlwollend

Wache über dem koreanischen Volk, wie kein anderes Tier es tut, Bürger! Sie wird nicht zulassen, dass wir zu einer Nation werden, deren Einwohner Hunden Namen geben, ihre Mitbürger aufgrund ihrer Hautfarbe unterdrücken und pharmazeutische Pillen schlucken, um ihre Babys abzutreiben.

Warum aber kreist diese Krähe über dem Joseon-Spazierweg? Das ist doch der Ort, an dem sich unsere ehrenwertesten Bürger ergehen, an dem junge Leute ihren greisen Mitmenschen die Füße waschen und Ammen an heißen Tagen den Babys der *Yangbans* ihre schwere Brust zur Erfrischung darbieten.

Die scharfsichtige Krähe ist hier, Bürger, weil sie gesehen hat, wie ein Mann etwas Glänzendes ins Gebüsch warf, wo sich Waisenkinder eilends darum balgten. Waisenkindern Münzen zu schenken beraubt sie nicht nur ihrer Selbstachtung und ihres Juche-Geists, sondern es verstößt auch gegen einen Hauptgrundsatz der Bürgerpflicht: Übe Dich in wirtschaftlicher Unabhängigkeit!

Bei genauerem Hinsehen bemerkte die Krähe, dass dieser Mann mit einer Frau sprach und dabei auf eine Weise gestikulierte, die darauf schließen ließ, dass die beiden etwas ausheckten. In diesem Moment erkannte die Krähe in dem Regelbrecher den Kommandanten Ga, einen Mann, der erst vor Kurzem sämtliche Grundsätze der Bürgerpflicht verletzt hat: Verschreibe Dich auf ewig unseren glorreichen Führern! Sei dankbar für Kritik! Gehorche dem Sŏn'gun-Prinzip! Verpflichte Dich der kollektiven Kindererziehung! Unterwerfe Dich regelmäßigen Märtyrerübungen!

Und nun wäre die Krähe, von Schönheit geblendet, beinahe vom Himmel gestürzt, denn plötzlich erkannte sie in der Frau, die mit diesem schändlichen Bürger sprach, keine Geringere als Sun Moon! Der Vogel bremste seinen freien Fall mit den Flügeln und landete zwischen dem ungleichen Paar. Als sich Kommandant Ga herabbeugte, um die Nachricht entgegenzunehmen, die die Krähe im Schnabel trug, sprang diese hoch – *Krah!* – und schlug ihm mit den Schwingen ins Gesicht. Dann wandte sie sich Sun Moon zu, die erkannte, dass die Nachricht für sie bestimmt war. Sie glättete den Papierstreifen und las darauf einzig den Namen unseres Geliebten Führers Kim Jong Il.

Plötzlich fuhr ein schwarzer Mercedes vor, und ein Mann mit geschientem Nasenbein eilte um den Wagen, um Sun Moon den Schlag zu öffnen. Und schon war sie auf dem Weg zu unserem Großen General, ihrem Entdecker, der all ihre Filme selbst geschrieben hat und der ihr in manch langer Nacht zur Seite gestanden hat, wenn sie Rat brauchte, wie sie den Triumph unserer Nation am besten verkörpern soll. Großer Führer, Diplomat, Stratege, Taktiker, Athlet, Filmemacher, Autor und Dichter – all dies war ihr Kim Jong Il, und ja, auch ein Freund.

Auf dem Weg durch die Straßen von Pjöngjang hatte Sun Moon den Kopf an das Seitenfenster gelehnt; traurig wirkte ihr Blick auf die Sonnenstrahlen, die golden die hirsestaubschwangere Luft über dem Zentralen Lebensmitteldepot durchdrangen. Als sie das Kindertheater passierten, wo sie als Mädchen das Akkordeonspiel erlernt hatte, die Kunst des Puppenspiels und die Massengymnastik, sah es aus, als wolle sie weinen. *Was ist bloß aus meinen alten Lehrern geworden?*, schienen ihre Augen zu fragen, und Tränen blinkten, als ihr Blick auf die fantastischen Türme der Eislaufarena fiel – einer der wenigen Orte, an den ihre Mutter, die immer einen amerikanischen Überraschungsangriff fürchtete, sich gewagt hatte. Damals auf dem Eis gab es nichts als spontane Beifallsbezeugungen für die kleine Sun Moon, deren mädchenhafte

Glieder mit weitem Schwung die Sprünge ausführten; die Begeisterung in ihrem Gesicht bezauberte hinter dem Regen aus Eiskristallen, die von ihren Kufen aufstoben. Arme Sun Moon! Fast war es, als wisse sie, dass sich ihr dieser Anblick zum letzten Mal präsentierte, als überkomme sie eine Vorahnung dessen, was die grausamen, gnadenlosen Amerikaner mit ihr vorhatten. Welche Frau würde nicht auf der ganzen Allee der Wiedervereinigung bitterlich weinen, wenn sie wüsste, dass sie nie wieder eine so saubere Straße zu sehen bekäme oder eine so schnurgerade Warteschlange an der Lebensmittelausgabe und dass sie nie wieder das Knattern von tausend blutroten Flaggen hören würde, die Kim Il Sungs berühmte Rede vom 18. Oktober des Jahres Juche 63 Wort für Wort lobpriesen!

Sun Moon wurde zum Geliebten Führer geführt, in einen Raum, der so eingerichtet war, dass sich der Besuch aus Amerika darin wohlfühlen sollte. Gedämpftes Lampenlicht, dunkle Spiegel, Tische aus Holz – alles erinnerte an eine amerikanische Flüsterkneipe. Diese Lokalität besuchen die Amerikaner, wenn sie sich den Blicken ihrer repressiven Regierung entziehen wollen. Hinter den schweren Türen der Flüsterkneipe können die Amerikaner in aller Ruhe Alkohol missbrauchen, Unzucht treiben und einander Gewalt antun.

Über seinem modischen Einteiler trug der Geliebte Führer eine Schürze, auf seiner Stirn thronte ein grüner Augenschirm und über die Schulter hatte er einen Lappen geschwungen. Mit ausgestreckten Armen trat er hinter der Bar hervor. »Sun Moon!«, begrüßte er sie. »Was darf ich dir anbieten?«

Ihre Umarmung sprühte vom Geist sozialistischer Kameraderie.

»Ich weiß nicht«, antwortete sie.

Er erklärte: »Du musst sagen: ›Wie immer.‹«

»Wie immer«, sagte sie.

Daraufhin goss er für beide eine bescheidene Menge nordkoreanischen Kognak, der für seine heilende Wirkung bekannt ist, in Schwenker.

Der Geliebte Führer musterte Sun Moon und bemerkte, dass Trauer in ihren Augen lag.

»Was bedrückt dich?«, fragte er. »Lass mich die Geschichte hören, dann denke ich mir ein *Happy End* dafür aus.«

»Nichts«, sagte sie. »Ich übe nur für meine neue Rolle.«

»Aber das ist kein trauriger Film!«, erinnerte er sie. »Darin wird ein disziplinloser Ehemann durch einen hocheffizienten Mann ersetzt, und bald haben alle Bauern ihre Ernteerträge gesteigert. Etwas anderes muss auf dir lasten. Ist es eine Herzensangelegenheit?«

»In meinem Herzen ist nur Platz für die Demokratische Volksrepublik Korea«, erwiderte sie.

Der Geliebte Führer lächelte. »Meine Sun Moon«, sagte er. »Genau darum fehlst du mir. Komm, schau, ich habe ein Geschenk für dich.«

Hinter der Bar zog der Geliebte Führer ein amerikanisches Musikinstrument hervor.

»Was ist das?«, fragte sie.

»Es heißt *Gi-tar-re*. Darauf spielt die amerikanische Landbevölkerung. Das Instrument soll in Texas besonders beliebt sein«, erklärte er. »Es ist außerdem das bevorzugte Instrument für den sogenannten ›Blues‹. Das ist eine amerikanische Musikrichtung, die von den Qualen handelt, die durch politische Fehlentscheidungen verursacht werden.«

Sun Moon strich mit ihren zarten Fingerkuppen über die Saiten der *Gitarre*. Dies entlockte dem Instrument ein dumpfes Stöhnen, als habe man eine klangvolle *Gayageum* in eine Decke gewickelt und mit einem Eimer Wasser übergossen.

»In Amerika gibt es so viel, worüber man traurig sein kann«, sagte sie und zupfte an einer anderen Saite. »Aber hören Sie doch – zu so etwas kann ich nicht singen.«

»Du musst aber, unbedingt!«, sagte der Geliebte Führer. »Bitte, entlocke ihr ein Lied. Für mich.«

Sie schlug die Saiten an. »Leider ist mein Herz zu klein für meine große Liebe ...«, sang sie.

»Na siehst du.«

Sie schrammelte: »... zur demokratischsten Nation ... der Demokratischen Volksrepublik Korea!«

»Das ist gut«, sagte er. »Und jetzt weniger wie ein Vögelchen. Sing es mit heißer Inbrunst.«

Sie legte die *Gitarre* flach auf den Tresen – so, wie man ein ordentliches Saiteninstrument spielt. Dann probierte sie aus, wie man die Saiten zupfen musste, damit sie unterschiedliche Töne hervorbrachten.

»Die Yankees, sie lachen«, sang sie und griff kräftig in die Saiten. »Die Yankees, sie klagen.«

Der Geliebte Führer klopfte mit der Faust den Rhythmus auf dem Tresen.

»Unser Volk hat nichts dazu zu sagen«, sang sie aus vollem Hals. »Denn zufrieden sind wir an allen Tagen!«

Beide brachen in Gelächter aus. »Wie ich das vermisse«, sagte er. »Weißt du noch, wie wir uns bis spät in die Nacht über Drehbücher unterhalten haben? Wie wir unserer Heimatliebe Ausdruck verliehen haben und der Wiedervereinigung huldigten?«

»Ja«, meinte sie, »aber heute ist alles ganz anders.«

»Tatsächlich? Ich habe mich immer gefragt«, sagte der Geliebte Führer, »ob nicht – wenn deinem Mann auf einer seiner zahlreichen gefährlichen Unternehmungen etwas zustieße – ob wir beide dann nicht wieder Freunde sein könnten. Natürlich ist dein Mann quicklebendig und deine Ehe gewiss glücklicher denn je. Aber wenn deinem Gatten etwas zugestoßen wäre, wenn er von einem seiner vielen heldenhaften Einsätze für unser Land nicht zurückgekehrt wäre, hätte ich dann recht gehabt? Würden wir uns dann wieder nahekommen, würden wir dann wieder bis tief in die Nacht aufbleiben und uns über unser Verständnis von Juche und Sŏn'gun austauschen?«

Sie zog ihre Hand von der *Gitarre* zurück. »Wird meinem Gatten etwas zustoßen? Wollen Sie mir das sagen? Müssen Sie ihn auf eine gefährliche Mission schicken?«

»Nein, nein, ganz und gar nicht!«, antwortete der Geliebte Führer. »Nichts läge mir ferner. Natürlich kann man sich nie sicher sein. Es ist nun einmal eine Tatsache, dass die Welt kein ungefährlicher Ort ist, und die Zukunft kennen nur hochrangige Offiziere.«

Sun Moon sagte: »Ihre väterliche Weisheit hat meiner weiblichen Verzagtheit immer aufgeholfen.«

»Das ist eine meiner Begabungen«, antwortete der Wohltätige Führer Kim Jong Il in seiner großen Bescheidenheit. »Es fällt mir wohl auf«, fügte er hinzu, »dass du ihn als deinen Gatten bezeichnest.«

»Ich weiß nicht, als was ich ihn sonst bezeichnen sollte.«

Der Geliebte Führer nickte. »Aber du beantwortest meine Frage nicht.«

Sun Moon verschränkte die Arme und wandte sich vom Tresen ab. Sie ging zwei Schritte und hielt dann inne. »Auch ich sehne mich nach den nächtlichen Unterhaltungen mit Ihnen«, sagte sie. »Doch diese Tage liegen hinter uns.«

»Aber warum?«, fragte der Geliebte Führer. »Warum müssen sie hinter uns liegen?«

»Weil ich höre, dass Sie jetzt eine neue Vertraute haben, eine neue junge Schülerin.«

»Ah, jemand war offen mit dir und hat dir gewisse Dinge mitgeteilt.«

»Wenn eine Bürgerin unseres Landes einen Ersatzmann bekommt, ist es ihre Pflicht, sich ihm zu öffnen.«

»Ach, hast du das getan?«, wollte der Geliebte Führer wissen. »Hast du dich ihm *geöffnet*?«

»Die Zukunft kennen nur hochrangige Offiziere«, erwiderte sie lächelnd.

Der Geliebte Führer nickte anerkennend. »Siehst du, genau das fehlt mir. Dein Witz.«

Sun Moon nippte zum ersten Mal an ihrem Kognak.

»Wer also ist diese neue Schülerin?«, fragte sie. »Weiß sie Ihre subtile Art zu schätzen, Ihren Humor?«

Der Geliebte Führer lehnte sich zu ihr herüber, froh, dass sie wieder auf ihn einging. »An dich kommt sie nicht heran, so viel kann ich dir verraten. Sie ist weder so schön wie du noch so charmant, noch so wortgewandt.«

Sun Moon heuchelte Überraschung. »Nicht wortgewandt?«

»Zieh mich nicht auf!«, entgegnete er. »Du weißt, dass sie nur Englisch spricht. Zugegeben, sie ist keine Sun Moon, aber unterschätze sie nicht, diese junge Frau aus Amerika. Glaube mir, mein Rudermädchen verfügt sehr wohl über besondere Fähigkeiten, eine eigene dunkle Energie.«

Jetzt beugte sich auch Sun Moon vor, sodass ihre Gesichter über dem Tresen einander ganz nah waren.

»Sagen Sie mir nur eins, mein sehr geliebter Führer«, sagte sie. »Und bitte, lassen Sie dabei Ihr Herz sprechen. Ist ein verwöhntes Mädchen aus Amerika nicht vollkommen überfordert von den großartigen Eingebungen, zu denen Ihr gewaltiger Geist fähig ist? Ist dieses aus einem Land der Korruption und Habgier stammende Mädchen in der Lage, die

Reinheit Ihrer Weisheit zu begreifen? Ist sie Ihrer wert, oder sollte man sie nicht nach Hause schicken, damit eine richtige Frau ihren Platz einnehmen kann?«

Der Geliebte Führer langte hinter den Tresen. Er reichte Sun Moon ein Stück Seife, einen Kamm sowie einen *Chosŏnot*, der aus reinem Gold geschneidert schien.

»Genau das sollst du mir sagen«, erklärte er.

*

Bürger, seid Zeuge der Gastfreundschaft, die unser Geliebter Führer allen Völkern der Welt angedeihen lässt, selbst einer Staatsbürgerin der despotischen Vereinigten Staaten von Amerika! Die edelste Frau unserer Nation entsendet der Geliebte Führer, um dieser ungeratenen Amerikanerin Trost und Hilfe zu spenden! Und so trifft Sun Moon in einem wunderschönen Raum auf das Rudermädchen, frisch und weiß und hell erleuchtet, mit einem entzückenden kleinen Fenster, aus dem der Blick auf eine herrliche nordkoreanische Wiese mit umhertollenden Apfelschimmeln geht. Denn wir befinden uns nicht im schäbigen China und auch nicht im schmutzigen Südkorea – ihr dürft euch also keine Gefängniszelle mit lampenrußgeschwärzten Wänden und rostgefärbten Pfützen auf dem Boden vorstellen. Seht stattdessen die große weiße Badewanne mit goldenen Löwenfüßen, angefüllt mit dem dampfenden, heilkräftigen Wasser des Taedong.

Sun Moon ging auf die Ruderin zu. Sie war zwar jung, doch ihre Haut hatte unter der Sonne und dem Seewasser gelitten. Ihr Wille aber schien stark – vielleicht hatte ihr Leben in dem Jahr, das sie als Gast unserer großen Nation verbringen durfte, Sinn und Ziel gefunden. Zweifellos war es das einzige Jahr der Keuschheit gewesen, das diese Amerikanerin je gekannt hatte. Sun Moon half ihr beim Auskleiden und nahm die Kleidungsstücke der Riesin entgegen. Breite Schultern hatte die junge Frau und feste Muskelstränge am Nacken. Den Oberarm der Ruderin zeichnete eine kleine kreisrunde Narbe. Als Sun Moon diese berührte, sprach die Amerikanerin Worte, die Sun Moon nicht verstand. Doch der Gesichtsausdruck des Rudermädchens verriet, dass dieses Mal auf ihrer Haut etwas Gutes repräsentierte, wenn es eine derartige Verletzung denn geben konnte.

Die Amerikanerin lehnte sich ins Wasser zurück, und Sun Moon setzte sich ans Kopfende der Wanne. Mit der Schöpfkelle benetzte sie Strähne für Strähne das dunkle, glatte Haar der Ruderin. Die Haarenden waren gespalten und müssten geschnitten werden, doch Sun Moon hatte keine Schere. Stattdessen massierte sie ihr Seife in die Kopfhaut, bis es schäumte. »Du also bist die Frau, die Einsamkeit erträgt, die alles überlebt«, sagte Sun Moon, während sie ausspülte, erneut einseifte und wieder ausspülte. »Das Mädchen, das die Männer beschäftigt. Du bist eine Frau, die kämpft, richtig? Du erkundest die Einsamkeit? Du musst ja glauben, dass wir in unserem glücklichen kleinen Land des Überflusses überhaupt nicht wissen, was Not ist. Vielleicht hältst du mich für ein Püppchen auf einem Regal in einem *Yangban*-Wohnzimmer. Glaubst, dass mein Leben ein reines Garnelen- und Pfirsichfest ist, bis ich mich schließlich an die Strände von Wŏnsan zurückziehe.«

Sun Moon wechselte zum Fuß der Wanne und begann, die langen Zehen und klobigen Füße der Ruderin zu waschen. »Meine Großmutter war eine große Schönheit«, erzählte sie. »Während der Besatzung wurde sie zur Trostfrau für den Taishō-Kaiser bestimmt, den dekadenten Vorgänger von Hirohito. Der Diktator war kleinwüchsig und kränklich und trug eine dicke Brille. Meine Großmutter war in einer Festung am Meer eingesperrt, wo sie der Kaiser am Ende jeder Woche besuchte. Dort tat er ihr Gewalt an, am Fenster in einem Erker, von wo aus er mit dem Fernglas zugleich seine Flotte beobachten konnte. Sein Drang, sie zu unterjochen, war so groß, dass der böse kleine Mann von ihr verlangte, sie müsse so tun, als sei sie glücklich.«

Sun Moon seifte der Ruderin die sehnigen Fußgelenke und dünn gewordenen Waden ein.

»Als meine Großmutter versuchte, aus dem Fenster zu springen, versuchte der Kaiser, sie mit einem Tretboot aufzumuntern, das aussah wie ein Schwan. Dann kaufte er ihr ein mechanisches Pferd, das auf einer metallenen Schiene um eine Stange lief. Als sie versuchte, sich auf das schartige Riff im Meer zu stürzen, war ein Hai aus der Tiefe heraufgestiegen. *Halte aus*, sprach der Hai. *Ich muss jeden Tag auf den Meeresgrund hinabtauchen, um mein Essen zu suchen – gewiss kannst auch du überleben.* Als sie ihren Hals in das Räderwerk des Karussell-Pferdes steckte, setzte sich ein Fink neben sie und flehte sie an weiterzuleben. *Ich muss um die ganze Welt fliegen, um meine winzigen Körner zu finden – gewiss hältst auch du noch einen weiteren Tag aus.* Sie starrte die Wände an und wartete auf den Kaiser. Während sie den Mörtel betrachtete, der die Mauersteine zusammenhielt, dachte sie: Ein wenig länger halte ich noch aus. Der Geliebte Führer hat ihre Geschichte in ein Drehbuch für mich verwandelt, daher weiß ich, wie sich meine Großmutter fühlte. Ich habe ihre Worte gekostet, ich habe an ihrer Seite gestanden und auf das Eintreffen des japanischen Kaisers gewartet.«

Sun Moon bedeutete der Ruderin aufzustehen und wusch das Mädchen von oben bis unten, wie ein riesenhaftes Kind, bis die Haut über dem grauschlierigen Wasser glänzte. »Und die Entscheidungen, die meine eigene Mutter zu treffen hatte – darüber kann ich nicht einmal sprechen. Dass ich in der Welt allein dastehe, meiner Geschwister beraubt, ist Folge der Entscheidungen, die sie treffen musste.«

Auf den Armen und dem Rücken des Rudermädchens waren Sommersprossen. Sun Moon hatte noch nie welche gesehen. Vor nur einem Monat hätte sie sie als Schönheitsfehler betrachtet, als Makel auf einer ansonsten ebenmäßigen Haut. Doch nun schienen ihr die Sommersprossen zu sagen, dass eine Haut wie aus Pjöngjang-Porzellan nicht die einzige Art von Schönheit ist, die es auf der Welt gibt. »Vielleicht überspringt die Not ja meine Generation«, erzählte Sun Moon weiter. »Mag sein, dass ich kein echtes Leid kenne, den Kopf habe ich auch noch nicht in ein Räderwerk gesteckt, und ich bin nicht im Dunkeln um die Welt gerudert. Vielleicht bleibe ich ja vom Leid unberührt.«

Sie schwiegen, während Sun Moon der Ruderin aus der Wanne half, und sie sprachen auch nicht, während sie die Amerikanerin abtrocknete. Der aus Goldfäden gewirkte *Chosŏnot* war atemberaubend. Sun Moon kniff hier und dort Falten in den Stoff, bis das Kleid perfekt fiel. Schließlich begann sie, das Haar der Ruderin zu einem Zopf zu flechten. »Ich weiß sehr wohl, dass das Leben auch für mich Leid bereithält«, sagte sie. »Jeder kommt einmal an die Reihe. Vielleicht ist es schon morgen so weit. Was ihr wohl tagein, tagaus in Amerika erduldet, ohne eine Regierung, die euch beschützt, ohne jemanden, der euch sagt, was ihr tun sollt? Stimmt es, dass ihr keine Lebensmittelscheine bekommt, dass ihr selbst für euer Essen sorgen müsst? Stimmt es, dass eure Arbeit keinem höheren Zweck dient als dem Erwerb von Papiergeld? Was ist Kalifornien, dieser Ort, aus dem du stammst? Ich habe noch nie ein Bild davon gesehen. Was wird über eure Lautsprecher verkündet, wann geht bei euch abends der Strom aus, welche kollektive Kindererziehung wird in euren Einrichtungen gelehrt? Wohin geht eine Frau mit ihren Kindern am Sonntagnachmittag, und woher weiß sie, dass die Regierung ihr einen guten Ersatzehemann zuweisen wird, wenn sie den ersten verliert? Bei wem schmeichelt sie sich ein, um sicherzustellen, dass ihre Kinder den besten Jungscharführer bekommen?«

An diesem Punkt bemerkte Sun Moon, dass sie das Rudermädchen bei den Handgelenken gepackt hielt und ihr diese letzten Fragen geradezu entgegengeschleudert hatte, direkt in das Gesicht mit den aufgerissenen Augen. »Wie funktioniert eine Gesellschaft ohne einen väterlichen Führer?«, flehte Sun Moon sie an. »Wie kann eine Bürgerin wissen, was für sie das Beste ist, wenn nicht eine gütige Hand sie leitet? Ist das nicht das Schwierigste – zu lernen, wie man allein durch solche Gefilde steuert? Ist das nicht Überlebenskunst?«

Das Rudermädchen entzog ihr die Hände und wies in eine unbekannte Ferne. Sun Moon hatte das Gefühl, sie fragte nach dem Ausgang der Geschichte, danach, was aus der Trostfrau des Kaisers geworden sei, seiner privaten *Gisaeng*. »Meine Großmutter wartete, bis sie älter war«, erzählte Sun Moon. »Sie wartete, bis sie wieder in ihrem Dorf war und all ihre Kinder groß und verheiratet waren, und dann zog sie das lange verborgene Messer aus der Scheide und stellte ihre Ehre wieder her.«

Was auch immer dem Rudermädchen durch den Kopf gehen mochte – bei den starken Worten Sun Moons konnte auch sie sich nicht mehr zurückhalten. Die Ruderin begann, mit Nachdruck zu sprechen, als wolle sie Sun Moon etwas Wesentliches begreifbar machen. Die Amerikanerin trat an einen kleinen Tisch mit einer Lampe und vielen Schreibheften. Sie brachte dem Filmstar eines der inspirierenden Werke Kim Jong Ils – ein klarer Versuch, Sun Moon zu der einzigen Weisheit zu führen, die ihren Kummer lindern konnte. Die Ruderin schüttelte das Buch und begann dann in raschem Tempo zu sprechen, doch Sun Moon konnte die sich überschlagenden Worte unmöglich verstehen.

Bürger – was gab diese arme amerikanische Ruderin da von sich? Ein Dolmetscher war nicht nötig; zu unmissverständlich war ihre Verzweiflung darüber, dass sie Nordkorea verlassen sollte, ihre liebgewonnene zweite Heimat. Niemand benötigte ein Wörterbuch, um die Trostlosigkeit zu verstehen, dass sie aus diesem Paradies fortgerissen werden sollte, in dem Essen, Wohnung und ärztliche Versorgung umsonst sind. Bürger – spürt ihre Trauer darüber, dass sie in ein Land zurückkehren soll, wo Ärzte werdende Mütter mit Ultraschallgeräten verfolgen. Spürt ihre Empörung darüber, dass sie in ein von Verbrechen geplagtes Land zurückgeschickt werden soll, wo Materialismus und Ausgrenzung herrschen, wo große Teile der Bevölkerung untätig im Gefängnis sitzen, von Urin durchweicht in der Gosse liegen oder auf den von Jogginghosen polierten Bänken der Megakirchen sinnloses Geschwätz über Gott von sich geben. Stellt euch die gewaltigen Schuldgefühle der jungen Frau vor, nachdem sie erfahren musste, wie die Amerikaner, ihr eigenes Volk, unsere große Nation in einem imperialistischen Überraschungskrieg verwüstet hat. Doch verzweifle nicht, Rudermädchen, selbst diese kleine Kostprobe nordkoreanischen Mitgefühls und Großmuts wird dir während der dunklen Zeit nach deiner Rückkehr in das unzivilisierte Land von Uncle Sam Beistand leisten.

ALS ICH IN ABTEILUNG 42 anlangte, war ich müde. Die vergangene Nacht hatte ich nicht gut geschlafen. Schwarze Schlangen hatten meine Träume bevölkert; ihr Zischen klang wie die Laute, die das Bauernpaar beim Geschlechtsakt von sich gegeben hatte. Aber warum Schlangen? Warum plagten mich diese Schlangen mit ihrem vorwurfsvollen Blick und den Giftzähnen? Bisher hatte mich noch nie ein Klient, den ich in den Autopiloten gesteckt hatte, bis in den Schlaf verfolgt. Im Traum hielt ich das Mobiltelefon des Kommandanten Ga in Händen, und ständig zeigte es neue Fotos von einer lächelnden Ehefrau und fröhlichen Kindern. Nur waren das *meine* Frau und *meine* Kinder – die Familie, die ich schon immer meinte haben zu müssen – ich musste lediglich ihren Aufenthaltsort herausfinden und mich durch das Schlangennest zu ihnen durchkämpfen.

Doch wie war der Traum zu verstehen? Genau das konnte ich nicht ergründen. Wenn doch nur jemand ein Buch schriebe, das dem Durchschnittsbürger half, die Geheimnisse eines Traums zu ergründen. Offiziell nahm die Regierung keine Stellung zu dem, was geschah, während die Bürger des Landes schliefen, doch findet sich nicht ein Teil des Träumers in seinem Traum wieder? Und was war mit dem ewig langen Wachtraum, den ich unseren Klienten verschaffte, wenn ich sie an den Autopiloten anschloss? Stundenlang habe ich schon dagesessen und sie in diesem Zustand beobachtet – der verschwommene Blick ihrer hin und her huschenden Augen, die Babysprache, das Umhertasten, die Art, wie sie ständig nach etwas greifen, was sie in weiter Ferne zu erblicken scheinen. Und dann die Orgasmen, von denen die Ärzte behaupten, es seien in Wirklichkeit Krämpfe. So oder so, irgendetwas Tiefgreifendes spielt sich in diesen Leuten ab. Am Schluss erinnern sie sich nur noch an den eisigen Berggipfel und die weiße Blume, die dort blüht. Lohnt es sich, ein Ziel zu erreichen, wenn man sich nicht an die Reise erinnern kann? Ich meine schon. Lohnt es sich, ein neues Leben zu leben, wenn man sich an das alte nicht erinnert? Umso besser, finde ich.

Bei der Arbeit stieß ich auf zwei Typen von der Propaganda-Abteilung. Sie schnüffelten in unserer Bibliothek herum, auf der Suche nach einer guten Story – einer, mit der man das Volk inspirieren konnte, meinten sie.

Ich hatte nicht vor, sie noch einmal auch nur in die Nähe unserer Biografien zu lassen.

»Wir haben keine guten Geschichten«, erklärte ich.

Waren das Lackaffen, mit ihren goldgefassten Zähnen und dem chinesischen Aftershave!

»Jede Geschichte passt«, meinte einer. »Egal ob gut oder schlecht.«

»Ja«, meinte sein Kumpan. »Für die Inspiration sorgen wir dann schon.«

Letztes Jahr hatten sie sich die Biografie von einer Missionarin unter den Nagel gerissen, die sich mit einer Tasche voller Bibeln aus dem Süden eingeschlichen hatte. Uns wurde befohlen herauszufinden, wem sie Bibeln gegeben hatte und ob sich noch mehr von ihrer Sorte bei uns herumtrieben. Sie war die Einzige, die die Pubjok nicht knacken konnten – bis auf Kommandant Ga, muss ich jetzt wohl sagen. Selbst als ich sie an den Autopiloten anschloss, wich dieses seltsame Lächeln nicht aus ihrem Gesicht. Hinter ihrer dicken Brille sahen ihre Augen riesig aus, und regelrecht milde schweifte ihr Blick durch den Raum. Selbst als der Autopilot sein Maximum erreichte, summte sie noch ein Jesuslied und betrachtete den letzten Raum, den sie je sehen würde, als wäre er von Nächstenliebe erfüllt, als seien in den Augen von Jesus alle Orte gleich, als erkenne sie das nun mit eigenen Augen und sah, dass es gut war.

Nachdem dann die Propaganda-Jungs ihre Geschichte durch die Mangel gedreht hatten, hatte sie sich in eine absurde kapitalistische Spionin verwandelt, die auf nichts anderes aus war, als treue Kinder der Partei zu kidnappen und zu Sklavenarbeit in einer Bibelfabrik in Seoul zu zwingen. Meine Eltern waren vollkommen wild auf diese Geschichte gewesen. Jeden Abend musste ich mir die Zusammenfassung der letzten Folge anhören, die über den Lautsprecher gekommen war.

»Verschwinden Sie, denken Sie sich selbst nordkoreanische Erfolgsgeschichten aus«, sagte ich den Propaganda-Jungs.

»Wir brauchen aber eine wahre Geschichte«, protestierte der eine.

»Nicht vergessen«, fügte der andere hinzu, »diese Geschichten gehören nicht Ihnen, sondern sind Volkseigentum.«

»Wie wär's mit Ihnen? Ich könnte ja Ihre Biografien aufschreiben«, schlug ich vor, und sie verstanden die Drohung ganz gut.

»Wir kommen wieder«, sagten sie.

Ich steckte den Kopf in den Aufenthaltsraum der Pubjok. Er war leer. Überall standen leere Flaschen herum, sie hatten also die Nacht durchgemacht. Auf dem Boden lag ein Haufen langer schwarzer Haare. Ich hockte mich hin und nahm eine der seidig glänzenden Locken in die Hand. Oh, Q-Ki. Langsam sog ich ihren Duft ein. Ein Blick auf die Tafel verriet mir, dass die Pubjok all meine Fälle bis auf Kommandanten Ga erledigt hatten. Alle Klienten weg. Die ganzen Geschichten verloren.

In dem Moment bemerkte ich Q-Ki in der Tür; sie beobachtete mich. Ihr Haar war tatsächlich kurzgeschoren, und sie trug ein pubjokbraunes Hemd, Uniformhosen und dazu die schwarzen Cowboystiefel von Kommandant Ga.

Ich ließ die Haarsträhne fallen und erhob mich.

»Q-Ki«, begrüßte ich sie. »Wie geht's?«

Sie schwieg.

»Scheint sich ja eine Menge getan zu haben, seit ich zum Erntedienst musste.«

»Das war doch bestimmt freiwillig«, meinte sie.

»Aber natürlich.« Ich zeigte auf den Berg Haare und fügte hinzu: »Ich habe mich gerade als Detektiv betätigt.«

»Um was herauszubekommen?«

Verlegene Stille.

»Sieht aus, als hätten Sie da die Stiefel des Kommandanten an«, sagte ich. »Dafür dürften Sie auf dem Schwarzmarkt ordentlich was bekommen.«

»Die passen ehrlich gesagt ziemlich gut«, meinte sie. »Ich glaube, die behalte ich.«

Ich nickte und bewunderte die Stiefel noch ein bisschen. Dann sah ich ihr in die Augen.

»Sind Sie noch meine Praktikantin?«, fragte ich. »Sie haben doch nicht etwa die Seiten gewechselt, oder?«

Sie streckte mir die Hand entgegen. Darin hielt sie einen gefalteten Zettel.

»Ich übergebe Ihnen gerade das hier, oder nicht?«

Ich faltete den Zettel auseinander. Es war eine Art Karte, von Hand skizziert. Ein Pferch, eine Feuerstelle, Angelruten, Pistolen. Manche Wörter waren auf Englisch; das Wort »Texas« konnte ich trotzdem entziffern.

Q-Ki sagte: »Das habe ich im rechten Stiefel gefunden.«

»Was ist das, was meinen Sie?«, fragte ich.

»Das könnte der Ort sein, wo wir unsere Diva finden.« Q-Ki wandte sich zum Gehen, doch dann sah sie sich noch einmal nach mir um. »Wissen Sie, ich habe all ihre Filme gesehen. Die Pubjok scheinen gar keinen Wert darauf zu legen, Sun Moon zu finden. Und Ga, oder wer auch immer das ist, konnten sie auch nicht zum Reden bringen. Aber Sie werden Resultate liefern, nicht wahr? Sie werden Sun Moon finden. Sie braucht ein ordentliches Begräbnis. Resultate – das ist die Seite, auf der ich stehe.«

*

Ich studierte die Karte eingehend. Ich hatte sie auf der Tischtennisplatte der Pubjok ausgebreitet und brütete gerade über den Wörtern und Strichen, als Sarge reinkam. Er war klatschnass.

»Na, haben Sie Ersäufen gespielt?«, begrüßte ich ihn.

»Stell dir vor, es regnet«, entgegnete er. »Vom Gelben Meer zieht ein Riesensturm auf.«

Sarge rieb die Hände aneinander. Er lächelte, aber ich wusste, dass sie ihm weh taten.

Ich wies auf die Tafel. »Wie ich sehe, hat's ein Massengeständnis gegeben, während ich außer Haus war.«

Sarge zuckte mit den Schultern. »Wir haben eine komplette Pubjok-Mannschaft mit mehr als genug Zeit. Und auf der anderen Seite standest du da, mit zehn offenen Fällen, nur du und zwei Praktikanten. Wir wollten uns nur ein wenig solidarisch erweisen.«

»Solidarisch?«, fragte ich. »Wo ist Leonardo abgeblieben?«

»Wer?«

»Mein Teamvize, das Milchgesicht. Einen Abend ging er hier weg, und seitdem ist er nicht wieder aufgetaucht. Wie all die anderen, die früher zu meinem Team gehörten.«

»Du willst, dass ich eines der Mysterien des Lebens aufkläre«, sagte er. »Wer kann schon sagen, wo Leute abbleiben? Warum fällt der Regen runter und nicht rauf? Warum wurde die Schlange hinterlistig geschaffen und der Hund bösartig?«

Nahm er mich auf den Arm? Keine Ahnung. Sarge war sonst nicht gerade philosophisch veranlagt. Und seit Leonardo verschwunden war, war er eigenartig höflich zu mir.

Ich wandte mich wieder der groben Bleistiftskizze des texanischen Dorfs zu.

Er stand da und massierte seine Hände. »Meine Knöchel bringen mich um, wenn es regnet.«

Ich beachtete ihn nicht.

Sarge blickte mir über die Schulter. »Was hast du da, eine Karte?«

»So was in der Art.«

Er sah genauer hin. »Ach ja«, meinte er. »Die alte Militärbasis im Westen der Stadt.«

»Wie kommen Sie darauf?«

Er zeigte mit dem Finger: »Das ist die Straße nach Namp'o, und das hier, das ist die Stelle, wo der Taedong sich gabelt.« Er wandte sich mir zu. »Hat das was mit Kommandant Ga zu tun?«

Endlich – der Hinweis, nach dem wir die ganze Zeit gesucht hatten. Die Chance, diesen Fall zu knacken. Ich faltete die Karte zusammen. »Auf mich wartet Arbeit«, sagte ich.

Sarge hielt mich zurück. »Hör mal«, meinte er, »du brauchst wirklich nicht über jeden Bürger, der hier durch die Tür kommt, ein komplettes Buch zu schreiben.«

Doch, das musste ich. Niemand sonst würde die Geschichte dieser Leute erzählen, es würde keinen einzigen Beweis geben, dass diese Menschen je existiert hatten. Wenn ich mir aber die Zeit nahm, alles über sie herauszufinden, wenn ich alles aufzeichnete, dann konnte ich mich mit dem, was ihnen hinterher zustieß, abfinden. Der Autopilot, die Gefängnisbergwerke, das Fußballstadion im Morgengrauen. Wenn ich kein Biograf war, wer war ich dann? Worin bestand meine Aufgabe?

»Kapierst du überhaupt, was ich sage?«, fragte Sarge. »Kein Mensch liest diese Bücher. Die verstauben in einer dunklen Kammer. Also reiß dir doch nicht jedes Mal ein Bein aus. Versuch es mal auf unsere Tour. Klopf ein paar rasche Geständnisse aus ihnen heraus, und dann kommst du rüber und machst ein Bier mit uns auf. Wir lassen dich auch aussuchen, was auf der Karaokemaschine läuft.«

»Was ist mit Kommandant Ga?«, fragte ich.

»Was soll mit ihm sein?«

»Seine Biografie ist die wichtigste von allen.«

Sarge starrte mich unendlich frustriert an.

»Zunächst einmal ist das nicht Kommandant Ga«, erklärte er. »Hast du das vergessen? Zum Zweiten hat er kein Wort gesagt. Er hat ein Schmerztraining absolviert – der Heiligenschein hat ihn nicht mal mit der Wimper zucken lassen. Vor allem aber gibt es überhaupt kein Geheimnis.«

»Natürlich gibt es eins«, entgegnete ich. »Wer ist er? Was ist aus der Schauspielerin geworden? Wo ist ihre Leiche, wo sind die Kinder?«

»Glaubst du wirklich, die Typen ganz oben –«, und Sarge deutete nach unten zu dem tiefer gelegenen Bunker – »glaubst du, die kennen die wahre Geschichte nicht? Die wissen, wo sich der Besuch der Amerikaner abgespielt hat – *sie waren dabei.* Glaubst du etwa, der Geliebte Führer weiß nicht, was passiert ist? Ich wette, Sun Moon stand zu seiner Rechten und Kommandant Ga zu seiner Linken.«

Wozu waren wir dann da?, fragte ich mich. *Was untersuchten wir dann, und wozu?*

»Wenn sie die ganzen Antworten schon kennen«, sagte ich, »worauf warten die dann? Wie lange soll sich das Volk noch fragen, wie es kommt, dass unsere Volksschauspielerin verschwunden ist? Und was ist mit unserem Volkshelden, dem Träger des Goldgurts? Wie lange kann der Geliebte Führer sich weigern einzugestehen, dass beide auf geheimnisvolle Weise verschwunden sind?«

»Meinst du nicht, dass der Geliebte Führer seine Gründe dafür hat?«, fragte mich Sarge. »Und nur dass das klar ist: Die Geschichten der Leute erzählst nicht du, sondern der Staat. Wenn ein Bürger etwas tut, das erzählt werden sollte, ob gut oder schlecht, dann ist das die Sache des Geliebten Führers und seiner Vertrauten. Nur ihnen steht es zu, Geschichten zu erzählen.«

»Ich erzähle die Geschichten der Leute doch gar nicht. Mein Beruf ist es, zuzuhören und alles aufzuschreiben. Und falls Sie diese Propaganda-Typen meinen: Sobald die den Mund aufmachen, kommt eine Lüge heraus.«

Sarge starrte mich hocherstaunt an, als werde ihm jetzt erst klar, welcher Abgrund uns voneinander trennte. »Deine Aufgabe –«, setzte er an. Dann schien er etwas anderes sagen zu wollen. Ununterbrochen schlackerte er dabei mit den Händen, als wolle er den Schmerz herausschütteln. Schließlich wandte er sich zum Gehen; in der Tür verharrte er einen Moment.

»Ich wurde auf der Basis da ausgebildet«, sagte er. »Bei Gewitter sollte man um Namp'o einen weiten Bogen machen.«

Als er weg war, rief ich die Zentrale Fahrbereitschaft an und bestellte ein Fahrzeug, das uns nach Namp'o bringen sollte. Dann sammelte ich Q-Ki und Jujack ein. »Besorgen Sie Regenmäntel und Schaufeln«, trug ich ihnen auf. »Wir gehen eine Schauspielerin holen.«

*

Es stellte sich heraus, dass das einzige Fahrzeug, das uns in dem Regen nach Namp'o schaffen konnte, ein alter sowjetischer Militärtransporter war. Als er vor uns hielt, machte der Fahrer nicht gerade ein fröhliches Gesicht, denn irgendwer hatte seine Scheibenwischer gestohlen. Jujack schüttelte nur den Kopf und wich zurück.

»Kommt nicht in Frage«, sagte er. »Mein Vater hat mir gesagt, ich soll nie im Leben in eine Krähe steigen.«

Q-Ki hielt eine Schaufel in der Hand. »Halt's Maul und steig ein«, sagte sie.

Bald darauf befanden wir drei uns auf dem Weg in Richtung Westen, genau auf das Gewitter zu. Die dunkle Plane aus Öltuch hielt den Regen gut ab; nur zwischen den Bodenlatten spritzte schlammiges Wasser hoch. In die Sitzbänke hatten Leute ihre Namen geritzt – wahrscheinlich auf dem Weg in weit entfernte Gefängnisbergwerke wie Lager 22 oder 14-18. Auf einer solchen Reise hat man viel Zeit zum Nachdenken. So groß also war das Bedürfnis des Menschen, nicht vergessen zu werden.

Q-Ki fuhr mit den Fingern die Schriftzeichen nach; ein Name hatte es ihr besonders angetan.

»Ich kannte mal einen Yong Yap Nam«, sagte sie. »Er war in meinem Kurs über die Übel des Kapitalismus.«

»Das war bestimmt ein anderer Yong Yap Nam«, beruhigte ich sie.

Sie zuckte mit den Schultern. »Wenn einer zum Verräter wird, ist er ein Verräter. Was erwartet er dann?«

Jujack mochte die Namen überhaupt nicht anblicken. »Warum warten wir nicht bis nach dem Gewitter?«, fragte er ein ums andere Mal. »Was bringt es denn, jetzt rauszufahren? Wahrscheinlich finden wir gar nichts. Wahrscheinlich gibt's da überhaupt nichts.«

Der Wind zerrte an der schwarzen Plane und ließ die Metallstreben ächzen. Sturzbäche von Wasser schossen von der Straße über die Schmutzwassergräben hinweg. Auf den Schaufelstiel gestützt starrte Q-Ki auf die beiden Spuren, die die Lkw-Reifen durch das Wasser zogen. Sie fragte mich: »Sie glauben doch nicht, dass Sun Moon abtrünnig geworden sein könnte, oder?«

Ich schüttelte den Kopf. »Auf keinen Fall.«

»Ich will Sun Moon ja schon gerne finden«, sagte sie. »Aber dann ist sie tot. Solange unsere Schaufeln sie nicht freilegen, ist es, als wäre sie noch am Leben.«

Tatsächlich sah ich Sun Moon noch immer als die strahlende Frau auf den Filmplakaten vor mir, wenn ich mir vorstellte, wie wir sie fänden. Jetzt erst stieg vor meinem inneren Auge ein anderes Bild auf: Wie meine Schippe Teile halbverwester Kinder aus dem Boden hebt, wie sich das Schaufelblatt in die Bauchhöhle einer Leiche senkt.

»Als ich noch ein Mädchen war, ist mein Vater mit mir *Ruhm und Glorie* anschauen gegangen. Ich hatte viel Unsinn verzapft, und mein Vater wollte, dass ich sehe, was mit Frauen passiert, die sich nicht unterordnen.«

Jujack fragte: »Ist das der Film, wo sie Sun Moon den Kopf abschlagen?«

»Es geht um mehr«, entgegnete Q-Ki.

»Trotzdem, tolle Spezialeffekte«, meinte Jujack. »Wie Sun

Moons Kopf davonrollt und aus jedem Fleckchen Boden, auf den das Blut spritzt, Märtyrerblumen wachsen und erblühen – Junge, war der Film spannend.«

Den Film kannte natürlich jeder. Sun Moon spielt darin ein armes Mädchen, das mutig dem japanischen Offizier gegenübertritt, der das Regiment über ihr Bauerndorf führt. Die Bauern müssen den Japanern ihre gesamte Ernte abliefern, doch dann fehlt etwas vom Reis, und der Offizier befiehlt, dass alle hungern müssen, bis der Schuldige ermittelt ist. Sun Moon lässt sich von dem Offizier nicht einschüchtern und sagt ihm, dass seine eigenen korrupten Soldaten den Reis gestohlen haben. Für diesen Affront lässt der Offizier sie auf dem Dorfplatz enthaupten.

»Worum es in dem Film tatsächlich geht, oder was mein Vater dachte, worum es geht, spielt ja keine Rolle«, sagte Q-Ki. »Sun Moon war von lauter mächtigen Männern umringt, und trotzdem blieb sie vollkommen furchtlos. Das habe ich mir gemerkt. Ich habe gesehen, mit welchem Mut sie ihr Schicksal annahm. Ich habe gesehen, wie sie sich dasselbe Recht nahm, das für die Männer gilt. Dass ich jetzt hier bin, in Abteilung 42, das verdanke ich ihr.«

»Oh, die Szene, wo sie niederkniet, um das Schwert zu empfangen«, sagte Jujack, als habe er es genau vor Augen. »Ihr Rücken biegt sich durch, ihre schwere Brust wogt. Dann lösen sich ihre perfekten Lippen voneinander, und ganz, ganz langsam schließen sich ihre Lider.«

In dem Film reiht sich eine berühmte Szene an die andere, beispielsweise wie die alten Frauen im Dorf die ganze Nacht wach bleiben, um den wunderschönen *Chosŏnot* zu nähen, den Sun Moon bei ihrer Hinrichtung tragen soll. Oder wie Sun Moon in der dunkelsten Stunde der Nacht von Angst gepackt wird und in ihrem Entschluss wankt und dann ein

Sperling mit Kimilsungie-Blüten im Schnabel zu ihr fliegt, um sie daran zu erinnern, dass sie nicht allein ist und ihr Opfer nicht vergebens. Mir ist vor allem eine Stelle in Erinnerung. An der bleibt bei niemandem das Auge trocken: Die Szene am Morgen, als ihre Eltern sich von ihr verabschieden. Sie sagen ihr, was bisher ungesagt geblieben ist – dass ihre Tochter ihrem Leben Sinn gibt, dass ihre Existenz ohne sie weniger wert sein wird und dass ihre Liebe zwecklos ist, wenn sie sie ihr nicht schenken können.

Ich blickte zu Q-Ki hinüber, die tief in Gedanken dasaß, und wünschte einen Moment lang, wir stünden nicht kurz davor, die verwesten Überreste ihrer Heldin zu entdecken.

Die Krähe verließ die Straße und lenkte in eine Senke – eine gigantische Pfütze, so weit das Auge reichte. Als ich mich verwundert an den Fahrer wandte, wies er auf die Karte, die ich ihm gegeben hatte: »Wir sind da.«

Wir schauten aus der offenen Rückseite der Krähe. Es zuckte weiß über den Himmel.

Jujack meinte: »In dieser Suppe holen wir uns alle die Diphtherie! Hört mal, ich wette, hier draußen finden wir sowieso nichts, wir jagen bestimmt nur einem Phantom nach.«

»Das wissen wir erst, wenn wir uns an die Arbeit machen«, entgegnete ich.

»Aber wir verschwenden bestimmt nur unsere Zeit«, protestierte Jujack. »Ich meine, was ist, wenn sie in letzter Minute alles weggeholt haben?«

»Wie meinst du das, weggeholt?«, fragte Q-Ki. »Weißt du was, was du uns nicht verrätst?«

Jujack blickte argwöhnisch zum immer düsterer werdenden Himmel hoch.

Q-Ki ließ nicht locker. »Du weißt was, stimmt's?«

»Es reicht«, ging ich dazwischen. »Es ist nur noch ein paar Stunden hell.«

Wir sprangen aus der Krähe ins knöcheltiefe Wasser; Fäkalienschaum trieb zwischen schillernden Ölschlieren. Schlammiges Wasser, soweit das Auge reichte. Die längst durchweichte Zeichnung verwies auf eine Baumgruppe. Auf dem Weg dorthin testeten wir mit unseren Schaufeln den Boden. Zwischen uns wälzten sich Flussaale durch die Pfütze; armdicke, mit Zähnen bewehrte Muskelstränge waren diese Viecher, manche zwei Meter lang.

Wie sich herausstellte, saßen die Bäume voller Schlangen. Mit herabbaumelnden Köpfen beobachteten sie, wie wir von einem Stamm zum nächsten platschten. Genau wie in meinen Albträumen – als würden mich jetzt die Schlangen aus meinem Schlaf heimsuchen. Oder war es andersherum? Würden mich diese Schlangen heute Nacht wieder besuchen? Bloß nicht. Tagsüber kann ich ja so einiges wegstecken. Aber wenn es dunkel wird, möchte ich endlich meine Ruhe haben.

»Das sind Grubenottern«, sagte Q-Ki.

»Unmöglich«, meinte Jujack. »Die gibt es nur in den Bergen.«

Q-Ki drehte sich aufgebracht zu ihm um. »Mit Giftschlangen kenne ich mich aus.«

Als in der Ferne ein Blitz aufzuckte, waren die Umrisse im Geäst deutlich zu sehen – zischend warteten die Schlangen auf arglose Bürger, die lediglich ihrer Pflicht nachkamen, um sich dann auf sie fallen zu lassen.

»Eine Schlange ist so beschissen wie die andere«, sagte ich. »Wir provozieren sie einfach nicht.«

Wir sahen uns um, aber von einer Feuerstelle oder einem Pferch war nichts zu sehen. Kein Planwagen, keine Pistolen, keine Angeln und auch keine Sensen.

»Wir sind hier falsch«, sagte Jujack. »Lasst uns abhauen, bevor wir vom Blitz erschlagen werden.«

»Nein«, sagte Q-Ki. »Wir graben.«

»Wo?«, fragte Jujack.

»Überall«, antwortete Q-Ki.

Jujack trat das Schaufelblatt in den aufgeweichten Boden. Mühsam brachte er eine Schaufelvoll Matsch hoch; sofort war das Loch voll Wasser gelaufen. Als er die Schaufel umdrehte, blieb der Dreck kleben.

Regen schlug mir ins Gesicht. Ich wendete die Karte hin und her, um zu prüfen, ob ich mich geirrt hatte. Bäume, Fluss, Straße – eigentlich mussten wir hier genau richtig sein. Was wir brauchten, war ein Hund aus dem Zoo. Es heißt, mit ihrem ungezähmten Instinkt könnten sie jeden Knochen finden, auch wenn er noch so lange vergraben war.

»Hier können wir nichts finden«, sagte Jujack. »Alles ist voller Wasser. Wo ist der Tatort? Hier ist absolut nichts zu sehen.«

»Das könnte sogar von Vorteil sein«, sagte ich. »Wenn in dem Schlamm eine Leiche steckt, könnte das Wasser sie vielleicht hochtreiben. Wir müssen lediglich überall den Boden lockern.«

Also machte sich jeder allein auf und stocherte nach irgendwelchen Hinweisen auf eine vergrabene Schauspielerin im Boden herum.

Eine Schaufel Schlamm nach der anderen kippten wir um. Jedes Mal sah ich den Erfolg vor Augen, jedes Mal spürte ich, dass die Entdeckung direkt bevorstand – ich würde die Schauspielerin als Hebel einsetzen können, um Kommandant Ga seine Geschichte zu entlocken, und dann würde seine Biografie mir gehören, mit Gas wahrem Namen in Gold auf dem Buchrücken, und dann würde ich das Büro von Sarge übernehmen. Der Regen fiel unablässig, und mir kam eine markige Bemerkung nach der anderen in den Sinn, die ich von mir geben würde, während Sarge seine traurigen Habseligkeiten in einen alten Hungerhilfekarton packte, um *mein* neues Büro zu räumen.

Endlich – ein Ereignis, das in meine Biografie aufzunehmen sich lohnte, so schien es mir.

Die Fahrer der Krähe beobachteten uns durch die Windschutzscheibe. Es war inzwischen so dunkel, dass wir die Enden ihrer Zigaretten rot aufglühen sahen. Als meine Arme müde wurden, wechselte ich die Schaufel von rechts nach links. Jeder Knochen, auf den ich traf, entpuppte sich als Baumwurzel. Würde doch nur ein Seidenfetzen hochtreiben, oder ein Schuh. Immer wieder verbissen sich die Aale in der Schlammbrühe in irgendwelche Dinge; irgendwas mussten sie doch entdeckt haben, und so begann ich immer dort zu graben, wo sie mit den Zähnen zuschlugen und um unsichtbare Beute rangen. Jeder Klumpen Matsch deprimierte mich weiter, und bald erinnerte der Tag weniger an das Leben, das ich mir wünschte, als an jenes, das ich sowieso schon führte – eine einzige Plackerei, für nichts und wieder nichts, ein Misserfolg nach dem anderen. Es war wie meine Zeit an der Uni – als ich ankam, fragte ich mich, welche von diesen Tausenden von Frauen wohl für mich bestimmt war, doch nach und nach dämmerte mir die Antwort: Nicht eine. Nein, den heutigen Tag würde ich bestimmt nicht in meine Biografie aufnehmen.

Im Dunkeln hörte ich nur eins: Q-Kis Ächzen, wenn sie ihr ganzes Gewicht einsetzte, um die Schaufel in den Boden zu rammen. Schließlich rief ich in die Dunkelheit: »Das war's, wir ziehen ab.«

Als Q-Ki und ich bei der Krähe anlangten, stellten wir fest, dass Jujack schon drinsaß.

Wir waren durchweicht, unsere Zähne klapperten, und an

den Händen hatten wir Blasen von den nassen Holzstielen. Selbst die Fußsohlen schmerzten, weil wir die Schaufeln tausend Mal in den Matsch getrieben hatten.

Auf dem ganzen Rückweg zur Abteilung 42 nahm Q-Ki kein einziges Mal den starren Blick von Jujack.

»Du hast gewusst, dass sie nicht da ist, richtig?«, fragte sie ein ums andere Mal. »Du hast was gewusst, und du hast es uns nicht gesagt.«

*

Kaum waren wir die Treppe zur Abteilung 42 hinuntergestiegen, da marschierte Q-Ki zu Sarge.

»Jujack hält was zurück«, sagte sie. »Er weiß was zum Fall Kommandant Ga, was er uns nicht verrät.«

Sarge schaute ernst drein. Forschend betrachtete er erst Q-Ki, dann Jujack.

»Das ist eine schwere Anschuldigung«, sagte Sarge schließlich. »Hast du Beweise?«

Q-Ki wies auf ihr Herz. »Ich fühle es«, sagte sie.

Sarge überlegte und nickte dann. »In Ordnung«, sagte er. »Holen wir die Wahrheit aus ihm raus.«

Zwei Pubjok griffen sich Jujack.

»Langsam!«, sagte ich und trat dazwischen. »Nicht so schnell. Ein ›Gefühl‹ ist kein Beweis.«

Ich legte Jujack die Hand auf die Schulter. »Sagen Sie die Wahrheit, Junge«, forderte ich ihn auf. »Sagen Sie uns einfach, was Sie wissen, dann können Sie mit meiner Unterstützung rechnen.«

Jujack sah zu Boden. »Ich weiß gar nichts, wirklich nicht.«

Alle blickten Q-Ki an. »Verlassen Sie sich nicht auf mein Gefühl«, sagte sie. »Schauen Sie ihm in die Augen. Da können Sie es ablesen.«

Sarge beugte sich vor und blickte dem Jungen in die Augen. Ewig lange starrte er ihn einfach nur an. Dann nickte er und sagte: »Nehmt ihn mit.«

Als zwei Pubjok ihre Hände schwer auf Jujack legten, füllte sich sein Blick mit Entsetzen.

»Warten Sie!«, sagte ich, doch die Schwebende Mauer war nicht aufzuhalten. Im Nu schleiften sie den strampelnden Jujack in Richtung Werkstatt.

Jujack schrie: »Ich bin der Sohn eines Ministers!«

»Heb dir das für deine Biografie auf«, rief Sarge ihm lachend hinterher.

Ich sagte: »Da muss ein Fehler vorliegen.«

Sarge schien mich gar nicht zu hören. »Scheißverräter«, meinte er kopfschüttelnd. Dann wandte er sich an Q-Ki: »Gute Arbeit. Zieh deinen Vernehmungskittel an. Du holst die Wahrheit aus ihm raus.«

*

Jujack verheimlichte uns etwas, und die einzige Person, die darüber Bescheid wissen könnte, war Kommandant Ga. Ich rannte zu der Zelle, in der er untergebracht war. Drinnen stand Ga mit nacktem Oberkörper vor der Wand aus Edelstahl und starrte sein Spiegelbild an.

Ohne mir den Blick zuzuwenden, sagte er: »Wissen Sie, ich hätte das Bild umgekehrt tätowieren lassen sollen.«

»Es gibt einen Notfall«, sagte ich. »Mein Praktikant, Jujack, steckt in Schwierigkeiten.«

»Aber damals hatte ich keine Ahnung«, sagte Ga. »Ich kannte mein Schicksal nicht.« Er drehte sich zu mir um und zeigte auf die Tätowierung. »Sie sehen sie so, wie sie aussieht. Ich aber bin gezwungen, sie falsch herum zu sehen. Ich hätte das Bild andersherum stechen lassen sollen. Aber damals dachte ich, es wäre für andere gedacht. In Wirklichkeit war sie die ganze Zeit für mich bestimmt.«

»Ich brauche eine Auskunft«, sagte ich. »Es ist wirklich wichtig.«

»Warum wollen Sie unbedingt meine Biografie schreiben?«, fragte Kommandant Ga. »Die einzigen Leute auf der Welt, die sie lesen würden, sind nicht mehr da.«

»Ich muss nur eine einzige Sache wissen. Es geht um Leben oder Tod«, sagte ich. »Wir sind zu der Militärbasis gefahren, an der Straße nach Namp'o, aber da war kein Pferch, keine Feuerstelle, kein Ochse. Ich weiß, dass Sie dort ein Dorf gebaut haben, damit sich die Amerikaner wie zu Hause fühlen. Aber die Schauspielerin war nicht da. Da war absolut nichts.«

»Ich habe es Ihnen doch gesagt: Sie werden sie nie finden.«

»Aber wo waren der Picknicktisch und der Planwagen?«

»Die haben wir weggebracht.«

»Wohin?«

»Das kann ich Ihnen nicht sagen.«

»Aber warum nicht, warum?«

»Weil nur dieses Geheimnis den Geliebten Führer daran erinnert, dass das Ganze tatsächlich passiert ist – dass tatsächlich etwas geschehen ist, worüber er keine Kontrolle hatte.«

»Was ist denn passiert?«

»Das sollte man ihn einmal fragen.«

»Aber hier geht es nicht um den Geliebten Führer, hier geht es um einen Bengel, der einen Fehler gemacht hat.«

»Außerdem ist dieses Geheimnis das Einzige, was mich am Leben erhält.«

Ich appellierte an seine Vernunft. »Sie werden so oder so nicht überleben«, sagte ich.

Er nickte zustimmend. »Das wird keiner von uns«, gab er zurück. »Haben Sie einen Plan? Haben Sie Vorkehrungen getroffen? Noch haben Sie Zeit, noch können Sie selbst die Art und Weise bestimmen.«

»In der Zeit, die Ihnen noch bleibt«, sagte ich, »können Sie diesen Jungen retten, Sie können Buße tun für die schrecklichen Dinge, die Sie der Schauspielerin angetan haben.« Ich zog das Mobiltelefon aus der Tasche. »Die Bilder, die auf diesem Telefon erscheinen – sind die für Sie gedacht?«

»Was für Bilder?«

Ich schaltete das Telefon ein und ließ ihn den blauen Schein des Displays sehen.

»Das muss ich haben«, erklärte er.

»Dann helfen Sie mir«, sagte ich.

Ich hielt ihm das Telefon vors Gesicht und zeigte ihm das Bild von dem Stern im Bürgersteig.

Er nahm mir das Gerät aus der Hand. »Die Amerikaner haben sich der Gastfreundschaft des Geliebten Führers verweigert«, sagte er. »Sie wollten nicht von ihrem Flugzeug fort, also haben wir das texanische Dorf zum Flughafen verlegt.«

»Danke«, sagte ich, und wollte gerade zur Tür heraus, als die aufflog.

Q-Ki stand auf der Schwelle, die übrigen Pubjok drängten sich hinter ihr. Ihr Kittel war blutverschmiert. »Sie haben es an den Flughafen verlegt«, verkündete sie. »Dort ist der Filmstar verschwunden.«

»Schon logisch, dass er wusste, was auf dem Flughafen ablief«, sagte ein Pubjok. »Schließlich ist sein Papa der Verkehrsminister.«

»Was ist mit Jujack?«, verlangte ich zu wissen. »Wo ist er, was ist mit ihm passiert?«

Q-Ki antwortete nicht. Sie blickte Sarge an, der billigend nickte.

Q-Kis Blick wurde hart, dann wandte sie sich den in der Türöffnung versammelten Pubjok zu. Sie nahm eine Taekwondo-Stellung ein. Die Männer wichen zurück und ließen ihr einen Moment Zeit, um sich zu sammeln. Dann sprachen sie gemeinsam: *Junbi!* und zählten: *hana ... dul ... set ... Sijak!* Auf das Kommando schlug Q-Ki mit der Hand gegen den Türrahmen aus Edelstahl.

Sie atmete bebend ein und schnappte nach Luft. Langsam drückte Q-Ki die gebrochene Hand an ihre Brust und legte schützend die andere Hand darum.

Grundsätzlich erfolgt der erste Bruch an der Oberseite der Handkante. Später bleibt noch immer genügend Zeit, die Knöchel zu brechen, immer zwei auf einmal.

Ruhig und fürsorglich fasste Sarge ihren Arm und streckte ihn; die gebrochene Hand lag dabei in seiner. Sehr vorsichtig umspannte er mit der einen Hand fest ihr Handgelenk; dann fasste er mit der anderen die beiden äußeren Finger. »Du gehörst jetzt zu uns«, sagte er. »Du bist keine Praktikantin mehr. Du brauchst jetzt keinen Namen mehr«, fügte er hinzu und zog dabei mit einem kräftigen Ruck an ihren Fingern, sodass sich die gebrochenen Knochen ausrichteten. Nun konnten sie sauber verheilen.

Sarge nickte mir zu, um seinen Respekt zum Ausdruck zu bringen. »Ich war dagegen, eine Frau in der Abteilung zu haben«, erklärte er. »Aber du hattest recht – sie ist die Zukunft.«

ES WAR NACHMITTAG, das Sonnenlicht strömte hell, aber ohne Wärme zu den Fenstern herein. Kommandant Ga saß zwischen dem Jungen und dem Mädchen; alle drei beobachteten Sun Moon, die ruhelos im Haus umherwanderte. Immer wieder nahm sie Gegenstände in die Hand und betrachtete sie, als sähe sie sie zum ersten Mal. Der Hund folgte ihr, schnupperte an allem, was sie berührte – einem Handspiegel, einem Sonnenschirm, dem Wasserkessel in der Küche. Es war der Tag, bevor die Amerikaner eintreffen sollten, der Tag vor der Flucht, auch wenn die Kinder das nicht wussten.

»Was ist los mit ihr?«, fragte der Junge. »Wonach sucht sie?«

»So benimmt sie sich, bevor sie mit einem neuen Film anfängt«, sagte das Mädchen. »Gibt es einen neuen Film?«

»Etwas in der Art«, antwortete Ga.

Sun Moon trat zu ihm, ein handbemaltes *Janggi*-Brett in der Hand. Ihr Gesichtsausdruck sagte: *Wie kann ich das zurücklassen?* Er hatte ihr erklärt, dass sie nichts mitnehmen konnten, dass das kleinste Andenken ihren Plan verraten würde.

»Mein Vater«, sagte sie. »Das ist das Einzige, was ich von ihm habe.«

Er schüttelte den Kopf. Wie konnte er ihr erklären, dass es so besser war? Zwar konnte ein Gegenstand eine Person verkörpern, man konnte mit einem Foto sprechen, einen Ring küssen oder einem weit entfernten Menschen eine Stimme geben, indem man in eine Mundharmonika blies. Aber Fotos konnten verloren gehen. Ein Dieb konnte einem den Ring vom Finger ziehen, während man im Gemeinschaftssaal schlief. Ga hatte beobachtet, wie ein alter Mann von einem Augenblick zum nächsten jeden Lebenswillen verloren hatte, nachdem ein Gefängniswärter ihm ein Medaillon abgenommen hatte. Nein, die Menschen, die man liebte, musste man an einem sichereren Ort bewahren. Sie mussten so fest mit einem verbunden sein wie eine Tätowierung, die niemand stehlen konnte.

»Nichts als die Kleider, die ich am Leibe trage?«, fragte sie ihn.

Dann huschte ein Gedanke über ihr Gesicht. Sie wandte sich um und trat rasch an ihren Schrank. Dort starrte sie die aufgereihten *Chosŏnots* an, jeder über einen Kleiderbügel gehängt. Die untergehende Sonne warf warmes, dottergelbes Licht ins Schlafzimmer und erweckte die Kleider mit ihrem goldenen Leuchten zum Leben.

»Wie soll ich da eine Wahl treffen?«, fragte sie ihn. Sie ließ die Finger über die *Chosŏnots* gleiten. »Den da habe ich in *Mutterloses Vaterland* getragen«, sagte sie. »Aber da habe ich die Frau eines Politikers gespielt. Ich kann nicht als diese Frau hier fortgehen, nicht auf ewig *sie* sein.« Eingehend betrachtete Sun Moon einen schlichten *Chosŏnot* mit weißem *Jeogori* und einem dezent geblümten *Chima*. »Und das hier ist *Eine wahre Tochter des Vaterlands*. Ich kann doch nicht wie ein Bauernmädchen gekleidet in Amerika ankommen.« Sie sah die Kleider durch – *Sturz der Unterdrücker, Nieder mit den Tyrannen, Haltet die Fahne hoch!*

»Alle deine Kleider stammen aus Filmen?«

Sie nickte. »Genau genommen gehören sie der Kleiderkammer. Aber wenn ich darin spiele, werden sie zu einem Teil von mir.«

»Du besitzt keine eigenen?«, fragte er.

»Ich brauche keine eigenen«, erklärte sie. »Ich habe die hier.«

»Was ist mit den Kleidern, die du getragen hast, bevor du Filme gemacht hast?«

Sie starrte ihn kurz an.

»Oh, ich kann mich nicht entscheiden«, sagte sie und schloss die Augen. »Ich überlege es mir später.«

»Nein«, widersprach er. »Nimm den.«

Sie holte den silbernen *Chosŏnot* heraus, den er ausgewählt hatte, hielt ihn vor sich.

»*Ruhm und Glorie*«, sagte sie. »Möchtest du, dass ich als Opernsängerin gehe?«

»Es ist eine Liebesgeschichte«, antwortete er.

»Und eine Tragödie.«

»Und eine Tragödie«, bestätigte er. »Würde der Geliebte Führer dich nicht liebend gern als Opernstar sehen? Wäre das nicht eine Verneigung vor seiner zweiten Leidenschaft?«

Sun Moon zog die Nase kraus. »Er hatte mir eine Opernsängerin besorgt, die mir helfen sollte, mich auf diese Rolle vorzubereiten, aber sie war unmöglich.«

»Was ist mit ihr passiert?«

Sun Moon zuckte mit den Schultern. »Sie ist verschwunden.«

»Wohin verschwunden?«

»Dahin, wo alle hingehen, vermute ich. Eines Tages war sie einfach nicht mehr da.«

Er berührte den Stoff. »Dann ist das genau das richtige Kleid für dich.«

✶

Im letzten Tageslicht ernteten sie den Garten komplett ab; das Gemüse wollten sie roh essen. Die Blüten gossen sie zu Tee auf, die Gurken schnitten sie in Scheiben und legten sie mit fein geschnittenem Rotkohl in Essig und Zuckerwasser ein. Die gigantische Melone brachen sie auf einem Stein auf, sodass sich das Fruchtfleisch entlang der Kernchen trennte. Sun Moon zündete eine Kerze an. Bei Tisch machten Bohnen den Anfang – sie palten sie aus und wälzten sie in grobem Salz. Dann wartete der Junge mit einer Delikatesse auf: Vier Singvögel, die er in der Schlinge gefangen, gesäubert und mit rotem Pfeffer an der Sonne gedörrt hatte.

Der Junge fing an, eine Geschichte von einem Arbeiter zu erzählen, der einen Edelstein findet. Er hatte sie über den Lautsprecher gehört. Anstatt dem Leiter seiner Abteilung über den Fund Bescheid zu geben, verschluckt der Arbeiter den Stein, weil er hofft, ihn für sich behalten zu können.

»Die Geschichte kennt doch jeder«, meinte seine Schwester. »Am Ende war es eine Glasscherbe.«

»Bitte«, bat Sun Moon. »Erzählt eine Geschichte, die gut ausgeht.«

Das Mädchen sagte: »Was ist mit der, wo die Friedenstaube eine imperialistische Kugel abfängt und damit das Leben von …«

Sun Moon unterbrach sie mit erhobener Hand.

Offenbar kannten die Kinder ausschließlich Geschichten, die sie über den Lautsprecher gehört hatten. Als Kommandant Ga jung war, hatten die Waisenkinder bei Tisch ihre Bäuche manchmal nur mit Geschichten füllen können. Ganz beiläufig sagte er: »Ich würde ja die Geschichte von dem kleinen Hund aus Pjöngjang erzählen, der ins All geflogen ist, aber die habt ihr mit Sicherheit schon gehört.«

Unsicher schaute das Mädchen erst zu ihrem Bruder, dann

zu ihrer Mutter, und zuckte dann mit den Schultern. »Klar«, sagte sie, »wer kennt die nicht?«

Auch der Junge gab vor, die Geschichte zu kennen. »Ja, die ist uralt«, fügte er hinzu.

»Lasst mich sehen, ob ich mich noch dran erinnere«, sagte Kommandant Ga. »Die besten Wissenschaftler haben sich zusammengesetzt und eine gigantische Rakete gebaut. Auf den Rumpf malten sie den roten Stern auf weißem Kreis der Demokratischen Volksrepublik Korea. Dann wurde sie mit Raketentreibstoff vollgetankt und zur Abschussrampe geschoben. Die Rakete sollte weit nach oben fliegen. Wenn das funktionierte, wollten sie versuchen, die nächste so zu bauen, dass sie auch wieder herunterkam. Doch kein Wissenschaftler hatte den Mut, als Pilot einzusteigen, auch wenn er dann zum Märtyrer erklärt werden würde.«

An dieser Stelle hörte Ga auf zu erzählen. Er nippte an seinem Tee und blickte die Kinder an, die nicht verstanden, was diese Geschichte verherrlichen sollte.

Zögernd sagte das Mädchen: »Und da haben sie beschlossen, den Hund zu schicken.«

Ga lächelte. »Genau«, sagte er. »Ich dachte mir gleich, dass ihr die Geschichte kennt. Wo haben sie diesen Hund doch gleich gefunden?«

Wieder herrschte Stille. »Im Zoo«, antwortete der Junge schließlich.

»Aber natürlich«, sagte Ga. »Wie konnte ich das vergessen? Und wie sah der Hund aus?«

»Er war grau«, sagte das Mädchen.

»Und braun«, sagte der Junge.

»Mit weißen Pfoten«, sagte das Mädchen. »Er hatte einen langen dünnen Schwanz. Sie haben ihn ausgesucht, weil er mager war und gut in die Rakete passte.«

»Matschige Tomaten«, sagte der Junge. »Was anderes hat ihm der gemeine Zoowärter nicht zu fressen gegeben.«

Sun Moon freute sich darüber, wie ihre Kinder die Geschichte weiterspannen. »Nachts gab sich der Hund der Mondbetrachtung hin«, steuerte sie bei.

»Der Mond war sein einziger Freund«, sagte das Mädchen.

»Der Hund hat ihn immer wieder gerufen«, sagte der Junge, »aber er bekam nie eine Antwort.«

»Ja, das ist zwar eine alte Geschichte, aber sie ist gut«, sagte Kommandant Ga lächelnd. »Der Hund erklärte sich also einverstanden, mit der Rakete ins All zu fliegen …«

»… um seinem Freund, dem Mond, näher zu sein«, fuhr das Mädchen fort.

»Ja, um seinem Freund, dem Mond, näher zu sein«, bestätigte Ga. »Aber haben sie dem Hund gesagt, dass er niemals zurückkehren würde?«

Herbe Enttäuschung machte sich auf dem Gesicht des Jungen breit. »Sie haben ihm überhaupt nichts gesagt«, erklärte er.

Ga nickte über diese schreckliche Ungerechtigkeit. »Wenn ich mich recht entsinne, haben die Wissenschaftler dem Hund erlaubt, etwas mitzunehmen.«

»Einen Stock!«, sagte der Junge.

»Nein«, sagte das Mädchen, »seinen Fressnapf!«

Und schon verfielen die beiden in einen Wettstreit, wer von beiden als erster herausfand, welchen Gegenstand der Hund mit ins All nehmen würde. Ga aber nickte bei jedem neuen Vorschlag zustimmend.

»Der Hund hat ein Eichhörnchen mitgenommen«, sagte der Junge, »damit er nicht so einsam ist.«

»Er hat sich für einen Garten entschieden«, setzte das Mädchen dagegen, »damit er nicht hungern muss.«

Immer weiter spannen sie die Geschichte – einen Ball, ein Seil, einen Fallschirm, eine Flöte, die er mit seinen Pfoten spielen konnte.

Mit erhobener Hand gebot Ga schließlich Einhalt, und am Tisch wurde es ruhig. »Heimlich, still und leise hat der Hund all diese Dinge mitgebracht, und ihr Gewicht hat den Kurs der Rakete geändert, als sie abgeschossen wurde, sodass sie eine andere Bahn einschlug, nämlich …«

Ga gestikulierte zum Himmel, und die Kinder schauten nach oben, als würde die Lösung des Rätsels gleich an der Decke erscheinen.

»… zum Mond!«, sagte das Mädchen.

Nun hörten Ga und Sun Moon zu, wie die Kinder den Rest der Geschichte allein weiter ausmalten: Wie der Hund auf dem Mond einen anderen Hund entdeckte – nämlich den, der jede Nacht die Erde anheulte, wie auf dem Mond ein Junge war und ein Mädchen, und wie die Hunde und die Kinder selbst begannen, eine Rakete zu bauen, und Ga beobachtete, wie der Kerzenschein die Kindergesichter zum Leuchten brachte, wie Sun Moon beglückt die Augen niederschlug, wie die Kinder die Aufmerksamkeit ihrer Mutter genossen und jeder versuchte, sie auf sich zu ziehen – und wie die Familie zusammen die Melone verspeiste, bis nur noch die Schale übrig war, die Kerne in einem Holzschüsselchen sammelten und sich miteinander freuten, als der süße, rosige Saft an ihren Fingern und Handgelenken herabtroff.

Der Junge und das Mädchen flehten ihre Mutter an, sich ein Lied auszudenken – die Ballade vom Hund, der auf den Mond flog –, und da es für Sun Moon undenkbar war, ihre *Gayageum* im Hausmantel zu spielen, trat sie alsbald in einem *Chosŏnot* mit einem *Chima* aus pflaumenblauem Satin vor sie. Das Wirbelende des Instruments ruhte auf einem Kissen auf dem Dielenboden; die Basis lag quer über ihren untergeschlagenen Beinen. Sun Moon verneigte sich vor den Kindern, die ihrerseits den Kopf grüßend senkten.

Zunächst zupfte sie die hohen Saiten in raschen, hellen Tonfolgen. Schwer schlug sie den brausenden Raketenstart an, humorvoll erklang dazu ihr gereimter Gesang. Als der Hund die Erdanziehung hinter sich gelassen hatte und ins All vordrang, wurde ihr Spiel ganz leicht, und die Saiten schwangen nach, als vibrierten sie im leeren Raum. Das Kerzenlicht glänzte auf Sun Moons schwarzem Haar, und wenn sie bei komplizierteren Akkorden die Lippen schürzte, zog sich Ga das Herz in der Brust zusammen.

Von Neuem war er von ihrem Anblick ergriffen, überwältigt von dem Wissen, dass er sie am Morgen aufgeben musste. Im Straflager 33 gab man Stück für Stück alles auf – zunächst die Zukunft und alles, was man sich von ihr erhofft hatte. Als Nächstes war die Vergangenheit dran, und plötzlich schien es dem Gefangenen unvorstellbar, dass sein Kopf je auf einem Kissen geruht hatte, dass er jemals einen Löffel oder eine Toilette benutzt hatte, dass sein Mund Geschmäcker unterschieden hatte und seine Augen andere Farben wahrgenommen hatten als Grau, Braun und das Schwarz von getrocknetem Blut. Bevor man sich selbst aufgab – Ga war schon fast so weit gewesen, wie Taubheit in kalten Gliedmaßen hatte es sich angefühlt –, gab man alle anderen auf, jeden, den man je gekannt hatte. Sie wurden erst zu Bildern, dann zu Eindrücken und verblassten schließlich zu Ahnungen, und dann waren sie ebenso geisterhaft wie eine Projektion an der Wand eines Lazaretts. Genauso erschien ihm auf einmal Sun Moon – nicht als eine energische, schöne Frau, die ein Musikinstrument von ihrer Trauer erzählen ließ, sondern als das Aufflackern einer Person, die er einst gekannt hatte, das Foto eines längst verschwundenen Menschen.

In die Hundegeschichte hatte sich mittlerweile ein Anflug von Einsamkeit geschlichen, von Melancholie. Er bemühte sich, wieder ruhig zu atmen. Außerhalb des Kerzenscheins existierte nichts, sagte er sich. Der warme Schein schloss den Jungen, das Mädchen, diese Frau und ihn selbst ein. Außerhalb gab es nichts: keinen Berg namens Taesong, kein Pjöngjang, keinen Geliebten Führer. Er versuchte, den Schmerz in seiner Brust auf seinen ganzen Körper zu verteilen, wie es ihn Kimsan einst gelehrt hatte: die Flamme nicht an der einen Stelle zu spüren, sondern überall, und er versuchte, sich das Fließen seines Blutes vorzustellen, das die Qual aus seinem Herzen über sein ganzes Ich verteilte.

Und dann schloss er die Augen und stellte sich die Sun Moon vor, die immer in ihm war – eine ruhige Präsenz mit ausgebreiteten Armen, jederzeit bereit, ihn zu retten. Sie verließ ihn nicht, sie ging nirgendwo hin. Und da ließ der stechende Schmerz in seiner Brust nach, und ihm wurde klar, dass die Sun Moon in seinem Innern jener Rückzugsort war, der es ihm ermöglichen würde, den Verlust der Sun Moon, die vor ihm saß, zu überleben. Er begann, sich wieder an dem Lied zu erfreuen, auch wenn es zunehmend trauriger wurde. Den sanft leuchtenden Mond des Hündchens hatte eine unbekannte Rakete auf ungewisser Bahn abgelöst. Was als Lied der Kinder begonnen hatte, war nun zu Sun Moons Lied geworden, und als die Akkorde sich in einzelne, einsame Töne auflösten, erkannte er, dass es nun sein Lied war. Schließlich beendete Sun Moon ihr Spiel und neigte sich langsam nach vorn, bis ihre Stirn auf dem edlen Holz des Instruments ruhte, das sie nie wieder zum Klingen bringen würde.

»Kommt, Kinder«, sagte Ga. »Zeit, ins Bett zu gehen.«

Er brachte die beiden ins Schlafzimmer und schloss die Tür hinter ihnen.

Dann kümmerte er sich um Sun Moon und geleitete sie auf den Balkon an die frische Luft.

Die Lichter der Stadt unten strahlten länger als sonst.

Sie lehnte sich gegen die Brüstung, wandte ihm den Rücken zu. In der Stille konnten sie durch die Wand die Kinder hören, die Raketengeräusche nachahmten und dem Hund seine Startinstruktionen gaben.

»Alles in Ordnung?«, fragte er.

»Ich brauche nur eine Zigarette«, sagte sie.

»Du brauchst es nicht durchzuziehen. Wenn du einen Rückzieher machst, wird niemand je davon erfahren.«

»Zündest du sie mir bitte an?«

Hinter seiner schützend vorgehaltenen Hand brachte er die Zigarette mit einem tiefen Zug zum Glimmen.

»Dir kommen Zweifel«, sagte er. »Das ist normal. Soldaten haben sie vor jedem Einsatz. Dein Mann hatte sie vermutlich ständig.«

Sie warf ihm einen raschen Blick zu. »Mein Mann hat niemals an irgendetwas gezweifelt.«

Als er ihr die Zigarette hinstreckte, sah sie, wie er sie in den Fingern hielt, und wandte sich wieder den Lichtern der Stadt zu. »Jetzt rauchst du wie ein *Yangban*«, stellte sie fest. »Mir hat das gefallen, wie du am Anfang geraucht hast, als du noch ein Junge aus Nirgendwo warst.«

Er streckte die Hand aus und schob ihr Haar zur Seite, sodass er ihr Gesicht sehen konnte.

»Ich werde immer ein Junge aus Nirgendwo sein«, sagte er.

Sie schüttelte ihr Haar wieder zurecht und verlangte dann mit zwei zum V gespreizten Fingern nach ihrer Zigarette.

Er fasste sie am Arm und drehte sie zu sich.

»Du darfst mich nicht berühren«, sagte sie. »Du kennst die Regeln.«

Sie versuchte, ihn abzuschütteln, aber er hielt sie fest.

»Regeln?«, fragte er. »Morgen werden wir jede Regel brechen, die es gibt!«

»Morgen ist noch nicht da.«

»Es kommt aber näher«, sagte er. »Sechzehn Stunden, so lange dauert der Flug von Texas. ›Morgen‹ ist schon jetzt in der Luft, es fliegt um die Welt auf uns zu.«

Sie nahm die Zigarette. »Ich weiß, was du im Sinn hast«, sagte sie. »Ich weiß, was du mit deinem Gerede von *morgen* bezwecken willst. Doch dafür haben wir noch Zeit genug, eine Ewigkeit. Verlier nicht aus dem Blick, was wir zu tun haben. Sehr viel muss klappen, bis das Flugzeug mit uns abheben kann.«

Noch immer ließ er ihren Arm nicht los. »Und was ist, wenn etwas schiefgeht? Hast du dir das mal überlegt? Was, wenn *heute* alles ist, was uns noch bleibt?«

»Heute, morgen«, sagte sie. »Ein Tag ist doch gar nichts. Ein Tag ist nichts als ein Streichholz, das man anzündet, nachdem zehntausend andere Streichhölzer verglüht sind.«

Er ließ sie los, und sie lehnte sich auf das Geländer, rauchte. In einem Stadtbezirk nach dem anderen erloschen die Lichter. In der immer dunkler werdenden Landschaft machten sich die Lichter eines Fahrzeugs bemerkbar, das die Serpentinen am Hang erklomm.

»Du willst mich?«, fragte sie schließlich. »Du kennst mich doch gar nicht.«

Er steckte sich ebenfalls eine Zigarette an. Die Lichter im Stadion *1. Mai* leuchteten noch, und die im Zentralen Filmstudio nördlich der Stadt, an der Straße zum Flughafen. Die übrige Welt lag im Dunkeln.

»Deine Hand sucht meine, wenn du schläfst«, sagte er. »Das weiß ich.«

Sun Moons Zigarette glühte rot auf, als sie einen tiefen Zug nahm.

»Ich weiß, dass du fest zusammengerollt schläfst«, fügte er hinzu, »dass du, ob nun *Yangban* oder nicht, nicht mit einem Bett großgeworden bist. Als Kind hast du wahrscheinlich auf einer schmalen Pritsche geschlafen, und wenn du auch nie von Geschwistern gesprochen hast, hast du wahrscheinlich deine Hand nach deinem Bruder oder deiner Schwester ausgestreckt, die neben dir schlief.«

Sun Moon starrte geradeaus, als hätte sie ihn nicht gehört. In der Stille war das Motorengeräusch des Wagens soeben zu erahnen, doch was für eine Marke es war, ließ sich nicht erraten. Ga blickte nach nebenan, ob Genosse Buc den Wagen gehört hatte und auf seinem Balkon stand, aber im Nachbarhaus war alles dunkel.

Kommandant Ga fuhr fort: »Ich weiß, dass du dich einmal morgens schlafend gestellt hast, damit ich dich in Ruhe betrachten konnte, damit ich die Verdickung an deinem Schlüsselbein sehen konnte, wo dir einmal jemand eine Verletzung beigebracht hat. Du hast mich die Narben an deinen Knien sehen lassen – Narben, die mir verrieten, dass du einst hart gearbeitet hast. Du wolltest, dass ich die echte Sun Moon kennenlerne.«

»Die habe ich vom Tanzen«, sagte sie.

»Ich habe all deine Filme gesehen«, entgegnete er.

»Ich bin nicht ›meine Filme‹«, fuhr sie ihn an.

»Ich habe all deine Filme gesehen«, wiederholte er, »und in jedem trägst du dieselbe Frisur – glatte, die Ohren bedeckende Haare. Doch als du so getan hast, als würdest du schlafen –« und hier streckte er wieder die Hand nach ihrem Haar aus und berührte mit dem Finger ihr Ohrläppchen – »da hast du mich sehen lassen, dass jemand deinem Ohr einen Schlitz verpasst hat. Hatte ein Mitarbeiter des MfSS beobachtet, wie du etwas von einem Marktstand stibitzt hast? Oder dich beim Betteln erwischt?«

»Es reicht«, sagte sie.

»Das war nicht die erste Blume, die du gegessen hast, stimmt's?«

»Ich sagte, hör auf!«

Er legte seine Hand unten an ihren Rücken und zog sie an sich, bis ihre Körper sich berührten. Er warf ihre Zigarette über den Balkon und hielt ihr dann seine eigene an die Lippen, um ihr so zu verstehen zu geben, dass sie von nun an jeden Atemzug miteinander teilen würden.

Ganz nah waren sich ihre Gesichter. Sie blickte auf, in seine Augen. »Du weißt gar nichts über mich«, sagte sie. »Jetzt, wo meine Mutter – wo meine Mutter nicht mehr da ist, weiß nur noch eine Person, wer ich wirklich bin. Und das bist nicht du.«

»Die Sache mit deinem Mann tut mir leid. Was ihm zugestoßen ist, was ich getan habe – ich hatte keine Wahl, das weißt du.«

»Ich bitte dich«, sagte sie. »Von ihm spreche ich nicht. Er kannte sich selbst nicht, von mir ganz zu schweigen.«

Ga legte eine Hand an ihre Wange und blickte ihr fest in die Augen. »Wer dann?«

Ein schwarzer Mercedes fuhr vor und parkte neben dem Haus. Sun Moon warf einen Blick zum Fahrer hinüber; der stieg aus und hielt ihr die Tür auf. Er war nicht mehr bandagiert, doch der Knick in seiner Nase würde ihm bleiben.

»Unser echtes Problem ist da«, verkündete sie. »Der Mann, der mich wirklich kennt, will mich wiederhaben.«

Sie ging ins Haus und holte das *Janggi*-Brett.

»Sag den Kindern nichts«, trug sie Ga auf, und dann sah er

zu, wie sie mit unbewegtem Gesicht in den Wagen stieg, als sei sie schon viele Male so abgeholt worden. Langsam setzte der Fahrer zurück, und als die Reifen vom Rasen auf den Kies wechselten und Ga das Knirschen hörte, wusste er, dass ihm das Wertvollste genommen worden war.

Der Waisenhausaufseher hatte ihm die Finger aufgebogen und das Essen weggenommen, das er schon in der Hand hatte. Und mit jedem Jungen aus *Frohe Zukunft*, der starb, wurde ihm ein wenig mehr von der Vorstellung geraubt, dass der Tod etwas war, wogegen man sich wehren konnte – er ließ sich nicht ignorieren wie der Nebenmann auf dem Donnerbalken oder der nervtötende Bengel im Stockbett über einem, der im Schlaf pfiff. Anfangs hatten ihn die Tunnel panisch gemacht, doch nach einer Weile hatten sie seine Angst immer weiter schrumpfen lassen, bis sie plötzlich ganz verschwunden war, und mit ihr sein Selbsterhaltungstrieb. Die Entführungen hatten das Ganze dann auf die simple Frage von Leben oder Tod reduziert, und die Bergwerksschächte im Straflager 33 hatten ihm die Fähigkeit genommen, zwischen beiden zu unterscheiden. Noch mehr hatte ihm höchstens seine Mutter genommen, als sie ihn in *Frohe Zukunft* zurückließ.

Aber hatte ihn irgendetwas davon auf das hier vorbereitet? Darauf, dass der Geliebte Führer nur an einem Fädchen zu zupfen brauchte, und schon war er komplett aufgelöst? *Wenn er will, dass du mehr verlierst, gibt er dir mehr zu verlieren.* Das hatte Sun Moon über den Geliebten Führer gesagt. Wie recht sie gehabt hatte. In welchen Bunker würde man sie bringen? Welche amüsanten Geschichten würde sie dort ertragen müssen? Welches Getränk würden sie nippen, während der Geliebte Führer sich innerlich auf ein gewichtigeres Amüsement vorbereitete?

Plötzlich bemerkte Ga die Kinder neben sich. Barfuß standen sie im feuchten Gras, den Hund zwischen sich, dem sie ein Cape um den Hals gebunden hatten.

»Wo ist sie hingefahren?«, fragte der Junge.

Ga wandte sich ihnen zu.

»Ist eure Mutter schon einmal nachts von einem Wagen abgeholt worden?«, fragte er.

Das Mädchen stierte geradeaus auf die dunkle Straße.

Er hockte sich hin, sodass sie auf Augenhöhe waren.

»Es ist an der Zeit, dass ich euch eine ernste Geschichte erzähle«, sagte er.

Er drehte die Kinder um zu ihrem erleuchteten Heim.

»Ab ins Bett mit euch beiden. Ich bin in ein paar Minuten da.«

Dann ging er auf Bucs Haus zu. Er brauchte erst ein paar Antworten.

*

Kommandant Ga ging durch die Seitentür hinein. In Bucs Küche riss er ein Zündholz an. Der Hacktisch war sauber, die Waschschüssel leer und für die Nacht umgedreht. Ein leichter Geruch nach fermentierten Bohnen hing noch in der Luft. Er ging ins Esszimmer, das ihm besonders düster erschien. Mit dem Daumennagel riss er ein weiteres Zündholz an und erblickte alte Möbel, Porträts an der Wand, Militärandenken und das Familiengeschirr, antike Seladon-Keramik – lauter Dinge, die er nicht bemerkt hatte, als sie alle um den Tisch gesessen und die Glasschälchen mit Pfirsichen herumgereicht hatten. In Sun Moons Haus gab es solche Sachen nicht. An Bucs Wand hing ein Gestell mit langen, dünnen Tabakspfeifen, die die männliche Linie der Familie nachzeichneten. Ga hatte das Dasein immer für willkürlich gehalten – wer lebte oder starb, wer reich war oder arm – doch diese Familie ließ sich unübersehbar bis an den Hof der Joseon-Zeit zurückverfolgen, sie waren die Nachkommen von Gesandten und Gelehrten und von Leuten, die im Guerillakampf an Kim Il Sungs Seite gestanden hatten. Es war kein Zufall, dass ein Niemand in einer Militärbaracke schlief und ein Jemand in einem Haus auf dem Gipfel eines Berges.

Aus dem Nebenraum hörte er ein mechanisches Geräusch, und dort entdeckte er dann Genosse Bucs Frau, wie sie mit dem Fußpedal eine Nähmaschine antrieb und bei Kerzenlicht ein weißes Kleid nähte.

»Yun ist aus ihrem Kleid herausgewachsen«, sagte sie und führte die Kerze prüfend an der gerade geschlossenen Naht entlang. »Ich nehme an, Sie suchen meinen Mann.«

Er bemerkte ihre Ruhe – die Ruhe, die kommt, wenn man die Unvorhersagbarkeit des Lebens akzeptiert hat.

»Ist er da?«

»Morgen treffen die Amerikaner ein«, sagte sie. »Er kommt schon die ganze Woche spät nach Hause; er kümmert sich um die letzten Details für *Ihren* Plan zu deren Begrüßung.«

»Der Plan stammt vom Geliebten Führer, nicht von mir«, erwiderte er. »Haben Sie das Auto gehört? Es hat Sun Moon mitgenommen.«

Genosse Bucs Frau wendete das Kleid auf links, um es noch einmal zu prüfen. »Yuns Kleid bekommt jetzt Jia«, sagte sie. »Jias Kleid wird bald Hye Kyo passen, und Hye Kyos wartet dann auf Su Ki. Die scheint kaum zu wachsen.« Sie trieb das Fußpedal von Neuem an. »Bald kann ich wieder eines von Su Kis Kleidern zusammenfalten und weglegen. Das sind für mich die Marksteine unseres Lebens. Das hoffe ich später einmal zurückzulassen: Eine lange Reihe nie getragener weißer Kleider.«

»Ist Genosse Buc beim Geliebten Führer? Wissen Sie, wo die beiden sein könnten? Ich habe ein Auto – wenn ich wüsste, wo Sun Moon ist, könnte ich –«

»Wir verraten einander nichts«, erwiderte sie. »So ist unsere Familie sicher. So schützen wir uns gegenseitig.« Sie trennte einen Faden durch und wendete das Kleid unter der Nadel. »Mein Mann sagt, ich soll mir keine Sorgen machen. Sie hätten ihm etwas versprochen, und von uns sei niemand in Gefahr, denn Sie hätten ihm Ihr Wort gegeben. Ist das wahr, haben Sie ihm ein Versprechen gemacht?«

»Ja.«

Sie sah ihn an und nickte. »Trotzdem kann man nie wissen, was die Zukunft bringt. Diese Nähmaschine war ein Brautgeschenk. Als ich damals mein Ehegelübde ablegte, hätte ich nicht erwartet, dass ich darauf einmal solche Kleider nähen würde.«

»Wenn es so weit ist – macht es dann etwas aus, was die Kinder tragen?«

»Früher hatte ich meine Nähmaschine im Fenster stehen, damit ich hinausschauen konnte«, sagte sie. »Als ich noch ein Mädchen war, fingen wir Schildkröten im Taedong, malten ihnen politische Parolen auf den Rücken und ließen sie wieder frei. Wir haben jeden Abend mit Netzen Fische gefangen und den Kriegsveteranen gebracht. Die Bäume, die jetzt alle umgehauen werden – die haben wir gepflanzt. Wir hielten uns für die glücklichsten Menschen in der glücklichsten Nation auf Erden. Inzwischen sind alle Schildkröten aufgegessen, und anstelle von Fischen gibt es nur noch Flussaale. Die Welt ist vor die Hunde gegangen. Meine Mädchen werden nicht wie Tiere aus der Welt gehen.«

Ga hätte ihr gern erklärt, dass es diese gute alte Zeit in Ch'ŏngjin überhaupt nie gegeben hatte. Stattdessen sagte er:

»In Amerika nähen die Frauen etwas, das eine Geschichte erzählt. Sie setzen verschiedene Stoffstücke aneinander, und die berichten vom Leben einer Person.«

Genosse Bucs Frau nahm den Fuß vom Pedal.

»Und welche Geschichte wäre das?«, wollte sie wissen.

»Die von dem Mann, der in die Stadt kommt und alles zerstört, was ich habe? Wo finde ich den Stoff, der davon erzählt, wie er meinen Nachbarn tötet, seinen Platz einnimmt und meinen Mann in eine Sache verwickelt, die mich alles kosten wird?«

»Es ist spät«, sagte Kommandant Ga. »Entschuldigen Sie bitte die Störung.«

Er wandte sich zum Gehen, doch an der Tür hielt sie ihn auf.

»Hat Sun Moon etwas mitgenommen?«, fragte sie.

»Ein *Janggi*-Brett.«

Genosse Bucs Frau nickte. »Nachts verlangt der Geliebte Führer nach Inspiration.«

Ga warf einen letzten Blick auf den weißen Stoff und dachte an das Mädchen, das ihn tragen würde.

»Was sagen Sie ihnen?«, fragte er. »Wenn Sie ihnen diese Kleider über den Kopf ziehen – kennen sie die Wahrheit, wissen sie, dass sie gerade das Ende proben?«

Ihre Augen ruhten einen Moment auf ihm. »Ich würde meinen Kindern niemals ihre Zukunft rauben«, antwortete sie. »Das wäre das Allerletzte, was ich wollte. Als ich so alt war wie Yun, gab es sonntags im Mansu-Park Eis umsonst. Meine Eltern gingen immer mit mir dorthin. Heute ist der Eismann ein Kinderhäscher und verschleppt die Kinder ins Waisenlager. Über so etwas sollten Kinder überhaupt nicht nachdenken müssen. Damit sich meine Töchter vom Eiswagen fernhalten, behaupte ich immer, dass Pfirsiche der leckerste Nachtisch sind, dass wir die allerletzte Dose in ganz Pjöngjang haben und dass die Familie Buc eines Tages, wenn sie glücklicher nicht sein könnte, diese Pfirsiche verspeisen wird, die besser schmecken als alles Eis in Korea.«

*

Brando hob den Kopf, als Ga das Schlafzimmer betrat. Die Kinder hatten dem Hund das Cape abgenommen. Sie saßen mit besorgten Gesichtern auf dem Fußboden. Ga hockte sich neben sie.

Über ihnen, auf dem Sims, stand die Pfirsichdose, die er morgen mitnehmen würde. Wie um alles in der Welt konnte er ihnen sagen, was er zu sagen hatte? Er beschloss, einfach tief Luft zu holen und anzufangen.

»Manchmal tun Leute anderen Leuten weh«, sagte er. »Das ist nicht schön, aber so ist es.«

Die Kinder starrten ihn an.

»Manche Menschen tun anderen weh, weil es zu ihrem Beruf gehört. Niemand macht das zum Vergnügen. Na ja, die meisten jedenfalls nicht. In der Geschichte, die ich euch erzählen möchte, geht es darum, was passiert, wenn zwei solche Menschen – Männer, die anderen weh tun – aufeinandertreffen.«

»Meinst du Taekwondo?«, fragte der Junge.

Irgendwie musste Ga ihnen erklären, wie es dazu gekommen war, dass er ihren Vater umgebracht hatte, so scheußlich das auch war. Wenn sie nach Amerika flogen und immer noch an die Lüge glaubten, ihr Vater sei am Leben, wenn er selbst dann noch haushoch wie ein Propagandaplakat über ihnen aufragte, dann würden sich die Kinder auch *so* an ihn erinnern. Er würde sich in eine Bronzestatue verwandeln und mit dem tatsächlichen Menschen kaum mehr Ähnlichkeit haben. Ohne die Wahrheit wäre er einfach ein weiterer berühmter Name, eingemeißelte Schriftzeichen auf dem Sockel einer Statue. Hier bot sich den Kindern die seltene Gelegenheit zu erfahren, wer ihr Vater wirklich gewesen war – eine Gelegenheit, die Ga nie gehabt hatte. Und mit ihrem Haus war es nicht anders: Solange sie von den heimlichen DVDs, dem Inhalt des Laptops, dem Ursprung der blauen Blitze in der Nacht nichts erfuhren, würde sich das Haus auf dem Taesong wie ein hübsch gemaltes Bild in ihrer Erinnerung festsetzen, ein perfektes Postkartenidyll. Und wenn sie Gas wahre Rolle in ihrem Leben nicht kannten, würde er selbst in ihrer Erinnerung zu einem Gast verblassen, der aus unerfindlichen Gründen ein Weilchen bei ihnen gewohnt hatte.

Aber er wollte ihnen nicht weh tun. Und er wollte nicht gegen Sun Moons Wünsche verstoßen. Vor allem aber wollte er die Kinder nicht gefährden, wollte nicht, dass sie sich morgen auffällig verhielten. Wie gerne hätte er ihnen erst später die Wahrheit erzählt! Was er brauchte, war eine Flaschenpost, die sie erst in einigen Jahren öffnen würden.

Das Mädchen meldete sich zu Wort. »Weißt du jetzt, wo unsere Mutter ist?«, fragte sie.

»Eure Mutter ist beim Geliebten Führer«, erklärte er. »Da ist sie mit Sicherheit gut aufgehoben, und bald ist sie wieder da.«

»Vielleicht besprechen sie einen Film«, sagte das Mädchen.

»Vielleicht«, antwortete Ga.

»Ich hoffe nicht«, sagte der Junge. »Wenn sie einen neuen Film macht, müssen wir wieder in die Schule.«

»Ich will aber in die Schule!«, sagte das Mädchen. »Ich hatte lauter Einsen in Sozialtheorie. Willst du Kim Jong Ils Rede vom 15. April Juche 86 hören?«

»Wenn eure Mutter ins Filmstudio fährt, wer passt dann auf euch auf?«, fragte Ga.

»Einer von Vaters Lakaien«, sagte das Mädchen. »Nichts gegen dich ...«

»Euer Vater«, sagte Ga. »Das ist das erste Mal, dass ihr ihn erwähnt.«

»Er ist auf einer seiner Missionen«, erklärte das Mädchen.

»Die sind geheim«, ergänzte der Junge. »Er geht oft weg.«

Nach kurzem Schweigen meldete sich das Mädchen wieder zu Wort. »Du hast gesagt, du willst uns eine Geschichte erzählen.«

Kommandant Ga holte tief Luft. »Ihr müsst ein paar Dinge wissen, wenn ihr die Geschichte verstehen wollt, die ich euch gleich erzähle. Habt ihr schon einmal von einem Erschließungsstollen gehört?«

»Einem Erschließungsstollen?«, fragte das Mädchen mit angewidertem Blick.

Ga sagte: »Oder von Uranerz?«

»Erzähl uns noch eine Hundegeschichte«, sagte der Junge.

»Ja«, sagte das Mädchen. »Lass ihn diesmal nach Amerika gehen, und da frisst er dann Futter aus der Dose.«

»Und die Wissenschaftler sollen auch wieder dabei sein!«, ergänzte der Junge.

Kommandant Ga dachte einen Moment nach. Ob er eine Geschichte zusammenbekam, die ihnen momentan vollkommen normal erschien, in der sie bei späterem Nachdenken aber genau die Botschaft entdeckten, die er ihnen vermitteln wollte?

»Eine Gruppe von Wissenschaftlern sollte zwei Hunde finden«, begann er. »Einer sollte der klügste Hund in Nordkorea sein, der andere der tapferste. Diese beiden Hunde sollten zusammen auf eine hochgeheime Mission geschickt werden.

Die Wissenschaftler klapperten sämtliche Hundehöfe im Land ab, und dann inspizierten sie die Hundezwinger in sämtlichen Gefangenenlagern und auf allen Militärbasen. Als Erstes mussten die Hunde mit der Pfote einen Abakus bedienen. Dann mussten sie gegen einen Bären kämpfen. Aber alle Hunde sind bei den Tests durchgefallen, und die Wissenschaftler setzten sich auf die Gehsteigkante und hielten sich die Köpfe und hatten Angst, dem Minister das Ergebnis mitzuteilen.«

»Aber Brando hatten sie noch nicht getestet«, sagte der Junge.

Brando zuckte im Schlaf, als er seinen Namen hörte, schlief aber weiter.

»Ganz genau«, sagte Kommandant Ga. »Gerade da kam Brando die Straße entlang. Sein Kopf steckte in einem Nachttopf.«

Hemmungslos gackerte der Junge los, und sogar das Mädchen verzog das Gesicht zu einem Lächeln. Plötzlich sah Ga einen neuen Sinn in der Geschichte, einen ganz konkreten Nutzen für die morgige Flucht. Wenn er in der Geschichte den Hund nach Amerika gelangen ließ, indem er sich in einer Tonne versteckte, die auf ein amerikanisches Flugzeug verladen wurde, konnte er den Kindern ein paar grundlegende Anweisungen geben – wie sie in die Fässer kämen, wie sie sich mucksmäuschenstill verhalten mussten, wie es wackeln würde und wie lange sie warten müssten, bevor sie um Hilfe riefen.

»Ein Nachttopf!«, rief der Junge. »Wie ist das denn passiert?«

»Was glaubst du?«, fragte Ga.

»Igitt!«, sagte der Junge.

»Der arme Brando verstand überhaupt nicht, warum auf

einmal das Licht ausgegangen war«, sagte Ga. »Jedes Geräusch hallte als Echo in dem Nachttopf wider. Er lief blind die Straße entlang, rannte überall dagegen, aber die Wissenschaftler dachten, er wäre gekommen, um sich testen zu lassen. Was für ein mutiger Hund, dass er freiwillig gegen einen Bären kämpfen wollte!, dachten die Forscher. Und wie schlau, dass er dafür eine Rüstung angelegt hat!«

Der Junge und auch das Mädchen brachen in lautes, herzhaftes Gelächter aus. Die Besorgnis war aus ihren Gesichtern verschwunden, und Ga dachte, vielleicht war es am besten, wenn die Geschichte überhaupt keinen Zweck erfüllte, wenn sie einfach nur das wäre, was sie tatsächlich war: spontan und originell mit einem Schluss, der sich ganz von selbst ergab.

»Die Wissenschaftler umarmten einander vor Begeisterung«, fuhr Ga fort. »Dann gaben sie nach Pjöngjang durch, dass sie den genialsten Hund der Welt entdeckt hätten. Als die amerikanischen Spionagesatelliten diese Meldung abfingen – «

Der Junge zupfte an Gas Ärmel. Er freute sich noch immer, ein Lächeln lag auf seinem Gesicht, aber zugleich war er ernst geworden.

»Ich will dir was sagen«, sagte er.

»Ja?«, antwortete Ga.

Aber dann verstummte der Junge und blickte auf seinen Schoß hinab.

»Na los«, drängte das Mädchen. Als der Junge stumm blieb, sagte sie zu Ga: »Er will dir seinen Namen verraten. Unsere Mutter hat gesagt, das ist in Ordnung, wenn wir es wirklich wollen.«

Ga schaute den Jungen an. »Ist es das? Willst du mir deinen Namen sagen?«

Der Junge nickte.

»Und du?«, fragte Ga das Mädchen.

Auch sie schlug die Augen nieder. »Ich glaube schon«, sagte sie.

»Das müsst ihr aber nicht«, sagte Ga. »Namen kommen und gehen. Namen ändern sich. Ich zum Beispiel habe nicht einmal einen.«

»Wirklich nicht?«, fragte das Mädchen.

»Na ja, ich schätze, ich habe schon einen, aber ich kenne ihn nicht. Sollte meine Mutter ihn mir auf den Arm geschrieben haben, bevor sie mich im Waisenhaus abgegeben hat, dann ist er verschwunden.«

»Waisenhaus?«, fragte das Mädchen.

»Ein Name ist nicht dasselbe wie eine Person«, sagte Ga. »Behaltet nie nur den Namen von jemandem im Gedächtnis. Damit ein Mensch lebendig bleibt, müsst ihr ihn in euch tragen; ihr müsst sein Gesicht in eurem Herz tragen. Dann ist dieser Jemand immer bei euch, egal wo ihr seid, denn er ist ein Teil von euch.« Er legte ihnen die Hände auf die Schultern. »Wichtig seid ihr, nicht eure Namen. Euch beide, euch werde ich nie vergessen.«

»Du redest, als würdest du weggehen«, sagte das Mädchen.

»Nein«, sagte Ga. »Ich rühre mich nicht vom Fleck.«

Schließlich hob der Junge den Blick. Er lächelte.

Ga fragte: »Wo waren wir stehengeblieben?«

»Bei den Spionen aus Amerika«, antwortete der Junge.

TRAURIGE KUNDE, BÜRGER, denn im Alter von einhundertfünfunddreißig Jahren ist euer ältester Genosse verstorben. Wir wünschen dir eine gute Reise ins Jenseits, alter Freund – behalte dein Leben in der zufriedensten, langlebigsten Nation auf Erden in guter Erinnerung! Bürger, nehmt euch heute einen Moment Zeit und unterstützt einen älteren Menschen in eurem Wohnblock mit einer respektvollen Handreichung. Tragt ihm das Eis für den Eisschrank die Treppen hoch oder überrascht ihn mit einem Schälchen Schnittlauchblütensuppe. Aber denkt daran: Nicht zu scharf!

Und nun eine Warnung, Bürger: Finger weg von Ballons, die über die DMZ treiben. Der Minister für Öffentliche Sicherheit hat festgestellt, dass das Gas, das diese Ballons mit ihren Propagandanachrichten fliegen lässt, tatsächlich ein tödliches Nervengift ist, das jeden unschuldigen Zivilisten dahinrafft, der damit in Berührung kommt.

Doch es gibt auch gute Nachrichten, Bürger! Der Scheibenwischerdieb, der die Stadt unsicher gemacht hat, ist gefasst worden! Morgen früh haben alle Bürger im Fußballstadion anzutreten. Und noch mehr gute Nachrichten: Vom Land sind die ersten Hirselieferungen eingetroffen! Holt euch an euren Lebensmittelausgabestellen eine reichliche Ration dieses köstlichen stärkehaltigen Nahrungsmittels. Hirse wirkt nicht nur kräftigend auf die Verdauung, sondern sie unterstützt auch die Männlichkeit. Hirse zu *Kaoliang* anzusetzen ist in diesem Jahr nicht gestattet. Macht euch auf Inspektionen eurer Steinguttöpfe gefasst.

Doch jetzt zur schönsten Meldung des Tages, Bürger:

Gleich beginnt die nächste Folge der Besten Nordkoreanischen Kurzgeschichte! Das Ende dieser Erzählung steht kurz bevor, und schon ruft das Volk nach mehr! Aber eine Fortsetzung wird es nicht geben, Bürger. Das Ende dieser Geschichte ist von ewiger Gültigkeit.

Bürger, vergesst einen Moment lang, dass ihr Vinalon-Kleider näht oder an einer großen Drehbank steht. Ruft euch stattdessen die folgende Szenerie vor Augen: Es ist später Abend, eine hauchfeine Mondsichel steht am Himmel, unter dem Pjöngjang im Schlummer liegt. Ein einzelner Wagen tastet sich mit seinen Lichtstrahlen zwischen den turmhohen Bauten der Stadt hindurch; er fährt gen Norden, in Richtung Flughafen. Vor ihm ragt das Zentrale Filmstudio auf, die größte filmproduzierende Einrichtung der Welt, wo sich Hektar um Hektar Produktionshallen zu beispielloser filmschaffender Kapazität aneinanderreihen. Und eben hier kommt das Fahrzeug zum Halten. Dem Wagen entsteigt niemand anderes als Sun Moon, für die dieses Filmstudio geschaffen wurde.

Die Wellblechtüren öffneten sich ihr, und aus dem Inneren strömte strahlendes Licht. In diesen warmen Schein gebadet erwartete sie kein Geringerer als die charismatischste Persönlichkeit der Welt, Generalissimus Kim Jong Il. Er begrüßte sie mit weit geöffneten Armen, und sie tauschten Gesten sozialistischer Verbundenheit aus.

Kräftig war der Duft texanischer Küche – große Rumpfstücke vom Schwein und eine Nudel, die man *Mak-ka-ro-ni* nennt. Als der Geliebte Führer Sun Moon hineingeleitete, erwarteten sie Musik, Akrobaten und ein Gabelstapler-Ballett!

»Ich dachte, die überwältigende Begrüßung der Amerikaner soll am Flughafen stattfinden?«, fragte sie.

»Das wird sie auch«, erwiderte der Geliebte Führer. »Aber unsere Vorbereitungen müssen drinnen erfolgen.« Er wies zum Himmel. »Eine Vorkehrung gegen neugierige Blicke.«

Der Geliebte Führer ergriff ihre Arme und drückte sie freundschaftlich. »Du bist gesund, richtig? Dir geht es gut?«

»Mir mangelt es an nichts, Geliebter Führer«, antwortete sie.

»Ausgezeichnet«, meinte er. »Nun erzähl mir von der Amerikanerin. Wie viele Stücke Seife waren nötig, um unser schmutziges kleines Mädchen sauber zu kriegen?«

Sun Moon hob zu einer Antwort an, doch der Geliebte Führer unterbrach sie: »Nein, sag es mir nicht, noch nicht. Hebe deine Ansichten über sie für später auf. Zuerst muss ich dir etwas zeigen, eine kleine Überraschung, wenn man so will.«

Die beiden machten sich auf den Weg quer durchs Studio. In der Nähe der bombensicheren Filmdepots hatte sich das Pochonbo Electronic Ensemble aufgebaut; das Pop-Orchester spielte seinen neuesten Hit: »Regenbogen der Wiedervereinigung«. Zu dieser Musik tanzten Gabelstapler mit Paletten voller Hungerhilfe für Amerika; hoch hoben sie ihre Last, und perfekt synchronisiert kreisten und wirbelten sie zu der lebhaften Musik vorwärts und rückwärts. Am eindrucksvollsten aber war eine ganze Armee kleiner Akrobaten in bunten Trikots. Jeder der fidelen Kleinen hielt eine Hundert-Liter-Tonne als Tanzpartner in den Armen. Die Kinder ließen die weißen Plastiktonnen rotieren wie Kreisel, völlig schwerelos, und plötzlich – *hopp!* – sprangen sie selbst synchron auf die Tonnen und rollten sie mit den Füßen zu Gabelstaplern, die sie aufnehmen und in das amerikanische Transportflugzeug verladen würden. Sagt uns, Bürger – wo bekamen die Hungrigen jemals mit so viel Lebensfreude und Präzision zu essen?

Als Sun Moon dreier herrlicher an Schneiderpuppen ausgestellter *Chosŏnots* ansichtig wurde, schnappte sie überwältigt nach Luft. Sie blieb vor den Kleidern stehen.

»Das kann ich nicht annehmen«, sagte sie, während sie das

Trio bewunderte. Alle drei Satinkleider schimmerten nahezu metallisch – eines weiß, eines blau, eines rot.

»Oh, das hier –«, gestikulierte der Geliebte Führer – »das ist nicht die Überraschung. Diese *Chosŏnots* wirst du morgen tragen, du wirst dich in die Farben der Flagge der DVRK kleiden. Den weißen trägst du, wenn wir die Amerikaner begrüßen, den blauen, wenn du deine Blues-Komposition zur Abreise für das Rudermädchen singst. Und den roten, wenn du das Rudermädchen seinem Schicksal in Amerika zuführst. So wird es doch geschehen, nicht wahr? Hast du dich dafür entschieden?«

»Ich darf kein eigenes Kleid tragen?«, fragte sie. »Ich habe es bereits ausgewählt.«

»Ich fürchte, das ist beschlossene Sache«, entgegnete er. »Also bitte, ich will keine Trauermiene sehen!«

Aus seiner Tasche zog er einen Umschlag und überreichte ihn ihr. Darin befanden sich zwei Eintrittskarten. »Was ist das?«, fragte sie.

»Das gehört mit zur Überraschung«, erklärte er. »Eine kleine Kostprobe dessen, was vor dir liegt.«

Als sie genauer hinschaute, sah sie, dass es sich um offizielle Eintrittskarten für die Premiere von *Trostfrau* handelte.

»Die sind für nächsten Samstag!«, sagte sie.

»Eine Oper musste dafür abgesagt werden«, erklärte er. »Aber man muss eben Prioritäten setzen, richtig?«

»Mein Film!«, sagte sie und fragte dann ungläubig: »Mein Film wird endlich anlaufen?«

»Ganz Pjöngjang wird anwesend sein«, versicherte der Geliebte Führer. »Falls dein Gatte aus irgendeinem Grund zu einer Mission abberufen werden sollte, würdest du mir dann die Ehre erweisen und mir in meiner Loge Gesellschaft leisten?«

Sun Moon blickte dem Geliebten Führer tief in die Augen. Sie konnte es kaum fassen, dass eine derart mächtige, großmütige Persönlichkeit eine so bescheidene Bürgerin wie sie an seiner Seite haben wollte. Doch vergesst nie, Bürger: Beim Geliebten Führer ist alles möglich. Vergesst nie, dass sein ganzes Streben darauf gerichtet ist, einen jeden und eine jede von euch auf ewig in seine schützenden Arme zu schließen.

»Komm«, sagte der Geliebte Führer. »Das ist noch nicht alles.«

Auf der anderen Seite des Studios entdeckte Sun Moon ein kleines Orchester. Auf ihrem Weg dorthin passierten die beiden unzählige Requisiten, die ihr allesamt bekannt vorkamen: sauber aufgereihte amerikanische Jeeps, Kleiderständer mit GI-Uniformen, die man im Krieg toten Imperialisten ausgezogen hatte. Und dort ein maßstabgetreues Modell des Berges Paektu, Geburtsstätte des glorreichen Führers Kim Jong Il, der bereits bei seiner Geburt der Sonne so nah war! Paektu, möge dein heiliger Gipfel sich dem Himmel allzeit entgegenrecken!

Während sie weiterspazierten, teilte der Geliebte Führer Sun Moon mit: »Nun ist es an der Zeit, über deinen nächsten Film zu sprechen.«

»Ich lerne schon den Text«, antwortete sie.

»Von *Die größten Opfer*?«, fragte er. »Wirf das Drehbuch weg, ich habe meine Meinung geändert – eine Geschichte mit einem Ersatzmann steht dir nicht zu Gesicht. Komm nur, komm und wirf einen Blick auf deine neuen Projekte.«

Sie kamen zu drei Staffeleien, die von Musikern im Smoking umringt waren. Und hier wartete, ebenfalls mit einem Smoking angetan, Dak-Ho, der staatliche Filmproduzent. Mit seinem klangvollen Tenor hatte er die Offkommentare in all ihren Filmen gesprochen. Dak-Ho hob das Tuch von der ersten Staffelei und enthüllte ein Plakat für Sun Moons nächsten Film. Es zeigte eine hinreißende, fast aus ihrer adretten Uniform berstende Sun Moon, eng umschlungen von einem Marineoffizier, und über ihnen ein Strahlenkranz aus Torpedos. Doch welch eine Überraschung, Bürger – der Offizier, in dessen Armen sie liegt, trägt eine südkoreanische Uniform!

»*Die Dämonenflotte*«, verkündete Dak-Ho mit kräftiger, sonorer Stimme.

Das Orchester begann, ein packendes, beklemmendes Thema aus dem geplanten Film zu spielen.

»In einer Welt voller Gefahren und Intrigen«, deklamierte Dak-Ho, »entdeckt eine Frau, dass ein reines Herz die einzig wirksame Waffe gegen die imperialistische Bedrohung ist. Sun Moon ist die einzige Überlebende eines südkoreanischen Überraschungsangriffs auf ihr Unterseeboot. Von deren Kanonenboot wird sie ›gerettet‹. Als Gefangene des forschen südkoreanischen Kapitäns ist sie gezwungen, die Verteidigungsstellungen ihrer eigenen Flotte zu verraten. Nach und nach aber kann sie ihrem attraktiven Entführer klarmachen, dass eigentlich *er* der Gefangene ist – gefangen in den Manipulationen des amerikanischen Regimes. Auf dem atemberaubenden Höhepunkt richtet er schließlich seine Kanonen auf den wahren Feind.«

Der Geliebte Führer grinste von einem Ohr zum andern. »Das Unterseeboot, das wir für die Eröffnungsszene verwenden, liegt bereits im Taedong«, erklärte er. »Und während wir uns hier unterhalten, durchkämmt ein ganzes Marinegeschwader die umstrittenen Gewässer nach einem passenden südkoreanischen Kanonenboot.«

Der Geliebte Führer schnippte mit den Fingern, und schon wurde das zweite Plakat enthüllt.

Jubelnde Geigen setzten zu einem mitreißenden Refrain an.

»*Die Schwebende Mauer* –«, begann Dak-Ho, doch der Geliebte Führer unterbrach ihn.

»Das ist ein Film über den ersten weiblichen Pubjok«, erklärte der Geliebte Führer und wies auf die schöne, entschlossene Frau auf dem Plakat. Er deutete auf die auf Hochglanz polierte Marke und auf ihren Blick, der fest auf eine bessere Zukunft gerichtet war. »In dieser Rolle wirst du Resultate liefern – Fälle knacken und beweisen, dass eine Frau genauso stark sein kann wie jeder Mann.«

Der Geliebte Führer wandte sich ihr zu, um ihre Reaktion zu sehen.

Sun Moon zeigte auf das Plakat. »Aber ihr Haar«, sagte sie. »Das ist ja ganz kurz.«

»Habe ich noch nicht gesagt, dass es eine wahre Geschichte ist?«, fragte er. »Erst vor wenigen Wochen wurde tatsächlich eine Frau von der Abteilung 42 angeheuert.«

Sun Moon schüttelte den Kopf. »Mit so kurzem Haar kann ich nicht spielen«, sagte sie.

»Die dargestellte Person gehört zu den Pubjok«, erklärte der Geliebte Führer. »Also müssen die Haare kurz sein. Du schreckst doch sonst nicht vor Authentizität zurück, du schlüpfst doch auch sonst ganz in deine Rollen.« Er berührte ihr Haar. »Es ist wunderschön, aber Opfer müssen nun einmal sein.«

Das letzte Filmplakat blieb noch verhüllt; Sun Moon blickte immer betrübter drein. Gegen ihren Willen begannen Tränen über ihre Wangen zu rollen. Mit verschränkten Armen wandte sie sich ab.

Bürger, seht her, wie zartbesaitet Sun Moon ist! Der aufmerksame Betrachter wird erkennen, dass allein sie die für diese Rollen notwendige Unschuld besitzt. Sollte uns jemand Sun Moon rauben, so würden wir auch dieser unvergesslichen Filmfiguren beraubt, und nicht nur das – die Nachwelt müsste auf die Filme selbst verzichten! Die Zukunft des Filmschaffens unserer Nation würde zur Geisel genommen, und diese Filmkunst gehört nicht nur unseren patriotischen Bürgern, sondern der ganzen Welt!

Der Geliebte Führer trat neben sie. »Bitte sag, dass du Freudentränen weinst!«

Schluchzend nickte Sun Moon.

»Was ist denn mit dir?«, fragte er. »Nun komm, mir kannst du es doch sagen.«

»Ich weine nur, weil meine Mutter nicht zur Premiere von *Trostfrau* kommen kann«, schluchzte sie. »Seit sie sich in Wŏnsan zur Ruhe gesetzt hat, hat sie nicht geschrieben, nicht ein einziges Mal. Ich stelle mir gerade vor, wie sie zur Premiere für *Trostfrau* kommt und die Geschichte ihrer eigenen Mutter in Großformat auf der Leinwand sieht.«

»Sorge dich nicht, ich werde das in Ordnung bringen. Deiner Mutter fehlt wahrscheinlich nur Schreibmaschinenpapier, oder die Briefmarkenlieferungen an die Ostküste haben sich verzögert. Ich werde heute Abend noch telefonieren. Glaube mir, ich kann alles wahr machen. Morgen wirst du noch vor Sonnenuntergang maschinengeschriebene Briefe von deiner Mutter in Händen halten.«

»Ist das wahr?«, fragte sie. »Können Sie wirklich alles wahr machen?«

Mit dem Daumen wischte der Geliebte Führer ihr die Tränen ab. »Kaum zu glauben, wie du dich entwickelt hast«, sagte er. »Manchmal vergesse ich das. Weißt du noch, wie ich dich das erste Mal erblickte?« Er schüttelte den Kopf beim Gedanken an diesen weit zurückliegenden Augenblick. »Selbst den Namen Sun Moon hattest du damals noch nicht.« Er schob ihr das Haar zur Seite und berührte ihr Ohr. »Denke daran, dass du vor mir keine Geheimnisse hast. Dafür bin ich da, ich bin derjenige, dem du dich offenbarst. Sage mir nur, was du brauchst.«

»Bitte«, flehte sie. »Schenken Sie mir die Freude, die Premiere zusammen mit meiner Mutter zu erleben.«

Bürger, Bürger. In unserer Kultur respektieren wir unsere älteren Mitbürger; in ihren letzten Lebensjahren gönnen wir ihnen die nötige Ruhe und Zurückgezogenheit. Haben sie nach ihrem arbeitsreichen Leben nicht ein wenig Müßiggang verdient? Kann die größte Nation auf Erden ihren Ältesten nicht ein wenig Erholung gönnen? Natürlich wünschen wir uns alle, dass unsere Eltern auf ewig rege bleiben, dass sie nie von unserer Seite gehen. Aber hör doch nur, Sun Moon, wie vorwurfsvoll die Zuhörer schon mit der Zunge schnalzen. Siehst du nicht, wie egoistisch es ist, deiner Mutter eine anstrengende Reise aufzubürden, eine, auf der sie dahinscheiden könnte, und das nur zu deinem Vergnügen? Und doch sind wir machtlos, denn wer kann Sun Moon etwas ausschlagen? Für sie gibt es keine Regeln.

»Sie wird in der vordersten Reihe sitzen«, versprach der Geliebte Führer. »Das garantiere ich.«

Bürger, wenn der Geliebte Führer spricht, dann ist die Sache entschieden. Nichts könnte nun noch verhindern, dass Sun Moons Mutter an der Premiere teilnimmt. Nur ein vollkommen unvorhersehbares Ereignis – ein Zugunglück etwa, oder großflächige Überschwemmungen – könnte dem freudigen Wiedersehen noch im Wege stehen. Es müsste schon einen Diphtherie-Ausbruch mit Quarantäne geben oder einen militärischen Überraschungsangriff, dass Sun Moons Träume nicht wahr würden!

Als Zeichen seiner sozialistischen Verbundenheit legte ihr der Geliebte Führer die Hand auf.

»Habe ich mich nicht an sämtliche Regeln gehalten?«, fragte er.

Sie schwieg.

»Ich muss dich wiederhaben«, erklärte er. »Unsere Beziehung soll wieder aufleben.«

»Es war ein Arrangement«, sagte sie.

»Ganz genau, und habe ich meinen Teil denn nicht erfüllt? Habe ich nicht deine Regeln befolgt?«, fragte er. »Dass ich dich niemals zu etwas zwingen würde, ist das nicht Regel Nummer eins? Antworte mir, habe ich mich jemals nicht nach deinem Willen gerichtet? Kannst du mir eine Sache nennen, zu der ich dich gezwungen hätte?«

Sie schüttelte den Kopf.

»Genau«, sagte er und wurde lauter. »Und darum musst du dich dafür entscheiden, zu mir zurückzukommen, du musst jetzt und hier die Entscheidung treffen. Es ist an der Zeit.« Seine Stimme klang scharf, so groß war seine väterliche Sorge. Er atmete einmal kurz durch, und schon breitete sich wieder das charmante Lächeln auf seinem Gesicht aus. »Ja, ja, ich bin sicher, dass du mir mit neuen Regeln kommen wirst – ich weiß schon genau, wie du sie mir mit einem glücklichen Lächeln vorbuchstabieren wirst. Und doch stimme ich ihnen hier auf der Stelle zu; ich akzeptiere all deine neuen Regeln unbesehen.« Weit breitete er seine Arme aus. »Aber komm zurück zu mir. Es wird wieder genau wie früher. Wir spielen mit dem Küchenpersonal ›Kochduell‹, und du hilfst mir beim Öffnen meiner Fan-Post. Wir fahren mit meinem Zug ins Blaue und verbringen die Nacht im Karaoke-Abteil. Vermisst du nicht, wie wir früher neue Sushirollen erfunden haben? Weißt du noch, wie wir am Seeufer *Janggi* gespielt haben? Wir könnten an diesem Wochenende ein Turnier abhalten, und deine Kinder könnten so lange auf meinen Jetskis herumflitzen. Hast du das Brett dabei?«

»Es ist im Wagen«, sagte sie.

Der Geliebte Führer lächelte.

»Wo standen wir?«, fragte er. »Ich kann mich nicht an unseren Punktestand erinnern.«

»Als wir aufhörten, lag ich wohl ein paar Spiele im Rückstand.«

»Du hast mich doch nicht gewinnen lassen?«

»Seien Sie versichert, ich kenne keine Gnade«, entgegnete sie.

»Das ist meine Sun Moon.«

Er wischte ihr die letzten Tränen fort.

»Komponiere ein Abschiedslied für unsere Nachtruderin. Singe, wenn sie uns verlässt. Lege den roten *Chosŏnot* für mich an, ja? Sag bitte, dass du ihn tragen wirst. Probier ihn einfach an – probier ihn an, und morgen schicken wir das amerikanische Mädchen zurück in die Ödnis, aus der es gekommen ist.«

Sun Moon schlug die Augen nieder. Langsam nickte sie.

Auch der Geliebte Führer nickte langsam. »So ist's recht«, sagte er sanft.

Dann hob er den Finger, und wer sauste auf einem Gabelstapler heran? Genosse Buc! Schweiß tropfte von seiner Stirn. Würdigt ihn keines Blickes, Bürger! Wendet eure Augen ab von dieser Marionette mit dem Lächeln eines Verräters!

»Damit das Schamgefühl von Sun Moon nicht verletzt wird«, sagte der Geliebte Führer, »ist am Flughafen eine Umkleidekabine für sie nötig.«

Genosse Buc atmete tief ein. »Nur das Beste vom Besten!«, antwortete er.

Der Geliebte Führer nahm Sun Moon beim Arm und dirigierte sie zu den Lichtern und der Musik zurück.

»Komm«, sprach er. »Einen letzten Film muss ich dir noch zeigen. Der Besuch der Amerikaner hat mich über Cowboys und Selbstjustiz nachdenken lassen. Also habe ich einen Western geschrieben. Du wirst die langmütige Ehefrau eines texanischen Viehhirten spielen, der von den kapitalistischen Grundbesitzern ausgebeutet wird. Als ein korrupter Sheriff den Cowboy beschuldigt, Rinder gestohlen zu ...«

Sie fiel ihm ins Wort.

»Versprechen Sie mir, dass ihm nichts zustoßen wird!«, bat Sun Moon.

»Wem? Dem Viehhirten?«

»Nein, meinem Gatten. Oder wer auch immer er sein mag. Er hat ein gutes Herz.«

»In dieser Welt«, entgegnete der Geliebte Führer, »kann niemand so etwas versprechen.«

KOMMANDANT GA stand rauchend auf dem Balkon; mit zusammengekniffenen Augen suchte er die dunkle Straße nach dem Auto ab, das ihm Sun Moon wiederbringen würde. In der Ferne war Hundegebell aus dem Zoo zu hören, und er musste an einen Hund am Strand denken, der vor langer Zeit einmal bellend in der Brandung gestanden und auf jemanden gewartet hatte, der nie zurückkehren würde. Es gibt Menschen, die in dein Leben kommen und dich alles kosten. In dieser Hinsicht hatte die Frau von Genosse Buc völlig recht. Es war ein furchtbares Gefühl gewesen, einer dieser Menschen zu sein. Er war der Mensch gewesen, der andere wegriss. Er war der gewesen, der weggerissen wurde. Er war auch schon derjenige gewesen, der zurückgelassen worden war. Als Nächstes würde er herausfinden, wie es war, alles drei zugleich zu sein.

Er drückte die Zigarette aus. Auf dem Balkongeländer lagen vereinzelte Selleriesamen von der Singvogelfalle des Jungen. Ga rollte sie unter den Fingern hin und her, während er hinunter auf eine Stadt schaute, unter deren schwarzer Oberfläche sich ein Labyrinth grell erleuchteter Bunker verbarg. In einem davon, so fürchtete er, saß Sun Moon. Wer hatte sich eine solche Stadt ausgedacht? Wessen Fantasie war sie entsprungen? Wie lächerlich die Vorstellung eines Quilts für Genosse Bucs Frau gewesen war. Nach welchem Muster, aus welchem Stoff würde man die Geschichte eines Lebens an einem Ort wie diesem zusammensetzen? Wenn er eines über den echten Kommandanten Ga gelernt hatte, seit er dessen Kleider trug und in seinem Bett schlief, dann, dass er ein Produkt seiner Umgebung war. In Nordkorea wurde man nicht zu etwas geboren, man wurde zu etwas gemacht, und der Große Macher leistete an diesem Abend Überstunden. Die vereinzelten Selleriekörner auf dem Geländer führten zu einem ganzen Häufchen. Im Zeitlupentempo streckte Ga die Hand danach aus. Er fragte sich, woher Genosse Bucs Frau die innere Ruhe angesichts dieser Lage nahm. Woher wusste sie so genau, was zu tun war? Urplötzlich zuckte ein Zweiglein, ein Kiesel fiel herab, Nähseide spannte sich, und schon hatte sich eine kleine Schlinge um Gas Finger zugezogen.

Er durchsuchte das Haus nach Informationen – worüber oder wozu wusste er selbst nicht. Er kontrollierte jede Flasche in Kommandant Gas Reisweinkeller. Er stieg auf einen Stuhl und begutachtete im Kerzenschein die Pistolen, die kreuz und quer oben im Küchenschrank lagen. Unten im Tunnel ließ er seinen Blick über die DVDs schweifen – er suchte einen Film, der ihm in dieser Situation helfen könnte, aber solche Filme schienen die Amerikaner nicht zu machen. Er betrachtete die Bilder auf den DVD-Hüllen und las sich die Beschreibungen durch – aber wo war der Film, der keinen Anfang, einen unerbittlich langen Mittelteil und ein Ende nach dem anderen hatte? Vom vielen Englischlesen taten ihm die Augen weh, und dann fing er auch noch an, auf Englisch zu denken, und das ließ ihn an den nächsten Tag denken, und zum ersten Mal seit langer Zeit wurde er von großer Angst erfüllt. Englische Worte würde in seinem Kopf herumschwirren, bis er Sun Moons Stimme wieder hörte.

Als ihr Wagen endlich kam, lag er auf dem Rücken im Bett und ließ sich vom schlafenden, gleichmäßigen Atem der Kinder beruhigen. Er hörte zu, wie Sun Moon im Dunkeln hereinkam und sich in der Küche ein Glas Wasser schöpfte. Als sie die Tür zum Schlafzimmer öffnete, tastete er nach der Streichholzschachtel und riss eines an.

»Nicht«, sagte sie.

Furcht überkam ihn, dass sie irgendwelche Verletzungen hätte, dass sie etwas verbergen wollte, was man ihr angetan hatte.

»Fehlt dir etwas?«

»Nein, alles in Ordnung«, sagte sie.

Er hörte, wie sie sich bettfertig machte. In der völligen Dunkelheit sah er sie vor seinem inneren Auge – wie sie ihre Kleider auszog und über die Stuhllehne hängte, wie sie sich mit einer Hand an der Wand abstützte, während sie in das Nachthemd stieg, das sie zum Schlafen trug. In der Finsternis spürte er, wie sie die Kindergesichter streichelte, um sicherzugehen, dass sie tief und wohlbehalten schliefen.

Als sie unter die Bettdecke gekrochen war, zündete er die Kerze an, und da lag sie: Sun Moon, vom goldenen Licht beschienen.

»Wohin hat er dich gebracht?«, fragte er. »Was hat er mit dir angestellt?«

Er suchte in ihrem Gesicht nach einem Zeichen, was sie durchlebt haben mochte.

»Er hat mir nichts getan«, sagte sie. » Er hat mir nur einen kleinen Einblick in die Zukunft gegeben.«

Ga sah die drei *Chosŏnots* an der Wand – rot, weiß und blau.

»Gehören die auch dazu?«, fragte er.

»Das sind die Kostüme, die ich morgen tragen soll. Damit werde ich aussehen wie eine Fremdenführerin im Museum für die Befreiung des siegreichen Vaterlandes, oder?«

»Du darfst nicht dein eigenes, silbernes Kleid tragen?

Sie schüttelte den Kopf.

»Dann wirst du bei deiner Abreise wie das Revuemädchen aussehen, das er immer aus dir machen wollte. Ich weiß, dass du dir deinen Abschied anders vorgestellt hast. Aber das Wichtigste ist doch, dass du hier rauskommst. Du hast es dir doch nicht anders überlegt? Du willst immer noch weg, richtig?«

»*Wir* wollen immer noch weg, richtig?«, erwiderte sie. Aus dem Augenwinkel bemerkte sie etwas. Sie blickte hoch zu dem leeren Sims. »Wo sind die Pfirsiche?«

Er zögerte. »Ich habe die Dose vom Balkon geschmissen. Wir brauchen sie nicht mehr.«

Sie starrte ihn an.

»Was ist, wenn jemand sie findet und isst?«, fragte sie.

»Ich habe die Dose aufgemacht und ausgeschüttet«, antwortete er.

Sun Moon sah ihm forschend ins Gesicht. »Lügst du mich an?«

»Natürlich nicht.«

»Kann ich dir immer noch vertrauen?«

»Ich habe sie weggeworfen, weil wir diesen Weg nicht gehen werden«, sagte er. »Wir wählen einen anderen. Einen, der zu einem Leben wie in dem amerikanischen Film führt.«

Sie drehte sich auf den Rücken und starrte die Decke an.

»Was ist mit dir?«, fragte er. »Warum sagst du mir nicht, was er mit dir gemacht hat?«

Sie zog das Laken höher und hielt den Stoff fest.

»Hat er dich angefasst?«

»Es gibt Sachen auf der Welt ...«, antwortete sie. »Was soll man dazu groß sagen?«

Ga wartete ab, ob sie das näher ausführen würde, aber das tat sie nicht.

Nach einer Weile seufzte sie auf.

»Es ist an der Zeit, dass ich mich dir ganz öffnen sollte«, sagte sie. »Es gibt viele Dinge, die der Geliebte Führer über mich weiß. Wenn wir sicher im Flugzeug sitzen, dann erzähle ich dir meine Geschichte, wenn du das möchtest. Heute Nacht erzähle ich dir das, was er nicht weiß.«

Sie spitzte die Lippen und blies die Kerze aus.

»Der Geliebte Führer ahnt nicht, dass mein Mann und Kommandant Park sich gegen ihn verschworen hatten. Der Geliebte Führer weiß nicht, dass ich das ständige Karaoke mit ihm fürchterlich finde, dass ich noch nie im Leben zum Spaß gesungen habe. Er hat keinen blassen Schimmer, dass seine Frau mir früher immer Briefchen geschickt hat – sie drückte sein Siegel auf die Umschläge, damit ich sie aufmache, aber das habe ich nie getan. Er ahnt nicht einmal, dass ich meine Ohren einfach auf Durchzug stelle, wenn er mir seine abscheulichen Geheimnisse gesteht. Und ich würde ihm nie verraten, wie sehr ich dich dafür gehasst habe, dass du mich gezwungen hast, eine Blume zu essen – obwohl ich mir geschworen hatte, nie wieder wie eine Verhungernde zu essen.«

Ga wollte die Kerze wieder anzünden, um zu sehen, ob sie zornig oder verängstigt war. »Wenn ich geahnt hätte –«

»Unterbrich mich nicht!«, herrschte sie ihn an. »Wenn du dazwischenredest, kann ich diese Sachen nicht sagen. Also. Er weiß nicht, dass der Gegenstand, der meiner Mutter am meisten bedeutete, eine Zither mit Stahlsaiten war. Siebzehn Saiten hatte sie, und in ihrem schwarzen Lack konnte man sich wie im Spiegel sehen. In der Nacht, bevor meine kleine Schwester starb, nebelte mein Vater unser Zimmer mit dem Dampf kochender Kräuter ein, und meine Mutter spielte unentwegt *Sanjo*-Musik, die grimmig die Finsternis erfüllte, während der Schweiß an ihr herabströmte und die Metallsaiten aufblitzten. Ihre Musik war eine Kampfansage an das Licht, das ihr am nächsten Morgen die Tochter stehlen würde. Der Geliebte Führer weiß nicht, dass ich nachts die Hand nach meiner kleinen Schwester ausstrecke. Jedes Mal wache ich davon auf, dass ich sie nicht finde. Niemals würde ich ihm verraten, dass mir diese Zithertöne nicht aus dem Kopf wollen.

Der Geliebte Führer kennt meine Herkunft, die groben Fakten. Er weiß, dass meine Großmutter als Trostfrau nach Japan gebracht wurde. Aber er könnte nie verstehen, was sie alles erlitten hat, warum sie nach Hause kam und nur Lieder der Verzweiflung kannte. Weil sie über die Jahre in Japan nicht sprechen durfte, war es wichtig, dass ihre Töchter diese Lieder lernten. Allerdings ohne die Texte – nach dem Krieg wurde man schon allein dafür umgebracht, dass man Japanisch konnte. Doch die Melodien gab sie weiter, und sie brachte meiner Mutter bei, wie man diese Melodien auch ohne Worte sprechen ließ. Das hatte sie in Japan gelernt – wie allein der Anschlag einer Saite schon alles sagt, wie man in einem Akkord bewahren kann, was der Krieg verschlungen hat. Der Geliebte Führer merkt überhaupt nicht, dass es diese Fähigkeit ist, die er an mir so schätzt.«

Sie fuhr fort: »Er weiß nicht, dass ich damals, als er mich zum ersten Mal hörte, für meine Mutter sang, damit sie in dem anderen Viehwaggon nicht verzweifelte. Zu Hunderten waren wir mit dem Zug in ein Umerziehungslager unterwegs, und jedem Einzelnen tropfte frisches Blut von den Ohren. Meine ältere Schwester war wegen ihrer Schönheit nach Pjöngjang verfrachtet worden. Danach hatten wir alle gemeinsam beschlossen, dass mein Vater meine kleine Schwester außer Landes schmuggeln sollte. Dieser Versuch schlug fehl, meine Schwester starb, mein Vater war zum Republikflüchtling abgestempelt worden, und wir, meine Mutter und ich, waren jetzt die Angehörigen eines Republikflüchtlings. Die Fahrt mit dem Zug dauerte ewig, er fuhr so langsam, dass oben auf den Viehwaggons Krähen landeten, zwischen den Belüftungsschlitzen hin und her hüpften und auf uns herabstarrten, als seien wir Insekten, die sie verspeisen wollten. Meine Mutter war in einem anderen Waggon als ich. Rufen war nicht erlaubt, aber Singen schon. Ich sang ›Arirang‹, damit sie wusste, dass es mir gut ging. Sie sang zurück, damit ich wusste, dass sie bei mir war.

Unser Zug fuhr auf ein Nebengleis, um einen anderen Zug vorbeizulassen. Wie sich herausstellte, war es der kugelsichere Zug des Geliebten Führers. Der hielt an, damit die beiden Zugführer den Zustand der Gleise besprechen konnten. Gerüchte wurden von einem Viehwaggon in den nächsten geflüstert, alle waren voller Panik. Die Stimmen wurden lauter, die Leute fragten sich, was gerade mit den Leuten in den anderen Waggons geschah, ob Einzelne ausgesondert werden sollten, und deswegen sang ich, sang, so laut ich konnte, und hoffte, meine Mutter würde mich trotz des Aufruhrs und der Panik noch hören.

Mit einem Mal ging die Tür unseres Waggons auf, und die Wärter schlugen einen Mann, sodass er in die Knie ging. Als sie ihm befahlen, sich zu verneigen, machten wir alle mit. Und dann erschien, vom strahlenden Licht hell umkränzt, der Geliebte Führer.

Habe ich hier etwa einen Singvogel gehört?, fragte er. *Sagt mir, wer von uns ist das einsame Vögelchen?*

Keiner sagte etwas.

Wer hat so viel Empfindung in unser Volkslied gelegt?, fragte uns der Geliebte Führer und schritt vor unseren gebeugten Köpfen einher. *Wo ist die Person, die das menschliche Herzblut so auspressen und in den Krug patriotischer Leidenschaft füllen kann? Bitte, na los, gebt dem Lied sein Ende. Wie kann es ohne sein Ende bestehen?*

Auf den Knien liegend sang ich unter Tränen:

*Arirang, Arirang, arariyo, ich gehe über den Arirang.
Ich glaubte dir, als du sagtest,
Wir gingen zum Picknick hinauf auf den Arirang.
Verlässt du mich, werden deine Füße wund,
bevor du 10 Li gegangen bist vom Arirang.*

Der Geliebte Führer schloss die Augen und lächelte. Ich wusste nicht, was schrecklicher war – ihm zu missfallen oder ihm zu gefallen. Ich wusste nur eins: Ohne mich würde meine Mutter nicht überleben.

*Arirang, Arirang, arariyo, ganz allein auf dem Arirang,
Eine Flasche Reiswein versteckt unterm Rock.
Ich suchte nach dir, mein Geliebter, in unsrem Versteck
im Odong-Wald.
Arirang, Arirang, gib mir meine Liebe zurück.«*

Sun Moon fuhr fort: »Der Geliebte Führer schien nicht zu bemerken, dass nach meinem Lied ein leises Echo als Antwort zurückkam.

Ich wurde in sein privates Eisenbahnabteil gebracht, in dem die Fensterscheiben so dick waren, dass nur alles dahinter verzerrt aussah. Dort forderte er mich auf, Zeilen aus einer Geschichte vorzulesen, die er geschrieben hatte. Sie hieß *Nieder mit den Tyrannen*. War es wirklich möglich, dass er den Urin an mir nicht roch oder den stinkenden Hungeratem, der aus meiner Kehle drang? Ich sprach die Worte für ihn, war aber in einer so schlimmen Verfassung, dass ich ihren Sinn nicht begriff. Ich konnte nur mit Mühe einen Satz herausbringen, ohne in Ohnmacht zu fallen.

Dann rief der Geliebte Führer *Bravo!* und klatschte mir Beifall. *Bitte*, sagte er. *Sag mir, dass du meine Zeilen lernen wirst, sag mir, dass du die Rolle annimmst.*

Woher sollte er auch ahnen, dass ich eigentlich gar nicht wusste, was ein Film war, dass ich nur Radioübertragungen revolutionärer Opern kannte? Woher sollte ich wissen, dass es andere Wagen im Privatzug des Geliebten Führers gab, die weit weniger noblen Zwecken als dem Vorsprechen dienten?

An dieser Stelle machte der Geliebte Führer eine große Geste, als befänden wir uns im Theater. *Die Raffinesse dieser Kunstform besteht darin, dass meine Zeilen zu deinen werden. Das Volk wird dich groß auf der Leinwand sehen und sich an nichts als an deine gefühlvolle Stimme erinnern, die diesen Worte Leben einhaucht.*

Der Zug setzte sich mit mir darin in Bewegung.

Bitte!, rief ich. Es war fast ein Aufschrei. *Es muss jemand auf meine Mutter aufpassen!*

Natürlich, sagte er. *Ich lasse sie bewachen.*

Ich weiß nicht, was über mich kam. Ich hob den Blick und sah ihm in die Augen. *Es muss immer jemand auf sie aufpassen*, flehte ich.

Er lächelte, begeistert und überrascht. *Immer*, willigte er ein. Da merkte ich, dass man ihm Bedingungen stellen konnte. Regeln – das war eine Sprache, die er verstand.

Dann tue ich es, versprach ich ihm. *Ich werde Ihrer Geschichte ein Gesicht geben.*«

Sun Moon holte Luft und erzählte weiter: »Das war der Augenblick, in dem ich ›entdeckt wurde‹. Wie gern der Geliebte Führer daran zurückdenkt! Als hätten mich sein Scharfsinn und seine weise Voraussicht vor einer zerstörerischen Naturgewalt gerettet. Es war eine Geschichte, die er im Laufe der Jahre immer wieder gern erzählte, wenn wir allein in seiner Opernloge saßen oder in seiner privaten Gondel durch die Lüfte segelten: Die Geschichte des schicksalhaften Zusammentreffens unserer beiden Züge. Es war nie als Drohung gemeint, er wollte mich nie daran erinnern, wie tief ich fallen konnte. Er wollte mich daran erinnern, dass wir für immer zusammengehören.

Durch das Grün der Zugfenster sah ich den Zug mit meiner Mutter immer weiter zurückbleiben.

Ich wusste, dass du ja sagen würdest, verkündete der Geliebte Führer. *Das habe ich gespürt. Die andere Schauspielerin wird sofort gestrichen. So, und jetzt kriegst du erst mal richtige Kleider. Und dein Ohr könnte sich auch mal jemand ansehen.«*

Aus dem Dunkel sagte Kommandant Ga: »Gestrichen.«

»Ja, gestrichen«, wiederholte Sun Moon. »Wie oft habe ich an dieses andere Mädchen gedacht? Wie kann der Geliebte Führer ahnen, dass ich ihretwegen immer noch Gänsehaut bekomme?«

»Was ist aus ihr geworden?«, wollte Ga wissen.

»Du weißt genau, was aus ihr geworden ist«, erwiderte sie.

Beide schwiegen eine Weile.

»Und es gibt noch etwas, was der Geliebte Führer nicht über mich weiß«, sagte sie. »Aber er wird es sehr bald herausfinden.«

»Und was ist das?«

»Ich werde eine neue Version des Liedes meiner Großmutter schreiben. In Amerika werde ich den fehlenden Text finden, und das Lied, das wird von ihm handeln. In dem Lied wird alles über dieses Land enthalten sein, was ich nie aussprechen durfte, alles, bis zum Letzten, und das singe ich dann im staatlichen Rundfunk der Amerikaner. Und dann weiß die ganze Welt darüber Bescheid, wer er in Wirklichkeit ist.«

»Der Rest der Welt *weiß* darüber Bescheid, wer er in Wirklichkeit ist«, erwiderte Ga.

»Nein, sie werden es erst wirklich wissen, wenn sie es in meiner Stimme hören. Ich dachte, ich würde dieses Lied nie singen dürfen.« Sun Moon riss ein Streichholz an. In seinem Aufflackern sagte sie: »Und dann kamst du. Der Geliebte Führer hat keine Ahnung, dass ich durch und durch Schauspielerin bin – nicht nur, wenn ich seine Zeilen spreche, sondern in jeder Sekunde meines Lebens. Auch dir habe ich mich bisher nur als Schauspielerin gezeigt. Aber das ist nicht mein wahres Ich. Ich muss zwar ständig eine Rolle spielen – doch in meinem tiefsten Innern bin ich einfach nur eine Frau.«

Er blies das Streichholz aus, fasste sie am Arm und zog sie an sich. Diesmal wehrte sie ihn nicht ab. Ihr Gesicht war dem seinen ganz nah, und er konnte ihren Atem spüren.

Sie streckte die Hand nach seinem Hemd aus.

»Zeig es mir«, sagte sie.

»Aber es ist dunkel. Du kannst doch gar nichts sehen.«

»Ich will es spüren«, antwortete sie.

Er zog das Hemd über den Kopf und beugte sich ihr entgegen, sodass sie seine Tätowierung berühren konnte.

Sie fuhr seine Muskeln nach und legte die Hand auf seinen Rippenbogen.

»Vielleicht sollte ich mir auch so was machen lassen«, sagte sie.

»Was, eine Tätowierung?«, fragte er. »Was für eine Tätowierung hättest du denn gern?«

»Was würdest du vorschlagen?«

»Kommt drauf an. Wohin soll sie denn kommen?«

Sie zog sich das Nachthemd über den Kopf, nahm seine Hand, führte sie zu ihrem Herzen und legte ihre Hände darüber. »Was hältst du von dieser Stelle?«

Er spürte ihre zarte Haut, ihren Brustansatz. Doch am stärksten spürte er unter seinem Handteller die Hitze ihres Bluts, das von ihrem Herzen durch den Körper gepumpt wurde, durch ihre Arme bis in die Hände, die auf seinem Handrücken lagen, sodass es ein Gefühl war, als würde er völlig von ihr umschlungen.

»Da ist die Antwort einfach. Übers Herz tätowiert man ein Inbild dessen, was man in seinem Herzen trägt.«

Er beugte sich über sie und küsste sie. Der Kuss war lang und unvergleichlich, und als sich ihre Lippen öffneten, schlossen sich seine Augen.

Danach schwieg sie, und er bekam Angst, denn er wusste nicht, was sie dachte.

»Sun Moon, bist du noch da?«

»Hier bin ich«, antwortete sie. »Mir ist gerade ein Lied durch den Kopf gegangen.«

»Ein gutes oder ein schlimmes?«

»Es gibt nur eine Art.«

»Stimmt das wirklich, dass du noch nie zum Spaß gesungen hast?

»Was für ein Lied sollte ich denn schon singen? Eins übers Blutvergießen? Oder wie herrlich es ist, sich als Märtyrer zu opfern, oder die anderen schönen Lügen?«, fragte sie zurück.

»Gibt es denn gar nichts anderes? Ein Liebeslied vielleicht?«

»Na, dann nenn mir doch eins, in dem es nicht um die Liebe zum Geliebten Führer geht.«

»Ich kenne ein Lied«, antwortete er.

»Wie geht das?«

»Ich kenne nur den Anfang. Ich habe es in Amerika gehört.«

»Verrat es mir.«

»She's the yellow rose of Texas«, sagte er.

»*She's the yellow rose of Texas*«, sang sie.

Die englischen Worte wollten ihr nur schwer von der Zunge, aber die Melodie und ihre Stimme – das klang wunderschön. Zart legte er einen Finger an ihre Lippen, um zu spüren, wie sie die Worte sang.

»I'm going for to see.«

»*I'm going for to see.*«

»When I finally find her, I'll have her marry me.«

»Was bedeutet das?«

»Es handelt von einer Frau, die so schön ist wie eine seltene Blume. Und von einem Mann, der eine große Liebe für sie empfindet, eine Liebe, die er sein ganzes Leben in sich getragen hat, und es macht ihm nichts aus, dass er erst eine lange Reise zurücklegen muss, um zu ihr zu gelangen, und es macht nichts, dass sie nur eine kurze Zeit miteinander verbringen können, dass er sie hinterher vielleicht verliert, denn sie ist die Blume seines Herzens, und nichts wird sie auseinanderbringen.«

»Der Mann in dem Lied – bist du das?«, fragte sie.

»Ja. Das weißt du doch.«

»Aber ich bin nicht die Frau in dem Lied«, sagte sie. »Ich bin keine Schauspielerin oder Sängerin und auch keine Blume. Ich bin einfach nur eine Frau. Willst du diese Frau kennenlernen? Willst du der einzige Mann der Welt sein, der die echte Sun Moon kennt?«

»Ja, das will ich, das weißt du doch.«

Sie hob ihren Körper ein wenig, damit er ihr letztes Kleidungsstück abstreifen konnte.

»Weißt du, was aus den Männern wird, die sich in mich verlieben?«, fragte sie.

Ga dachte darüber nach.

»Sie werden in einen Tunnel gesperrt und kriegen zwei Wochen lang nichts als dünne Suppe zu essen?«

»Nein«, neckte sie ihn.

»Hmm«, rätselte Ga weiter. »Dein Nachbar versucht, sie mit vergifteten Lebensmitteln umzubringen, und dann kriegen sie vom Fahrer des Geliebten Führers eins auf die Nase?«

»Nein.«

»Ich geb's auf. Was wird aus den Männern, die dir verfallen?«

Sie schob sich mit ihrer Hüfte unter die seine.

»Sie hören nie auf zu fallen«, sagte sie.

NACHDEM WIR Jujack verloren hatten und Q-Ki zu den Pubjok übergelaufen war, hielt ich mich von der Abteilung 42 fern. Ich weiß noch, dass ich durch die Stadt streifte, aber wie lange? Eine ganze Woche? Und wo? Lief ich ziellos den Spazierweg des Volkes entlang und sah den Vögeln zu, die verzweifelt flatternd an den Schlingen zerrten, in denen ihre Füße hingen? War ich Dauergast im Kumsusan-Mausoleum und starrte endlos in Kim Il Sungs Glassarg, in dem der einbalsamierte Leichnam unter den Konservierungslampen rot leuchtete? Oder sah ich dem Kinderhäscher zu, der als Eismann verkleidet die Gassen Pjöngjangs von kleinen Bettlern säuberte? Habe ich ein einziges Mal daran gedacht, wie ich Jujack bei der Karrieremesse an der Kim-Il-Sung-Universität rekrutierte, wo ich mit Krawatte und Anzug erschienen war und dem jungen Mann unsere Farbbroschüren zeigte und erläuterte, dass Verhöre nichts mehr mit Gewalt zu tun hätten, dass es um intellektuelle Finten und Finessen ging, dass unsere Waffe das kreative Denken sei und nichts weniger als die nationale Sicherheit auf dem Spiel stand? Vielleicht saß ich im Mansu-Park und sah zu, wie die jungfräuliche Jungschar Feuerholz hackte, bis die Uniformen der Mädchen von Schweiß troffen? Musste ich nicht an diesem Punkt auch darüber nachgedacht haben, dass ich allein dastand, dass es mein Team nicht mehr gab, meine Praktikanten weg waren, meine Erfolge zunichtegemacht waren, und mit ihnen auch meine Hoffnung auf Liebe, Freundschaft und Familie? Vielleicht war mein Kopf auch ganz leer, als ich mich für Busse anstellte, in die ich nicht einsteigen wollte, und vielleicht machte es mir auch nichts mehr aus, als ich zu einer Sandsackbrigade eingeteilt wurde. Oder vielleicht lehnte ich mich auch die ganze Zeit auf dem hellblauen Leder des Frage-und-Antwort-Stuhls zurück und malte mir das alles nur aus? Und was war mit meinem Gedächtnis los? Warum erinnerte ich mich nicht, wie ich diese letzten, schlimmen Tage verbracht hatte, und warum berührte es mich nicht, dass ich keine Erinnerung an sie hatte? Ich wollte es so, oder nicht? War vergessen nicht viel besser als leben?

*

Als ich schließlich zur Abteilung 42 zurückkehrte, war ich nervös. Ich hatte keine Ahnung, was mich dort erwarten würde. Doch alles schien seinen gewohnten Gang zu gehen. An der großen Tafel standen neue Fälle, und über den Schwitzkästen leuchteten die roten Lämpchen. Q-Ki kam mit einer neuen Praktikantin im Schlepptau vorbei.

»Da sind Sie ja wieder, wie schön!«, rief sie mir zu.

Sarge war ganz besonders jovial. »Da ist ja unser Vernehmungsbeamter wieder«, sagte er. »Gut, dass du wieder dabei bist.« Es klang, als spiele er auf mehr als nur meine Abwesenheit während der vergangenen Tage an.

Auf der Werkbank lag ein großes Metallobjekt.

»Hallo, Sarge«, sagte ich.

»Sarge?«, fragte er. »Wer ist das?«

»Genosse, meine ich«, verbesserte ich mich.

»So lob ich's mir«, sagte Sarge.

In diesem Augenblick humpelte Kommandant Park vorbei, den Arm in einer Schlinge. Er hielt etwas in der Hand – was es war, konnte ich nicht erkennen, ich sah nur, dass es rosa, feucht und wund aussah. Mit seinem narbenzerfurchten

Gesicht ist Kommandant Park eine wirklich furchteinflößende Erscheinung, das kann ich Ihnen sagen. Die Art, wie er einen mit seinen toten Augen in ihren düsteren Höhlen ansieht – der könnte glatt einem Gruselfilm über grausame Diktatoren aus Afrika oder so entsprungen sein. Er wickelte das Ding in Zeitungspapier und schickte es in einer Rohrpostkapsel in den Bunker tief unter uns. Dann wischte er sich die Hand an der Hose ab und ging.

Sarge schnippte vor meiner Nase mit den Fingern. »Genosse!«

»Entschuldigung«, sagte ich. »Ich habe Kommandant Park noch nie hier oben gesehen.«

»Er ist der Kommandant«, erwiderte Sarge.

»Er ist der Kommandant«, wiederholte ich.

»Hör zu«, sagte Sarge. »Ich weiß, dass du bei der Ernte helfen musstest und dass deine Wohnung im einundzwanzigsten Stock liegt. Ich weiß, dass du kein Anrecht auf einen Sitzplatz in der U-Bahn hast.« Er griff in seine Tasche. »Deswegen hab ich eine kleine Überraschung für dich. Etwas, womit sich's gleich viel leichter leben lässt.«

Er redete garantiert von dem brandneuen Beruhigungsmittel, von dem ich hatte munkeln hören. Stattdessen zog er eine glänzende Pubjok-Marke aus der Tasche. »Ein Ein-Mann-Team gibt es nicht«, sagte er und hielt sie mir hin. »Du bist doch ein schlaues Kerlchen. So was können wir gebrauchen. Q-Ki hat eine Menge bei dir gelernt. Na komm, sei nicht dumm. Dann kannst du weiter mit ihr zusammenarbeiten.«

»Ga ist immer noch mein Fall«, erwiderte ich. »Den muss ich zu Ende bringen.«

»Unbedingt, das ehrt dich«, sagte Sarge. »Anders sollte es auch gar nicht sein. Bring deine Arbeit zu Ende, und dann schließt du dich unserer Mannschaft an.«

Als ich die Marke entgegennahm, sagte er: »Ich sag den Jungs, sie sollen deine Haarschneide-Party vorbereiten.«

Ich drehte die Marke um. Es stand kein Name darauf, nur eine Nummer.

Sarge legte mir die Hand auf die Schulter. »Komm, guck dir das hier an«, sagte er.

Er reichte mir den Metallgegenstand von der Werkbank. Er war unglaublich schwer – ich konnte ihn kaum halten. Es war ein schmiedeeiserner Schriftzug mit einer langen Stange zum Festhalten.

»Was für eine Sprache ist das?«, fragte ich. »Englisch?«

Sarge nickte. »Aber selbst wenn du Englisch könntest, könntest du das nicht lesen. Das ist Spiegelschrift.« Er nahm mir das Ding ab und zeigte auf die Buchstaben. »Das ist ein sogenanntes Brandeisen. Ein Unikat, ganz aus massivem Metall. Damit markiert man seinen Besitz, und auf dem liest man die Schrift dann richtig herum. Ich weiß nicht mehr, ob da nun *Eigentum der Demokratischen Volksrepublik Korea* oder *Eigentum des Geliebten Führers Kim Jong Il* steht.«

Sarge musterte mich, ob ich eine blöde Bemerkung machen würde, nach dem Motto: *Wo ist da der Unterschied?*

Als ich nichts sagte, lächelte er und nickte anerkennend.

Ich sah nach, ob das Gerät einen Stecker hatte, sah aber nichts. »Und wie funktioniert das Ding?«

»Ganz einfach«, erklärte er. »Das ist primitive amerikanische Technologie. Man hält es in die Glut, bis es rot glüht. Dann brennt man die Botschaft ein.«

»Aber in was denn?«, wollte ich wissen.

»In Kommandant Ga«, antwortete er. »Sie wird ihm bei Sonnenaufgang im Fußballstadion eingebrannt.«

Diese Unmenschen, dachte ich, versuchte aber, keine Regung zu zeigen.

»War Kommandant Park deswegen hier?«

»Nein, der Geliebte Führer hat Kommandant Park hochgeschickt, um etwas für ihn persönlich zu erledigen«, antwortete Sarge. »Wie es scheint, vermisst der Geliebte Führer Sun Moon und wollte ein letztes Bild von ihr haben, damit er sie nicht vergisst.«

Ich starrte Sarge an und versuchte zu begreifen, was er damit sagen wollte, doch als ein verschlagenes Grinsen über sein Gesicht huschte, drehte ich mich um und rannte, rannte so schnell ich konnte zu Kommandant Ga. Ich fand ihn in einer schalldichten Stahlzelle.

»Morgen früh«, keuchte Ga, als ich zu ihm in den Raum trat. Ohne Hemd lag er auf einem Verhörtisch, die Hände festgeschnallt. »Sie bringen mich ins Fußballstadion und drücken mir vor aller Augen ihr Brandeisen auf.« Aber ich konnte gar nicht zuhören, ich musste immer nur auf seine Brust starren. Langsam ging ich näher. Ich konnte den Blick nicht von dem rohen, roten Quadrat abwenden, wo seine Tätowierung von Sun Moon gewesen war. Es war viel Blut geflossen – es tropfte überall vom Tisch –, doch jetzt trat nur noch eine durchsichtige Flüssigkeit wie Tränen aus der Wunde und lief in rosa Rinnsalen an seinen Rippen herunter.

»Ich brauche einen Verband«, stöhnte er.

Ich sah mich im Raum um, fand aber nichts.

Ein Schaudern überlief seinen Körper, dann folgten mehrere tiefe Atemzüge, die ihm große Schmerzen bereiteten. Ein seltsames Lachen voller Höllenqualen drang aus ihm hervor.

»Sie haben nicht mal nach Sun Moon gefragt«, sagte er.

»Das heißt wohl, dass Sie gewonnen haben.«

Sein Kiefer verkrampfte sich vor Schmerzen, sodass er nur nicken konnte.

Er atmete schnell und flach, dann sagte er: »Sollten Sie je die Wahl haben zwischen Kommandant Park mit einem Kartonagenmesser –« Er biss die Zähne zusammen. »Und einem Hai ...«

Ich legte ihm die Hand auf die schweißnasse Stirn.

»Dann lieber den Hai, stimmt's? Hören Sie«, sagte ich. »Sagen Sie nichts. Sie brauchen nicht witzig zu sein. Sie brauchen nicht Genosse Buc zu ersetzen.«

Wie ich merkte, verursachte ihm der Name mehr Elend als alle Schmerzen.

»So sollte es nicht kommen. Buc sollte nicht mit reingezogen werden.«

»Denken Sie jetzt nur an sich«, beruhigte ich ihn.

Der Schweiß rann Ga in die sorgenvollen Augen.

»Ist es Buc so ergangen wie mir?«, fragte er.

Ich trocknete ihm die Augen mit meinem Hemdzipfel.

»Nein«, sagte ich. »Buc ist seinen eigenen Weg gegangen.«

Ga nickte mit zitterndem Kinn.

Sarge kam grinsend herein. »Und, was sagst du jetzt zum großen Kommandanten Ga? Du weißt ja, das ist der gefährlichste Mann im ganzen Land.«

»Das ist nicht der echte Kommandant Ga«, erinnerte ich Sarge. »Das ist einfach nur ein Mann.«

Sarge kam auf den Tisch zugestiefelt.

Kommandant Ga verkrampfte sich und drehte seinen Kopf so weit es ging von Sarge weg.

Doch Sarge kam noch näher und beugte sich über Ga, als wolle er die Wunde von Nahem betrachten. Grinsend sah er zu mir hoch. »Ja, ja. Unser guter Kommandant hier hat das Schmerztraining durchlaufen.« Darauf atmete Sarge tief ein und blies Ga ins offene Fleisch.

Der Schrei, der folgte, gellte mir in den Ohren.

»Er sagt jetzt gern aus«, versicherte mir Sarge. »Und du kriegst dein schönes Geständnis.«

Ich blickte Kommandant Ga an, der flach und bebend atmete.

»Aber was ist mit seiner Biografie?«, bedrängte ich Sarge.

»Du weißt ja, dass das die letzte Biografie wird, nicht wahr?«, sagte er zu mir. »Die Ära ist vorbei. Aber tu, was du nicht lassen kannst, solange wir sein Geständnis in Händen halten, wenn er im Morgengrauen ins Stadion gebracht wird.«

Ich nickte, und Sarge ging.

Ich betrachtete Kommandant Ga aus der Nähe. Immer wieder überliefen ihn Schauer von Gänsehaut. Er war kein Held. Er war ganz einfach ein Mann, der mehr eingesteckt hatte, als irgendeinem Menschen je zugemutet werden sollte. Als ich ihn jetzt ansah, verstand ich das Märchen vom kleinen Waisenkind, das Honig von den Klauen des Geliebten Führers leckt. In jener Nacht, als Ga uns das erzählt hatte, war unser Team zum letzten Mal vollzählig gewesen.

»Ich lasse nicht zu, dass der Bär Sie kriegt«, versprach ich ihm. »Ich lasse das nicht zu, was die mit Ihnen vorhaben.«

Ga hatte Tränen in den Augen. »Verband«, war das Einzige, was er sagen konnte.

»Ich muss nur kurz was erledigen«, sagte ich zu ihm. »Dann bin ich wieder da und rette Sie.«

*

Am Wohnblock *Heiliger Ahnenberg Paektu* angekommen, rannte ich ausnahmsweise einmal nicht die zweiundvierzig Treppenabsätze hoch zu meinen Eltern. Ich stieg die Stufen langsam hoch und spürte die Anstrengung in jedem Schritt. Das Brandeisen wollte mir einfach nicht aus dem Sinn. Ich sah es vor mir, wie es rotglühend Blasen auf Kommandant Gas Haut warf, stellte mir vor, wie es auf den dicken Rücken der alten Pubjok blasses Narbengewebe hinterließ, ich sah Q-Kis perfekten Körper davon entstellt, ein Brandmal vom Hals bis zum Nabel, zwischen den Brüsten, über den Bauch und tiefer. Ich benutzte meine Pubjok-Marke nicht, um in den Wagen mit den reservierten Sitzen zu kommen. Ich setzte mich zu den normalen Bürgern, und ich konnte nicht anders: Auf all ihren Körpern las ich auf einmal »Eigentum von« in wulstigen rosa Lettern. Jeder trug das Brandzeichen, endlich erkannte ich das. Es war die ultimative Pervertierung des kommunistischen Traums, mit dem ich großgeworden war. Mir wurde speiübel.

Ich kam sonst nie mitten am Tag nach Hause. Ich nahm die Gelegenheit wahr, zog die Schuhe auf dem Hausflur aus und schob den Schlüssel so leise wie möglich ins Schloss. Beim Öffnen hob ich die Tür leicht an, damit die Türangeln nicht knarrten. Drinnen plärrte der Lautsprecher, und meine Eltern saßen am Tisch, meine Akten vor sich ausgebreitet. Sie flüsterten miteinander, wobei sie die Finger über die Seiten gleiten ließen und die eingeprägten Stempel und Abteilungssiegel befühlten.

Ich wusste mittlerweile, dass ich keine wichtigen Akten mit nach Hause bringen durfte. Dies waren nur Beschaffungsformulare.

Ich gab der Tür einen Stoß; knarrend fiel sie ins Schloss.

Die beiden erstarrten.

»Wer ist da? Wer sind Sie?«, rief mein Vater.

»Sind Sie ein Dieb?«, fragte meine Mutter. »Wir haben nichts, glauben Sie mir.«

Beide blickten mich direkt an, schienen mich aber nicht sehen zu können.

Ihre Hände suchten und fanden einander auf dem Tisch.

»Verschwinden Sie«, sagte mein Vater. »Lassen Sie uns in Ruhe, sonst sagen wir es unserem Sohn.«

Meine Mutter tastete auf dem Tisch herum, bis sie einen Löffel fand, den sie mir wie ein Messer mit dem Stil voran entgegenstreckte. »Ich warne Sie. Wenn unser Sohn das erfährt!«, drohte sie. »Er ist ein Folterexperte.«

»Mutter! Vater!«, sagte ich. »Habt keine Angst, ich bin es nur.«

»Aber es ist doch mitten am Tag«, entgegnete mein Vater. »Ist alles in Ordnung?«

»Alles ist in Ordnung«, beruhigte ich ihn.

Ich trat an den Tisch und klappte die Akten zu.

»Du bist ja barfuß«, sagte meine Mutter.

»Ja.«

Ich konnte die Male an ihnen sehen. Ich sah, dass sie gebrandmarkt worden waren.

»Aber ich verstehe nicht«, stotterte mein Vater.

»Ich muss heute Nacht sehr lang arbeiten«, erklärte ich ihnen. »Und morgen und übermorgen muss ich auch sehr lang arbeiten. Und die nächsten Tage auch. Ich kann nicht mehr nach Hause kommen, um das Abendessen für euch zuzubereiten oder euch zur Etagentoilette zu begleiten.«

»Mach dir um uns keine Sorgen«, versicherte mir meine Mutter. »Wir kommen schon zurecht. Wenn du gehen musst, dann geh ruhig.«

»Ja, ich muss gehen«, sagte ich.

Ich ging zum Küchenschrank und holte einen Büchsenöffner aus der Schublade. Am Fenster blieb ich stehen. Da ich tagsüber unter der Erde arbeitete, war ich die Mittagssonne nicht gewöhnt. Ich betrachtete den Rührlöffel und die Pfanne und die Kochplatte, auf der meine Mutter das Essen zubereitete. Ich starrte auf den Geschirrständer, auf dem zwei Glasschalen im Licht blitzten. Ich entschied mich gegen Schalen.

»Ich habe den Eindruck, dass ihr Angst vor mir habt«, sagte ich zu ihnen. »Weil ich ein Rätsel für euch bin. Weil ihr mich nicht richtig kennt.«

Ich hatte angenommen, dass sie protestieren würden, aber sie sagten nichts. Ich langte in das oberste Regal und holte die Büchse mit den Pfirsichen herab. Ich blies auf den Deckel, aber sie hatte noch nicht lange genug dort gestanden, um viel Staub anzusammeln. Ich setzte mich an den Tisch und nahm meiner Mutter den Löffel aus der Hand.

»Darüber werdet ihr euch jedenfalls nie wieder den Kopf zerbrechen müssen. Heute werdet ihr mich nämlich kennenlernen«, erklärte ich ihnen.

Ich drückte den Dosenöffner in die Büchse und hebelte sie Stück für Stück auf.

Mein Vater schnupperte. »Pfirsiche?«, fragte er.

»Haargenau. Pfirsiche im eigenen, zuckersüßen Saft«, antwortete ich.

»Vom Schwarzmarkt?«, fragte Mutter.

»Nein, ich habe sie aus der Effektenkammer mitgehen lassen.«

Mein Vater sog den Duft tief ein. »Ich kann sie richtig vor mir sehen, wie sie im dicken, goldgelben Sirup schwimmen und im Licht glänzen.«

»Wie lange habe ich keinen Pfirsich mehr gegessen«, seufzte meine Mutter. »Früher haben wir jeden Monat einen Bezugsschein für eine Dose Pfirsiche bekommen.«

Mein Vater wiegelte sofort ab: »Ach, das ist doch Ewigkeiten her.«

»Da hast du wohl recht«, stimmte meine Mutter zu. »Ich wollte auch nur sagen, dass wir früher sehr gern Pfirsiche gegessen haben, und dann gab es eines Tages keine mehr.«

»Na, dann!«, sagte ich. »Mund auf.«

Wie Kinder sperrten sie die Mäuler auf. Mein Vater schloss voller Vorfreude seine weißlich trüben Augen.

Ich rührte die Pfirsiche in der Dose um und suchte eine Scheibe aus. Ich streifte den herabtropfenden Sirup am Dosenrand ab und steckte meiner Mutter den Löffel in den Mund.

»Mmm«, sagte sie.

Dann fütterte ich meinen Vater.

»Das nenne ich einen Pfirsich, mein Sohn«, begeisterte er sich.

Abgesehen vom Trompeten des Lautsprechers genossen sie den Augenblick in völliger Stille.

Wie aus einem Mund sagten sie: »Wir danken dir, Geliebter Führer Kim Jong Il.«

»Genau. Ihm müsst ihr dafür danken«, sagte ich.

Wieder rührte ich die Büchse gut um und fischte den nächsten Schnitz heraus.

»Ich habe einen neuen Freund«, verkündete ich.

»Von der Arbeit?«, fragte mein Vater.

»Genau, einen Freund von der Arbeit«, antwortete ich. »Ein sehr enger Freund. Wir vertrauen uns. Er hat mir viel von sich erzählt und hat mir neue Hoffnung gegeben, dass die Liebe doch noch auf mich wartet. Er ist ein Mann, der die wahre Liebe kennengelernt hat. Ich habe mir seinen Fall sehr genau angesehen und bin nun sicher, dass der Schlüssel zur Liebe in der Bereitschaft zum Opfer liegt. Er selbst hat für die Frau, die er liebt, das größte Opfer erbracht.«

»Hat er sein Leben für sie geopfert?«, fragte mein Vater.

»Nein, eigentlich nicht. Genauer gesagt hat er ihr das Leben genommen«, antwortete ich und steckte ihm einen Pfirsich in den Mund.

Ein leichtes Zittern lag in der Stimme meiner Mutter. »Wir freuen uns für dich. Wie der Geliebte Führer sagt: *Liebe regiert die Welt*. Also nur zu. Finde deine große Liebe. Mach dir um uns keine Sorgen. Wir kommen zurecht. Wir können uns selbst versorgen.«

Ich steckte ihr ein weiteres Stück Pfirsich in den Mund; sie verschluckte sich, weil sie nicht darauf vorbereitet gewesen war.

Ich erzählte: »Vielleicht habt ihr ja manchmal mitbekommen, wie ich in mein Tagebuch geschrieben habe. Das ist aber im Grunde kein Tagebuch – es ist eine persönliche Biografie. Wie ihr wisst, ist das mein Beruf. Ich verfasse die Biografien unserer Klienten, die dann in eine – man könnte sagen private – Bibliothek kommen. Einer meiner Kollegen, wir nennen ihn Sarge, meint, das Problem mit meinen Biografien wäre, dass kein Mensch sie liest. Und das bringt mich zu meinem neuen Freund. Der sagte mir, dass die einzigen Menschen auf der Welt, die seine Biografie lesen würden, nicht mehr da sind.«

Ich hielt meiner Mutter wieder den Löffel mit ordentlich viel Saft hin.

»*Menschen*«, fragte mein Vater nach. »Damit meint dein Freund doch sicher die Dame seines Herzens.«

»Genau«, bestätigte ich.

»Die Frau, die er ermordet hat«, präzisierte Mutter.

»Genau, und ihre Kinder auch. Ich weiß, die Geschichte hat etwas Tragisches an sich, das lässt sich nicht leugnen«, antwortete ich.

Ich nickte nachdenklich über diese Weisheit. Das hätte einen guten Titel für seine Biografie abgegeben – *Kommandant Ga: Eine Tragödie*. Oder wie auch immer er nun wirklich hieß.

Die Hälfte der Pfirsiche war aufgegessen. Ich rührte in der Büchse und wählte einen weiteren Schnitz aus.

»Heb doch auch was für dich auf«, sagte mein Vater.

»Ja, mir reicht's auch«, bekräftigte meine Mutter. »Ich habe schon so lange nichts Süßes mehr gegessen, mein Magen verkraftet das nicht mehr.«

Ich schüttelte den Kopf. »Dies ist eine ganz besondere Büchse Pfirsiche«, sagte ich. »Ich wollte sie eigentlich für mich selbst aufheben, aber der einfache Ausweg ist nicht die richtige Antwort auf die Probleme des Lebens.«

Die Unterlippe meiner Mutter begann zu beben. Sie hielt die Hand vor den Mund.

»Aber zurück zu meinem Problem«, sagte ich. »Meine eigene Biografie, und welche Probleme ich damit hatte, sie zu verfassen. Diese Schreibhemmung, die mich so schrecklich blockiert hat, rührte daher, dass ich tief im Innern wusste, dass niemand meine Geschichte hören will – mittlerweile ist mir das klar. Dann gelangte mein Freund zu der Einsicht, dass er seine Tätowierung nicht hatte, damit andere sie sehen können, sondern nur für sich selbst. Sie war zwar für alle Welt sichtbar, aber im Grunde war sie nur für ihn allein bestimmt. Als er sie verlor, verlor er im Grunde eigentlich alles.«

»Ja, aber wie kann man denn eine Tätowierung verlieren?«, fragte mein Vater verwirrt.

»Das ist leider einfacher, als man meinen sollte«, antwortete ich. »Na, jedenfalls wurde mir dadurch klar, dass ich nicht für die Nachwelt oder den Geliebten Führer oder für das Wohl des Volkes schreibe. Nein, meine Geschichte ist für die Menschen bestimmt, die ich liebe, die Menschen hier direkt vor mir, die angefangen haben, mich als Fremden zu betrachten, die Angst vor mir haben, weil sie mein wahres Ich nicht kennen.«

»Aber dein Freund. Der hat doch die Menschen getötet, die er liebt, richtig?«

»Ja, das ist schlimm, ich weiß«, antwortete ich. »Es ist unverzeihlich, das weiß er selbst. Aber lasst mich mit meiner Autobiografie anfangen. Ich kam in Pjöngjang zur Welt, meine Eltern waren Fabrikarbeiter. Beide waren nicht mehr jung, aber sie waren gute Eltern. Sie überstanden alle Betriebssäuberungen und entgingen der Denunzierung und Umerziehung.«

»Aber das wissen wir doch schon alles«, unterbrach mich mein Vater.

»Psst. Einem Buch kann man nicht widersprechen. Eine Biografie lässt sich nicht beim Lesen umschreiben. Also zurück zu meiner Geschichte.« Während sie die restlichen Pfirsiche aufaßen, erzählte ich ihnen, wie normal meine Kindheit gewesen war, dass ich in der Schule Ziehharmonika und Blockflöte gespielt hatte und im Chor bei Aufführungen von *Unser Plansoll hebt uns hinan* den hohen Alt sang. Ich konnte sämtliche Reden Kim Il Sungs auswendig und hatte Bestnoten in Juche-Theorie. Dann ging ich langsam zu den Dingen über, die sie nicht wussten. »Eines Tages kam ein Parteivertreter an unsere Schule. Er testete alle Jungen auf ihre Parteitreue, einen nach dem anderen, im Geräteschuppen. Der Test selbst dauerte nur wenige Minuten, aber er war ziemlich schwierig. Dass ist wohl Sinn und Zweck eines Tests. Ich kann zum Glück von mir sagen, dass ich den Test bestand, wir alle, aber keiner von uns wollte je darüber reden.«

Es war unheimlich befreiend, dieses Thema endlich anzusprechen, das ich niemals zu Papier bringen könnte. Ich wusste auf einmal, dass ich ihnen einfach alles erzählen würde und wir uns so nah sein würden wie noch nie – ich würde von den Demütigungen sprechen, die ich beim Wehrdienst über mich ergehen lassen musste, über meinen einzigen sexuellen Kontakt mit einer Frau, von den grausamen Aufnahmeritualen, die ich als Praktikant bei den Pubjok mitgemacht hatte.

»Ich will mich nicht zu lange bei diesem Loyalitätstest aufhalten, aber meine Sicht auf die Welt veränderte er doch. Hinter einer ordensgeschmückten Brust kann sich ein Held verbergen oder aber ein Mann mit einem begierigen Zeigefinger. Ich entwickelte mich zu einem misstrauischen Jungen, der stets den Verdacht hatte, dass sich etwas anderes unter der Oberfläche versteckte, wenn man nur nachbohrte. Vielleicht schlug ich deswegen diese berufliche Laufbahn ein. Meine Arbeit hat mir gezeigt, dass es die rechtschaffenen, aufopferungswilligen Bürger gar nicht gibt, die wir angeblich alle sind. Versteht mich bitte nicht falsch. Ich will mich nicht beklagen – ich will nur erklären. Mir ist es viel besser ergangen als vielen anderen. Ich bin nicht im Waisenhaus aufgewachsen wie mein Freund, Kommandant Ga.«

»Kommandant Ga?«, entsetzte sich mein Vater. »Ist das dein neuer Freund?«

Ich nickte.

»Antworte mir«, befahl mein Vater. »Ist Kommandant Ga dein neuer Freund?«

»Ja«, sagte ich.

»Aber Kommandant Ga darf man nicht trauen«, rief meine Mutter. »Er ist ein Feigling, ein Krimineller.«

»Genau, ein Hochstapler«, fügte mein Vater hinzu.

»Ihr kennt Kommandant Ga doch gar nicht«, widersprach ich. »Habt ihr etwa meine Akten gelesen?«

»Wir brauchen keine Akten zu lesen«, entgegnete mein Vater. »Wir haben das aus allerzuverlässigster Quelle. Kommandant Ga ist ein Staatsfeind.«

»Ganz zu schweigen von seinem hinterhältigen Kumpan, Genosse Buc«, fügte meine Mutter hinzu.

»Sag den Namen nicht!«, warnte mein Vater sie.

»Woher wisst ihr das alles?«, fragte ich. »Ich will alles über diese Quelle wissen.«

Beide zeigten auf den Lautsprecher.

»Jeden Tag erzählen sie seine Geschichte weiter. Die Geschichte von ihm und Sun Moon«, erklärte meine Mutter.

»Genau. Gestern kam die fünfte Folge. Kommandant Ga fährt mit Sun Moon zum Opernhaus, aber es ist gar nicht der richtige Kommandant Ga, verstehst …«

»Aufhören«, sagte ich. »Das ist unmöglich. Ich habe kaum Fortschritte mit seiner Biografie gemacht. Sie hat noch nicht mal einen Schluss.«

»Hör's dir doch selbst an«, sagte meine Mutter. »Der Lautsprecher lügt nicht. Die nächste Folge kommt heute Nachmittag.«

Ich schob einen Stuhl zur Küchenecke, stieg hinauf und riss den Lautsprecher aus der Wand. Ein Kabel hing noch dran, und er quäkte immer noch. Erst mit einem Hackmesser brachte ich ihn schließlich zum Schweigen.

»Was geht hier vor sich?«, fragte meine Mutter panisch. »Was machst du da?«

Mein Vater war außer sich.

»Was ist, wenn die Amerikaner uns überfallen? Wie sollen wir jetzt davor gewarnt werden?«, schrie er hysterisch.

»Ihr braucht keine Angst mehr vor Überraschungsangriffen zu haben«, beruhigte ich sie.

Mein Vater wollte protestieren, aber ein Speichelstrom floss ihm aus dem Mund. Er betastete seine Lippen, als seien sie gefühllos geworden. Meine Mutter hatte in einer Hand einen Tremor, den sie mit der anderen Hand zu dämpfen versuchte. Das tödliche Gift breitete sich in ihnen aus. Die Zeit für Verdächtigungen und Auseinandersetzungen war vorbei.

Ich dachte an das schreckliche Bild der Familie Buc, die zusammengekrümmt unter dem Esstisch lag. Dieses entwürdigende Ende wollte ich meinen Eltern ersparen. Ich goß beiden ein großes Glas Wasser ein und legte sie auf ihre Klappbetten, damit sie dort den Einbruch der Nacht erwarten konnten. Den ganzen Nachmittag lang und bis in die Dämmerung hinein schenkte ich ihnen meine Lebensgeschichte, jedes kleine Detail, nichts ließ ich aus. Beim Sprechen schaute ich aus dem Fenster und beendete meine Erzählung erst, als sie angefangen hatten, sich in den Betten zu winden. Bis es dunkel war, konnte ich nichts unternehmen, und als die Dunkelheit dann endlich da war, lag die Stadt Pjöngjang unter mir wie das schwarze Heimchen im Märchen – sie war überall und nirgendwo zugleich, und ihr Zirpen ärgerte nur die, die nicht schlafen wollten. Schimmernd spiegelte sich der Mond im Fluss, und nachdem die Uhus zugeschlagen hatten, war von den Schafen und Ziegen über uns nichts mehr zu hören als das Malmen ihrer Zähne, während sie im Dunkeln wiederkäuten. Als die Finsternis vollkommen war und meine Eltern nicht länger ihrer Sinne Herr waren, küsste ich sie zum Abschied. Ich konnte es nicht ertragen, das Unvermeidliche mit anzusehen. Ich blickte mich ein letztes Mal im Zimmer um – unser Familienfoto, die Mundharmonika meines Vaters, ihre Eheringe. Doch ich ließ alles zurück. Dort, wohin ich ging, konnte ich nichts mitnehmen.

✷

Die beschwerliche Reise konnte Kommandant Ga unmöglich mit einer offenen Wunde antreten. Auf dem Schwarzmarkt tauschte ich meine Pubjok-Marke gegen Jod und eine große Kompresse ein. Beim Durchqueren der Stadt auf dem Weg zur Abteilung 42 spürte ich, wie die gewaltige Maschinerie der Stadt zum Stillstand gekommen war. Kein Strom sirrte in den Oberleitungen, kein Wasser gurgelte in den Rohren. Ganz Pjöngjang hatte sich in der Dunkelheit zusammengekauert, um den nächsten Tag mit Macht angehen zu können. Und wie ich es liebte, wenn unsere Hauptstadt zum Leben erwachte, der Rauch der Kochfeuer in der Luft, der Duft röstender Rettiche, der Geruch heißer Straßenbahnbremsen. Ich war ein echtes Stadtkind. Ich würde den Trubel, die Energie der Metropole vermissen. Wäre hier doch Platz für einen Menschen, der die Geschichten der Menschen sammelt und aufschreibt. Aber von Nachrufschreibern wimmelte es bereits in Pjöngjang. Und Propaganda finde ich unerträglich. Dabei sollte man eigentlich annehmen, dass man sich mit der Zeit an grausige Schicksale gewöhnt.

Als ich zu Kommandant Ga in die Zelle trat, fragte er: »Ist schon Morgen?«

»Noch nicht. Wir haben noch Zeit«, versicherte ich ihm.

Ich versuchte, Kommandant Ga zu verarzten, so gut ich konnte. Vom Jod verfärbten sich meine Finger rotbraun – man hätte meinen sollen, dass *ich* den Mann vor mir so brutal zugerichtet hatte. Doch als die Kompresse aufgelegt war, war die Wunde nicht mehr zu sehen. Ich brauchte die ganze Rolle Klebeband auf.

»Ich hau ab von hier«, verkündete ich. »Wollen Sie mitkommen?«

Er nickte.

»Wollen Sie wissen, wohin wir gehen, oder welche Hindernisse uns erwarten?«

Er schüttelte den Kopf. »Nein.«

»Sind Sie so weit? Müssen Sie sich denn noch irgendwie vorbereiten?«

»Nein, ich bin so weit«, sagte er.

Ich half ihm auf und trug ihn huckepack quer durch die Abteilung 42 in ein Verhörzimmer, wo ich ihn auf einem himmelblauen Stuhl absetzte.

»Hier haben Sie mir ein Aspirin gegeben, am Anfang, als ich eingeliefert wurde«, sagte er. »Das scheint eine ganze Ewigkeit her zu sein.«

»So schlimm wird die Reise gar nicht«, versicherte ich ihm. »Und auf der anderen Seite gibt es keine Pubjok, keine Elektroschocker und keine Brandeisen. Wenn Sie Glück haben, werden Sie einer landwirtschaftlichen Produktionsgenossenschaft zugeteilt. Das ist zwar hart, aber man kann eine neue Familie gründen und seinem Land im wahren Geist des Kommunismus dienen – durch Arbeit und Hingabe.«

»Ich habe mein Leben gelebt«, erwiderte Kommandant Ga. »Auf den Rest kann ich verzichten.«

Ich holte zwei Beruhigungstabletten aus dem Schrank. Als Kommandant Ga seine ablehnte, schluckte ich beide.

Dann sah ich die Windeln durch, bis ich eine mittelgroße fand.

»Wollen Sie eine?«, fragte ich. »Wir haben ein paar auf Lager, falls hier Prominente durchkommen. Ist manchmal weniger peinlich. Hier, ich habe eine große.«

»Nein danke«, sagte er.

Ich zog mir die Hose herunter und legte mir eine Windel um.

»Ich habe eine Menge Respekt vor Ihnen«, sagte ich. »Von allen, die hier durchgekommen sind, sind Sie der Einzige, der den Mund nicht aufgemacht hat. Sie waren schlau – wenn Sie uns verraten hätten, wo die Filmdiva ist, wären Sie augenblicklich umgebracht worden.«

»Schließen Sie mich an das Gerät hier an?«
Ich nickte.
Er betrachtete die Verkabelung und die Voltanzeigen des Autopiloten. »Es ist kein großes Geheimnis«, sagte er. »Die Filmdiva ist schlicht und einfach getürmt.«
»Sie geben nie auf, was? Sie werden gleich alles verlieren, alles außer Ihrem Herzschlag, und trotzdem versuchen Sie immer noch, uns von der richtigen Fährte abzubringen.«
»Aber es ist wahr«, erwiderte er. »Sie ist ins Flugzeug gestiegen und weggeflogen.«
»Unmöglich«, erwiderte ich. »Es kann ja sein, dass ein paar Bauern ihr Leben aufs Spiel setzen, um einen eiskalten Fluss zu durchschwimmen. Aber unsere Volksschauspielerin, unter der Nase des Geliebten Führers? Sie beleidigen mich.«
Ich händigte ihm ein Paar papierene Einwegschuhe aus. Er saß auf seinem himmelblauen Stuhl, ich auf meinem, und wir beide zogen Schuhe und Socken aus und die Papierschuhe über.
»Ich will Sie nicht beleidigen, aber was glauben Sie, was das für Fotos auf meinem Mobiltelefon sind?«, fragte er. »Meine Frau und meine Kinder verschwinden, und dann tauchen von weit weg Fotos einer Frau mit ihren Kindern auf. Ist das wirklich so mysteriös?«
»Das ist sehr rätselhaft, das gebe ich gerne zu. Ich habe viel darüber nachgegrübelt. Aber ich weiß nun einmal, dass Sie die Menschen getötet haben, die Sie lieben. Es kann nicht anders sein.« Ich zog sein Telefon aus der Tasche und löschte die Bilder. »Wenn ein Vernehmungsbeamter anfängt, das Einzige in Frage zu stellen, was er mit Sicherheit weiß, dann … aber was soll's. Das bin ich nicht mehr. Ich sammle keine Biografien mehr. Mir geht es jetzt nur noch um meine eigene Geschichte.« Ich legte das Mobiltelefon in eine Edelstahlscha-

le, dazu ein paar Münzen und meinen Dienstausweis, auf dem nur »Vernehmungsbeamter« stand, sonst nichts.

Ga zeigte auf die Ledergurte. »Sie wollen mich doch nicht festschnallen, oder?«

»Es tut mir leid, das muss ich tun. Meine Kollegen sollen wissen, dass ich das mit Ihnen gemacht habe, nicht umgekehrt.«

Ich kippte ihn nach hinten und schnallte ihn an Armen und Beinen fest, allerdings recht locker, um ihm nicht weh zu tun.

»Es tut mir leid, dass ich es nicht geschafft habe, Ihre Biografie zu Ende zu schreiben«, entschuldigte ich mich bei ihm. »Wenn ich nicht versagt hätte, hätte ich sie jetzt mit Ihnen mitschicken können, und auf der anderen Seite hätten Sie dann nachlesen können, wer Sie mal waren, um wieder Sie selbst zu werden.«

»Keine Bange«, tröstete er mich. »Sie wartet auf der anderen Seite auf mich. Sie wird mich erkennen und mir sagen, wer ich bin.«

»Anbieten kann ich Ihnen das hier«, sagte ich und hielt ihm einen Stift hin. »Wenn Sie wollen, können Sie Ihren Namen irgendwo auf Ihren Körper schreiben, an eine Stelle, wo es niemand bemerkt – auf Ihren *Umkyuong* oder zwischen die Zehen. So können Sie dann später vielleicht herausfinden, wer Sie einmal waren. Das ist kein Trick, um Ihnen Ihren Namen zu entlocken, das dürfen Sie mir glauben.«

»Und, tun Sie es?«

»Ich will nicht wissen, wer ich mal war«, antwortete ich.

»Ich wüsste nicht einmal, welchen Namen ich hinschreiben sollte«, sagte er zu mir.

Ich kniete mich neben ihn, um die Elektroden an seinem Schädel anzubringen. »Ihre Geschichte wird über die Lautsprecher erzählt, wussten Sie das?«

»Warum?«, fragte er.

»Keine Ahnung. Aber da Sie nun morgen nicht im Fußballstadion Buße tun werden, werden die sich ein neues Ende für Ihre Geschichte ausdenken müssen.«

»Ein Ende für meine Geschichte«, sagte er. »Meine Geschichte hat schon zehn Mal geendet und hört doch nie auf. Ständig ist mir das Ende auf den Fersen, reißt aber nur alle anderen mit. Waisenkinder, Freunde, Vorgesetzte – ich überlebe sie alle.«

Ganz offensichtlich verwechselte er sich und seine Geschichte, was angesichts der von ihm erlittenen Drangsal nur allzu verständlich war. »Aber das ist doch jetzt nicht Ihr Ende. Es ist ein Neuanfang«, versicherte ich ihm. »Und es stimmt nicht, dass Sie alle Ihre Freunde überlebt haben. Wir beide sind doch Freunde, oder nicht?«

Er starrte an die Decke, als ziehe dort eine Parade der Menschen vorbei, die er einmal gekannt hatte.

»Ich weiß, warum ich auf dem blauen Stuhl sitze«, sagte er. »Wie steht es mit Ihnen?«

Die vielen rot-weißen Kabel auf seinem Kopf zu ordnen war, als flechte man jemandem die Haare.

Ich erzählte: »Früher wurde in dieser Abteilung wichtige Arbeit geleistet. Hier wurden Bürger und ihre Geschichte voneinander getrennt. Das war meine Aufgabe. Die Geschichte bewahrten wir auf, und den dazugehörigen Menschen beseitigten wir. Das fand ich richtig so. Viele Rechtsabweichler und Konterrevolutionäre wurden so enttarnt. Zugegeben, manchmal mussten die Unschuldigen zusammen mit den Schuldigen dran glauben, aber anders ließ sich die Wahrheit nicht herausfinden. Und leider war es auch so, dass man einem Menschen seine Geschichte nicht wieder zurückgeben konnte, wenn man sie ihm erst einmal entrissen hatte – mit Stumpf und Stiel sozusagen. Aber jetzt ...«

Ga verdrehte den Kopf und sah mir ins Gesicht. »Ja?«

»Jetzt verlieren wir den Klienten zusammen mit seiner Geschichte. Beide sterben.«

Ich stellte an seinem Autopiloten die Ausgangsleistung ein. Ga hatte einen starken Willen, also stellte ich sie auf acht.

»Würden Sie mir noch einmal erklären, wie Vertrauen funktioniert?«, bat ich ihn.

»Eigentlich war es gar nicht schwer«, antwortete Ga. »Man sagt dem anderen alles, das Gute wie das Schlechte – das, was einen stark aussehen lässt, und auch das, was beschämend ist. Wenn man den Mann seiner Frau umgebracht hat, dann muss man ihr das gestehen. Wenn ein Mann versucht hat, einen zu attackieren, dann muss man auch das sagen. Ich habe Ihnen alles gesagt, so gut ich es konnte. Ich weiß vielleicht nicht, wer ich bin. Aber die Schauspielerin ist frei. Ich bin mir nicht sicher, ob ich verstehe, was Freiheit ist, aber ich habe sie gespürt, und das tut sie jetzt auch.«

Ich nickte. Es war beruhigend, das noch einmal zu hören. Mein innerer Frieden war wiederhergestellt. Endlich war ich meinen Eltern ganz nah gekommen und hatte ihnen völlig vertraut. Und Kommandant Ga war mein Freund, auch wenn er mich anlog und behauptete, die Schauspielerin sei noch am Leben. Das hatte er so vollständig verinnerlicht, dass es für ihn wahr zu sein schien. In seiner verqueren Logik sagte er mir, seinem Freund, die reine Wahrheit.

»Wir sehen uns auf der anderen Seite«, sagte ich.

Sein Blick war auf einen Punkt gerichtet, den es nicht gab.

»Meine Mutter war Sängerin«, sagte er.

Als er die Augen schloss, legte ich den Schalter um.

Er machte die üblichen unwillkürlichen Bewegungen, riss die Augen auf, ließ die Arme flattern und schnappte nach Luft wie ein Karpfen an der Oberfläche eines Fischteichs. *Meine*

Mutter war Sängerin waren seine letzten Worte, so, als sagte nur das etwas darüber aus, wer er gewesen war.

Ich stieg auf den blauen Stuhl neben ihm, legte allerdings keine Lederriemen an. Die Pubjok sollten wissen, dass ich meinen Weg selbst gewählt hatte, dass ich ihre Methoden ablehnte. Ich befestigte die Elektrodenhaube auf meinem Kopf und stellte die Ausgangsleistung ein. Nie wieder wollte ich mich an irgendetwas erinnern, was mit Abteilung 42 zu tun hatte, also stellte ich sie auf achteinhalb. Andererseits wollte ich nicht, dass mir das Hirn wegschmorte. Also korrigierte ich auf siebeneinhalb. Und wenn ich mir selbst gegenüber ganz offen war, dann durfte ich auch zugeben, dass ich Angst vor den Schmerzen hatte. Also entschied ich mich für sechseinhalb.

Zitternd vor Hoffnung und seltsamerweise auch Bedauern legte mein Finger den Schalter um.

Meine Arme erhoben sich vor mir. Sie kamen mir vor wie die eines Fremden. Ich hörte Stöhnen und merkte, dass es von mir kam. Elektrizität züngelte tief durch mein Gehirn, tastend, so, wie eine Zunge zwischen den Zähnen nach Essensresten sucht. Ich hatte mir vorgestellt, dass es eine betäubende Erfahrung sein würde, aber mein Geist war hyperpräsent, die Gedanken rasten nur so. Alles war einzigartig – das Gleißen der Metallarmaturen, das grelle Grün eines Fliegenauges. Es gab nur das Ding an sich, ohne Verbindung oder Kontext, als ob alles in meinem Kopf unverbunden nebeneinanderstünde. Blau und Leder und Stuhl, ich konnte sie nicht mehr zusammenbringen. So etwas wie diesen Ozongeruch hatte ich noch nie erlebt, das Weißglühen der Glühbirne war ohne Beispiel. Die Härchen in meiner Nase richteten sich auf. Meine Erektion stand scheußlich und einsam mitten im Raum. Einen eisigen Gipfel oder eine weiße Blume sah ich nicht. Auf der Suche nach ihnen ließ ich den Blick durch den Raum schweifen, sah aber nichts als isolierte Eigenschaften: Glanz, glatt, grob, Schatten.

Meine Aufmerksamkeit wandte sich Kommandant Ga zu, der sich ebenfalls bewegte. Mit den Armen vor mir in der Luft flatternd schaffte ich es, den Kopf so weit herumzurollen, dass ich ihn in den Blick bekam. Er hatte einen Arm aus der Halterung befreit und streckte ihn nach dem Schalter aus. Ich sah, wie er ihn bis zum Anschlag aufdrehte – eine tödliche Dosis. Aber ich konnte mich nicht länger um ihn sorgen. Ich war auf meiner eigenen Reise. Bald würde ich in einem Dorf auf dem grünen, friedlichen Land sein, wo die Bauern still ihre Sensen schwangen. Dort würde eine Witwe auf mich warten, und wir würden keine Zeit auf Brautwerbung verschwenden. Ich würde auf sie zugehen und ihr mitteilen, dass ich ihr neuer Ehemann sei. Anfangs würden wir von entgegengesetzten Seiten ins Bett steigen. Eine Zeitlang würde sie noch Regeln aufstellen. Doch schon bald würden wir auf eine Weise miteinander verkehren, die richtig und befriedigend war. Nach meinem nächtlichen Erguss würden wir daliegen und unseren Kindern zuhören, die im Dunkeln umherrannten und Sommerfrösche fingen. Meine Frau würde auf beiden Augen sehen können und wissen, wann ich die Kerze ausblies. In diesem Dorf würde ich einen Namen haben, bei dem man mich rufen würde. Wenn die Kerze verlosch, würde sie zu mir sprechen und mir sagen, dass ich ganz, ganz tief schlafen solle, und während der Strom durch meinen Kopf zuckte, lauschte ich auf ihre Stimme, die einen Namen rief, der bald der meine sein würde.

AM MORGEN wurde Kommandant Ga vom Motorengedröhn eines amerikanischen Transportflugzeugs geweckt. Die Kinder waren schon wach und starrten zur Decke hoch. Sie wussten genau, dass das nicht der wöchentliche Flug nach Peking war oder der Pistenhüpfer, der zweimal im Monat Wladiwostok anflog. Der Luftraum über Pjöngjang war geschützt, die Kinder hatten im Grunde noch nie Flugzeuggeräusche über der Stadt gehört. Seit den Napalmangriffen der amerikanischen Bomber im Jahr 1951 war kein Flugzeug mehr über der Landeshauptstadt zu sehen gewesen.

Ga weckte Sun Moon, und sie lagen nebeneinander und hörten zu, wie der Jet in nördlicher Richtung flog, als sei er aus Seoul gekommen – aus einer Richtung, aus der nichts kommen durfte. Ga sah auf die Uhr: Die Amerikaner waren drei Stunden zu früh. Der Geliebte Führer würde vor Zorn kochen.

»Sie fliegen extra niedrig, um sich anzukündigen«, sagte er. »Sehr amerikanisch.«

Sun Moon sah ihn an. »Es ist also so weit.«

Er suchte in ihren Augen nach Spuren des Liebesakts der letzten Nacht. Aber sie blickte nach vorn, nicht zurück.

»Es ist so weit«, bestätigte er.

»Kinder!«, rief Sun Moon. »Wir machen heute einen Ausflug. Ein echtes Abenteuer! Packt etwas zu essen für uns ein.« Als sie weg waren, zog sie den Hausmantel über und steckte sich am Fenster eine Zigarette an. Sie beobachtete, wie der amerikanische Goliath über dem Taedong das Fahrwerk ausklappte und sich im Tiefflug dem Flughafen näherte. Sie drehte sich zu Ga um. »Eins musst du verstehen. Ich bin etwas Besonderes für den Geliebten Führer. Er hat viele Mädchen, eine ganze Freudenbrigade, aber nur ich bedeute ihm etwas. Er ist davon überzeugt, dass ich ihm alles offenbare, dass sich alle Emotionen auf meinem Gesicht abzeichnen, ohne dass ich etwas dagegen tun kann, und ich deswegen nie gegen ihn konspirieren könnte. Er glaubt, ich sei der einzige Mensch auf der Welt, dem er trauen kann.«

»Dann wird ihm das heute einen herben Schlag versetzen.«

»Ich rede nicht von ihm«, erwiderte sie. »Es geht hier um dich. Du musst verstehen, dass irgendjemand einen unvorstellbar hohen Preis dafür zahlen wird, wenn ich mich dem Zugriff des Geliebten Führers entziehe. Du darfst nicht hier bleiben, du darfst nicht der sein, der ihn bezahlt.«

»Ich habe keine Ahnung, wie du auf so etwas kommst. Aber ...«

»Du bist doch darauf gekommen«, unterbrach sie ihn. »Ich glaube, der Film hat dich auf die Idee gebracht, dass der Mann zurückbleiben muss, wenn er ein Held sein will.«

»Du bist auf meinem Herzen eintätowiert«, entgegnete er. »Du wirst immer bei mir sein.«

»Ich rede davon, dass *du* bei *mir* sein sollst.«

»Wir bekommen das schon hin«, versprach er. »Wirklich. Es wird alles klappen. Hab Vertrauen zu mir.«

»Das macht mir immer am meisten Angst – wenn jemand so redet«, sagte sie und blies den Rauch aus. »Die ganze Sache kommt mir manchmal wie ein großer Parteitreue-Test vor, einer, der so pervers ist, dass nicht mal mein Mann ihn sich hätte ausdenken können.«

Wie anders war es doch, einmal vorgewarnt zu sein, dass sein Leben sich verändern würde, dachte Ga. Und dazu noch den Zeitpunkt zu kennen, an dem es passieren würde! Verstand Sun Moon das denn gar nicht? Und er lenkte alles selbst. Die Vorstellung, dass die Dinge sich einmal, wenigstens an diesem Morgen, seinem Einfluss beugen würden, brachte ihn zum Lächeln.

»Dieser Gesichtsausdruck!«, sagte sie. »Du machst mir Angst.«

Sie kam zu ihm, und er stand auf, um ihr nahe zu sein.

»Du kommst mit, verstanden?«, sagte sie. »Ohne dich schaffe ich das nicht.«

»Ich werde immer an deiner Seite sein.«

Er wollte sie streicheln, aber sie entzog sich ihm.

»Warum sagst du nicht einfach, dass du mitkommst?«

»Warum hörst du nicht, was ich dir sage? Natürlich komme ich.«

Sie sah ihn zweifelnd an. »Meine Schwester, mein Vater, meine andere Schwester, meine Mutter. Und dann mein grausamer Ehemann. Alle sind sie mir weggenommen worden. So etwas darf nicht noch mal geschehen. So soll es nicht geschehen, nicht, wenn man die Wahl hat. Sieh mir einfach in die Augen und sag es.«

Er tat es, er sah ihr in die Augen. »Du hast gesagt für immer, und das verspreche ich: für immer. Bald wirst du mich nie wieder los.«

*

Sun Moon zog den weißen *Chosŏnot* an und hängte den roten und den blauen hinten in den Mustang. Ga zog die Cowboystiefel an, steckte die Büchse Pfirsiche in den Rucksack und klopfte auf seine Tasche, ob er auch seinen Fotoapparat dabei hatte. Das Mädchen rannte dem Hund mit dem Strick hinterher, um ihn anzuleinen.

Der Junge kam angelaufen. »Meine Vogelfalle ist weg«, berichtete er atemlos.

»Die können wir sowieso nicht mitnehmen«, sagte Sun Moon.

»Mitnehmen wohin?«, wollte der Junge wissen.

»Wir basteln eine neue«, versicherte ihm Ga.

»Ich wette, da ist ein Riesenvogel reingegangen. Mit Flügeln, die so stark sind, dass er mit der Falle weggeflogen ist«, sagte der Junge.

Sun Moon stand vor dem Schrein mit dem Goldgurt ihres Mannes. Ga trat neben sie und betrachtete die glitzernden Juwelen und goldenen Arabesken, die so hell funkelten, dass ihr Träger sich jede Frau im ganzen Land hätte nehmen dürfen.

»Lebwohl, mein Ehemann«, sagte sie und knipste das Licht aus, das die Vitrine beleuchtete. Einen Augenblick lang stand sie vor dem Kasten mit ihrer *Gayageum*, der in der Ecke thronte. Die Tragik stand ihr ins Gesicht geschrieben, als sie stattdessen nach dem primitiven westlichen Instrument, der *Gitarre*, griff.

Draußen vor dem Spalier fotografierte er seine Familie; weiß leuchteten die Bohnenblüten, und die Ranken der Riesenmelone, der ganze Stolz des kleinen Mädchens, schlängelten sich an den Latten empor. Das Mädchen hielt den Hund im Arm, der Junge den Laptop, und Sun Moon hielt das fürchterliche amerikanische Instrument. Das Licht war wunderschön, und Ga wünschte, das Bild wäre für ihn bestimmt, nicht für Wanda.

In seiner besten Militäruniform setzte Kommandant Ga langsam den Mustang in Bewegung, Sun Moon neben ihm auf dem Beifahrersitz. Es war ein herrlicher Morgen – das Licht goldgelb, die Schwalben flogen im Sturzflug um die Gewächshäuser des Botanischen Gartens und stießen die Schnäbel wie Essstäbchen in die dort stehende Insektenwolke. Sun Moon lehnte mit dem Kopf an der Scheibe und starrte melancholisch hinaus auf den Zoo und den Friedhof der Revolutionshelden. Er wusste nun, dass dort kein Großonkel von ihr begraben lag, dass sie nichts als die Tochter eines Zinkgrubenarbeiters aus Huch'ang war, und doch schienen die langen Reihen der Bronzebüsten grüßend in der Morgensonne aufzulodern. Der Glimmer in den Marmorsockeln glitzerte, und ihm war so klar wie ihr, dass auch er das nie wiedersehen würde. Wenn er Glück hatte, wurde er wieder ins Bergwerk gesteckt. Höchstwahrscheinlich wurde er in einen Folterbunker des Geliebten Führers gebracht. So oder so: Er würde nie wieder Fichtennadelduft in der Nase haben oder den Geruch von Hirse, die am Straßenrand in großen Krügen vergoren wurde. Auf einmal genoss er den Staub, den der Mustang aufwirbelte, das *Ta-tack* der Reifen auf der Yanggakdo-Brücke. Er sah die Schindeln auf dem Dach des Pavillons der Selbstkritik smaragdgrün aufblitzen und freute sich über die rote Digitalanzeige des Neugeborenenzählers oben auf der Entbindungsklinik.

Im Norden kreiste das große, amerikanische Militärflugzeug unentwegt über dem Flughafen, als wolle es endlos Bomben abwerfen. Ga wusste, dass er den Kindern eigentlich ein paar Worte Englisch beibringen sollte. Er wusste, dass er ihnen beibringen müsste, wie sie ihn zu denunzieren hatten, falls etwas schiefging. Doch er spürte Sun Moons Trauer, und das beanspruchte seine ganze Aufmerksamkeit.

»Hast du dich mit deiner *Gitarre* angefreundet?«, fragte er sie.

Sie schlug einen schrägen Ton an.

Er hielt ihr seine Zigaretten hin. »Soll ich dir eine anstecken?«

»Nicht vor dem Singen«, sagte sie. »Ich rauche, sobald die Maschine in der Luft ist. In dem amerikanischen Flugzeug rauche ich hundert Stück.«

»Wir fliegen mit einem Flugzeug?«, wollte der Junge wissen.

Sun Moon beachtete ihn nicht.

»Du wirst also das Abschiedslied für das Rudermädchen singen?«, fragte Ga.

»Muss ich ja wohl«, antwortete Sun Moon.

»Wovon handelt das Lied?«

»Ich habe es noch nicht geschrieben. Die Worte werden kommen, wenn ich erst einmal spiele«, sagte sie. »Vor allem drängen sich Fragen in mir.« Sie nahm die *Gitarre* zur Hand und schrammelte einmal über die Saiten. »*Wie lange kennen wir uns schon?*«, sang sie.

»*Wie lange kennen wir uns schon*«, antwortete das Mädchen im klagenden Ton.

»Über sieben Meere musst du rudern«, sang Sun Moon.

»Über sieben Meere musst du gehn«, sang ihre Tochter.

Sun Moon schlug die Saiten an: »*Doch jetzt bist du auf dem achten Meer.*«

»*Das Meer, wo wir zu Hause sind*«, sang der Junge mit höherer Stimme als seine Schwester.

Tiefe Zufriedenheit erfasste Ga, als er sie so singen hörte, als ob endlich etwas aus weiter Vergangenheit in Erfüllung gegangen wäre.

»*Flieg, mein Rudermädchen, flieg davon, und lass das Meer zurück*«, sang Sun Moon.

Das Mädchen antwortete: »*Flieg, mein Rudermädchen, flieg davon, und lass das achte hinter dir.*«

»Ganz hervorragend«, lobte Sun Moon. »Und jetzt alle zusammen.«

Das Mädchen wollte wissen: »Und wer ist das Rudermädchen?«

»Wir fahren zum Flughafen, um uns von ihr zu verabschieden«, antwortete Sun Moon. »Jetzt alle zusammen!«

Und dann sang die Familie miteinander: »*Flieg, mein Rudermädchen, flieg davon, und lass das achte hinter dir.*«

Die Stimme des Jungen war kräftig und kindlich, die des Mädchens rau, da sie allmählich zu begreifen begann. Zusammen mit Sun Moons sehnsuchtsvoller Stimme entstand eine Harmonie, die Ga guttat. Keine andere Familie der Welt konnte so zusammen singen, und er saß mittendrin in diesem warmen Schein. Nicht einmal der Anblick des Fußballstadions konnte dieses Gefühl trüben.

*

Sie durften als Ehrengäste direkt ums Flughafengebäude herum zu den Hangars fahren, wo sich zur Begrüßung der Amerikaner bereits größere Menschenmengen versammelt hatten, allesamt Bürger mit Aktentaschen, Werkzeugkästen und Rechenschiebern in der Hand – so, wie sie auf den Straßen Pjöngjangs zum Jubeln verpflichtet worden waren.

Die Wangjaesan Light Music Band spielte »Blitzkampf-Haarschnitt«, um der militärischen Errungenschaften des Geliebten Führers zu gedenken; eine Kinderriege in grüngelben Trikots balancierte bereits auf großen, weißen Plastikfässern und rollte diese mit den Füßen vorwärts. Hinter dem Dunstvorhang vom Grillfeuer konnte Ga Wissenschaftler, Soldaten und die Männer des Ministers für Massenmobilisierung mit den gelben Armbinden erkennen, die die Menschen nach Größe geordnet aufstellten.

Endlich hatten die Amerikaner wohl doch beschlossen,

dass sie sicher landen könnten. Das graue Monstrum, dessen Flügel breiter waren als die Landebahn, schwenkte herum und schaffte es, zwischen dem Spalier aus schrottreifen Antonows und Tupolews sicher aufzusetzen.

Ga parkte den Wagen in der Nähe des Hangars, in dem nach ihrer Rückkehr aus Texas die Vernehmung stattgefunden hatte. Den Schlüssel ließ er im Zündschloss stecken. Das Mädchen schleppte die Kostüme ihrer Mutter, der Junge führte den Hund an der Leine. Sun Moon hatte die *Gitarre* in der Hand, und Kommandant Ga trug ihren Gitarrenkoffer. In der Ferne warteten mehrere Krähen mit laufendem Motor in der Morgensonne.

Sie gingen auf den Geliebten Führer zu, der sich gerade mit Kommandant Park besprach.

Sobald der Geliebte Führer Sun Moon bemerkte, bedeutete er ihr, die Arme auszustrecken, damit er das Kleid an ihr bewundern konnte. Als sie auf ihn zuging, drehte sie sich einmal im Kreis, sodass sich die schimmernde, weiße Saumbordüre ihres *Chima* blähte. Sie verbeugte sich vor dem Geliebten Führer, der ihre Hand nahm und küsste. Er zog zwei silberne Schlüssel hervor und machte eine ausladende Handbewegung, um Sun Moon ihre Umkleidekabine zu zeigen, eine Miniaturnachbildung des Pohyon-Tempels mit seinen roten Holzsäulen und den reich verzierten, koreanischen Traufen. Das Ganze war zwar nicht größer als ein Kontrollhäuschen für Reisedokumente, aber originalgetreu bis ins kleinste Detail. Der Geliebte Führer überreichte Sun Moon einen der Schlüssel und steckte den zweiten in die Tasche. Er sagte etwas zu ihr, das Ga nicht hörte, und sie lachte zum ersten Mal an diesem Tag.

Da bemerkte der Geliebte Führer auch Kommandant Ga.

»Und da ist ja auch unser Taekwondo-Champion!«

Die Menge fing an zu jubeln, und Brando wedelte mit dem Schwanz.

Kommandant Park fügte hinzu: »Und mitgebracht hat er den bissigsten Hund der Welt.«

Als der Geliebte Führer lachte, brachen auch alle anderen in Gelächter aus.

Wenn der Geliebte Führer zürnte, dann zeigte er es so, dachte Ga.

Schwerfällig kam der Düsenjet auf sie zu und kroch über die für wesentlich kleinere Flugzeuge gemachte Landebahn. Der Geliebte Führer wandte sich Kommandant Ga so zu, dass sie ungestört miteinander sprechen konnten.

»Wir kriegen hier nicht jeden Tag Amerikaner zu sehen«, sagte er.

»Ich vermute, das wird heute ein ziemlich einmaliges Erlebnis«, antwortete Ga.

»In der Tat«, sagte der Geliebte Führer. »Ich vermute, dass hinterher nichts mehr so sein wird wie zuvor, für uns alle. Ich liebe solche Anlässe. Ein echter Neuanfang. Was meinst du?« Der Geliebte Führer musterte Ga mit staunendem Blick. »Es gibt etwas, das ich gern wüsste, was du mir nie erzählt hast: Wie genau bist du eigentlich aus dem Gefängnis rausgekommen?«

Ga hätte den Geliebten Führer liebend gern daran erinnert, dass sie in einem Land lebten, in dem die Menschen dazu dressiert wurden, jede Realität zu akzeptieren, die ihnen vorgesetzt wurde. Er überlegte, ob er ihm mitteilen sollte, dass es für den, der die Realität infrage stellte, nur eine Strafe gab, und zwar die Höchststrafe, und dass man sich in akute Lebensgefahr begab, wenn man auch nur bemerkte, dass sich die Realität verändert hatte. Dieses Risiko würde selbst ein Lagerkommandant nicht eingehen.

Stattdessen sagte Ga: »Ich habe die Uniform des Kommandanten angezogen und so wie Kommandant Ga gesprochen. Der Lagerkommandant trug einen schweren Stein auf der Schulter. Er brauchte Gas Erlaubnis, ihn abzusetzen.«

»Schon, aber wie hast du ihn gezwungen, zu tun, was du wolltest, den Schlüssel im Schloss umzudrehen und das Gefängnistor zu öffnen? Du hattest doch keine Macht über ihn. Er wusste, dass du ein kümmerlicher Gefangener warst, ein namenloser Niemand. Und doch hast du erreicht, dass er dich freiließ.«

Kommandant Ga zuckte mit den Achseln. »Ich vermute, der Lagerkommandant hat mir an den Augen angesehen, dass ich gerade den gefährlichsten Mann der Welt besiegt hatte.«

Der Geliebte Führer lachte. »Jetzt weiß ich, dass du lügst«, sagte er. »Dieser Mann bin nämlich ich.«

Ga lachte auch. »Da haben Sie recht.«

Das gigantische Flugzeug rollte auf das Flughafengebäude zu, doch dann kam es zum Stehen, und die heiße Luft kochte über den Turbinen. Die versammelte Menschenmenge starrte hoch zu den abgedunkelten Cockpitscheiben und wartete darauf, dass der Pilot auf die zwei Flughafenmitarbeiter zufuhr, die ihn mit orangefarbenen Stäben heranwinkten. Doch stattdessen heulten die Triebwerke an Steuerbord auf, das Flugzeug schlug einen Bogen und wendete Richtung Startbahn.

»Wollen sie schon wieder weg?«, fragte Sun Moon.

»Diese Amerikaner sind einfach unerträglich«, stöhnte der Geliebte Führer. »Ist denen denn kein Trick zu billig? Sind die sich zu nichts zu schade?«

Der Jet rollte wieder ganz zurück bis zur Startbahn, manövrierte sich in die Startposition und stellte dort die Triebwerke aus. Langsam kippte die dicke Nase des Monstrums hoch, und eine hydraulische Laderampe wurde ausgefahren.

Das Flugzeug war fast einen Kilometer weit weg. Kommandant Park brüllte auf die versammelte Bürgerschaft ein, sie sollten sich in Bewegung setzen. Das Narbengewebe in seinem Gesicht glänzte glasig rosa in der Sonne. Dutzende Kinder rollten ihre Plastikfässer in Richtung Startbahn, Horden gequälter Bürger joggten hinterher. Zwischen den vielen Menschen kaum zu erkennen waren eine kleine Gabelstaplerflotte und die Privatlimousine des Geliebten Führers. Zurück blieben die Musikkapellen, die Grillroste und die kommunistische Landmaschinenausstellung. Kommandant Ga sah, wie Genosse Buc mit seinem gelben Gabelstapler versuchte, das Tempelchen hochzuheben, in dem Sun Moon sich umziehen sollte, aber es wollte sich nicht recht bewegen lassen. Doch wenn Kommandant Park einen antrieb, dann gab es kein Zaudern.

»Lassen sich Amerikaner denn von gar nichts inspirieren?«, fragte der Geliebte Führer, während sie eilends auf das Flugzeug zutrabten. »Schau sie dir an. Haben noch nie von moralischem Auftrieb gehört.« Er wies mit dem Arm aufs Flughafengebäude. »Sieh dir das erhabene Bauwerk Kim Il Sungs an, des obersten Patrioten, Gründers unserer Nation, meines Vaters. Sieh dir das rotgolden leuchtende Mosaik der Juche-Flamme an – wirkt es nicht in der Morgensonne, als stünde es wahrhaft in Flammen? Und was machen die Amerikaner? Sie parken bei den Plumpsklos der Stewardessen und dem Kloakenteich, in den die Flugzeuge ihre Abwassertanks entleeren.«

Sun Moon brach der Schweiß aus. Ga und sie sahen sich an.

»Wird sich das amerikanische Mädchen zu uns gesellen?«, fragte Ga den Geliebten Führer.

»Interessant, dass du sie zur Sprache bringst«, sagte der

Geliebte Führer. »Hier habe ich das Glück, mich der Gesellschaft des koreanischsten Ehepaars im ganzen Land zu erfreuen – dem Champion unseres nationalen Kampfsports und seiner Frau, der Filmschauspielerin eines ganzen Volkes. Darf ich euch eine Frage stellen?«

»Nur zu«, antwortete Ga.

»Ich habe vor Kurzem herausgefunden, dass es eine Operation gibt, mit der man einem koreanischen Auge ein westliches Aussehen verleihen kann«, sagte der Geliebte Führer.

»Und wozu soll das gut sein?«, fragte Sun Moon.

»Genau, wozu soll so was gut sein«, wiederholte der Geliebte Führer. »Das bleibt ein Rätsel, aber diese Operation gibt es, das wurde mir versichert.«

Ga spürte, dass sie sich mit diesem Gesprächsthema auf dünnes Eis begaben. »Ja, die Wunder der modernen Medizin!«, sagte er so unverbindlich wie möglich. »Wie schade, dass sie für solch überflüssige Zwecke eingesetzt werden, wo doch so viele Südkoreaner lahm und hasenschartig zur Welt kommen.«

»Wohl gesprochen«, erwiderte der Geliebte Führer. »Doch diese medizinischen Fortschritte können auch eine soziale Bedeutung haben. Heute in den frühen Morgenstunden habe ich die Chirurgen Pjöngjangs zusammengerufen und ihnen die Frage gestellt, ob ein westliches Auge koreanisch gemacht werden könne.«

»Und die Antwort?«, wollte Sun Moon wissen.

»Einstimmig«, antwortete der Geliebte Führer. »Es gebe Eingriffe, mit denen man jede Frau zur Koreanerin machen könne. Von Kopf bis Fuß, meinten sie. Wenn die Ärzte mit ihr fertig wären, würde sie so koreanisch sein wie die Dienerinnen im Grab von König Tangun.« Im Weitergehen fragte er Sun Moon: »Was meinst du, mein Kind? Ob man eine solche

Frau, eine solche neugeschaffene Koreanerin, als Jungfrau bezeichnen könnte?«

Ga wollte antworten, aber Sun Moon unterbrach ihn. »Kraft der Liebe des richtigen Mannes kann eine Frau unschuldiger werden, als sie aus dem Mutterleib gekommen ist«, verkündete sie.

Der Geliebte Führer musterte sie. »Auf dich kann man immer zählen, wenn man eine wohlüberlegte Antwort erhofft«, lobte er. »Aber mal ganz ehrlich: Wenn diese Eingriffe erfolgreich waren, wenn sie voll und ganz wieder in den Urzustand zurückverwandelt worden wäre, würde man sie dann ›sittsam‹ nennen? Wäre sie eine echte Koreanerin?«

Ohne jedes Zögern antwortete Sun Moon: »Auf gar keinen Fall. So eine Frau wäre eine reine Hochstaplerin. ›Koreanisch‹, das ist ein Wort, das mit Blut auf die Wände des Herzens geschrieben ist. Keine Amerikanerin könnte je so etwas von sich behaupten. Kann ja sein, dass sie in ihrer Nussschale herumgepaddelt ist, dass die Sonne ihr aufs Haupt gebrannt hat, von mir aus. Aber haben die Menschen, die sie liebt, dem Tod ins Auge geschaut, damit sie leben kann? Ist sie mit allen, die vor ihr kamen, durch ewige Trauer verbunden? Wurde ihr Volk zehntausend Jahre lang von Mongolen, Chinesen und Japanern unterdrückt?«

»Gut gesprochen, wie es nur eine wahre Koreanerin kann«, erwiderte der Geliebte Führer. »Aber mit wie viel Verachtung du das Wort ›Hochstaplerin‹ aussprichst! Es klingt so hässlich, wie du das sagst.« Er wandte sich an Ga. »Und wie hältst du es mit Hochstaplern, Kommandant? Glaubst du, dass der Ersatz im Laufe der Zeit zum Original werden kann?«

»Der Ersatz wird echt, wenn Sie ihn dazu erklären, Geliebter Führer«, antwortete Ga.

Angesichts dieser Wahrheit zog der Geliebte Führer nur die Augenbrauen hoch.

Sun Moon warf ihrem Mann einen zornigen Blick zu. »Von wegen«, sagte sie, und wandte sich an den Geliebten Führer: »Für einen Hochstapler kann man nichts empfinden. Ein Hochstapler ist immer ein billiger Abklatsch, bei dem das Herz hungrig bleibt.«

Aus der Nase des Flugzeugs tauchten jetzt Menschen auf. Ga erkannte den Senator, Tommy, Wanda und etliche andere, die von Sicherheitspersonal in blauen Anzügen begleitet wurden. Alle wurden augenblicklich von den Fliegen des Abwassertümpels angefallen.

Ein gereizter Ausdruck trat in das Gesicht des Geliebten Führers. An Sun Moon gewandt sagte er: »Und letzte Nacht hast du um die Sicherheit dieses Mannes gebettelt – ein Waise, ein Entführer und Mörder.«

Sun Moon starrte Kommandant Ga an.

Der Geliebte Führer befehligte ihre Aufmerksamkeit mit seiner Stimme zu sich zurück. »Letzte Nacht hatte ich ein ganzes Sortiment Geschenke und Überraschungen für dich vorbereitet, deinetwegen habe ich eine Oper abgesagt, und zum Dank hast du dann für diesen Mann gebettelt. Mach mir nicht vor, dass du Hochstapler nicht leiden kannst!«

Der Geliebte Führer wandte den Blick von ihr ab, aber Sun Moon starrte ihn weiter an, weil sie ihn unbedingt dazu bringen wollte, ihr wieder in die Augen zu sehen. »Sie selbst haben ihn zu meinem Mann ernannt! Nur Ihretwegen behandle ich ihn so.« Als er sie schließlich wieder ansah, fügte sie hinzu: »Und nur Sie können das wieder rückgängig machen.«

»Nein, ich habe dich nie weggegeben. Du bist mir genommen worden«, antwortete er. »Kommandant Ga wollte sich in meinem eigenen Opernhaus nicht vor mir verbeugen. Und er nannte dich als seinen Preis. Vor aller Welt rief er deinen Namen.«

»Aber das ist doch Jahre her«, erwiderte Sun Moon.

»Er hat nach dir gerufen, und du hast geantwortet, du bist aufgestanden und mit ihm mitgegangen.«

Sun Moon wandte ein: »Der Mann, von dem Sie sprechen, ist nicht mehr. Er ist tot.«

»Und doch kehrst du nicht zu mir zurück.«

Der Geliebte Führer starrte Sun Moon vielsagend an.

»Warum spielen wir solche Spielchen?«, fragte sie. »Hier bin ich, die einzige Frau der Welt, die Ihrer würdig ist. Das wissen Sie. Sie lassen meine Geschichte zu einer glücklichen werden. Sie standen am Anfang, und Sie stehen an ihrem Ende.«

Fragend sah der Geliebte Führer sie an, immer noch Zweifel im Blick.

»Und das Rudermädchen?«, fragte er. »Was schlägst du für sie vor?«

»Reichen Sie mir einen Dolch, und ich beweise meine Treue«, antwortete Sun Moon.

Die Augen des Geliebten Führers weiteten sich vor Entzücken.

»Zieh die Krallen ein, meine Bergtigerin!«, rief er. Er schaute ihr tief in die Augen. Leiser sagte er: »Meine heißblütige Bergtigerin.« Er drehte sich zu Kommandant Ga um. »Eine feurige Frau hast du da«, sagte er. »Von außen wirkt sie so friedlich wie der Schnee auf dem Berg Paektu. Aber innerlich ist sie zum Zuschlagen bereit wie eine Grubenotter, die den Absatz des Imperialisten spürt.«

Der Senator näherte sich mit seinem Gefolge. Er deutete eine Verbeugung an und sagte: »Herr Generalsekretär des Zentralkomitees der Partei der Arbeit Koreas.«

Der Geliebte Führer antwortete ebenso verbindlich: »Ehrwürdiger Herr Senator des demokratischen Bundesstaates Texas.«

An dieser Stelle trat Kommandant Park auf den Plan, der eine Gruppe junger Turnerinnen vor sich hertrieb. Jedes der Kinder hielt ein Tablett mit einem Glas Wasser darauf.

»Greifen Sie zu«, forderte der Geliebte Führer die Amerikaner auf. »Es ist ein warmer Tag. Erfrischen Sie sich. Nichts erfrischt so sehr wie das süße Wasser des großen Taedong.«

»Der heilkräftigste Fluss der Welt«, fügte Park hinzu.

Eines der Kinder erhob das Glas in Richtung des Senators; dieser konnte seinen Blick nicht von Kommandant Park abwenden, dem der Schweiß über das Gesicht perlte und diagonal an den Narbenwülsten ablief. Der Senator nahm das Glas entgegen. Das Wasser sah trübe und grünlich aus.

»Es tut mir leid, dass wir so weit draußen stehen«, sagte der Senator und nippte, bevor er das Glas zurückstellte. »Der Pilot befürchtete, das Flugzeug könne zu schwer für das Rollfeld am Terminal sein. Wir entschuldigen uns auch, dass wir so lange gekreist sind. Wir haben den Kontrollturm immer wieder um Landeanweisungen angefunkt, aber keine Antwort erhalten.«

»Zu früh, zu spät, hier, dort«, meinte der Geliebte Führer. »Was bedeutet das schon unter Freunden?«

Kommandant Ga dolmetschte die Worte des Geliebten Führers und fügte am Ende hinzu: »Wäre Dr. Song hier, würde er uns daran erinnern, dass nur amerikanische Flughäfen einen Kontrollturm brauchen, während in Nordkorea jeder frei landen kann. Er würde Sie fragen, ob das nicht ein demokratischeres System sei.«

Der Senator lächelte. »Na, wenn das nicht unser alter Bekannter Kommandant Ga ist, Minister für Gefängnisbergwerke, Großmeister im Taekwondo!«

Ein freudloses Lächeln huschte über das Gesicht des Geliebten Führers.

An Ga gewandt sagte er: »Man hat den Eindruck, die Amerikaner und du, ihr seid allerbeste Freunde.«

»Und wo ist unser guter alter Freund Dr. Song?«, fragte Wanda.

Ga sagte zum Geliebten Führer: »Sie fragen nach Dr. Song.«

In gebrochenem Englisch antwortete der Geliebte Führer: »Song-ssi sein nicht mehr.«

Die Amerikaner nickten voller Respekt, dass der Geliebte Führer ihnen die traurige Nachricht persönlich überbrachte, und das in der Sprache seiner Gäste. Schnell gingen der Senator und der Geliebte Führer zu den bilateralen Beziehungen und der Bedeutung von Diplomatie und Sonnenscheinpolitik über, sodass Ga kaum schnell genug dolmetschen konnte. Er merkte, dass Wanda Sun Moon anstarrte, ihre ebenmäßige Porzellanhaut in dem porzellanweißen *Chosŏnot*, dessen *Jeogori* so zart war, dass er von innen zu leuchten schien, während Wanda einen wollenen Männeranzug trug.

Als alle zufrieden lächelten, schaltete Tommy sich ein und sprach den Geliebten Führer auf Koreanisch an. »Das amerikanische Volk möchte Ihnen ein Geschenk überreichen – einen Füllfederhalter des Friedens.«

Der Senator präsentierte dem Geliebten Führer den Füller mit dem Wunsch, dass bald ein echter Vertrag damit unterzeichnet werde. Der Geliebte Führer nahm den Füllfederhalter mit großer Geste in Empfang und klatschte dann nach Kommandant Park in die Hände.

»Auch wir haben ein Geschenk«, sagte der Geliebte Führer.

»Wir möchten Ihnen ebenfalls ein Geschenk des Friedens überreichen«, dolmetschte Ga.

Kommandant Park trat mit einem Paar Buchstützen aus

Rhinozeroshorn vor, und Ga wurde klar, dass der Geliebte Führer an diesem Tag nicht auf Geplänkel mit den Amerikanern aus war. Er wollte sie wirklich treffen.

Tommy schritt ein, um das Geschenk abzufangen, während der Senator so tat, als hätte er nichts gesehen.

»Vielleicht sollten wir jetzt über unser heutiges Anliegen sprechen.«

»Unfug«, erwiderte der Geliebte Führer. »Kommen Sie, lassen Sie uns unsere Beziehungen bei Musik und Erfrischungen erneuern. Viele Überraschungen erwarten Sie.«

»Wir sind gekommen, um Allison Jensen abzuholen«, antwortete der Senator.

Der Geliebte Führer rümpfte die Nase, als er den Namen hörte. »Sie sitzen seit sechzehn Stunden im Flugzeug. Lassen Sie sich ein wenig aufheitern! Welcher Mensch hätte nicht genug Zeit für Akkordeon spielende Kinder?«

»Vor unserer Abreise haben wir mit Allisons Eltern gesprochen«, sagte Tommy auf Koreanisch. »Sie machen sich große Sorgen um sie. Bevor wir hier weitermachen, brauchen wir die Rückversicherung, dass es ihr gut geht. Wir müssen mit unserer Staatsbürgerin sprechen.«

»Ihrer Staatsbürgerin?«, schnappte der Geliebte Führer. »Zuerst geben Sie mir das zurück, was Sie mir gestohlen haben! Dann können wir über das Mädchen reden.«

Tommy übersetzte. Der Senator schüttelte den Kopf.

»Unsere Nation hat sie in unseren Hoheitsgewässern vor dem sicheren Tod bewahrt«, sagte der Geliebte Führer. »Ihre Nation hat unser Hoheitsgebiet verletzt, unser Schiff geentert und mich bestohlen. Ich kriege zurück, was Sie mir geklaut haben, bevor Sie das wiederkriegen, was ich gerettet habe.« Er machte eine herrische Handbewegung. »Jetzt zum Unterhaltungsprogramm.«

Eine Truppe kleiner Ziehharmonikavirtuosen kam nach vorn gerast und spielte mit professioneller Präzision *Unser Vater ist der Marschall*. Das Lächeln war auf allen kleinen Gesichtern gleich, und die Menge wusste, wann sie zu klatschen und »Ewig brennt des Marschalls Flamme!« zu brüllen hatte.

Sun Moon, ihre Kinder hinter sich, war tief bewegt von den Akkordeon spielenden Kindern, die, perfekt im Takt, ihre kleinen Körper, wenngleich etwas krampfhaft, zur Melodie fröhlich mitschwangen. Still liefen Sun Moon die Tränen herunter.

Der Geliebte Führer bemerkte ihre Tränen – sie zeigte sich erneut verletzlich. Er gab Kommandant Ga ein Zeichen, dass es für Sun Moon an der Zeit sei, sich auf ihr Lied vorzubereiten.

Ga führte sie an der Menschenmenge vorbei an den Rand des Rollfeldes, wo nichts mehr war als die mit verrosteten Flugzeugteilen übersäte Wiese, bis hinüber zum Hochspannungszaun, der das Flugfeld umgab.

Langsam drehte Sun Moon sich im Kreis und nahm das Nichts um sie herum in sich auf.

»In was hast du uns da nur gebracht?«, fragte sie. »Wie sollen wir hier lebend herauskommen?«

»Ganz ruhig. Tief durchatmen«, sagte er.

»Was ist, wenn er mir wirklich einen Dolch in die Hand drückt, wenn ich irgendeinen Loyalitätstest bestehen muss?« Ihre Augen weiteten sich. »Was ist, wenn ich einen Dolch bekomme und es kein Test ist?«

»Der Geliebte Führer wird dich nicht vor einem amerikanischen Senator auffordern, eine Amerikanerin zu erstechen.«

»Du kennst ihn immer noch nicht«, erwiderte sie. »Er hat

Unglaubliches vor meinen Augen getan – ob Freund oder Feind, bei Partys oder sonst wo. Es spielt keine Rolle. Er kann tun, was er will – alles, was er will.«

»Heute nicht. Heute sind wir diejenigen, die tun können, was sie wollen.«

Sie lächelte ein verängstigtes, nervöses Lächeln. »Es klingt so gut, wenn du das sagst. Ich will es so gerne glauben.«

»Warum glaubst du's dann nicht?«

»Hast du wirklich solche Dinge getan?«, fragte sie. »Hast du Menschen entführt und ihnen schlimme Dinge angetan?«

Kommandant Ga lächelte. »Na komm. Ich bin der Gute in dieser Geschichte.«

Sie lachte ungläubig: »Du sollst der Gute sein?«

Ga nickte. »Ob du's glaubst oder nicht – ich bin der Held.«

Plötzlich sahen sie, wie Genosse Buc sich ihnen im Kriechtempo in einem tiefgelegten Kranfahrzeug näherte, mit dem sonst Flugzeugtriebwerke hochgehoben wurden. An den Ketten hing Sun Moons Umkleidekabine.

»Ich musste auf größeres Gerät umsteigen«, rief Buc ihnen zu. »Wir haben die ganze Nacht an dem Ding gewerkelt. So was kann man nicht einfach da hinten stehenlassen.«

Das Holz des Tempelchens ächzte, als es den Boden berührte, aber Sun Moons Silberschlüssel passte ins Schloss. Zu dritt traten sie ein, und Buc zeigte ihnen, dass sich die Rückwand der Kabine wie das Gatter eines Korrals an einem Scharnier öffnete – so weit, dass die Gabeln des Gabelstaplers hineinpassten.

Sun Moon berührte Bucs Gesicht mit den Fingerspitzen und sah ihm tief in die Augen. Das war ihre Art, Dankeschön zu sagen. Oder vielleicht war es auch ein Lebewohl. Buc hielt ihrem Blick stand, solange er konnte, drehte sich dann um und lief schnell in Richtung seines Gabelstaplers.

Ohne ihre frühere Scham zog Sun Moon sich vor ihrem Ehemann um, und während sie ihr *Goreum* band, fragte sie: »Du hast wirklich keine Familie?« Als er nicht antwortete, fragte sie: »Keinen Vater, der dir Rat gibt, keine Mutter, die dir etwas vorsingt? Keine einzige Schwester?«

Er zog das Ende ihrer Schleife gerade.

»Bitte, du musst jetzt auftreten. Gib dem Geliebten Führer genau das, was er will.«

»Ich habe keine Kontrolle über das, was ich singe«, entgegnete sie.

Bald darauf stand sie, in Blau, mit ihrem Mann wieder an der Seite des Geliebten Führers. Die Akkordeondarbietung kam gerade zu ihrem Höhepunkt, die kleinen Turner waren in drei Etagen aufeinandergetürmt. Ga sah, dass Kim Jong Il den Blick gesenkt hatte – Kinderlieder voller Ausgelassenheit und ungebremster Begeisterung berührten ihn wirklich. Als das Lied zu Ende war, machten die Amerikaner eine geräuschlose Klatschbewegung.

»Lasst uns ein weiteres Lied hören!«, verkündete der Geliebte Führer.

»Nein«, entgegnete der Senator. »Zuerst unsere Staatsbürgerin.«

»Mein Eigentum!«, sagte der Geliebte Führer.

»Rückversicherung!«, sagte Tommy.

»Rückversicherung, Rückversicherung!«, sagte der Geliebte Führer. Er fragte Kommandant Ga: »Kann ich deinen Fotoapparat ausleihen?«

Das Lächeln auf dem Gesicht des Geliebten Führers jagte Ga erneut einen Schrecken ein. Er zog die Kamera aus der Tasche und reichte sie dem Geliebten Führer, der durch die Menschenmenge hindurch zu seinem Auto ging.

»Wo will er hin?«, fragte Wanda. »Geht er weg?«

Der Geliebte Führer stieg hinten in den schwarzen Mercedes ein, der sich aber nicht in Bewegung setzte.

Dann piepte das Handy in Wandas Tasche. Sie schüttelte ungläubig den Kopf, als sie auf das Display schaute. Sie zeigte dem Senator und Tommy das Bild. Ga streckte die Hand nach dem kleinen, roten Mobiltelefon aus. Wanda gab es ihm, und da war das Foto von Allison Jensen, dem Rudermädchen, auf dem Rücksitz eines Autos. Ga nickte Wanda zu und ließ das Telefon vor ihren Augen in seiner Tasche verschwinden.

Der Geliebte Führer kam zurück und bedankte sich bei Ga für den Fotoapparat. »Genug Rückversicherung?«, fragte er.

Der Senator gab ein Handzeichen, und zwei Gabelstapler kamen im Rückwärtsgang aus dem Frachtraum des Flugzeugs gefahren. Im Tandem transportierten sie den japanischen Detektor für Hintergrundstrahlung in einer riesigen Transportkiste ins Freie.

»Aber Sie wissen ja, dass er nicht funktionieren wird«, meinte der Senator dazu. »Den haben die Japaner gebaut, um kosmische Hintergrundstrahlung zu messen, nicht Uran-Isotope.«

»Da sind leider alle meine führenden Wissenschaftler anderer Meinung«, widersprach der Geliebte Führer. »Darin stimmen sie überein.«

»Einhellig«, sagte Kommandant Park.

Der Geliebte Führer winkte ab. »Aber lasst uns doch ein andermal über unsere gemeinsame Verantwortung als Nuklearmächte sprechen. Jetzt hören wir erst einmal den Blues.«

»Aber wo ist unser Rudermädchen?«, fragte Sun Moon ihn leise. »Ich muss doch für sie singen. Für sie sollte ich doch das Lied komponieren.«

Der Geliebte Führer verzog ärgerlich das Gesicht. »Deine Lieder gehören mir. Du singst für mich allein«, wies er sie zurecht.

An die Amerikaner gewandt verkündete der Geliebte Führer: »Mir wurde versichert, dass der Blues das kollektive Gewissen der Amerikaner ansprechen wird. Mit dem Blues beklagen die Menschen Rassismus und Religion und die Ungerechtigkeiten des Kapitalismus. Blues ist die Musik derer, die den Hunger kennen.«

»Jeder sechste«, soufflierte Kommandant Park.

»Jeder sechste Amerikaner geht abends hungrig zu Bett«, sprach der Geliebte Führer. »Im Blues geht es auch um Gewalt. Kommandant Park, wann wurde in Pjöngjang zum letzten Mal ein Gewaltverbrechen verübt?«

»Vor sieben Jahren«, antwortete Kommandant Park.

»Vor sieben langen Jahren«, sagte der Geliebte Führer. »Doch in der amerikanischen Hauptstadt schmachten fünftausend Schwarze wegen Gewalttaten im Gefängnis. Dabei werden Sie um Ihr Gefängnissystem ja von aller Welt beneidet, Senator – modernste Haftanstalten, totale Überwachung, und das bei drei Millionen Insassen! Doch Sie nutzen sie nicht für das gesellschaftliche Gemeinwohl. Die Haftstrafe des Verurteilten ist dem freien Bürger keine Inspiration, und der Sträfling trägt nicht mit seiner Arbeitskraft zum gesellschaftlichen Fortschritt bei.«

Der Senator räusperte sich. »Wie Dr. Song sagen würde: Äußerst aufschlussreich.«

»Was, Sie haben schon genug von ein bisschen Sozialtheorie?« Der Geliebte Führer nickte vor sich hin, als habe er mehr von seinen amerikanischen Besuchern erwartet. »Dann lassen Sie mich vorstellen: Hier ist Sun Moon!«

Sun Moon kniete sich auf den blanken Beton des Rollfelds und legte die *Gitarre* vor sich auf den Boden. Sie starrte sie schweigend hinab auf das Instrument, als warte sie darauf, dass eine Eingebung angeflogen kam.

»Sing«, flüsterte Kommandant Park. Er stieß ihr die Stiefelspitze ins Gesäß, sodass Sun Moon erschrocken nach Luft schnappte. »Sing«, zischte er.

Brando knurrte und zog an seiner Leine.

Mit den Fingerspitzen und einer Uhufeder zupfte Sun Moon einzelne Noten auf dem Gitarrenhals. Kein Ton harmonierte mit dem nächsten; jeder einzelne klang unheimlich und allein.

Schließlich stimmte sie einen rauen Klagegesang im *Sanjo*-Stil an: Von einem Jungen, der so weit in den Wald lief, dass seine Eltern ihn nicht mehr finden konnten.

Viele der Mitbürger spitzten die Ohren, weil sie die Melodie einzuordnen versuchten.

Sun Moon sang: »Ein kalter Wind kam auf und sagte: *Komm, Waisenjunge, schlaf in meinen wehenden, weißen Tüchern.*«

An dieser Zeile erkannten die Koreaner das Lied und das Märchen, dem sie entstammten, und doch sangen sie nicht zurück: »*Nein, Waisenkind, geh nicht, sonst erfrierst du noch.*« Es war ein Lied, das alle Kinder der Hauptstadt lernten – es machte sich über die Waisen lustig, die verwirrt und ziellos durch die Straßen Pjöngjangs huschten. Sun Moon sang weiter, aber die Zuhörer waren offensichtlich gar nicht davon begeistert, dass solch ein fröhliches Kinderlied, in dem es darum ging, die väterliche Liebe des Geliebten Führers zu finden, derart düster vorgetragen wurde.

Mit rauer Stimme intonierte Sun Moon: »Dann rief ein Bergwerksschacht das Kind: *Komm, such Schutz in meiner Tiefe.*«

Im Geiste hörte Ga die Antwort: *Meide die Dunkelheit, Waisenkind! Suche das Licht!*

Sun Moon sang weiter den Blues: »Dann flüsterte ein Gespenst: *Lass mich herein, Waisenkind! Ich wärme dich von innen.«*

Kämpfe gegen das Fieber, Waisenkind, dachte Ga. *Stirb nicht heute Nacht.*

»Sing es richtig!«, verlangte Kommandant Park.

Aber Sun Moon sang im selben melancholischen Ton weiter von der Ankunft des Großen Bären, seiner Bärensprache, und wie er das Waisenkind auf den Arm nahm und mit seinen Klauen die Waben der Honigbienen öffnete. Aus ihrer klagenden Stimme war all das herauszuhören, was das Lied unerwähnt ließ: Wie scharf diese Klauen waren, wie der Bienenschwarm stach. Ihrem rauen Gesang war die Unersättlichkeit des Bären, sein alles verzehrender, nie befriedigter Appetit nur zu deutlich anzuhören.

Die zuhörenden Männer riefen nicht: »*Habe teil am Honigmahl des Großen Bären!*«

Die Frauen sangen nicht im Chor: »*Habe teil an der Süße seiner Taten!*«

Ein Schauder der Ergriffenheit überlief Kommandant Ga, aber er wusste nicht, warum. War es das Lied, die Sängerin, das Hier und Jetzt des Vortrags, oder war es das Waisenkind, um das es ging? Er wusste nur, dass dies Sun Moons Honig war, mit dem sie ihn fütterte.

Als das Lied zu Ende war, hatte sich die Miene des Geliebten Führers völlig verwandelt. Sein munteres Auftreten, seine begeisterten Gesten waren verschwunden. Sein Blick war stumpf geworden, seine Wangen hingen schlaff herunter.

Seine Wissenschaftler kamen und berichteten, sie hätten den Strahlungsdetektor inspiziert und für intakt befunden.

Er bedeutete Park mit einer Handbewegung, dass er das Rudermädchen holen solle.

»Bringen wir's hinter uns, Senator«, sagte der Geliebte

Führer. »Unser Volk möchte den hungrigen Einwohnern Ihres Landes Nahrungsmittelhilfe leisten. Sobald das abgeschlossen ist, können Sie Ihre amerikanische Staatsbürgerin in Ihre Heimat zurückführen und zu Ihren wichtigeren Geschäften davonfliegen.«

Als Ga das übersetzt hatte, antwortete der Senator: »Einverstanden.«

An Ga gewandt sagte der Geliebte Führer nur: »Sag deiner Frau, sie soll jetzt das Rote anziehen.«

Hätte der Geliebte Führer bloß noch Dr. Song, dachte Ga. Dr. Song, der solche Situationen so gewandt gemeistert hatte, für den solche Szenen nichts als kleine Wogen waren, die sich schnell wieder glätten ließen.

Wanda kam mit verblüfftem Gesichtsausdruck auf ihn zu.

»Wow! Wovon zum Teufel hat das Lied gehandelt?«, fragte sie.

»Von mir«, gab er zurück, aber er war schon mit dem Mädchen und dem Jungen und seiner Frau und dem Hund unterwegs.

Als sie den Mini-Pohyon-Tempel betraten, schien ein Stoßgebet nicht unangebracht. Genosse Buc hatte nämlich eine Palette mit vier leeren Tonnen darin geparkt. »Keine Fragen!«, wies Sun Moon die Kinder an, während sie die weißen Deckel der Plastikfässer aufriss. Kommandant Ga klappte den Instrumentenkoffer in seiner Hand auf und holte Sun Moons silbernes Kleid heraus. »Bestimme selbst, wie du gehst«, sagte er zu ihr, hob das Mädchen hoch und setzte es in die eine Tonne. Er drehte ihre Handfläche nach oben und legte die Kerne der am Vorabend verspeisten Melone hinein. Als Nächstes kam der Junge, und für ihn hatte Ga die zurechtgeschnitzten Auslösestöckchen, den Faden und den Kiesel der Vogelfalle, die sie zusammen gebastelt hatten.

Er starrte die beiden an, ihre Köpfe lugten aus den Tonnen. Fragen durften sie nicht stellen, und sie hätten sowieso nicht gewusst, welche sie hätten stellen sollen, jedenfalls noch lange nicht. Einen Augenblick lang bestaunte Ga sie, sie und dieses unschuldige Ereignis, das sich gleich abspielen würde. Auf einmal war alles so klar. Niemand setzte seine Kinder freiwillig aus, es gab nur Menschen in unmöglichen Situationen, Menschen, die schlicht und einfach keine andere Wahl hatten. Wenn die ihnen ansonsten drohende Gefahr schlimmer war, dann wurden die Kinder nicht ausgesetzt, sondern gerettet. Er war gerettet worden, das war ihm jetzt klar. Eine Schönheit war seine Mutter gewesen, eine Sängerin. Deswegen erwartete sie ein schreckliches Schicksal – sie hatte ihn nicht ausgesetzt, sie hatte ihn vor dem gerettet, was vor ihr lag. Und diese Palette mit den vier weißen Plastiktonnen wirkte plötzlich auf ihn wie das Rettungsfloß, von dem sie an Bord der *Junma* immer geträumt hatten – die Rettungsinsel, die bedeutete, dass sie nicht zusammen mit dem Schiff untergehen würden. Einmal hatten sie das Floß leer davonschwimmen lassen müssen, und nun war es zurückgekommen. Es war da, um die wertvollste Fracht der Welt aufzunehmen. Er wuschelte den beiden sprachlosen Kindern durch die Haare – sie wussten nicht einmal, dass sie gerettet wurden, und erst recht nicht, wovor.

Als Sun Moon in Silber gewandet war, verschwendete Ga keine Zeit darauf, sie zu bewundern. Er hob sie hoch, und als sie in der Tonne war, drückte er ihr den Laptop in die Hand.

»Hier ist dein Transitvisum«, erklärte er ihr.

»Genau wie in unserem Film«, sagte sie und lächelte ungläubig.

»Haargenau«, sagte er. »Dein goldener Passierschein nach Amerika.«

»Hör zu«, sagte sie. »Hier sind vier Tonnen, eine für jeden von uns. Ich weiß genau, was du denkst, aber sei nicht dumm. Du hast mein Lied gehört, du hast gesehen, was er für ein Gesicht gemacht hat.«

»Kommst du nicht mit?«, fragte das Mädchen.

»Psst!«, machte Sun Moon.

»Und was ist mit Brando?«, fragte der Junge.

»Der kommt mit«, versicherte Ga ihnen. »Den will der Geliebte Führer dem Senator zurückgeben, weil er angeblich zu aggressiv für die friedliebenden Bürger unseres Landes ist.«

Die Kinder fanden das gar nicht lustig.

»Werden wir dich jemals wiedersehen?«, wollte das Mädchen wissen.

»Ich werde euch sehen«, sagte Ga und drückte ihr den Fotoapparat in die Hand. »Wenn du damit ein Foto machst, dann kann ich das hier auf meinem Telefon sehen.«

»Aber was sollen wir denn fotografieren?«, fragte der Junge.

»Egal was. Alles, was ihr mir zeigen wollt. Was euch froh macht«, antwortete er.

»Schluss damit«, verkündete Sun Moon. »Ich habe getan, was du von mir wolltest, ich trage dich jetzt in meinem Herzen. Das ist das Einzige, womit ich mich auskenne: Sich nicht zu trennen, die Familie zusammenzuhalten, egal, was passiert.«

»Du bist auch in meinem Herzen«, antwortete Ga. Dann hörte er Bucs Gabelstapler und klopfte die Deckel auf die Tonnen.

Brando war davon ausgesprochen beunruhigt; jaulend tanzte er um die Fässer.

In das vierte Fass schüttete Kommandant Ga alles, was

noch im Gitarrenkoffer war. Tausende von Fotografien flatterten hinein – all die armen Seelen vom Straflager 33, ein jedes Foto mit Namen, Eintrittsdatum und Todestag.

Ga klappte die Tempelrückwand auf und dirigierte Buc heran.

Genosse Buc war leichenblass. »Ziehen wir das wirklich durch?«, fragte er.

»Fahr im großen Bogen um die Menge herum«, wies Ga ihn an. »Damit es so aussieht, als ob du aus der anderen Richtung kommst.«

Buc hob die Palette an und schaltete in den Rückwärtsgang, fuhr aber noch nicht los.

»Du gestehst ja, richtig?«, fragte Genosse Buc. »Der Geliebte Führer erfährt, dass du das alles veranstaltet hast?«

»Das erfährt er, vertrau mir«, antwortete Ga.

Als Buc zurücksetzte und die Tonnen ins Licht hob, sah Ga voller Grauen, wie deutlich die Umrisse der Menschen in den Fässern zu sehen waren – wie Raupen, die sich in ihren weißen Kokons wanden.

»Ich glaube, wir haben die Luftlöcher vergessen«, sagte Buc.

»Fahr einfach«, befahl Ga.

Draußen auf der Startbahn gesellte sich Ga zum Geliebten Führer und zu Kommandant Park; sie leiteten Kindermannschaften an, die Plastikfässer auf die Gabelstaplerpaletten zurollten. Die Bewegungen der Kinder waren einstudiert, aber ohne die Marschmusik einer Kapelle erinnerten ihre pantomimischen Bewegungen eher an die vollautomatische Traktoren-Fertigungsstraße, die im Museum für Sozialistischen Fortschritt ausgestellt war.

Bei ihnen stand das Rudermädchen im goldenen Kleid. Schweigend stand sie neben Wanda, auf der Nase eine dicke

Sonnenbrille, hinter der ihre Augen nicht zu erkennen waren. Sie wirkte, als stehe sie komplett unter Drogen. Vielleicht hatte man sie auch an den Augen operiert, dachte Ga.

Der Geliebte Führer kam, nun wieder lächelnd, auf Ga zu. »Wo ist unsere Sun Moon?«, fragte er.

»Sie kennen Ihren Filmstar doch«, antwortete Ga. »Sie muss perfekt aussehen. Sie zupft so lange herum, bis alles richtig ist.«

Der Geliebte Führer nickte – das war wohl wahr. »Wenn sie unserem Mannweib Lebewohl wünscht, sehen die Amerikaner wenigstens, wie schön Sun Moon wirklich ist. Wenn die beiden erst nebeneinanderstehen, wird es keinen Zweifel mehr geben, wer von beiden die Schönere ist. Wenigstens diese Befriedigung bleibt mir.«

»Wann soll ich den Hund zurückgeben?«, fragte Ga.

»Das wird der letzte Streich, Kommandant Ga. Dann zeigen wir's ihnen!«

Mehrere Gabelstapler rasten in Richtung Flugzeug-Laderampe an Tommy und dem Senator vorbei. Die beiden beobachteten fasziniert das seltsame Frachtgut, das da an ihnen vorbeifuhr – eine Tonne leuchtete im Vinalonblau der Arbeitsbrigaden-Overalls, eine andere war Alptraumbraun wie gegrillte Rinderrippchen. Als ein Gabelstapler mit mehreren Kompostklos darauf vorbeifuhr, wunderte Tommy sich doch: »Sagt mal, was für eine Art Hilfslieferung soll das denn werden?«

»Was sagt der Amerikaner?«, wollte der Geliebte Führer von Ga wissen.

Ga antwortete: »Sie sind neugierig, welche wunderbaren Hilfsgüter wir ihnen zur Verfügung stellen.«

Der Geliebte Führer versprach dem Senator: »Ich versichere Ihnen, dass wir nur solche Artikel ausgewählt haben, die eine von sozialen Übeln geplagte Nation wie die Ihre dringend benötigt. Wünschen Sie eine Inspektion?«

Tommy fragte den Senator: »Staplerinspektion gefällig?«

Als der Senator zögerte, wies der Geliebte Führer Kommandant Park an, einen der Gabelstapler anzuhalten. Ga sah Genosse Buc um die wartenden Zuschauer herum auf sie zukommen, aber Park winkte zum Glück einen anderen Stapler heran. Der Fahrer tat jedoch, als hätte er nichts bemerkt, und fuhr einfach weiter, die Miene angstverzerrt. Park winkte einen anderen Fahrer zu sich, doch auch dieser schützte komplette Konzentration auf den Weg zum Flugzeug vor. »Dak-Ho«, brüllte Park ihm hinterher. »Ich weiß, dass du das bist! Ich weiß, dass du mich gehört hast!«

Der Geliebte Führer lachte. Er rief Park zu: »Versuch doch mal, ihnen ein bisschen Honig um den Bart zu schmieren.«

Kommandant Parks Gesichtsausdruck war schwer einzuordnen, aber als er dann Genosse Buc heranrief, setzte er seine Autorität durch. Und Ga wusste, dass Buc derjenige war, der anhalten würde.

Keine zehn Meter entfernt brachte Genosse Buc seinen Stapler zum Stehen, Palette hoch in der Luft. Jeder, der sich die Mühe machte, dort hochzuschauen, musste sofort erkennen, dass sich menschliche Gestalten in den Tonnen bewegten.

Kommandant Ga trat zum Senator und klopfte ihm kräftig auf den Rücken.

Der Senator sah ihn seltsam an.

Ga zeigte auf Bucs Gabelstapler. »Diese Palette mit Hilfslieferungen zu inspizieren wäre doch perfekt, *nicht wahr?*«, fragte er den Senator. »Viel besser als der Inhalt von der da drüben, *richtig?*«

Der Senator brauchte einen Augenblick, bis er begriffen

hatte. Er zeigte auf den anderen Stapler und fragte den Geliebten Führer: »Gibt es einen Grund, warum Sie uns nicht gestatten wollen, den da zu inspizieren?«

Der Geliebte Führer lächelte nachsichtig. »Untersuchen Sie, was Sie wollen.«

Als die Leute anfingen, auf den anderen Gabelstapler zuzugehen, den der Senator ausgesucht hatte, hob Brando die Nase in die Luft und bellte schwanzwedelnd den Stapler von Genosse Buc an.

»Schon erledigt!«, rief Ga Buc zu. »Wir brauchen dich nicht mehr!«

Kommandant Park betrachtete mit schiefgelegtem Kopf den bellenden Hund. »Nein, warte!«, rief Park Buc zu, der in eine andere Richtung starrte, damit er nicht erkannt wurde.

Park kniete sich neben den Hund und sah ihn forschend an. Zu Ga sagte er: »Diese Tiere können angeblich alles Mögliche aufspüren. Sie sollen eine sehr gute Nase haben.« Park studierte die Haltung des Hundes, blickte dann zwischen den Hundeohren hindurch über die Schnauze und sah – wie im Fadenkreuz eines Gewehrs – die Tonnen auf Bucs Stapler. »Hmm«, machte Kommandant Park.

»Komm mal her, Kommandant Park«, rief der Geliebte Führer. »Du lachst dich tot.«

Park grübelte eine weitere Sekunde über die Situation nach und rief hoch zu Buc: »Du bleibst schön hier!«

Der Geliebte Führer rief wieder nach Park und lachte.

»Na komm schon, Park! Hier ist etwas vonnöten, was nur du besitzt!«

Park und Ga gingen auf den Geliebten Führer zu, während Brando immer noch an seiner Leine in die entgegengesetzte Richtung zog.

»Angeblich sind Hunde ja besonders aggressive Tiere. Was meinst du?«, fragte Park.

Ga antwortete: »Ich glaube, sie sind immer nur so gefährlich wie ihre Besitzer.«

Sie kamen zu dem Gabelstapler, vor dem der Geliebte Führer mit dem Senator und Tommy stand. Jetzt traten auch Wanda und das Rudermädchen hinzu. Auf der Palette standen zwei Fässer und ein in Schrumpffolie verpackter Stapel Kartons.

»Wie kann ich behilflich sein?«, erkundigte sich Park.

»Es ist zu herrlich«, lachte der Geliebte Führer. »Einfach zu schön, um wahr zu sein! Wie es scheint, haben wir hier einen Karton, der aufgeschnitten werden muss.«

Kommandant Park zog ein Kartonagenmesser aus der Tasche.

»Was ist daran so lustig?«, fragte Tommy.

Kommandant Park schnitt die Verklebung des Kartons mit dem Cutter auf.

Park antwortete: »Dass ich das Kartonagenmesser noch nie für einen Karton benutzt habe.«

Der Geliebte Führer konnte gar nicht mehr aufhören zu lachen.

Im Karton befanden sich die *Gesammelten Werke Kim Jong Ils* in gebundener Ausgabe.

Der Geliebte Führer schnappte sich eins der Bücher, klappte es auf und sog den Geruch nach Druckerschwärze tief und genüsslich ein.

Das Rudermädchen nahm die Sonnenbrille ab. Ihre Augen wirkten, als wäre sie mit Beruhigungsmitteln vollgepumpt. Durch halb geschlossene Lider betrachtete sie die Bücher; als sie sie erkannte, zeigte ihr Gesicht blankes Entsetzen. »Nein!«, stöhnte sie und sah aus, als müsste sie sich übergeben.

Tommy zog den Deckel von einem Plastikfass ab und schöpfte eine Handvoll Reis heraus.

»Das ist Rundkornreis«, stellte Tommy fest. »Ich dachte immer, Japan baut den Rundkornreis an und Korea nur Langkorn?«

Wanda ahmte Dr. Songs Tonfall nach: »Die nordkoreanischen Reiskörner sind größten und dicksten der Welt.«

Der Geliebte Führer merkte an ihrem Ton, dass sie etwas Beleidigendes gesagt hatte, aber er wusste nicht, was. »Ja, aber wo ist denn nun Sun Moon?«, fragte er Ga. »Schau nach, warum sie so lange braucht.«

Um noch etwas Zeit zu schinden, sprach Ga den Senator an: »Hat Dr. Song nicht in Texas versprochen, dass der Geliebte Führer Ihnen eine persönliche Widmung in sein Werk schreiben würde?«

Der Senator lächelte. »Das wäre eine gute Gelegenheit, den Füllfederhalter des Friedens auszuprobieren.«

»Ich habe meine Bücher noch nie signiert«, erwiderte der Geliebte Führer geschmeichelt und misstrauisch zugleich. »Aber das ist wohl wirklich ein besonderer Anlass heute.«

»Und Wanda«, sagte Ga. »Sie wollten doch auch ein Exemplar für Ihren Vater, richtig? Und Tommy, haben Sie nicht auch lautstark nach einer signierten Werkausgabe verlangt?«

»Ich hätte nicht gedacht, dass mir diese Ehre einmal zuteil würde«, erwiderte Tommy.

Kommandant Park wandte sich schon wieder nach Bucs Gabelstapler um.

Brando zerrte wie verrückt an der Leine.

»Kommen Sie mit, Kommandant Park!«, rief Ga. »Sehen wir nach, ob bei Sun Moon alles in Ordnung ist.«

Park drehte sich nicht zu ihm herum. »Gleich«, sagte er und schritt unbeirrt weiter auf Bucs Gabelstapler zu.

Kommandant Ga sah, wie Buc das Lenkrad panisch umklammert hielt, wie sich die Gestalten in den Tonnen in der

Hitze und verbrauchten Luft wanden. Ga ging neben Brando in die Hocke. Er zog dem Hund die Leine vom Hals und hielt ihn am Nackenfell fest.

»Kommandant Park – einen Augenblick!«, rief Ga.

Park blieb stehen und sah sich um.

»Fass!«, sagte Kommandant Ga zu ihm.

»Fass?«, fragte Kommandant Park.

Im selben Moment stürzte sich der Hund bereits auf ihn und schnappte nach seinem Arm.

Der Senator fuhr herum und sah voller Grauen, wie einer seiner heißgeliebten Catahoulas den sehnigen Unterarm eines Mannes mit seinen Reißzähnen zerfetzte. Der Senator betrachtete seine Gastgeber mit einem taxierenden Blick – jetzt verstand er, dass es nichts gab, was in Nordkorea nicht irgendwann aggressiv und bösartig wurde.

Das Rudermädchen kreischte, als sie sah, wie Kommandant Park mit dem Kartonagenmesser auf den Hund einstach, und als das Blut zu spritzen begann, rannte sie hysterisch auf das Flugzeug zu. Ihr ruhiggestellter Athletenkörper, der ein ganzes Jahr unter der Erde dahinvegetiert hatte, ließ die Arme pumpen und gab sein Bestes.

Schon bald war das Hundefell mit schwarzem Blut getränkt. Als Kommandant Park brutal mit dem Cutter auf den Hund einstach, fiel der über die Hacken des Mannes her. Die Zähne schlugen sich in die Knochen.

»Schießt doch!«, brüllte Park. »Erschießt das Scheißvieh!«

Die MfSS-Leute unter den Zuschauern zogen ihre Tokarews. Beim Anblick der Pistolen stob das Volk in alle Richtungen auseinander. Genosse Buc brauste im Höchsttempo in Schlangenlinien zwischen den amerikanischen Sicherheitsbeamten hindurch, die schützend auf den Senator und seine Delegation zustürzten.

Der Geliebte Führer stand allein da, völlig orientierungslos, mit seinen Gedanken noch bei einer langen, erst halb fertigen Widmung. Er hatte das blutige Spektakel direkt vor Augen, aber ein nicht von ihm orchestriertes Ereignis schien sein Gehirn nicht verarbeiten zu wollen.

»Was geht hier vor sich, Ga? Was ist los?«, fragte der Geliebte Führer verwirrt.

»Ein gewalttätiger Zwischenfall, Geliebter Führer«, unterrichtete ihn Ga.

Der Geliebte Führer ließ den Füllfederhalter des Friedens fallen. »Sun Moon!«, keuchte er. Er drehte sich nach dem Tempelchen um und durchwühlte seine Taschen nach dem Silberschlüssel. So schnell er konnte trabte er auf die Umkleide zu, sein Bauch wogte unter dem grauen Einteiler. Mehrere von Kommandant Parks Männern folgten, und Ga rannte ihnen hinterher.

Hinter ihnen wälzten sich Mann und Hund im blutigen Zweikampf am Boden, und die Hundezähne wollten einfach nicht loslassen.

Vor der Umkleidekabine zögerte der Geliebte Führer unsicher, als stehe er vor dem echten Tempel von Pohyon – Bastion gegen die Japaner im Imjin-Krieg, Wirkungsstätte des berühmten Kriegermönchs Sosan, Aufbewahrungsort der Annalen der Yi-Dynastie.

»Sun Moon!«, rief er. Er klopfte an die Tür. »Sun Moon!«

Er steckte den Schlüssel ins Schloss und schien nichts von den Pistolenschüssen und dem letzten Aufjaulen des Hundes hinter sich mitzubekommen. Der kleine Raum war leer. An der Wand hingen drei *Chosŏnots* – weiß und blau und rot. Auf dem Boden lag ihr Instrumentenkoffer. Der Geliebte Führer bückte sich und klappte ihn auf. Darin war die *Gitarre*. Er zupfte eine Saite.

Der Geliebte Führer drehte sich zu Ga um. »Wo ist sie? Wohin ist sie gegangen?«

Ga erwiderte: »Und wo sind ihre Kinder?«

»Genau«, sagte er. »Die Kinder sind auch weg. Aber wo kann sie denn sein, ohne ihre Kleider?«

Der Geliebte Führer berührte alle drei *Chosŏnots*, als müsse er sich überzeugen, dass sie echt waren, und schnupperte an einem Ärmel. »Ja, das sind ihre«, sagte er. Etwas lag auf dem Boden. Er hob es auf: Zwei Fotos, Rücken an Rücken aneinandergeheftet. Auf dem ersten war ein junger Mann zu sehen, das Gesicht verdüstert von Unsicherheit. Dann drehte der Geliebte Führer die Bilder um: eine zermalmte, dreckverkrustete menschliche Gestalt auf dem Boden, den Mund weit aufgerissen und randvoll mit Erde.

Der Geliebte Führer schauderte und warf die Bilder von sich.

Er trat nach draußen, wo die Flugzeugturbinen aufheulten, während sich der Laderaum hydraulisch schloss. Suchend lief der Geliebte Führer einmal um das Tempelchen herum, dann richtete er den Blick unerklärlicherweise in die Wolken.

»Aber ihre Kleider sind doch hier!«, sagte er. »Da, da hängt ihr rotes Kleid.«

Genosse Buc kam angefahren und stieg vom Gabelstapler. »Ich habe Schüsse gehört«, sagte er.

»Sun Moon ist weg«, unterrichtete ihn Ga, bemüht um ein ratloses, besorgtes Gesicht.

»Aber das ist doch unmöglich«, erwiderte Buc. »Wo kann sie denn sein?«

Humpelnd stieß Kommandant Park zu ihnen. »Dieser verdammte Hund«, ächzte er und holte tief Luft. Er hatte viel Blut verloren.

Der Geliebte Führer sagte nun auch: »Sun Moon ist weg.«

Schwer atmend beugte Park sich vor und stützte sich mit seiner guten Hand auf dem unverletzten Knie ab. »Sämtliche Bürger verhaften«, befahl er seinen Männern. »Papiere überprüfen. Im gesamten Gelände ausschwärmen, alle Flugzeugwracks durchsuchen, und besorgt jemanden, der die Kloake da hinten ausbaggert.«

Der Jumbojet der Amerikaner beschleunigte auf der Startbahn; Sprechen war bei dem gewaltigen Getöse zwecklos. Eine Minute standen alle da und warteten, dass sie wieder etwas sagen konnten. Als das Flugzeug abgehoben hatte und steil aufstieg, hatte Park endlich alles durchschaut.

Buc sagte zu Kommandant Park: »Ich gehe dir mal ein Pflaster holen.«

»Nein«, sagte Park und blickte zu Boden. »Niemand rührt sich vom Fleck.« Zum Geliebten Führer sagte er: »Wir müssen davon ausgehen, dass Kommandant Ga hier seine Hand im Spiel hatte.«

»Kommandant Ga?«, fragte der Geliebte Führer und zeigte auf ihn: »Er?«

»Er ist mit den Amerikanern befreundet«, sagte Park. »Und jetzt sind die Amerikaner weg. Und Sun Moon auch.«

Der Geliebte Führer hob den Kopf und suchte den Himmel nach dem amerikanischen Flugzeug ab. Dann sah er Ga an, absolute Fassungslosigkeit im Gesicht. Seine Augen huschten umher, von einer Möglichkeit zur anderen, er rätselte über all die unmöglichen Dinge, die Sun Moon zugestoßen sein könnten. Dann wurde der Blick des Geliebten Führers vollkommen leer. Diesen Gesichtsausdruck kannte Ga nur zu gut. Es war das Gesicht, das auch er früher der Welt gezeigt hatte: Das eines Jungen, der alles geschluckt hatte, was mit ihm geschehen war, der aber noch sehr, sehr lange nicht verstehen würde, was es zu bedeuten hatte.

»Ist das wahr?«, fragte der Geliebte Führer. »Heraus mit der Wahrheit!«

Jetzt herrschte Stille, wo vorher der Motorenlärm des Flugzeugs gewesen war.

»Jetzt wissen Sie etwas über mich«, sagte Ga zum Geliebten Führer. »Ich habe Ihnen ein Stück von mir gegeben, und jetzt wissen Sie, wer ich wirklich bin. Und ich weiß etwas über Sie.«

»Was redest du da für ein Zeug?«, herrschte der Geliebte Führer ihn an. »Sag mir, wo Sun Moon ist!«

»Ich habe Ihnen das Wichtigste genommen. Ich habe lediglich an einem Fädchen gezupft, und schon lösen Sie sich auf.«

Der nur halbwegs wiederhergestellte Kommandant Park richtete sich auf. Er reckte das blutige Kartonagenmesser hoch.

Mit einem Finger gebot ihm der Geliebte Führer Einhalt.

»Und jetzt wirst du mir die Wahrheit sagen, mein Junge«, sagte der Geliebte Führer langsam und streng zu Ga. »Hast du ihr etwas angetan?«

»Die große Narbe, die auf meiner Seele ist, die haben Sie jetzt auch«, antwortete Ga. »Ich werde Sun Moon nie wiedersehen. Und Sie auch nicht. Von jetzt an werden wir in unserem Verlust wie Brüder sein.«

Kommandant Park machte ein Zeichen, und zwei seiner Männer packten Ga, wobei sie ihre Daumen tief in seinen Bizeps drückten.

»Meine Mitarbeiter in Abteilung 42 kümmern sich um ihn«, teilte Park dem Geliebten Führer mit. »Kann ich ihn an die Pubjok übergeben?«

Doch der Geliebte Führer gab keine Antwort. Erneut betrachtete er das Umkleidehäuschen, den hübschen kleinen Tempel mit den Kleidern darin.

Kommandant Park erteilte selbst den Befehl. »Bringt Ga zu den Pubjok«, wies er seine Männer an. »Und die Staplerfahrer könnt ihr auch gleich alle mitnehmen.«

»Einen Augenblick«, sagte Ga. »Buc hatte nichts damit zu tun.«

»Stimmt«, sagte Genosse Buc. »Ich habe nichts getan.«

»Tut mir leid«, sagte Kommandant Park zu Buc. »Aber die Strafe, die auf diese Sache folgt, die kann ein einzelner Mann unmöglich tragen. Sogar auf euch alle verteilt wird sie noch unerträglich sein.«

»Geliebter Führer«, bettelte Buc. »Ich bin es, Ihr engster Genosse! Wer besorgt Ihnen den Kognak aus Frankreich und die Seeigel aus Hokkaidō? Wer hat Ihnen jede Zigarettenmarke der Welt beschafft? Ich bin loyal. Ich habe Familie.« An dieser Stelle trat Buc beschwörend einen Schritt auf ihn zu: »Ich habe nie Republikflucht begangen«, sagte er. »Ich bin jedes Mal wieder zurückgekommen.«

Doch der Geliebte Führer hörte nicht hin. Er starrte nur Kommandant Ga an.

»Ich verstehe nicht, wer du bist«, sagte der Geliebte Führer. »Du hast meinen Erzfeind getötet. Du bist aus dem Straflager 33 geflüchtet. Du hättest dich endgültig absetzen können. Doch hier stehst du vor mir. Welcher Mensch tut so was? Wer kommt und stellt sich vor mich hin, wer wirft sein eigenes Leben weg, nur um mir die Laune zu verderben?«

Ga blickte hoch zu dem Kondensstreifen am Himmel und verfolgte ihn bis zum Horizont. Eine Welle der Befriedigung durchlief ihn. Ein Tag war mehr als nur ein Streichholz, das man anriss, nachdem alle anderen verglüht waren. In einem Tag würde Sun Moon in Amerika sein. Morgen würde sie an einem Ort aufwachen, an dem sie ein Lied singen konnte, auf das sie ihr ganzes Leben gewartet hatte. Von jetzt an würde es nicht mehr nur ums Überleben gehen. Und in diesen neuen Tag würden sie gemeinsam treten.

Ga erwiderte den Blick des Geliebten Führers und verspürte doch keine Angst, als er in die Augen des Mannes sah, der das letzte Wort behalten würde. Ga fühlte sich sogar seltsam unbeschwert. *So hätte ich mich mein ganzes Leben lang gefühlt, wenn du nicht gewesen wärst,* dachte Ga. Ga war voller Entschlossenheit; Anweisungen nahm er jetzt nur noch von sich selbst entgegen. Was für ein seltsames, neues Gefühl das war. Vielleicht hatte Wanda das gemeint, als sie den gewaltigen Himmel von Texas betrachtet und ihn gefragt hatte, ob er sich frei fühle. Freiheit konnte man wirklich fühlen, jetzt wusste er es. Sie kribbelte in seinen Fingern, rasselte in seinem Atem und ließ ihn auf einmal all die Leben vor sich sehen, die er hätte leben können, und das Gefühl verließ ihn selbst dann nicht, als Kommandant Parks Männer ihn niederschlugen und an den Füßen zu einer wartenden Krähe hinüberschleiften.

BÜRGER, schart euch um eure Lautsprecher! Ihr hört nun die letzte Folge der Besten Nordkoreanischen Kurzgeschichte dieses Jahres, die wir aber genauso gut die Beste Nordkoreanische Kurzgeschichte Aller Zeiten nennen könnten! In diesem großen Finale tritt zwangsläufig auch Unerfreuliches auf den Plan, liebe Mitbürger. Wir empfehlen euch also, nur in Gesellschaft zuzuhören. Sucht die Nähe eurer Kollegen in der Fabrik. Umarmt den Fremden neben euch in der U-Bahn. Wir möchten euch auch raten, die Ohren unserer jüngsten Genossen vor der heutigen Sendung zu schützen, da sie noch nicht ahnen, zu welchem Frevel der Mensch imstande ist. Ja, heute lassen die Amerikaner ihre Bluthunde von der Kette! Also kehrt das Sägemehl auf dem Boden der Mühlen zusammen, zupft Watte aus den Motoren der Webmaschinen – ihr müsst die unschuldigen Ohren der Kleinen verstopfen.

Der Tag war gekommen, da das arme amerikanische Rudermädchen, das von unseren furchtlosen Fischersleuten aus den tückischen Wogen der hohen See gerettet worden war, heimkehren musste. Ihr erinnert euch noch gut an den jämmerlichen Anblick, den die Amerikanerin bot, bevor Sun Moon sie badete. An diesem Tag aber trug das Rudermädchen die Haare in einem langen Zopf, den Sun Moon ihr selbst geflochten hatte. Natürlich konnte kein noch so prächtiger goldener *Chosŏnot* diese gebeugten Schultern und plumpen Brüste verbergen. Doch das Rudermädchen wirkte zumindest gesünder, seit sie von wohlschmeckender, nahrhafter Hirse ernährt wurde. Und nachdem der Geliebte Führer sie streng zur Keuschheit ermahnt hatte, wirkte sie auf der Stelle weiblicher, mit ernstem Gesicht und aufrechter Haltung.

Dennoch war es ein trauriger Abschied, da sie nach Amerika zurückkehren musste, in eine Welt der Analphabeten, Hunde und bunten Kondome. Wenigstens würden ihr die Schreibhefte Anleitung schenken, die sie selbst mit den Weisheiten und dem Witz des Geliebten Führers gefüllt hatte. Und wir müssen es zugeben: Sie gehört nach Hause zu ihrem Volk, auch wenn sie dort in einem Land leben muss, in dem *nichts* umsonst ist – weder Meeresalgen noch Sonnenbräune noch eine einfache Bluttransfusion.

Malt euch aus, mit welcher Pracht unser hochverehrter Generalissimus Kim Jong Il die Yankees empfing, die nach Pjöngjang geflogen kamen, um ihr junges Rudermädchen heimzuholen. Im Geiste vorbildlicher Zusammenarbeit war der Geliebte Führer willens, einen Tag lang zu vergessen, wie die Amerikaner Pjöngjang mit Napalm bombardiert hatten, wie sie den Haesang-Damm zerstört hatten, wie sie in Nogeun-ri Zivilisten mit Maschinengewehren niedergemäht hatten. Im Interesse der beiderseitigen Freundschaft wollte der Geliebte Führer die Rede nicht auf die Untaten bringen, die von amerikanischen Kollaborateuren im Gefängnis Daejeon oder während des Aufstands auf Jeju verübt worden waren, ganz zu schweigen vom Ganghwa-Massaker und den Massenmorden in der Kobaltmine Kyung San. Nicht einmal das Bodo-League-Massaker oder die Misshandlung der Gefangenen nach der Schlacht um den Busan-Perimeter würde er erwähnen.

Nein, besser war es, die Vergangenheit einmal auf sich beruhen zu lassen. An diesem Tag wollten alle an tanzende Kinder denken, an lebhafte Akkordeonklänge und an die Freuden der Großmut, denn an diesem Tag ging es um mehr als nur einen fröhlichen Kulturaustausch: Der Geliebte Führer verfolgte zugleich ein humanitäres Ziel. Die amerikanischen

Millionen, die Tag für Tag hungern müssen – jeder sechste im Land! – sollten Nahrungsmittelhilfe erhalten!

Anfangs gaben sich die amerikanischen Besucher noch freundlich, allerdings hatten sie eine Unzahl zähnefletschender Hunde mitgebracht. Ihr müsst dabei bedenken, dass in Amerika die Hunde zum Gehorsam erzogen werden, während die Menschen, normale Bürger wie ihr und eure Nachbarn, keinerlei Gehorsam erlernen. Da kann es kaum überraschen, dass die Amerikaner, kaum hatten sie, was sie wollten – ihre unansehnliche Mitbürgerin und genug Nahrungsmittel, um ihre Armen zu ernähren –, es uns mit feiger Aggression dankten.

Ja, Bürger! Die Amerikaner griffen uns überraschend an!

Ein Codewort wurde gesprochen, woraufhin die Hunde ihre Fänge entblößten und sich auf ihre koreanischen Gastgeber stürzten. Und schon flog heißes Blei aus amerikanischen Pistolen auf ihr edelgesinntes koreanisches Gegenüber! Eine amerikanische Kommandotruppe stürzte sich auf Sun Moon und zerrte sie mit roher Gewalt in den Yankee-Jet! Verfolgten die Amerikaner einen ausgetüftelten Plan, um unserer bescheidenen Nation die beste Schauspielerin der Welt zu rauben? Oder wurden sie plötzlich durch ihren überirdisch schönen Anblick im roten *Chosŏnot* dazu veranlasst, sie einfach vom Fleck weg mitzunehmen? *Wo war denn Genosse Buc?*, mag der aufmerksame Zuhörer sich nun fragen. War Genosse Buc denn gar nicht an Sun Moons Seite, um sie zu verteidigen? Bürger, die Antwort lautet: Buc ist nicht mehr euer Genosse, ist es nie gewesen.

Wappnet euch für das, was nun geschieht, Bürger. Haltet Eure Rachegelüste zurück. Lenkt euren Zorn in eure Arbeit, Bürger, und verdoppelt eure Produktionsleistung! Entfacht das Feuer eurer Wut unter den Hochöfen der Sollerfüllung!

Denn als unsere Volksschauspielerin von den Amerikanern gepackt wurde, ließ sie der niederträchtige Buc, der nur um sein eigenes Leben fürchtete, einfach gehen. Und rannte auf und davon.

»Erschießt mich!«, schrie Sun Moon, während sie weggezerrt wurde. »Erschießt mich auf der Stelle, Genossen, denn ohne die wohlwollende Leitung des größten aller Führer, ohne Kim Jong Il kann ich nicht leben!«

Unser Geliebter Führer mobilisierte seine militärische Ausbildung, sprintete los und verfolgte die Feiglinge, die den Schatz unserer Nation in ihren Klauen hielten. Direkt in den feindlichen Kugelhagel rannte der Geliebte Führer. Eine Friedenstaube nach der anderen flatterte den Kugeln in den Weg und zerbarst im daunigen Glühen patriotischer Selbstaufopferung!

Und wer steht untätig daneben? Der Feigling Kommandant Ga – Hochstapler, Waise, und gegen sämtliche Bürgerpflichten hat er auch noch verstoßen! Doch als dieser einfache Mann mit eigenen Augen sah, wie der Geliebte Führer Hunde abwehrte und dem Kugelhagel auswich, erwachte in ihm ein revolutionärer Eifer, wie er ihn bis dahin nicht gekannt hatte. Als Ga, dieses niederste Element der Gesellschaft, den Akt beispiellosen Heldenmuts mit eigenen Augen miterlebte, fühlte er sich dazu berufen, sein Leben ebenfalls in den Dienst der höchsten sozialistischen Ideale zu stellen.

Als ein amerikanischer Soldat »Kostenlose Adoptivkinder!« rief und sich einen ganzen Arm voller kleiner Turner schnappte, trat Kommandant Ga in Aktion. Zwar fehlte ihm das Vermögen des Geliebten Führers, sich Hunde vom Leib zu halten, doch mit Taekwondo kannte er sich aus. »*Charyot!*«, brüllte er. Das ließ die Amerikaner aufhorchen. »*Junbi!*«, schrie er, dann »*Sijak!*«. Und dann hagelte es Schläge und Tritte. Mit fliegenden Fäusten raste er den flüchtenden Amerikanern hinterher und boxte sich durch Düsenstrahlen, Kupfermantelgeschosse und gefletschte Fangzähne den Weg frei bis zum anrollenden Flugzeug.

Die Triebwerke des Düsenjets brüllten mächtig auf, doch Kommandant Ga beschwor seinen kraftvollen koreanischen Charakter, holte das Flugzeug mit Juche-Kraft ein und machte einen gewaltigen Satz auf die Tragfläche. Während der Düsenjet von der Startbahn abhob und sich in die Lüfte über Pjöngjang schwang, zog Ga sich hoch und kämpfte sich durch den peitschenden Gegenwind vor zu den Fenstern. Drinnen schaute das Rudermädchen fröhlich den Amerikanern zu, wie sie bei kreischender südkoreanischer Popmusik feierten, Sun Moon ein Kleidungsstück nach dem anderen entrissen und ihrer Keuschheit beraubten.

Kommandant Ga tauchte seinen Finger in eine seiner blutenden Wunden und malte von außen inspirierende Slogans an die Flugzeugscheiben. In blutroter Spiegelschrift erinnerte er Sun Moon an die ewige Liebe, die der Geliebte Führer für sie – nein, für jede Bürgerin und jeden Bürger der Volksrepublik Korea! – empfindet, und stärkte so ihren Widerstand. Hinter den Scheiben drohten die Amerikaner Kommandant Ga mit wütenden Gesten, aber nicht einer hatte den Schneid, hinaus auf den Flügel zu steigen und wie ein Mann gegen ihn anzutreten. Stattdessen erhöhten sie ihr Tempo, bis das Flugzeug mit unglaublicher Geschwindigkeit dahinraste, und versuchten dann, ihren hartnäckigen Gast durch Ausweichmanöver und Luftakrobatik abzuschütteln, aber kein Überschlag konnte einen entschlossenen Kommandanten Ga aufhalten! Er duckte sich tief und klammerte sich an der Vorderkante der Tragfläche fest, während das Flugzeug sich über dem verzauberten Myohyang-Gebirge und dem Himmelssee in die Höhe schraubte, der in der Umarmung der überfrorenen Gipfel des Heiligen Ahnenbergs Paektu daliegt. Doch über der Gartenstadt Ch'ŏngjin verlor Ga schließlich das Bewusstsein.

Dass wir unsere Geschichte zu Ende erzählen können, verdanken wir allein der gewaltigen Reichweite der nordkoreanischen Radaranlagen.

Auch in der kalten, dünnen Luft lockerten die halb erfrorenen Finger Kommandant Gas nicht ihren Griff. Doch die Bluthunde hatten ihm zugesetzt – unser Genosse verlor an Kraft. In diesem Augenblick trat Sun Moon mit zerzaustem Haar und verunstaltetem Gesicht ans Fenster und sang ihm mit patriotischer Kraft in der Stimme ein Lied. Immer wieder ließ sie die Zeilen von *Unser Vater ist der Marschall* für ihn erklingen, bis Kommandant Ga endlich an den richtigen Stellen im Lied »Ewig brennt des Marschalls Flamme« brummte. Der Wind zerrte gefrierende Blutfäden von seinen Lippen, doch der gute Kommandant sammelte seine ganze Kraft und kam unter diesen Worten auf die Beine.

Gegen die mächtigen Sturmwinde gelehnt kämpfte er sich bis zum Fenster vor, hinter dem Sun Moon auf das Meer unter ihnen deutete. Und da sah er, was auch sie sah: einen amerikanischen Flugzeugträger, der aggressiv unser Hoheitsgebiet durchkreuzte. Zugleich erkannte Ga die Gelegenheit, endlich dem Schatten seines feigen Verhaltens zu entkommen. Kommandant Ga salutierte ein letztes Mal schneidig vor Sun Moon, stürzte sich von der Tragfläche und raste als tödliches Geschoss auf die Kommandobrücke des Kapitalismus zu, in der ein amerikanischer Kapitän gerade den nächsten hinterhältigen Überraschungsangriff plante.

Nun dürft ihr Ga nicht im ewigen freien Fall sehen, Bürger. Stellt ihn euch inmitten einer weißen Wolke vor. Seht ihn im vollkommenen Licht, das leuchtet wie eine eisige Bergblume. Ja, stellt euch eine große, weiße Blume vor, die so riesig aufblüht, dass sie sich zu euch herunterbeugt und euch pflückt. Ja, hier seht ihr Kommandant Ga, wie er hoch in den Himmel gehoben wird. Und dort erscheinen in einem leuchtenden Kranz aus hellem, gleißendem Licht mit einem Mal die liebevoll ausgebreiteten Arme des ewigen Kim Il Sung.

Wird ein Mensch von einem glorreichen Führer an den nächsten gereicht, Bürger, dann lebt er wahrlich ewig. So wird ein Jedermann zum Helden, zum Märtyrer, zur Inspiration für alle. Also weint nicht, Bürger! Schaut her: Eine Bronzebüste von Kommandant Ga wird bereits auf dem Friedhof der Revolutionshelden aufgestellt! Trocknet eure Tränen, Genossen, denn Generationen künftiger Waisenkinder werden nun den Namen dieses Helden und Märtyrers tragen dürfen. Auf ewig, Kommandant Ga Chol Chun. So wirst du ewig leben.

DANKSAGUNGEN

Unterstützung für dieses Buch wurde von der National Endowment for the Arts, der Whiting Foundation und dem Stanford Creative Writing Program gewährt. Teile dieses Buchs sind zuerst in den folgenden Publikationen erschienen: *Barcelona Review, Electric Literature, Faultline, Fourteen Hills Review, Grant, Hayden's Ferry Review, Playboy, Southern Indiana Review, Yalobsha Review* und *ZYZZYVA*. Dank schuldet der Autor auch der UCSF Kalmanovitz Medical Library, in der ein Großteil dieses Buches geschrieben wurde.

Ich danke meinen Reisebegleitern in Nordkorea: Dr. Patrick Xiaoping Wang, Willard Chi und dem ehrenwerten Dr. Joseph Man-Kyung Ha. Die Bibliothekarin des Korean Studies Program an der Stanford University, Kyungmi Chun, hat mir außerordentlich geholfen, genau wie Cheryl McGrath von der Widener Library an der Harvard University. Ohne die Unterstützung meiner Kolleginnen und Kollegen im Stanford Creative Writing Program hätte ich dieses Buch kaum schreiben können, insbesondere Eavan Boland, Elizabeth Tallent und Tobias Wolff. Ich bin dankbar, dass Scott Hutchins, Ed Schwarzschild, Todd Pierce, Skip Horack und Neil Connelly frühere Fassungen des Romans gelesen haben und mir mit guten Ratschlägen zur Seite standen.

Dieser Roman hätte keinen besseren Lektor und Fürsprecher als David Ebershoff haben können. Warren Frazier ist wie immer der Prinz unter den Literaturagenten. Ein besonderer Dank geht an Phil Knight, der seinen Lehrer zum Schüler machte. Ich bedanke mich weiterhin herzlich bei Dr. Patricia Johnson, Dr. James Harrell und Gayle Harrell. Meine Frau schenkt meiner Arbeit Inspiration und meine Kinder schenken ihr Sinn: Danke dir, Stephanie, und danke euch, Jupiter, James Geronimo und Justice Everlasting.

Danksagung der Übersetzerin

Ich danke Claudia Arlinghaus, Katharina Hinderer und Malte Krutzsch für ihre Unterstützung und DL4NO für die funktechnische Beratung.

INHALT

ERSTER TEIL
Die Geschichte von Jun Do
11

ZWEITER TEIL
Das Geständnis des Kommandanten Ga
277

Danksagungen
684